CB070318

13ª Edição – Agosto de 2024

Coordenação editorial
Ronaldo A. Sperdutti

Preparação de originais
Eliana Machado Coelho

Revisão
Profª Valquíria Rofrano
Ana Maria Rael Gambarini

Projeto gráfico e arte da capa
Juliana Mollinari

Imagem da capa
123RF

Diagramação
Juliana Mollinari

Assistente editorial
Ana Maria Rael Gambarini

Impressão e acabamento
Gráfica Loyola

Proibida a reprodução total ou parcial desta obra sem prévia autorização da editora.

© 2004-2024 by Boa Nova Editora.

Av. Porto Ferreira, 1031 | Parque Iracema
CEP 15809-020 | Catanduva-SP
17 3531.4444

www.**lumeneditorial**.com.br
www.**boanova**.net

atendimento@lumeneditorial.com.br
boanova@boanova.net

Dados Internacionais de Catalogação na Publicação (CIP)
(Câmara Brasileira do Livro, SP, Brasil)

Schellida (Espírito)
  Um motivo para viver / [do espírito] Schellida ; [psicografado por] Eliana Machado Coelho. -- 13. ed. -- Catanduva, SP : Lúmen Editorial, 2024.

  ISBN 978-65-5792-099-2

  1. Romance espírita I. Coelho, Eliana Machado. II. Título.

24-211965   CDD-133.9

Índices para catálogo sistemático:

1. Romance espírita   133.9

Eliane de Freitas Leite - Bibliotecária - CRB 8/8415

Impresso no Brasil – Printed in Brazil

UM MOTIVO PARA VIVER

Psicografia de **Eliana Machado Coelho**
Romance do espírito **Schellida**

LÚMEN
EDITORIAL

Mensagem

Coragem

Vamos nos levantar e ter coragem de sorrir, apesar da tristeza...

Vamos nos levantar e ter coragem de ajudar, apesar de sentirmos alguma dor...

Vamos nos levantar e ter coragem de dizer um basta para aqueles que nos machucam...

Vamos nos levantar e ter coragem de seguir rumo a novas e boas conquistas, apesar das dificuldades...

Vamos nos levantar e ter coragem de agradecer a Deus por tudo o que temos, apesar do que nos falta...

Vamos nos levantar e orar por aquilo que desejamos, pois Deus recompensa a coragem!

Vamos nos levantar e ter coragem de agir e buscar um motivo para viver.

Erick Bernstein
Psicografia de Eliana Machado Coelho
Primavera de 2021.

Obra baseada em caso real.

Os nomes e lugares foram trocados pela autora espiritual para preservar as famílias.

SUMÁRIO

Capítulo 1 – Dificuldade iminente 11
Capítulo 2 – A única ajuda 32
Capítulo 3 – Reforçando os laços de amizade 55
Capítulo 4 – O passado angustioso 85
Capítulo 5 – Acusações indevidas 110
Capítulo 6 – Confiando em alguém 142
Capítulo 7 – Desorientada e sem rumo 171
Capítulo 8 – Confidências necessárias 196
Capítulo 9 – Sequelas de um trauma 226
Capítulo 10 – Rosana – A nova amiga 258
Capítulo 11 – A preocupação dos pais 288
Capítulo 12 – As primeiras brigas 304
Capítulo 13 – O reconforto em uma prece 339
Capítulo 14 – Assumindo os sentimentos 356
Capítulo 15 – Turbulência inesperada 376
Capítulo 16 – Compreensão e amor – filho adotivo 404
Capítulo 17 – O retorno de Alexandre 438
Capítulo 18 – Vida nova 461
Capítulo 19 – Três corações entrelaçados 492
Capítulo 20 – Desabafo inesperado de Raquel 520
Capítulo 21 – Doação de órgãos 562
Capítulo 22 – Momentos difíceis 585
Obra baseada em caso real 617

Capítulo 1

Dificuldade iminente

Era início de noite. Após chegar do serviço, como de costume, Raquel preparava o jantar e arrumava algumas coisas em sua simples casa. De repente, ouviu seu nome ser chamado:

— Ah! É o Marcos! — foi recebê-lo com um belo sorriso.

Era comum o irmão visitá-la. Mas, naquele dia, percebeu preocupação e tristeza em seu rosto. Sem questionar, serviu-lhe café e acomodou-se em uma cadeira ao seu lado, de modo a tê-lo em frente de si.

— E lá na empresa, Raquel, como está?

— Tudo bem. É a rotina de sempre — falou simplesmente.

— Não posso dizer o mesmo. Nos últimos dias nem estou conseguindo dormir. Estão mandando muita gente embora. Cada dia é um. Estou até tendo pesadelos e... Toda manhã penso que serei o próximo. — Os olhos de Marcos marejaram. — Como se não bastasse, lá em casa está um inferno. — Olhando-a, ligeiramente, tocou em seu braço e, segurando-o, disse: — Desculpe-me, minha irmã... Acho que está cansada de ouvir minhas reclamações sobre a Alice.

— Você só está desabafando. Eu entendo. Afinal de contas, se não falar comigo, vai conversar com quem? — argumentou a moça, tentando consolá-lo.

Marcos, por sua vez, largou o braço de Raquel, tornou a pegar a xícara com café e, após ingerir mais um pouco da bebida, continuou exibindo desalento no tom de voz:

— Meu casamento com Alice foi um erro. Sabe disso. Ela é geniosa, exigente, orgulhosa, vive irritada... É terrível conviver com ela. Só fala gritando, nunca me deixa conversar... Nos últimos tempos, vem se queixando das condições em que vivemos, reclama da falta de dinheiro, falta de luxo, falta de riqueza... Só que também não move uma palha para me ajudar.

— Mas ela cuida bem da casa e dos meninos. É muito caprichosa, Marcos. Isso não podemos negar — defendeu, para amenizar os sentimentos dele.

— Caprichosa com a casa sim. Isso sempre foi. Mas, com os meninos, ultimamente, está deixando a desejar. Alice vive brigando com eles, gritando, xingando... Não há coisa pior do que chegarmos à casa da gente e ter uma mulher nervosa, irritada, reclamando de tudo. Estou cheio disso! Só quero ver hoje, quando eu chegar e...

— E?... — perguntou, diante do silêncio.

— O nosso aluguel subiu — encarou-a ao contar. — Não teremos como pagar. Não tive aumento de salário e ainda corro o risco de ficar desempregado. Como se não bastasse essa situação difícil e crítica, ainda terei de ficar ouvindo os gritos da minha mulher.

— O que você vai fazer? — indagou preocupada.

— Não sei. Há tempos não compramos roupas, não passeamos... Nos últimos meses, comemos mal e agora não tenho como pagar o aluguel.

— E se mudarem para outra casa menor e em outro bairro? Talvez o aluguel seja mais baixo.

— Não tenho dinheiro para pagar o depósito do aluguel. Além disso, Alice vai se revoltar ainda mais. — Breve pausa e completou: — Se não fosse por meus filhos...

A irmã se preocupou. Levantando-se, caminhou vagarosamente pela cozinha, recordando da ajuda que recebeu daquele irmão em período muito crítico de sua vida. Quando todas as portas se fecharam, foi Marcos quem a amparou e cuidou dela, até de sua saúde. Era imensamente grata por tudo o que recebeu. Certamente, faria o possível para ajudá-lo. Porém, aquela situação era difícil demais e ficou pensando o que poderia fazer. Lembrando-se da pequena reserva em dinheiro que tinha em uma conta de poupança, a jovem ofereceu:

— Marcos, tenho algum dinheiro guardado. Não é muito, mas... Ele é seu! — afirmou convicta e animada, acreditando que seria uma ótima proposta.

Esperava um semblante mais animado, mas não aconteceu e ele explicou:

— Já tenho dois meses de aluguel atrasados. Mais um e estou na rua.

Ficou decepcionada. Não esperava por aquilo. Sem pensar, decidiu ligeira:

— Mudem-se para minha casa. Pronto! Está resolvido! Você, a Alice e os meninos virão morar aqui. Esta casa não é muito grande, mas podemos nos ajeitar, certo? — Raquel viu-o levantar a cabeça e encará-la. Ainda tristonho, fitou-a longamente sem argumentos. Rapidamente, ela insistiu: — Eis a solução, Marcos! Eu continuo pagando o aluguel daqui e você só me ajuda com a alimentação e as contas de água e luz. Você se estabiliza, guarda algum dinheiro e aguarda a sua situação melhorar.

— E se eu for demitido?

— Se isso acontecer, será melhor que estejam morando aqui. Vocês não vão ficar sem ter onde morar e será só o tempo de arrumar outro emprego.

— Não posso fazer isso, Raquel — afirmou, insatisfeito com a sugestão.

— Você tem de aceitar!

— Não quero usar você. Sabe como a Alice é... Isso não vai dar certo.

— Será por pouco tempo. Tenho certeza de que esses cortes, lá onde trabalha, vão parar e não será demitido. Quando tudo voltar ao normal, vocês arrumam um outro lugar até melhor do que onde moram hoje. — Parada à sua frente, com voz generosa, insistiu: — Por favor, aceite. Deixe-me fazer algo por você. Dê-me essa oportunidade de retribuir o que já fez por mim. Não estarei fazendo isso para pagar, é por amor. Somos um pelo outro, Marcos. Não somos?

Ele a encarou, reconhecendo que era a única ajuda a seu alcance. Com sorriso forçado no semblante triste, pendeu a cabeça afirmando positivamente, dizendo que aceitaria. Expressando preocupação, Marcos argumentou:

— Ainda tenho de falar com a minha mulher. — Pensativo, tornou a concluir, quase desalentado: — Não será fácil, minha irmã... Você conhece minha esposa. Só aceito sua oferta por não ter alternativa. Não fico feliz por vê-la se sacrificar, perder sua privacidade, liberdade e ainda tendo de aturar o mau humor de Alice.

— Não pense assim... Não estou me sacrificando. Sempre serei grata a você por tudo o que tenho hoje. Sempre estarei ao seu lado.

Grato, com o olhar enternecido, ele se levantou, aproximou-se dela, beijou-lhe a cabeça e agradeceu:

— Obrigado. Será por pouco tempo. Acredito que é uma fase mesmo.

— Vai dar tudo certo! Não se preocupe — afirmou a jovem animada, escondendo, com um largo sorriso, a sombra de sua preocupação. Oferecendo novo rumo à conversa, convidou:

— Bem... Hoje você fica para jantar comigo, não é?

— Não... Obrigado — sorriu sem jeito.

— Só hoje, Marcos!

— Não, obrigado mesmo. Quero chegar cedo. Tenho de conversar com a Alice e... Creio que a noite será longa.

Conversaram um pouco mais e o irmão se foi. Logo após, um sentimento indefinido tomou conta de Raquel. Perdeu a vontade de comer, porque a incerteza e insegurança a dominaram. Não saberia dizer se fez a coisa certa. Conviver com Marcos e os sobrinhos seria algo fácil, mas aturar a cunhada não. Alice era pessoa difícil em todos os sentidos.

Com aperto no peito, rapidamente, tomou banho e se aprontou para dormir sem jantar. Deitada em sua cama, não conseguia adormecer. Tudo aquilo corroía sua alma.

"Será que fiz a coisa certa?" — perguntava-se em pensamento. — "Não tenho alternativa para ajudá-lo. É meu irmão!" — Justificava — "O Marcos foi a única pessoa que me socorreu quando mais precisei. Não posso deixá-lo sem apoio em um momento como esse." — Os pensamentos de Raquel eram acelerados. Havia inúmeras dúvidas sobre a decisão tomada. Foi muito impulsiva. — "Será difícil conviver com minha cunhada. Mas... pelo Marcos, tenho de suportar. Devo muito a ele!" — Após breve pausa, tornava insistente:

— "Prometo, a mim mesma, tolerar Alice. Não vou dar ouvidos às suas implicâncias. Deixarei que fale e até que brigue sozinha. Será por pouco tempo."

E assim, Raquel passou a noite tentando se convencer de que a decisão tomada, para ajudar seu irmão, foi a melhor. Dessa forma, não conciliaria o sono até o amanhecer.

♡

Enquanto isso, na residência de Marcos, Alice reagia com extrema revolta diante da situação, que já era difícil. Na espiritualidade, a mulher parecia envolta por uma aura de labaredas, uma vez que, levada por irresistível força, não conseguia se conter. Aos gritos, berrava para se expressar:

— Eu não acredito!!! — protestava com voz estridente, franzindo o semblante e exibindo sua insatisfação. — Morar com sua irmã!!! Você é um incompetente!!! Era só isso o que me faltava! Não posso aceitar uma coisa dessas, Marcos!!! — Caminhava de um lado para o outro da sala, feito um animal enjaulado, como se estivesse alucinada, tamanha era a sua revolta e indignação. O silêncio do marido a incomodava. O homem permanecia cabisbaixo, desalentado e sem argumentos para aquela situação. Isso fazia com que a esposa se sentisse mais forte para reclamar: — O que será que fiz para pagar tanto pecado assim?! Veja só a que ponto chegamos! Não teremos onde morar e precisaremos viver à custa de sua irmã! Já levamos uma vida pobre! Não temos o que vestir! — Breve pausa, diminuindo o volume da voz, desabafou de forma menos estridente: — Às vezes, pergunto se Deus existe mesmo porque não suporto sofrer tanta injustiça! Enquanto muitos por aí se esbaldam no luxo e no prazer, nós aqui... Comemos mal, vestimos roupas velhas e gastas... Não saímos para passear, não viajamos... Vida miserável!

— É só uma fase, Alice. Isso tudo vai passar. Vai dar tudo certo — tentou dar esperanças.

Enérgica, sem controle de si, ela reagiu:

— É só isso o que escuto: que é uma fase! Que tudo vai passar! Na verdade, você nada faz para melhorarmos de vida! Desde quando saímos do Rio Grande do Sul, escuto isso, mas nada, nunca, melhora!

— O que você quer que eu faça? — indagou em tom submisso.

— Se vira!!! — respondeu num grito, arremessando para longe de si um objeto de enfeite da casa, que apanhou sobre a mesinha central da sala.

— Como?!!! — gritou Marcos. — Só se eu assaltar um banco! O que você quer que eu faça? A crise é no país inteiro! O governo não oferece boas condições de vida, os políticos roubam, as escolas não prestam! De você, Alice, só escuto reclamações! Estou desesperado também! Somente a Raquel me escuta sem me criticar, além do mais é a única que está tentando, de alguma forma, me ajudar.

— Por que você não pede aumento?! Reclama um pouco também, né, caramba!

— Pro inferno, Alice! Você e suas opiniões malditas! Dois já foram demitidos, só no meu setor, esta semana. Quer que eu seja o próximo?!

Ela ficou revoltada e murmurou, talvez não quisesse ser ouvida:

— Não sei como fui me casar com um cara tão cretino como você.

Mas o marido ouviu com clareza. Furioso, aproximando-se dela, segurou-a com firmeza pelo braço e, sem desviar o olhar, com a voz rouca e trêmula, exigiu:

— O que foi que você disse? — Sem aguardar que repetisse, com o semblante sisudo, voz encorpada na fala de tom baixo e pausada, prosseguiu: — Se desejava um marido rico, deveria ter visto isso antes! Você não é tão grande coisa assim para ser tão exigente! Além do mais, Alice — destacou, ainda com voz de desdém —, você é uma pessoa improdutiva e incapaz! Aliás, mais incompetente do que eu! Ao menos, eu trabalho. Ganho pouco pelo que faço, mas ganho! Quanto a você!... Vive dependente, à minha custa e reclamando! Se não fosse por esse cretino aqui, morreria de fome, pois nem pra faxineira presta! Ninguém te suportaria!

A esposa ficou muda. Em seus olhos podia-se ver uma ameaça escondida. Num gesto brusco, puxou o ombro e livrou-se de Marcos que ainda lhe deu um leve empurrão.

Silêncio.

Os pensamentos de Alice fervilhavam. Ele não tinha o direito de escarnecê-la daquela forma. Nunca foi tão humilhada nem espezinhada daquela forma. Odiou o marido e desejava se vingar. Marcos pagaria caro pelo que fez e disse. Seus pensamentos tempestuosos agitavam-se imensamente. Com muito rancor, prometia a si mesma que encontraria uma maneira de se vingar de seu esposo. A partir daquele momento, passou a imaginar um modo de revidar.

"Não basta essa vida pobre e miserável..." — Alice começou a pensar. — "Agora, o desgraçado vai começar a me agredir! Infeliz! Isso é intolerável! Só não te abandono junto com seus filhos, neste exato momento, por não ter para onde ir. Não trabalho... Mas isso vai mudar! Não vou continuar dependente, necessitada e me submetendo a essa vida desgraçada. Que ódio!!! Que ódio!!!" — Sua mágoa, sua ira faziam com que desejasse vingança. — "Ele não tinha o direito de me dizer tudo aquilo. Não deveria segurar meu braço, apertando como fez. Falou que sou improdutiva, incapaz e incompetente... Disse que, se não fosse por ele, morreria de fome..." — Continuamente, a cena do que aconteceu e as palavras do marido se repetiam em suas lembranças. — "Marcos vai me pagar por tudo isso. Ele ainda vai me ver, de alguma forma, crescer e me tornar uma mulher de destaque, bem-sucedida, rica... Ah... isso ele vai ver!"

O ocorrido, por si só, criou vibrações, energias muito inferiores para o ambiente doméstico. Agora, os pensamentos corrosivos de Alice alimentavam e fortaleciam aquelas vibrações.

Pensamentos negativos, imagens mentais de ocorrências trágicas, assuntos amargos da vida alheia, reclamações e desânimo representam a atração e a criação de fluidos inferiores que, consequentemente, acarretam padecimentos enormes em futuro breve, seja quem for o seu criador.

♡

Longe dali, José Luiz, outro pai de família, conversava amigavelmente com sua esposa sobre o seu dia.

— Hoje, tivemos outra reunião. Creio, agora, que tudo ficará mais estável. Os que tiveram de ser demitidos já foram. A partir deste momento, a empresa vai oferecer qualidade profissional, segurança, melhores salários e, principalmente, reconhecimento aos funcionários que continuarão lá.

— Tomara Deus! Que não dispensem mais ninguém — rogou Ivone, esposa de José Luiz, com sinceridade. — Por experiência própria, sabemos como é difícil a condição de desempregado. Veja meu caso, com curso superior de hotelaria, não arrumo emprego. Fico com pena desse pessoal demitido. Se pudéssemos ajudar...

— Mas, querida... Sou um simples diretor. Recebo ordens! — ressaltou. — Passei noites em claro quando me pediram para listar os empregados que não preenchiam os requisitos da empresa. Eu nunca havia feito isso. É muita responsabilidade e emocionalmente desgastante também. Você sabe...

Orei tanto... Pedi tanto a Deus que me ajudasse e me perdoasse qualquer falha...

— É, eu sei... Mas você recebeu instrução, lá na empresa, para poder escolher ou indicar qual o funcionário que não preenchia os requisitos, não foi?

— Ah, sim. Eles nos orientaram para indicar primeiro os que não tinham muita educação, os que eram agressivos com palavras ou atos, os que usavam palavreado inadequado ao ambiente, os que assediavam as colegas de trabalho...

— Ou os colegas — interrompeu Ivone esboçando sorriso intencional. Depois completou: — Porque, hoje em dia, não são somente os homens que fazem assédios.

José Luiz sorriu e balançou com a cabeça, concordando ao admitir:

— É verdade. Tem cada moça que... Nem te conto. Elas falam de modo insinuante, com palavreado chulo, roupas inadequadas... Teve um dia que eu chamei a atenção de uma auxiliar de escritório, lá da contabilidade. Sabe... Falei com jeito, procurei ser educado para ver se ela se tocava...

— O que ela fez? — Ivone interessou-se.

— Não foi o que ela fez. Foi pelo que usava, ou melhor, não usava. A moça estava de minissaia, com aquela blusinha meio... Sabe?

— Sei. Transparente, de alcinhas e aparecendo tudo.

— É bem isso. E... Falei com ela que, ali, principalmente, por ser perto do setor de peças, onde temos muitos homens, ficaria bem outro tipo de vestimenta para impor mais respeito. Seria melhor para ela mesma.

— E ela?

— Ela disse que este é um país livre.

— E você?

— Não disse nada. Concordei com ela. Este é um país livre. Comecei a reparar que os rapazes do setor passavam perto de onde ela se sentava e ficavam puxando conversa sem valor, assediando, perdendo tempo... Entende?

— Ah-rã!...

— Eu a indiquei na lista dos que deveriam ser demitidos. Não foi por vingança à resposta que me deu, mas por observar que ela, ou melhor, o tipo de roupa que usava, provocava tumulto e era inadequada ao valor moral que a empresa gosta e precisa preservar. — Após pequena pausa, prosseguiu como num desabafo: — O país é livre, mas o espaço limitado à empresa possui regras. Já que este é um país livre, que desfrute dessa liberdade, que julga ter direito, bem longe dali.

— Você não acha que isso foi por preconceito seu?

— Não. Foi para que o ambiente de trabalho não ficasse tumultuado, prejudicado. Desrespeito é algo contagiante. Cresce. Por essa razão, muitas empresas demitem e não informam a razão. A pessoa que se esforce pensando para saber o motivo pelo qual foi despedida, estudando os próprios comportamentos. Sabe... Por que somente a empresa precisa atender os desejos de um funcionário? Por que o funcionário não se esforça um pouquinho para entender as necessidades de uma empresa? Quem quer trabalhar e crescer profissionalmente, não pode perder tempo com outros assuntos no serviço. Nenhuma organização quer perder tempo com problemas pequenos. Essa é a regra. Não dá para brigar contra o sistema.

— Às vezes, a pessoa aprende ou se coloca no devido lugar, só depois de sofrer um pouco. Coitada. De certa forma, você tem razão.

— Claro que tenho. Quer assediar alguém, que o faça fora da empresa. Quer usar biquíni, vá à praia. Quer usar *shorts*, decotes, vá ao *shopping*. Quer ficar com a camisa aberta, que fique longe dali. Quer falar palavrões, fale em casa, na rua, com os amigos nas festas ou em qualquer outro lugar, não na empresa. A empresa tem normas, que não fui eu quem criou e não dá para ser diferente, preciso cumpri-las. Se eu não me encaixar nessas mesmas normas, serei desligado do quadro de funcionários e pronto. Quando nos chamaram para nos instruir a respeito das demissões, deixaram isso bem claro. Cumpri ordens. Com a saída de tantos empregados, principalmente, daqueles que mais rebaixavam os níveis de regras e condutas, a empresa ficará com um ambiente mais saudável. Haverá remanejamento de cargo e grandes oportunidades àqueles que desejam crescer. Vários cursos de atualização serão fornecidos e máquinas novas estão chegando. Tudo está sendo informatizado a partir de agora.

— Achei um pouco rigoroso demais, talvez, preconceituoso, mas... É tempo de mudanças — disse Ivone.

— Querida... Não é assim... Rigoroso... Veja bem, existem companhias, empresas, indústrias que os funcionários têm liberdade de serem e usarem o que quiserem. Se isso não prejudica a organização, ótimo! Mas não é o caso de onde trabalho. Existem outras empresas que adotam uniformes para evitarem exposição do corpo. Cada lugar se adapta conforme as necessidades empresariais. Se a pessoa quer usar ou fazer o que gosta e não abre mão disso, procure ter profissão e lugar de acordo com seu estilo. Infelizmente, o mundo está dessa forma. E o problema é que muitas opiniões empresariais são veladas, ocultas, disfarçadas. Ninguém te fala nada sobre seu comportamento incompatível, só demitem e pronto. Empresa não passa a mão na cabeça e diz: olha, meu filho, estamos te mandando embora por falar muito palavrão, por falar errado, por falar demais, por brincar demais, por ser arrogante, por assédio, por suas ideologias... Estamos te demitindo por usar decote, por ficar se insinuando, por trazer seus problemas pessoais para o trabalho, por fazer fofoca... Despedimos quem tem cabelo assim ou assado, quem é gordo ou magro, baixo ou alto... — falou de um jeito diferente, quase irônico. — Não fazem isso não! A vida é difícil. O mundo é cruel. Vivemos e experimentamos o que precisamos e merecemos para a nossa evolução. Uma empresa não muda pelos funcionários, ela só muda pelo dinheiro. E se quiser ter profissão e ganhar bem, lute por isso. Esforce-se para ser melhor. Ajuste-se. Seja apropriado, educado, cortês. Lute para se enquadrar, ao menos, dentro da organização. Ou mude de profissão e faça o que mais te agrada. É possível ser realizado, ganhar bem para suas necessidades, fazendo o que gosta e tendo liberdade de se expressar. Não é fácil, mas é possível. Vejo pessoas produtivas e realizadas, em seus trabalhos, que têm atividades independentes, autônomas... Mas, geralmente, uma empresa respeitável e de renome no mercado exige do funcionário. E eu?... Respeito, pois gosto do meu trabalho e não me vejo mudando de serviço. É o que faço. Cumpro ordem porque quero manter meu emprego. Preciso e gosto do que faço. Mesmo como um simples diretor, procuro agir com o máximo de justiça. Não quero que ajam injustamente comigo e, um dia, se eu tiver de ser demitido, quero ter meus valores reconhecidos. Sempre peço para que Deus me ajude a escolher o melhor a ser feito.

 O diálogo tranquilo do casal foi interrompido pela chegada dos dois filhos que, animados, relatavam as novidades ao mesmo tempo e, pelo visto, todos dormiriam bem tarde porque as histórias pareciam longas.

♡

Na manhã seguinte, Raquel estampava a face pálida, resultado de uma noite insone. Acomodada em sua cadeira, frente à mesa de trabalho, olhava para o amontoado de papéis como se não os entendesse.

— Nossa, Raquel! Que cara! — disse uma colega, admirada. — Parece que passou a noite em claro.

— Você não está errada, Rita. Realmente não dormi essa noite — afirmou com desânimo.

— Algum problema?

— Sim. Até parece que não vivemos sem eles — esboçou leve sorriso.

— Tome — ofereceu a colega, estendendo algumas pastas. Sem demora, orientou: — O senhor Valmor, para não perder o costume, quer isso pra ontem. Seria bom que você se animasse um pouco e ficasse bem atenta, hein! Essas tabelas não podem ir para as mãos do homem com falhas. Concentre-se nelas. — Sem demora, Rita ainda disse: — Na hora do almoço, eu passo aqui para irmos juntas e assim teremos mais tempo para conversarmos.

— Acho que não vou almoçar hoje — disse preocupada. — Estou repleta de serviço e ainda tenho estas malditas tabelas.

— Ah! Vai almoçar sim! Eu passo aqui e...

— Eu também vou! — interrompeu Alexandre, colega de serviço, que se aproximou e ouviu a última afirmação de Rita. As moças o olharam e, com largo sorriso, ele perguntou: — Posso, não é?

— O que você pode? — perguntou Raquel com modos simples.

— Almoçar com vocês, ora!

— Talvez eu não vá almoçar — Raquel repetiu.

— Ah! Vai sim! — afirmou Rita convicta. Voltando-se para Alexandre, decidiu: — Combinado! Nós nos encontramos aqui, certo?

— Certo! — confirmou o rapaz ainda sorrindo ao se retirar.

Imediatamente, virando-se para a outra, Rita espremeu os olhos e, entoando a voz de um jeito engraçado, reclamou:

— Ah!... Eu mato você!
— Por quê?! — estranhou Raquel.
— Como você pode fazer pouco caso dessa raridade, dizendo: "Talvez eu não vá almoçar!" — arremedou-a, entoando a voz com modo debochado. — Ficou louca, Raquel?
— Nossa, Rita! Que horror!
— Minha filha! Hoje em dia, homem é coisa rara! Ainda mais do tipo solteiro, alto, atlético e, além de tudo, bonito. Ai! Que olhos lindos!... — Rita meneou o corpo fingindo cambalear como se fosse desmaiar.
— Que exagero, sua doida — sorriu, pendendo com a cabeça negativamente.
— Exagero nada! Ele é um gato! Você não acha?
Demorando um pouco para responder, a colega concordou:
— É... O Alexandre é bonito sim — sorriu com simplicidade.
— Credo! Que falta de ânimo. Eu, hein! Estou estranhando a sua falta de empolgação.
Raquel, porém, um pouco mais séria, chamou-a à realidade.
— Vamos trabalhar ou, na hora do almoço, estarei com todo este serviço ainda.
Sobressaltando-se, Rita foi para o seu lugar, deixando a amiga trabalhar tranquila.
Simpático, alegre e cheio de vigor, Alexandre era muito cobiçado pela grande maioria das moças que trabalhavam ali e que, tentando conquistá-lo, só conseguiam animadas conversas e um pouco de coleguismo. Nada mais.
Ninguém sabia nada sobre sua vida pessoal e nenhuma mulher parecia impressioná-lo, seriamente, ao menos ali no serviço.
No ambiente de trabalho, apesar de jovial e bonito, jamais se aproveitou de sua aparência para iludir alguém. Talvez fosse isso que deixasse suas colegas mais interessadas e

curiosas. O pedido para incluir-se como companhia das moças não foi surpresa. Era hábito seu convidar, cada dia, um colega diferente, sem distinção, para almoçar.

Bem mais tarde, em companhia de outro colega, ele chegou à seção onde Raquel trabalhava. Aproximando-se, chamou:

— Vamos? Onde está a Rita?

— Ainda não chegou. Mas... Olha... Estou tão...

Antes que ela argumentasse qualquer desculpa, o rapaz alertou:

— Raquel, presta atenção: você me parece preocupada demais com seu trabalho. Está pálida, com uma carinha de quem está com sono e ainda alheia a tudo o que está fazendo. — Aproximando-se mais, com jeito atencioso, segurou-a pelo braço, tirando-lhe a caneta da mão e girando sua cadeira. Pegando em suas mãos para que se levantasse, prosseguiu: — Vamos almoçar porque, aí sim, estará mais disposta e mais atenta ao que está fazendo...

Quando Alexandre a segurou pelo ombro, brincando gentilmente como quem a conduzisse, com o semblante sério, a colega se esquivou rapidamente, parecendo não gostar de ser tocada daquela forma. Observando o gesto arredio, um tanto sem jeito, ele recuou erguendo ambas as mãos, mostrando que não a tocaria mais. De imediato, disse:

— Desculpe-me, eu não...

— Sou eu quem pede desculpas, eu... — expressou-se também embaraçada, sem saber como justificar o ocorrido.

Vágner, colega que estava ao lado, achou estranha a atitude da moça, porém somente trocou ligeiro olhar com Alexandre e nada falou.

A chegada de Rita acabou desfazendo o clima sem graça que, repentinamente, havia se instalado. Ao vê-lo acompanhando Alexandre, a colega indagou:

— O Vágner vai conosco?
— Sim. Vou.
— Então vamos logo! — pediu Alexandre animado.

♡

 Almoçando em um lugar de pouco luxo, os quatro colegas se acomodaram em uma mesa no canto do restaurante, onde conversavam bem à vontade.
 Rita, muito falante, atraía para si a atenção de todos. Com sua voz bela e agradável, seu riso gostoso de ser ouvido, ela conseguia trazer alegria e animação.
 No entanto, mais recatada, Raquel sorria vez e outra, permanecendo a maior parte do tempo em silêncio. No momento em que ficava séria, uma tristeza indefinida poderia ser notada em seu olhar, mas que, a todo custo, tentava disfarçar. Sem deixar que os demais percebessem, Alexandre a espiava. Muito observador, deixava-se atrair pela quietude, um tanto misteriosa e natural, que a bela Raquel trazia em si.
 Em dado momento, já incomodado com o silêncio da jovem naquela conversa, ele decidiu provocá-la com uma pergunta:
 — E você, Raquel? O que tem para nos contar?
 Imediatamente todos pararam e voltaram a atenção para a moça que, timidamente, pareceu se encolher. Emudecida por alguns instantes, sorriu e, por fim, falou:
 — Bem... — dissimulou sorrindo. — Não tenho nada para contar.
 Alexandre e Vágner fixaram-se em Raquel, observando seu jeito meigo e encabulado. Vágner, mais provocador, insistiu:
 — Parece que sua imaginação criou asas e estava longe daqui, não é Raquel? Não quer nos contar sobre o que pensava?
 Surpresa, sentiu o rosto aquecer. Ficou vermelha. Depois de oferecer belo sorriso, disse:

— Estou repleta de serviço e... Bem... Era nisso que estava pensando.

Vágner começou a ser cortês demais, falando sobre a importância de se desligar um pouco dos assuntos preocupantes a fim de, mais descansados, poderem encontrar forças ou soluções para realizá-los melhor. Ele gostaria de aproximar-se mais da moça, chamando sua atenção. Na primeira oportunidade e em poucas palavras, Rita acabou contando o que a amiga lhe confiou, enquanto estavam na *toalete*, minutos antes.

— O problema da Raquel é bem outro. O irmão dela está com dificuldades financeiras, por isso, vai morar com ela e levará toda a família. Deixará de viver só! Não é Raquel?

— Puxa, Rita! Como você é indiscreta! Se eu soubesse que iria espalhar para todo o mundo... — ficou insatisfeita e franziu o semblante.

Para evitar um clima tenso, Alexandre procurou distrair Raquel, perguntando:

— Então você mora sozinha, Raquel?

— Moro — respondeu com simplicidade, muito séria e sem se alongar.

— Eu também — afirmou ele.

— Ah! Você mora sozinho, Alexandre? — perguntou Rita, mais uma vez, forçando atenção para si.

— Como disse, moro sim — respondeu sem pretensões.

Vágner, exibindo grande interesse, indagou:

— Sabemos pouco sobre você, Raquel. Apesar de fazer mais de um ano que trabalha conosco, desconhecemos tudo a seu respeito. Conta aí! De onde você é? Onde moram seus pais?

— Sou do Rio Grande do Sul. Meus pais moram lá — contou em rápidas palavras, pois não gostava de expor sua vida. Estava contrariada.

— Por que não mora com seus pais, ou então, por que eles não vêm para cá? — tornou Vágner, curioso.

— Eles moram no campo. Eu e meu irmão não nos adaptamos lá — explicou após profundo suspiro e bem séria, descontente pela insistência do rapaz.

— Mas... — tentou dizer Vágner, que foi interrompido pelo colega.

— Gente! Estamos em cima da hora! Vamos? — Alexandre convidou.

Nesse instante, Rita, mais uma vez, arrumou um assunto para falar e todos voltaram a atenção para sua história.

Ao retornarem para a empresa, a vida de Raquel foi esquecida. Ainda magoada com a colega, a amiga não dizia nada, enquanto Rita, parecendo não notar, admirava a companhia que tiveram.

— Ai! Tomara que o Alexandre almoce conosco outras vezes. — Por não haver mais ninguém na *toalete*, ela rodopiou olhando para o alto exibindo extrema admiração: — Ah... Estou sonhando! Com tantas por aí e o gato mais cobiçado vem nos chamar para almoçar! — Espremendo o olhar, encarando o espelho, Rita suspirou dizendo: — Ainda conquisto esse homem! — Sorriu. E continuou: — Sou bonita, simpática, sei me comportar... O que você acha, Raquel?

— Tudo é possível — respondeu sem entusiasmo.

— Você não acha que sou capaz de ganhar o Alexandre?

— Não sei dizer, Rita. Eu não conheço o cara. Acho que conversei com ele poucas vezes. Não sei dizer se quer ser conquistado. Por outro lado, não duvido dos seus desejos nem da sua capacidade.

— Não entendi, Raquel. O que você quer dizer?

— É o seguinte: eu vejo que a maioria das nossas colegas vive dando em cima desse cara. Como já disse, não o conheço. Mas, pelas poucas vezes que conversamos, pareceu que é uma pessoa alegre, descontraída, inteligente, porém muito reservado. É do tipo que não quer ser amarrado, não quer comentar sobre sua vida particular, entende? Apesar de educado e gentil, manterá distância de quem quiser ou tentar invadir sua privacidade.

— Mas, é impossível um homem desse tipo não querer ficar com ninguém e não ter uma mulher, uma namorada... Tem de haver um modo de chamar a sua atenção. — Refletindo alguns segundos, Rita observou: — Você parece não se atrair por ele, não é, Raquel? Aliás, parece não se atrair por ninguém.

— É... Talvez eu não tenha encontrado a pessoa certa.

— Mas você não namora e também nunca nos falou de um antigo namorado, se é que já teve. — Diante do silêncio, Rita insistiu: — Você já teve namorado, não é?

Nesse momento, Raquel ficou nervosa, enquanto a amiga a fitava com olhos ávidos, aguardando uma resposta. Embaraçada, sentiu um suor gelado umedecer suas mãos. Definitivamente, não gostava de falar sobre sua vida. Encarando a colega e tentando disfarçar seus sentimentos, admitiu:

— Não. Não tive nenhum namorado porque nunca me atraí por ninguém. — Impondo na voz uma energia quase arrogante, afirmou: — E não tenho intenções de me deixar atrair por homem nenhum. Essa é uma opção a qual tenho direito!

Admirada e surpresa, a colega não conteve seu interesse e, indiscreta, questionou:

— Nossa, Raquel! Bonita e simpática como é, pretende ficar sozinha? — Sem esperar por uma resposta, continuou: — Eu sempre te achei muito... muito fechada para com os seus admiradores. Agora, ouvindo de você mesma que não quer nenhum homem em sua vida, fico até... Até... Sei lá. Acho esquisito.

Em silêncio, a jovem trazia o semblante sisudo. Seu coração estava apertado, triste. Lembrou-se de dores e mágoas do passado. Arrumando rapidamente sua bolsa, avisou:

— Tenho de ir para a seção, Rita. Você ainda vai ficar aqui?
— Ainda estou intrigada. Você nunca gostou de ninguém? Jovem e bonita, nunca teve um rapaz na sua vida?

Totalmente insatisfeita com a pergunta, sentiu o coração ainda mais apertado. Não gostava de passar por aquela inquisição muito inconveniente. Séria, pediu:

— Por favor... Eu não quero falar sobre isso. Agora vou. Estou atrasada — disse. Virou as costas e saiu.

Rita ficou com os pensamentos fervilhando, curiosa e contrariada por não ter mais informações sobre a vida da outra. Inconformada, ao chegar próximo à mesa onde Raquel estava, bisbilhoteira e intrometida, curvou-se e perguntou em voz baixa, quase sussurrando:

— E se alguém gostar de você? E se um rapaz vier falar com você? Como hoje, por exemplo, ficou claro que o Vágner estava interessado e... Sabe, né? E se ele quiser te conhecer melhor?

— Não sei dizer, Rita! — expressou-se insatisfeita. — Não sei nem se amanhã eu estarei viva. Agora, não quero mais falar sobre isso. Por favor!

Rita se ergueu parecendo ofendida. Pediu desculpas e saiu. Raquel ficou aborrecida. Magoada por ter de enfrentar aquela situação que, pelos resquícios do passado, era-lhe muito amarga. Seus olhos quase transbordavam as lágrimas quentes e teimosas que se fizeram. Sentiu-se tremer por dentro, mas não podia se manifestar.

Rita foi para o seu lugar intrigada com o segredo da amiga. Mas isso só durou alguns minutos. Suas ideias se voltaram para os planos de como conquistar Alexandre. Imaginava que não seria fácil. Entretanto, com a ajuda de uma colega, seria favorecida. Por essa razão, não poderia brigar com Raquel.

Capítulo 2

A única ajuda

Alguns dias haviam se passado.

Alice e o esposo não conseguiam se harmonizar. Irritada com a situação financeira difícil, a mulher exibia insatisfação e longas queixas com modos furiosos no falar e no agir.

Mais uma vez, o casal iniciava outra discussão.

— Eu não vou sair daqui e me submeter à humilhação de ir morar na casa de sua irmã! — afirmava ela veemente. — Se Raquel tem tanta boa vontade em ajudar, que se mude para cá e ajude você a pagar o aluguel!

Andando de um lado para o outro, sentindo a cabeça como a queimar pelo excesso de preocupações e problemas, Marcos ocultava pensamentos tenebrosos.

Alice não parava de reclamar com um jeito que irritaria a qualquer um. Como em todos os casos semelhantes, em que a pessoa não consegue conter sua ira e contrariedade, brigando e xingando, espíritos infelizes riam e zombavam da esposa irritadiça, influenciando-a a agir cada vez pior.

Após alguns passos negligentes até próximo a pia da cozinha, desesperado, o marido, ao olhar uma faca, pensou:

"É por isso que muitas tragédias acontecem. Não suporto mais essa mulher. Bem que eu poderia acabar com essa desgraçada agora mesmo e depois dar um jeito na minha vida".

Nesse momento, outro grupo de espíritos inferiores passaram a estimulá-lo a prosseguir com a ideia, incentivando-o a esfaquear Alice como em uma torcida.

Quase se apoderando do utensílio que, agora, transformava-se em uma arma, Marcos imaginava-se realizando um homicídio que poria fim a sua raiva, enquanto a esposa continuava com suas reclamações, falando encolerizada e aos gritos, em alguns momentos:

"Alice é o motivo de todo esse inferno que vivo!" — Com as mãos trêmulas e geladas, ele apanhou a faca e olhou para a esposa pensando: — "Já chega! Vou terminar com isso logo!"

Um tarefeiro espiritual, que desempenhava a função de proteção e amparo aos queridos encarnados, conhecido como espírito protetor, tentava envolver, com amor e bondade, o pobre Marcos que não podia vê-lo, ouvi-lo ou senti-lo.

Esse espírito fazia tudo para afastar aquela ideia de consequências trágicas. Mas estava difícil. As vibrações tempestuosas de Alice e a irritabilidade do marido impediam qualquer afinidade com sugestões e envolvimento elevados e reflexivos.

Sentindo a dificuldade de alertar o pupilo, o tarefeiro espiritual lançou vibrações de amor e socorro a um dos filhos do casal que, mais espiritualizado e flexível ao envolvimento, saiu de onde estava e foi até a cozinha. O garoto pareceu não se importar com a discussão. Sem saber muito bem o que queria, Elói abriu a geladeira, encontrou uma maçã, pegou-a e se dirigiu até o pai, pedindo:

— Empresta a faca.

Surpreso, ele olhou para o filho e, num gesto automático, entregou-lhe o utensílio. Elói cortou a fruta e ainda ofereceu:

— Quer? Toma.

— Não, obrigado — o pai respondeu atordoado.

A mãe, ainda resmungando, não deu conta do que ocorria. Mas, Marcos, ao encarar o filho, alertou-se para o que ia fazer como se despertasse para a situação. Seria uma loucura. Alice não parava de falar e reclamar de forma irritadiça. O marido, por sua vez, retirou-se sem falar nada.

Mais tarde, após pensar muito, ele foi até a casa de Raquel e contou o que havia acontecido. Depois, ainda disse:

— Resumindo... Alice não quer vir morar aqui. E só tenho mais duas semanas para resolver essa situação com o aluguel.

Os pensamentos de Raquel, ligeiros e preocupados, trabalharam na sombra de suas dúvidas. Deveria deixar aquela casa e ir morar com Marcos, conforme Alice desejava? Suas coisas não caberiam na casa de seu irmão. Teria de se desfazer delas. Se não fosse pela situação difícil e por tudo o que Marcos já havia feito por ela, jamais aceitaria conviver com a cunhada. Conhecia-a muito bem. Raquel temia que seu irmão cometesse alguma loucura contra a vida de sua esposa ou contra a própria vida.

Disfarçando as preocupações, ela disse:

— Fique tranquilo, Marcos. Resolveremos assim: eu mudo para sua casa e ajudo vocês a pagarem o aluguel. Está decidido.

— Não posso concordar com isso. Ninguém suporta Alice. Acabei de contar tudo o que fiz hoje porque entrei em desespero depois de tantas queixas que ouvi. Ela irrita qualquer um! É uma mulher insuportável! Depois disso, você ainda quer ir lá para casa? Só se você estiver louca!

— Veja... Conheço a Alice, por isso não vou me importar com o que ela faça ou diga. Estarei preparada.

— Não...
— Então, quem vai ajudar? — indagou com firmeza, encarando-o sem arrogância. Após alguns segundos, explicou: — Você se indispôs com nossa família por minha causa e hoje não tem notícias de ninguém. Nosso pai está inválido. O coitado nem entende o que está acontecendo. Nossa mãe é... Bem... Nem sei dizer se ela é submissa ou acomodada. O vô, por ser o *czar* da nossa família, soberano, cruel de extraordinária figura, jamais deixaria nossos irmãos nos ajudar. Como Pedro, o Grande — referiu-se ao *czar* russo – título usado pelos Monarcas do império russo —, ele seria bem capaz de mandar executar o filho que se opuser às suas ordens. — Breves instantes, apelou com voz mansa, envolvendo-o com sentimentos bondosos e sinceros: — Somos um pelo outro, meu irmão... Eu só tenho você. Vamos morar juntos. Irei para lá e vai dar tudo certo.

Marcos fitou-a longamente. Estava sem alternativas e sem argumentos, por essa razão teria de concordar.

♡

Com o passar dos dias, Raquel mudou-se para a casa de seu irmão. Quando se viu sozinha com ele, ofereceu:
— Tome — estendendo-lhe um maço de dinheiro.
— Onde você arrumou isso? — perguntou surpreso.
Com doce sorriso, que irradiava ternura, ela respondeu:
— Assaltei um banco! — brincou, rindo de modo gracioso. Notando que os olhos de Marcos sinalizavam espanto, esclareceu: — É brincadeira, seu bobo.
— Eu sei! Mas... Como conseguiu?
— Uma parte, juntei em uma poupança no banco e... Bem... o restante consegui com a venda de alguns móveis, televisão, geladeira... As coisas que não caberiam nesta casa.

— Raquel!... — enfatizou, baixinho.

— Não diga nada — interrompeu, colocando o dedo indicador nos lábios de Marcos, sinalizando-o para silenciar. Depois completou: — Quero que aceite e pague os aluguéis atrasados. Daqui para frente será vida nova!

— Não deveria ter feito isso! — exclamou sussurrando.

— Por que não? Você não vai me deixar usar a sua geladeira? Nem assistir à sua TV? — sorriu.

Ele se calou angustiado. Algo o incomodava naquela situação. Era muita renúncia por parte de sua irmã. Não gostaria que ela se sacrificasse tanto.

Com o dinheiro na mão, olhou-a por longo tempo sem dizer nada e estampou um suave sorriso, quase forçado, no rosto pálido.

Nesse instante, Alice entrou na sala e, com ar de desdém, trazendo na fala uma expressão debochada, observou:

— Que cena! Hum!... Comovedora.

Sem dar atenção aos comentários da esposa, o marido mostrou:

— Temos o dinheiro para pagar o aluguel. A Raquel nos emprestou.

Alice fechou o sorriso irônico. Não disse uma palavra. Sua face, antes alva, cobria-se agora por um intenso rubor provocado pela ira e pela revolta. Ela possuía um coração orgulhoso, repleto de ódio e impulsos vaidosos que não a deixavam, no mínimo, agradecer a ajuda que recebia.

A cena foi interrompida pela chegada de Elói, o filho mais novo do casal. Afoito, o menino entrou correndo, contando o ocorrido:

— Mãe! Mãe! O Nílson está brigando lá na rua aos socos e pontapés!

Aquela foi a oportunidade de Alice colocar para fora toda a sua contrariedade, raiva e ódio pelo que havia acontecido minutos antes. Sem demora, desabafou com voz estridente e gritos:

— Quero que se mate!!! — berrou a mulher, estremecida pela ira. — Que morra de uma vez!!! Será um a menos pra me dar trabalho!!!

Sem dizer nada, o pai saiu junto com Elói para ver o que acontecia.

Raquel, chocada com a expressão da cunhada, respirou profundamente, alçou a cabeça e saiu logo atrás do irmão. Não ficaria ali com Alice.

Pouco tempo depois, Marcos retornou segurando o filho Nílson pelo braço e advertindo-o com firmeza:

— Nada justifica isso! Estou cansado de ver você rolando na rua como um animal!

— Ele me xingou!... Qual é? Quer que eu seja um covarde?

— Vê se me respeita, moleque! — gritou o pai furioso.

Alice, que possuía o dom de interferir, negativamente, opinou:

— Quer que ele seja igual a você, Marcos? Engraçado, outro dia você disse que ele já ia fazer dezoito anos e que já deveria arrumar um emprego e trabalhar. Agora o chama de moleque!

De imediato, iniciou-se uma briga entre o casal.

Nílson, intrometendo-se, foi punido fisicamente pelo pai que o mandou para o quarto. Raquel, em outro cômodo, permanecia aflita e em silêncio, rezando para que tudo se harmonizasse logo.

Tendo em vista as atitudes dos encarnados, os pensamentos queixosos e críticos, o palavreado carregado de sentimentos inferiores, no plano espiritual daquele lar, espíritos sofredores, de baixo valor moral, achegavam-se compatíveis às vibrações criadas pelos moradores dali.

Naquele instante, enquanto Marcos e Alice discutiam, cada um possuía verdadeiros aliados espirituais, tal qual um grupo de torcida que vibra a fim de incentivar seu escolhido.

A falta de respeito mútuo, a ausência de paciência, o excesso de reclamações, a falta de fé em Deus e de prece, deixa qualquer lar à mercê da desarmonia, do desequilíbrio e de irmãos que, na espiritualidade, aproximam-se e se instalam nesses ambientes. São espíritos que, ignorantes e maldosos, passam a influenciar e a envolver por meio de suas vibrações. Muitas vezes, começam a manipular os encarnados às discórdias, aos conflitos, desejando que tragédias sejam concretizadas por eles.

Como já dissemos, esses espíritos ignorantes e sofredores, comprazem-se com tais acontecimentos danosos e nocivos.

Porém, eles só podem atuar quando o encarnado se deixa dominar por ideias incorretas, negativas e lamuriosas, expressando também, em atos, tais sentimentos inferiores.

Naquela noite, Raquel não conseguiu dormir. Rolou de um lado para outro em busca do sono. Em vão.

Ao levantar pela manhã, tomou somente uma xícara de café e se foi.

Logo após, Alice decidiu buscar o pão para os filhos fazerem o desjejum e saiu reclamando.

— Agora vou virar empregada dessa madame aí! Nem se incomodou em ir buscar o pão e só tomou café porque eu levantei cedo e fiz!

Ao retornar, antes de entrar em sua casa, uma vizinha, a qual Alice confiava-lhe alguns particulares, cumprimentou-a:

— Bom dia!

— Oi, Célia.

— Que cara! Aconteceu alguma coisa?

Desviando poucos passos de seu portão, parou frente à outra, que queria conversar. Insatisfeita, falou:

— Só posso estar com essa cara, né?
— Quem é aquela que vi saindo, agora há pouco, da sua casa? Você recebeu visita logo cedo? — riu.
— Antes fosse visita. Essa é a minha cunhada, a Raquel. Você não se lembra dela?
— Hum!... Parece que conheço, mas...
— Pois é, Célia... Quanto mais eu rezo, mais assombração me aparece. Estamos numa situação tão difícil, menina... Sabe, a Raquel veio morar com a gente para ajudar com as despesas.
— Mais uma boca! Ajudará de que jeito?
— Ajudará pagando o aluguel. A primeira ideia foi nós nos mudarmos para a casa dela. Mas, de maneira alguma eu poderia concordar com uma coisa dessas. Daí, falei pro Marcos que se ela quisesse ajudar mesmo, que se mudasse para cá! E não é que o diabo veio mesmo! — contou, exibindo descontentamento e mau humor. — Pelo menos, estou na minha casa. Aqui mando eu! Qualquer coisa, boto a Raquel pra correr! — riu. No momento seguinte, lamentou: — Ai, Célia, o que eu faço?
— Já disse, mas você não acredita em simpatias nem trabalhos espirituais... — lembrou a vizinha.
— Se você me ensinar uma simpatia para arrumar um emprego e se der certo, eu acredito.
— Para você arrumar um emprego?!...
— O Marcos me falou alguns desaforos e... — contou com olhar arrogante e fala contrariada, relembrando o ocorrido. — Vou me vingar dele. Quero fazer com que engula, a seco, o que disse de mim. Vou mostrar quem é incompetente, incapaz e improdutiva. Ele me paga!
— Ah! Mas se o negócio é esse!... Vem cá. Vem comigo.
— Mas eu tenho que levar o pão para os meninos.
— É só um minutinho!

Célia levou a amiga para dentro de sua casa e pegou um caderno onde havia várias anotações sobre suas crenças.

Pouco depois, Alice voltou para sua residência e passou a reunir apetrechos iniciando a manipulação do que seria necessário para conseguir o que desejaria.

Nesse instante, o espírito protetor de Alice aproximou-se dela e envolveu-a carinhosamente, sugerindo:

— Filha, se pensa em oferecer a Deus esses apetrechos, está perdendo o seu tempo. Deus é dono de tudo. Se você oferece tudo isso a um espírito, cuidado! Jesus já nos disse: *Experimentai se os espíritos são de Deus*. Os valores e as conquistas pessoais são alcançados por merecimento, não por barganha.

Mesmo sabendo que Alice não o ouvia, o mentor passou-lhe sabiamente a sua orientação. Pelo envolvimento de amor, repentinamente, Alice sentiu um medo inexplicável. Um frio correu-lhe o corpo inteiro e ela passou a pensar:

"Será que isso é certo? Será que eu não vou atrair coisas ruins com isso?"

Aquele pensamento era o alerta que sinalizava que algo não estava correto. Bem que deveria ter atendido a inspiração, porém seu desejo de vingança e sua vaidade foram mais fortes. Ela não conseguiu se deter e continuou.

Na espiritualidade, encontrava-se Sissa, um espírito ignorante que, quando encarnada, praticava o mesmo que Alice. Reclamava de tudo, criava brigas, era egoísta, vaidosa e orgulhosa. Não tinha bom ânimo no bem, não era produtiva, não procurava práticas salutares como a prece e pensamentos bons. Sissa só sabia tecer longas queixas e muitas críticas a tudo e todos.

Sem perceber o mentor da encarnada, que se encontrava em outra faixa vibratória, Sissa estava junto com Alice há algum tempo e, naquele instante, ao ver a mulher realizando o que mais praticou, quando encarnada, ficou infinitamente satisfeita.

Aproximando-se mais de Alice, passou a envolvê-la com um verdadeiro abraço, comprazendo-se com o que a encarnada realizava. Decidindo, então, permanecer sempre com ela, procuraria ajudá-la para que continuasse com aqueles feitos que lhe davam prazer.

Foi nesse momento, que um sentimento, ainda que não verdadeiro, de segurança e fé, passou a fazer parte de Alice. O medo experimentado pouco antes desapareceu.

Seu mentor pessoal, sabiamente, não interferiu. Sua tarefa já havia sido realizada, que foi o envolvimento e a inspiração relembrando o que é correto. Embora Alice tenha percebido, infelizmente, não deu atenção.

Espírito evoluído sabe que livre-arbítrio é Lei Divina e deve ser respeitado.

Mentor não é ama-seca, não é empregado. Todos os encarnados têm o direito ao livre-arbítrio, que é o livre poder de escolha, mas, obrigatoriamente, será responsável pelo que for realizado e arcará com as consequências do que pensa, fala e realiza, tendo a obrigação de harmonizar o que desarmonizou.

Se naquele instante em que sentiu insegurança, Alice houvesse parado e pedido: "Deus, oriente-me. Ajude-me a fazer o que é correto. Instrua-me!" É bem certo que, em seu âmago, sentiria a vontade de abandonar o que fazia e, verdadeiramente, não se deixaria envolver por qualquer espírito sem instrução que pudesse, por ventura, estar próximo.

Quantas vezes questionamos: "Deus, por que estou infeliz e insatisfeito? Por que me encontro em situação tão difícil?". Em vez disso, poderíamos nos harmonizar e, com humildade, perguntar: "o que deixei de fazer para estar assim? O que posso fazer para resignar, trabalhar para o bem dos outros e evoluir com as bênçãos de Deus e seguindo os ensinamentos de Jesus?".

Sempre existe uma entidade instruída a nos orientar no plano espiritual. Afinar-se com ela e se afastar de espíritos malfeitores e ambiciosos depende de nossos pensamentos, palavras e ações condizentes com as leis de Deus e ensinamentos de Jesus.

♡

Bem mais tarde, ao chegar à casa de seu irmão, Raquel estranhou ao ver aquela vela de grosso calibre acesa em lugar bem elevado na cozinha.

Após o jantar, enquanto ajudava a cunhada a arrumar a cozinha e assegurando-se de que ela não iria se irritar com sua curiosidade, bem cautelosa, perguntou:

— Para que aquela vela, Alice?

— Ah! É uma simpatia que estou fazendo. Quero arrumar um emprego para ter algum dinheiro, manter-me ocupada e ter mais valor para o seu irmão.

— Ora, Marcos te valoriza. Mas se quer arrumar um emprego, creio que ele ficará ainda mais contente porque a situação de vocês se estabilizará mais rapidamente.

— Não tente me adular, Raquel. Marcos nunca me valorizou — retrucou a cunhada em tom de ironia.

— Para mim, já. Outro dia mesmo ele comentou do seu capricho com a casa. Sabe, Alice, meu irmão te quer muito bem. Você e os meninos são tudo para ele. Quanto a mim... Bem... Sou só irmã, estarei aqui por pouco tempo. Marcos só tem vocês, a família dele.

Deixando-se envolver pelos modos mansos que Raquel naturalmente tinha, Alice perguntou muito branda:

— Não sei por que brigamos tanto. O que será que posso fazer?

Pensativa e cuidadosa com as palavras, a cunhada arriscou dizer:

— Sabe, quando a situação é difícil, se os ânimos dos outros estão enervados e se vejo que posso tumultuar ainda mais, mesmo com uma pequena opinião, eu me calo. Fico quietinha. Depois, quando tudo se acalma, posso até arriscar um palpite ou esclarecimento, bem mansamente. Esse é um jeito de não provocar discussões ou brigas. Acho que todas as brigas causam mágoas, dores... É desagradável brigar. E também desnecessário. Nunca vi brigas trazerem soluções.

— Ah! Isso é você que acha. Eu não sei ser assim não — reagiu rapidamente contrariada.

— Sabe, Alice, para tudo na vida precisamos treinar. Tente! Quantas vezes forem necessárias. Quando você vir os bons resultados, a mudança estará ocorrendo naturalmente. Isso é viver em harmonia e feliz. Precisamos cultivar a felicidade, a paz...

A cunhada ficou pensativa até que o espírito Sissa aproximou-se dela e interferiu, a fim de não a deixar refletir com tranquilidade e razão sobre o que é bom, pois, se isso acontecesse, Alice não mais se deixaria envolver por ela.

— Ela está querendo ditar normas para você?! — perguntou Sissa como se debochasse. — Pelo visto, já começou a mandar na sua vida!

Repentinamente, Alice transformou a face serena em um rosto franzido e sisudo, arrematando o assunto e falando com estupidez:

— Quem quiser conviver comigo, tem que me aceitar como sou! Não vou mudar por causa dos outros!

Raquel se calou, sentindo seu rosto aquecer pela sensação de vergonha, com misto de aborrecimento pelo que ouvia.

Sentiu o peito apertar. Era aquela sensação de desapontamento. Nada comentou. Havia prometido a si mesma não discutir com Alice e precisava cumprir sua promessa, caso quisesse viver com o mínimo de paz.

♡

Passaram-se alguns dias...

Marcos agora se encontrava mais tranquilo. Com o dinheiro oferecido por sua irmã, colocou em dia o pagamento da locação da casa.

A presença de Raquel parecia oferecer mais serenidade. Ela era agradável e contornava muitas situações com Alice, que quase não se alterava mais.

A nova hóspede procurava fazer de tudo para não a incomodar e ainda ajudava-a no que era preciso, de acordo com sua disponibilidade.

Sabendo que Alice desejava trabalhar, Raquel procurou, com os conhecidos, uma oportunidade de emprego para a cunhada e aguardou.

♡

Naquela época do ano, o verão animava todos com seus dias mais longos. O início da noite era agraciado com um belo pôr-do-sol, bem alaranjado, na linha do horizonte. Disposta e animada, Raquel nem sentiu o trajeto de volta e perdeu o espetáculo da natureza. Não via a hora de chegar à casa de seu irmão e contar para a cunhada a novidade.

Ao entrar, empolgada, foi logo contando:

— ...então a Rita me entregou o número do telefone. Esse gerente é cunhado dela. Sabe, ele queria conversar um pouco sobre o perfil de quem pudesse ocupar a vaga e... bem...

— Vamos, diga! — Alice inquietou-se diante da pausa.

— Aqui está o endereço! — Raquel entregou um papel com a anotação, estampando largo sorriso ao estender a mão.

— Ah! Eu não acredito! — gritou eufórica.

— Pode acreditar — tornou Raquel, muito contente. — Você está agendada para uma entrevista daqui a dois dias.

Ligeiramente, olhando para o endereço com olhos brilhantes, afirmou com convicção:

— Eu vou conseguir! Sei que vou conseguir!

— Claro que vai! — incentivou a cunhada.

Estavam felizes com aquela possibilidade. Ao chegar, Marcos surpreendeu-se com tanta animação por parte da esposa, coisa rara de se ver. Colocando-o a par da novidade, muito entusiasmada, Alice voltou sua preocupação para alguns detalhes:

— E roupa? — lembrou-se. — Eu não tenho roupa para uma boa apresentação. Afinal, é uma entrevista!

— Se você não se importar, pode usar as minhas — Raquel ofereceu sem pretensões e sem pensar.

— Mas será que servem? — preocupou-se, medindo o corpo da outra com o olhar.

— Claro que sim! Encontraremos algo. Você não deve usar uma numeração muito maior que a minha. Além do que, tenho roupas de tecidos que cedem. Vamos, venha ver! — chamou, ansiosa e alegre, puxando Alice pelo braço.

Já no quarto, passaram a procurar o que mais convinha vestir para uma ocasião como aquela.

Roupas, sapatos, assessórios para os cabelos, bolsa, brinco e até maquiagem Raquel colocava à disposição de sua cunhada. Entre a alegre procura e exibição de suas coisas, não percebeu o olhar invejoso de Alice, disfarçado com um sorriso, e a decepção de quando uma ou outra peça não lhe servia bem.

Impensadamente, com ingênua felicidade, vez e outra, Raquel estendia sobre seu belo corpo um vestido e o admirava. Por sua simplicidade, na ânsia de ajudar e ser prestativa, não notava o olhar enraivecido de Alice, pois ria gostosamente depois de alguma brincadeira singular.

Em dado momento, Raquel segurou um vestido no colo e com o outro braço o apertou rente em sua cintura, rodopiou frente ao espelho enquanto sorria ao ver seus belos e longos cabelos se desalinhando e cobrindo-a inteira, formando um bonito despenteado.

Num gesto singelo, arrumou as mechas para trás, livrando o rosto dos longos fios e voltando-se, ofereceu a vestimenta dizendo:

— Veja se serve. Eu nunca tive oportunidade de usá-lo. Mas é lindo!

Irritada pela beleza natural do corpo de sua cunhada, Alice estremeceu de inveja, mas respondeu com modos educados, pois precisava da ajuda:

— Nem adianta. Não vai servir.

— Experimente! — insistiu a moça sem pretensões.

— Não queira me comparar a você, Raquel! Tudo lhe cai muito bem!

— Não se subestime, Alice. Você é muito bonita, é jovem...

Interrompendo-a de imediato, falou com insatisfação:

— Trinta e sete anos é juventude? Onde?!

— Se você for ranzinza, chata e egoísta, aos dezoito anos será uma velha. Vamos! — tornou Raquel, mais enérgica, porém com generosidade. — Vista isso.

Apesar de servir em Alice, que tinha outro biotipo, o vestido ficou melhor na outra.

Raquel era naturalmente elegante. Tinha traços finos, pele vistosa, rosto delicado, expressões meigas, doce simpatia e isso parecia harmonizar tudo o que usava. Ela possuía inigualável leveza de espírito. Isso incomodava, profundamente, a outra.

Já escolhida a roupa e os assessórios, Alice pareceu mais tranquila e Raquel passou a ver a cunhada como amiga. Acreditava que todo aquele mau humor seria pela falta de ocupação produtiva e lucrativa, principalmente. Arrumando um emprego, novidades e situações corriqueiras ocupariam sua atenção e, consequentemente, não implicaria tanto com outras coisas em casa.

♡

Os dias correram céleres.

Tudo certo. Alice conseguiu o emprego tão desejado e, maravilhada com o êxito, na primeira oportunidade, procurou por Célia, avisando-a da novidade e agradecendo sua ajuda nesta conquista.

— Obrigada, Célia! Obrigada mesmo! Se não fosse por você!... Quem diria que alguém como eu, que só poderia trabalhar como faxineira, e na minha idade, poderia encontrar um emprego como esse?

— É um grande magazine, Alice! Que sorte! Promotora de vendas deve ganhar bem lá! Você viu como simpatia funciona?

— É mesmo, né, menina! Agora o que eu preciso é dar um jeito no Marcos e no emprego dele.

— Ah! Isso é fácil. Só que pro Marcos firmar no emprego e pro chefe dele dar aumento, o melhor mesmo é ir num lugar aí que eu conheço e sei que é ótimo.

Após ouvir a amiga e combinarem ir ao tal lugar, Alice foi para sua casa e contou a sua cunhada:

— Então, Raquel, foi depois dessa simpatia que apareceu essa oportunidade de emprego. Puxa, eu nunca havia dado importância para o lado espiritual!

A jovem ouvia atentamente, porém, no decorrer do relato, aquele tipo de assunto provocou-lhe uma sensação diferente, ruim. Uma amargura começou a vibrar em seus sentimentos, chegando a experimentar um verdadeiro mal-estar.

Por um instante, acreditou que não foi a simpatia que ajudou Alice a arrumar um emprego, mas sim sua manifestação no desejo de ir trabalhar. Se soubesse que a cunhada gostaria de encontrar uma ocupação, já teria lhe arranjado um serviço bem antes. Temeu fazê-lo, por acreditar que Alice reagiria dizendo que não havia lhe pedido nada ou que aquilo não era de sua conta.

Repentinamente, os pensamentos de Raquel se voltaram para a cunhada que lhe perguntava:

— Então, a Célia disse que tem um lugar aí que é ótimo. Sabe, eu gostaria tanto de ir lá, mas... Ah! Sabe... Ir sozinha é tão ruim. Ah, Raquel... Vamos comigo?

Titubeando e não querendo magoar a cunhada que, nos últimos dias, mostrava-se mais amigável, respondeu:

— Não sei, não, Alice. Não gosto disso.

— Já foi a um lugar assim?

— Não. Mas a ideia não me agrada. Sabe, fui criada na igreja católica e... Você sabe como minha família era ortodoxa. Não gosto dessas coisas.

— Ah! Vamos, vai, Raquel?... Se a gente não gostar do lugar, não voltaremos mais e pronto. — Diante do silêncio da cunhada, que não sabia impor sua vontade, Alice chantageou dizendo: — Você é minha amiga ou não é? Se for, não vai me deixar ir lá sozinha.

— Está bem. Mas só dessa vez, hein — com sorriso forçado, acabou concordando.

Alice se contentou, mas sua cunhada não se sentia bem com tudo aquilo. No entanto, se quisesse vê-la satisfeita, teria de ceder aos seus caprichos.

♡

    No dia seguinte, em seu trabalho, Raquel via-se confusa em meio a tanta coisa para fazer que nem reparava à sua volta, enquanto Vágner, interessado por ela, aproximou-se dizendo:
    — Como está concentrada!
    — Como? Não ouvi — surpreendeu-se e indagou educada.
    — Estou te observando há tempos e nunca a vi tão compenetrada.
    — Tenho de ficar atenta com essas tabelas, códigos e valores, senão... — disse gentil. — Já pensou fazer reservas para a Espanha em vez da Austrália ou coisa assim? Sem falar dos remanejamentos, cancelamentos e estatísticas. Estamos nos aproximando das férias, esqueceu?
    — É, eu sei. Também estou ficando maluco por causa das férias. Quando vim trabalhar em uma empresa aérea, não imaginava que seria assim. Pensei que teria mais facilidade para viajar nas férias, mas descobri que é a temporada onde mais se trabalha aqui. — Vendo-a voltar atenção ao que fazia, ele insistiu na conversa: — Não se desgaste tanto. Você precisa se poupar. — Ela sorriu e nada respondeu, foi então que o rapaz arriscou um convite: — Gostaria de conversar com você, Raquel. Eu a acho tão... misteriosa. Aqui não temos muita oportunidade para bater papo e... — A moça ficou séria e ele continuou: — Vamos sair hoje, após o expediente?
    — Não. Não posso — respondeu imediatamente, sem refletir.
    — Por quê? Vamos só bater um papo, nos conhecermos, afinal, você nunca fala de si.
    — Desculpe-me, Vágner, mas estou tão atarefada agora que nem posso te dar atenção. Agradeço o convite, no entanto não quero sair. Estou muito cansada.

— Então vamos almoçar juntos, certo?
— Perdoe-me, novamente, mas hoje não vou almoçar.
— Está bem. Fica para outro dia... — insatisfeito, porém sem exibir seu descontentamento, deu-se por vencido e se foi.

Raquel se sentiu incomodada. Não gostava do jeito daquele rapaz. Há dias vinha percebendo que Vágner, vez e outra, tentava se aproximar dela para conhecê-la melhor. Isso não lhe agradava.

Bem mais tarde, quando a fome a incomodou muito, decidiu fazer um lanche rápido.

Sentada a uma mesa em lugar de pouco movimento, apreciava um lanche enquanto refletia, contrariada, que teria de acompanhar sua cunhada a um tal lugar. Não queria aborrecer Alice, mas aquilo não era de sua vontade. No entanto, de uns dias para cá, Alice estava tão alegre, gentil e animada, que seria difícil negar alguma coisa e vê-la voltar ao que era antes. Não se lembrava de quando a viu tão satisfeita daquela forma.

— Posso?! — perguntou Alexandre, com sua voz grave, que chegou bem próximo sem ser percebido.

Muito distraída e perdida em seus pensamentos, a jovem quase gritou. Assustou-se tanto que estremeceu o copo que segurava entornando um pouco do refrigerante.

— Por favor, Raquel, desculpe-me! — pediu o moço gentil, ligeiro e até constrangido com a situação. Deixando a bandeja sobre a mesa, segurou no braço da colega, tentando acalmá-la.

— Não foi nada... — respondeu querendo disfarçar e secando a mesa com um guardanapo de papel.

Apesar de verdadeiramente envergonhado, Alexandre não conseguiu conter o riso e Raquel também começou a rir, permitindo:

— Vamos, sente-se logo.

— Depois dessa lambança que fiz você fazer... Fico até sem graça. Desculpe-me... mas... tenho de admitir que você reagiu de um jeito muito engraçado. — Raquel riu e ele quis saber: — Por onde voavam esses pensamentos? Cheguei aqui e você nem me viu.

— Não vi mesmo. Estava tão distraída.

— Está tudo bem?

— Sim, está.

— Não parece. Para fazer um lanche a essa hora... Deve estar repleta de serviço, como eu.

— Ah! Estou sim. Nem me fala.

Em seguida, ambos falaram juntos como num coro:

— Férias!...

Eles riram e depois continuaram apreciando o lanche e entre um assunto e outro conversavam sobre o serviço. Raquel mais ouvia do que falava. Ela possuía uma personalidade quieta, quase misteriosa, que se escondia por trás de sua beleza naturalmente angelical. Após terminarem, voltaram juntos ao trabalho e não deixaram de ser percebidos por Rita e Vágner, que estavam atentos, cada qual com seu interesse pessoal.

Raquel sentiu-se satisfeita pela companhia aprazível, pois o amigo não era indiscreto e sempre falava de coisas agradáveis, não investigava sua vida e não comentava sobre a dele também.

Mais à tarde, na primeira oportunidade, Vágner procurou por Alexandre.

— E aí? Você conseguiu, hein!

— Consegui o quê? — perguntou, sem entender.

— Não disfarça, Alexandre. Você está querendo ganhar a Raquel. Será mais uma para sua coleção, é?

O colega riu, pendendo com a cabeça de forma negativa ao dizer:

— Não quero ganhar ninguém, cara! Pode atacar! Se você está falando isso só porque nos viu chegar juntos, esquece. Foi casual. Eu a encontrei sozinha no local em que fui fazer um lanche rápido.

— Mas eu a convidei para almoçar e ela recusou.

— Você errou. Deveria tê-la convidado para um lanche rápido. Raquel me disse que está repleta de serviço como todos nós e que não teve tempo de ir almoçar. — Vágner, com olhar desconfiado, encarava o colega com certo desdém. Não lhe agradava a ideia de que Alexandre pudesse se interessar por Raquel, pois ele havia se determinado a conquistá-la. Temia pela decisão do outro, a quem não se achava páreo, pela aparência vigorosa e agradável, personalidade decidida, forte e marcante. Apesar disso, Alexandre não era do tipo de assediar mulher alguma. — Fique tranquilo, Vágner. Não estou querendo ganhar a Raquel. Admiro seu bom gosto. Ela é bonita, sensata, mas não pretendo me amarrar em ninguém. Boa sorte!

— Ela me atrai. Sabe disso, né cara? Misteriosa, diferente... Tem certo enigma... — Pensando por alguns minutos, perguntou: — O que posso fazer para me aproximar?

— Pessoas quietas e misteriosas não gostam de ser abordadas. Normalmente, repelem a invasão de privacidade. Aproxime-se dela sem ser grudento, daqueles caras pegajosos. Seja simpático e amigo. Fale sobre o que ela quer falar. — Alexandre sorriu, pois se lembrou de que, em sua família, todos o chamavam, às vezes, de grudento, por ele adorar um abraço e o contato de carinho.

O rapaz sorriu ao conselho do amigo e animou-se para conquistar a jovem.

No final do expediente, apesar do horário de saída já ter se adiantado, Raquel ainda trabalhava, querendo colocar em ordem a sua tarefa.

Vágner a observava de longe. Aproveitando-se de haver poucos colegas na seção, aproximou-se da moça dizendo:

— É hora de ir embora! — falou alegremente.

Ela não ficou satisfeita e envergou a boca para baixo. Sua atenção ao serviço foi roubada. Desejava terminar, o quanto antes, mas a presença do rapaz atrapalhava, imensamente, sua concentração.

— Deixe isso para amanhã. Vá descansar. Você não será promovida por ficar depois do expediente. — Ela respondeu com silêncio e o esboço nítido de um sorriso forçado. — Vamos. Eu a levo para casa.

— Não — respondeu secamente, com frieza.

— Não reaja assim... — disse ele com voz dengosa. — Vamos, vai. Eu a levo para casa.

Mantendo-se firme, com uma postura quase agressiva, Raquel reagiu sem se incomodar com os que podiam ouvir:

— Se eu estou aqui, após o expediente, pode ter certeza de que não é por prazer! É por necessidade! Agora, por favor, se você ficar aqui ao meu lado me pressionando ou me distraindo será, além de inconveniente, mais um problema para eu resolver! Agradeço a carona, mas não quero! Obrigada!

Vágner enrubesceu, pois ouviu risos dos que assistiram à cena. Sentiu-se humilhado e com orgulho ferido. Seus olhos brilharam e seus lábios apertaram-se, tamanha a raiva que sentiu naquele momento pelo comportamento arredio da colega. Jamais alguém agiu daquela forma com ele. A colega não tinha esse direito. Estava acostumado a ser tratado com prazer por outras moças quando fazia seus convites.

Envergonhado, mas mantendo-se arrogante, falou:

— Está certo. Como quiser.

— Desculpe-me... — tornou mais branda. — Estou nervosa com o que faço no momento e... Desculpe-me.

— Tudo bem. Amanhã conversamos.

Com imenso rancor, ele se foi. Em seu íntimo, não poderia negar que desejava conquistá-la, no entanto, agora, quebrado o encanto, gostaria de fazê-lo, mas somente por sua honra e para subjugá-la.

Alexandre, que não pôde deixar de observar a cena, ficou quieto em seu canto, sem se deixar perceber. Compreendeu Raquel. Vágner era inconveniente. Entretanto, nada disse a nenhum dos dois.

Capítulo 3

Reforçando os laços de amizade

Com o passar dos dias, Alice começou a trabalhar.

Sendo uma mulher inteligente, de aparência respeitável e bonita, ficou ainda mais em evidência com o auxílio de Raquel, que ajudou com os empréstimos de suas melhores roupas e até acabou comprando-lhe algumas peças.

Muito caprichosa com a casa, agora, mesmo trabalhando, não era diferente. Frequentemente, contava com a colaboração de Elói e Raquel, que ajudavam, espontaneamente, em várias tarefas.

Empolgada com a nova experiência de trabalho, Alice passou a comentar em casa sobre alguns assuntos interessantes em seu serviço. Eram ocorrências novas e até engraçadas para ela, mas que a faziam esquecer as dificuldades financeiras que enfrentavam.

A ausência de queixas da esposa e os comentários feitos de forma alegre, sempre distraíam Marcos, os filhos e Raquel. Isso provocava um clima harmonioso no ambiente doméstico e o marido passou a expressar menos preocupação. Ele se divertia com os casos que sua mulher contava, dava-lhe mais atenção e carinho, pois podia aproximar-se mais da esposa, que não o recebia com suas reclamações e irritações tão contundentes.

Era a forma de agir e falar de Alice que mudava a vibração do ambiente, interferindo no relacionamento de todos, fazendo-os ficar irritados e dispostos para brigar a qualquer momento.

— Então a cliente me fez entrar no provador, experimentar a blusa para ela ver como ficaria em sua filha, pois a moça não estava ali e a mulher afirmava que tínhamos o mesmo corpo — contava Alice muito animada, descontraída e estampando largo sorriso, coisa rara de se ver.

— E o gerente? — perguntou Marcos.

— Ah, sim! Antes de fazer isso eu falei com ele, claro. E aí ele respondeu: "Se é isso o que a cliente quer, ela manda!"

Todos acharam graça no caso, mas logo os filhos: Elói e Nílson chamaram a atenção para outro assunto.

Bem depois, enquanto arrumava a cozinha, Alice perdia-se em pensamentos de admiração:

"Nossa! Como o Marcos mudou!"

O espírito Sissa, que se afinou com ela por compatibilidade, sempre se fazia presente para opinar. Com isso, ligavam-se mais e mais. Suas ideias chegavam para a encarnada como se fossem seus próprios pensamentos.

Envolvendo-a como que em um abraço, Sissa opinou de forma muito convincente, aproveitando sua ideia:

— Marcos mudou mesmo. Isso se deu graças ao que você tem feito, as velas e a tudo mais que tem oferecido em troca. Afinal, alguém tem de cuidar do lado espiritual da família e esse alguém é você. Os seus desejos e a sua fé realizarão milagres se seguirmos as instruções recebidas. Terá de continuar a cumprir com o que lhe mandaram fazer ou então sua vida vai virar aquele inferno, novamente.

De imediato, recebendo essas impressões espirituais, Alice se deixava envolver ao tecer os seguintes pensamentos:

"Não quero mais ser como antes. Não quero viver como vivia. Mudei! Tenho mais valor com a vida que levo agora. Realmente tudo está dando certo. As simpatias e os trabalhos espirituais funcionam mesmo. Não há nada de errado com o que estou fazendo. Ninguém pode me culpar por querer uma vida melhor. Tudo mudou! Marcos está diferente, rindo e me oferecendo atenção... Vai ver é por causa do que vou receber pelo meu trabalho. Mas o dinheiro é meu! Investirei em mim! Cuidarei de mim! Se ele pensa que eu esqueci o que me falou sobre eu ser improdutiva, está muito enganado. Ah!... Está!"

— Isso mesmo, minha amiga! — insistia Sissa. — Valorize-se! Você é jovem, bonita! Não merece ser escrava de um homem como ele.

"Se o Marcos está pensando que vai pôr a mão no meu salário... Meu dinheiro não vai pras mãos dele não. Vou ajudar em casa sim. Mas, vou me cuidar antes de qualquer coisa. Preciso me produzir mais. Valorizar minhas qualidades físicas. Ele vive elogiando a irmãzinha dele, pois que se vire com ela. Agora é que percebo o quanto minha aparência é importante. Meu emprego e meu bem-estar vão depender da minha apresentação, agora."

♡

Novamente, Alice retornou ao referido lugar, levando consigo a cunhada.

Lá, relatou todas as suas dificuldades, seus desejos e ambições. Após ouvir as orientações, aceitou levar determinadas encomendas que diziam ser para que os espíritos trabalhassem a seu favor.

Um dos pedidos era para que Marcos ficasse mais tranquilo, mais harmonioso com ela e que pudesse se estabilizar no emprego com um salário mais elevado.

O que ignorava é que a estabilidade na empresa, onde o marido trabalhava, já estava prevista muito antes de ela ir à busca daquele tipo de ajuda.

A mulher se negava a reconhecer que o esposo só estava mais tranquilo e alegre por ela ter mudado os seus hábitos agressivos e nervosos ao falar, por ter, agora, assuntos novos, produtivos e bem-humorados. Além disso, a contribuição financeira que ela trazia, por trabalhar, ajudaria imensamente no orçamento da família. A estabilidade econômica não dependeria somente dele e sentia-se mais seguro.

Raquel, que acompanhou a cunhada, ficou um tanto desconfiada e receosa. Não gostou do que Alice decidiu fazer, porém acreditou que nada podia falar, uma vez que, quando tentou argumentar, a outra reagiu contra suas opiniões. Então, resolveu se calar, apesar de se sentir muito mal com tudo aquilo.

♡

Com o passar dos dias, Marcos estava junto ao diretor da empresa onde trabalhava. Admirado, justificava-se:

— Mas... Senhor José Luiz, nem sei o que dizer. Eu...

— Esperava ouvir, ao menos, um muito obrigado. Só — respondeu dando risada.

Surpreso ainda, tornou a estampar largo sorriso, admitindo satisfação ao dizer:

— Sim, Claro! Muito obrigado pela confiança. Sei o quanto este cargo exige responsabilidade e tenho até receio de não corresponder. Tudo aqui na metalúrgica está sendo informatizado e... — ficou preocupado.

— Marcos — interrompeu o diretor —, agora, sendo o coordenador do setor, a empresa vai lhe oferecer cursos nessa área. Você é um profissional respeitável, uma pessoa de caráter exemplar, esforçado e, por tudo isso, tenha a certeza de que não será difícil se adaptar à nova função e aprender o que for necessário. Vai dar tudo certo! — falou animado. Em seguida, comentou: — Bem... A princípio, seu salário sofrerá um pequeno reajuste. Mas, após os cursos de atualização profissional, vamos corrigir isso.

O coração de Marcos estava aos saltos. Ele não cabia em si tamanha a alegria.

— O senhor não imagina como estou feliz! Nem sei se mereço este cargo... Obrigado, senhor José Luiz! Muito obrigado! — ressaltou.

— Agradeça a Deus e a você mesmo. Seu comportamento, seu empenho e sua dedicação foram fatores que nos levaram a observá-lo e concluir que tinha o perfil ideal para essa colocação. Nunca ouvimos quaisquer comentários que pudessem desabonar a confiança que depositamos em você hoje. Chegou a sua chance, rapaz! Vamos trabalhar juntos e vou avisando: sou exigente e gosto de estar bem informado sobre todos os detalhes. Espero que sempre me deixe a par das novidades, uma vez que estamos sem gerente administrativo, como você sabe. Assim sendo, os coordenadores ficarão responsáveis de me transmitirem as informações, certo? Quero ver aquele setor funcionando a todo vapor!

— Pode deixar — sorriu, sentindo-se satisfeito e confiante. — Vou me empenhar ao máximo.

Ao chegar à sua casa, Marcos exibia felicidade total e não deixava de falar sobre a novidade.

Raquel oferecia toda a atenção para o irmão e Alice, muito contente, não conseguia acompanhar a conversa do marido, já que seus pensamentos se voltavam para a admiração aos credos que adotou, as promessas e propostas de ajuda que recebeu daquela doutrina espiritualista que procurou.

Contudo, a razão maior de a esposa desviar os pensamentos das palavras de Marcos, era porque o espírito Sissa, naquele instante, transmitia-lhe suas sugestões.

— Está acreditando agora nas magias, nas feitiçarias, nas forças ocultas, minha amiga? Viu como o mundo espiritual tem forças? Podemos fazer tudo o que você desejar. Tudo! — Sissa impregnava, com suas vibrações e desejos, os pensamentos de Alice.

A encarnada não podia ouvi-la, mas começava a ter ideias e opiniões que antes não tinha e que, agora, julgava que fossem suas.

"Que impressionante! Como tudo está dando certo! — pensava, admirada. — "Célia foi amigona mesmo! Ela tinha razão. Eu não era feliz porque nunca tive fé. O lugar lá é bom mesmo. Os espíritos que consultei foram ótimos. Tenho que voltar lá. Tudo foi tão fácil!"

A ganância passou a fazer parte dos seus desejos. Influenciada por Sissa, ficou desejando, cada vez mais, bens terrenos, por meio de aquisições fáceis e indevidas.

Em uma outra oportunidade, ao conversar com sua amiga Célia, Alice contava animada:

— Ah!... Pedi sim! Quero me destacar no serviço. Preciso de estabilidade financeira. Não serei uma promotora de vendas pelo resto da vida, você vai ver. O gerente do meu setor me disse que nunca viu alguém tão esforçada como eu. Houve uma pequena reunião com vários vendedores e ele até me citou como exemplo na frente de todos — sentiu-se orgulhosa.

— Que virada você deu, hein, menina! — exclamou, admirada. — Quem te viu e quem te vê! Tem uma coisa, Alice, não deixe só pros espíritos te ajudarem não. Você tem de fazer algumas coisas por si mesma. Melhore o quanto puder o seu visual, procure falar baixo, pausadamente, sem euforia, com modos educados, com a maior classe. Não fique gargalhando alto, nem à toa, seja sempre discreta em tudo. As pessoas educadas, graciosas, atraem a atenção dos outros. Enquanto que aqueles que querem chamar muito a atenção para si, passam pelo maior ridículo.

— É verdade. Tenho de contribuir com a ajuda espiritual que estou recebendo. Quanto à aparência... Pode deixar, já estou cuidando disso. Comprei roupas novas e boas. Melhores do que as que a Raquel me emprestou.

— E a Raquel, foi lá com você?

— Foi, foi sim — envergou a boca e fez fisionomia de desdém. — Mas, sabe, ela parece que não gosta muito. Ah, Célia!... Se você pudesse ir comigo... — Falou com jeito dengoso.

— Não dá, menina. Só posso ir lá à tarde. À noite, o Geraldo, meu marido, está em casa e já viu, né... Ele não quer saber disso.

As amigas continuaram conversando mais um pouco...

♡

Bem mais tarde, Alice procurava convencer a cunhada para que a acompanhasse.

— Ah! Raquel vem comigo, vai — pedia, com jeitinho, para persuadi-la.

— Puxa, Alice... Ah... Não sei não. Não gostei de ter ido àquele lugar. Acabei me sentindo tão mal depois. Passei até alguns dias meio deprimida... sei lá. Não seria melhor irmos a uma igreja?

— Sempre fui a igrejas e o que recebi? — não houve resposta. — Que nada! Vai ver ficou ruim ou deprimida por outra coisa. Passa pela consulta e você vai se sentir melhor. Verá como sua vida vai melhorar.

Alice não parou de falar até a cunhada aceitar acompanhá-la ao tal lugar. Embora não tenha aceitado passar pela consulta, mais uma vez, Raquel não se sentiu bem com o ambiente devido ao nível espiritual incompatível com a sua índole.

♡

No dia seguinte, em seu trabalho, Raquel sentia-se um tanto atordoada e não conseguia ficar atenta ao que fazia.

— Puxa vida! O que será que está acontecendo comigo? — falou sozinha.

— O que foi? Errou novamente? — perguntou Alexandre que, com o último remanejamento de lugares e funções dentro da empresa, passou a ocupar uma mesa ao lado de Raquel. Somente uma divisória, de poucas proporções, separava-os.

— Nossa! Parece que estou ficando boba! Nem acredito no que estou fazendo.

Dando um empurrão em sua cadeira giratória de rodinhas, Alexandre se colocou ao lado da colega para ajudá-la:

— O que foi? — tornou ele, observando mais de perto o que ela fazia.

— Novamente me enganei com os códigos e essas reservas foram parar em outro lugar. Quando eu cancelar, o senhor Valmor vai ficar uma fera.

— Não tem alguém com reservas para esse lugar? Veja com os outros... Quem sabe?...

— Vai ser difícil... — tornou desanimada.

— Dê-me o telefone, quem sabe o Mauro tem alguma coisa para trocar com você.

Raquel estava sem iniciativa. Desalentada, viu o colega agir em seu lugar. Depois de alguns minutos, eficiente e animado, o rapaz solucionou o problema para ela.

— Obrigada, Alexandre — agradeceu com sinceridade. — Você não imagina o que fez por mim. Acho que é a quinta vez, em menos de um mês, que não presto atenção no que faço e erro.

— Liga para a equipe de suporte e peça para fazerem um programinha onde essas tabelas fiquem reservadas com as informações necessárias. Daí, só no fim do dia ou quando quiser, você registra e confirma tudo.

— Vou solicitar sim — concordou. Após alguns segundos, com o olhar perdido, admitiu: — Também eu era uma mera operadora e por força das circunstâncias fui mudando de setor até vir parar aqui. Pouco entendo de programas ou sistemas de computador. — Ainda confessou: — Mas tenho de reconhecer que é falta de atenção de minha parte. Não sei dizer por que isso está acontecendo. Sempre tive esses códigos decorados.

— Será que não precisa de férias? Um descanso cairia bem.

— Descanso, agora, seria impossível. — Raquel suspirou profundamente, demonstrando descontentamento. Parecia angustiada. Seu coração estava apertado e com maus presságios. Não sabia explicar a razão.

— Está com problemas, Raquel? — quis saber, com modos discretos.

Erguendo o olhar mansamente, com entonação singular na voz, ela respondeu:

— Acho que estou. A Rita contou e... Não sei se você se lembra... Meu irmão teve dificuldades. Era para ter ido morar comigo, mas acabou que eu fui morar com ele e... — Calou-se.

— Pelo visto não está sendo bom para você, não é?

— Não está mesmo, ou melhor, com meu irmão eu me dou muito bem, o problema é com minha cunhada.

— Ah, ele é casado? — não lembrava o assunto.

— Sim e tem dois filhos. — Encarou-o por alguns segundos com olhar meigo, esboçando singelo e doce sorriso. Muito encabulada, remexeu-se na cadeira, disfarçando e fugindo ao olhar. Acreditou que aquele assunto era inoportuno e disse com voz terna: — Bem... Deixa para lá. Não gosto de incomodar os outros com meus problemas.

O rapaz fez um gesto singular e, após sorrir também, voltou ao seu trabalho.

Rita, que os observava a certa distância, corroía-se inquieta pela curiosidade em saber sobre a ligeira aproximação dos dois.

Mais tarde, durante o café, Rita questionava a amiga:

— Qual era o assunto então?

— Ora, Rita, eu me confundi com uns códigos, fiz reservas erradas e ele estava me ajudando a arrumar.

— É, mas outro dia eu vi quando você não quis almoçar com o Vágner e acabou voltando do almoço com o Alexandre.

— Nós nos encontramos por acaso. — Cansada de ser interrogada com tanta desconfiança, Raquel reagiu: — Nossa! O que você quer, afinal de contas?! Já disse que não estou interessada no Alexandre nem em homem nenhum. — Irritada, concluiu: — Quer saber? Pega o Alexandre e pendura no pescoço, tá bom?! — expressou-se muito zangada.

— Credo, Raquel!... Não sabia que você era tão grossa assim!

— Todos temos um limite, você não acha? Estou cheia desse assunto! — tornou muito descontente. Com um gesto, demonstrando-se enfadada, aquietou-se.

Por sua vez, a outra sabia que não poderia brigar com ela. Achava que, por Alexandre estar próximo da mesa de trabalho de Raquel, seria mais fácil aproximar-se dele quando fosse ver a colega. Sem demora, falou de forma branda:

— Desculpe, tá? Confio em você, mas é que tem horas que... Puxa, tenho um objetivo, né! Sei que você me entende. — Raquel nada disse e Rita continuou: — Tenho de dar um jeito de me aproximar dele. E... para isso, só posso contar com você.

— Comigo?! — surpreendeu-se.

— Claro, né, Raquel! Primeiro, porque parece que é a única mulher aqui que não está interessada no Alexandre. Segundo, porque ele está bem ao seu lado.

— Não sei como posso ajudar. Eu e o Alexandre mal conversamos.

Tentando persuadir a colega, Rita passou a chantageá-la emocionalmente, pois acreditava em seu coração emotivo.

— Raquel, você é a única pessoa que pode me ajudar. Não sei mais o que fazer. Olha... — dizia a amiga com modos dengosos — A verdade é que eu não paro de pensar no Alexandre — ficou com olhos marejados. Sussurrou, exclamando: — Estou apaixonada! Sonho com ele. Imagino que estamos juntos... Eu adoro o Alexandre. Não sei mais o que fazer. Não posso me revelar e dar uma de fácil, mas tenho de me aproximar.

— E se ele tiver namorada?

— Não tem.

— Como pode ter certeza disso, Rita?

— Eu sei que ele não tem ninguém. Parece que nunca teve namorada firme. Ele não se prende a ninguém.

— Ora... Então por que insistir?

— Porque eu adoro esse cara! — enfatizava falando baixinho. — Você nunca se apaixonou por alguém?

— Não — respondeu sem pensar muito.

— Não?! Nunca? — surpreendeu-se.
— Nunca. Olha, Rita... Veja se não vai se humilhar. Correr atrás... Eu acho que, como mulher, deveria ter autoestima, cuidar primeiro de si mesma — não sabia o que orientar.
— Eu estou gostando do Alexandre, Raquel. Se você nunca se apaixonou por alguém, não sabe como é. Só me ajude, por favor — pediu com voz piedosa.

Comovida e sem muita alternativa, concordou:
— Está bem. Mas veja lá, não quero me envolver em encrencas!
— Que encrenca? Você só estará me ajudando. — Após pequena pausa, com os pensamentos fervilhando de ideias, já propôs: — Convide-o para almoçar hoje, certo?
— Eu?
— Claro! Você não quer me ajudar?
— Como? Eu não tenho jeito para chegar e convidá-lo assim, sem mais nem menos!
— Mas você disse que iria me ajudar!
— Olha, Rita... Não posso garantir. Vou ver — disse contrariada.
— Vai ver, nada! Você tem de conseguir — sorriu e se encostou na amiga, empurrando-a levemente como se brincasse.

Raquel e Rita retornaram para seus lugares na seção.

Pensando no que havia combinado com a amiga, Raquel não tinha coragem de, sequer, olhar para Alexandre, que estava ao lado.

Voltando-se para a moça, ele a chamou dizendo:
— Raquel, o senhor Valmor te procurou duas vezes.
— Puxa... Demorei no café, não foi?
— Demorou mesmo — concordou. Falando em tom baixo, explicou: — A primeira vez que ele te procurou, eu disse que estava no café. A segunda, que voltou, mas precisou sair novamente, havia ido à *toalete*. Achei melhor não comentar que você ainda não tinha retornado.

— Obrigada — agradeceu e ficou preocupada. — Já sei o que ele quer. Tenho de entregar algumas tabelas de estatísticas comparadas com as duas últimas férias dos mesmos períodos dos anos passados.

— Estão prontas? — tornou o colega.

Raquel sorriu sem jeito e, desanimada, disse:

— Não. Não estou conseguindo fazer. Não sei o que está acontecendo comigo, hoje.

— Já disse: está precisando de férias — sorriu ao brincar. Após poucos segundos, ele perguntou: — Quantas tabelas são?

— Seis. Duas férias por ano: deste ano e dos dois últimos.

Animado, como era, pediu:

— Dê-me três. Eu ajudo. Vamos começar agora e em meia hora terminamos.

Raquel se entusiasmou. Não esperava por aquilo. Rapidamente, trabalharam no serviço que estava atrasado. No final de meia hora, tudo estava pronto. Sem perceber, ela abriu largo sorriso de satisfação ao ter em mãos o trabalho que levaria para seu chefe. Após retornar da entrega, ainda estampava lindo sorriso de contentamento. Voltando-se para ele, mais uma vez agradeceu:

— Obrigada, Alexandre. Nossa! Nem sei como agradecer.

— Eu sei! — ressaltou o rapaz, sorridente.

— Como? — quis saber, ainda iluminada pelo doce sorriso.

— Pagando o almoço! — riu alto. — Está na hora, vamos almoçar? — convidou com modos simples e sem pretensões.

De imediato, lembrou-se do que havia conversado com a amiga:

— Claro! Só espere um minuto, pois vou chamar a Rita. Combinamos de irmos juntas hoje.

— Tudo bem. Chame-a logo — concordou, avisando em seguida: — A história de pagar meu almoço é brincadeira, tá?

Os três saíram juntos e, do mesmo jeito de sempre, Rita atraía para si toda a atenção, devido ao seu jeito de falar, rir e se expressar. Mas, seu comportamento incomodava Alexandre. Mesmo sem demonstrar, ele entendeu as intenções da jovem e ficou insatisfeito.

Em outros dias que se seguiram, novamente, houve a oportunidade de os três se reunirem para a refeição. Como sempre, Rita procurava se destacar, a fim de chamar a atenção do colega.

Após alguns dias, em uma manhã qualquer, Raquel achava-se inquieta. Nada parecia dar certo. Insatisfeita, estava quase chorando.

Não foi somente pelos últimos acontecimentos que a jovem se encontrava apreensiva. Tudo o que sentia era soma de experiências. Trazia uma bagagem emocional imensa, tensa, triste e ainda não resolvida. Apesar da pouca idade, possuía marcas, dores e cicatrizes de experiências penosas. Dores que muitas almas não suportam e não se equilibram. Transtornos e medos que julgava que nunca poderiam ser vencidos. E se calava. Sensível, frágil e somente à custa de muito esforço havia chegado até ali, mantendo a aparência de uma vida tranquila aos olhos dos outros.

— Tudo bem, Raquel? — indagou Alexandre ao perceber seu desespero.

— Não... Essa droga não quer dar certo... — respondeu com voz embargada e lágrimas correndo na face.

Mais uma vez, o rapaz se empurrou em sua cadeira para perto dela, a fim de acompanhar algumas planilhas que visualizava na tela do computador.

Procurando esconder o rosto e secar as lágrimas, ela não o encarou. Ao seu lado, ele tentou orientá-la. Após algumas explicações, perguntou:

— Entendeu? — Viu-a olhando para as planilhas sem saber o que tinha a sua frente. Então, insistiu: — Entendeu?

Sem conseguir se concentrar, não sabia o que responder. Sentiu-se envergonhada. Com voz abafada, disse:

— Esse serviço é novo... Nunca fiz isso e... nem sei o que estou fazendo. Não entendo nada de faturas.

Alexandre, paciente e gentil, procurou esclarecer todo o processo de exigências para aqueles cálculos e ao notá-la ainda alheia, convidou:

— Vamos tomar um café, Raquel?

— Não. Eu tenho de...

— Desse jeito você não vai conseguir fazer nada. Vamos lá! Vem! — insistiu, girando sua cadeira, estendendo a mão para que se levantasse.

Sem aceitar a mão oferecida, levantou-se e saiu da seção caminhando a passos rápidos, escondendo o rosto em meio aos cabelos longos que caíram à frente da face abaixada.

Ao chegarem à lanchonete, que funcionava no outro andar, acomodaram-se em pequena mesa, quase escondida em um canto, após ele solicitar dois sucos.

Muito envergonhada, procurava disfarçar o rosto lindo e meigo em meio aos cabelos sedosos, perfumados e brilhantes, que cobriam parcialmente a face.

Sentado à sua frente, Alexandre apoiou os braços sobre a mesa, passou a olhar bem para a moça que, com o olhar baixo, não o via.

O silêncio reinou por alguns minutos. Ele prendeu a atenção à beleza física de Raquel. Apesar de já ter percebido isso antes, agora, tinha a oportunidade de observá-la melhor, bem de perto, sem ter de se importar com os demais. A simplicidade da jovem e sua meiguice o atraíam e seus delicados traços o encantavam. Seu olhar fixou-se nela por longo tempo. Ao se surpreender admirando-a, respirou fundo, levantou-se e caminhou alguns passos até o balcão para ver se o seu pedido já estava pronto.

Preocupado, Alexandre passou as mãos pelos cabelos e esfregou o rosto, em seguida, procurando raciocinar.

"O que está acontecendo?" — perguntou a si mesmo, em pensamento. — "Não posso sentir isso. Já me decepcionei muito em relacionamentos anteriores. Sou experiente e não vou me deixar dominar por essas coisas. Quero ajudá-la sim, mas como seu amigo. Nada mais. Admiro Raquel como pessoa. Mas não vou me deixar envolver. Não vou!"

Após pegar os dois copos, voltou para a mesa onde Raquel parecia mais recomposta.

— Espero que goste. É suco de abacaxi com manga.

— Obrigada — agradeceu em voz baixa ao mesmo tempo em que sorriu levemente e acenou com a cabeça num gesto cortês. Arrastou o copo para mais perto e observou-o por breves segundos, sem dizer nada.

Não suportando o silêncio, ele perguntou:

— Não é só o serviço que te deixa inquieta, não é?

Séria, erguendo os olhos tristes, afirmou com um balançar de cabeça.

Encarando-a, admirou-a em pensamento:

"Ela é linda! Seu olhar é tão... Não sei explicar." — Acompanhando os contornos, observou: — "Que boca bonita..." — Rápido, surpreso consigo mesmo, procurou fugir daqueles pensamentos insistentes. Quase sacudiu a cabeça para afugentá-los. — "Sou mais forte do que isso" — tornou a pensar. — "Melhor parar, Alexandre. Fale de outra coisa... Fale de outra coisa..."

Em seguida perguntou:

— Seu maior problema é estar na casa de seu irmão, não é? Creio que seja isso que te incomoda e te faz perder a atenção no trabalho.

— Sim, é isso — afirmou vacilante. — Preciso sair de lá. Acho que já estou acostumada a morar sozinha e não me dou bem em compartilhar algumas coisas.

— Não sei se já te disse, mas também moro sozinho. Quando minha irmã resolve ficar alguns dias no meu apartamento, acho estranho. Ela dorme na sala, tira a minha privacidade, entende?... Mas... Por que você não procura outro lugar e se torna independente novamente? É simples.

— Não é tão simples assim.

— Por quê?

— Eu morava em uma casa de aluguel e, para ajudar meu irmão, saí de lá e fui morar com ele. Meus móveis, minhas coisas não couberam na casa dele e... Bem... Acabei vendendo tudo. Nem cama eu tenho. Estou dormindo no sofá da sala. — Alexandre ficou incrédulo, mas nada comentou. Teve medo de magoar a colega que, dificilmente, falava sobre si. No instante seguinte, ela continuou: — A pouca economia que eu tinha na poupança, somada ao que arrecadei com a venda de minhas coisas, entreguei ao Marcos para que pagasse os aluguéis em atraso.

— Você está brincando?! — perguntou descrente.

— Não. Pior é que não estou brincando. Agora, depois de alguns meses, a situação deles se estabilizou. Mas eu ainda continuo ajudando com as despesas da casa. De imediato, não tenho para onde ir. Para alugar outra casa, preciso fazer depósito de um ou dois meses de aluguel. Em alguns casos, pedem até fiador. Não tenho dinheiro para esse depósito e, mesmo se eu arrumasse o dinheiro, precisaria mobiliar a casa novamente. Só que, ajudando nas despesas da casa do meu irmão como estou fazendo, não consigo juntar nenhuma economia.

Após ouvi-la, refletiu um pouco e decidiu opinar:

— Desculpe-me Raquel, mal a conheço e... Puxa! Fale com seu irmão. Diga que quer voltar a morar sozinha, pois agora ele já está estabilizado.

— Marcos insiste em que eu continue morando com eles. Diz que está feliz comigo lá, não quer que eu vá... Mas, o problema maior nem é esse.

— Qual é então? — perguntou diante da pausa.

Raquel contou tudo sobre sua cunhada e as tais simpatias e lugares frequentados. Ao final, acrescentou:

— Não quero mais ir lá. Não gosto disso. Ela vive insistindo e eu não posso me indispor por causa disso. Nas vezes em que me recusei acompanhá-la, a Alice ficou nervosa, irritada e começou a bater em móveis e objetos propositadamente. Isso durou quase uma semana.

— Contou ao seu irmão?

— Não. Não quero que discutam. Sabe, eles já tiveram momentos difíceis. Já discutiram muito e hoje vivem mais tranquilos. Se eu contar, serei o motivo de novas brigas. Temo que Marcos seja fraco e faça alguma besteira. Sabe, Alexandre — continuou ela —, nunca acreditei nesse negócio de espírito ajudar ou atrapalhar os vivos. Mas agora...

— Agora o quê?

— Eu não gosto de ir lá... A Alice fica pedindo isso ou aquilo e depois volta para entregar o que eles solicitaram, fazer pagamentos... Cada vez que a acompanho, volto tão mal. Nem sei explicar o que sinto. Minhas coisas não dão certo, levo bronca no serviço, não consigo deixar meu trabalho em ordem e até meu dinheiro desaparece. Às vezes, sinto até um mal-estar físico e tudo aumenta à medida que vou lá só para acompanhar a minha cunhada.

— Não entendo nada sobre espíritos ou sobre a ajuda que eles podem nos dar. Acredito muito em Deus. Mas, de uma coisa eu tenho certeza: não se envolva com o que você não conhece. Saia dessa, Raquel! Procure se afastar o quanto antes. Dê um jeito de sair da casa de seu irmão. Mas, enquanto isso não acontece, procure separar a situação. Quando estiver no trabalho, concentre-se no que você tem a fazer aqui. Organize-se. Em casa, pense nas soluções que terá de providenciar para ajeitar a sua situação.

— Não é fácil.

— Sim. Não é. Mas você tem capacidade.

Após conversarem por mais alguns minutos, retornaram para a seção e ela já se sentia um pouco melhor, devido à conversa.

Não resistindo, o rapaz convidou:

— Vamos almoçar juntos? Assim conversaremos melhor. — Quando entendeu que ela poderia convidar a colega, pediu: — Só que, por favor — sorriu —, não chame a Rita. Ela fala muito, fala até demais e... É que, quando tentamos resolver um assunto conversando a respeito dele, a Rita não é uma boa companhia.

Raquel se viu em situação difícil. O que ela diria para a amiga justificando não tê-la convidado para almoçar?

Pensando rápido, o moço sugeriu:

— Vamos almoçar bem mais tarde, certo? Eu vou na frente e te espero naquele lugar onde tomamos lanche outro dia.

— Onde levei aquele susto? — sorriu ao se lembrar.

— Lá mesmo — confirmou sorrindo.

♡

Horas depois, quando faziam um lanche e, após conversarem sobre as dificuldades da amiga, ele perguntou subitamente:

— A Rita está te usando, não é Raquel?

A moça sentiu-se gelar. Não sabia o que dizer.

— Bem... — não conseguiu justificar. Sentiu-se acanhada.

— Não precisa se envergonhar. Desculpe-me por ser tão direto, é que não há como ignorar. A Rita só falta se atirar em cima de mim — disse e riu. Ela abaixou a cabeça, sem saber o que falar. — Fico em uma situação difícil, entende? Quero muito bem a vocês duas, mas como colegas. Sinceramente, não estou a fim de me prender a ninguém.

— Eu entendo perfeitamente. Desculpe... Mas, é que a ela gosta de você.

— A Rita não gosta de mim — falou com brandura. — Como algumas outras, quer um cara bonito para servir como um cartão de visita. — Raquel sorriu diante da falta de modéstia, mas nada disse. Inteligente e perceptivo, ao entender a expressão, comentou rindo: — É verdade! Eu sei que tenho boa aparência. Assim como, diante do espelho, você não pode negar que é muito bonita! A sua beleza é evidente! Ninguém pode negar isso! — ressaltou. Ao vê-la corada e constrangida, admitiu: — É verdade! Geralmente, as pessoas se aproximam de nós e nos querem conquistar pela nossa aparência e não pelo que somos como pessoa. Se não tomarmos cuidado, vamos nos envolver em situações difíceis e com pessoas inadequadas que querem nos explorar. Estou cansado disso e creio que você também. Acho que todos os seus namorados se aproximaram de você, primeiro, pela beleza, para dizer: "Olha, eu consegui a menina mais bonita!". — Viu-a séria ao abaixar a cabeça. Então, perguntou: — Não é verdade?

— Não — respondeu com seriedade.

Sem graça, desculpou-se:

— Bem... Então me perdoe. Talvez seu namorado seja sincero e...

— Eu não tenho namorado — afirmou, interrompendo-o.
— Mas já teve.
— Não — encarou-o com seriedade.
— Nunca? — insistiu, não suportando a curiosidade.
— Nunca.
— Quantos anos você tem?
— Vinte e um.
Surpreso, brincou após dizer:
— Tenho onze anos a mais. De que planeta você veio para nunca ter namorado? — E sorriu simplesmente sem dizer nada. No mesmo instante, ficou constrangido por ser indiscreto e disse: — Bem, isso não vem ao caso e não é da minha conta. Mas... Quanto à Rita... Sei que você me entende. Já estou ficando sem jeito de estar em companhia dela.
— Desculpe-me. Sei que sou eu quem a chamo sempre, mas...
— Não! Não se desculpe. A sua companhia não me incomoda. A presença da Rita não me incomoda. O que me deixa insatisfeito são as atitudes dela, o comportamento exacerbado que tem para chamar a atenção. A Rita... Exagera muito.
— Sinto muito — sentiu-se levando uma bronca. Envergonhou-se e estava sem jeito.
— Raquel... — sorriu, após encontrar seu olhar fixo nele. Por sobre a mesa, pegou suas mãos e falou mansamente: — Não me leve a mal. Não fique triste por causa disso que estou contando. É só um desabafo. Não quero perder a sua amizade nem a da Rita. Só não quero deixar ninguém iludido nessa história. Não sou do tipo que engana mulher alguma e depois... Esse não é o meu perfil. Não quero me prender a ninguém, entende? — não houve resposta. — Não quero que fique triste por isso. Mas precisava te falar.
— Eu entendo, Alexandre. Desculpe-me. Não vai acontecer mais — sorriu sem jeito, puxou as mãos bem devagar e mexeu nos cabelos, ajeitando-se na cadeira.

A conversa continuou por algum tempo. Após terminarem o lanche, voltaram para o serviço.

No primeiro momento, o rapaz sentia-se melhor por ter esclarecido aquela situação. Posteriormente, ficou inquieto pensando que a colega poderia estar magoada com ele.

Naquele dia, ela ficou até mais tarde no serviço tentando dar prosseguimento a algumas coisas que não conseguiu terminar. Ao encerrar o expediente, Alexandre se foi, assim como a maioria dos outros funcionários. A certa distância, Vágner observava Raquel. Bem depois, quando ela se arrumou para ir embora, seguiu-a.

Preocupada em pegar o ônibus, a moça andava apressada pelo pátio onde havia alguns veículos estacionados. A iluminação fraca a deixava nervosa, pois o lugar parecia sombrio devido à copa das árvores, que impediam a luz iluminar o trajeto como deveria.

Vágner acelerou seus passos, alcançando-a. De súbito, colocou-se à frente da moça, que gritou assustada.

— Calma, garota. Sou eu — disse e sorriu.

— Você não deveria fazer isso! — exclamou nervosa.

Ao procurar sair da frente do colega para seguir, ele a impediu, segurando-a ao pedir:

— Não fique assim. Vou levá-la para casa.

Esquivando o ombro em que ele colocava a mão, respondeu:

— Não! Obrigada!

— Hei!... Espera! O que é isso? — indagava em tom malicioso.

— Por favor... Preciso ir! — expressou-se quase gritando.

O colega a pegou com firmeza pelo braço. Estampando sorriso sarcástico, argumentou:

— Calma, menina... As coisas não são assim.

Apavorada, a jovem sentia seu coração acelerar. Um medo aterrorizante a dominou e ela gritou procurando reagir fisicamente:

— Me solta!!!

Vágner a agarrou com mais força. Levando-a de encontro ao muro, que ladeava a calçada, abraçou-a, tentando beijá-la à força. Raquel se contorceu e gritou. Empurrou-o, conseguindo se soltar e saiu correndo, desesperada.

Nenhum segurança estava nas proximidades. O rapaz tentou alcançá-la, mas ao se aproximar da portaria desistiu. Ofegante e assustada, ela passou pelo guarda que, dentro da guarita nem a percebeu, pois se interessava por algo que passava na pequena televisão.

Chegando à rua, ela correu até o ponto de ônibus. Ali, havia outras pessoas e isso a fez se sentir mais segura.

Raquel tentou conter seu nervosismo e as lágrimas, mas era quase impossível. Trêmula, tinha a respiração alterada. Ninguém ousou perguntar o que estava acontecendo. A custo, conseguiu se controlar, aparentemente.

♡

Enquanto isso, após chegar ao seu apartamento, Alexandre sentia que algo ainda o incomodava. Tomou banho, alimentou-se e pensou que aquela sensação estranha logo passaria. Mas não.

No sofá, largou-se em frente à televisão, porém sua atenção não se prendia nos programas exibidos. Seus pensamentos estavam concentrados em Raquel.

"Como ela se envolveu em tanta encrenca? Jamais alguém pode se deixar enganar assim. Foi ingênua demais ou tola. Como pôde abrir mão de seu dinheiro, seus bens, sua privacidade, tranquilidade?! Sua própria casa?! Isso é o que dá ficar com dó dos outros e não pensar antes de ajudar. Podemos ajudar os outros, mas sem comprometer a própria vida.

Aquilo era um absurdo! Como ela pôde?!" — Não conseguia desviar suas ideias de Raquel e seus problemas. Irresistível atração o prendia. — "Ela é muito bonita! Cativante, meiga... Tem um jeito diferente... Emotiva também, mas... Por tudo o que está passando..."

— Droga! — quase gritou, nervoso. — Isso não vai acontecer novamente! Ah!... Não vai! — exclamou e jogou para longe uma almofada, que abraçava apertada ao peito.

Levantando-se irritado, andou de um lado para outro sem saber como deter aqueles pensamentos. Já havia sofrido muito por se apegar e amar tanto alguém. Prometeu a si mesmo nunca mais se apaixonar. Nunca mais deixaria alguém se aproximar. Porém, sem perceber, a imagem da jovem se fazia. Mentalmente, podia vê-la sorrir, preocupada, com olhar enigmático. De qualquer forma, para ele, Raquel era doce, bela e maravilhosa. Era agradável pensar nela.

"Como nunca teve um namorado?" — pensava. — "Por quê? Uma moça aos vinte e um anos não ter namorado! Ah, isso não deve ser verdade. Mas, por que ela mentiria?" — continuava inquieto e curioso. — "E o Vágner? Esse cara é um safado. Cretino! Ele não presta. Com certeza, está incomodando muito... Ela não é mulher pra ele. Ela é muito diferente das outras." — Desejou tê-la, ali, naquele instante. Sua conversa e sua companhia eram prazerosas. — "Raquel foi a única que, até agora, não deu em cima de mim." — tornou a pensar.

Quando percebeu, estava sonhando acordado.

— Ah!... Não! Tá louco! — falou sozinho. — Aos trinta e dois anos não posso me iludir por uma... uma menina. Cara, ela é muito nova para mim!

Segundos depois, tornava a lutar contra si mesmo:

"Mas... Ela não tem orientação de ninguém. Vive em seu mundinho e... Se eu não der uma força e ajudar... quem poderia fazer isso? Ela parece que não tem experiência nem apoio de ninguém. Até seria bom conhecê-la melhor."

Passando as mãos por entre os cabelos, incomodado com os pensamentos teimosos, atirou-se mais cedo na cama, no entanto custou muito para conciliar o sono.

♡

Ao chegar à casa de seu irmão, Raquel se encontrava aterrorizada ainda, mas procurava manter as aparências. Sem coragem, não contou a ninguém o que aconteceu, apesar de desfigurada, devido ao susto.

Alice não notou seu abalo nem o semblante assustado, exibindo algo errado. Preocupada consigo mesma, a esposa de Marcos só exigia:

— Pensei que fosse minha amiga, Raquel. Preciso ir lá hoje, sem falta, e olha a hora que você chega!

Com voz cansada, tentou dizer:

— Por favor, hoje não. Não estou bem. Aconteceram muitas coisas hoje, amanhã ainda é sexta-feira e...

— Recuso aceitar um não. — Parecendo nervosa, Alice desfechou: — Você só se faz de boazinha comigo quando Marcos está por perto.

A jovem sentia-se muito mal. Tudo aquilo a incomodava. Procurava ser forte para não se deixar dominar pelo pânico, mas era difícil. Experimentava um medo inenarrável, que a fazia tremer por dentro. Seu peito doía, como se o coração fosse explodir. Achava-se tonta e confusa. Lembranças do passado pareciam se derramar em sua memória e ficou extremamente abalada. Não conseguia refletir direito.

A cunhada não parava de falar, querendo convencê-la. Sem o domínio de si, sem opinião forte, deixou-se dominar pela insistência da outra e a acompanhou ao tal lugar.

Bem mais tarde, ao voltarem para casa, Raquel, exaurida de forças físicas e mentais, não conversava, não dizia nada. Agia automaticamente como que chocada. Mal tomou banho e largou-se no sofá, lugar onde dormia.

Alice nem reparou como a outra estava estranha. Não se importava com nada a sua volta. Seus interesses eram puramente egoístas. Sem demora, deitou-se e adormeceu rapidamente.

Durante o estado de sono, o espírito Sissa aproximou-se e a chamou:

— Ei, Alice! Venha minha amiga. Sou eu.

Deitado na cama, o corpo físico permanecia completamente adormecido, enquanto o corpo espiritual despertava para o plano ao qual os encarnados, normalmente, não enxergam e até ignoram. Nesse desdobramento, aquela alma passou a oferecer atenção ao espírito Sissa, mais próximo das vibrações, desejos e pensamentos.

— Alice! Venha, sou eu! — insistia Sissa.

— Aonde? — perguntou, um tanto perturbada ainda.

— Vem comigo. É do seu interesse. Vamos encontrar nossos amigos.

— Amigos?

— Sim. Você já os conhece. Vamos visitá-los num lugar mais propício.

Por ser um espírito ignorante, sem elevação moral, Sissa não podia suprir a companheira encarnada de amparo, sustentação e bem-estar, o que proporcionava à Alice um estado confuso e desordenado.

Por sua vez, em desdobramento, a encarnada tinha aquela companhia espiritual pelo nível moral em que se colocava, por falta de fé, pela ignorância sobre a vida espiritual e, principalmente, pela ganância material. Ela não fazia preces a Deus e isso tudo não a deixava favorável para receber qualquer envolvimento ou inspiração de seu mentor.

Sissa levou a companheira encarnada para uma faixa vibratória inferior, onde situava um lugar estranho. Ali, havia vários espíritos de baixos valores morais e inúmeros encarnados em desdobramento pelo estado de sono.

Os encarnados podiam ser reconhecidos pelo cordão fluídico que se alongava do corpo espiritual ou perispírito, até onde o corpo físico se encontrava em repouso.

Desencarnados com aparência sinistra preservavam tudo, organizando a reunião.

Depois de alguns rituais que se fizeram a fim de impressionar a todos e com o intuito de prestar como que uma homenagem, demonstrar obediência e simbolizar respeito ao líder, deu-se início a reunião.

Quando todos observaram que o chefe fez menção de tomar a palavra, o silêncio foi total.

Eloquente, circunvagando a visão a sua volta, ele falou sentindo-se absoluto:

— Mais uma vez, estamos reunidos em favor da nossa força, dos nossos direitos e dos nossos domínios, mostrando que as chamadas Falanges da Luz nada mais são do que migalhas sob nossos pés. Ninguém proporciona maior segurança ou maior prazer do que a força que obtemos com a nossa união. Todos a favor de todos! — Disse o líder com vibrações tenebrosas e olhar fulminante.

Sua aparência era humana, porém moldava sua forma perispiritual excessivamente avantajada a dos homens comuns a fim de impressionar e impor medo. Adaptava também roupas escuras.

Destacava-se em um patamar mais alto onde todos podiam percebê-lo com nitidez e facilidade.

— ...porque ficamos anos e anos e nenhum auxílio chegou a nosso favor. — prosseguia ele. — Quando encarnados, a pobreza, a miséria, as doenças e as calamidades nos atingem, afligem e massacram a nós e a nossa família. E então, qual é o socorro e o auxílio que nos vêm das Falanges da Luz?! — gritava, intimidando a todos com sua veemência. — Nenhum!!! Esses miseráveis têm o prazer de nos ver sofrer e na desgraça! Qual a ajuda que tivemos? — Sem esperar por uma resposta, continuou: — Nenhuma! A ajuda que eles nos dão é consolação barata, dizendo que temos de aceitar a dor, o sofrimento, a angústia e o desespero. Nossa Organização proporciona a seus membros e simpatizantes a verdadeira ajuda e o total auxílio para uma vida melhor, mais farta. Custe o que custar! Vocês, encarnados, serão, na Terra, a prova da felicidade e da fartura. Vocês terão a ajuda, o amparo, a nossa força! — Nesse instante, a ovação dos presentes o aclamou. Fortalecido pelo apoio, ele prosseguiu: — Nós, espíritos desta Organização, seremos fiéis e protetores! — Em meio ao murmurinho que se fez, indagou: — Alguém tem alguma pergunta?

Um encarnado, em meio à grande aglomeração, um tanto constrangido, inquiriu:

— Desculpe-me, mestre... Mas, não estamos pecando quando desejamos conseguir à força o que não é para ser nosso? Digo à força porque usamos a intervenção de vocês.

— Pecado?! — vociferou o líder. — Pecado é você permitir-se viver na miséria do mundo! Nós somos donos das nossas vidas! Vamos nos ajudar uns aos outros! Vamos nos irmanar!

Alice sentia-se confusa, mas nada questionou até então.

Sissa, mais animada, argumentava:

— Atingimos nosso objetivo e haveremos de experimentar a verdadeira felicidade de agora em diante.

— Como vão nos ajudar? — quis saber Alice.

— Serei a sua porta-voz, aqui, na espiritualidade. Nossos desejos se igualam e nossos objetivos são os mesmos.

— Como vou pagar tudo isso? O que eles pedem?

— Nossa fé. Veja, Alice, eles têm razão. Qual foi a justiça que se realizou a seu favor? Lembra a vida miserável que levava?

— Não sei não — duvidou a encarnada.

— Se você ficar com medo, sempre estará na miséria. Se quiser vencer, será preciso arriscar. Não é isso o que dizem?

Após alguns minutos, Alice indagou:

— Como chegamos até aqui? Vejo tudo tão bem guardado.

— Ganhamos um passe livre quando você foi pedir ajuda para os espíritos. Foi assim: ao ir à aquele lugar pedir ajuda, aceitando o que tinham para oferecer, levando o que te pediram, pagando pelo que precisava, houve um pacto. Você chegou lá e contou todos os seus problemas e desejos. Como eu sou o único espírito que se preocupa com você, os trabalhadores da espiritualidade me informaram tudo o que era necessário saber, enquanto você ouvia os encarnados. Depois que aceitou levar as encomendas solicitadas, ligou-se aos espíritos que iriam te ajudar, por isso, tive autorização para trazê-la aqui. Nosso ingresso para entrar nesse lugar é esse desenho na palma da sua mão.

Alice estendeu a mão e pôde comprovar linhas traçadas como que figuras geométricas.

— Como isso está aqui?

— Esse ingresso foi gravado em uma das vezes que fomos lá.

Continuaram ali boa parte do tempo, aguardando o líder que viria atendê-las e oferecer informações.

Por não atender às inspirações que recebeu e não ter uma opinião forte para recusar a acompanhar sua cunhada, Raquel também, em desdobramento pelo estado de sono, participava daquela reunião, só que de modo assonorentado e muito confuso.

Ela recebeu fluidos pesados, pois era importante que não ficasse lúcida. Se estivesse desperta como Alice, seria bem provável que oferecesse resistência e saísse dali.

Dois espíritos que auxiliavam aquele líder sustentavam Raquel, que pendia a cabeça como que desfalecida. Não se lembraria de nada, mas recebia as vibrações e as impressões de tudo o que ocorria.

Seu mentor pessoal não era visto, porém, junto com outros benfeitores, acompanhava de perto sua protegida, deixando tudo aquilo acontecer a fim de que Raquel aprendesse, com aquela situação, dizer não e ser mais firme diante de circunstâncias duvidosas. Ele poderia interferir, no entanto não o fez. Ela cresceria com a lição.

Aquela experiência traria um desconforto imenso para Raquel que, certamente, aprenderia, a duras penas, ligar-se a Deus, fazendo preces antes de dormir, agradecendo pela vida e por tudo de bom que tinha.

Capítulo 4

O passado angustioso

Raquel despertou confusa e amargurada, naquela linda manhã. Algo estava errado com ela. Lembrou-se do ocorrido com Vágner e estremeceu. Agora, mais ainda, sentiu angústia torturante e dor no peito. Não passava bem. Era como se seu passado amargo revivesse, subitamente, dentro dela.

Ao chegar à cozinha, observou o irmão e a cunhada falando sobre assuntos corriqueiros. Cumprimentou-os tão somente. Tomou água, mas não fez o desjejum. Arrumou-se e foi para o trabalho bem mais cedo. Não gostaria de ter de conversar com eles. Achava-se tão abalada e deprimida, envolta por um mal-estar tão grande que desejava sair dali o quanto antes. Talvez, distraindo-se a caminho do serviço, aquela sensação horrorosa passasse.

Alice também não se encontrava normal, um cansaço a dominava. Parecia que não havia dormido. Dores musculares se estendiam por todo o seu corpo e um mau humor passou a dominar suas emoções.

— Que noite horrível — reclamou, no meio da conversa. — Dormi tão mal. Tive um sono confuso, perturbado e...

— O que você sonhou? — o marido perguntou.

— Sei lá... Era tudo muito estranho. Lembro poucos detalhes. Vi um lugar que parecia uma aldeia da idade média. Só que havia várias cavernas nas rochas que nos circundavam. Parece que vi tochas acesas e um homem grandão falando muito.

— O que ele falava? — interessou-se.

— Ah!... Sei lá!... Ah, credo! Não quero lembrar isso e você fica insistindo. Nem parece que eu dormi. Estou tão cansada.

Marcos aproximou-se da esposa, abraçou-a com carinho e disse generoso:

— Calma, todo esse cansaço vai passar. Lá na empresa tudo está indo muito bem. Daqui algum tempo, creio que você poderá parar de trabalhar e aí tudo será como antes. Voltará a ficar em casa tranquila e... — não conseguiu terminar o que dizia.

Imediatamente, ela reagiu e afastou-se do abraço. Com o olhar rancoroso e semblante sisudo, protestou:

— Nunca! Não vou parar de trabalhar nunca! O que você está pensando? Acredita que vai me dominar novamente me deixando dependente das suas migalhas?! Pensa que eu esqueci o dia em que me chamou de improdutiva?

— O que é isso, Alice? — surpreendeu-se.

— Olha aqui, meu filho, se você está pensando que eu vou voltar a viver à sua custa, está muito enganado. Tenho capacidade e valor. Vou te provar isso!

Marcos ficou perplexo, incrédulo e confuso. Não se lembrava mais de quando haviam discutido. Ficou calado. Achou melhor não brigar.

Com modos rudes e um tanto violentos com os objetos da casa, ela se arrumou, pegou sua bolsa e foi para o trabalho.

Contrariada, não parava de pensar no que tinha ouvido do marido.

Sissa, sempre próxima, continuava a orientá-la e envolvê-la:

— Isso mesmo! Você não é escrava dele. Você tem capacidade e valor sim.

Alice não podia ouvi-la, entretanto, ininterruptamente, as impressões e os desejos daquele espírito a faziam repudiar o esposo.

♡

Na empresa, Alexandre já estava trabalhando, muito concentrado em suas tarefas. Em dado momento, surpreendeu-se ansioso, desejando que Raquel chegasse. Precisava vê-la. Por um instante, ficou contrariado com aquelas ideias que não saíam da sua cabeça. Deixou-se relaxar, recostado na cadeira e fechando os olhos.

"O que será que está acontecendo comigo? Pareço adolescente" — pensou. Recordou a conversa que tiveram. Temeu que estivesse chateada com ele, afinal, ela era sensível e ele muito direto. — "Será que está magoada comigo? Preciso saber. Gostaria tanto de ajudá-la a sair da casa do irmão. Enquanto estiver lá, não terá sossego. Não poderá pensar em outra coisa... nem em mim. Deus! O que estou imaginando?!" — Esfregou o rosto com as mãos. Apoiou os cotovelos sobre a mesa e a cabeça nas mãos, respirou fundo, fechou os olhos e pediu como em uma prece: — "Ah... Deus... Ajude-me. Não quero sofrer novamente. Não posso gostar dela. Mas... ela é tão diferente..."

Naquele instante, assustou-se com Vágner, que o cumprimentou com uma pergunta:

— E aí?! Caiu da cama?! — rindo, ainda disse: — Bom dia, Alexandre!

— Bom dia — respondeu sem entusiasmo.
— Caiu da cama? — insistiu em perguntar, ainda rindo.
— É... Tinha algumas pendências e resolvi chegar mais cedo.
— Como está se sentindo com a mudança de lugar e mais próximo da Raquel?
— A mudança de lugar não interferiu em nada, mas o remanejamento de atividade está complicado.
— E a Raquel?
— Não sei. O que tem ela? — Respondeu, sentindo-se incomodado.
— Não se faça de bobo, né, cara? Como ela está? Deixou de ser durona? Está mais flexível com você? — indagou com tom e gestos maliciosos. Alexandre fez silêncio por alguns instantes. Abaixou o olhar e ficou pensando em uma resposta adequada, mas, antes que refletisse, Vágner insistiu: — Cá pra nós, somos homens e... sabe como é, né? Esse tipo de garota misteriosa e difícil é só para fazer charme e chamar a nossa atenção... Você sabe... — riu. Sem demora, contou: — Ontem tentei chegar nela, mas não deu.

Procurando se conter, Alexandre disse bem sério e quase irritado:

— Vágner, é o seguinte... Não estou aqui para conquistar ou seduzir ninguém. Quero trabalhar, aproveitar as oportunidades e, principalmente, aprender com os desafios do serviço. Resumindo: quero crescer profissionalmente, ganhar meu dinheiro até aparecer coisa melhor. Se existe gente fazendo cena de mistério, aqui, não é o lugar adequado. A Raquel não passa de uma colega de trabalho e faz da vida dela o que quiser. Ela não é nada minha. Como já disse, o caminho está livre. Não estou interessado. Vai lá conquistar, se tiver capacidade, claro — ofereceu leve sorriso cínico.

O outro ficou ofendido e revidou com palavreado vulgar, duvidando da moral do colega por não estar interessado na jovem. Irritado, Alexandre levantou-se rapidamente, agarrou-o pela camisa e, quando armou o punho fechado para acertá-lo, Raquel, que acabava de chegar, segurou-o pelo braço, colocando-se entre ambos.

— O que é isso?! O que está acontecendo aqui?! — indagou assustada.

Alexandre estava furioso, ofegante e rosto vermelho. Trazia no olhar uma raiva incontrolável.

Ao encarar Vágner, Raquel se lembrou do que havia ocorrido no dia anterior e o odiou por aquilo. Sem perceber, apertava o braço do amigo sem largá-lo.

Empalidecido e com a respiração alterada, Vágner ajeitou a roupa e disfarçou. Em seu íntimo, temeu que ela contasse algo. Sem encará-los, retirou-se sob os olhares fulminantes dos dois, que o seguiram, até perdê-lo de vista.

O expediente não havia começado. Só havia eles no setor, ninguém mais viu. Tudo foi muito rápido. Trêmula e ao lado de Alexandre, Raquel largou seu braço e ficou olhando-o se sentar, praticamente, atirando-se em uma cadeira. De olhos fechados, o colega sussurrou:

— Preciso de um pouco d'água.

Ligeira, ela lhe trouxe um copo com a água. Observando-o, viu-o trêmulo. Mal conseguiu abrir uma gaveta e apanhar um vidro escuro, sem rótulo, de onde tirou dois comprimidos e ingeriu com rapidez. O vidro aberto tombou na gaveta, espalhando algumas cápsulas. Calma, ela as ajuntou, guardando-as, novamente, no frasco.

Fitando o amigo por alguns minutos, vendo-o com os olhos fechados e, praticamente, com o corpo largado na cadeira, notou sua palidez, acompanhada de um suor frio que umedecia sua face.

Após alguns segundos, suspirando profundamente, ele ergueu o tronco e, ainda sentado, ajeitou-se na cadeira, esfregando o rosto com ambas as mãos e alinhando os cabelos, recompondo-se um pouco mais.

— Sente-se melhor? — ela indagou com voz suave, quase sussurrando.

— Estou bem. Desculpe-me — respondeu, forçando o sorriso.

— O que estava acontecendo, Alexandre? — perguntou preocupada.

Ele se sentia tonto e precisava respirar. Aparentemente tranquilo, mas exibindo ainda leve tremor nas mãos fortes, propôs:

— Preciso de ar. Vou dar uma volta... Acho que vou lá para o pátio, no estacionamento.

— Ainda faltam cinquenta minutos para o horário... Vou com você. Também estou nervosa.

Com o semblante sério, saiu na frente seguido por Raquel.

Pegaram o elevador e o silêncio foi absoluto. A moça o olhava assustada, temia que passasse mal, pois pouco poderia fazer. Vez e outra, Alexandre esfregava as mãos no rosto, que trazia, além da palidez, um suor gelado.

Já no estacionamento, sem dizer nada, caminharam vagarosamente por sob as árvores na calçada estreita entre os carros estacionados a quarenta e cinco graus.

Perto de um banco, parou e indicou, com um gesto, para que Raquel se sentasse. Em seguida, acomodou-se a seu lado.

Quebrando o silêncio, a jovem perguntou:

— O que aconteceu? Está pálido. Ainda não está bem?

— Já estou melhor. — Pouco depois, desabafou quase irritado: — Desgraçado! Ele me paga!

— Vocês são amigos. Por que essa agressão?! — exclamou sussurrando.

— Se não fosse você, iria quebrá-lo ao meio. — Pequena pausa e alertou: — Temos de tomar cuidado ao falar com os outros. Tem coisa que não se diz. Não se deve mexer com a moral de ninguém.

— O que ele falou que te deixou assim? Fiquei preocupada.

Alexandre olhou-a com ternura e procurou explicar:

— Não vou repetir o que ele me disse e... Desgraçado! Ele me ofendeu moralmente, duvidando da minha capacidade, da minha integridade...

— Ora... Existem colegas que brincam e... Vocês são amigos.

— Eu não tenho amigos — encarou-a. — Não confio em ninguém.

Calando-se amargurada, lembrou a agressão sofrida no dia anterior.

O colega percebeu algo errado e perguntou:

— O que houve?

— Nada — dissimulou.

— Você também não gosta dele, não é? — Sem resposta, perguntou ao lembrar: — O Vágner está dando em cima de você? — Viu-a abaixar a cabeça sem se manifestar. Curioso e interessado, insistiu: — Ele me disse que chegou em você ontem. O que aconteceu?

Raquel estava quase chorando. Lágrimas brotavam em seus olhos, mas sua posição dificultava que Alexandre visse.

— Você está melhor? — ela perguntou, tentando disfarçar.

— Sim. Já estou bem — sorriu. Parecia mais calmo.

Tentando não tocar mais naquele assunto, a colega quis saber:

— O que você sentiu? O que era aquilo que estava tomando?

Mais tranquilo, quase sorrindo, olhou-a e acomodando-se melhor, ficando quase de frente, tomou-lhe as pequenas mãos e colocou-as entre as suas. Séria, Raquel pareceu repelir a atitude quando ergueu o corpo, ajeitou-se no banco e puxou, vagarosamente, suas mãos.

Alexandre, mesmo intrigado, deixou-a à vontade ao perceber aquela reação. Nada disse a respeito e comentou:

— Minha história é longa. Não sei se gostaria de ouvir.

Seus olhos se encontraram. Ele estava angustiado, magoado. Em seu íntimo desejava a atenção da colega. Jamais havia contado sobre sua vida a quem não o conhecia. Não sabia dizer a razão, mas gostaria que ela soubesse.

— Eu quero saber. Conte-me, por favor — pediu com sua voz suave e olhar atento.

Sentindo-se descontraído, iniciou:

— Há alguns anos, por causa de uma grande oportunidade de emprego, fui trabalhar em outra cidade. O salário era ótimo. A viagem diária de ida e volta seria cansativa, quase impossível de suportar. Foi aí que eu e outros três colegas alugamos uma casa e passamos a morar juntos. Ganhei um bom dinheiro. Fiz uma excelente economia. Conforme previsto, no final de quatro anos, retornamos. Quando regressei, não consegui mais morar com meus pais. Ficou estranho. E com a desculpa de querer morar mais perto do serviço, eu e os mesmos amigos alugamos um apartamento e voltamos a morar juntos. Dividíamos as despesas e pagávamos também uma empregada para cuidar das coisas.

Nessa época, comecei a namorar firme uma moça que já conhecia há alguns anos, pois ela morava próximo da casa dos meus pais. — A essa altura da conversa, Alexandre engoliu em seco e se deteve. Suspirou, profundamente, esfregando suavemente as mãos e só depois prosseguiu: — Nosso namoro era sério. Depois de alguns meses ficamos noivos...
— Após breve pausa, continuou: — Com o dinheiro que economizei, comprei um apartamento. Apesar de esse imóvel

ser novo, acreditamos que uma pequena reforma o deixaria melhor para que ficasse com a nossa cara, de acordo com o que gostávamos. Meu pai tem uma boa situação financeira e a reforma seria o seu presente para o nosso casamento. Ele me ajudou muito... — fez longa pausa. Raquel o olhava firme e percebeu que seus olhos brilhavam. Alexandre prosseguiu: — Eu amava muito minha noiva. Muito mesmo. Apeguei-me tanto a ela que em tudo pedia a sua opinião. Chegava a acreditar que não poderia viver sem a Sandra. Marcamos a data do casamento, enquanto mobiliávamos o apartamento. Nessa época, eu ainda morava com meus colegas. Entre eles, um era mais chegado. Considerava meu amigo mesmo. Seu nome era Júlio. — A colega ficava atenta e não se incomodava com as pausas que aconteciam, cada vez mais longas. — Um dia — tornou Alexandre com voz grave —, percebi a Sandra muito diferente. Nervosa. Não me importei. Achei que fosse por alguma coisa da mobília que haviam entregado errado. Sabe como é, toda noiva fica exigente e Sandra não seria diferente. Passados uns dois dias, estávamos no apartamento em que eu morava junto com meus colegas, mas eles não estavam. Sem que eu esperasse, ela falou: "Estou grávida". Foi um choque! Um susto feliz. — Nesse instante, Alexandre sorriu e confessou: — Verdade. Fiquei feliz mesmo. Eu a abracei, beijei... Estava contente... Foi então que percebi sua frieza, sua indiferença. Sandra não estava contente. Ela ficou nervosa com a minha reação e... Afastando-se de mim, disse que não queria aquele filho. Conversamos muito e ela estava irredutível. — Alexandre olhou para o céu a fim de dificultar alguma emoção. Respirou fundo enquanto a amiga permanecia calada. — Nunca tinha visto minha noiva tão irritada, tão agressiva, tão cruel. Parecia outra pessoa. Implorei para que deixasse nosso filho nascer. No final, ela ficou calada.

Não conversava mais comigo... Passamos um péssimo final de semana. Domingo à noite, não aguentei guardar comigo aquela história e acabei desabafando tudo para meu amigo Júlio, que ficou tão surpreso quanto eu. A Sandra estava em férias e, na segunda-feira, eu precisaria falar com ela, mas tinha de ir trabalhar, havia algo muito importante para fazer no serviço naquele dia e tive de ir. Após o almoço, estava com uma dor de cabeça insuportável. Tomei um remédio, mas não adiantou, tive de ir embora. Foi então que pensei em chegar lá a casa, ligar para ela e pedir que viesse me ver para conversarmos. Eu não estava bem e precisava dela. Foi então que, chegando ao apartamento onde morava com meus colegas, bem mais cedo do que de costume, percebi algo diferente. Havia uma movimentação em um dos quartos e pensei até que fosse algum ladrão. Entrei sorrateiramente e surpreendi minha noiva e meu melhor amigo, deitados juntos... Muito à vontade... — sua voz embargou. Pareceu que a decepção ainda era muito viva.

Após longo silêncio ela perguntou baixinho:
— O que você fez?
Ele se curvou e entrelaçou as mãos à frente dos joelhos. Prendendo o olhar em algum ponto do chão, falou mansamente:
— Fiquei furioso. Verdadeiramente fora de mim. Invadi o quarto, esmurrei Júlio o quanto pude e... A Sandra, enrolada em um lençol, tentou me impedir e... Acabei batendo nela também. Quando a vi caída e chorando ao lado do Júlio, eu... — fazia breves pausas. — Fiquei atordoado. Louco... Incrédulo... Por um instante, entendia tudo, mas não queria acreditar e... Fiquei muito perturbado, decepcionado, ferido... Saí sem rumo. Quando dei por mim, estava em frente da casa de meus pais. Senti que algo estava errado comigo. Comecei a passar mal. Entrei e minha irmã veio ao meu encontro.

A última coisa que lembro é o rosto da Rosana, minha irmã, falando algo que não ouvi. Acordei num hospital. Tive uma parada cardíaca. Se não fossem os primeiros socorros prestados por um policial, que soube o que fazer, talvez não resistisse.

— É por isso que precisou do remédio? — tornou ela sussurrando.

Ainda na mesma posição, sem encará-la, o amigo respondeu:
— Sim. Eu tive uma parada cardíaca, resultado de uma tensão emocional, gerada por uma irrigação sanguínea insuficiente no músculo cardíaco. Nunca percebi nada. Nunca precisei de médico. — Riu forçosamente e continuou: — Sempre tive ótima saúde. Praticava esportes, nunca fumei e bebia socialmente... Mas tinha o coração fraco e não sabia. Era uma inflamação das membranas das paredes do músculo cardíaco, que eu ignorava ter. — Brevemente, explicou: — Há medicamentos cardiotônicos, que aumentam a força de contração do coração e também medicamentos agonistas adrenérgicos, que estimulam a atividade dos receptores de adrenalina e noradrenalina, que também estimulam a contração cardíaca. Eles agem sobre os centros nervosos, que são dependentes da pulsação cardíaca. Isso tudo regula o ritmo do coração. — Virando-se para ela, indagou sem pretensões: — Entendeu por que precisei tomar aquele medicamento?

Raquel afirmou com um aceno de cabeça. Após longa pausa, ele continuou:
— Um mês depois, estava na casa dos meus pais me recuperando ainda. Ninguém sabia o que tinha acontecido. Todos me achavam estranho, mas não tive coragem de contar. Os pais dela me visitavam com frequência, sem entender a distância que Sandra mantinha diante daquela situação. Perguntaram, algumas vezes, o que aconteceu entre nós, mas não insistiram quando silenciei, talvez, devido ao meu estado. Quanto a ela,

nem sei o que dizia a eles. Passados alguns dias, ao me ver a sós com o pai dela, criei coragem e contei tudo. Olhando para ele, pensei que o homem fosse enfartar. Ficou transtornado, mudo e seus olhos se encheram de lágrimas. Estapeou minhas costas fortemente, parecendo ser um gesto de solidariedade ou sei lá o quê... Entendeu a minha situação. Depois foi embora. Nessa época, eu já estava bem melhor. Voltaria a trabalhar na outra semana, mas no dia seguinte a esse episódio, estava assistindo à televisão, tentando arrancar da lembrança a cena de traição, que era constante, quando ouvi um murmurinho e a voz da Rosana, minha irmã mais nova, bastante irritada. Levantei e fui ver o que era. A Sandra falava alto, irritada, xingando e me procurando. A Rosana tentava detê-la. Quando me aproximei, ela jogou a aliança na minha cara e falou: "Toma! Eu odeio você! Quero que morra!" — Fez ligeira pausa e prosseguiu: — Ela estava com um olhar odioso, quando ainda disse: "Sabe o filho que estou esperando? Não é seu, é do Júlio. Você não é homem para isso. Eu sei por que você gosta de viver com rapazes. Estou sabendo do seu caso com o Celso. Vocês são gays e formam um casal". — Raquel procurou ver seu rosto, mas Alexandre não a encarou e continuou, sem qualquer constrangimento: — Ensurdeci. Senti o sangue fugir do meu rosto e, novamente, acordei no hospital. Fiquei tão mal, tão decepcionado, tão... A cena da traição era constante, viva na minha mente e... Não conseguia me livrar da imagem de Sandra dizendo tudo aquilo... Eu a amava ainda. Aquilo doía dentro de mim. Não suportei tanta pressão. Parecia que podia ouvir a sua voz repetindo que o filho não era meu e que eu e o Celso... Você não imagina como foi. Parecia ver, a todo instante, meu amigo Júlio e minha noiva se amando, beijando-se abraçados. Fiquei louco... Fui fraco e, mesmo internado, tentei o suicídio.

— Como?! — perguntou surpresa.
— Um enfermeiro me impediu por duas vezes. A primeira foi cortando os pulsos. O homem chegou a tempo e... Bem... fiquei com essas cicatrizes de recordação — mostrou o pulso. — A segunda vez quase consegui. Não pense que me orgulho disso... Mas... A ideia de morte era fixa. Eu tinha de me matar. Queria morrer para me livrar das imagens que viviam na minha mente... Então tentei me enforcar no banheiro. Por não haver tanta distância entre o registro e o chão, por causa da minha altura, amarrei o lençol rasgado e torcido o mais alto que pude e a outra ponta no meu pescoço e usei meu peso para me asfixiar. Fui ficando tonto, sentindo um ensurdecimento enquanto a visão escurecia. Tive uma experiência que jamais vou esquecer... Foi horrível — fez silêncio.
— Que experiência? — ela quis saber.
— Em poucos segundos, que pareceram eternos, ouvi gritos horripilantes, vultos que cada vez se tornavam mais nítidos, fixos, horrorosos e... Um medo pavoroso foi tomando conta de mim e... Tentei reagir, mas meus braços não se moviam, não me obedeciam. Tentei gritar, mas minha voz não saía... Não conseguia mais ficar em pé, pois não sentia minhas pernas. Senti dor horrível no corpo inteiro. Foi terrível! Eu quis voltar atrás e não podia... — Após ligeira pausa, continuou: — Dificilmente eu conseguirei, um dia, traduzir, em palavras, aqueles segundos macabros, de horror, de medo, de pânico... Não há linguagem que descreva essa sensação medonha... O arrependimento foi imediato e horripilante. Sei lá... Aqueles segundos foram eternos e... O mesmo enfermeiro que me socorreu da outra vez, chegou ao banheiro e, ao me ver começando a ficar roxo, soltou-me e me ressuscitou. — Longa pausa e ainda contou: — Acabaram me transferindo para a ala psiquiátrica do hospital. Mesmo eu contando tudo o que

passei e o medo que senti, não acreditaram em mim. Fiquei por lá um bom tempo e, mesmo assim... Meus pais, para a minha segurança, internaram-me em uma clínica de repouso por um mês. Fiquei sob vigilância ferrenha. Saí de lá. A pedido deles, fiz psicoterapia com psicólogos e outras terapias diversas... e... Bem, estou vivo, né! — Alexandre sorriu com simplicidade, enquanto ela continuou séria. — Bem... Essa é minha história, Raquel. O resto é simples. Ah! Ia me esquecendo... Júlio também me procurou e me agrediu com palavras tentando me desprezar mais ainda... Sandra não teve o bebê. Deve ter abortado. Nem sei dizer se era meu, já que ela tinha um caso com outro... Aconteceram muitas coisas na família dela. O pai dela a expulsou de casa. Eles tiveram brigas sérias e ela foi morar com o Júlio. Não tive mais notícias deles. Logo que me recuperei, saí da casa dos meus pais porque... Depois de tudo, não conseguia encarar alguns parentes que iam lá pelo prazer de me ver naquela situação. Sabe aquelas pessoas que gostam de ver a ruína dos outros? Pois é... Tenho parentes assim. A Sandra, por raiva ou sei lá o que, difamou-me para todo o mundo, principalmente, para minha família, alguns tios e primos... Disse que eu não era homem, inventou que eu era homossexual, que tinha um caso com aquele colega, falou que eu não era pai do filho que ela esperava... Resumindo, foi o maior escândalo... — Alexandre parou, olhou para Raquel, criou coragem e completou: — A Sandra ainda contou que começou a gostar do Júlio porque foi ele quem a consolou quando ela descobriu que eu era gay. Então ele foi consolá-la... Aí eles se apaixonaram. — A jovem ficou perplexa e em silêncio. Paralisada. Alexandre ainda falou: — Nunca pensei que alguém pudesse mentir tanto e ser tão cruel com quem...

O rapaz deteve as palavras, parecendo ainda magoado e ferido com tudo aquilo. Raquel, num impulso, sem perceber, tocou seu ombro com suavidade. Com a mão repousada sobre ele, afirmou:

— Eu sei o que é isso — disse com voz baixa e macia. — Sei o que é encontrar alguém cruel e mentiroso.

— Sabe? — olhou-a.

— Ser acusada de algo e não ter como se defender, ser agredida sem merecer, ser rejeitada... Sim, eu sei, muito bem, o que é isso.

— Não posso negar que amei muito a Sandra. Fiz tanto por ela. Se fosse necessário, eu lhe daria minha vida. Mas... Esperava, no mínimo, respeito por parte dela. A decepção foi tão imensa... Senti tanta raiva, tanta mágoa, tanto ódio!... Hoje, sinto um asco... Uma repulsa sem tamanho. Jurei a mim mesmo nunca mais me apegar a alguém. — Sério e com a testa quase franzida e os olhos brilhantes, disse: — Não quero outra mulher na minha vida. Ninguém sabe o quanto sofri. Nesses últimos dois anos, precisei de muita força de vontade para continuar vivendo. Deus bem sabe. Sinto uma amargura. Às vezes, até acho que ainda não encontrei uma razão, um motivo para viver... Sinto um vazio, uma tristeza... — longa pausa e explicou: — Quando o Vágner me disse aquelas asneiras, agora há pouco, foi como se todo o passado, todas aquelas mentiras e acusações reavivassem. Perdi o controle. Quando falamos algo para alguém, tentando ofender, não imaginamos a bagagem que essa pessoa carrega. Não temos noção da dor, do ódio, da mágoa ou outra coisa que a fere, que a destrói... Por isso, diante de determinadas circunstâncias, alguns reagem e outros não. Ninguém, além da minha família, sabe de tudo isso... Perdi a cabeça com o Vágner, passei mal... Acusações desse tipo ainda mexem comigo, arrancam a casca da ferida e...

Embora Raquel não dissesse, seu olhar expressava empatia e ele percebeu que o entendia. No momento seguinte,

o rapaz se surpreendeu olhando-a, novamente, com admiração. Incomodado, examinou o relógio assustando-se:
— Nossa! Estamos em cima da hora — sorriu, disfarçando.
— Já?!
—·Vamos? — convidou, levantando-se.
— Claro.
Alexandre sentia-se bem melhor. Desde quando tudo ocorreu, era a primeira vez que falava sobre aquele assunto, tão detalhadamente, com alguém.

Ambos caminharam lado a lado e, após alguns minutos de silêncio, Raquel perguntou:
— Por que tira o rótulo do vidro de remédio?
— Para evitar perguntas. Quando alguém questiona, digo que são vitaminas, suplementos. Não gosto de tocar nesse assunto. Vão perguntar: por quê? Como começou? O que aconteceu?
— Mas não é bom alguém saber que você precisa desse medicamento?
Ele sorriu satisfeito pela preocupação e respondeu:
— Você! Agora, você sabe.
Raquel sorriu e ambos voltaram ao trabalho.

♡

No decorrer do dia, ele ficou pensativo. Era estranho confiar em alguém. Nunca pensou em fazer aquilo. Estava cedendo às suas convicções e não sabia dizer se isso seria bom.
"Será que ela não vai passar a me ver de outro jeito?" — pensava. — "Será que vai me entender e ser minha amiga? Droga! Não tenho amigos. E agora? Não devia ter contado nada sobre minha vida. Maldita a hora que fui abrir a boca. Também... Fiquei tão nervoso por causa daquele infeliz!... Tinha de explicar para ela por que passei mal."

Por um segundo, arrependeu-se de ter revelado tudo.

Um pouco mais tarde, passando a observar Raquel, que parecia totalmente voltada ao trabalho, pensou:

"Ela está séria demais. Será que está pensando no que contei?"

Alexandre ficou, totalmente, desconfortável com a situação. Não parava de tentar adivinhar o que a amiga poderia pensar a respeito dele. Na verdade, gostaria de impressioná-la, chamar a atenção para si, mas de uma forma positiva, não em função de seus problemas ou dificuldades que havia passado. Arrependeu-se por ter contado tudo e, agora, não tinha como voltar atrás.

Raquel precisou sair de sua mesa, pois o diretor a chamou em outra sala. Breves instantes, e retornou cabisbaixa. Olhos avermelhados e brilhantes denunciavam choro.

O colega não se conteve e empurrou sua cadeira para próximo da amiga e questionou, quase sussurrando, para que os outros não ouvissem:

— Ei, Raquel! O que foi?

Ao tentar encará-lo, não conseguiu deter as lágrimas.

— O que aconteceu? — insistiu ele.

— Eu não sei... — respondeu com voz de choro, escondendo a face entre os cabelos.

Alexandre tentava ser discreto para não atrair a atenção dos outros. As divisórias que separavam os funcionários não tinham altura suficiente que proporcionassem muita discrição a ponto de conter o som.

— Como não sabe? Aconteceu alguma coisa. Você não iria chorar por nada.

— Estou morrendo de raiva. É isso — falou baixinho, sem encará-lo.

— Foi o senhor Valmor, não foi? — Ela fez uma expressão positiva com a cabeça. Tentando animá-la, disse: — Não fique assim por pouca coisa. O cara é um babaca — sussurrou. — Sabe, chefes como ele, que exigem tudo com imposição, orgulho, cara feia e voz rude, são criaturas incompetentes e incapacitadas que necessitam se impor constantemente para se sentirem temidas, pois, normalmente, não têm valor, capacidade ou moral. Esse é o único jeito de eles se sentirem superiores. — Ele se levantou, pegou um copo com água e entregou, dizendo: — Toma. Fica calma. Não dê esse gostinho a ninguém não.

Com as mãos trêmulas, a jovem tomou poucos goles e agradeceu ao amigo:

— Obrigada. — Mais refeita, afirmou: — Estou melhor. Depois conto o que aconteceu. Se falar agora, sou capaz de começar a chorar de novo.

— Tudo bem. Depois conversamos — ele sorriu.

Raquel esboçou um sorriso forçado no rosto avermelhado pelo choro, enquanto o rapaz se afastou e retornou para o seu lugar.

No final do expediente, restavam somente os dois como funcionários no grande setor da empresa.

A certa distância, um segurança lia um jornal, mais à vontade, por não haver ninguém por perto, Alexandre se aproximou da amiga e falou em tom de brincadeira:

— Com tanta hora extra assim, você vai ficar rica.

— Estou consertando a minha incompetência — disse, iluminando o rosto sisudo ao sorrir.

— Está mais calma?

— Tenho de estar.

— O que aconteceu?

— O senhor Valmor me humilhou. Fiquei constrangida e... — calou-se.

— E?... — insistiu, diante da pausa.

— Ah! Ele só faltou me chamar de burra.
— Ele não pode fazer isso — disse mais sério.
— Pois fez! E na frente de todos na reunião.
— Como foi?
— A história é longa e...
Ele desejava conversar. Era agradável ouvi-la. Pensou um pouco, esboçou um sorriso gentil e falou:
— Hoje, precisei de um ouvido emprestado para desabafar e você não se cansou de me ouvir, cansou?
— Não. Claro que não. Mas é diferente.
Aproximando-se mais, colocou-se à sua frente e, virando-lhe a cadeira, insistiu:
— Vamos... Conte.
— Foi mais ou menos assim — encorajou-se e contou: — A Rita saiu em férias. O serviço dela já estava parado havia uns três dias. O senhor Carlos me chamou e me entregou o serviço da Rita. Sabe aquelas planilhas de estatísticas que mal eu aprendi fazer?
— Sei.
— Pois bem, aquilo foi passado para a Magda e eu tenho de ensiná-la. Veja, não sei nem para mim! — ressaltou. — A Rita lida com sistemas gráficos e não sei nada disso. Então, aconteceu que o serviço me foi passado ontem. Já estava atrasado! Hoje, na reunião, eu não tinha nada para apresentar. O senhor Valmor ficou furioso e disse olhando para os dois diretores financeiros: "Perdoem a incompetência da nossa funcionária". E... — Raquel deteve as palavras, seus olhos começaram a marejar.
— E?... — perguntou Alexandre.
— Ai, que ódio! — chorou com raiva, pela vergonha que passou.
— Não fique assim, Raquel — pediu com simplicidade.

Ia acariciá-la com um afago nos cabelos, mas se deteve. Lembrou que ela parecia não gostar de ser tocada.

Com a voz abafada, perguntou:

— Como não ficar assim? Ele quer isso tudo para segunda-feira cedo.

— Posso ajudar, isto é, se você quiser e deixar, lógico.

— Como?

— Chega pra lá — sorriu ao pedir. — Vamos resolver em dois minutos. Não sei se você sabe, mas já trabalhei com esse sistema antes.

Raquel se animou. Afastou-se, parou de chorar e ficou olhando o colega que, pacientemente, realizava seu trabalho e a ensinava. Ficou atenta e aprendendo.

Algumas vezes, Alexandre ria e até fazia brincadeiras com alguns erros que encontrava. Ela também achava graça e ria junto. Dessa forma, não perceberam as horas escoarem.

Ao terminar, sorridente, ele ainda brincou:

— Pronto! Prontinho! Pode fazer o cheque.

— Cheque?... — não havia entendido.

— Claro! Achou que eu ficaria aqui de graça?

Sorrindo, ela brincou:

— Mal tenho onde morar e você ainda quer tirar dinheiro de mim? É falta de inteligência explorar alguém como eu! — ressaltou, achando graça, sorrindo lindamente. Após isso, assustou-se. Sua fisionomia ficou séria e disse: — Nossa! Já é essa hora?!

— Não se preocupe. Hoje, é sexta-feira. Amanhã poderá dormir até mais tarde.

— Você é que pensa! — respondeu, guardando rapidamente suas coisas. Enquanto olhava no relógio e dizia: — Estou preocupada com o ônibus!

— Calma... — tentou dizer, mas foi interrompido.

— E você? Ficou até agora por minha causa! — exclamava nervosa. — Isso não está certo.

— Raquel, o que é isso? Não estressa. Fique tranquila. Estou de carro. Vou levá-la.

— Não! — reagiu.

— Como não? — achou estranho. — O que te deu para você ficar assim?

Ela não parava. Exibindo uma agitação, quase incontrolável, arrumou sua mesa, pegou suas coisas e disse parecendo não o ter ouvido:

— Obrigada, Alexandre. Depois conversamos. Tenho de ir, pois está tarde e...

Contrariado com aquela pressa toda, parou frente a ela impedindo sua passagem.

Com delicadeza, mantendo a calma, segurou-a pelo braço e, sério, afirmou com voz firme, bem determinado:

— De jeito nenhum! Não há mais ônibus a essa hora. Você não vai sair daqui sozinha, Raquel. Eu não posso deixar.

Nervosa, puxou o braço e respondeu com a voz trêmula:

— Você não vai me levar para casa.

— Por quê? — quis saber.

— Não! — ressaltou alterada.

Ele não entendia aquele nervosismo e agitação. Isso o incomodava.

— Raquel, calma. Por que todo esse drama? Se você me explicar, talvez eu entenda e a ajude.

— Tenho de ir. Deixe-me... — tentou passar por ele.

Sem exibir agressão, com delicadeza, ele a segurou pelos braços, mas ela reagiu:

— Solte-me!

Rapidamente ele a largou. Não entendia o que acontecia. Sabia que algo muito sério, talvez, grave poderia ter se passado para que ela chegasse àquele desespero. Mas não sabia dizer o que era. Respirando fundo, bem tranquilo, pediu firme:

— Tudo bem, Raquel. Não estou te segurando mais. Fique calma. Preciso entender o que está acontecendo... O que foi que fiz... Vamos conversar, porque isso não é normal. Aliás...

Ela o olhou de modo muito estranho. Não disse nada, mas entrou em pânico. Lágrimas corriam em seu rosto e seu queixo tremia. Sem que esperasse, caiu em um choro compulsivo e ele a fez sentar.

O segurança, que observava tudo a certa distância, aproximou-se lentamente e perguntou a Alexandre:

— Algum problema, senhor?

O rapaz, que esfregava o rosto e passava as mãos pelos cabelos, estava parado na frente da colega sem saber o que fazer. Nesse instante, voltou-se para o homem que aguardava uma resposta e justificou:

— Eu não sei o que está acontecendo. Estávamos trabalhando e passamos do horário. Não tem mais ônibus a essa hora e... Ela não pode ir embora sozinha. Quero levá-la, porém ela não aceita e começou chorar. Não sei o que faço. Tem alguma ideia?

O homem parou, observou a jovem que chorava. Por fim, opinou:

— Será que ela está chorando por causa do marido que pode ficar bravo? — E, voltando-se para Raquel, tentou consolá-la: — É comum o pessoal ficar aqui trabalhando até bem mais tarde. Tem gente que passa a madrugada aqui até amanhecer. Não fique assim.

— Não é isso. Ela não tem marido — disse Alexandre que, em seguida, explicou: — Olha... Está tudo bem. Isso é emocional. Vou conversar mais um pouco com ela e ver o que consigo, certo?

O segurança não disse nada e ficou olhando-a em pranto. Vendo que o vigia não saía do lugar, Alexandre pediu, educado:
— Pode nos dar licença?
— Claro. Eu estarei ali e... Qualquer coisa...
— Ótimo. Obrigado.
Com a distância do segurança, o amigo sentiu-se mais à vontade.

Puxando uma cadeira, sentou-se frente à Raquel e ficou em silêncio aguardando alguns instantes enquanto refletia sobre o que estaria acontecendo com ela.

Com carinho, tentou pegar as mãos de Raquel que cobriam o próprio rosto e colocar entre as suas. Houve uma reação imediata, quase agressiva quando negou firme:
— Não!
— Tudo bem. Não precisa ficar assim — falou calmo, sem demonstrar o quanto estava nervoso.

Levantou-se, andou de um lado para outro.

"Isso não é normal" — pensava ele. — "Mas o que está acontecendo? O que foi que perdi?"

Olhou-a novamente. Teve imenso desejo de acalmá-la, enternecê-la, abraçá-la, mas não podia. De meiga, passou a ser agressiva quando tentou tocá-la. Alguns minutos se passaram e ela parou de chorar, mas olhava fixamente para o chão. Aproximando-se, o amigo sentou-se à sua frente e procurou encará-la. Com muita calma, usando ternura na voz, falou:
— Raquel, preste atenção. Eu não tenho ideia alguma do que está acontecendo com você. Não posso entender essa reação, porque não sei o motivo de tudo isso. Talvez seja algo muito pessoal. Se não quiser falar, tudo bem, respeito. Mas... Veja, não podemos ficar aqui até amanhecer. Sem chance! Ao mesmo tempo, não posso deixar você ir embora sozinha, correndo riscos que só Deus sabe. Vou te levar para casa, certo?

— Não.

"Oh! Deus, ajude-me!... Vai começar tudo de novo..." — pensou, quase irritado.

Respirando fundo, sem demonstrar o que sentia, insistiu:

— Vou te levar sim. Confie em mim. Está tudo bem.

O rapaz demorou quase uma hora para convencê-la e, a custo, aceitou.

No trajeto para casa, ela não conversava, a não ser para indicar o caminho. Ao estacionar o veículo na frente da casa de Marcos, Alexandre ficou surpreso com a rapidez com que desceu de seu carro.

— Ei, Raquel? — disse, saindo às pressas e alcançando-a no portão.

Ela se voltou e agradeceu:

— Obrigada. E, por favor, desculpe-me... — fugiu ao olhar.

— Espera — pediu, aproximando-se. — Você está bem?

— Sim. Estou — respondeu envergonhada, abaixando a cabeça.

— Não precisava ter ficado tão nervosa. Viu? — sorriu. — Está tudo bem. Eu disse que poderia confiar em mim.

— Desculpe-me... — não o encarou.

Sustentando agradável sorriso, explicou-se:

— Não tem pelo que se desculpar. Mas, sabe... Puxa, Raquel, você me assustou. — Ao vê-la sem jeito, disse, desejando se despedir de forma mais leve: — É muito bom conversar com você. Mas é que ali, naquela situação, eu não sabia como agir e... Perdoe-me se fui um pouco duro com as palavras... Mas não podia te deixar ir embora, a essa hora e sozinha. Espero que entenda que pensava na sua segurança...

— Ela não comentou nada. Não estava disposta a conversar. E ele desfechou: — Agora entre, vai. Eu fico olhando. Tchau...

Raquel agradeceu novamente e se virou. Seguiu sendo observada até entrar na casa.

♡

De volta ao seu apartamento, Alexandre ficou inquieto. Tomou um banho e deitou, mas não conseguia dormir.

"Ela agiu de modo muito estranho. O que será que aconteceu?" — pensava ele. — "O Vágner falou que havia chegado nela... Será que ele tentou algo? Crápula!" — ofendeu e xingou. — "O que será que houve?"

Ficou pensando muito e por bastante tempo, até que falou sozinho e em voz alta:

— Chega! Já me envolvi demais. Não vou e não quero me meter na vida de ninguém!

Após dizer isso, levantou-se. Não conseguindo conciliar o sono, foi para a sala, ligou a televisão e ficou procurando algum filme para se distrair.

Capítulo 5

Acusações indevidas

Ao contrário do dia anterior, aquela manhã se fez nublada, cinzenta e uma garoa fina umedecia tudo.

Alice levantou cedo e, na cozinha, aguardava ansiosa a chegada de Marcos para o desjejum. Não via a hora de contar ao marido as novidades. Quando o viu, seus olhos brilharam. Era a oportunidade tão esperada.

— Você viu a que horas a sua irmã chegou?

— Não — respondeu despreocupadamente.

— Eram quase quatro horas da madrugada!

— Que estranho — admirou-se sem expressar espanto. Depois concluiu: — Raquel não é disso.

— Não é disso, na sua frente.

— O que você quer dizer com isso, Alice? — perguntou sério e atento, encarando-a.

— Um cara veio trazê-la de carro. Ainda ficaram um bom tempo no portão conversando. Você acha isso normal?

— Acho.

— Ora, Marcos, não seja idiota! Seria normal para outra moça, não para sua irmã.

— Por que não? Raquel tem o direito de ser feliz. Tomara que ela encontre alguém que lhe queira bem, que a respeite e ame. Você tem algo contra isso?

Com um sorriso irônico e um tom de desdém na voz, Alice respondeu:

— Não tenho nada contra. Muito pelo contrário. Só que, todo aquele drama, todo aquele medo e os traumas pelo que diz terem ocorrido com ela sumiram, assim, de repente?! Eu não sou boba, Marcos! Eu avisei que a Raquel mentiu para nós e nos usou! Você foi o único que acreditou naquela história absurda e até se indispôs com toda a sua família! — ressaltava demonstrando contrariedade. — Levou-a para tratamentos!... Pagou terapias!... Médicos!...

Interrompendo-a, Marcos demonstrou insatisfação:

— Não me indispus com minha família por causa dela. Saímos da fazenda porque não aguentava mais as imposições do meu tio e do meu avô. Mas, sobre minha irmã... Aonde você quer chegar?

— Não sou boba, Marcos — olhou-o firme e afirmou com certo tom de raiva. — Toda aquela história, todo aquele medo foi mentira! — exclamou sussurrando. — A Raquel nos enganou para nos usar. Ela não teria onde ficar nem apoio de mais ninguém. Hoje, isso ficou claro. Sem ter onde viver, onde morar, teria de fazer você acreditar naquele absurdo. Traumas não somem do dia para a noite. Como se explica, essa madrugada, chegar a nossa casa acompanhada por alguém que não sabemos quem é? Onde é que estava? Fazendo o quê? Seus traumas sumiram, assim, de repente?! — enfatizava sussurrando.

— Chega, Alice! — enervou-se.

— Não, não chega! — exclamava baixinho. — Ninguém faz isso se não está acostumada. Escuta o que estou falando. A

Raquel vai aprontar, não vai assumir a responsabilidade e vai largar aqui em nossas mãos como já...

— Como já o que, Alice?

— Ora, Marcos! Como já fez por aí. Você sabe.

Em defesa da irmã, ele se levantou, aproximou-se de Alice e, com voz pausada, falou manso contendo o nervoso que podia ser notado.

— Não quero que fale nesse assunto novamente. Eu proíbo!

— Tá pensando que sua irmã é santa?

— Fique quieta, Alice!

— O que foi? — perguntou Raquel, que surpreendeu a discussão.

— Bom dia, Raquel — disse Marcos tentando disfarçar.

— Bom dia. Mas... O que está acontecendo? Eu ouvi meu nome.

— Nada — afirmou a cunhada, tomando postura mais natural. — Tome seu café.

Sem dar trégua, Marcos tentou saber o que estava acontecendo e perguntou:

— O que houve, Raquel? Você chegou tarde. Estávamos preocupados.

— Tive problemas no serviço. Um colega foi me ajudar. Ficamos lá na empresa até resolver tudo e passamos da hora. Quando terminamos, já era tarde e não havia mais ônibus.

— Foi ele quem veio te trazer? — indagou Alice, trocando olhares com o esposo, aproveitando-se que a cunhada estava em um ângulo e não podia vê-la.

— Sim. Foi ele mesmo quem me trouxe — respondeu com simplicidade.

Marcos, sem oferecer atenção, saiu deixando-as conversando. Aproveitando estar a sós com a cunhada, Raquel quis saber:

— Alice, o que vocês estavam falando quando cheguei?

— É melhor você não saber — virou-se e riu, sem que a outra visse.

A moça gelou. Sentiu-se invadida por um mal-estar. A cunhada pensou rápido, decidiu não brigar mais com o marido ou com Raquel. Aquele método era falho e perigoso. Marcos gostava da irmã e iria se voltar contra ela. Decidiu ser astuciosa e arrumar um jeito de colocar um contra o outro.

A jovem experimentou uma forte sensação de ansiedade tomar conta de seu ser. Mesmo assim, colocou-se frente à outra, pedindo explicações:

— Eu quero saber. O que você e Marcos estavam conversando? Se era sobre mim, tenho o direito de saber.

Fingindo-se embaraçada, Alice percebeu que aquela seria sua oportunidade. Representando como ninguém, respirou fundo, sem encará-la, mostrou-se nervosa, torcendo as mãos e silenciou.

— Fale, por favor! — insistiu Raquel.

— Marcos não quer que eu diga, mas...

— Mas o quê? — perguntou. Não aguentava o suspense.

— É que... Ele pediu para eu ficar de olho em você. Marcos tem medo de...

Raquel empalideceu. Sentiu-se mal. Um torpor estonteando-a, mas se fez firme e a encarava, esperando mais explicações.

— Marcos tem medo do que, Alice?

— Raquel... Deixa isso para lá... — falou fingindo brandura.

— Não! Fala logo, por favor!

— Não posso! Se disser e você for contar para ele... Não quero que voltemos a brigar como antes. Minha vida mudou. Não quero mais viver naquele inferno onde as brigas eram constantes e... Você entende? — pareceu implorar compreensão.

— Não vou dizer nada para meu irmão. Conte logo.

Ao encará-la, olhando-a com frieza para que suas palavras soassem como verdadeiras, Alice relatou:

— Marcos tem medo pelo seu passado. Ele pensou bem e... Não sei como foi acontecer, mas, depois de tanto tempo, ele acha que você não foi tão inocente assim.

Raquel sentiu como que sem forças. Suas pernas adormeceram e quase não parou em pé.

Com a voz enfraquecida e desalentada, desabafou incrédula:

— Não... Marcos não pode pensar isso de mim. Ele foi a única pessoa que acreditou em mim e... — lágrimas brotaram em seus olhos.

Alice aproximou-se dela e, com a mão em seu ombro, disse com voz piedosa, parecendo terna e compreensiva:

— Eu sei... Acredito em você. Entendo como se sente. Só que não conte isso pro Marcos, por favor. Se ele souber que falamos desse assunto... — Diante do silêncio, pediu com voz terna: — Não chore. Olha, sente-se aqui e tome seu café.

— Não, obrigada... — murmurou.

— Raquel...

— Fique tranquila. Eu não vou dizer nada para o meu irmão. Só estou muito decepcionada. Isso me machucou demais.

— Não liga para isso. Homem é assim mesmo. Hoje ele pensa uma coisa, amanhã pensa outra e... Não liga, tá?

Raquel passou a se preocupar. O fantasma do passado batia à porta. Estava magoada, ofendida por tanta injustiça e incompreensão. Seu segredo e sua história triste e amarga deveriam ser esquecidos, mas não. Na mente das pessoas restavam dúvidas e muitos não acreditavam nela.

Além disso, em lugar distante, a semente dessa história germinava, crescia... Jamais seria apagada.

Ela não teria paz.

Por ingenuidade ou inexperiência, não desconfiou da crueldade de Alice, que tinha planos ardilosos para afastá-la, o quanto antes, daquela casa e de seu irmão.

A cunhada não se sentia bem com a presença dela. Principalmente, agora que sua situação financeira estava mais equilibrada devido à promoção de Marcos e seu emprego onde ganhava satisfatoriamente para ela.

Não. Definitivamente, Alice não queria a presença de Raquel.

Seu coração endurecido não era grato nem reconhecia tudo o que a cunhada havia feito para ajudá-los nem queria devolver o que lhes emprestou, financeiramente, no momento em que mais necessitaram.

♡

Aquele final de semana iniciou-se com inúmeros pensamentos turbulentos para Alexandre.

Sozinho em seu apartamento, não tinha muito o que fazer. Pensou em sair e ir ao clube, porém o tempo estava horrível. Esportes em quadras fechadas não lhe agradavam.

Teve ideia de visitar seus pais, mas não se sentia bem para conversar. Sabia como sua mãe era e que, conhecendo-o bem, logo iria desconfiar de que alguma coisa o amargurava e começaria a enchê-lo de perguntas.

Nem o jogo eletrônico no computador lhe agradava e o desligou. Ligou o aparelho de som e colocou músicas suaves. Lembrou-se de um livro, comprado há mais de um mês, que não teve tempo para ler. Apanhou a brochura e, literalmente, atirou-se no sofá. Após ler poucas páginas, percebeu que sua atenção se voltava para Raquel.

— O que estou fazendo? — perguntou ele em voz alta. — Prometi a mim mesmo que não iria me preocupar com ela! Droga!

Não conseguia conter os pensamentos. Levantando-se, colocou o livro sobre um aparador, pegou uma jaqueta, desligou o som e por fim apanhou as chaves do carro e saiu rapidamente.

Minutos depois, sob a densa garoa fina que caía, encontrava-se parado quase em frente da casa do irmão de Raquel.

"Se ela saísse agora..." — desejava em pensamento. — "A rua está deserta... Está muito frio. O que teria para fazer fora de casa essa hora?" — Segundos depois, tornou preocupado: — "Estou ficando louco! Tenho de por um fim nisso. O que estou fazendo aqui?" — Quando pensou em ligar o carro e ir embora, uma vontade maior o dominou e uma esperança o prendeu. Sentia que precisava vê-la. Era algo irresistível. — "E se ela aparecer? O que digo? Que desculpa posso dar?"

De repente, ao longe, Alexandre vê a silhueta de uma mulher andando na rua em direção de seu carro. A cabeça estava coberta por um capuz do grosso agasalho. Ele não se importou e continuou olhando em direção da casa.

O perfil que ele viu era Raquel que, mais próxima, identificou-o. Aproximando-se do veículo, encarou-o surpresa e com um leve sorriso. Alexandre se sobressaltou e não sabia o que fazer.

— Você aqui? — perguntou, ainda sorrindo.

— É, eu... — embaraçou-se, sem saber o que dizer. Descendo rapidamente do automóvel, não tinha quase o que dizer, não sabia como se justificar. Frente à colega, cumprimentou quase gaguejando: — Oi, Raquel. Tudo bem?

— Tudo. E você?

— Estou bem. Passei aqui para saber como você estava e... — falou sem jeito.

— Ficou preocupado com o que fiz ontem, não foi? — indagou constrangida.

— É verdade — sorriu amavelmente. — Fiquei preocupado sim.

— Estou envergonhada... Desculpe-me — respondeu, fugindo o olhar.

— Não peça desculpas. Você não tem por que se preocupar. Acontece que... Bem... É que não é comum uma crise de nervos como aquela — sorriu generoso para não a ver envergonhada. — Entende?... Eu realmente fiquei preocupado e queria saber como você estava.

— Estou bem. Não sei o que dizer e...

Pensando um pouco, Alexandre perguntou:

— Foi o Vágner? — fitou-a firme para perceber alguma reação.

— Como?

— O Vágner me disse que chegou em você. O que houve? — Raquel empalideceu e fechou o sorriso. Não sabia o que dizer. Percebendo, ele insistiu mais firme: — O que ele fez com você?

— Nada — olhou ao longe, não o encarou.

— Como nada? Por que você está assim? — Tentou colocar a mão em seu ombro, mas ela se afastou. — Raquel, o que houve?... — quis saber, nervoso. — Sou capaz de matar esse cara! O que aconteceu? — insistiu.

Com medo de alguma situação difícil, resolveu mentir para acalmá-lo:

— Não aconteceu nada. Por favor, acredite.

— O que ele disse?

— Só me chamou para irmos ao *shopping*. Você sabe... Não aceitei. Ele é insistente e ficou um clima meio chato e... — abaixou o olhar e o colega fitou-a por longo tempo.

Por um momento, ele pensou no porquê estaria fazendo aquilo, afinal, não tinha nada a ver com a vida dela.

A garoa começou a ficar mais densa. Ambos estavam quase molhados.

Raquel começou a se incomodar. Ela não poderia convidá-lo para entrar por causa de seu irmão. O que Marcos não pensaria?

Por sua vez, o colega ficou esperançoso por um convite, que não acontecia, por isso decidiu abrir a porta do carro e chamá-la:

— Vem, entra aqui, vamos conversar. Podemos dar uma volta.

— Não — respondeu sem jeito. Brevemente, tentou justificar: — Perdoe-me por não chamá-lo para entrar, é que...

Tirando-a do constrangimento, ele a interrompeu:

— Não se preocupe. Eu entendo. Venha, vamos dar uma volta de carro e conversar.

— Não. Agradeço o convite, mas estou com uma dor de cabeça horrível. Estou voltando da farmácia, veja... — disse, tirando do bolso um saquinho contendo um medicamento. — Saí para comprar remédio porque não aguentava mais.

— Ah, então estou atrapalhando... Vá... Entra e tome o remédio. Passei aqui só para saber de você.

— Obrigada. Estou bem — sorriu com doçura.

— Se não fosse a dor de cabeça, não é?

— É sim — sorriu e concordou.

— Tchau, então — Alexandre sentiu forte impulso de beijá-la no rosto como seria comum, mas se conteve e estendeu a mão.

— Tchau — correspondeu ao agradável sorriso.

Após a partida do amigo, ela o admirou pensando: "Como ele é discreto." — Em seguida, preocupou-se: — "O Alexandre está muito dedicado... Não... Ele não poderia estar interessado em mim. Nunca tive um amigo como ele e, se isso acontecer, tenho de me afastar."

Naquele instante, sentiu-se muito mal e contrariada com o rumo que as coisas tomavam. Sua vida mudou muito. Era independente, trabalhava para sobreviver, porém ninguém a incomodava. De repente aconteceram tantas coisas e tudo ficou fora do seu controle.

Por sua vez, Alexandre foi embora satisfeito. Uma alegria invadiu seu ser. Foi bom demais ter ido até ali. Mesmo que por alguns minutos, viu Raquel como desejava.

Mais tarde, em seu apartamento, questionava-se se aquilo era certo. Receava estar apaixonado por sua amiga. Temia sofrer novamente.

Procurando alterar o rumo da situação, começou a se determinar a ser forte e ter uma postura mais vigilante. Decidido, resolveu que só seria amigo de Raquel.

♡

A semana estava sendo agitada.

Raquel estampava nítida preocupação, pois não sabia falar não para a cunhada. Não tinha posicionamento.

Alice queria que ela a acompanhasse ao tal lugar, que era denominado assim pelo fato de nem mesmo ser um local onde várias pessoas se reúnem, centralizadas com o mesmo objetivo, o que seria um centro. Também não era um espaço espiritualista religioso ou filosófico onde se pudesse fazer preces e orações coletivas, estudo de determinada religião ou filosofia. Tratava-se de ambiente restrito e limitado, sob a direção e ordens de uma única pessoa interessada em comercializar e lucrar usando a fé alheia, independentemente de promover o bem ou o mal.

Esse tal lugar era uma residência com um quartinho nos fundos onde existia altar com toalha, estatuetas pouco conhecidas escondidas atrás de cortinas, velas e flores expostas. Uma pessoa em transe mediúnico, com vestimenta incomum, típica para ser diferente e impressionar, recebia os que a procuravam.

No corredor lateral da casa, havia um banco em que alguns esperavam sentados para serem chamados, um a um, pelo médium que iria atendê-los, dentro do tal recinto.

Em uma das vezes em que Raquel foi a esse lugar, somente como acompanhante de sua cunhada, um espírito, sem instrução e desorientado aproximou-se dela e passou a acompanhá-la. Sua presença, suas vibrações, seus desejos e pensamentos eram imperceptíveis à Raquel. Com o tempo, devido às suas inúmeras preocupações, reclamações, falta de iniciativa e ausência de prece, religião ou filosofia que a equilibrasse, esse espírito passou a segui-la e fazer suas sugestões que chegavam como pensamento, parecendo ser da própria encarnada. Sua presença era ignorada e a moça nem imaginava esse envolvimento.

Ela não percebeu que recebia vibrações inferiores, sentimentos tristes, desejos lamentáveis, incentivos a queixas e reclamações. Somente aceitava como sendo seus.

Raquel não sabia distinguir o que era próprio de suas ideias ou de influência espiritual negativa. Aliás, muito poucos o sabem.

Por essa razão, suas preocupações e angústias ficavam mais intensas e mais dolorosas a cada dia.

Por conta de suas experiências difíceis e traumáticas, ela era uma pessoa calada. A cada dia, ficava mais triste e sem esperança. Nos últimos tempos, sua quietude, antes tranquila, passou a ser amarga e depressiva.

Ao contrário da cunhada, Alice parecia mais alegre e extrovertida do que nunca. No seu serviço, revelava-se uma pessoa capacitada e esperta. Ela não cultivava muitas amizades. Todas as colegas que possuía eram por interesse em algo.

Alice sempre fomentava discórdia. Falava de qualquer um sem o mínimo de prudência ou respeito, deixando dúvidas sobre caráter ou moral.

Com o incentivo do espírito Sissa, ela começou a acreditar que deveria se destacar como mulher atraente e sensual, valorizando-se com roupas e modos sensuais para chamar a atenção de outros homens, principalmente, do gerente do setor onde trabalhava. Ser bonita e ter aparência respeitável, não era mais suficiente, para ela.

— Você merece coisa melhor do que o Marcos — dizia Sissa, envolvendo-a a todo instante. — Veja, Alice, você pode ter a oportunidade de ser feliz e ter melhores condições financeiras, se quiser.

Sem ouvi-la, a encarnada passava a ter ideias e desejos daquele nível.

Assim, toda vez que tinha oportunidade, passava a agir e falar com modos simpáticos demais, sempre tentando encantar e seduzir. Por sua vez, o gerente mostrava-se atraído por suas insinuações, dando a entender que apreciava suas atitudes.

A pobre mulher não respeitava seu marido ou o compromisso feito com ele. Negava-se à responsabilidade afetiva com os filhos que, certamente, ficariam decepcionados, contrariados, magoados, tristes e envergonhados com suas atitudes e desvalorização.

Quando não se deseja mais estar em uma condição ou situação ao lado de outra pessoa, o bom senso, o caráter e o respeito dizem que precisamos terminar, antes de seguirmos por novos caminhos em parceria com outro alguém.

Alice não se amava e não respeitava a tranquilidade de sua consciência, pois não cultivava boa moral, atraindo futuras harmonizações dolorosas, porque já adulterava em pensamento.

Dessa forma, a cada dia, ela foi se aproximando do gerente Aldo, que lhe correspondia.

Com o passar dos meses, ele a convidou e passaram a sair. Frequentavam barezinhos, boates, restaurantes, cinemas e outros lugares. Divertiam-se, bebiam e conversavam muito.

Ela fazia de tudo para que ninguém percebesse. As opções de horários diferentes facilitavam para que mentisse. Quando se atrasava muito para chegar à sua casa, a desculpa era que havia pegado grande venda e a cliente demorou na escolha.

Ninguém desconfiava. Não havia porquê.

Por outro lado, em seu serviço, Raquel se preocupava demais.

Vágner tornava a se aproximar. Quando isso acontecia, ficava com medo, um pavor inexplicável. Procurava evitá-lo o quanto podia, mas era difícil, seus trabalhos se interligavam.

Ele não tinha decência, senso moral ou escrúpulo, sempre agia como se não percebesse a contrariedade e insatisfação da colega diante de seus assédios. Lançava olhares desejosos e fazia expressões faciais sedutoras mostrando anseios.

— Então, Raquel — explicava Vágner com voz mansa, aproximando-se demais —, dependo desses valores para poder passar esses resultados.

Ela o ouvia e se sentia insatisfeita. Estava sendo difícil. O colega a incomodava somente com sua presença.

— Veja — falava tão perto que podia sentir o ar que saía de sua respiração —, esses primeiros resultados aqui, que você me passou, não estão certos, por isso os valores não batem. Entendeu? — dizia com extrema gentileza. Tentava ser sedutor. Desejava que ela cedesse às suas insistências. Talvez até soubesse que era inconveniente, mas, em seu íntimo, acreditava que, por sua obstinação, teria algum resultado satisfatório.

— Tá bom. Já entendi — afirmava contrariada. Sentada, afastava-se o quanto conseguia. Raquel não reagia como deveria. Não era forte o suficiente para se posicionar e afastá-lo, chamando sua atenção. Estava tímida, medrosa, cansada.

Desanimado, vibrando na mesma sintonia que a encarnada, o espírito sem instrução e sofredor, próximo a ela, sugeria:

— Para que tanto empenho? Ninguém dá valor pra gente. Qualquer hora, vão mandar você embora mesmo. Veja... Trabalhei tanto para quê? A vida não vale a pena. Só temos tristezas, desilusões e... Só vivemos para sofrer e sermos incomodados pelos outros. Uns têm sorte, outros não. Somos do grupo sem privilégio nenhum. Se existisse mesmo um Deus, eu já estaria em outro lugar. Fui tão bom para os outros... De nada adiantou. — Raquel não o ouvia, porém, a cada minuto, sentia-se mais desanimada.

Tentando se justificar, ela virou-se para o colega e explicou com voz tímida:

— Olha, Vágner... Não sei o que aconteceu para eu errar isso e... Deixe tudo aí que, após esse relatório, vou arrumar.

Aproximando-se mais ainda, curvando-se, ele se mostrou gentil e perguntou bem baixinho, praticamente, sussurrando:

— Você está com algum problema, Raquel? Posso ajudar?

Alexandre, sentado à mesa ao lado, separada por uma divisória, aguçou os ouvidos tentando compreender o que o outro dizia. Desde o dia em que se desentenderam, só falavam assuntos de serviço, conversando o essencial.

Sem conseguir entender o que o outro dizia para Raquel, Alexandre ficou inquieto e nervoso. Sentindo seu coração acelerado, pensava:

"Crápula! Como pode uma criatura ser tão, tão nojenta?... Se ele tentar alguma coisa com ela, vou arrebentá-lo. Será que esse cretino não percebe que é repugnante o que está fazendo?" — sua impaciência quase podia ser notada.

Procurou estar atento no que fazia para não se envolver. Impossível!

Torturava-se, acreditando que não deveria pensar daquele jeito, afinal, Raquel era só sua amiga. Mas, contra fortes sentimentos, pouco podemos fazer. No olhar dele, um brilho apaixonado resplandecia, anunciando seu sentimento e seu ciúme. De quando em vez, mordia os lábios. Visivelmente aflito, adivinhando as intenções do colega, que sussurrava e deixava poucas palavras serem ouvidas Alexandre não conseguiu resistir.

— Vamos, vai... — convidava Vágner, com voz amável, melosa e meio sorriso.

— Não, obrigada — ela respondeu, insatisfeita.

— Não posso aceitar seu não — insistia, sorridente e afetuoso demais.

Sem se conter, Alexandre se virou, olhou para o rapaz que nem o percebia e reclamou, firme e irritado:

— Ei, cara! Dá para respeitar a vontade da moça?! Já estou saturado de te ouvir! Você é surdo?! Ela disse não! Se isso não é abuso emocional é assédio, sabia?!

Raquel ficou surpresa e confusa. Não esperava por aquilo.

Vágner franziu o olhar com rancor e indagou estúpido:

— Por acaso você é porta-voz dela?!

— Qual é Vágner?! — tornou Alexandre. — Se enxerga!

Alguns da seção repararam o tom grave da voz de Alexandre, que aumentou o volume sem se intimidar, levantando-se da cadeira. Vágner ergueu o corpo e ia dar um passo em direção do outro, mas se sentiu inibido por um dos diretores, que tinha acabado de chegar à seção.

Alexandre continuou encarando-o como se o desafiasse com o olhar. Enquanto a jovem, nervosa e atordoada, ficou sem saber o que fazer.

Vágner, com o dedo em riste, mas sem fazer alarido ou ser chamativo, ameaçou com voz pausada, baixa e odiosa:

— Você me paga, cara — virou-se e se foi.

A moça não sabia o que dizer e olhou para Alexandre, que se sentou e voltou para o trabalho. Aquele dia estava sendo péssimo para ela. Raquel e Alexandre não se falaram mais.

O tempo foi passando...

Certa vez, ao chegar à sua casa, logo à noitinha, Alice insistiu, novamente, para a cunhada acompanhá-la ao tal lugar. Sem opinião própria, ela acabou cedendo às insistências da outra e fez sua vontade.

Enquanto aguardava para ser atendida, Alice induzia Raquel:

— Faça uma consulta, boba — sussurrava. — Peça para te ajudarem com o emprego, com essa sua depressão, esse seu pânico e também para darem um jeito na sua vida. Se não quiser falar com ele, aproveita hoje que a mulher dele também está atendendo.

Confusa, sem fé na vida e sem esperança, Raquel decidiu fazer a tal consulta. Ela não tinha qualquer conhecimento sobre espiritualidade, espiritualismo ou algo do gênero. Não sabia o que, de fato, acontecia ali ou o que era aquilo.

Ao se ver a sós num pequeno recinto fechado, à frente de uma mulher que usava roupas estranhas e fumava um charuto de modo incomum, Raquel sentiu algo estranho.

Seu primeiro desejo foi o de virar as costas e sair. Porém, ficou com vergonha dessa iniciativa.

Acomodada em uma banqueta baixinha e em meio a alguns apetrechos, a mulher indicou um lugar para que se sentasse e ela aceitou.

— Tá cum medo? — perguntou a senhora, empostando a voz.

Com a respiração alterada, sentindo-se sufocada pela fumaça do charuto, das velas e das ervas que ardiam em um canto, um tanto inquieta, respondeu:

— Não sei... Desculpe-me.

— Será que tá cum vontade de ir s'imbora... Fica assim não. Tá cum poblema, num tá?

Raquel, instintivamente, decidiu não comentar nada sobre sua vida particular, muito menos sobre o que a afligia. Com seu raciocínio lógico, acreditou que, se ali havia um espírito, ele deveria saber de seus problemas, ela não precisaria relatá-los.

— Nem sei por que estou aqui — comentou a jovem com modos tímidos. — Talvez, por insistência de minha cunhada.

Diferente das demais pessoas, a moça não ofereceu diretrizes de sua vida que pudessem revelar por quais dificuldades passava. Por essa razão, não havia muito o que a outra dizer.

Após algumas baforadas de charuto, a mulher falou:

— Tu é forte. Tu tem sinar de quem já viveu muito poblema. — Fez-se pequena pausa para baforar, novamente, depois continuou: — É lutadora! Oia, toma cuidado qui as pessoa num é sincera cum-cê. É mió num ter amigo qui tá mar acompanhada. — Após pequena pausa ela perguntou: — Ocê tem argo pra pidi?

— Não — respondeu com modos frios e sentindo-se perturbada.

— Intão zé-fia vai tê qui si livrar desse mau olhado, dessa invejaiada toda e dessas coisa ruim que te persegue. — Passou a chamar nomes de espíritos que ali serviam como em um canto. Nomes desconhecidos e estranhos foram gritados. Ao mesmo tempo, apesar de sentada na banqueta, curvou-se e arranhava as unhas no chão como se estivesse escavando. O barulho causava aflição. Um misto de medo percorreu o corpo de Raquel, quando a mulher segurou-a e sacudiu. Depois de gargalhar, olhou-a de modo estranho e, com voz ainda diferente, disse: — Ocê vai fazer o seguinte: Pega essas erva...

Saindo daquele quartinho, ela foi conduzida para outro canto onde pagou pela consulta, pelas orientações e pelas ervas que comprou.

Mais tarde, Alice questionava:

— O que você achou?

— Olha, Alice, pra ser sincera, eu não achei nada. Tudo o que aquela mulher me disse se encaixaria perfeitamente na vida de qualquer outra pessoa. Só gastei dinheiro! Não sei onde estava com a cabeça.

— Ora! Não seja boba, Raquel!

— É verdade! Ela disse que eu era uma lutadora. Quem não é lutador nesta vida? Ela disse que eu vivi muitos problemas. Quem não teve problemas em sua vida? Ela falou que há pessoas que não são sinceras comigo. Ora, Alice!... Quem de nós poderá dizer que tem amigos sinceros? Até Jesus, o símbolo da perfeição humana, foi traído!

— Mas, Raquel, ela tem razão! Você já lutou muito na sua vida. Com pouca idade passou por dificuldades terríveis e... — desejava que Raquel pudesse receber alguma ajuda espiritual para que saísse de sua casa. Gostaria de se ver livre da cunhada.

Incomodada com aquela conversa, repentinamente, pediu, interrompendo-a:

— Não quero mais falar nesse assunto. Por favor.

— Você perguntou alguma coisa para ela? — indagou, sem respeitar sua vontade.

— Não.

— Ah! Aí está o problema. Se você perguntasse, ela falaria.

— Se eu perguntasse, ela pediria detalhes. Pedindo detalhes, ela teria uma série de informações, depois daria opiniões como se adivinhasse minha vida. Sabe... Eu deixaria de acreditar do mesmo jeito. Foi melhor ter ficado quieta. Economizei tempo. Olha, Alice... Quer saber de uma coisa, não vou mais lá! Para mim chega! Arrependi-me, amargamente, de ter ido. Só gastei dinheiro e perdi meu tempo. Por favor, não me chame mais. Cheguei tarde, estou cansada e, além de tudo, não gosto de sair à noite.

Sem comentar mais nada, ficou somente olhando contrariada para Raquel.

Uma sensação odiosa começou a envolver o coração de Alice que, agora, mais ainda, indignava-se com a cunhada. O espírito Sissa alimentava essa contrariedade, fazendo crescer a raiva e o ódio pela outra. Apesar de nenhum entendimento, Raquel possuía um coração puro e poderia orientar Alice para o que era certo ou errado.

— Ela não é sua amiga! A sua cunhada não pode ficar mais aqui. Ela vai acabar estragando tudo. Pode até fazer seu marido desconfiar de suas diversões, dos passeios aos quais tem direito, já que ele não a leva para lugar algum. Vamos dar um jeito nela.

Naquela noite, Raquel demorou para adormecer. No meio da madrugada, perturbada por um sonho ruim, que era induzido por espíritos inferiores, passou a dizer:

— Não... Sai de perto... Não! — Até que acordou a todos com um grito.

Marcos correu para a sala e, ao lado da irmã, que já estava sentada, chamou:

— Raquel!... Raquel!... Está tudo bem! Acalme-se.

Ele tentou abraçá-la, mas ela o empurrou. Parecia confusa. Estava muito assustada. Com a respiração alterada e os olhos arregalados, a jovem circunvagava o olhar pela sala, tentando reconhecer o lugar, enquanto passava a mão pelo rosto.

— Calma, Raquel. Foi só um sonho — dizia Marcos com suavidade na voz procurando enternecê-la.

Alice ficou em pé, olhando friamente a cena, sem dizer nada e sorriu sem que alguém percebesse. De repente, foi até a cozinha e voltou com um copo com água.

— Tome — disse. — É água com açúcar. Está bem doce para te acalmar.

Após tomar alguns goles, com as mãos trêmulas, a moça se esforçou para ficar quieta. Alguns minutos se passaram e tudo se tranquilizou. Raquel se desculpou e voltou a deitar.

Marcos e Alice voltaram para o quarto. Ao perceber que o esposo estava acordado, comentou:

— Estou preocupada com a minha cunhada. — Percebendo-o interessado, prosseguiu: — Não quero te ver chateado, mas... Você acreditou nesse pesadelo?

— O que quer dizer? — perguntou, quase irritado. Não gostava que falasse mal de sua irmã.

— Sabe o que é... Andei conversando com a Raquel. Coisa de mulher. Entende?

— Não, não entendo. Dá para ser mais clara?

Exibindo nervosismo e inquietude, torceu as mãos a fim de mostrar ao marido que estava preocupada. Tomando cuidado com as palavras, continuou em tom brando e baixo:

— Sabe... Não tenho gostado de algumas coisas que venho percebendo e... Ela vem chegando de carro com um e com outro.

— Que eu saiba, minha irmã só pegou carona naquele dia.

— Não é problema pegar carona. É que ela vem mentindo para nós. Lembra que, faz uns anos... Ela tinha traumas, desequilíbrios emocionais, pesadelos?... — Sem esperar pela resposta, prosseguiu: — Falei que não acreditava nela. Eu disse que se mentiu ou não para toda a família, não tinha problema. O que me irritava e não achava certo era o fato de nos deixar estressados, nervosos e preocupados com o que fingia ou mentia.

— Aonde você quer chegar, Alice?

— Vi que pegou carona com um, com outro e decidi falar com ela. Aí, a Raquel me respondeu mal. Disse que fazia de sua vida o que queria e que ninguém tinha nada a ver com isso.

— Não posso acreditar nisso — irritou-se.

— Então espere um pouco. Vai acreditar em mim... — Alice se levantou e, sorrateiramente, foi até a sala espiando para garantir que a cunhada estivesse dormindo. Pegou a bolsa

que estava sob um móvel ao lado da sua e voltou para o quarto, fechando a porta. Sentou-se na cama e revirou a bolsa, tirando alguns preservativos e sob o olhar de Marcos, disse:
— Para que alguém carrega isso se não vai usar? — Ele ficou paralisado. Sentindo-se enganado pela irmã, não respondeu nada. A esposa ainda falou, sussurrando ao exclamar: — A Raquel não é santa, Marcos! Tudo bem se ela faz o que quiser da vida, mas... Sua irmã está mentindo para nós! Mentiu o tempo inteiro.

O marido ficou alterado. Levantando-se, andou de um lado para outro do quarto.

— Não posso acreditar que ela mentiu para mim.

— Agora mesmo, com esse falso pesadelo, mentiu para ter a sua atenção. Mentiu para que você não acreditasse em mim, pois sabia que eu iria te contar sobre como reagiu quando fui chamar sua atenção por chegar de carro com rapazes diferentes, por seu comportamento, suas mentiras... Vá até a sala e veja por si mesmo. Alguém que acabou de ter um pesadelo horrível, iria dormir tão rápido?

Inconformado, Marcos saiu do quarto e foi até a sala onde a irmã dormia profundamente. Olhando-a fixamente, comprovou que estava serena e tranquila.

Alice ficou aguardando. Seu plano havia dado certo. Por saber que Raquel, comumente, tinha sono perturbado e pesadelos, já aguardava por aquela oportunidade. Preparou-se com antecedência para o ocorrido. Por isso, ao preparar a água muito adoçada, colocou algumas gotas de sedativo e a moça, nervosa, não notou. Voltando para o quarto, o homem não percebeu a esposa esconder seu sorriso cínico.

— Viu como tenho razão? — indagou com voz branda e melancólica.

O marido não respondeu, mas expressava um rosto contraído e sisudo. Seus pensamentos fervilhavam inquietos nas dúvidas que começavam pairar em suas ideias. Pegando a bolsa da irmã, começou a olhar. Não seria problema Raquel sair com alguém, sua irritação era por ter mentido e, no passado, criado tantas controvérsias, polêmicas, acusações e preocupações estressantes para ele e sua família.

— Marcos — tornou Alice —, tenho medo do trabalho que ela pode nos dar.

— Que tipo de trabalho?

— A Raquel não assume responsabilidade alguma pelo visto. Não admite estar errada e sempre quer ser a vítima. E se ela engravidar e abandonar a criança aqui? Sabemos que já fez isso e nem temos ideia onde está sua filha.

— Tudo o que acontecer com a Raquel, de hoje em diante, quero que me conte — pediu zangado.

— Não vai dizer nada pra ela. Vai com calma. Precisa dar um flagrante nela. Se for com calma, vai conseguir.

Resolvendo seguir os conselhos da esposa, concordou.

Algum tempo depois, ao colocar a bolsa de Raquel no lugar, Alice tomou o cuidado de transferir para a sua bolsa os preservativos, usados para acusar a cunhada.

Acreditou ter agido com inteligência. Se a quisesse longe dali, deveria ser astuciosa. Não haveria mais de impor as condições. Encontraria maneiras de fazer com que Marcos visse o que ela queria. Não desejava, de forma alguma, devolver o que a irmã dele havia emprestado. Pensava que aqueles valores seriam uma forma de Raquel pagar os gastos que tiveram com ela no passado.

♡

Na manhã seguinte, por não haver dormido bem e estar repleto de preocupações, Marcos apresentava-se sisudo e mal cumprimentou Raquel que, percebendo sua indiferença, ficou magoada, mas não disse nada.

Sem fazer o desjejum, ela foi para o seu trabalho, torturando-se em pensamentos tristes, principalmente, por estar envolvida por aquele espírito que lhe passava ideias lamentáveis, deprimentes e com vibrações pesarosas.

— Droga! — reclamou para si mesma. Não conseguia ficar atenta ao que fazia. — Preciso entregar isso hoje. Parece que nada quer dar certo — murmurava de modo quase inaudível.

As ideias pessimistas daquele espírito sem instrução, que a acompanhava, impregnavam, ainda mais, os sentimentos da jovem.

Mesmo sem ter, nesta existência ou em vidas passadas, qualquer ligação com ela, ficava próximo por afinidade de sentimentos e pensamentos.

Nos últimos tempos, cada vez mais, Raquel desanimava, reclamava, não orava, não reagia, não cultivava fé ou esperança de que sua situação iria melhorar. Seus pensamentos eram totalmente queixosos. Sempre lembrava o mal que sofreu, aqueles que não lhe acreditaram ou deram apoio. Seus traumas e suas dores eram terríveis sim, mas ela nunca tentava pensar ou imaginar coisas boas.

Ao vê-la nervosa com o que fazia, o espírito sugeria:

— Não adianta. Você vai se matar para que tudo saia perfeito e depois de pronto ninguém vai valorizar ou estará errado.

— Que droga! — reclamava Raquel.

— Isso não vai dar certo não — tornou o desencarnado. — Você não é competente o bastante e vão colocá-la no olho da rua. Eu descobri que só tem valor aqueles que conquistam os chefes, sabia? Os bajuladores, os mentirosos, os que tramam, os que falcatruam, saem com os chefes para noitadas... Se não faz isso, esquece.

Havia tempo que Alexandre não interferia nas coisas da colega. Mas, naquele momento, percebendo sua irritação, não resistiu e perguntou:

— O que foi, Raquel? Quer ajuda?

— Não estou conseguindo... Veja.

— Dá licença, deixa-me ver... — pediu com brandura e suave expressão no olhar. — Raquel, quase chorando, tinha a visão turva e os pensamentos confusos. Ela se afastou dando espaço a ele que, em poucos minutos, disse: — Prontinho! — Observando-a desanimada, olhando para a tela do computador, ele incentivou: — Vai, garota! Continua agora!

Ao vê-la retomar o trabalho, voltou para o seu lugar. Discretamente, ficou examinando-a e admirando.

Raquel era bonita, simpática. Sua quietude oferecia um ar que intrigava e atraía. Sentia vontade de ficar perto dela, mas não podia. Na verdade, desejava poder tocá-la, abraçá-la com carinho... Ela era encantadora.

Seus pensamentos corriam apressados e Alexandre buscava, sem perceber, uma maneira de conquistá-la. Contrariando, assim, suas promessas de dias anteriores.

"Preciso conhecê-la melhor" — pensava. — "Engraçado... Sou capaz de sentir sua sensibilidade. De alguma forma, sei que é frágil, delicada. Não posso me impor. Isso poderia assustar e... Serei paciente.

No final do expediente, Alexandre encorajou-se e, com jeitinho meigo, aproximou-se da colega, arrastando-se em sua cadeira para junto da mesa onde ela estava.

Curvando-se mais ainda, colocou o rosto colado à mesa da jovem. Fazendo um semblante piedoso no olhar e sorrindo docemente, pediu com modos engraçados:

— Vamos ao *shopping* aqui em frente para tomarmos um suco?

— Como? — indagou e riu pelo modo como ele se colocava.

Ainda na mesma posição, tornou a dizer:

— Em vez de ir embora para casa, vamos sair um pouco. Podemos ir ao *shopping* e tomar um refrigerante ou um suco. Quem sabe um lanche? — ergueu-se ansioso, à espera de uma resposta positiva.

Surpresa com o convite, ficou confusa e sem saber o que responder.

— É que...

— É quê?... — risonho, ele a arremedou diante da pausa. Depois continuou animado: — Quê nada! Guarde suas coisas e vamos! — sorriu largamente.

— Desculpe, mas...

Olhando-a fixamente em seus belos olhos amendoados, pediu com jeito terno:

— Por favor, vamos? Prometo que não sairemos tarde de lá. Quero só conversar um pouco. Estou me sentindo só.

Raquel sorriu timidamente e, sem entender, teve vontade de aceitar. Talvez o tom de voz, o jeito carinhoso e o olhar sereno do colega, que não exibia outras intenções, conquistaram-na.

Logo depois, na praça de alimentação do *shopping*, ele sugeriu:

— Que tal um lanche? Ou prefere uma refeição? — falou animado.

— Não. Você disse que não iríamos demorar. — Alexandre não disse nada nem se expressou fisionomicamente, mas ela percebeu sua insatisfação. Desanimada, justificou: — Desculpe-me. Não sou uma boa companhia. — Com uma atitude inesperada, levantou-se como se fosse se retirar.

O mesmo espírito, de outras vezes, dizia-lhe que ela não agradava a ninguém e só incomodava os outros com suas preocupações e tristezas.

Ligeiro, o rapaz ficou em pé na sua frente e, delicadamente, segurou-a pelo braço dizendo gentil:

— Por favor, Raquel, fica. Está tudo bem. Eu vou pegar um suco para nós, certo? Sente-se, por favor...

— Eu só incomodo, Alexandre. Percebi, em seus olhos, que ficou contrariado.

— Não. Não é isso. Eu só pensei que se fizéssemos um lanche agora, eu não teria de comprar alguma coisa para levar para minha casa. — Meio sem jeito, sorriu e confessou: — Não tenho nada pronto para comer e pensei em me alimentar por aqui. Só isso. Está tudo bem. Já venho, tá? Fique aqui.

Raquel se sentou novamente e aguardou-o.

De volta à mesa, o rapaz trouxe uma bandeja com dois copos. Serviu-a e ao vê-la experimentar a bebida no canudo, foi logo perguntando:

— Está bom? Quer mais açúcar?

— Não.

— Não está bom? — indagou sorrindo e brincando para confundi-la.

— Sim — tornou ela que riu.

— Então vou pegar o açúcar.

— Não! Espera — respondeu sorrindo e atrapalhada. Depois explicou: — O suco está ótimo e não precisa de açúcar, certo?

Riram e Alexandre se viu mais à vontade. Puxando conversa, resolveu saber mais sobre a colega.

— De onde você é mesmo?

— Sou do Rio Grande do Sul. E você?

— Sou daqui. De São Paulo, terra da garoa. Meus pais são filhos de imigrantes italianos. Engraçado, você não tem sotaque do sul.

— Perdi o sotaque de lá com facilidade e meu irmão, que mora aqui, também. Diferente da nossa mãe que fala *gauchês* muito bem, embora não tenha nascido no Rio Grande do Sul. Ela é de Goiás e foi criada no Distrito Federal. Só após se casar com meu pai, foi para o sul. Você também não tem sotaque ou modos italianos.

— Creio que vai se perdendo com o tempo. Meus pais também não os têm muito. Embora o dramalhão italiano nunca se perca — riu. Após pequena pausa, ele continuou: — Tenho duas irmãs. Uma é casada e tem dois filhos. Essa mora no Rio de Janeiro. A outra é noiva e mora com meus pais. — Breve instante e indagou: — E seus pais, Raquel, onde moram?

— No Sul mesmo. Meu pai é tetraplégico. Vive em uma cama. Além disso, não é mentalmente capacitado devido ao acidente que o deixou assim. Ele e minha mãe moram com meus avós paternos em uma fazenda imensa. Tenho o Marcos e mais dois outros irmãos casados. Todos mais velhos do que eu.

— Seus avós são imigrantes? Pergunto isso porque no Sul encontramos muitos imigrantes.

— Meus avós são descendentes de russos e são de um lugar chamado de Polônia Russa ou Reino da Polônia, que sofreu várias invasões alemãs e ataques da Rússia que reivindicava parte do seu território. Eles chegaram ao Brasil escondidos no porão de um navio e ganharam a nacionalidade brasileira com o nascimento do primeiro filho. Ao todo, eles tiveram quatro. — Um pouco pensativa, completou: — Os dois primeiros já morreram.

— O pessoal daquela região é muito sério, não é?

— Para ser sincera, não sei dizer. Creio que a seriedade ou a simpatia não depende da origem ou da nacionalidade, mas sim do coração de cada um. Meu avô é muito rigoroso e...

— E?... — indagou ele diante da longa pausa.

— E cruel — respondeu impensadamente e com o olhar perdido.

— Cruel? — o rapaz se surpreendeu.

— Não foi bem isso o que eu quis dizer... Acho meu avô rigoroso. Ele é duro demais. Talvez, por ter sido criado naquele costume católico ortodoxo, que há na Rússia. Traz consigo muitas exigências, crenças limitantes. Ele não é uma pessoa fácil.

Com simplicidade que lhe era própria e sem refletir no que falava, Alexandre perguntou em tom de brincadeira:

— Ele é rigoroso e a deixa morar longe e sozinha?

Raquel não esperava por aquela questão. Ela se viu confusa e ficou só olhando-o sem nada responder. Sem demora, ele se retratou dizendo:

— Desculpe-me. Por favor... — Impulsivamente, o colega colocou suas mãos sobre as dela, que estavam estendidas sobre a mesa, completando: — Eu não tenho nada com isso e...

Raquel sorriu delicadamente. Abaixando o olhar e retirou suas mãos, que ainda se encontravam envolvidas. Mesmo percebendo a reação dela, o rapaz não disse nada, porém ficou envergonhado. Teve a impressão de parecer preconceituoso e não era nada disso. Só quis brincar. Ele deu outro rumo à conversa e passaram a falar sobre alguns assuntos de serviço.

As horas foram correndo e, ao consultar o relógio, Raquel decidiu:

— Tenho de ir. Já é tarde.

— Oh, Cinderela! Fique tranquila. Eu te levo para casa. Meu carro não vai se transformar em abóbora. Eu garanto — brincou sorridente.

— Por que Cinderela?

— Porque você sempre quer estar em casa antes da meia-noite. Não são nem nove horas! — ressaltou. — Eu te levo.

— Não. Por favor — ela pediu com voz mansa, sem encará-lo.

— Vou dar uma passada na casa dos meus pais. É caminho. — Sorrindo, justificou: — Além de visitá-los, janto lá. — Diante da indecisão da jovem, Alexandre mudou o assunto, impedindo-a de pensar a respeito. — Então, conseguiu falar com seu irmão a respeito de você sair da casa dele e ir morar em outro lugar?

Outra vez, um semblante aborrecido figurou o rosto de Raquel que respondeu:

— Falei por alto, mas... Marcos não quer concordar. Disse que sou a única família que ele tem e...

— Já sei. Você continua ajudando com as despesas e não consegue juntar uma grana para conquistar, novamente, a sua liberdade.

Raquel pendeu a cabeça positivamente, confirmando a conclusão do colega e confessou:

— Não sei o que está acontecendo. Parece que minha vida fica mais complicada a cada dia. Seja no serviço ou em assuntos particulares, tudo é difícil de ser resolvido. Acho que... — deteve as palavras.

— O que você acha? — insistiu saber.

Os olhos de Raquel estavam brilhando. Tomando impulso ela revelou:

— Nunca dei importância para magias ou coisas assim. Agora, porém, depois que visitei, junto com minha cunhada, aquele lugar, comecei a ficar cismada, duvidando... Desde o

princípio, eu me senti mal, com o coração oprimido, triste. Hoje, as coisas estão piores. Nada está dando certo pra mim e...
— Mas você não está indo mais lá, está?
— Eu disse para Alice que nunca mais volto lá! Não mesmo! — Encarando-o, comentou: — Sabe, no momento em que disse isso, senti que Alice me olhou com muita raiva, com um rancor... Ela não disse nada, mas eu senti, entende?
— Raquel, dê um jeito de se afastar daquela casa o quanto antes.
— Como? Você não sabe o que é dificuldade, Alexandre. Por mais que eu tente, não estou conseguindo. Dependo sempre do maldito dinheiro. Além do mais, não é só isso. Você mesmo pode comprovar que, lá no serviço, não estou fazendo nada direito. Já fui chamada atenção várias vezes. Alguns colegas têm me ajudado, mas sabe, ultimamente, ando tendo ideias fixas de que vou ser demitida, de que vão me mandar embora de uma hora para outra pela minha incompetência e...
— E?...
— Ora, Alexandre... Nem preciso falar.
— Falar o quê? Não entendi.
— Você sabe que o Vágner está insuportável. Ele começou a insistir e... Tenho tanto medo. — O rapaz respirou fundo e franziu o semblante. Sem conseguir parar de reclamar, ela contou: — Não gosto dele. E você sabe que ele é muito amigo do senhor Oliveira, o diretor de negócios. Disseram que o Vágner é primo da esposa dele. Veja... Nós estamos sem um chefe no setor porque o Édson pediu as contas. O Vágner conhece tudo ali dentro, é capacitado e tem um tempo razoável na empresa. Agora me diz: quem você acredita que será nosso novo coordenador? — Com os olhos arredondados pela surpresa, Alexandre, muito sério, ficou em silêncio. Não

tinha pensado nisso, ainda. Sem demora ela prosseguiu:
— Não vou ceder às investidas do Vágner. Ele me apavora. Não sou tão competente com meu trabalho a ponto de ser indispensável para a empresa. Entrei ali como digitadora e, por forças das circunstâncias, olha onde estou, mas sem capacidade! — ressaltou. Após poucos segundos de silêncio, admitiu: — É uma questão de raciocínio lógico, Alexandre. A qualquer momento, ficarei sem emprego devido ao rumo que as coisas estão tomando. Lá na casa do meu irmão, posso também, de repente, ficar sem ter onde morar. Tenho toda a razão do mundo para ficar preocupada. — Estava com os olhos brilhando pelas lágrimas que começaram a brotar. — Deus! Eu não sei o que fazer — lamentou com a voz baixa. — Estou desesperada. Agora, você entende?

— Entendo sim. Calma... Vou ajudar — falou bem sério.

— Como? Ninguém pode me ajudar — disse e abaixou a cabeça, escondendo o rosto para não chamar a atenção.

Paciente, Alexandre argumentou:

— Lá no serviço, eu posso ajudá-la sim. Já fiz o seu trabalho antes, você sabe. Quando tiver dúvidas ou alguma dificuldade, é só me falar.

— Não posso te usar. Tenho de resolver tudo isso sozinha.

— Presta atenção, Raquel. Ninguém precisa saber. Posso e quero ajudar. Há alguns dias, eu te vejo com dificuldades e só não me ofereço para não parecer intrometido.

— Você já me ajudou muito — não o encarou.

— Não tanto quanto acredito que posso. — Diante do silêncio, perguntou: — Se eu estivesse em dificuldade e com problemas, não faria o mesmo por mim? — Não houve resposta e ele prosseguiu: — Então fica assim: lá no serviço, quando surgir alguma dúvida, eu te ajudo. Assim você ficará mais calma e encontrará soluções para as outras coisas. —

Ela continuou de cabeça baixa e sem dizer nada. Animado, afirmou: — Vai dar tudo certo, Raquel. Não podemos ser pessimistas. — Após alguns segundos, perguntou: — Você está com fome? Vamos lá! Vamos comer alguma coisa?

— Não, obrigada. Preciso ir.

Encarando-a, com jeito meigo, bem gentil, ele ofereceu:

— Deixe-me levá-la para casa? Conheço o caminho, já fiz isso antes e você chegou inteirinha. Confie em mim — sorriu.

Raquel sorriu levemente e, sem entender, acabou aceitando o convite.

Quando se levantaram, ela notou que Alexandre, rápido e discreto, tirou do bolso um pequeno recipiente que manuseou com agilidade, pegando um comprimido que, ligeiro, engoliu em seco. Ela não disse nada, pois percebeu que o amigo não queria ser notado.

No caminho para casa, a amiga contou sobre o sono perturbado que estava tendo e comentou sobre o pesadelo, sem entrar em detalhes.

Ao estacionar o carro, eles não puderam ver que Alice e Marcos os observavam por uma das janelas da casa.

No interior do veículo, sem perder tempo, Raquel agradeceu a carona, enquanto ele, com as costas na porta do carro, despediu-se a distância, pois sabia que a colega não gostava de aproximações.

Ao entrar em casa, Marcos e Alice ficaram em silêncio.

Raquel sentiu algo estranho, mas não disse nada. Não sabia o que falar.

Capítulo 6

Confiando em alguém

Ao se ver sozinha com o marido, calma e cautelosa, Alice comentou:

— Viu, Marcos?... Foi como falei. Agora você mesmo pôde comprovar que Raquel não é o que pensa dela. Sua irmã disfarça muito bem.

— Por que ela faz isso, Alice? Não posso acreditar.

— Faz isso a troco da sua proteção, da sua atenção... Não esqueça que, há poucos anos, a Raquel criou um caso que agitou, revoltou e perturbou a vida de toda a sua família lá no sul. Todos ficaram contra ela, só você a apoiou. Nem a própria mãe ficou do lado dela ou deu qualquer amparo. Da sua família ninguém tem contato com a gente por causa dela. Aí está a verdade. Demorou, mas apareceu. — Breve pausa e, de modo tranquilo, bem racional, continuou: — Onde você acha que a Raquel arrumou o dinheiro que nos emprestou para que pagássemos o aluguel em atraso? Se fosse por economias que fez, não acha que já teria guardado um outro tanto? Sim, porque o seu salário deve ser o mesmo, se é que não aumentou. E, morando aqui conosco, ela não tem tantas despesas assim. Acorda, Marcos! A Raquel é bonita! Muito bonita! Quem iria trazê-la em casa a troco de nada? Na certa, fez programas para conseguir o dinheiro que reservou. Agora, como mora aqui, sob a sua vigilância, não está conseguindo sair como antes e... não consegue juntar grana como antes.

Marcos, embebido por pensamentos terríveis, deixava-se envolver por Alice e também pelo espírito Sissa, que lhe passava sentimentos amargurados, confusos e repulsivos a fim de colocá-lo contra sua irmã.

— O que faremos? — ela indagou, diante de longo silêncio.

— Ainda não sei — respondeu abatido. — Vamos esperar mais um pouco. Não podemos mandá-la embora daqui.

A passos lentos, o marido se retirou sem dizer mais nada. Imediatamente, a mulher esboçou largo sorriso e ar de felicidade. Sua satisfação era sórdida, mesquinha e de imensa ingratidão. Iria, a qualquer custo, destruir a boa imagem de Raquel para o irmão.

Por quê?

Por simples prazer.

Somente criaturas pequenas, que ainda não descobriram o amor, promovem danos aos outros por meio de pensamentos, palavras e ações. Ignoram que, no exato momento em que fazem isso, criam em torno de si uma aura impregnada de energias inferiores, fluidos pesarosos, torpes, baixos e que, inevitavelmente, atraem entidades sem evolução e sem valores morais. Esquecem-se de que, independentemente de qualquer coisa, a duras penas, haverão de harmonizar tudo o que desarmonizaram, pois essa é a Lei.

Como nos disse Jesus: "...de modo nenhum passará da Lei um só jota ou um só til, até que tudo seja cumprido".

Só temos a eternidade para nos refazermos.

♡

Algumas semanas se passaram, Alice parecia nervosa e preocupada. Seu relacionamento extraconjugal não estava indo muito bem. Aldo exigia que ficassem mais tempo juntos, mas ela não poderia levantar suspeitas, afinal, seu marido já havia observado e não parecia tão satisfeito quando chegava muito tarde. Isso passou a gerar discussões e contrariedades entre ela e o amante.

A impaciência e a irritação começaram a aparecer dentro de casa, fazendo-a mal-humorada e intolerante.

O marido acreditava que a esposa se comportava dessa forma por estar insatisfeita com Raquel. Não sabia o que fazer. Não poderia colocar a irmã na rua.

Se bem que, se Alice estivesse com razão, em breve, Raquel arrumaria um lugar para ficar. Outra coisa que o incomodava era o fato de ter usado o dinheiro que ela emprestou e, no momento, não teria como pagar.

Procurando por Alice, que se encontrava nervosa naquele dia, conversou a respeito e ouviu depois:

— Veja, não tenho onde guardar mais nada. Não tenho espaço, não tenho os móveis necessários, nem armários suficientes! Esta casa está pequena. Ela dorme na sala. Se quero assistir à televisão de madrugada, não posso! Estamos precisando de dinheiro para viver melhor, isso sim! — a esposa se irritou.

— Será que não teríamos um jeito de juntar certo valor em dinheiro para devolver à Raquel? — ele ainda insistiu.

Alice estremeceu de ódio. Mas teria de manter as aparências, se quisesse convencer seu marido a não pagar à sua irmã. Respirando fundo, mostrando uma calma incomum, perguntou:

— Como assim devolver o dinheiro para a Raquel?!
— Se nós devolvêssemos o que minha irmã nos emprestou, ela arrumaria um lugar para ficar e aí teríamos mais tranquilidade e espaço.
— Estou querendo minha privacidade sim. Mas... Você esqueceu que Raquel também nos deve? — Não esperou resposta e lembrou: — Até na rua como indigente ela morou. Não tinha nada nem ninguém. Foi nesse momento que nós a apoiamos. Pagamos médicos, dentistas, psicólogos... Ela morou na nossa casa sem colaborar com nada. Vivia deitada, embaixo das cobertas, o dia inteiro. Quem cuidou dela? Quem pagou por roupas, sapatos?... Até curso profissionalizante você pagou! — ressaltou. — Sei que a nossa situação era um pouco melhor. Mesmo assim, logo que se ajeitou e foi morar sozinha, ela nunca se preocupou em nos pagar!
— Mas, Alice...
— Marcos — interrompeu cautelosa, porém enérgica —, se tivéssemos dinheiro sobrando, eu concordaria agora mesmo. Mas, no momento, não podemos! Além do mais, ela vem mentindo para nós todos esses anos. Veja como ganhou fácil aquele dinheiro.

O esposo se esforçava para reagir contra aquelas ideias, entretanto era difícil. Cada dia que passava, encontrava mais motivos para acreditar que Raquel não era verdadeira e que mentiu aquele tempo inteiro.

Alice realmente tinha um coração repleto de maldade. Calculava tudo o que falava e como agia para o marido não desconfiar de suas tramas e armações. Possuía um verniz que camuflava seus interesses mesquinhos e desprezíveis. Conforme o tempo passava, sentia-se satisfeita ao perceber que a cunhada se apresentava triste, sem alegria, sem viço. Raquel, visivelmente abatida por seus pensamentos pessimistas, acreditava que o irmão a desprezava por, simplesmente, ter se cansado de sua presença. Não imaginava que a outra tramava contra eles. Não bastasse, reforçava os laços espirituais com um espírito sofredor e ignorante, que a envolvia com ideias tristes e desanimadoras.

♡

Em conversa com a amiga Célia, Alice revelava suas intenções e reforçava o desejo de ver a cunhada longe.
— ...e o Marcos ainda quer devolver o dinheiro! Que absurdo!
— Por que você não foi lá naquele lugar? — perguntou Célia, curiosa.
— Já fui! Lógico que fui! Pedi para afastar a Raquel da minha vida a qualquer custo! Paguei muito bem por esse trabalho.
— Então considere realizado.
— Estou só aguardando, Célia. Só aguardando...

♡

Após alguns dias, algo inesperado aconteceu. Aos prantos, Alice retornou para casa em desespero.
— Eu não acredito! — gritava inconformada. — Tudo poderia acontecer menos a minha demissão!
— Calma... — pedia Raquel, consolando-a. — Você arrumará outro emprego com facilidade. Acredite.
Em choro compulsivo, com a voz falhando pelos soluços insistentes, Alice reclamou:
— Isso foi injusto! Eu já estava acostumada ali... Isso foi por culpa daquelas invejosas! Cretinas! Fofoqueiras!
Raquel ficou penalizada com a situação. Sabia o quanto era importante para a família que a cunhada tivesse emprego e salário. Lembrando os primeiros dias, ali, naquela casa, reparou que nem mesmo a comida era farta. Depois que a outra

começou a trabalhar, as coisas mudaram. Temia que Alice voltasse a ser tão briguenta como antes, seu irmão ficasse nervoso e os sobrinhos passassem necessidade.

A vida de seu irmão voltaria a ser aquele inferno, pois a esposa, quando desocupada, tinha o dom de irritar qualquer um. Marcos poderia, novamente, ter aquelas ideias terríveis que lhe contou sobre querer matar a mulher e depois tentar o suicídio.

Esforçando-se para reagir e dar ânimo para sua cunhada, Raquel falou:

— Quem sabe isso aconteceu para você arrumar coisa melhor? Agora, com experiência, você conseguirá um emprego mais rendoso em um lugar mais tranquilo. Anime-se, amanhã mesmo vou ver o que posso fazer por você.

— Você promete, Raquel? — tornou chorosa, quase implorando. — Eu preciso tanto de um trabalho. Prometa que vai me ajudar. Estou tão desorientada... Tão desesperada...

— Prometo sim. Vou conseguir alguma coisa.

♡

Raquel parecia entorpecida ao prometer aquilo. Envolvida por Sissa, ela se comovia pelas condições de Alice.

Por meio de muito incentivo à Raquel, Sissa procurava ajudar a sua protegida para colocá-la em uma situação melhor. Não oferecia um minuto de trégua aos pensamentos da jovem para que procurasse um lugar para Alice. Sem conseguir raciocinar, quase que automaticamente, Raquel fazia todos os contatos necessários para empregar sua cunhada.

Em certa oportunidade, despretensiosamente, comentou o fato com Alexandre:

— Você ficou louca?! — exclamou, sussurrando e incrédulo. — Sua cunhada tripudia sobre você e ainda quer ajudá-la?! Não acredito nisso!

— Mas, Alexandre... Ela precisa. Além do que, quando está desempregada ela é terrível! Com os pensamentos ocupados no serviço, não se revolta dentro de casa e fica menos implicante.

— Quer um conselho, Raquel? — E sem aguardar, concluiu: — Cuide da sua vida. Arrume um jeito de sair dali. Procure alugar uma casa, uma quitinete, sei lá...

— Como?

— Ora, Raquel procure — insistiu sem se exaltar. — Deve haver um jeito. Tem de haver um lugar sem tantas exigências. Esforce-se para isso o tanto que está se esforçando para ajudar quem não merece e te trata mal. Caramba...

— Tá!... Tudo bem, eu arrumo o lugar e como vou dormir? Como vou comer? Preciso de móveis e utensílios básicos. Vendi tudo. Mal me sobraram as roupas, pois Alice vive pegando emprestado o que tenho de melhor.

Suspirando e pendendo a cabeça de forma negativa, confessou:

— Tudo isso me deixa indignado. Como você foi entrar nessa? Ninguém se desfaz de tudo o que tem e...

— Devo muito ao meu irmão. Você não entende porque não sabe o que já me aconteceu. — Ele fixou olhar sério, encarando-a e aguardando que contasse. E ela prosseguiu: — Já me vi em muitas dificuldades e somente o Marcos me ajudou. Por isso, faço por ele o que for preciso.

— Deve ajudá-lo, mas sem se prejudicar. Ultimamente, vejo-a triste, abatida, desanimada com tudo. Como vai querer ajudar seu irmão sem ter forças nem para você?

— Eu sei que tem razão, mas a verdade é esta: sinto que, realmente, estou sem forças, sinto-me incapacitada. Trabalho num serviço que não me acho competente, não me dou bem nesta função e acredito que vou perder o emprego a qualquer hora.

— Quem falou que você vai perder o emprego? Para com isso!

— Alexandre, tudo o que faço fico dependendo de você.

— Ora, Raquel nem tanto.

— É verdade! Eu o uso o tempo inteiro. Tudo o que faço dá errado. Luto, trabalho, me esforço ao máximo e ninguém me reconhece. Nem minha família — disse, deixando-se envolver por vibrações negativas e inferiores de desesperança e fraqueza do espírito que sempre a acompanhava.

O colega ouviu calado.

Nesse momento, um espírito de maior evolução moral, que acreditou ser o momento certo de agir, envolveu Alexandre, que reagiu otimista ao pessimismo de Raquel.

— Quem precisa valorizar os seus feitos, é você mesma e não os outros. Se passa por tantas dificuldades como diz, deveria se considerar uma pessoa vitoriosa por ter chegado aonde chegou. Não fique olhando os problemas. Procure as soluções. — Após uma pequena pausa, prosseguiu: — Tem uma frase de Guimarães Rosa que é mais ou menos assim: "o animal satisfeito dorme". Se está satisfeita, não se movimente, não procure melhorar, vá dormir. Mas se não está... Não se acomode, Raquel! Se não está bom, não fique satisfeita. Não creia que a vida é assim mesmo, porque não é não. Você sempre pode fazer algo para melhorar. Reaja!

— Não tenho nada que me estimule, Alexandre. Estou sem vontade. Você não entende...

Olhando-a bem nos olhos, ele se aproximou e como se quisesse que prestasse muita atenção, esclareceu com voz grave e pausada:

— A decadência de uma pessoa se inicia com frases desse tipo. Não pense assim. Seu humor, seu ânimo, sua força de vontade e o reconquistar da autoestima, serão renovados quando você sair da casa de seu irmão, mas, para isso, você precisa se autoafirmar como pessoa. — Diante do silêncio, continuou: — Não faça nada para ajudar a Alice até você se estabilizar. Guarde suas energias para você mesma. — Vendo-a calada, insistiu: — Pense, Raquel. Pense bem. Estabilize-se primeiro, depois você pode pensar em ajudá-la. Antes não. Isso serve para qualquer pessoa. — Após alguns segundos, Alexandre tomou coragem e decidiu: — Eu preciso falar muito com você, mas não pode ser agora. — Ela o encarou firme e ele prosseguiu: — O assunto é sério e por isso precisamos de um tempo maior. Quando encerrar o expediente, você me espera, certo? Vamos conversar.

Raquel, confusa e sem saber o que pensar, concordou sem dizer nada.

Alexandre voltou para o seu lugar e ficou planejando o que iria falar.

Durante todo esse tempo de conversa, Rita e Vágner, ficaram paralisados e olhando-os, sem saber qual era o assunto. Quando terminaram, Rita pensando em voz alta, murmurou entre os dentes:

— Ela me traiu. Quietinha, ingênua e falsa.

Vágner virou-se e afirmou:

— Acho que ali o cafajeste é ele. Alexandre como todo bonitão, só sabe dar em cima, conseguir e cair fora — riu com malícia.

— Tá a fim da Raquel? — perguntou ela com sarcasmo.

— Não mais — respondeu com ironia. — Se bem que ela é tentadora. Muito... — mencionou outros termos pejorativos.

Rita sorriu cinicamente, exibindo no olhar um brilho pelas ideias que começaram a surgir. Virando-se para o colega, decidiu:

— Podemos ser grandes amigos, Vágner. O que você acha?

Ele quase gargalhou de satisfação e estendeu a mão para a amiga. Ambos riram.

♡

Bem mais tarde, Raquel e Alexandre se encontraram no *shopping* a fim de conversarem sobre o assunto tão importante que ele anunciou. Esquecendo-se das promessas que fez a si mesmo, o rapaz tinha vontade de se declarar apaixonado, mas deveria ter paciência. Ela era diferente e estava com problemas. Por isso, resolveu aguardar e cuidar dos assuntos materiais. Poderia esperar.

Sentado frente a ela, bem sério, falou firme:

— Raquel, quero te fazer uma proposta. Primeiro, ouça tudo o que tenho para dizer. Tudo! — ressaltou. — Depois você pensa. Entendeu? — Ela acenou positivamente com a cabeça e ele explicou: — Eu moro sozinho e não tenho muitas despesas. O apartamento é meu. Tem três quartos. Um é suíte, o segundo uso como escritório e o outro guardo algumas coisas... Ele é meio bagunçado. Esse quarto que tenho como escritório não tem muita mobília, só uma escrivaninha. Dá para colocar uma cama e...

— O que você quer dizer com isso? — perguntou, já entendendo a proposta.

— Espere. Ouça, por favor — disse, tentando esclarecer. Depois continuou: — Você poderia vir morar comigo. Para se sentir melhor, eu passo a dormir no escritório e você fica com a suíte. Será mais próprio e adequado.

— Você ficou louco?! — falou com estranheza.

— Não! Espere! — solicitou, quase aflito. Ao vê-la ajeitar a alça da bolsa no ombro e se levantar, ele a segurou, pedindo: — Por favor, Raquel. Espere... Deixa-me terminar. Vamos conversar como dois adultos inteligentes e racionais. Por favor.

— Eu não vou morar com você! — exclamou, quase sussurrando. — Isso é um absurdo! Onde já se viu?... — esboçou um sorriso nervoso de não aceitação.

— Calma. Não chame a atenção dos outros. — Raquel sentou-se e ele prosseguiu: — Será por pouco tempo. Podemos até estipular um prazo de três ou quatro meses. Só até você guardar certa quantia para comprar o que precisa e montar uma casa. Aceite, por favor. É uma boa alternativa.

Ela suspirou angustiada e exibiu total descontentamento. Depois falou:

— Olha... Venho comentando com você sobre os meus problemas como um desabafo. Não quero te envolver nas minhas dificuldades. O fato de ser meu amigo, não te dá qualquer obrigação de me ajudar. Se eu soubesse que iria agir assim... — Ele abaixou a cabeça. Percebeu que não teria chances. Não conseguiria convencê-la. Após breves instantes, ela concluiu: — Se quiser continuar sendo meu amigo, vou sugerir que me entenda e não me force a aceitar seu convite. Eu sei que foi com boa intenção, mas...

— Está bem... Está bem. Esquece. Não vamos mais falar nisso. Mas toma cuidado com sua cunhada.

O silêncio reinou por longos minutos. Estavam sem jeito.

Para disfarçar a decepção, ele começou a falar sobre o carro novo que havia comprado e que deu o outro como parte do pagamento. A conversa seguiu sobre coisas corriqueiras até Raquel olhar o relógio e dizer:

— Preciso ir embora.

— Posso levá-la para casa?

Depois do clima constrangedor, vendo-o chateado com sua recusa, ela não teve coragem de rejeitar.

Ao parar em frente da casa de Marcos, Alexandre experimentava um nó na garganta. Ele sentia que algo estava errado.

Tinha uma pressão no peito e a vontade de conversar mais sobre aquele assunto até convencê-la, mas não podia. Era difícil se conter.

A jovem percebeu seu estado inquieto e, antes de descer do carro, perguntou:

— Você está bem?

— Sim. Estou — respondeu sem encará-la.

— Não está sentindo nada? — ela insistiu.

— Não. — Forçando o sorriso, disse: — Não se preocupe. Estou bem. Pode ir tranquila. — Num impulso, decidiu: — Ah!... Tome! — pegou, no porta-luvas do carro, um bloco de anotações e uma caneta e escreveu algo. Logo explicou: — Você já tem meu celular e... Faz tempo que quero te passar o telefone do meu apartamento e acabo esquecendo.

Após anotar o número no papel, entregou-o para Raquel que admirou ao sorrir:

— Nossa! Esse número é fácil de ser lembrado.

— É verdade. Se precisar, não se acanhe. Ligue a qualquer hora. Sei que não vai esquecer. É um número muito fácil.

— Obrigada. Vou me lembrar — sorriu generosa e desceu do carro. — Tchau... — despediu-se e fechou a porta.

Mais uma vez, ela não percebeu que seu irmão e a esposa a observavam de dentro da residência.

— Veja só... Chegou com outro carro... Com outro cara... — a mulher envenenou.

Marcos não disse nada. Mas seus pensamentos fervilhavam. Estava indignado.

♡

Com o passar dos dias, Raquel conseguiu uma colocação para Alice na mesma empresa onde trabalhava. A cunhada ficou maravilhada. Por ter um pouco de experiência, ficou mais esperta com o que fazia e sempre se empenhava para obter destaque, desde o comportamento elegante, fala ponderada, vestimenta adequada até prestatividade.

Em poucos meses, bem inteirada com o serviço que realizava, Alice se sentia mais segura. Trabalhando com atendimento telefônico, anotando recados e oferecendo informações, aproximou-se da chefia que, percebendo seu empenho, transferiu-a para outro setor, porém com o mesmo tipo de serviço.

— Só vou atender as ligações para os diretores, anotar os recados e, dependendo de quem ligar, oferecer informações e até trato de alguns assuntos. O horário será o de expediente normal.

— Trabalhando no mesmo horário, você e a Raquel podem ir e voltar juntas.

— Ah, não!... Deixe a Raquel seguir o ritmo dela e eu sigo o meu — respondeu séria, com a intenção de levantar desconfianças.

— Por quê?

— Bem... Será melhor assim — foi enigmática, propositadamente.

Marcos preocupou-se. Aquela reação de sua mulher levantou suspeita sobre o comportamento de Raquel. Alguma coisa ela viu ou soube e não gostaria de falar. Desconfiou de que sua irmã tivesse companhias que não agradassem a Alice.

Pensando bem, Raquel arrumou um emprego muito rápido e em um momento de crise. Ele ficou intrigado e não disse mais nada.

♡

Na primeira oportunidade, conversando com sua amiga Célia, Alice contava:

— Então eu fui lá novamente e reforcei os trabalhos. Quero a Raquel fora da minha casa o quanto antes. Disseram que está sendo difícil porque minha cunhada tem um santo muito forte. Mas vão dar um jeito.

— Você vai conseguir, amiga. Não se preocupe. Cedo ou tarde, ela vai sair da sua casa. Sei como é inconveniente e irritante gente que não gostamos ficar socada na nossa casa, participando da nossa vida...

Continuaram conversando.

Célia ignorava que tinha grande parcela de culpa pelas maldades que Alice realizava. Com toda a certeza, teria de harmonizar, à custa de muita experiência pessoal, o que estava fazendo.

Ver ou ouvir algo errado e não ensinar o correto é concordar com o erro.

♡

Certa tarde, ao chegar ao restaurante, Alexandre viu Raquel almoçando sozinha.

Após pegar sua bandeja e fazer seu prato no *buffet* do *self-service*, o rapaz se aproximou da colega, sorriu e perguntou:

— Posso?

— Claro. Sente-se... — sorriu generosa.

Depois de alguns minutos conversando sobre o serviço, Alexandre não conseguiu conter sua preocupação e curiosidade e perguntou:

— E você, como está? Como estão as coisas?

— Não sei... Cada dia... — calou-se. A angústia embargou sua voz.

— Tudo bem — falou ao notar lágrimas brotarem nos olhos da amiga e ela tentando disfarçar. — Não diga mais nada. Aqui não é lugar para isso. Vamos fazer o seguinte: no final do expediente, nós nos encontraremos no *shopping*, no lugar de sempre, está bem?

Esperava uma recusa, mas não.

— Tudo bem. Por favor... Eu preciso falar com alguém.

♡

Pouco depois, já na empresa, antes de retornar ao trabalho, Alexandre encontrou Vágner à espera do elevador. Aproximando-se, cumprimentou-o com aceno de cabeça e ficou parado, olhando a numeração digital dos andares mostrada no visor.

— Tudo bem, Alexandre? — Vágner insistiu em puxar assunto.

— Tudo — respondeu friamente, sem encará-lo.

— Então não há problema algum com o serviço ou com o ambiente de trabalho?

— Não.

— Está irritado, Alexandre?

— Deveria? — olhou-o brevemente.

— Não sei — sorriu com sarcasmo. — Você me parece um tanto nervoso, decepcionado.

— Está enganado, Vágner.

Tentando de toda forma irritar o outro com colocações venenosas e desfavoráveis, Vágner perguntou com malícia e maldade:

— Está chateado por não conseguir nada com a Raquel, não é?

Calado, Alexandre cerrou os punhos pelo nervosismo enquanto seu rosto transpirou exibindo sua inquietação. Não foi fácil permanecer em silêncio.

— Estou tentando ser seu amigo, cara — tornou Vágner. — Não me leve a mal. Mas... Precisa saber. Nem você nem ninguém consegue nada com a Raquel porque ela joga no nosso time. O negócio dela é mulher.

— Você vai ter de provar isso! — encarou-o enfurecido, segurando o colega pela camisa.

— É fácil! Solte-me! — pediu rindo.

Alexandre o largou com um empurrão. Alargando o sorriso de desafio, Vágner concluiu:

— A prova está em você mesmo. Seja esperto, cara! Como é que você, sendo como é, que tem qualquer uma aos seus pés, não consegue nada com ela? Depois de tanto tempo chegando junto, não acha que já deveria ter conseguido alguma coisa?

— Cala a boca, canalha! Isso não é prova. Se continuar com isso, vou te quebrar ao meio.

— Pergunta para a Rita! — falou firme ao encará-lo. Vendo-o parado, insistiu: — Pergunta à Rita porque ela não tem mais amizade com a Raquel. Repare que nenhuma outra mulher tem amizade com ela, nem mesmo a cunhada.

— Isso é muito baixo — falou incrédulo.

— A Rita se afastou da Raquel por causa dos assédios. Vamos! Vai lá e pergunta. Foi por isso que me afastei. Nunca percebeu que a Raquel não suporta um abraço ou um beijinho? — riu. — Conhece alguém que a namorou? Sabe de algum namorado antigo?

Sem convicção, o outro falou em voz baixa:

— É mentira... Isso não pode ser verdade.

— Dá para entender o quanto está decepcionado. Pela sua cara, estava mesmo gostando dela. Sei o quanto é complicado... Mas precisava te avisar.

Sem dizer nada, Alexandre se virou e decidiu ir de escadas. Em pensamento, começou a dizer que aquilo era mentira, mas não conseguia se convencer.

As afirmações do colega faziam sentido.

Chegando ao andar desejado, deparou-se com Rita que o cumprimentou, surpresa:

— Oi... Nossa... Que cara é essa? Você está bem?

— Por que você e a Raquel não têm amizade como antes, por quê? — não se controlou. Precisava perguntar.

Ela sorriu intimamente. O que tramou com Vágner estava dando certo.

— Alexandre... Isso não é importante. Você está pálido. Vamos até ali, vamos conversar um pouco.

— Não! Eu te fiz uma pergunta — encarou-a.

— Você já sabe, não é? — fez olhar tristonho. — Por isso está tão nervoso e decepcionado... Mas... É isso mesmo. Não tenho nada contra a Raquel, mas... É muito chato receber assédio. Ela não aceita que não sou gay e... É por isso que a Alice se irrita e...

Alexandre ficou atordoado. Não conseguia ouvir aquilo. Sem dizer nada, virou as costas e se foi.

Já em sua mesa, o rapaz não parecia bem.

Os companheiros espirituais de baixa vibração, que o envolviam, faziam com que se lembrasse de detalhes que achou estranho em Raquel. Era calada, não gostava de ser tocada, disse que nunca teve namorado, não tinha amigas... Ele recordou quando a viu abraçada à Rita. Foi uma das poucas vezes que a viu rir alto. Rita a abraçou e ela não a repeliu.

Sentindo-se muito mal com aquilo, procurou por sua medicação. As mãos trêmulas e suadas não conseguiram segurar o vidro que se abriu e foi para o chão, quebrando-se. Tonto, com respiração alterada, debruçou-se sobre os braços, ficando quieto.

Naquele instante, Raquel chegou, viu a cena e ficou preocupada. Ao olhar o chão, notou os comprimidos espalhados.

— Alexandre!... — exclamou sussurrando, indo à sua direção. Às pressas, ela pegou água, limpou um comprimido que apanhou do chão e ofereceu-o, dizendo: — Toma. Beba isto aqui.
— Dois... — sussurrou ele.
Abaixou-se, pegou outro remédio e deu a ele, que se debruçou, novamente, aguardando o efeito.
A jovem pegou todos os comprimidos que encontrou no chão e colocou-os em uma folha de papel. Virando-se para o colega, perguntou:
— É melhor eu chamar alguém. Você precisa de um médico.
— Não — reagiu com toda a firmeza que conseguiu.
— Você não está bem — ela falou baixo.
— Estou sim.
O quanto antes, ele ergueu a cabeça fitando-a longamente com um olhar suplicante, que ela não pôde entender. Raquel o tocou no rosto, sentindo sua temperatura fria. Em seguida, afagou-lhe de leve e com carinho. Ele não dizia nada, mas seus pensamentos fervilhavam.
— Alexandre, deixe-me chamar alguém.
— Não. Estou melhorando. Isso é assim mesmo. — Tomando de novo o fôlego, perguntou: — Tem alguém nos observando?
— Não. A seção ainda está vazia. O pessoal não voltou. Só tem alguns lá embaixo. Onde estão, não podem vê-lo sentado aí. — Diante do silêncio, insistiu: — Tem certeza de que está melhor?
— Sim, estou. Mais alguns minutos e isso vai passar.
Ele estava mais corado e refeito.
Vágner acabava de chegar e presenciou a cena em que Raquel, mais uma vez, acariciava com delicadeza o rosto do amigo, sentindo sua temperatura, mas ela não o viu.
Sentindo-se melhor, sentou corretamente, esfregou o rosto com as mãos e girou a cabeça em círculos. Já acomodada em

seu lugar, a colega observava-o a pequena distância. Ele pegou o telefone e solicitou a alguém da manutenção para prestar o serviço de limpeza pelo vidro que quebrou.

— Tem certeza que está melhor? — perguntou, inibida e preocupada.

— Sim, já estou melhor. Obrigado — respondeu sem encará-la.

— Você me assustou.

— Acontece — sorriu para disfarçar. — Não se preocupe.

Ele procurou se ocupar com alguns papéis, mas fazia isso para dissimular. Na verdade, ainda não conseguia se concentrar. Seus pensamentos eram tumultuados pelas cenas das lembranças de alguns acontecimentos.

Quantas vezes, simplesmente, pegou em suas mãos e ela, com certo jeitinho, afastou-se?

Vágner parecia ter razão. Como é que sendo como era, cobiçado por tantas outras, não conseguia fazê-la se impressionar por ele. Raquel o tratava só como amigo. Só poderia haver essa explicação.

Suas ideias fervilhavam. Achava-se aflito. Intimamente, sentia tanta amargura e contrariedade que era quase impossível descrever.

Lembrou-se de quando flagrou sua noiva com seu melhor amigo. Quanta decepção. Agora, não sabia dizer qual experiência foi pior. Experimentava algo muito forte por Raquel. Não saberia definir, mas era algo muito acima dos sentimentos comuns.

Ele a respeitava e lhe queria muito bem. Mas não era só. Ele a amava. Seu coração estava oprimido pelos pensamentos que fustigavam sua alma.

"Não vou julgá-la" — pensava. — "Tudo indica que isso é verdade e... Não posso julgá-la. Raquel nunca me enganou e se não me contou, foi por vergonha ou algo assim. Talvez seja por isso que diz já ter sofrido muito. Há pessoas que não se aceitam e... Não vou dizer nada, pois já está com muitos problemas, com muitas dificuldades." — E como que em prece, fechou os olhos e clamou: — "Deus, dê-me forças. Ajude-me a suportar. Parece que nasci para não ser feliz no amor, por isso dê-me forças para suportar mais essa. Eu não posso acreditar, mas... Sabe, se alguém me dissesse que a Sandra iria me trair com meu melhor amigo, também diria que era mentira e..."

— Alexandre, você está bem? — a voz suave de Raquel o chamou à realidade.

— Que susto! — ele sorriu. — Eu estava tão longe.

— Estou preocupada. Eu te vi com olhos fechados e tão quieto.

Ele alargou o sorriso e acabou ficando satisfeito com sua preocupação. Afirmou que estava bem e que só pensava em um relatório que precisaria preparar.

A jovem voltou para sua mesa e ele passou discretamente a observá-la com carinho. Alexandre possuía um coração nobre. Era bondoso por índole.

Bem mais tarde, no final do dia, o rapaz sinalizou para Raquel que já estava saindo e a esperaria no local de sempre.

Após alguns minutos, já se encontravam conversando na praça de alimentação do *shopping*.

— Você tinha razão, Alexandre. Trazer Alice para trabalhar comigo foi a pior coisa que eu poderia ter feito.

Ele escutava atencioso e calado. Sabia ouvir.

Passando a olhar as lágrimas copiosas que rolavam no belo rosto da moça, desejou apará-las, mas não podia. Respeitava sua amiga, afinal, ele a amava e acreditava no amor incondicional. Se era desse jeito que Raquel desejaria, assim seria.

Alexandre somente aproximou sua cadeira, ficando mais próximo para ouvi-la melhor. Em dado momento, a jovem pareceu perder o controle. Os soluços a impediam de falar.

Não resistindo, o rapaz colocou seu braço em suas costas, recostando-a em si. A amiga parecia rígida, mesmo assim não o repeliu e chorou algum tempo em seu ombro.

Envergonhada pela situação, abaixou a cabeça, escondendo o rosto. Quando ele afagou-lhe os cabelos, ela pediu com a voz rouca:

— Alexandre, leve-me embora daqui, por favor.

— Claro, vamos — disse gentil.

Ajudando-a se levantar, ele a abraçou e a conduziu para que saíssem dali. Raquel estava constrangida. Aquele era um lugar público e muitos olhavam curiosos, sem discrição.

Ela recostou seu rosto no peito de Alexandre, usando os cabelos para encobri-lo a fim de que ninguém a visse chorando e entregou-se aos cuidados do amigo.

O colega a levou para o seu carro e logo saíram do *shopping*. Raquel não dizia nada, só chorava. Seus pensamentos estavam impregnados pelas vibrações de amigos espirituais que a castigavam com induções deprimidas e infelizes.

Nesse caso, o mentor sabiamente não interferia. Havia um bem acontecendo no suposto mal. Raquel começava a vencer um medo que há muito sofria e deixava-se abraçar por alguém em quem poderia confiar.

Em breve, descobriria que, por falta de preces nos momentos aflitivos, deixava seus pensamentos desguarnecidos de fé, bom ânimo, esperança e otimismo.

Após dar algumas voltas, Alexandre decidiu ir para o seu apartamento. Ao vê-lo entrar na garagem subterrânea do prédio, ela perguntou com voz trêmula:

— Onde estamos?

— Calma. Estamos em um lugar tranquilo e seguro. Não vamos ficar na rua dando sorte ao azar, correndo o risco de sermos assaltados ou coisa assim.

Assustada, com os olhos arregalados, a moça parecia em choque.

Após estacionar o carro, o rapaz saiu do veículo, contornou-o, abriu a porta e convidou estendendo a mão para ajudá-la:

— Vamos?

Demonstrando certo espanto, com a respiração alterada, olhos vermelhos e voz rouca, Raquel pediu:

— Leve-me embora, por favor.

Percebeu que a amiga tremia inteira, com expressão de pavor no olhar. Chegou a acreditar que a qualquer momento ela pudesse gritar apavorada.

Com cautela e extrema brandura, abaixou-se, aproximou-se um pouco mais, pois ela estava sentada e, generoso, com voz suave, explicou:

— Raquel, estamos na minha casa. Não vou te fazer nenhum mal. Confie em mim. Sei que você está nervosa e que precisa conversar, só que não dá para ficarmos no *shopping* por causa da sua emoção e não podemos ficar sentados dentro do carro parado na rua, é perigoso. — Após pequena pausa, levantou-se e estendeu, dizendo amável: — Confie em mim, Raquel. Venha. Vamos só conversar. Eu prometo.

Nesse instante, sentiu-se como que entorpecida. Sem entender, pegou a mão dele e aceitou o convite.

Depois de fechar a porta do carro, temeroso e com todo o cuidado, tornou a colocar o braço no ombro da colega que, estranhamente, não reagiu e se deixou conduzir.

Já no andar onde morava, após abrir o apartamento, falou educado e estampando suave sorriso:

— Entra. Fique à vontade. Só não repare a bagunça. Sou um pouco desordeiro.

Raquel ainda parecia assustada. Ele a fez sentar em um sofá na sala e foi até a cozinha, voltando rapidamente com latinhas de refrigerante.

Sentado à sua frente, observou que ainda estava nitidamente trêmula e nervosa por estar ali. Com ternura, perguntou:

— O que foi, Raquel? Se bem que já imagino o que esteja acontecendo, mas quero ouvir de você.

— Você tinha razão — desabafou entre as lágrimas teimosas. — Eu não deveria ter trazido Alice para trabalhar junto comigo. Agora, que já estabilizada no serviço e com certos contatos, ela está fazendo tudo para me prejudicar.

— Como?

— Sabe... Assim que a Rita voltou de férias, ela foi indicada para outro serviço e eu acabei ficando com o dela.

— E?...

— Só que eu soube que a Alice, assim que começou a ter amizade com a Rita, disse que fui eu quem insistiu para ficar com aquele trabalho. Isso não é verdade. Agora a Rita está com raiva de mim. Começou a jogar indiretas bobas, falando coisas sobre não poder confiar em ninguém... Vira a cara quando me vê... Diz que isso não vai durar muito, pois demissões acontecem a toda hora... — Raquel deteve as palavras.

Ao ouvir isso, Alexandre ficou alerta. Tudo começava a fazer sentido. Se Rita estivesse com raiva de Raquel, nada melhor do que difamá-la. Por outro lado, Raquel agia muito estranhamente. Ele não disse nada, achou melhor ouvir o que ela tinha para falar.

— Não é só isso... — continuou. — Alice anda inventando coisas... — chorou.

— Como o quê?

— Agora, trabalhando mais perto do senhor Valmor, ela anda... vamos dizer... Fazendo cena, cara de triste ou algo assim. Quando ele perguntou o que era, minha cunhada disse que é por minha causa, pois faço ameaças e chantagens... Por ter sido eu quem arrumou esse emprego, diz que falo que vou dar um jeito de ela ser demitida... Ela ainda mentiu, falou que eu falei tanta coisa ruim sobre ele e, só agora, trabalhando mais próximo, viu que era tudo mentira minha. — Começou a chorar e, mesmo entre os soluços, continuou: — O Vágner ficou irritado comigo.

— Por quê? — interessou-se o rapaz, imediatamente alterado.

— Ele disse que eu só fazia meu trabalho quando você me ajudava. Disse que você não estava dando conta do seu serviço por minha causa...

— Canalha, mentiroso! Foi por isso que você parou de me pedir as coisas?

Raquel afirmou que sim ao pender com a cabeça e continuou:

— Além de tudo isso, o Marcos está muito diferente comigo nos últimos tempos. Talvez ele esteja sendo influenciado pelas fofocas da Alice e da Rita. As duas viraram muito amigas.

— Que fofoca? — indagou desconfiado.

A jovem não se conteve, caiu em um choro compulsivo e até desesperador. Sua natureza era sensível e delicada. O que vivia era muito agressivo.

Alexandre sentou-se ao seu lado e procurou olhar em seus olhos, curvando-se ao perguntar:

— O que elas inventaram a seu respeito?

A moça escondia o rosto com as mãos e os soluços não a deixavam responder.

Nesse instante, Alexandre já havia descoberto tudo. Sem que ela visse, ele sorriu satisfeito ao juntar os fatos: Rita não conseguiu conquistá-lo. Vágner não se aproximou de Raquel como desejava. Alice não gostava da cunhada e tramava contra ela. Era óbvio: os três se uniram, inventaram aquilo tudo para afastá-los como amigos ou até algo mais sério que pudesse existir entre eles.

"Como pude ser tão idiota?" — pensava o rapaz. — "Raquel é sensível demais e... Aquela história não era verdadeira. Criada no interior, por avós e pais rigorosos como ela mesma contou, aquela mentira era de uma hostilidade, de uma agressão imensa."

Sorrindo levemente, olhou para a amiga e imaginou o quanto aquilo a magoava, o quanto doía. Com a voz branda, falou, tentando confortá-la:

— Não se preocupe. Isso não é verdade e logo...

— Você... tam... também já sa-be? — perguntou ela, gaguejando pelo soluço insistente.

— Isso não tem importância! — disse o amigo.

Envergonhada, começou a chorar mais ainda, mesmo assim, dizia entre os soluços:

— Meu irmão só pode ter acreditado nisso! Agora, todos da empresa...

Raquel era extremamente sensível e Alexandre sabia disso. Ele conseguia entendê-la, sentir sua alma delicada e compreender sua dor. Mesmo desconhecendo sua história e as dificuldades que a deixaram assim, aceitava e desejava ajudar.

Aproximando-se dela, abraçou-a, recostando-a em si e oferecendo seu ombro para o pranto da amiga.

Talvez pelas fortes emoções e pela carência de alguém sincero naquele momento, a jovem não o repeliu.

Alexandre encostou seus lábios em sua cabeça e, sem que ela percebesse, beijou-lhe várias vezes os cabelos, roçando sua face suavemente nos fios que lhe enroscavam de leve no rosto. Sentia um carinho, uma ternura imensa por ela, só que não podia se revelar. Foi muito difícil conquistar aquele pouco de confiança e trazê-la até ali fazendo acreditar nele. Agora não poderia estragar tudo. Saberia esperar.

Refletindo um pouco, concluiu que para Raquel ser arisca daquela forma, algo havia acontecido. Com generosidade, afagando-lhe os cabelos, falou baixinho:
— Não chore, Raquel. Não fique assim.
— Eu... Eu não sei o que faço — disse soluçando. Delicadamente, afastou-se do abraço e passou a secar as lágrimas com as mãos. Passados alguns minutos, um pouco mais recomposta, continuou: — Lá na casa do meu irmão está tão difícil. A Alice é falsa comigo. Eu sei. Ela está enchendo o Marcos de ideias a meu respeito. Vou acabar sem ter onde morar e ainda perderei o emprego.
— Não vai não. Pense diferente, Raquel.
— Como? Como devo pensar? É difícil arrumar um bom emprego. Estou desatualizada. Não tenho casa, vivo com meu irmão e... — Depois de breve pausa, prosseguiu: — Parece que nasci para sofrer. Tudo dá errado pra mim.
A cada instante, deixava-se envolver em vibrações inferiores, agindo daquela forma. Não reagia e se entregava à manipulação de espíritos infelizes.
Alexandre, mais racional, procurava animá-la:
— Não fale assim. Aproveite esse grande momento e descubra sua capacidade.
— Que grande momento?
— Aproveite esse desafio e mostre sua capacidade de vencer. Pense nas soluções e não nos problemas.
— Você diz isso porque não está no meu lugar. — Encarando-o nos olhos, continuou: — Estou cansada. Você não sabe o que já passei nem imagina o que já tive de suportar e de superar. Não tenho mais forças. Quero morrer...
— Raquel! Não fale assim! Faça uma jangada com o resto dos destroços do naufrágio. Já passei por poucas e boas também. Você sabe. E, veja, estou aqui. Não sei o que enfrentou,

mas se foi um problema maior do que o atual e já superou, então o desafio do momento não é nada. Reaja!

Ela ofereceu um sorriso e um olhar tristonho e com lágrimas que começaram a brotar novamente, quando falou:

— Meu amigo, o difícil é saber que, até hoje, não solucionei meu desafio do passado e ainda tenho um grande problema para resolver.

Bem sério, ansioso e interessado, o rapaz perguntou:

— O que aconteceu, Raquel?

A jovem o encarou por alguns segundos e ficou em silêncio, olhando-o. O rapaz viu rolar as lágrimas em seu rosto trêmulo.

Seu olhar parecia implorar por socorro e amparo. Ela sofria angustiada.

Alexandre sentiu como que um envolvimento entre eles. Instintivamente, puxou-a para perto de si, agasalhou-a em seu peito, envolvendo-a com ternura e carinho. Entorpecida e um tanto paralisada, Raquel não reagiu.

Ajeitou-a nos braços, quase a deitando em seu colo, prendendo-a firme, mas com delicadeza contra si. Não acreditando naquele momento, beijou-lhe a testa com todo o carinho, com todo o seu amor. Sussurrando, disse:

— Raquel, conta pra mim a sua história. — Um choro desesperado se fez sem que ela conseguisse se conter. Alexandre começou a embalá-la nos braços esperando que se acalmasse. Com voz generosa e suave falou baixinho: — Oh... Deus... O que fizeram com você?

Raquel não disse nada, escondendo o rosto no peito do amigo. Aos poucos, foi se acalmando até se recompor do desespero. Afastando-se de seus braços, não o encarava como que constrangida. Com a cabeça baixa, escondendo o rosto vermelho entre os cabelos, pediu timidamente:

— Leve-me embora, por favor. Já é tarde.

— Você não quer conversar comigo sobre isso?
Longos segundos e respondeu:
— Não consigo...
— Quer tentar? — Silêncio. Ela fugiu ao seu olhar. Compreensivo, disse: — Tudo bem. Deixa para outro dia.
— Dá para você me levar embora?
— Lógico! Vamos — respondeu, sorrindo suavemente.
Levantando-se depressa, estendeu a mão ajudando-a a se erguer. Não poderia trair a confiança conquistada. Precisava atender ao seu pedido. Quando já estava em pé, lembrou:
— Quer ir lavar o rosto? O banheiro é ali.
Muito envergonhada, Raquel aceitou.
Logo após, retornou à sala sem fazer barulho. Alexandre, sentado no sofá, segurava a cabeça com ambas as mãos apoiando os cotovelos nos joelhos, enquanto olhava para o chão, pensativo. Aproximando-se do amigo, falou:
— Desculpe-me... Isso nunca me aconteceu antes e...
Colocando-se em pé, pôs-se à sua frente e interrompendo-a, disse:
— Por favor, não se desculpe. Eu tenho uma consideração, um respeito e um carinho muito grande por você, Raquel. Acredito em você. Como já disse, gostaria muito que confiasse em mim, pois quero, antes de qualquer coisa, ser seu amigo de verdade. Amigo mesmo tem de entender e sempre deve estar pronto para tudo. Lembre-se disso.
— É difícil encontrarmos pessoas sinceras, honestas e sem segundas intenções.
Decidido em se deixar conhecer, revelou:
— Sincero e honesto sempre fui. Mas não posso dizer que, no passado, eu não me aproximava de uma moça, principalmente, bonita como você, sem segundas intenções. Já sofri muito por isso também. Hoje é diferente. — Sorrindo,

meio sem jeito, completou: — Creio que amadureci, cresci... Aprendi a respeitar as pessoas. — Após pequena pausa, prosseguiu: — Quero que confie em mim. Está certo? Não se sinta ridícula, boba ou coisa assim pelo que aconteceu aqui. Compreendo que precisava desabafar e tudo isso precisava acontecer.

A jovem ofereceu um singelo sorriso e abaixou o olhar, encabulada. Depois, pediu:

— Então vamos?

— Sim. Claro. Deixe-me ver onde coloquei as chaves do carro.

Alexandre a levou para casa, deixando-a como sempre em frente da residência de Marcos e indo embora após vê-la entrar.

Raquel reparou que, mesmo tendo-a em seus braços, confortando-a em um momento de desespero, o rapaz não se aproveitou da situação. Realmente a respeitava. Ao mesmo tempo, estranhou sua própria reação deixando-se envolver pelo amigo. Não estava acostumada àquilo, não teve medo dele, não entrou em pânico... O que será que aconteceu?

Aquela conversa com Alexandre lhe fez bem. Não sentia seu coração tão oprimido agora. E, em meio a esses pensamentos, entrou à casa de seu irmão.

Capítulo 7

Desorientada e sem rumo

Ao caminhar seguindo pelo corredor lateral, Raquel passou a ouvir Marcos e Alice conversando em voz alta e seu nome ser pronunciado. Pensou que não a tinham visto chegar e andou a passos lentos, parando próximo a uma janela onde poderia ouvir melhor o que eles diziam.

— Antigamente você não acreditava. Agora está aí nervoso e sem saber o que fazer.

— Eu mato a Raquel! — dizia Marcos enfurecido. — Aquela mentirosa!

— Mentirosa mesmo! Eu vi, com esses olhos que a terra há de comer! — Depois de breve pausa, Alice ainda prosseguiu, com voz de desdém: — Quer dar uma de mocinha ingênua, pura! Ela é uma safada, isso sim!

— Você foi até eles?

— Ora, Marcos! Você acha que eu ainda deveria me sujeitar a isso?! Tenho testemunha, se quiser. Depois de hoje, exijo que tome uma atitude antes que ela apronte e sobre as consequências para nós.

Não suportando mais ouvir aquilo, Raquel entrou e parou logo após os primeiros passos.

— O que eu posso aprontar? — indagou surpresa. — Diga, Alice! Preciso saber! O que é que eu posso aprontar e deixar para vocês?

Impostando a voz com austeridade, Marcos interveio rigoroso:

— Quem você pensa que é para exigir alguma coisa aqui na minha casa?

Tomada de súbita sensação de mal-estar, Raquel sentiu-se atordoada. Não esperava aquela reação de seu irmão. Marcos nunca falou daquela forma. Tentando se defender, a moça insistiu:

— Quero saber o que Alice inventou a meu respeito. Como ela pôde... — não terminou a frase.

— Alice não inventou nada! — interrompeu-a. — Eu mesmo vi!

— Viu o que, Marcos? — a irmã perguntou assustada.

— Sinto muito, Raquel — interferiu a cunhada, coberta por um verniz cínico na expressão irônica e fala ponderada —, estou cansada de esconder tudo do seu irmão. Chegou o momento de dizer a verdade. — Após pequeno intervalo de tempo, continuou: — Lá no serviço, assim que comecei a trabalhar, souberam que éramos parentes e pensaram que eu fosse igual a você. Foi aí que começaram a fazer inúmeros convites... Convites indecentes.

— O quê?! — indignou-se Raquel, hesitante. — Que história é essa?

— Chega de dar uma de santa! — gritou Alice, representando de uma maneira impressionante. — Você sabe do que eu estou falando. O Marcos também está ciente de tudo. Não precisa mais fingir para nós. Seu irmão já te viu chegando aqui em casa com um e com outro!... Você está acostumada a aceitar convites para esses programas levianos. O que ele não sabe é que você já tirou filho várias vezes, porque não achou um trouxa para assumir você e a criança!

Raquel começou a se sentir mal diante da calúnia inesperada da cunhada que gritava. Ficou estática, ensurdecida e não conseguia reagir contra Alice. Marcos, paralisado, boquiaberto, ficou incrédulo frente às acusações da esposa. Ela não teria aquela coragem, caso fosse mentira. Ele ficou em silêncio enquanto sua mulher arrumava ousadia e convicção para dizer muito mais, parecendo não deixar qualquer dúvida sobre o que falava.

— Estou sabendo também — continuou Alice —, que você está tentando segurar esse tal de Alexandre, dizendo que ele é o pai do filho que você está esperando. Chega Raquel! Já chega! Se pensa que vai largar esse filho aqui, está muito enganada.

A moça olhou para seu irmão e não conseguia falar nada por causa do estado de choque. Ela passava mal. Marcos, por sua vez, enlouquecido, num grito de ódio, exigiu:

— Diga algo, Raquel!!!

Ela sentiu o ar faltando nos pulmões.

Com sorriso sarcástico, Alice perguntou, aproveitando-se do estado de choque da cunhada:

— Vamos, diga que é mentira o fato de você ter ido, hoje, até o apartamento desse homem, que é solteiro e mora sozinho? Está voltando agora!!!

— Isso é verdade, Raquel?! Você foi até o apartamento desse cara?!!

A jovem ficou atordoada, muda. Não acreditava no que acontecia. Diante das acusações, qualquer coisa que falasse seria inútil. Além disso, Alice não oferecia trégua para que respondesse.

— E então, Raquel! Como foi lá no apartamento do Alexandre, hoje? Diga!!!

Marcos se aproximou da irmã, pegou-a pelo braço e exigiu, sacudindo-a:

— É verdade?!!

— Marcos, não é bem assim... — tentou explicar, gaguejando timidamente.

Em vão.

Berrando, o irmão perguntou:

— Você veio da casa de um homem?!! Então é verdade?!! — Decepcionado, furioso, olhou-a nos olhos e falou: — Você mentiu para mim. Você me traiu, esse tempo inteiro...

— Vamos, Raquel, tente explicar! — tornou Alice irritando ainda mais o marido. — O que você foi fazer lá? O que você fez com os seus traumas? Seus medos sumiram de repente? Onde é que está o seu pânico? Você nos fez acreditar que precisava de ajuda, atenção... Pagamos médicos, tratamentos! Tiramos da boca dos nossos filhos para te ajudar!!! Para quê? Safada!!! Sem-vergonha!!! — Raquel quase não ouvia o que Alice falava. Ela ensurdeceu em razão do nervosismo. Nem conseguia se defender. — Eu disse para seu irmão que todo aquele trauma que você apresentava era mentira! Explique tudo agora!!!

— Marcos... — aturdida e intimidada, procurou dizer.

— Cale a boca!!! — Alice berrou. — Eu vi, você indo ao apartamento do Alexandre! Foi assim: eu estava com a Rita no *shopping*, nós vimos vocês dois lá na praça de alimentação, sentados e conversando muito à vontade. Vocês estavam abraçados. A Rita ainda me disse: "Esse cara é o maior safado! Usa uma garota, depois outra... Agora ele vai levá-la para o seu apartamento. Você quer apostar?" Depois de pensar, ela ainda disse: "Você sabia que a Raquel está grávida?" Eu me assustei e foi quando ela completou: "A essa altura, o Alexandre está convencendo-a a tirar o filho." Não demorou muito e vocês saíram abraçados. Negue!!!

— Isso é verdade Raquel?!!! — perguntou o irmão furioso.

Com os olhos banhados em lágrimas, a irmã não dizia nada e Alice continuou:

— Eu fui com a Rita até o estacionamento. Vimos vocês saindo. Entrei no carro da Rita e, a convite dela, seguimos vocês dois até o apartamento. Nem acreditei quando vi você entrando naquele prédio. A Rita avisou que há tempos vocês estão se envolvendo. Além disso, contou muitas coisas que te vê fazer, desde quando começou a trabalhar lá. Agora, eu pergunto: onde está o seu medo?!!

— Não posso acreditar que você nos enganou esse tempo inteiro, Raquel! — dizia o irmão desolado, pendendo com a cabeça, negativamente, enquanto se apoiava no encosto da cadeira.

A jovem continuava paralisada.

Ficando frente à sua irmã, Marcos perguntou calmo e quase friamente:

— O que Alice contou é verdade? Você foi até o apartamento desse moço e ficou lá até agora?

Coagida e sem oportunidade para se explicar, ela tentou falar:

— Eu fui, mas...

Interrompendo-a, com modos bruscos, o irmão exigiu:

— Quero que vá embora desta casa! — Raquel ficou incrédula. Paralisada, não saiu do lugar e Marcos gritou: — Agora!!!

A moça não tinha palavras. Tremia, enquanto as lágrimas escorriam em sua face pálida. O irmão virou as costas e foi para outro cômodo. Alice, com sorriso cínico, estampava na face um ar de vitória.

Sem saber o que fazer, Raquel se sentiu sem forças para enfrentar a dura realidade do abandono mais uma vez. Não conseguia agir ou pensar. Encontrava-se em estado de suspensão da consciência. Como ocorre em traumas ou situações que lembre o episódio traumático, perdeu a noção de quem era e o que estava acontecendo por alguns instantes. Desligando-se da realidade, ficou sem domínio de si. Desolada, sentiu seus medos vivos. O coração batia acelerado, dolorido e triste.

A cunhada ria com ar de desdém e enquanto a olhava, falou baixinho para o marido não escutar:

— Vai logo... Dá o fora daqui. O que está esperando?

Recolhendo as últimas forças, Raquel ainda disse:

— Você não perde por esperar. Um dia vai se lembrar de tudo o que está fazendo comigo hoje, porque eu tenho certeza de que ainda vai passar por situação igual.

Trêmula, virou as costas carregando somente sua bolsa, que continha alguns documentos e a roupa do corpo.

Saindo da casa de seu irmão não sabia para onde ir. Passou a caminhar sem rumo por horas. Os pensamentos conflitantes a deixavam confusa, atordoada. Não acreditava no que acontecia.

Uma garoa fina e constante a molhava sem que percebesse. Aos poucos parecia não saber o que se passava. Sua memória era sequestrada pelo desespero. Não se lembrava de toda a discussão e julgava ter perdido a consciência daqueles últimos instantes vividos. Andava automaticamente, estremecida pelo abalo emocional.

Naquele mesmo instante, já deitado em sua cama, Alexandre, nem de longe, poderia imaginar o que estava acontecendo. Ele começou a lembrar as dificuldades de Raquel e se preocupava.

"Como existiam pessoas tão sórdidas como Rita, Alice e Vágner para inventarem tudo aquilo?" — pensava. — "Como eu pude acreditar naquela mentira? Raquel era doce, generosa... Mas... Era diferente. Sim, era diferente de toda garota que conheci. Tem um jeito... Seu silêncio é como um mistério, que me atrai e encanta."

Seus pensamentos vagavam deslumbrados, em alguns momentos, achava que jamais se aproximaria dela. Foi tão bom abraçá-la, beijar seus cabelos e confortá-la nos braços. Como gostaria de tê-la, novamente, protegê-la e tirar aquele medo. Estava feliz por conseguir chegar até ali. Em dado momento, elevou os pensamentos em uma prece, agradecendo por tudo.

"Deus... Obrigado pela confiança que me depositou para proteger Raquel, de poder encontrar palavras que a confortassem. Obrigado por tê-la colocado no meu caminho, por ter me considerado digno, por me dar forças... Dê-me nova oportunidade para que ela confie em mim. Dê-me discernimento, sabedoria... Proteja-a, Senhor. Proteja a minha Raquel. Envolva-a com amor e carinho. Dê-lhe forças..." — a prece se seguiu.

Depois, Alexandre voltou a relembrar os breves momentos com Raquel e passou a sonhar acordado, até que o sono o arrebatou suave e definitivamente.

— Alexandre... Alexandre, querido.

Em poucos minutos, o rapaz passava a ouvir seu nome pronunciado como que por uma vibração angelical e terna.

Ao dormir, no estado em que a alma se emancipou do corpo ou se desdobrou, Alexandre, ainda assonorentado, passou a se deslumbrar com a bela imagem que lhe surgia. Era uma figura doce, que trazia um rosto angelical, um aspecto suave e uma postura majestosa, impressionantemente bela. Estendendo-lhe a mão, esse ser que como um anjo se portava, sorriu-lhe com candura. Encantado, sem entender, o rapaz pegou a mão com cuidado e olhando, sentiu como que um bálsamo sereno a envolvê-lo inteiro. Ele se deixou permanecer naquele êxtase maravilhoso, indescritível.

Aquele ser, carinhosamente, passou-lhe a sua mensagem com brandura:

— Meu querido, que bom tê-lo. Não foi fácil chegar onde está. Temos conhecimento disso. No entanto, querido Alexandre, sabemos que é a porta estreita que nos conduz ao envolvimento sublime, a reparação e a harmonização necessária. Querido filho, peço-lhe paciência, tranquilidade nas ações e perseverança no bem. Eleve os pensamentos nos momentos difíceis e tenha a certeza do amparo. Não duvide. Procure buscar o conhecimento para compreender, aceitar e se elevar diante dos fatos. Se deseja respostas, busque-as você mesmo por meio do estudo sério. Conheça Jesus. Estude o Seu Evangelho. Tenha fé. Diante das turbulências, renuncie ao fácil e à acomodação. Seja sensato para conseguir distinguir o bom do mau. Agora descanse. Restaure as energias para se fortalecer. Nós te amamos! Estaremos sempre com você!

Alexandre nada dizia, aparentava estar acostumado àquele envolvimento sublime. Eram suas preces e sua fé que o elevava àquele envolvimento. Seu silêncio parecia render culto àquele amor pela nobreza de seus sentimentos.

No estado de sono, a alma encarnada dispõe de liberdade e atividade, pois quando o corpo se encontra em repouso, não necessita dela e esta, com liberdade parcial, frequentemente se liga a espíritos e até assembleias que possuem o seu nível moral, afinidades e objetivos que são os mesmos. Encarnados que cultivam a prece sincera, pensamentos bons, conversação salutar e a tudo que inclinem para dignificantes valores morais, quando dormem, procuram se reunir com os que lhe são superiores, instruem-se, enaltecem-se e trabalham para o bem.

Mesmo não tendo recordações sobre esses ocorridos durante o sono, os conselhos salutares recebidos, surgirão no momento oportuno como ideias exatas para equilibrar-se diante da situação ou sentirá o que poderá fazer de melhor.

Assim também acontece com aqueles que são egoístas, maldosos, que desprezam o bem, o bom ânimo e os valores morais elevados. Em estado de sono, eles se veem emancipados do corpo e buscam assembleias, sociedades ou amigos no plano espiritual com os quais comungam doutrinas vis, mais ignóbeis, mais nocivas do que as que professam como nos ensina a questão 402 de *O Livro dos Espíritos*.

Todo o tempo que tiramos para o repouso do corpo físico, seja para um simples cochilo, seja para um sono profundo, entramos em contato com companheiros espirituais que influenciam imensamente nossa vida e nossas experiências.

Dormir para o bem ou dormir para o mal depende somente das nossas opiniões, ações, pensamentos e práticas quando acordados.

As questões de número 400 a 418 de *O Livro dos Espíritos* nos explicam muito bem sobre a emancipação da alma e as visitas que podemos ter ou fazer durante o sono do corpo físico, bem como os sonhos que, às vezes, recordamos.

♡

Enquanto isso, vagarosamente, Raquel chegava caminhando a uma praça.

Com o coração descompassado, atordoada ainda, sentia-se alheia, sem se importar com mais nada. Sentando-se em um banco, ignorou os frequentadores do lugar.

Após alguns minutos ali, um travesti, que a observava desde a sua chegada, incomodou-se com a presença da moça.

Amigos espirituais, que foram designados para auxiliá-la, agiam nesse instante, fazendo com que aquele irmão pudesse ter compaixão da moça e se sensibilizasse com as suas dificuldades. A jovem não o notou até o travesti dizer:

— Por que não dá o fora daqui, hein?! Esse lugar não é pra você!

Angustiada, demorou a erguer o olhar, exibindo semblante desalentado. Suas mãos estavam trêmulas, geladas. Aliás, todo o seu corpo tremia.

Enervado, ele a examinava, enquanto andava de um lado para outro e Raquel o seguia com o olhar. Tomando fôlego, ela explicou com voz fraca:

— Desculpe-me, não tenho para onde ir.

— Se vira, menina! Você não é das nossas!

— Meu irmão me mandou embora da casa dele... Fui roubada... Levaram a minha bolsa... — Após poucos segundos, abaixando o olhar, sussurrou: — Tenho vontade de me matar, mas nem sei como — seu olhar prendia-se em ponto algum do chão enquanto as lágrimas caíam abundantes.

De súbito, ele sentiu um arrepio por todo o corpo ao ouvir aquilo, impressionando-se imensamente.

— Credo, menina! Pare com essa história de morrer! Cruzes! — expressou-se horrorizado. Depois de observá-la um pouco, teve piedade por seu estado. — Você é jovem, bonita demais pra querer morrer — ficou pensativo.

Ela trazia o rosto machucado e a blusa fina de frio rasgada. A garoa intensa, que caiu pouco antes, deixou-a toda molhada e, naquela hora, fazia frio.

Compadecido, perguntou, mais calmo:

— Você não tem nenhum namorado?... Uma amiga?... Alguém pra ligar?... — Viu-a paralisada, parecendo não o ouvir. Seu olhar continuava perdido. Ele insistiu: — Qual é o seu nome?

— Raquel — respondeu automaticamente.

— Olha, menina... Este não é um bom lugar pra você ficar. Aqui, vai acabar arrumando encrenca. Acredite em mim! — ressaltou. — Você tem de ligar pra alguém. Tem de cair fora daqui o quanto antes. Entendeu?

Olhando-o sem expressão alguma, murmurou:

— Não sei o que fazer. Não tenho para onde ir. Não tenho como avisar alguém... — sentou-se no banco da praça.

Suspirando profundamente, com modos e trejeitos próprios, ele falou:

— Você já está me dando nos nervos! Não sei por que, mas vou tentar te ajudar. Levanta daí! Vamos! — insistiu, puxando-a pelo braço. Confusa, não reagia e se deixou levar. Eles caminharam até um telefone público próximo dali e ele ofereceu um cartão telefônico: — Tome! Ligue pra alguém e vamos acabar logo com isso. Eu não sou babá e não posso ficar aqui pajeando ninguém a madrugada inteira!

— Eu não sei... — não se lembrava de ninguém.

— Vamos, Raquel! Esprema a cabeça e lembre o número de alguém! — pedia inquieto. — Não me faça perder tempo! — Vendo que a moça estava atormentada, resolveu: — Vai, me fala o número que eu ligo pra você.

— Acho... Eu não tenho certeza, acho que é...

O rapaz teve de fazer três ligações até consegui acertar o número do telefone do apartamento de Alexandre que, ao atender, com muito sono, acreditou tratar-se de um trote e desligou.

— Puxa! Que cara grosseiro! — reclamou, muito irritado. — Vou tentar outra vez, mas se ele desligar!...

— O nome dele é Alexandre — falou com a voz fraca.

— Alô! É da casa do Alexandre, né? — perguntou ligeiro.

Por estranhar os trejeitos de entoar a voz, o rapaz admitiu, exibindo insatisfação.

— É! Por quê?

— Não desliga! Não é trote, viu?! A Raquel vai falar com você. Espera aí, meu amor!...

— Escuta aqui!... — gritou Alexandre nervoso — Vou...

— Alexandre? — perguntou a amiga com voz chorosa.

— Raquel?... — estranhou, sobressaltando-se. — Onde você está?! Quem está com você?!

— Alexandre... — não conseguia parar de chorar, mas entre os soluços murmurou: — Alexandre, preciso de ajuda!...

— Onde você está? — praticamente exigiu.

— Dá aqui, minha querida — pediu o rapaz que a auxiliava. — Eu falo com ele. — Pegando o fone, disse: — Alô?!

— Quem está falando? — tornou Alexandre.

— Ah, bem!... — falou com um toque de graça. — Não interessa, viu? Olha... São três da madrugada. Este lugar é uma barra! Acredite em mim. Vem pegar a Raquelzinha, vem! Antes que ela se dê mal por aqui. Ela está muito nervosa e... Ai, credo!... Tá falando em morrer. O irmão tocou ela de casa e ela também tá machucada. Roubaram a bolsa dela e tá toda molhada. Não sei se você sabe, mas caiu uma garoa daquelas! Ainda bem que parou, porque ia perturbar meu trabalho e das minhas colegas. Mas... O problema é: ela está bem aqui no meu ponto me atrapalhando também. Já tá difícil porque garoou, tá frio... Já viu, né? Aí...

Procurando conter seu desespero, perguntou com voz mais calma:

— Onde vocês estão? — Após saber o endereço, ele saiu às pressas para o local.

Minutos depois, Alexandre chegou à referida praça. Parando o carro, ficou desconfiado, pois o lugar era muito sinistro. Mesmo sem descer do veículo, por ficar olhando à procura da amiga, sofreu assédios por aqueles que se encontravam ali, até que ouviu:

— Saiam!... Saiam, meninas! Esse aí é amigo da minha colega. Não é cliente!

Alexandre reconheceu Raquel, que era conduzida por aquele rapaz. Saindo rapidamente do carro, sem se importar com mais nada, só via a ela. Aproximando-se, envolveu-a com carinho, perguntando baixinho:

— O que houve?...

— É melhor vocês irem. Depois ela te conta tudo. Vão! Vão! — tornou o travesti.

Alexandre conduziu a jovem e a colocou dentro do carro. Virando-se para o rapaz, agradeceu:

— Obrigado. Desculpe... Pensei que fosse trote e não te tratei bem. Obrigado mesmo.

— De nada. Imagina... — sorriu, fazendo um gesto satisfeito. — Não precisa pedir desculpas. Mas... Como é?... Vai ficar só nisso? — sorriu, novamente, respirou fundo e piscou demoradamente. Depois, usou de trejeitos engraçados e gentis para dizer: — Gastei com a ligação. Não foi, Raquel? — perguntou, curvando-se ao olhar para a moça que já estava dentro do carro.

Muito preocupado e querendo sair logo dali, rapidamente, tirou de seu bolso certo valor em dinheiro e entregou a ele. Agradeceu de novo e se foi.

Observando o veículo se afastar, o travesti virou-se para seus colegas e disse:

— É tão lindo ver o amor de verdade! Vocês viram o jeitinho dele? Aaaah!... Espero que sejam felizes para sempre!...

No caminho para o seu apartamento, dirigindo, o amigo ficou em silêncio enquanto percebia que lágrimas contínuas rolavam no rosto de Raquel. Ela se demonstrava em choque, com o olhar perdido, imersa em seus próprios pensamentos.

Estacionando o carro na garagem do prédio, desceu, contornou o veículo e abriu a porta para que ela descesse. Raquel se encontrava em profundo abalo emocional. Nem parecia vê-lo. Percebendo seu estado, gentilmente, pediu:

— Vem, Raquel. Vamos subir.

A moça desceu maquinalmente do carro, obedecendo-lhe. Chegando ao apartamento, viu-a toda molhada e gelada. Não sabia o que fazer. Sentia-se nervoso e preocupado. Colocando-a sentada no sofá, acomodou-se ao lado e, segurando a pequena mão gelada entre as suas, perguntou:

— O que aconteceu, Raquel?

Ela fez um gesto singular com os ombros como quem não soubesse responder.

Alexandre a abraçou, só que a amiga ficou paralisada, petrificada, sem reação.

— Raquel, o que houve? — tornou a indagar, ao afastá-la de si. Ainda segurando-a em seus braços, disse: — Diga alguma coisa, por favor. — Ela olhou-o nos olhos e o amigo só pôde observar as lágrimas que rolavam, sem nenhuma palavra. — Tudo bem. Tudo bem... — tornou com voz branda. — Olha... É melhor descansar. Você está gelada, molhada... Vem aqui. — Ele a conduziu até a suíte e tirando um robe do armário, falou: — Vou fazer alguma coisa quente para você beber. Tire essa roupa molhada e vista este roupão. Deite-se e... Vou ver o que faço, tá? — pediu um tanto atrapalhado.

A jovem não respondeu nada. O rapaz saiu, fechou a porta do quarto e, somente após preparar um chocolate quente, retornou. Batendo à porta, não ouviu resposta e perguntou.

— Posso entrar?

Silêncio.

Vagarosamente, o amigo abriu a porta do quarto e, para sua surpresa, a moça ainda estava sentada na cama do mesmo jeito que a deixou.

— Raquel... — disse desalentado. Deixando a bandeja sobre uma cômoda, aproximou-se, falou: — Ouça bem... — segurando seu rosto, fez com que o olhasse e confessou: — Está sendo difícil para nós dois. Estou preocupado, nervoso e não sei o que fazer. Por favor, antes que fique doente, tire essas roupas molhadas. Você está fria e...

— Preciso ir ao banheiro — pediu com voz baixa, interrompendo-o.

— Ótimo. É aqui — indicou. — Aproveita, toma um banho quente e...

— Não!

— Tudo bem, não toma, mas vista isso, certo? Ah... Melhor... — Lembrando-se e abrindo uma gaveta, pegou explicando: — Aqui tem essa camiseta e esse agasalho. Estão limpos. Ficarão grandes em você, mas é o melhor que posso arrumar. Por favor... — pediu, oferecendo as roupas. Ela estendeu a mão pálida, segurou as roupas e o amigo disse com jeitinho: — Toma um banho quente, vai ser melhor. No armário do banheiro tem toalhas limpas e secas. Pode usar. Ao vê-la se levantar, apanhou a bandeja e saiu da suíte avisando: — Vou esquentar este chocolate. Já deve estar frio.

Raquel não comentou nada e Alexandre saiu.

Passados poucos minutos, do outro cômodo, ao aguçar os ouvidos, pôde escutar o barulho do chuveiro ligado. O rapaz estava muito tenso e aflito com o que poderia ter acontecido. A jovem agia estranhamente. O que ele poderia fazer?

Em poucos segundos, passou a ter dúvidas sobre o fato de ajudá-la ou não.

Os companheiros espirituais que Raquel trazia consigo e que, há algum tempo, envolviam-na com pensamentos tristes de maus presságios, começaram a passar suas vibrações para o Alexandre que, imediatamente, após os primeiros sentimentos que o amarguraram, rogou por socorro.

"Deus, ajude-me..." — pensou. — "Eu queria tanto a Raquel comigo, mas agora... O que está acontecendo? Preciso de forças. Gosto muito dela, mas a situação é confusa, complicada e estou com medo de ter problemas... Ajude-me, por favor."

Mesmo angustiado, sentiu-se mais confiante. Atento, ao perceber que ela saiu do banho, foi até o quarto levando o chocolate quente.

— Raquel, eu posso entrar?

— Entre — respondeu com voz fraca.

A moça, sentada sobre a cama, apresentava o semblante desolado e o mesmo olhar perdido. Ao vê-la com sua camiseta e agasalho, teve a iniciativa de lhe dar uma blusa e meias de lã, uma vez que estava muito frio.

— Toma, vista este suéter. — Ficou comovido ao notar que fazia tudo mecanicamente. Sem se constranger, pegou as meias e pôs-se a colocá-las nos pés da amiga. Levantando-se, apanhou a pequena bandeja, que sustentava a xícara com o chocolate quente, e deu para ela. — Beba isto para esquentar.

Ela não dizia nenhuma palavra. Alexandre tirou a toalha que envolvia os cabelos dela, ainda molhados e, de joelhos sobre a cama, passou a secá-los. A jovem parecia pouco se importar com o que acontecia. Estava muito estranha. Ao observá-la terminar de tomar a bebida, recolheu a xícara das mãos e a fez deitar. Raquel só obedecia. Ao cobri-la, o rapaz ficou de joelhos no chão, ao lado da cama, afagando-lhe os cabelos e o rosto.

Depois de alguns minutos, disse com extrema generosidade:

— Procure dormir. — Tocando levemente no pequeno hematoma de sua face, falou: — Lamento não ter nenhum remédio para isso. Quando amanhecer, vou até a farmácia comprar alguma coisa. — Ela permanecia em silêncio. Por fim, avisou: — Estarei lá na sala. Vou deixar a porta aberta. Qualquer coisa, você me chama.

Forçado pelas circunstâncias, Alexandre apanhou algumas cobertas no armário, foi para a sala e ajeitou-se no sofá. As preocupações roubavam-lhe qualquer conciliação com o sono e, lentamente, viu o dia clarear.

Quando não conseguiu mais ficar deitado, levantou-se e preparou o desjejum tentando não fazer tanto barulho. Após algum tempo, inquieto, pois não percebia nenhum movimento, foi até o quarto.

Aproximando-se, vagarosamente, observou-a deitada de lado, encolhida, na mesma posição que a deixou. Seu olhar perdido e o avermelhado dos olhos denunciavam que também não havia dormido.

Ajoelhando ao lado da cama, acariciou-lhe os cabelos e o rosto, depois perguntou:

— Quer levantar? Preparei algo para você comer. — Maquinalmente, ela se sentou. Para que se sentisse mais à vontade, disse: — Aguardo você na cozinha, tá?

Após alguns minutos, a jovem saiu do quarto e o rapaz a recebeu na sala. Conduzindo-a até a cozinha, fez com que se sentasse.

— Desculpe-me, não sei fazer café muito bem... — sorriu sem jeito. — Mas aqui tem chá, leite, chocolate em pó, biscoitos, torradas... — informava, tentando fazê-la se descontrair.

— Estou sem fome — sussurrou.

Sério, sentou-se ao seu lado e falou:

— Você precisa se alimentar. Tome ao menos este chá, certo? — disse, colocando a bebida fumegante na xícara.

A custo, Raquel bebeu somente o chá, enquanto ele fazia sua refeição quase normalmente. A situação era preocupante. Ele não conseguia relaxar por mais que tentasse.

Após terminarem, ela se levantou e sem dizer nada, automaticamente, ia levando a louça até a pia quando Alexandre a deteve.

— Agora não. Isso pode ficar para depois. Vamos nos sentar ali na sala. Acredito que temos de conversar muito.

Depois de se acomodarem no outro recinto, o amigo tomou a iniciativa e falou:

— Quando chegamos aqui, de madrugada, observei seu estado, as circunstâncias e vi que não era o momento de conversarmos. Sei que ainda está abalada, mas acredito que pode me contar o que aconteceu.

Ela estava muito abatida e amargurada. Entreolhavam-se e o silêncio reinou por alguns segundos. De repente, a respiração curta e rápida da moça mostrava a alteração de seus sentimentos, e desabafou:

— Estou com medo. Estou em pânico... — lágrimas rolaram em seu rosto.

Sentando-se ao seu lado, tentou abraçá-la, mas foi repelido com um gesto delicado. A amiga, colocando os pés sobre o sofá, abraçou os próprios joelhos e colocou o rosto entre os braços, chorando por alguns minutos.

— Raquel — chamou mais firme. — Diga o que houve.

Breve instante, com voz chorosa, ela narrou:

— Ontem, depois que você me deixou no portão, entrei e ouvi a Alice falando mal de mim para o Marcos. Inventou mentiras... Disse que nos viu juntos e nos seguiu até aqui.

— E daí?... — perguntou, diante da pausa.

— Meu irmão ficou uma fera e me mandou embora da casa dele.

— Só por causa disso? — indagou calmo, mas incrédulo.

— Não... — tornou soluçando. — Alice disse que...

— Quê?...

— ...que eu estou grávida e o filho é seu — falou com voz constrangida e abafada.

Alexandre abaixou a cabeça e quase riu não se importando com a seriedade do assunto. Sem demora, esclareceu:

— Não se preocupe. A verdade é filha do tempo. Ela vai aparecer. Em breve o Marcos saberá que é mentira.

— A Alice disse que você estava me convencendo a tirar a criança. Falou para o meu irmão que eu já fiz isso antes, que sou uma garota de programa... — chorou.

— Raquel, pelo amor de Deus!... — disse com sutileza, tentando animá-la. — Em vez de ficar chorando, você tem mais é de se dar por feliz, pois saiu da casa deles.

— Não é bem assim! — replicou fragilizada.

— Como, não é assim? Além do mais, seu irmão é muito ignorante para agir como agiu. — Aproximando-se da colega, tocou-lhe na face machucada com jeitinho ao perguntar: — Foi ele quem fez isso no seu rosto? Marcos bateu em você?

— Não. Eu fui roubada. Saí da casa dele e não sabia para onde ir. Fiquei andando e... Nem sei como aconteceu.

Preocupado, quis saber:

— Machucaram você, além disso?

— Não.

— Não mesmo? — insistiu.

— Não.

— Como você foi parar naquela praça?

— Andando.

— Andando?! — admirou-se, pois era bem longe de onde ela morava. Raquel chorava ainda e, querendo consolá-la, disse: — Vamos resolver uma coisa de cada vez. Você vai ficar aqui comigo, por isso, vai precisar de algumas coisas. — Olhando-a e acreditando que Raquel estava adoravelmente linda em suas roupas, que lhe vestiam muito grandes, falou:

— Vou buscar um remédio para passar em seu rosto. Depois preciso providenciar um colchão para pôr no outro quarto e... Acho que ainda irei até a casa do seu irmão para pegar suas roupas.

— Não vou ficar aqui.

— Então onde você quer ficar, Raquel? — indagou friamente, fazendo-a raciocinar.

Ela abaixou a cabeça e não disse nada. A situação era constrangedora e se sentia humilhada. Lágrimas copiosas corriam em sua face.

Quando o amigo, comovido e carinhoso, tentou tocar-lhe o ombro, ela se afastou e Alexandre respeitou sua vontade. Levantando-se, o rapaz decidiu:

— Tenho de aproveitar que hoje é sábado para resolver tudo isso. Depois cuidamos de outras coisas. — Olhando-a ainda abraçada aos próprios joelhos, porém mais calma, perguntou: — Você acha que pode ficar sozinha?

— Posso — falou baixinho.

Pensando rápido, lembrou-se de que alguém da sua família poderia telefonar e, ao ser atendido por Raquel, não iria entender o que estava acontecendo, por isso pediu:

— Vou me trocar para sair e enquanto eu estiver fora... Só peço uma coisa: não atenda o telefone. Se precisar de algo, ligue para o meu celular. Vou deixar o número anotado aqui — avisou ao escrever em um pequeno bloco que havia ao lado do telefone fixo.

— Você precisa de algo? Quer que eu traga alguma coisa da rua?

— Não. Obrigada.

Alexandre foi para o quarto, trocou-se e saiu.

Após ir a uma farmácia, retornou, encontrando Raquel deitada e encolhida no sofá da sala. Com o medicamento em mãos, passou um pouco da pomada no rosto machucado. Depois, trouxe uma manta e a cobriu, oferecendo-lhe também um travesseiro para que se ajeitasse melhor.

— Quer que ligue a televisão? — Raquel fez um gesto singular com os ombros, como quem diz: tanto faz. Ele pegou o controle remoto, ligou a TV, deixando-o ao alcance dela. — Tem um saquinho, lá no banheiro da suíte, com uma escova de dente que comprei para você. Há creme dental no armário. Vou sair para providenciar algumas coisas, que vamos precisar. Talvez eu demore um pouco. Se precisar, não tenha dúvidas, ligue-me. Lembre-se de que não vou telefonar. Depois conversamos sobre isso.

Alexandre se aproximou fazendo-lhe um suave carinho quando observou que Raquel parecia encolher-se. Despedindo-se, saiu rápido. Seus pensamentos estavam tumultuados. Gostaria de tê-la consigo sim. Gostava muito dela, só que a situação era problemática. Não era bem isso o que tinha planejado.

♡

Pouco mais tarde, parando o carro em frente da casa do irmão de Raquel, ficou pensativo. Como seria recebido? Ele nem conhecia Marcos. O que diria? Seu coração batia acelerado pelo nervosismo.

— Não importa o que aconteça. Não vou pensar mais nisso — disse em voz alta, falando sozinho. — Vou lá e... Vamos ver.

Ao atendê-lo, Alice demonstrava-se desconfiada e até assustada.

Ao vê-la próxima do portão, após cumprimentá-la cordialmente, Alexandre não ofereceu trégua, foi direto e ponderado.

— Alice, vim aqui buscar as coisas da Raquel. Ela está na minha casa e ficará lá.

— As coisas dela?... — gaguejou, temerosa. Não o esperava.

— Sim... As roupas, sapatos... Sei lá mais o quê. Creio que você deve saber, certo?

— Sim. Claro... — concordou amedrontada. Exibia-se nervosa. Não imaginava que Alexandre fosse capaz de ir até lá. Marcos estava lá dentro e não desejava que o marido visse o rapaz por causa das suas mentiras. Temia que tudo fosse esclarecido nesse encontro. — Você pode esperar aqui? Volto logo — pediu sem firmeza.

— Sim, espero. Obrigado — tornou sério.

Ela entrou. Marcos, entretido com um jogo a que assistia, a princípio, não deu muita importância à movimentação da esposa. Entretanto, depois de muito vaivém, incomodou-se e quis saber:

— O que você está fazendo, Alice?

— Nada.

— Como nada? — Olhando através da janela, por entre as cortinas, viu um rapaz em pé, parado em seu portão. — Quem é?! — estranhou.

— Espere aqui, deixa que eu resolvo isso.

— Quem é esse moço?

— Fica calmo. Ele veio buscar as coisas da Raquel. Não vamos procurar encrenca, certo? Deixe sua irmã com quem ela quiser e assumir a vida que escolheu.

Marcos ficou surpreso sentindo-se gelar ao ouvir aquilo.

"Então Raquel tinha mesmo alguém" — pensou atordoado. — "Ela me enganou mesmo."

Ele até acreditou que sua irmã iria para a casa de uma amiga, mas não. Como Alice contou, um homem foi quem veio buscar as suas coisas.

— Fique aqui — pediu a esposa. — Eu já volto. Só vou levar isso lá.

Quando Alice entregava as sacolas nas mãos de Alexandre, Marcos não suportou aguardar. Estava indignado. Alexandre o notou caminhando, vagarosamente, até o portão e, ao vê-lo mais próximo, cumprimentou-o dizendo:

— Boa tarde. Desculpe-me incomodá-los numa tarde tão fria. Mas... já estou indo. — Virando-se para a mulher, agradeceu: — Obrigado, Alice.

— Quem é você? — perguntou Marcos irritado.

— Perdoe-me por não ter me apresentado. Meu nome é Alexandre. Você é o irmão da Raquel, né? Prazer... — ficou com a mão estendida, pois o outro não retribuiu ao cumprimento. Sem jeito, resolveu: — Bem... Preciso ir. — Encarando o casal, disse ainda: — Não se preocupem com a Raquel, ela ficará bem. Agora está muito abalada, em choque mesmo. Mas vou cuidar dela. — Olhando bem nos olhos de Marcos, admitiu sem se constranger: — Eu gosto muito da sua irmã.

— Então assuma o filho também! — tornou o outro.

— Eu assumiria — disse rindo —, com o maior orgulho e com o maior prazer, se a Raquel estivesse grávida. Mas, infelizmente, nunca tivemos nada. Não que eu não quisesse — foi irônico para irritá-lo. — Eu não consigo me aproximar... Parece que há algum problema, ela não se permite...

— Cale a boca e suma daqui!!! — gritou Marcos indignado.

— Primeiro você vai me ouvir, Marcos! — voltou-se sério. Veemente e tomando postura austera, decidiu contar: — Nunca tive nada com a sua irmã. Somos apenas colegas de trabalho. Nunca namoramos. Nunca ficamos, nem sequer a beijei. Não consegui me aproximar dela até agora. Embora tenha tentado, pois gosto muito dela. Eu sei que Raquel me esconde algo. E eu sei que você sabe do que estou falando, não é?! Sou um cara experiente... Ninguém me engana mais. No tempo certo, tudo ficará esclarecido. Farei tudo pela Raquel.

Sabe por quê? Por causa do que vejo nos sentimentos da sua irmã. Ela não trama contra ninguém, não é egoísta, muito menos quer tirar vantagens como muitas pessoas. Dificilmente, encontramos gente nobre assim. Acredito que você saiba o motivo que a leva a ser tão arisca, tão... E por isso deve saber que essa história de gravidez é uma grande mentira. — Alexandre fez um ar de riso e quase debochado falou: — Um dia, ficarei feliz em te dar essa notícia — virou as costas e foi para o carro.

— Canalha! Vagabundo! — reagiu o outro enfurecido. E, enquanto Alice o segurava, ainda gritou: — Diga à Raquel que, se ela aparecer na minha frente, vou matá-la! Ordinária!

Alexandre não se intimidou. Como se quisesse irritá-lo ainda mais, falou alto:

— É sério! Ficarei feliz mesmo. Só que agora não é o momento. Sabe... Gosto de tudo certinho, por isso vou programar bem para que esse filho seja recebido com muita atenção e carinho...

— Suma daqui!!!

— Não vou sumir não! — disse Alexandre, guardando as sacolas no carro. — Volto a fim de te convidar para o casamento! — Entrando no veículo, ainda desfechou bem alto para ser ouvido: — Cuidado com o que você inventa, Alice! Isso ainda vai fazer com que se dê muito mal!

Imensamente irritada pelos modos simples do rapaz que, com cinismo provocante, tentou desmascará-la, Alice gritou:

— Se houver um casamento, não esqueça de levar a filha da Raquel junto!

Alexandre se foi.

A princípio, riu sozinho e não deu importância ao que a mulher disse. Afinal, deveria se tratar de mais uma mentira.

O casal entrou e o marido começou a duvidar da esposa.

— Ninguém falaria daquele jeito se devesse alguma coisa! Ele disse que nunca teve nada com a Raquel!

— Você não vê que isso foi combinado! Ele está mentindo!

— Alice, se essa história for mentira sua!...

— Caramba! Pensa! Quem a Raquel foi procurar para ajudá-la?! O tal Alexandre, lógico! Por que ela não foi pedir ajuda para uma amiga? Aqui em casa, quando você perguntou se ela tinha ido até o apartamento dele, sua irmã não negou! Raciocine, Marcos!

O esposo sentia que algo estava errado, mas todas as evidências apontavam contra Raquel.

Capítulo 8

Confidências necessárias

A caminho de seu apartamento, às vezes, Alexandre ria sozinho perguntando-se onde arrumou tanta coragem e cinismo para falar daquele jeito.

Em outras circunstâncias, talvez tentasse ofender com palavras bruscas para esclarecer aquela situação, querendo tirar satisfações com Alice pelo que inventou. Entretanto, a ideia de estar com Raquel lhe agradava. Ele a amava e tinha certeza disso.

Por um instante, novamente, lembrou-se das últimas palavras de Alice sobre levar a filha de Raquel ao casamento. Por que ela disse aquilo? Se fosse mentira, saberia que conversaria com sua amiga e, mais uma vez, seria desmascarada. Deveria ser invenção mesmo. Raquel lhe disse que nunca teve um namorado.

Alexandre sentia um frio invadir-lhe o ser. A insegurança, por ignorar os fatos, causava-lhe temores que abalavam seu equilíbrio emocional, antes, inalterável, por ser muito racional.

No apartamento, ao entrar, não viu Raquel. Não a chamou acreditando que estivesse dormindo. Sem demora, reparou que tudo estava muito arrumado.

Por não ser muito ordeiro, sempre largava suas coisas pela sala, que agora se encontrava bem ajeitada. Indo até a cozinha, comprovou que alguém passou por ali colocando ordem, pois tudo se achava muito limpinho.

Chegando à porta da suíte, entreaberta, chamou-a baixinho, espiando ao mesmo tempo.

— Raquel?...

Deitada em sua cama, ela se remexeu, voltando-se em sua direção. Em seu olhar, havia uma expectativa aflitiva para saber o que tinha acontecido.

Alexandre entrou e se sentou na cama ao lado da amiga, perguntando:

— Você está bem?

— Estou — respondeu com voz fraca, mas seus olhos vermelhos denunciavam que havia chorado.

— Eu trouxe suas coisas. Bem... Trouxe o que Alice me entregou. Se faltar algo, não se preocupe, deixe para ela. Que faça bom proveito. Depois compramos o que faltar.

Ela se sentou. Sua face exibia uma angústia intraduzível em palavras. Sofria amedrontada. Frágil, avisou:

— Alexandre, não estou me sentindo bem.

— O que você tem? — quis saber, franzindo o semblante.

— Não sei.

— Como assim, não sabe?

— Meu corpo inteiro dói, algo que incomoda muito. Estou tonta...

— Raquel, você está abalada. Vamos dizer que é normal tendo em vista o que sofreu.

Aproximando-se, ele tentou envolvê-la com um abraço.

— Não, por favor... — pediu meiga e sussurrando, afastando-se lentamente com lágrimas correndo-lhe pelo rosto.

— Por quê? — perguntou brandamente e amargurado. — Não houve resposta e ele disse mansamente: — Não vou te fazer mal algum. Confie em mim. Só vou te dar um abraço. Vem cá... — aproximando-se, cautelosamente, puxando-a para si, envolveu-a. — Vou cuidar de você. Não quero te ver sofrendo mais, viu? — Afagou-lhe suavemente os cabelos, quando percebeu que estava trêmula. Acreditando que a fazia sofrer, afastou-a de si e notou que escondia o rosto choroso. — O que foi?

Ela não respondeu e se distanciou ainda mais. Secando o rosto com as mãos, ao se recompor um pouco, perguntou:

— Você viu meu irmão?

Pensando rápido, achou que não poderia contar tudo o que disse para Marcos. Apesar de falar sério, reconhecia que havia exagerado. Para Raquel aquelas ideias seriam prematuras, ela não aceitaria. Sem se estender, respondeu:

— Sim, eu o vi.

— Falou com ele?

— Falei. Disse quem eu era e avisei que cuidaria bem de você. Que não se preocupasse.

— E o Marcos? Pediu que eu voltasse?

— Olha... Ele não me pareceu muito bem e...

— Preciso falar com meu irmão.

Lembrando-se da ameaça, Alexandre aconselhou:

— Aguarde um pouco. Agora, não creio que seja um bom momento.

— Vocês discutiram? — indagou encarando-o.

— Bem... Não.

— Não mesmo? — insistiu.

— Bem... Tive de dizer algumas coisas porque... — suspirando fundo, Alexandre falou: — Olha, nem me lembro como a conversa começou e... Só sei que acabei falando que não há filho nenhum, que você não está grávida e nós nem namorados somos.

Alexandre abaixou a cabeça, não conseguia encará-la lembrando-se de tudo o que havia dito para Marcos, pois, num impulso, revelou quanto prazer teria em lhe dar a notícia de uma gravidez, sobre o convite do casamento e tudo mais.

— E ele? — perguntou a moça, trazendo-o à realidade.

— Não sei... Ele estava nervoso. Acho que nem me ouviu.

— E a Alice, estava perto?

— Sim, estava. Mais uma vez ela tentou jogar seus venenos. — Raquel empalideceu ao deduzir o que sua cunhada poderia ter dito. Novo tremor a dominou visivelmente. Surpreso, ainda quis saber: — O que foi?

— O que ela disse? — indagou assustada e chorando, quase perdendo o controle. Ele ficou confuso e surpreso, sem entender aquela reação. Ela insistiu nervosa: — Diga! O que ela falou?

— Por que tanto pânico, Raquel? Alice é venenosa e...

— Fale, por favor — implorou em meio ao choro.

— Bem... Eu estava saindo, já entrando no carro, Alice disse algo sobre sua filha. Eu nem consegui entender direito. Nem sei se foi isso mesmo. Não ligo para as mentiras dela. Ela só inventa...

— Não... Ela não poderia... — murmurou, deixando o corpo cair, deitando-se, novamente, escondendo o rosto no travesseiro.

O amigo não entendeu, mas ficou ao seu lado por longo tempo afagando-lhe os cabelos. Raquel estava inconformada.

Ele se levantou, preparou água com açúcar e levou para ela.

— Raquel, sente-se. Tome isto.

Ela parecia não o ouvir. Segurando em seu rosto para que olhasse, Alexandre percebeu que sua temperatura estava alta. Tirando-lhe os cabelos da testa, sentiu que ardia em febre. Foi pegar um medicamento que gotejou na água e, em seguida, insistiu para ela beber.

— Eu acho que a garoa fria te fez muito mal. Você está com febre.

Raquel permanecia atordoada. Aquela notícia e a febre lhe deixavam confusa. Parecendo mais calma, reclamou baixinho ao fechar os olhos, largando-se:

— Estou com frio.

Alexandre a cobriu, sentou-se na cama a seu lado e pegou-lhe a mão suada, colocando-a entre as suas.

Preocupado, ficou ali sentado por longo tempo refletindo sobre tudo aquilo. O que Alice falou e a reação da amiga eram bem estranhos. Ele não deveria saber de muita coisa.

Quando Raquel adormeceu, deixou-a e foi preparar algo para comer.

Após fazer uma refeição, para distrair e tirar da mente alguns pensamentos que o incomodavam, começou a pôr ordem em um dos quartos, armando uma cama para dormir.

De repente o telefone tocou.

— Droga! — reclamou, atirando-se no sofá para atender, pois lembrou que Raquel poderia acordar com o toque do outro aparelho que ficava na cabeceira de sua cama.

— Alô!

— Oi, filho! — exclamou alegre.

— Oi, mãe, tudo bem?

— O que está acontecendo? Você está muito sumido, hein. Pensei que viesse aqui hoje.

— Ah... Não deu. Arrumei algumas coisas para fazer e estou ocupado até agora.

— O que está fazendo de tão interessante assim?

— Arrumando um quarto aqui. Sabe como é... Está meio bagunçado. Estou com uns livros aqui que quero catalogar... Aproveitei que estava frio para me entreter com isso.

— Você vem aqui amanhã?
— É...
— Se não vier, peço para seu pai me levar aí. Fiz algo que você adora!

Rápido, decidiu:

— Amanhã eu passo por aí, mãe. Não tem problema.
— Vem para almoçar — riu e praticamente intimou.
— Olha... Acho que não vou terminar isso aqui hoje, sabe? Quando vamos organizar um lugar, antes, desorganizamos tudo — forçou riso. — Façamos o seguinte: se eu terminar cedo, vou almoçar, mas antes eu telefono. Não se preocupe.
— Está bem, vou aguardar.
— Certo.

Quando Alexandre pensou que sua mãe fosse se despedir, ela reparou:

— Filho, o que você tem?
— Eu?!...
— Conheço você muito bem, Alex! Não me esconda nada. Você está bem?
— Claro! Ora, mãe, o que é isso? Estou ótimo!

A mulher fez silêncio por alguns instantes, depois falou:

— Amanhã a gente conversa. Tchau, filho.
— Tchau, mãe. Até amanhã. Dá um beijo na Rosana e outro no pai por mim.

Apesar de seus trinta e dois anos, por ser muito amoroso, o rapaz deixava sua família participar de sua vida. Até porque, devido aos problemas de saúde, todos se importavam com ele.

"Será difícil tentar explicar tudo isso para minha mãe" — pensou. — "Como vou fazer? Quando disser que coloquei uma moça para morar comigo aqui, não quero nem estar na minha pele! Ela vai falar tanto! Tanto!... Além do mais, a Raquel está muito frágil e abalada para ser apresentada à minha família, principalmente para minha mãe, tão exigente. Talvez só a Rosana entenda."

Um grito o fez voltar à realidade.

— Raquel! — exclamou, indo à direção do quarto.

Sentada na cama, ela estava ofegante. Seus olhos brilhantes denunciavam seu estado febril. Os cabelos umedeceram com o suor e colavam no rosto e no pescoço da jovem. Com a respiração alterada, coração acelerado, tentava balbuciar algo, mas não conseguia.

— Raquel, calma. Estou aqui. Está tudo bem — dizia Alexandre com brandura ao tirar-lhe os cabelos do rosto.

— Não! Ele... Ele... — tentava dizer ofegante.

— Deve ter sido um sonho. Já passou.

— Minha filha... — murmurou chorosa.

Alexandre sentiu-se gelar. Algo o decepcionava. Ela deveria ter mentido para ele. Fazendo-se firme, perguntou friamente:

— O que tem sua filha?

— Ele vai maltratar minha filha... — respondeu, fitando-o com olhos vidrados, como que em delírio.

— Calma, Raquel. Não vai acontecer nada.

Ela soluçou por algum tempo até parecer acordar para a realidade e serenar um pouco. Alexandre parecia nervoso. Aquele dia estava sendo difícil. Passados alguns minutos, perguntou:

— Você está bem? — Viu-a afirmar com um aceno de cabeça e ele sugeriu: — Faça o seguinte: pegue suas roupas e tome um banho. Você precisa comer algo. Praticamente, não se alimentou hoje. Já é noite, sabia?

Atordoada, foi se levantar, mas cambaleou e precisou da ajuda do amigo que a amparou. Vendo-a mais firme, deixou-a ir à direção do banheiro e falou:

— Vou fazer o mesmo. Pegarei minhas roupas e vou tomar um banho. Fique à vontade, não tenha pressa. Vou usar o outro banheiro. Depois a gente janta, tá?

Alexandre saiu da suíte com o coração apertado. Algo aconteceu de muito sério na vida da amiga e precisava saber ou não teria paz. Não admitia ser enganado. Se fosse ajudá-la, merecia saber de toda a verdade.

Mais tarde um pouco, após a refeição, ele perguntou:

— Você está melhor? — estava sério e preocupado.

— Sim, estou — sentia-se envergonhada.

O rapaz respirou fundo e a chamou:

— Venha cá ver o que fiz. — Levando-a até o outro quarto, mostrou: — Montei esta cama de solteiro que eu tinha aqui há algum tempo. É que a usava antes de mandar fazer aqueles móveis lá na suíte. Não a usei mais porque seria desaforo abandonar aquela cama enorme por esta aqui, não é? — sorriu. Raquel não dizia nada. Levantando a colcha e os lençóis, continuou: — Veja o colchão que comprei. Parece ser bom. Enquanto fui lá à casa do seu irmão, entregaram para o zelador e eu o peguei agora há pouco. Comprar em loja de bairro é bom por causa disso, a gente conversa com o proprietário, ele entende o problema e entrega rápido.

— Por favor... Deixe que eu durma aqui. Não quero incomodá-lo, tirando-o do conforto que tem.

— Não! De jeito nenhum.

— Será só por alguns dias. Vou arrumar um lugar para ficar logo, logo.

— Se é só por alguns dias, continue lá.

— Não vou me sentir bem incomodando tanto você.

Colocando-se frente a ela, falou brandamente:

— Você não me incomoda. Pode ficar o quanto quiser e me deixe fazer o que for possível para acomodá-la bem, por favor.

Raquel abaixou a cabeça sem saber o que dizer. Sentia-se constrangida, mas era forçada pela situação a aceitar a proposta.

Pegando-a delicadamente pela mão, pediu:

— Venha aqui na sala comigo. Precisamos conversar. — Sentando-se ao seu lado, perguntou, colocando-lhe a mão na testa: — E a febre, passou?

— Sim. Só sinto um pouco de moleza, mas já estou bem melhor.

— Acho que ficou assim por causa da roupa molhada naquele frio. — Raquel nada disse. Tomando coragem e buscando forças, procurou esclarecer a situação. Estava inquieto e inseguro. Precisava saber a verdade. Então, falou: — Precisamos conversar. Eu sei que toda essa situação está sendo muito difícil para você. Primeiro, quero que fique bem claro uma coisa: vou te ajudar independentemente de qualquer coisa. Confie em mim. Segundo, preciso saber o que está acontecendo, por isso, por favor, diga a verdade seja ela qual for. Não esconda nada. Não gosto de surpresas. Não gosto de estar envolvido em assuntos sem saber detalhes. — Após pequena pausa, olhando-a firme nos olhos, continuou: — Quero que me conte tudo sobre você. Minha família não vai entender muito bem o que aconteceu e o que está acontecendo, principalmente, minha mãe. Na certa, enfrentaremos dificuldades. Eles não vão interferir nas minhas decisões, sou independente. Porém, eu os respeito muito e quero que venham saber de tudo, se for preciso, por mim e não pelos outros, por fofocas. Por favor, fale tudo o que aconteceu.

Olhando-o fixamente, a jovem perguntou baixinho:

— O que a Alice falou?

— Não importa o que ela falou. Quero ouvir a verdade de você.

Os pensamentos mais conflitantes a invadiam. Estava insegura e envergonhada. Percebendo que Alexandre era o único que não a decepcionou, nada exigia e ainda tentava ajudá-la, teria de dizer tudo. O amigo merecia saber. Então começou:

— Para que entenda, precisarei te contar toda minha vida e... não sei se vou conseguir e...

Sentando-se mais próximo, pegou sua mão, colocou entre as suas e disse:

— Vai conseguir sim. Estou aqui para te apoiar no que for preciso.

Um longo silêncio se fez até que Raquel iniciou:

— Há muitos anos, quando eu tinha uns oito ou nove anos, percebia algo diferente com o tratamento que recebia. Ele tinha um jeito estranho quando me agradava... — A respiração da moça se alterou, seu coração batia forte e fugiu ao olhar de Alexandre, recolhendo a mão que ele segurava.

Diante da pausa, o amigo perguntou:

— Ele quem?

Imediatamente as lágrimas rolaram em seu rosto, mas não se deteve, sussurrando:

— Meu tio.

— Como ele te tratava diferente? — indagou, desconfiado.

— Percebi que me acariciava... De um jeito que eu não gostava.

Constrangida, não conseguia encontrar palavras e o amigo argumentou:

— Seu tio te acariciava com certa malícia, tocando seu corpo de modo incomum, é isso? — indagou em tom brando. Já imaginando do que se trata.

Abaixando a cabeça, muito envergonhada, admitiu em voz baixa:

— É isso. — Após pequena pausa, prosseguiu: — Eu fui criada no interior, em uma fazenda. Não tinha muita esperteza ou malícia nem compreendia o que estava acontecendo. Só sentia que não gostava. Na época, falei para minha mãe. Ela brigou comigo, deu bronca e me bateu... Falou que não era para contar nada para ninguém ou ia apanhar de novo e eu obedeci. Dias depois, eu a vi brigando com esse meu tio.

— Ele era irmão do seu pai? — perguntou generoso.

— Sim, era. Daí ele parou de ficar perto de mim, mas ainda me olhava diferente. Não muito tempo depois, começou tudo de novo e... Às vezes, mesmo perto dos outros, ele me punha para sentar em seu colo... No meio da agitação ou da conversa, ninguém percebia que ele me acariciava... Eu queria me levantar, mas meu tio me segurava e dizia que eu era arisca. Mas não era isso. O tempo foi passando... Quanto mais eu crescia, mais fugia dele. Quando estava com quinze anos, meu pai sofreu um acidente. Ele pegou carona com um amigo que dirigia imprudentemente. Por excesso de velocidade, o homem bateu com o carro. — Fez breve pausa. Era sofrido demais falar de tudo aquilo. — Meu pai quebrou o pescoço e teve traumatismo craniano. Ele nunca mais ficaria normal. Na época desse acidente, todos ficamos abalados. Meus avós, minha mãe e meus irmãos foram para o hospital na capital, pois meu pai precisava de tratamentos especiais que, na cidade próxima da fazenda, não havia. Esse meu tio não foi com eles... — lágrimas rolaram em seu rosto. — Ele tinha mulher, três filhas e moravam na fazenda mesmo, só que em outra casa, bem afastada da casa-grande onde nós morávamos. — Raquel fez longa pausa e caiu num choro compulsivo. Tudo era vivo em sua memória. Era como se acabasse de acontecer. Entre os soluços persistentes, encontrou forças para continuar narrando: — Ele disse que dormiria na casa-grande para tomar conta das coisas e...

Alexandre ficou nervoso. Imaginou o que aconteceu. Precisava se manter firme, sem se mostrar indignado. Ela necessitava falar. Percebendo a dificuldade da amiga, perguntou:
— Não havia mais ninguém lá? Nenhum empregado?
— Na casa-grande não. — E entre os soluços, mesmo se sentindo frágil, revelou: — Ele me bateu, me machucou muito, aproveitou-se de mim... — teve outra crise de choro. Depois, continuou: — Disse que, se eu contasse para alguém, seria pior. Dois dias depois, quando minha mãe voltou e contou que meu pai estava em estado grave... vendo o desespero de minha mãe... não tive coragem de dizer nada. — Longa pausa e lágrimas corriam incessantemente em sua face pálida. — Não pude mais dormir bem... Eu tinha sonhos ruins. Acordava em desespero... Gritava... Todos pensavam que era por causa do meu pai. Ninguém imaginava o que tinha acontecido comigo... — deteve-se, sempre de cabeça baixa.

Alexandre chegava a suar frio ao ouvir tudo aquilo. Estava revoltado, indignado. Forçava-se para não demonstrar sua contrariedade. Vez e outra, esfregava o rosto, suspirava fundo, circunvagando o olhar pela sala para espairecer por alguns segundos.

Mesmo chorando, entre soluços insistentes, Raquel continuou:
— Esse meu tio tinha o perfil de um homem íntegro, digno e de moral inabalável. Ninguém poderia duvidar ou desconfiar dele. Quando perguntaram por que eu tinha alguns machucados, ele disse que eu havia caído das pedras da cachoeirinha, que tinha na fazenda, lugar onde eu gostava de ficar. Ninguém questionou. Não havia motivo para duvidar. O tempo foi passando e ele nunca mais tentou nada. Não houve oportunidade. Eu não ficava mais sozinha e nem perto dele. — Suspirando um pouco e tentando se recompor, ela prosseguiu sem

encarar o amigo: — Passei a sentir uma coisa estranha, que nunca tive antes. Era um medo horrível de algo que não sabia explicar. Tremia, sentia uma coisa ruim... Mesmo assim, criei um objetivo. Queria estudar, pois sempre achei que aquela não era vida para mim. Eu não gostava daquele fim de mundo. Meu avô sempre foi contra o estudo, principalmente, para as mulheres. Como eu digo, ele é o *czar* da família. Vive gritando, berrando quando exige algo. Nunca o vi sorrir. Para eu continuar estudando, depois do primeiro grau, foi muito difícil. Ele não queria. A custo, minha mãe conseguiu com que ele me deixasse ir. A cidade não ficava perto e, para estudar, teria de ir a cavalo. Não sei se você sabe, mas isso é comum no interior e... Esse meu tio tinha uma caminhonete e sempre fazia entregas ou recebimento de produtos e mercadorias na cidade. Um dia, sem mais nem menos, quando cheguei da escola, meu avô tirou o cinto e me bateu. Nem mesmo sabia por que apanhava. Fiquei de cama depois da surra. Mais tarde, minha mãe me contou que meu tio disse ter me visto com um namoradinho na cidade e isso foi o suficiente para meu avô me espancar.

Meu pai, praticamente inerte sobre a cama, nem imaginava o que estava acontecendo. Minha mãe se intimidava e não dizia nada — continuou contando, agora, sem chorar. — Nessa época, por ter brigado com meu avô inúmeras vezes, meu irmão, o Marcos, decidiu ir embora da fazenda. Ele havia estudado, pois, anos antes, já tinha nos deixado e havia se especializado como torneiro mecânico, o que o ajudou a arrumar um emprego. Marcos pegou Alice e os meninos e partiu. Pouco nos dava notícias. Meus outros irmãos, mais submissos, acreditaram no que meu tio falou sobre o namoradinho e não me defenderam. Nós não fomos criados de maneira unida. Meus irmãos não me davam muita atenção nem se importavam comigo. Houve outras vezes em que meu tio inventou o mesmo e meu avô, novamente, me bateu.

Alexandre a interrompeu e perguntou curioso:

— E era verdade, você tinha um namoradinho?

— Não. Eu nunca namorei. — Respirou fundo e contou: — Acontece que minha família é preconceituosa, racista.[1] Havia um rapazinho, bem moreno, pra mim ele não era negro... Pouco me importo com a cor da pele das pessoas e... Parecia que esse menino gostava de mim. Eu acho. Estudávamos juntos e quando saíamos da escola sempre conversávamos um pouco, mas eu juro, nunca houve nada. Não por ele ser negro, moreno ou sei lá o quê... É que eu tinha planos. Iria estudar, arrumar um emprego e deixar aquela vida miserável e aquele lugar maldito. Desejava fazer como o Marcos. — Lágrimas rolaram, porém continuou: — Quando eu tinha dezessete anos e voltava da escola, com sua caminhonete, meu tio assustou o cavalo que me derrubou e depois correu. Caí no chão e fiquei atordoada, confusa. Meu tio se aproximou, me pegou pelo braço e me levou para o carro... — Soluços e lágrimas, novamente, embargavam sua voz. Seu olhar exprimia uma revolta sem igual e, mesmo assim, continuou: — Ele travou a porta automática e eu não consegui sair. Ele me bateu e fiquei tonta, não consegui reagir. Acho que desfaleci. Acordei num casebre abandonado, no interior da fazenda mesmo e... amarrada. Fiquei presa lá por uns três dias, eu acho, não sei... E...

Raquel não aguentou, caiu em choro compulsivo. Alexandre a envolveu num abraço. Não suportando a dor e amargura que sentia somente por ouvi-la, chorou sem deixá-la perceber. Com a voz abafada, escondendo o rosto, Raquel disse em desespero:

---

[1] O livro *Sem Regras para Amar*, romance de Eliana Machado Coelho e Schellida, publicado pela Lúmen Editorial, traz-nos muitas informações, reflexões e ensinamentos a respeito de etnia, preconceito, racismo e outros temas esclarecedores, que nos proporcionam uma nova visão sobre o assunto.

— Eu tentei lutar... Juro que tentei!... Ele me amarrou... Fez o que queria e foi embora, me deixando lá... Voltava no dia seguinte e... e no outro e... fazia o mesmo — nova crise de choro a dominou por alguns segundos.

O amigo beijou-lhe os cabelos e disse baixinho:

— Calma, está tudo bem agora. Você está segura, aqui — Alexandre também tremia e chorava. Estava indignado.

— Ele me levava água e algum alimento. A água eu bebia, mas não conseguia comer e ele me batia por isso. Consegui me soltar... Quase não achei o caminho de casa. Estava confusa... Andei muito... o dia inteiro. — Afastando-se de Alexandre, continuou: — A custo, cheguei à casa-grande. Todos já sabiam, por meu tio, que eu havia fugido com o tal namoradinho que ele inventou. Meu tio ainda previu, que no momento em que me desse mal pela escolha que tinha feito, eu voltaria para casa. Todos acreditaram nele... — Ela começou a falar rápido e em desespero com muita emoção: — Aos gritos, contei toda a verdade! Contei o que ele havia feito comigo! Que me violentou!... Mas ninguém acreditou em mim!... Ninguém!... Imagine, ele, um homem tão íntegro e que tinha três filhas da minha idade!... Minha tia, esposa dele, disse que eu queria destruir seu lar e afirmou que já havia me visto com o namorado. Ela acabou inventando muitas outras coisas sobre eu me encontrar às escondidas com o rapazinho... Sobre me ver insinuando pro meu tio... Meu avô me espancou como nunca. Isso tudo foi na frente de todos... Não tinha como me defender... A indiferença de todos doía mais do que a surra...

— E sua mãe? — interferiu Alexandre.

— Minha mãe ficou quieta, paralisada. Parecia incrédula ou sei lá... Ela não reagiu, não disse nada, não fez nada. Somente mais tarde eu entendi por quê. Meu avô me expulsou de casa. Já era noite... Quando caminhava pela estrada, sem saber o que fazer, o capataz e sua esposa, que ficaram penalizados, me recolheram para sua casa só por aquela noite, sem que meu avô soubesse. Na manhã seguinte, bem cedo ele me deixou em uma cidade vizinha. Eu não tinha nada... Muito mal a roupa esfiapada do corpo... — chorava. — Fiquei perambulando... não sabia o que fazer. Quando a noite chegou, juntei-me a uma mulher, que vivia em situação de rua. Ela me ofereceu abrigo em suas cobertas, só que eu não poderia chorar. Amélia se incomodava e brigava comigo quando eu chorava.

O tempo foi passando e... — contou mais calma, porém expressava extrema dor pelo que ainda era vivo em sua memória. — Amélia acabou se acostumando comigo. Apesar de seus modos rudes, grosseiros era a única que me protegia contra aqueles que queriam mexer comigo. Nós tínhamos de buscar alimento até no lixão da cidade. Além de sermos pedintes também, mas eu não conseguia muita coisa ao mendigar por causa da minha aparência. Diziam que tinha de ir trabalhar por ser uma moça nova e bonita... Mas quem é que me oferecia emprego? Ninguém queria saber da minha história ou de me ajudar. Com os dias, percebi que estava grávida.

Raquel entrou em nova crise de choro e quando o amigo tentou abraçá-la, não permitiu. Com a voz embargada, continuou a narração mesmo em choro:

— Eu quis morrer! Precisava de ajuda! Precisava da minha mãe!... Queria vê-la novamente! Foi então que me lembrei de procurar por ela na igreja, pois aos domingos, bem cedinho, ela sempre estava lá. Eu não poderia aparecer, porque muitos na cidade me conheciam. Contei para Amélia. Falei que foi meu tio que abusou de mim e ela entendeu... Disse que sabia como era essa violência, que tinha ido para a rua por isso, que acontecia com ela dentro de casa e... Ela resolveu que me ajudaria. Conseguimos carona na caçamba de um caminhão até a cidade onde morei. Fiquei escondida, enquanto Amélia aguardava o final da missa, pois já havia apontado, a distância, minha mãe. E foi com o propósito de mendigar, que minha nova amiga se aproximou e disse: "tenho notícias da Raquel". Minha mãe seguiu Amélia, que a levou até onde eu estava. Nunca tinha visto minha mãe daquele jeito, estava assustada demais quando me viu e... Depois que perguntou onde eu estava, ela tirou de sua bolsa uma carta que Marcos havia escrito e acabava de pegar na cidade. Apanhou o envelope e pediu que eu procurasse por ele naquele endereço. Não queria magoá-la, mas tive de dizer que estava grávida. Ela ficou em choque... Incrédula... Em desespero, pediu que jurasse que dizia a verdade sobre ter sido o meu tio que fez aquilo comigo. Eu jurei... Foi então que... Se afastando de mim, me olhou de um jeito muito estranho... Jamais vou esquecer... Ela arregalou os olhos e disse: "Seu tio é seu pai" — longa pausa. Raquel estava entorpecida e havia parado de chorar. — Fiquei paralisada. Passei muito mal. Achei até que iria desmaiar e... Minha mãe parou de chorar e ficou me olhando. Sem dar nenhuma palavra, ela foi se afastando. Eu queria falar, perguntar, mas não conseguia...

Nesse instante, Raquel parou de falar. Friamente, ergueu os olhos para o colega que indagou:

— O que aconteceu depois? Ela não te ajudou?

— Não — respondeu exaurida de forças, parecendo desalentada como se vivenciasse, de novo, aquela situação. — Minha mãe nunca me ajudou. Amélia, apesar de seus modos rudes, foi a única criatura que ficou do meu lado e me abraçou... Me tirou dali... Fiquei desesperada. O que poderia fazer? Como seria minha vida com um filho nos braços? — Um instante e prosseguiu: — Voltamos para a outra cidade. Fiquei atordoada e fazia tudo de modo meio automático. Só me alimentava porque Amélia insistia. A única coisa que fiz foi guardar, com a vida, o envelope com o endereço do meu irmão. Dias depois, o inverno chegou rigoroso e... Numa noite fria, muito fria, policiais passaram socorrendo os desabrigados e pessoas em situação de rua para um albergue... Eu estava com muito frio... Deitada num canto escondido, me encostava em Amélia. Nessa noite, achei que ela estava muito quieta. Não me preocupei porque ela bebia muito, sabe como é... Um policial se aproximou, cutucou a gente e chamou para entrar num caminhão. Quando fomos ver, Amélia estava morta — lágrimas rolaram em seu rosto. — Chorei como se houvesse perdido a minha mãe... Ela morreu de frio talvez. Entrei em desespero. Não tinha mais ninguém... Amélia agia como minha mãe... Às vezes, penso que fez mais por mim do que... Ela me defendia de ataques. A rua é muito dura. Ninguém imagina como...

Alexandre, a essa altura, segurava a própria cabeça com ambas as mãos, apoiando os cotovelos nos joelhos. Estava triste, incrédulo e não sabia o que pensar.

Raquel agora, sem tanta emoção, continuou:

— Fui levada para um albergue. No dia seguinte, ao passar pela triagem, viram que eu estava grávida. Foi então que uma assistente social me encaminhou para um abrigo de gestantes desamparadas. Nesse lugar, fui bem tratada. Havia médicos, freiras e voluntárias. Todos gentis e educados. Psicólogos, com certa frequência, tentavam conversar comigo. Mas eu não conseguia falar nada. Muito mal informei meu primeiro nome. Me sentia tão mal, tão sem forças... A única coisa que disse foi que não queria aquele filho. Quando a criança nasceu... — Sua voz embargou e quase não conseguiu prosseguir. Por fim, falou: — Queria morrer! Eu me odiava! Aliás, quase morri no parto porque tive complicações e... Soube que era uma menina... A irmã Clarice me falou para pegá-la, fazer carinho... Eu me recusava a olhar para ela... — chorou. — Na verdade... olhei para ela uma vez, quando a irmã a deixou sobre a cama e saiu... Ela resmungava e se agitava... Olhava em volta com aqueles olhos grandes como se me procurasse e aquele chorinho foi aumentando... Não aguentei e sai correndo do quarto. Essa imagem ficou na minha cabeça. Até hoje lembro os seus olhos e... Na época, muitos vieram conversar comigo, mas a partir daí emudeci completamente. Não sei explicar o que sentia... Não conseguia falar. Assim que me recuperei, pois estava muito fraca... furtei um dinheiro que tinha na gaveta da recepção... Abandonei o lugar sem olhar para trás e deixei lá a minha filhinha — chorou muito, exibindo grande arrependimento, que parecia castigá-la. — Procurei meu irmão. Marcos estava preocupado. Por carta, minha mãe contou quase tudo e disse que eu o procuraria. Desde quando ela tinha escrito isso, demorei muito tempo para aparecer e, quando apareci, estava sem o bebê... Meu irmão me recebeu. Ele sempre quis saber onde deixei a criança, mas nunca contei.

Alexandre ergueu a cabeça e perguntou:

— Você sabe onde está sua filha? — Lágrimas rolaram no rosto da jovem, mas não respondeu e ele insistiu: — Você sabe, Raquel, onde ela está? — Novo choro se fez. Abraçando-a, perguntou baixinho: — Sabe onde fica esse albergue? Sabe onde ela está?

— Sei... — respondeu ao se afastar dele.

— Você nunca a procurou?

— Sim, mas não contei pro Marcos. Há poucos meses, antes de ir morar com ele, novamente, entrei em contato por telefone. Lembrei que a irmã Clarice me disse para chamá-la de Bruna Maria. Então, todos a conheciam como Bruna Maria, a filha da Raquel. Quando liguei, pedi informações e me disseram que ela foi levada para um orfanato. Anotei o endereço, telefonei, mas... Falaram que só poderiam dar mais informações pessoalmente e... Não tive coragem de ir até lá, eu...

Depois de pequena pausa, Alexandre indagou:

— E quando procurou seu irmão, sem sua menina, como foi? Seu irmão te tratou bem?

— Sim. Precisei de médicos e ele me forneceu tudo, até que me recuperasse bem. Fiz tratamentos psicológicos, mas sempre desistia... Tinha medos, vivia em depressão, entrava em pânico. Sofri muito com os pesadelos... As crises de ansiedade eram horríveis. Marcos me ajudava em tudo. Minha mãe mandou meus documentos pessoais, que precisava para trabalhar e estudar e fui me refazendo em todos os sentidos. Só não queria falar da minha filha. Meu irmão arrumou emprego para mim na recepção de uma fábrica, principalmente, para me ajudar a entrar em contato com outras pessoas, pois eu nunca ficava bem perto de muita gente. Desenvolvi traumas que não sei explicar. Depois de um tempo, a fábrica fechou e arrumei serviço em outro lugar. Com o trabalho e os tratamentos, melhorei um pouco. Mas nunca fiquei normal como antes de tudo aquilo acontecer. Voltei a estudar e... Nesse período, Alice fazia da minha vida um inferno. Ela nunca me suportou, mesmo quando morávamos na fazenda. Marcos me ajudou a alugar uma casa bem pequena e até pagou parte do aluguel para mim. Até que comecei a ficar independente e não precisar de ajuda financeira, mas vivia no limite. Em conversa com meu irmão, descobri que minha mãe jamais disse que nosso tio era meu pai. Nem contou o que ele havia feito comigo. Marcos pensava que a filha que eu tive fosse do tal namorado. Criei coragem e contei a ele o que nosso tio havia feito comigo... Só não falei que ele era meu pai. Depois de tudo isso, abriu concurso para operadores de computação na empresa aérea. Consegui uma das vagas e me tornei mais independente devido ao salário melhor. Passei a guardar algum dinheiro. Marcos perdeu aquele emprego que tinha e era muito bom e arrumou esse outro onde está até hoje. O resto você sabe. — Olhando para o amigo, encarando-o, afirmou: — Essa é toda a verdade, Alexandre. É a primeira vez que a conto assim, na íntegra como agora. Como vê, não é uma história que eu possa sair por aí falando para todos. Tenho muita vergonha. Você nem imagina o que passei...

O silêncio reinou por longos minutos.

O rapaz estava atordoado, estático. Jamais poderia imaginar que tudo aquilo pudesse ter acontecido com ela. Agora entendia algumas reações estranhas que percebia na amiga, compreendia seus sentimentos, suas aflições e fragilidade.

Olhou-a por longo tempo, sem dizer nada. Raquel, visivelmente insegura e fragilizada, não lhe fugia ao olhar como quem aguardasse uma resposta ou questionamento. Triste e piedoso, Alexandre se explicou:

— Perdoe-me por tê-la feito contar tudo isso. Mas... Eu precisava saber.

De seus olhos, ele viu brotarem lágrimas que não demoraram rolar em sua linda face. Observando-a, não conseguiu controlar seus sentimentos. Percebendo seus olhos aquecerem, tentou reagir, mas a emoção foi mais forte e chorou sem se constranger.

Quando se passa por situação geradora de agressão física e/ou emocional, capaz de desencadear perturbações psíquicas e, em decorrência, somáticas, ao se recordar ou falar sobre o assunto, a pessoa a vive como se tivesse acabado de acontecer. Não importa quanto tempo se tenha passado dessa experiência infeliz. Tudo é vivo, tudo é recente para a mente, que entra em alerta de medo, desespero ou pânico como se esperasse que aquilo ocorresse novamente.

Por isso Raquel tremia aflita e de medo pelas recordações traumáticas. Um misto de vergonha e sentimento de culpa inexplicável e sem razão a envolviam impiedosamente. O sentimento de culpa é gerado quando a vítima, relembrando o fato, procura pensar se não poderia ter feito algo diferente para não passar por aquilo e a vergonha advém da sensação de insegurança, acreditando ser insignificante, um objeto sem valor devido ao que experimentou.

O amigo se aproximou, envolveu-a em um abraço, sem se importar com o choro que se fez. Ajeitando-a como quem aninha uma criança no colo, embalou-a por algum tempo, confortando-a. Afagando-lhe os cabelos sem dizer nada, vez e outra ele a beijava na testa.

Ao sentir seu medo, Alexandre percebeu que a amiga nunca teve carinho. Parecia um bichinho coagido, buscando conforto no seu fraco coração e abrigo no bálsamo da sua amizade. Pelo longo tempo, que nem o rapaz percebeu passar, Raquel adormeceu em seus braços.

"Deus..." — rogou em pensamento — "Dê-me forças e saúde. Raquel precisa de mim e eu dela. Não será fácil, principalmente, com a minha família. Ajude-me, Pai. Ajude-me..."

Alexandre sentiu-se mais sereno e ficou olhando para Raquel que dormia em seus braços. Cuidadoso, ele a pegou no colo e a levou para o quarto sem acordá-la. Colocou-a sobre a cama, cobriu-a e lhe acariciou a face por algum tempo, fitando-a pensativo.

"Como ela é bonita..." — pensava ele. — "Por que tudo aquilo teve de acontecer? Teria de haver uma explicação. Confio tanto em Deus. Ele não pode ser injusto."

Alexandre gostava cada vez mais de Raquel. Principalmente, agora, por sua lealdade em contar toda a verdade muito dolorida que ela gostaria de esquecer. Não seriam as dificuldades do seu passado, tão menos a filha que ela teve, que serviriam de empecilho naquele momento. Determinou-se a ajudá-la e só não o faria se ela não quisesse.

Com carinho, ele a beijou na testa e foi se deitar.

Por tanta emoção, estava cansado e adormeceu logo. Minutos depois, pela emancipação que ocorre durante o sono, ele se viu, no plano espiritual, envolvido por aquela generosa entidade que sempre lhe acolhia no estado de sono. Alexandre não era adepto de nenhuma religião, mas possuía uma fé inabalável em Deus e acreditava em reencarnação.

Seu caráter íntegro e seu coração bondoso faziam com que criasse vínculos com espíritos esclarecidos e vibrasse em nível espiritual mais elevado.

Nem sempre havia sido assim. Tempos antes, era um rapaz vaidoso e que se orgulhava de sua aparência, de suas dádivas naturais e da inteligência que possuía.

De família financeiramente bem estruturada, nunca teve grandes dificuldades. Não sabia o que era isso. Nunca levou a sério nenhuma namorada, mesmo porque as moças que se interessavam por ele também não eram sérias. Ele não se preocupava em ter uma religiosidade.

Com o tempo, conheceu sua ex-noiva e, por gostar muito da moça, começou a ficar mais responsável.

Nessa época, decidiu ter um compromisso sério. Sandra era importante para ele. Estava apaixonado por ela. Mas, a decepção com a traição que sofreu levou-o a tentar o suicídio que quase se consumou.

Alexandre teve uma experiência terrível que jamais esqueceria e que nunca conseguiu, com palavras, descrever.

Algo mudou nele. Tudo o fez despertar para a vida, despertar para Deus. Porém, ainda lhe faltava algo. Precisava trabalhar sua evolução. Passou a ser mais calmo, porque seu problema cardíaco exigia isso. Começou a lembrar de Deus, não só nos momentos de insegurança como também para agradecer-Lhe pela segunda ou terceira oportunidade de vida que ele acreditava ter tido. Poderia ter desencarnado com a parada cardíaca ou com as tentativas de suicídio, mas não.

Provavelmente não teria sofrido tanto se sua fé e sua confiança em Deus tivessem sido inabaláveis. Se seu orgulho e vaidade não fossem tão evidentes. Precisou de tudo isso para despertar sua fé nos desígnios do Pai da Vida. Só então passou a ser grato e a se ligar ao Alto por meio de preces, de conversas, rogando orientação e amparo.

Mas ainda havia algo a fazer. Precisava ter conhecimento das verdades sublimes sobre as Leis da Vida, Leis de ação e reação.

Esse era o momento.

Com carinho inenarrável, próprio de entidades superiores de elevada envergadura, aquele ser que sempre o envolvia, novamente, enternecia-o, tal qual mãe que agasalha e aconchega o filho querido que lhe peça amparo.

— Alexandre — chamava-o. — Sou eu, filho... — Ao vê-lo sorrir, prosseguiu: — Meu querido, sei o quanto seu coração está dolorido. Sei também do seu amor verdadeiro, das suas dúvidas, dos seus medos... Enfrentará situações tumultuosas, mas continue com fé. Busque o conhecimento dos fatos. Procure entender o porquê da vida. Nada é por acaso, meu filho.

O rapaz a fitava até que, tranquilamente, falou:

— Eu a amo tanto — disse, referindo-se à Raquel. — Não quero vê-la sofrer. Preciso protegê-la.

— Você vai conseguir quando entender a vida e estudar os ensinamentos de Jesus.

— Quero ficar com ela, mas...

— Terá de conquistá-la, filho. Eis o seu desafio. Somente a tarefa produtiva pode oferecer recompensas. Ensine-a sobre o porquê da vida, dê razões para ocupar a mente de forma produtiva e oportunidade ao trabalho útil. E, para isso, precisará aprender primeiro. Nada é por acaso. — Um instante e continuou: — Nesse momento, até que tudo se tranquilize, vamos envolvê-la. No entanto, Raquel terá de vencer as dificuldades por si mesma, despertando sua fé e acreditar na justiça de Deus. Raquel não crê. Não como deveria. E, por ter descido seu nível de pensamento ao ponto de se deixar envolver por criaturas espirituais ignorantes, ela mesma, pelas próprias forças, necessita reverter esse quadro. Você pode e deve ajudá-la, afinal, foi a isso que se propôs diante de quaisquer dificuldades que pudessem acontecer nesta encarnação. No entanto, somente ela poderá se erguer.

— Às vezes, tenho medo... Tenho dúvidas.

— Você sempre terá amparo, meu filho, enquanto estiver agindo corretamente.

— E meus pais?... Minha família?

— Isso é algo que você terá de resolver. Aja sempre com bons propósitos. Tenha fé e não seja insolente, você não precisa disso, não é? — sorriu amável. Beijando-lhe a testa, com imenso carinho e como despedida, ainda disse: — Precisa de repouso, filho querido. Cuide de sua saúde. — E passando-lhe a delicada mão sobre o rosto de Alexandre, completou: — Agora adormeça, você está protegido e amparado por causa da sua fé. Eu o amo muito.

Adormecido e recolocado em seu leito para a devida recomposição, teve um sono tranquilo e reconfortante.

♡

Na manhã seguinte, ele acordou cedo e bem animado. Não se recordava de nenhum sonho, porém se sentia esperançoso, alegre e com sua fé renovada.

Lembrou-se então de que prometeu para sua mãe que iria almoçar com ela.

Mas, e Raquel?

Precisava conversar com sua amiga e explicar que teria de conversar com sua família, entretanto, ela não poderia se considerar um incômodo.

Sem se importar com o frio, o rapaz pulou da cama bem disposto.

Às vezes, era abatido por algumas lembranças sobre o que Raquel relatou.

"Quanto sofrimento. Como ela deveria sofrer moralmente pelo que lhe aconteceu. Que constrangimento. Quanta humilhação. Como poderia haver homens tão indecentes, tão cafajestes capazes disso?" — pensava.

Alexandre estava indignado, tanto que se pegava, vez e outra, com um nó na garganta. Desejava apagar aquelas recordações e angústias da mente de sua amiga. No entanto, não poderia. Não tinha como. De repente, acreditou ter ouvido um barulho e foi ver o que era.

— Raquel? — chamou ao se aproximar da porta do quarto.

— Alexandre... — murmurou. Estava confusa, atordoada.

— O que foi? O que aconteceu? — ela não respondeu. Ele abriu a janela do quarto, fechando o vidro para o frio não entrar. Puxou as cortinas e voltou-se para ela, dizendo: — Veja... Já amanheceu. Você deve ter tido um sonho. Não é nada. Esse sentimento já vai passar. — E com ternura na voz pediu: — Levanta, tome um banho. Vamos tomar café... — Afastando-lhe os cabelos do rosto, falou: — Espero por você na cozinha, tá?

Raquel disse que sim e ele a deixou só.

Logo após tomarem a primeira refeição, ele explicou:

— Raquel, ontem, pedi para que não atendesse o telefone, porque ninguém sabe que você está aqui. Minha família faria muitas perguntas e... Eu tinha muitas coisas para fazer e não teria tempo de explicar o que está acontecendo. É o seguinte: minha mãe é exigente, ela se preocupa muito comigo. Isso não tem jeito de mudar, já me acostumei. Estou até vendo... Ela vai querer saber quem você é, de onde veio, por que está aqui, como estamos envolvidos... Só que tudo isso, ela vai querer saber de uma vez só.

— Espere, Alexandre — interrompeu-o —, talvez você nem precise dizer. Quero sair daqui o quanto antes. Vou arrumar uma casa e...

— Como? Como vai arrumar uma casa? — perguntou friamente, porém muito educado. — Você tem alguma reserva em dinheiro? Tem móveis e utensílios necessários e básicos?... Perdoe-me a franqueza, Raquel. Sejamos racionais. Pelo que vejo, você vai precisar ficar aqui por um bom tempo. Não que isso me incomode. Aliás, essa proposta eu já tinha feito faz tempo. Lembra?

— Vou incomodar e...

— Não! Não vai. Só quero fazer algumas coisas do meu jeito. Preciso avisar minha família de maneira que não se surpreendam e... Já imaginou minha mãe ou minha irmã entrando aqui num domingo de manhã e nos pegando tomando café, por exemplo? O que vão pensar? — não houve resposta. — Sou maior de idade, sou independente financeiramente, mas ligo-me a eles no lado moral. Emocionalmente, preciso e gosto da minha família. Eles são importantes para mim. Sinto que devo satisfações de algumas coisas que me acontecem, porque amo muito todos eles. Nem a minha irmã, Rosana, de quem nunca escondi nada, falei sobre você. Aconteça o que for, garanto que a Rô vai nos dar a maior força.

— Eles não vão entender. Ninguém entenderia — falou desanimada, abaixando o olhar.

— Quando eu disse para vir morar aqui comigo, pensei em avisá-los antes para evitar qualquer surpresa. Mesmo que não gostassem da minha atitude, estariam cientes de que você moraria comigo por algum tempo. Já tinha isso em mente. O que mudou é o fato de estar aqui e eu não ter tido tempo para falar nada e, a qualquer hora, eles podem chegar aqui sem saber o que está acontecendo, entende? Vou falar com eles ou melhor, vou avisá-los. Se vão entender ou não, se vão aceitar ou não... É problema deles. Tenho de fazer a minha parte.

— Por que está fazendo isso? — ela o encarou ao perguntar.

— Porque eu gosto muito de você, Raquel — olhou-a firme e sério.

— Você não pode... — murmurou e fugiu ao seu olhar.

— Por quê?

— Não quero que se magoe comigo — tornou ela no mesmo tom triste.

— Como é que você me magoaria? Por acaso pretende me trair? Mentir para mim? Ofender com agressões ou palavras? Somente essas coisas me decepcionariam muito — riu.

— Não quero que se apegue a mim... Não quero que se apaixone. Jamais poderei corresponder e... Tudo é muito nobre da sua parte, mas...

— Raquel, quero que isto fique bem claro: jamais eu farei algo para ou por você com algum interesse ou segundas intenções. Quem pensar isso estará me ofendendo. Não faço isso nem por você nem por ninguém, entendeu? Se eu a ajudar, será por vontade própria e não para ter algo em troca. Se você acredita que eu tenho algum sentimento nobre, deve reconhecer que a nobreza de um amor fica evidente pela falta de interesses, que escravizam. — Tomando coragem, admitiu: — Não vou negar que gosto muito de você. Não posso mentir. Um dia, se gostar de mim e quiser ficar comigo, será por livre escolha sua, jamais irei pressioná-la a isso. Seria como agredi-la.

Alexandre silenciou. A jovem ficou calada e confusa. Não sabia o que dizer.

"Como poderia haver alguém como ele? Como poderia querê-la consigo, enfrentando dificuldades com a própria família, em troca de nada?" — ela pensou.

Fitou-o por longo tempo, até ter a visão embaralhada pelas lágrimas. Foi quando fugiu ao olhar. Estava abalada e envergonhada. Sofria em silêncio.

Alexandre era capaz de compreender a sua dor e o seu desespero em meio a tantas dificuldades.

As decepções, os maus-tratos, as baixezas das atitudes alheias machucavam o coração de Raquel, que não conseguia alívio, não tinha como esquecer.

Algum tempo depois, vendo-a mais recomposta, perguntou:
— Você está melhor? — Ela respondeu com um balançar de cabeça e o rapaz propôs: — Lave o rosto e arrume-se. Nós vamos sair um pouco.

— Eu não quero. Obrigada.

— Se não quiser, vai morrer de fome — riu para animá-la. — Porque não tem comida pronta e eu iria levá-la para almoçar.

— Eu sei cozinhar — sorriu com jeitinho. — Posso preparar algo.

— Com o quê? Já olhou na despensa e na geladeira? — E após rir, explicou: — Sabe, não dou muita importância para comida. Sozinho nunca me preocupo. Bem... isso é algo que precisamos resolver e quero a sua ajuda para nos planejarmos. Mas vou avisando... Sou péssimo na cozinha! — riu. — Agora, vamos! Vá se arrumar para sairmos. Vamos dar uma volta, depois almoçamos. Mais tarde, eu a deixo aqui e vou até a casa dos meus pais para conversar com eles.

Raquel concordou e foi se aprontar.

Capítulo 9

Sequelas de um trauma

Bem mais tarde, durante o trajeto de volta ao apartamento, Alexandre notou-a mais animada, embora não estivesse totalmente à vontade com ele.

Muito falante, o rapaz não oferecia trégua ao silêncio.

— Assim que chegarmos, deixarei você lá e vou até a casa dos meus pais. Acha que pode ficar bem?

— Claro. — Após pequena pausa, revelou com sinceridade: — Estou inconformada e incomodada com a ideia de morar com você. Tudo foi muito rápido. Envergonhada por...

— Ora, meu amor, por quê? — perguntou ele e não se deu conta ao tratá-la de modo carinhoso, percebendo somente depois o que havia falado. Disfarçando, continuou como se nada tivesse acontecido: — Sabe, Raquel... Penso que, muitas vezes, a maldade está nos olhos daqueles que a veem. Tem uma passagem de Jesus onde Ele diz: "A luz do corpo são os olhos. Se seus olhos forem bons, todo o seu corpo será luz. Se seus olhos forem maus, todo o seu corpo será tenebroso".

Existem pessoas que só conseguem enxergar malícia, maldade, defeitos... Essas são criaturas com o coração tenebroso e sem valor. Não devemos nos preocupar com elas, temos coisas mais importantes para fazer.

— Não consigo parar de me preocupar.

— Não pare de se preocupar, somente mude o foco, mude o objetivo da sua preocupação. Pense: o que eu tenho, primeiro, de fazer para mim, agora?

— Não sei direito.

— Que tal tirar os documentos que roubaram?

— É mesmo — sorriu sem jeito. Tinha esquecido.

— Então, mãos à obra! Procure saber, veja do que precisa, onde terá de ir... Isso é importante e é uma preocupação saudável.

— Vai dar tanto trabalho — lamentou a moça.

— Que nada! Pense diferente. Tenho certeza de que não gostava da foto que tinha na sua identidade ou que a assinatura não saiu como deveria. É a oportunidade que tem para mudar tudo isso. Então fique feliz com esse trabalho — foi otimista.

Raquel sorriu ao observar que Alexandre tirava, de qualquer dificuldade, um bom proveito com humor.

Dirigindo, vez e outra, ele a olhava sorrindo, enamorado com o jeitinho de Raquel.

Ao chegar bem próximo do prédio onde morava, primeiro, ele ficou com um semblante sério. Depois, vendo que não haveria alternativa, sorriu pela situação que teria de enfrentar.

— Teremos de ser calmos, rápidos, práticos e objetivos!

— Por quê? O que está acontecendo? — ela se preocupou.

— Está vendo aquele carro ali? — apontou. — É do meu pai. Eles têm a chave do meu apartamento e já subiram.

Raquel estremeceu. Pálida, não sabia como reagir nem o que fazer ou falar.

Alexandre, mais ponderado e racional, disse:

— A essa altura devem ter olhado por todo o apartamento. Viram a cama montada no outro quarto, viram as suas roupas... Minha mãe é ágil nisso.

Raquel parecia passar mal. Ficou tonta. Sua mente não aguentava ter algo a mais para se preocupar. Qualquer coisa que fugisse do comum era uma agressão ao seu psicológico, tornando-se perturbações psíquicas que somatizavam em sensações físicas, como sensação de desmaio, tontura, falta de ar, aceleração cardíaca, desespero, aparentemente sem fundamento, resultando em pânico.

Alexandre, equilibrado, disfarçava suas preocupações. Desejava falar logo com seus pais, mas longe de sua casa e sem a presença de Raquel, a fim de não a constranger, pois sabia que sua mãe faria inúmeras perguntas na cara da moça.

Após estacionar o carro na garagem, indo à direção de Raquel, olhou-a nos olhos e falou firme:

— Aconteça o que acontecer, não tome nenhuma decisão precipitada. Não se desespere. Estarei do seu lado, entendeu? — Ela estava assustada. Nem imaginava o que a esperava. — Vamos subir? — pediu ele.

Ao entrarem no apartamento, propositadamente, ele jogou as chaves do carro sobre um aparador, anunciando a sua chegada.

Indo ao encontro de seus pais, ele os beijou, cumprimentando-os, apresentando em seguida:

— Esta é a Raquel!

Ela os cumprimentou com extrema timidez. Todos se sentaram e Raquel não parava de tremer. Sentia-se sufocada e passava mal. Desejava fugir, sair correndo dali.

A fisionomia da mãe de Alexandre denunciava que já havia olhado por todo o apartamento e, com certeza, encontrado as coisas da jovem. Isso a incomodava, fazendo-a sisuda ao conversar com o filho.

— Fiquei preocupada, Alex. Você disse que iria almoçar conosco! — falou com voz seca, sem expressar fisionomia agradável.

— Eu disse que avisaria se fosse, mãe.

— Você não telefonou. Então, liguei pra cá e ninguém atendeu.

— Eu saí com a Raquel. Nós fomos almoçar fora.

Dona Virgínia olhou firme para a moça, medindo-a com seriedade. Sem vencer a timidez, Raquel fugia ao olhar, procurando socorrer-se em Alexandre. Ela esfregava as mãos suadas e não conseguia se acalmar.

Virando-se para o filho, a senhora comentou:

— Liguei para o seu celular e a ligação só caía na caixa postal.

— Ah! Veja... — disse, olhando o aparelho — Esqueci de ligar — falou de modo cínico.

— Então foi isso! — interferiu o senhor Claudionor, sorridente e mais ponderado. — Você sabe como sua mãe é. Fica preocupada e faz uma tempestade por nada. — Tentando quebrar o clima tenso, o pai ainda brincou ao falar: — Num belo domingo de frio, quando eu poderia tirar uma soneca depois do almoço, ela fez questão de me arrastar até aqui.

— Querem um refrigerante? — perguntou o rapaz, levantando e indo à direção da cozinha.

— Não. Almoçamos quase agora — respondeu a mãe.

— Você aceita, Raquel? — tornou ele.

— Não. Obrigada — sussurrou.

Voltando-se para a moça e desejando saber mais, a mulher comentou:

— O Alex ainda não nos falou de você.

— Não tive oportunidade — Alexandre explicou. — Aliás, hoje eu iria lá para falarmos sobre isso.

— Não estou entendendo — tornou a mulher, ainda sisuda. — O que você quer dizer?

Raquel começou a passar mais mal ainda. Sentia-se gelar e um suor frio umedecia seu rosto e as mãos. Seus lábios ficaram brancos e Alexandre percebeu que algo estava errado com ela. Com passos rápidos, ele foi até perto da amiga e, sentando ao seu lado, segurou seu rosto, perguntando:

— O que foi, Raquel? Está tudo bem? — Ela não conseguia falar e ensurdecia, a voz do amigo e o som do ambiente ficaram longe, quase inaudíveis. Parecendo largar o corpo, cerrou os olhos. Amparando-a em si, estapeando-lhe o rosto, vagarosamente, ele a chamava exibindo carinho, apesar da preocupação: — Raquel?... Abra os olhos. Raquel?...

Dona Virgínia ficou assustada, sem saber o que fazer. O pai de Alexandre foi até a cozinha e retornou com um copo com água, dizendo:

— Dê a ela.

— Ela não vai conseguir beber, né, pai. — Percebendo que Raquel não reagia, decidiu: — Vou levá-la para o quarto. É melhor que se deite.

— Para o quarto?! — exclamou a mãe em voz baixa que o rapaz nem pôde ouvir.

Tomando-a nos braços, Alexandre a levou para a suíte, colocando-a na cama.

Sua mãe demonstrava-se confusa e indignada com o que via. Seu pai, aflito, foi atrás deles, procurando ajudar em alguma coisa.

Deitada, após alguns minutos, Raquel começou a se mexer, lentamente, enquanto seu rosto voltou a ter cor.

O senhor Claudionor tirou-lhe os sapatos e ainda a cobriu com uma manta. Preocupado, o rapaz ficou ao seu lado esperando que melhorasse, fazia-lhe um carinho vez e outra. Ao ver que Raquel tomava consciência, mais calmo, Alexandre falou:

— Fique tranquila. Está tudo bem agora.
— Onde estou? — perguntou desorientada, com leveza na voz.
— No meu quarto.
— Beba isto, filha — pediu o senhor, oferecendo-lhe o copo com água. Homem experiente, examinou-a com o olhar já reconhecendo sua fragilidade e delicadeza. — Logo ficará melhor. Você ficou nervosa.

A jovem só molhou os lábios que, agora, começavam a ficar rosados.

— Raquel, preste atenção — disse o rapaz firme. — Está tudo bem. Fique aqui e descanse. Vou até a sala. Preciso conversar com meus pais. Esse mal-estar foi emocional. Não deve ser coisa séria. Qualquer coisa, é só me chamar. — Voltando-se para seu pai, pediu: — Pai, vem comigo, por favor.

Seguindo pelo corredor, Alexandre não percebeu, mas o homem, nas costas do filho, deu um largo sorriso e esfregou as mãos como quem prevê encrencas.

Ao chegar à sala...

— Alex — disse Virgínia, ansiosa —, você tem de me dar uma explicação! O que está acontecendo aqui?! Não adianta querer apresentá-la como sua namorada. Antes de chegarem, encontrei bolsas com roupas dela lá no seu armário! Vocês estão vivendo juntos?

— Não.

— Como não?! Não minta! — tornou inconformada, tratando-o como se fosse um menino.

— Não estou mentindo, mãe. A Raquel está com problemas, não tem onde morar e vai ficar aqui por uns tempos. Só isso.

— Ficar aqui?! Só isso? Como assim?!

— Calma, Virgínia. Nosso filho deve saber o que está fazendo.
Surpresa e contrariada, a mãe tornou firme:
— Que moça aceitaria ficar morando na casa de um rapaz sozinho? — De súbito, lembrou: — E ela desmaiou, por quê? Por acaso está grávida?
— Ora, mãe!... — enervou-se.
— Está? E se estiver, tem certeza de que é seu?
— Mãe, por favor! — quase gritou o rapaz. Tinha tolerância com sua mãe, mas ela estava passando dos limites.
— Alex! Onde você está com a cabeça?! Você sempre foi ajuizado e agora vai andar com qualquer uma?!
Encarando sua mãe, ele revidou firme:
— Raquel não é qualquer uma — olhou-a e foi enérgico. — E quando eu acreditei ter encontrado uma moça de família — falou com ironia —, fui traído, agredido, difamado e ainda quase morri!
— Isso é um absurdo! — dizia a mulher, andando de um lado para outro. — Meu filho coloca para dentro de casa uma qualquer.
— Primeiro: esse apartamento é meu e me sustento sozinho! Segundo: eu, infelizmente, não tenho nada com a Raquel! Terceiro: não admito ser criticado dentro da minha própria casa! Sou bem crescido, mãe. Ainda não percebeu?
— Você merece coisa melhor!
— Eu não tenho nada com ela! Dá para entender?! — gritou o moço, irritado.
— Calma, Alexandre — interferiu o pai. — Não fique assim. Não adianta.
O rapaz começou a ficar alterado, mas não disse nada. Sentia o coração acelerar e bater descompassadamente. Sentando-se no sofá, esfregou o rosto com as mãos, pois se sentia gelar. Dona Virgínia não parava de falar.

Aproximando-se, o senhor Claudionor perguntou em voz baixa:

— Você está bem?

— Estou, pai. Eu estou bem — respondeu sussurrando.

Sua mãe nem percebeu o que acontecia. O outro assunto era mais interessante para ela.

— Virgínia, por favor, fale baixo! — disse o marido firme e ponderado. Ela ficou quieta e o esposo tornou ainda calmo: — À primeira vista, essa situação também me surpreendeu. Mas não sei o que está acontecendo. Não temos o direito de deixar o Alex mais irritado. Será melhor irmos embora e deixarmos essa conversa para outro momento.

— Como você pode ser tão frio?

— Não sou frio, sou cauteloso, Virgínia. A moça está fragilizada e você não dá nenhuma oportunidade para nosso filho se explicar. Você não para de falar e... Em uma coisa o Alex tem razão: ele já é bem crescido e você não percebeu.

— Essa moça não pode ficar aqui! — insistiu a mãe.

Alexandre se levantou, quase enfurecido, e perguntou com voz pausada e forte, em grave tom, encarando sua mãe:

— Quem é que vai tirar a Raquel daqui? Você?

Incrédula, a mulher se calou.

— Acalmem-se vocês dois! — interferiu o pai muito firme. — Isso está indo longe demais. — E virando-se para a esposa, decidiu: — Virgínia, vamos embora. O Alex já está muito alterado por hoje e você precisa ficar mais tranquila. Desse jeito, nunca vão se entender.

— Isso é um absurdo! — exclamou a mulher, agora, chorando e saindo do apartamento sem se despedir do filho.

Alexandre baixou o olhar, sentou-se no sofá e ficou calado. A situação era complicada. Não estava nada satisfeito.

Aproximando-se, o senhor Claudionor disse:

— Outra hora, quando tudo se acalmar, conversaremos melhor. Certo, filho?

— Certo — respondeu, parecendo exausto. Em seguida, esclareceu: — Pai, não pense que estou sendo irresponsável. A Raquel está passando por uma situação complicada e quero ajudar. Eu não colocaria para dentro da minha casa uma pessoa inconsequente, volúvel ou leviana. Acredite.

O pai pensou e perguntou com modos simples:

— Ela está grávida?

— Não! — ressaltou, agora, quase rindo.

— Você gosta dela, né, filho?

— Gosto muito. Só que, infelizmente, não temos nada. Nem namorados somos. Nunca a beijei, ela não está grávida, não temos nada... — falou rapidamente como se estivesse saturado de tantas indagações. Por fim, murmurou: — Bem que eu gostaria, mas...

— Por quê?

— Por que não temos nada? Bem... Agora não é um bom momento para explicar e... Sabe, a história é longa. Outra hora conto tudo.

— Só mais uma coisa. Preciso saber, pois me preocupo com você, com sua segurança.

— Pode perguntar — o filho ficou esperando.

— Ela é casada ou teve algum companheiro de quem está fugindo?

— Não... — Alexandre sorriu. — Ela não tem família aqui. Brigou com o irmão por causa da cunhada e teve de sair da casa deles. Raquel trabalha comigo. Eu a conheço bem. Acredite se quiser, mas ela nunca teve namorado, por isso não tenho motivo para me preocupar com isso.

— Apesar de ser bem jovem, é difícil de acreditar que não tenha tido um namorado. Ela é muito bonita. Bonita, delicada... — o pai sorriu, após comentar.

E quando ia se retirando, ao beijar o filho, Alexandre disse:
— Obrigado, pai. Pode acreditar. Estou falando a verdade.
— Você deve saber o que está fazendo, Alex.

O rapaz caminhou até a porta e observou o pai ir embora. Ao vê-lo partir, entrou e foi atrás de seus remédios, pois acreditou que precisasse deles. Indo até o quarto, entrou chamando pela amiga, que saía do banheiro com uma toalha que secava o rosto.

— O que houve? Você está pálida!
— O almoço voltou... — Sentando-se na cama, falou entristecida: — Ouvi quase tudo. Desculpe... mas... não tive como não escutar.
— Eu sei.

Alexandre se sentou ao seu lado, jogou-se para trás e ficou olhando para o teto sem saber o que fazer. Aos poucos, o sono o arrebatou. Ao vê-lo dormindo, Raquel não quis incomodá-lo. Após cobri-lo com uma manta, foi para a sala onde se encolheu no sofá e, por algum tempo, ficou chorando em silêncio.

Bem mais tarde, recomposto, mas ainda chateado, o rapaz se levantou e ficaram na sala, conversando e procurando se distrair com a televisão.

Sem suportar a curiosidade, ele perguntou:
— Raquel, desculpe por tocar nesse assunto, novamente, mas... Você tem vinte e um anos e...
— Vinte e dois — interrompeu-o. — Completei vinte e dois, semana passada.
— Você fez aniversário e não me falou nada? — Querendo brincar, disse: — Vou arrumar um jeito de me vingar disso.
— Não fui habituada a comemorações no dia do meu aniversário — sorriu com leveza ao comentar. — Sempre foi uma data comum e sem comemorações para a minha família. Ninguém nunca se importou.

Em pensamento, ele lamentou os modos como ela foi educada, mas não disse nada. Aos poucos, percebia que a amiga teve uma vida sem carinho, sem compreensão e com muitos maus-tratos. Isso era uma pena, pois via em Raquel uma pessoa meiga e atenciosa.

Abandonando aqueles pensamentos, perguntou o que interessava:

— Com quantos anos sua filha está?

— Três. Na véspera do Natal ela completará quatro anos.

— Falar sobre ela te magoa? — observou-a.

Raquel ficou pensativa, depois respondeu com modos simples:

— Não. Se bem que não estou acostumada a conversar sobre isso. Mas não fico triste quando penso na Bruna.

— Se você tivesse a oportunidade de vê-la, aproveitaria?

Ela ficou em silêncio, refletiu, depois murmurou:

— Tenho medo...

— Do quê?

— Não sei... Às vezes, penso muito nisso. Desejo vê-la e... Quando isso acontece com frequência e intensidade, tenho sonhos ruins.

— Que sonhos?

— Eu vejo a Bruna no casebre... Sendo agredida por ele... — revelou com nítido medo.

— Já pensou em procurá-la e saber como ela está?

— Já. Mas não sei como vou encará-la, eu... Não sei o que dizer nem se tenho forças e coragem... No momento, não consigo nem cuidar de mim, das minhas necessidades... Não tenho onde morar e...

— Ela tem boa saúde? — tornou curioso.

— Não sei... Às vezes, penso que não por ser filha do avô.

Alexandre acreditou que por ser o único que a ajudava, naquele momento, obrigava-a a responder suas perguntas.

Ao perceber que a amiga entristecia, mudou o assunto. Mas, em seu íntimo, começaria a se determinar a aproximar Raquel da filha.

— Amanhã, lá no serviço, não se manifeste nem diga nada sobre o que aconteceu. Finja demência — riu. — Nem olhe para Alice.

— Nem sei como vou me comportar. Você viu hoje aqui com seus pais?... Que vergonha... Tudo ficou mais complicado por minha causa e...

— Aquilo ia acontecer uma hora ou outra. Não tem problema.

— Sua mãe está magoada.

— Ora! Eu também. Por que ela não foi mais compreensiva e me ouviu? — não houve resposta. Após pequena pausa, prosseguiu com outro assunto: — Mas... Sabe... Lá no serviço, aja normalmente. Vão fazer perguntas. Talvez a Alice faça fofocas ou nos vejam chegando juntos...

— E se alguém fizer perguntas?

— Quando queremos as coisas, não vamos pedir para ninguém, certo? Então não temos satisfações a dar. Se alguém perguntar, diga: "Estamos morando juntos. Por quê?" A pessoa vai ficar sem graça e não falará mais nada. Vai por mim! — sorriu com molecagem, mas ela não percebeu.

— Que situação chata!

— Ora, por quê? Prepare-se, pois é isso o que vou dizer. E não vejo a hora! — gargalhou. Raquel arregalou os olhos e ele ria com gosto, divertindo-se com a situação. Em seguida, afirmou: — Sou capaz de dizer que vamos nos casar só para ver a cara do pessoal! — ressaltou com jeito engraçado.

— Não! Ficou louco?! — reagiu, assustada.

— Ah! Fiquei sim! — tornou sorrindo, desfechando com uma gargalhada e completando: — Aos loucos, ninguém pede satisfações. Pode ter certeza de que não vão nos incomodar, se eu falar assim.

— Não faça isso, Alexandre — pediu aflita. — Já estou tão envergonhada por estar aqui com você e...
— E?...
— Está sendo difícil me acostumar com essa ideia e...
— Isso é só no começo. Depois passa.

A moça ficou preocupada, enquanto ele se divertia com a situação.

♡

No dia seguinte, Raquel achou estranho sair de casa com Alexandre.

Chegando ao serviço, ela se exibia nervosa, imaginando o que os outros poderiam pensar e falar. Nessa época, uniões estáveis não eram comuns ou vistas com bons olhos.

Pela manhã, tudo foi normal. Na hora do almoço, Alexandre a esperou para que fossem juntos, mas uma outra colega, sem pretensões, convidou-se para fazer companhia.

Essa moça não sabia o que estava acontecendo.

No restaurante, enquanto almoçavam, a colega perguntou:
— O que houve com seu rosto? Você caiu, Raquel?
— Fui roubada — contou cabisbaixa.
— Quando?! — assustou-se.
— Sexta-feira.
— Como?

Alexandre percebeu o constrangimento de Raquel que olhou para ele, pedindo socorro. Para esclarecer, esclareceu:
— Ela ia para casa, dois pivetes puxaram sua bolsa e um deles bateu em seu rosto, com algo que não pôde nem ver.
— Nossa! Também, hoje em dia, não temos sossego em lugar algum. Sabe, eu também já fui roubada. Puxa! Que sensação horrível! Fiquei tão traumatizada que não queria

sair mais de casa. Pensava que iria ocorrer de novo, a qualquer momento. Ai, que horror! Eu tremia, chorava sem motivo... O pior é que tinha gente que achava que era frescura, que eu estava dando muita importância ao roubo. Sabe, algumas pessoas têm o coração duro. Nunca se colocam no lugar dos outros. Só aprendem a respeitar os sentimentos dos outros quando passam pela mesma situação. Fiquei meses com a ansiedade disparada... Que horrível. Você também está assim, né?

— É... Dá um medo... Fiquei muito abalada. Nem queria sair de casa.

— Ah... Então foi por isso que pegou carona com você, não foi Alexandre? — sorriu. — É maravilhoso ter um bom amigo! — ressaltou alegre.

Os olhos de Raquel se alteraram. Ficou preocupada por saber que a colega os viu chegando juntos.

Mas, como se aguardasse por aquela oportunidade, Alexandre alardeou sem se constranger:

— Não!... — sorriu satisfeito. — Raquel não pegou carona por causa disso. Sabe o que é, Laura, eu e a Raquel estamos morando juntos. A partir de agora você vai nos ver sempre próximos — falou com jeitinho. Estampando um sorriso que não conseguia conter, ele observou o susto que a colega levou com a notícia, quase se engasgando com a comida. Raquel enrubesceu e não conseguiu dizer nada.

— Juntos?!... Você e a Raquel?! — pareceu assombrada.

— Sim, claro — afirmou com ar irônico. — Por que não?

— Ora, Alexandre... — Laura ficou confusa. Sorriu sem jeito ao dizer: — Desculpe a sinceridade, mas acreditávamos que você seria inconquistável! — E voltando-se para a colega, completou: — Você, hein, Raquel!... Quem diria?... Recatada, quietinha... Conseguiu conquistar esse cara! — falou de um jeito engraçado, brincando.

A colega não respondeu nem mesmo sabia como agir. Alexandre rapidamente mudou o assunto e a conversa continuou por mais tempo até terminarem a refeição.

Depois, quando se viu sozinha com o amigo, Raquel reclamou:

— Ficou louco? Você não deveria ter dito isso.

— O que falei de errado? Nós não estamos morando juntos? — Ao vê-la sem resposta e tímida, esclareceu: — Raquel, se você ficar se explicando e dizendo que não há nada entre nós, que só estamos nos ajudando, ninguém vai acreditar e vão falar mais ainda. Da forma como fiz, assumindo e dizendo o que eles querem ouvir, o pessoal vai especular menos. Acredite em mim.

Ela não gostou. Não estava preparada para aquilo, mas não disse nada.

Mais tarde, Alice e Rita conversavam a respeito da situação.

— Viu só? — dizia Rita inconformada. — Sua ideia atirou Raquel nos braços dele. Estão morando juntos!

— Calma, Rita. Você não perde por esperar. Eu já disse o que precisava dizer para o Alexandre. Talvez ele ainda não tenha me levado a sério, mas quando souber da verdade... E para isso você terá de colaborar.

— O que você disse a ele?

— A Raquel tem uma filha e...

— Filha?!! A Raquel?!!

— Viu? Até você pensou que a moça fosse santa. Percebe agora que ela engana todo o mundo? — Alice riu pela surpresa.

— Vem cá e me conta esse babado direitinho! — pediu interessada.

Do seu jeito e com a sua versão, Alice contou o que aconteceu com Raquel, deixando dúvidas sobre a sua conduta.

— Então ela vem dizendo que a menina é filha do tio. Se for, o que eu duvido muito, só se ela o seduziu. Ele é um homem tão digno, íntegro! Ninguém pode duvidar dele. Sabe, a Raquel foi burra, poderia acusar qualquer um, menos aquele homem. Eu o conheci. Acho que nem em sonho aquele senhor faria algo desse tipo. Ele tem duas filhas da idade dela.

— E aí? O que podemos fazer?

— Calma, Rita. Primeiro, vamos deixar a Raquel bem irritada. O Alexandre disse para o Marcos que fará qualquer coisa por ela. É agora que vamos ver se ele é capaz de suportá-la, dentro de casa, com as crises emocionais, choros, com os pesadelos e um monte de frescuras... — riu. — Eu já vi isso acontecer muitas vezes. Tinha vontade de dar uns tapas bem dados na cara dela. Quando fica nervosa, a Raquel acorda aos gritos. Fica inquieta e chorosa. É um saco! — Alice riu sarcasticamente e insinuou: — Depois, se ela perder o emprego...

— Nossa!

— Claro, Rita! Pense comigo, se isso acontecer, ela vai infernizar a vida do Alexandre. Ele vai se encher dela. Assim, quando arrumar outro lugar para trabalhar, logicamente, vai arrumar outro lugar para morar e o caminho estará livre para você. Temos de fazer o Alexandre ficar envergonhado por estar com ela.

— Como?

— Independente e livre como ele sempre foi, ao se ver com encargos... Quem é que quer uma mulher com uma filha?

— E como faremos isso?

— Siga as minhas instruções e seja paciente. Só que precisaremos da ajuda do Vágner.

As duas continuaram conversando e planejando por longo tempo. A insegurança da outra contava pontos positivos para Alice e Rita. Raquel sempre se sentia temerosa, esperando algo ruim acontecer.

Alexandre, por outro lado, parecia gostar da situação.

♡

    Logo na primeira noite em que eles saíram juntos do serviço, foram ao mercado para comprarem algumas coisas. A despensa do apartamento se encontrava vazia.

    Longe dos que os conheciam, Raquel se sentia mais à vontade, sorria e correspondia a algumas brincadeiras de Alexandre, que não ficava quieto. Ele estava encantado. Intimamente satisfeito e feliz por tê-la consigo, imaginando como se fossem casados. Quem os via pensava que eram marido e mulher.

    Chegaram ao apartamento, guardaram as compras e jantaram. Sem ter mais o que fazer, sentaram-se no sofá e se entreolhavam sem dizer nada.

    O rapaz não conseguia tirar o sorriso do rosto, enquanto ela se sentia encabulada.

    Depois de algum tempo, a moça sugeriu:

— Não seria bom você ligar para sua mãe? Creio que ela se sentiria melhor, não acha?

    Alexandre concordou e, ao telefonar, foi atendido por sua irmã Rosana.

— Alex? E aí?!

— Tudo bem e você?

— Tudo joia! — respondeu a irmã. Com ar de riso, perguntou: — Você deve estar bem mesmo, hein? Melhor do que eu!... — gargalhou.

    Ao lado de Raquel, Alexandre ficou sem jeito e respondeu com meias palavras:

— Não, Rô. Não é nada disso.

— Meu... A mãe tá uma fera! Você nem imagina! — riu com gosto, divertindo-se.

— Sábado vou aí — falou ainda constrangido. — Conversaremos...

— Se você não vier, vou até aí acordar vocês dois. Quero saber dessa história, direitinho. Não me falou nada, né? Diz que sou sua melhor amiga e agora veja... Sou a última a saber! — provocava. Sabia que o irmão não responderia. — Disse que não gostaria de mais ninguém na sua vida e eu, idiota, acreditei! — Alexandre ouvia e sorria, divertindo-se com os comentários de sua irmã mais nova. Rosana ria também. Sabia que o irmão não poderia revidar. — Se eu não fosse sua irmã, eu te chamaria de safado e sem-vergonha. Divide suas tristezas, chora no meu ombro, agora, tá aí se divertindo.

— Você não sabe de nada, Rô. Cale a boca, vai!

— Ah! Sei sim! O pai até falou que ela é bonita! — riu. — Disse que parece uma boneca.

— E é mesmo! Mas... Vamos fazer o seguinte: sábado vou aí e a gente conversa, tá? — Sem esperar pela resposta, perguntou: — E a mãe, está aí?

— Não. À tardinha, ela e o pai saíram para ir à casa do tio Rômulo. Até agora não voltaram. Você sabe como é, quando eles vão lá...

— Ah... Eu sei. Então deixa. Outra hora, falo com ela.

— Se ela deixar... Porque, normalmente, é só ela quem fala.

— Está bem, Rosana. Um beijo!

— Outro. E manda um beijo para a Raquel também!

O irmão se surpreendeu e perguntou:

— Já sabe o nome, é?

— Ô!!! Não parei de ouvir desde que chegaram da sua casa.

— A mãe está chateada?

— Ela ficou magoada por causa da surpresa, pela forma como falou com ela. Mas você sabe, isso passa. Daqui a pouco a dona Virgínia esquece. Ela é mãezona e tem um coração enorme.

— Está certo, então, Rô. Outra hora eu ligo. E pode deixar, vou mandar seu beijo para ela. — Após desligar, falou: — Minha irmã mandou um beijo.

Raquel ficou sem jeito. Olhando-a por longo tempo, disse, sem que a amiga esperasse:

— Estou imaginando como será sua filha.

— Como assim? — ficou surpresa.

— Acho que a Bruna Maria deve ser muito parecida com você. — Após alguns segundos, concluiu: — Traços finos, suaves... Delicada. — Raquel abaixou a cabeça e ele falou sorrindo: — Envergonhada também.

— Para, Alexandre... — pediu, com modos simples, sem encará-lo.

— Deve ser tão gostoso ter um filho ou filha — comentou, parecendo sonhar. — Acho que quando temos uma criança de quem cuidamos, orientamos, ensinamos... ...nos preocupamos... Amamos! Transferimos a nossa herança moral, nossos princípios...

— Como assim?

— Eu penso que a herança genética pouco importa, mas o que transmitimos a alguém de bom, de útil, de amor é o que podemos chamar de herança moral, isso será perpétuo. Os bons princípios, a autoestima, o respeito a si próprio e aos outros é algo importante e marcante para a evolução de alguém.

— Você seria um bom pai — falou com jeito meigo.

— Serei um bom pai! — sorriu ao afirmar. — Gosto muito de crianças e pretendo ter filhos. — Raquel esboçou leve sorriso forçado e abaixou o olhar. Ele perguntou: — E você, gosta de crianças?

— Gosto — respondeu, cabisbaixa. — Ajudei a cuidar de meus sobrinhos quando eles eram pequenos...

— Olhando para você, estava imaginando como sua menina deve ser uma gracinha! — Um instante e quis saber com voz generosa: — Não quer ver sua filha, Raquel? — Ao percebê-la esconder o olhar, foi para o sofá onde a amiga estava e acomodou-se ao lado. Tentando olhar em seus olhos, falou com ternura: — Não fique assim.

— Tenho vergonha. Não me acostumo... — falou com voz embargada.

— Como assim?

Secando as lágrimas com as mãos, respondeu com a voz pausada:

— Solteira... Com uma filha, resultado de... — Um soluço a fez parar. Depois continuou: — Agora... Estou morando de favor com um homem que mal conheço.

Alexandre quis abraçá-la, mas a amiga ofereceu resistência e o empurrou.

Respeitando sua vontade, não a forçou, mas acariciou seu cabelo e, pretendendo confortá-la, disse:

— Raquel, um filho, vindo por quais meios forem, é uma bênção.

— Não. Você está enganado. Eu não queria. Não planejei. A violência que sofri e... Nessas condições, não é bênção.

— Ela não é culpada pelo que passou. Precisa se lembrar disso. Sua filha deve ser uma menina linda. Deve ser uma criaturinha delicada, frágil e que necessita da sua atenção, do seu carinho, do seu toque, contato... Como deveria ser gostoso poder abraçá-la... — E sorrindo admitiu: — Deve ser bom pegá-la no colo, fazê-la rir, beijar, morder devagarzinho...

— Eu me arrependo... — respondeu chorando.

— Arrepende por tê-la deixado no orfanato?

— Sim... Mas quando eu penso... É um conflito tão grande. Não planejei. Estava sozinha, sem saber o que fazer e... Nem a olhei direito.

— Se se arrepende por tê-la deixado, você é uma criatura maravilhosa e, por ser assim, sua filhinha merece ter você como mãe. Isso significa que a Bruna é só sua. Só sua. — Poucos segundos e quis saber: — Você lhe quer bem?

— Como assim?

— Sente algo bom por ela? Quer que Bruna seja feliz?

Sem titubear, Raquel respondeu:

— Lógico! — Encarando-o, completou: — Não quero que ela tenha a vida que tive.

— Então ela precisa de você. Só assim será, verdadeiramente, amada. Poderá ensiná-la, orientá-la... É tão importante termos uma boa mãe.

Lágrimas copiosas desciam pela face de Raquel. Seus pensamentos eram de arrependimento por ter abandonado a filha. Naquele momento, as palavras de Alexandre a faziam desejar a filhinha consigo, mas tinha medo pelo futuro incerto.

Querendo confortá-la, puxou-a para um abraço e ela não o repeliu, embora pudesse senti-la trêmula de medo. Entendeu que era carente, nunca acostumada ao contato carinhoso, que socorre e conforta o coração. Afastando-a de si, beijou-lhe o rosto, momento em que ela abaixou a cabeça.

Mudando de assunto para distraí-la, falou:

— A Rosana quer conhecer você.

— Ai, meu Deus... Estou tão envergonhada. Todos pensam que estamos vivendo juntos.

— E não estamos? — riu com gosto.

— Estamos, mas... — suspirou fundo. — Não é assim como estão pensando. Essa situação precisa mudar o quanto antes. Tenho de conseguir uma casa e...

— Como?

— Ora, Alexandre, não me confunda!

— "Dê um tempo ao tempo", diz o ditado popular. Você nem existe para alugar uma casa.

— Como assim, não existo?

— Cadê a sua identidade?

— Ah, eu vou tirar outra.

— Mas agora, já, neste exato momento, você não tem. Isso significa que não adianta pensar em uma casa sem antes ter o principal.

— O principal mesmo é o dinheiro.

— Viu? Então, primeiro, cuide de tirar seus documentos, depois faça uma reserva em dinheiro e a casa entra na fila.

— Falando em dinheiro, amanhã acertamos as despesas das compras...

— Você não ficou sem o cartão do banco? — ele perguntou.

— Não. Não costumo andar com cartão ou cheque. Está aí, nas coisas que a Alice mandou.

— Que sorte!

— Então, amanhã, acertamos as despesas...

— Raquel, se falar isso novamente... — disse, interrompendo-a e franzindo o semblante por brincadeira.

♡

A semana foi passando calmamente...

No sábado, Alexandre decidiu ir até a casa de seus pais.

— Vamos comigo, Raquel?

— Só se for carregada! — exclamou descontraída.

Alexandre correu em sua direção e a agarrou com força ao mesmo tempo em que fazia um barulho com a garganta como se rosnasse, pretendendo brincar como se fosse carregá-la.

Sem esperar, Raquel deu um grito horrorizado, empurrando-o, pois acreditava ser atacada.

Alexandre a largou rápido, pedindo:

— Calma, Raquel! É brincadeira... Perdoe-me, pelo amor de Deus.

A moça empalideceu pelo susto, seus joelhos dobraram e ela sentou-se sobre as pernas e no chão, chorando muito. Ajoelhando ao seu lado, o amigo não sabia o que fazer.

— Você está se sentindo bem? — Ela não conseguia falar, seus lábios estavam brancos, sua face pálida. E ele solicitou generoso: — Vem, levanta. Sente-se aqui. — Ajudou-a a se sentar no sofá. — Abaixe a cabeça — e segurando-lhe na nuca falou: — Force para levantar. Sua pressão deve ter caído.

O rapaz também se sentia mal, mas não disse nada. Foi até a cozinha, tomou seu medicamento sem que a amiga percebesse. Depois, voltou para a sala levando um copo com água açucarada. Ao pegar o copo, as pequenas mãos de Raquel tremiam e mal conseguiam segurá-lo, devolvendo-o logo após poucos goles.

O restante, Alexandre virou e tomou quase em um só gole, largando-se em seguida no sofá ao lado da amiga. Raquel não percebeu. Estava muito abalada e recostada no braço do sofá. Assim que se recompôs, ele se aproximou e perguntou:

— Você está melhor?

— Estou. — Com voz fraca, murmurou: — Por favor, desculpe... Devo ter assustado você também.

— Sou eu quem devo desculpas. Estava brincando, tentei... Não pensei que fosse se assustar. Estou acostumado a brincar assim com minhas irmãs e...

— Tudo bem. Já passou. — Percebendo-o pálido, perguntou: — Você está bem?

— Estou sim.

Ela forçou o sorriso e disse:

— Não sei como aconteceu. Tudo foi tão rápido... Não sei explicar... Sinto uma coisa... — O amigo ficou arrependido pela brincadeira. Quis abraçá-la, mas a jovem recusou: — Por favor, não... — sussurrou.

— Não quer mesmo ir comigo à casa dos meus pais? — sorriu.

Raquel que, raramente demonstrava senso de humor, perguntou sorrindo:

— Você tem um revólver em casa?

Desconfiado, tentando entender a brincadeira, o rapaz perguntou:

— Por quê?

— Porque eu ia responder: só vou lá morta.

— Por isso não! — riu. — Estamos no sexto andar. A queda é boa e ainda me poupa de carregá-la lá para baixo. — Pareciam mais tranquilos. E ele quis saber: — Vai ficar bem aqui sozinha?

— Sim. Eu vou. Não se preocupe.

— Ligue o rádio ou assista à televisão... Ocupe-se com alguma coisa. Precisando, pode me ligar. — Sorrindo lembrou: — Ah! Por favor, atenda o telefone, viu?

Raquel se levantou e, mais à vontade, brincou, por causa das várias recomendações:

— Sim, senhor!

Antes de sair, Alexandre se aproximou e, ao se despedir, deu-lhe um beijo no rosto. Ela ficou surpresa, mas não disse nada. Tudo aconteceu rápido demais.

Ao vê-lo partir, sentia-se só e confusa. De imediato uma saudade apertou seu peito. Seus pensamentos lutavam com o preconceito no qual foi acostumada, com a situação humilhante, que achava viver. Acreditava usar o amigo que se mostrava sincero e verdadeiro. Estava em conflito, repleta de medo e dúvidas.

Raquel precisava vencer seus traumas para expressar suas emoções e se permitir ser feliz.

Mas como?

Só conheceu o desprezo, a solidão e as agressões que deixaram profundas e dolorosas marcas.

Seu coração, apesar de tudo, continuava repleto de bondade. Nunca teve a oportunidade de sonhar ou conhecer alguém que a amasse realmente, que, com generosidade e ternura, traduzisse seus sentimentos em carinho, delicadeza e atenção. Alexandre era essa esperança.

Após a saída do amigo, ela chorou por não conseguir vencer seus traumas, sua dor, as lembranças difíceis, seus medos vivos a todo instante.

♡

Já na casa de seus pais, Alexandre foi recebido com alegria por sua irmã mais nova, como sempre. Apreensivo, cumprimentou sua mãe que não parecia nervosa, igual à última vez que a viu. Após conversarem um pouco, dona Virgínia perguntou sobre sua amiga:

— E a Raquel?

— Está bem. Convidei para vir até aqui comigo, mas ela não quis — disse, cinicamente, aguardando a reação dela.

Rosana, que estava próxima, escondeu o rosto contorcendo o riso. Demonstrando-se calma, a senhora comentou:

— Até agora não consigo entender isso, meu filho.

Rosana se entretinha com algo desnecessário só para ficar ali. Alexandre, querendo ficar mais à vontade para conversar com sua mãe, pediu:

— Rô, preciso falar um pouco com a mãe, pode nos dar um tempo? Depois a gente se fala — deu uma piscadinha.

— Já estou saindo! — avisou a moça, sem ressentimentos.

Na cozinha, sentando-se em frente à senhora, o filho explicou de modo ponderado:

— Mãe, a Raquel trabalha comigo há quase dois anos. Ela sempre foi uma moça quieta e bem comportada. É difícil encontrarmos alguém assim. — A mulher ouvia atenta sem o interromper, apesar dos pensamentos intrigantes que fervilhavam em sua mente. E o filho continuou: — Sabe, acho que ela foi a única moça que não quis me conquistar lá na empresa, porque o resto... — riu. — Bem... Aconteceu assim: a família dela mora em uma fazenda no Rio Grande do Sul. Aqui, ela morava com o irmão e a cunhada. Nos últimos tempos, não vinha se dando muito bem com a cunhada. Eu conheço também essa mulher, pois ela trabalha lá com a gente e é uma pessoa terrível. Houve uma discussão e a Raquel precisou sair da casa deles. A cunhada inventou certas calúnias e... Bem... Acabei levando a Raquel para morar comigo até ela arrumar um lugar para ficar. Nós somos bons amigos. Sempre fomos. Quero ajudá-la e é sem interesse algum. Acredite. Não somos namorados, não somos nada.

— Ora, Alex!... — exclamou duvidando.

Segurando o rosto de sua mãe com carinho, tornou a dizer, encarando-a:

— Eu não mentiria para você. Por que faria isso? Seria até mais fácil dizer que estamos vivendo juntos. Mas não, isto é, juntos nós estamos, mas não temos qualquer compromisso. Respeito muito a Raquel e lhe quero muito bem.

— Ela não está grávida?

— Ora, mãe!... Que absurdo! Claro que não! — ressaltou.

— Então por que passou tão mal a ponto de desmaiar?

— Raquel é muito sensível e também não está de acordo com essa situação. Sua criação foi bem rigorosa. Veio do interior... Ficou muito nervosa quando viu vocês lá, por isso passou mal. Não pense que ela está feliz ou à vontade por estar lá em casa. Está é muito constrangida, principalmente, depois de tudo o que aconteceu entre ela e o irmão, de quem gosta tanto. Além de tudo, foi roubada, até machucaram seu rosto.

— Quantos anos ela tem? — a senhora se interessou.

— Vinte e dois.

— Alex, você não está mentindo pra mim?

— Não, mãe.

— E se, de repente, essa menina ficar grávida? E se ela disser que o filho é seu?

Ele riu, depois falou:

— Hoje em dia, existem exames para se confirmar a paternidade. Caríssimos, de difícil acesso, nos dias atuais, mas existem... Esse não será o problema, tenho certeza. E... — Ficou pensativo por um instante e decidiu revelar: — Quer saber a verdade? — não esperou resposta. — Para ser sincero, estou gostando muito da Raquel. Gostando mesmo. — Sua mãe ficou olhando-o, calada. O rapaz prosseguiu. Desejava que tudo ficasse esclarecido: — Você entrou lá em casa... Sei que examinou meu apartamento inteiro e, por isso deve ter visto, no outro quarto, a cama armada onde estou dormindo. Não temos nada. É verdade. E sabe por quê? Porque ela não quer. Faz tempo que gosto dela e... — Abaixou a cabeça, mas ainda afirmou: — Como eu disse, não temos nada.

— Como assim? Como é que ela não quer nada com você?

— Acontece que ela não se permite, ela... Deixa pra lá... A senhora não entenderia e eu não sei explicar — arrependeu-se do que disse.

— Como assim? Por que alguém iria recusar você? Você é jovem, bonito e...

— Mãe, mãe, não é nada disso — interrompeu-a. — Acontece que ela não é uma moça fácil. Pronto! É isso.

— Será, Alex? Essa história está muito estranha.

O filho olhou para ela sentindo que seria difícil fazê-la entender. Até que conseguiu grande progresso por tê-la feito ouvir até ali.

— Vamos fazer o seguinte: procure conhecê-la e tirar as suas próprias conclusões. Está bem? — Após poucos instantes, mais animado, afirmou: — Pronto! Agora que já expliquei tudo, deixe-me ver a Rosana, preciso falar com ela.

Dona Virgínia ficou intrigada e insatisfeita com aquela situação, mas decidiu não brigar mais, isso iria distanciá-lo dela. Em conversas anteriores com seu marido, ele havia orientado para ter paciência ou o filho se afastaria.

♡

Ao entrar no quarto de sua irmã, Alexandre atirou uma almofada em Rosana, brincando como sempre fazia:

— Se não fosse minha irmã, iria te chamar de cretina! Você sabia que ela estava do meu lado e começou a falar aquilo tudo por telefone, né!

Rosana se encolheu e caiu na gargalhada. O irmão se jogou sobre sua cama rindo junto.

— Conte-me, como ela é?! — pediu animada.

Abraçando um travesseiro, com olhar brilhante, esboçando um sorriso, respondeu com uma única palavra:

— Linda! Muito linda!

— Loira? Morena? Baixa? Alta?

— Adivinha?

— Morena?

— Errou. Acho que seus cabelos são loiro-escuros.

— Acha? Como assim, acha? Não prestou atenção nela?

— Mais do que você imagina. Mas não entendo de cor de cabelo. Desculpe — riu.

— Ela tem muito cabelo ou é como este cabelo de milho que eu tenho?

O irmão riu e falou:

— Os cabelos são longos e um pouco ondulados nas pontas. Muito bonitos.

— O que mais? — quis saber Rosana, sorridente e interessada.

— É baixinha. Acho que tem... 1,60cm...

Rosana atirou uma almofada dizendo:

— Tá me chamando de baixinha, é?

Ele riu e continuou:

— É delicada, doce, fala baixo! — ressaltou, como se quisesse dizer para a irmã que essa era uma grande qualidade. — Tem um sorriso bonito... Lindo! Seus olhos são castanhos bem claros, cor de mel ou amêndoas. Tem um corpo muito bonito. Como falei, ela é linda.

— Ah!... Quero conhecer!... — disse a irmã com modos manhosos.

— Você vai conhecer — sorriu ao afirmar.

— O que mais? Você falou das qualidades, diga o que você não gosta. Ou ainda não encontrou nada? — Ele ficou sério e pensativo. Rosana percebeu e perguntou: — Você está com uma cara... O que foi?

— Já sei do que eu não gosto nela.

— Do quê?

— De não poder me aproximar, de não poder abraçá-la quando quero... — foi verdadeiro.

— Deixa de ser mentiroso. Vivendo juntos, lá, sozinhos... Quer que eu engula essa história também?

— Só estamos dividindo o apartamento, Rô, nada mais — falou sério.

— Nada?! — ficou desconfiada.

— Nada. Mais uma vez vou repetir: eu nunca a beijei, nunca tive nada com ela... — Sussurrou: — Infelizmente.

— Por que, Alex? Ela é casada? O que está rolando?
— Não, Rô. Não é casada. — Respirando fundo pediu: — Não diga nada para a mãe... Eu não disse tudo para ela. Tudo aconteceu assim... — Contou que Raquel brigou com o irmão e teve de ir morar com ele por falta de alternativas. — Fora isso, ela passou por alguns problemas bem graves e isso a inibe de qualquer contato... Intimidade...

Mais séria, Rosana perguntou:
— Verdade? Vocês não ficaram? Nem namoram?
— Não — tornou o irmão bem sisudo.
— Que problemas graves foram esses, Alex?
— Imagine o pior — deitou-se e ficou olhando para o teto.

Rosana se levantou de onde estava, sentou-se ao seu lado, indagando:
— Por que você está assim?
— Rô, fecha a porta, vai. Preciso desabafar com alguém... Estou tão mal...

Alexandre confiava em sua irmã. Era comum trocarem confidências. Em poucos minutos, contou tudo sobre Raquel.

Comovida e contrariada, ela chorou sem que ele percebesse. Fazendo-lhe um carinho no rosto, Rosana perguntou:
— Você está gostando muito dela, não é?
— Demais...
— Alex, não fique assim.
— Não consigo conquistá-la... Poucas vezes eu a abracei. Na maioria, ela se nega... Repele meu carinho... Se beijá-la, é bem capaz de gritar e sair correndo. Viu no que deu a brincadeira infeliz que te contei sobre hoje de manhã. Não esperava que fosse reagir daquele jeito. Ela sofre com isso e...
— Não fique assim. Vamos dar um jeito. Temos muitas coisas a seu favor.
— O quê? — riu de modo forçado.

— Se ela não tem onde morar... — riu cinicamente de um jeito maroto. — Então... Deixe que te ajude a pagar as contas, aí não fará nenhuma economia e ficará lá por mais tempo.

— Que absurdo! Endoidou?

— Absurdo nada! Sem dinheiro, sem casa! Sem casa, ela continua com você. Assim teremos mais tempo para agir, certo?

— Bebeu pra falar tanta bobagem? Não posso te dar ouvidos. Você é maluca.

— Ah! Sou sim! Você é certinho demais pro meu gosto. Precisa de alguém como eu para ter equilíbrio — riu. — Vou te ajudar no que for preciso. Entendo o que ela passou. Foi algo muito cruel. Estupro é uma violência abominável. Gera traumas, fere a alma... Você pode contar comigo para o que for preciso. Acho que, psicologicamente, a Raquel poderá vencer isso com a sua ajuda, atenção, paciência, carinho, amor... — sorriu generosa.

— Isso ela terá.

— Eu sei... Conheço você muito bem.

— Para com isso... — Lembrando-se, falou: — Estou pensando em fazê-la entrar em contato com a filha.

— Hum!... Não sei se isso seria bom agora. É melhor você esperar.

— Você acha?

— Não. Tenho certeza. Pense comigo: Raquel não me parece disposta ainda a encarar a menina. Ela não sabe se verá a filha, a meia-irmã ou seu sofrimento do passado. A garotinha pode ser um símbolo de violência. Aguarde um pouco mais. Seja paciente. Às vezes, você é muito precipitado. Agora... — sorriu com jeito maroto — Eu quero conhecê-la!

— Vamos!

— Espera! Deixe-me pôr um tênis!

— No dez estou indo embora. Um, dois, três... — saiu do quarto, deixando-a agitada.

No caminho, Rosana não parava de falar, dando opiniões de como fazer para conquistá-la.

— Não seja daqueles caras pegajosos, que vivem agarrando. Isso enjoa. Trate-a com gentileza. Quando chegar ou sair de casa, dê-lhe um beijinho no rosto, acostume-a como fazemos lá em casa. — Alexandre ria e não dizia nada. — Quando estiver com ela em casa, comporte-se normalmente. Faça-a se sentir à vontade com você. Dependa dela! Peça alguma gentileza... Toda mudança é difícil, por isso procure entendê-la... E lembre-se: não seja grudento, viu?! Tem hora que você é demasiadamente grudento!

E assim foi por todo o caminho até entrarem no prédio.

Capítulo 10

Rosana – A nova amiga

Chegando ao apartamento, muito espirituosa, Rosana reparou com ar de espanto:

— Nossa! Não estamos no apartamento errado?
— Por quê? — perguntou com simplicidade.

Sussurrando com um jeito engraçado e ar de deboche, ela falou:

— Tudo está tão arrumado!... Tem certeza?

Alexandre deu-lhe leve tapa na cabeça, empurrando-a suavemente e dizendo baixinho:

— Cale a boca! Entre logo.

Já na sala, nem sinal de Raquel. Espiaram na cozinha e nada. Lembrando-se do susto, pela manhã, ele se preocupou e foi até a suíte, seguido por sua irmã. Ao encontrar a porta entreaberta, empurrou-a, chamando baixinho:

— Raquel?...

A moça estava deitada e encolhida sob algumas cobertas. Lentamente, voltou-se para a porta e viu a irmã de Alexandre, alegre, que entrou animada.

— Ooooi!... Sou a Rosana!

A jovem se sentou, rapidamente, ajeitando-se.

Mostrando-se muito à vontade, Rosana se sentou na cama, abraçou-a e beijou seu rosto como se a conhecesse de longa data.

Raquel exibia-se constrangida e ficou ainda mais envergonhada quando Alexandre também beijou sua face, perguntando:

— Tudo bem?

— Tudo — falou sem jeito.

— Nem deu tempo de apresentar... Esta é a minha irmã mais nova.

Raquel enrubesceu, mas a outra agia muito natural, procurando não a deixar envergonhada. Observando-a melhor, Alexandre indagou:

— Tem certeza de que está bem?

— Estou com um pouco de dor de cabeça e...

— Tomou alguma coisa? — tornou ele.

— Não. Não encontrei.

O rapaz foi até o armário onde colocava a caixa com medicamentos, procurou, mas também não encontrou.

— Puxa! Acabou.

— Vá comprar, Alex! — sugeriu Rosana — Fico aqui com ela. — Virando-se para a outra, pediu: — Você deita. Não se incomode comigo.

— Não...

— Que não o quê! — Pegando as pernas de Raquel, colocou-as sobre a cama e puxou as cobertas dizendo: — Eu sei o que é estar com dor de cabeça e ter de ficar aturando os outros. — Segurando-a pelos ombros, forçou-a a se deitar. Tudo foi tão rápido que a moça nem pôde reagir.

Da porta, Alexandre olhou e achou graça. Sem demora, saiu para comprar o remédio. Tinha certeza de que com sua irmã, Raquel estaria bem.

Rosana sentou-se na cama de casal. Colocando um travesseiro sobre as pernas cruzadas, pediu ao estapeá-lo:
— Coloque sua cabeça aqui. Vou te fazer uma massagem nas têmporas. Será ótima.
— Não precisa — murmurou envergonhada.
— Deixe de ser boba. Aproveita! Não é sempre que me dou ao luxo de ser boazinha.

Riram e Rosana, puxando-a, fez com que se deitasse na posição adequada. A irmã de Alexandre ficou longos minutos massageando as têmporas da jovem, que acabou adormecendo.

Olhando-a por algum tempo, recordou-se do que seu irmão contou e ficou comovida. Não podia acreditar! Amorosa, decidiu que iria fazer de tudo para ajudá-los, afinal, gostava muito de seu irmão. Alexandre merecia ser feliz. Além de ser uma pessoa maravilhosa, já havia sofrido muito. Sabia que depois de tudo o que aconteceu, jamais ele havia confiado em alguém, acreditando que não pudessem existir pessoas fieis.

Agora com Raquel... Eles precisavam um do outro.

Nesse instante, Alexandre entrou sorrateiramente e sua irmã, levando o dedo nos lábios, fez sinal pedindo silêncio. Com muito cuidado, ajeitou Raquel que estava com a cabeça sobre o travesseiro em seu colo e se levantou.

Gesticulando para o irmão para irem até a sala, saíram do quarto.
— E aí? — ele perguntou.
— Ela dormiu. Não resistiu às minhas energias salutares — comentou, insinuando orgulho. Depois, mais séria, comentou:
— Fiquei olhando para ela... Lembrei o que me contou e... Me deu uma coisa...
— Não é fácil, Rô. Sempre me pego pensando nisso. Se um dia encontrar esse homem, mato o cara! — exibiu indignação.
— Não, Alexandre... Esse cara é imundo. Não suje suas mãos com ele. Sujeito assim será vítima de si mesmo.

— Lá vem você... — resmungou o irmão.

— Pense. Acha que um camarada desse não vai pagar pelo que fez?

— Raquel era praticamente uma menina indefesa! Você viu como ela é frágil? Esse cara é um animal!

— Nascemos, morremos, mas sobrevivemos, meu irmão. Um dia, pode estar certo, esse homem vai reparar ou experimentar o que a fez sofrer. E não pense que ele é o único. Vivemos a Lei de Ação e Reação. Acredito que, hoje, experimentamos o resultado do que fizemos ontem. Amanhã, em outra vida, experimentaremos ou sofreremos pelo que fizermos hoje. Não tem como plantar erva daninha e colher alface. Por que você acha que alguém nasce sem a mão? — não houve resposta. — Lembre-se, Jesus falou que: "Se sua mão te faz tropeçar, corte-a e lança-a de ti; pois te é melhor que se perca um dos teus membros do que vá todo o teu corpo para o inferno".

— Não sou ligado nessas coisas... O que você quer dizer? Não entendi.

Ao ver o irmão interessado, ela se ajeitou no sofá e explicou animada:

— É assim, suponhamos que, em uma vida passada, a pessoa furtou muito. Então sua mão a fez tropeçar. É bem certo que, na próxima existência, ela passe pela experiência de ser furtada, ter vários prejuízos. Mas não basta somente viver ou experimentar a experiência danosa. Essa pessoa precisará oferecer algo de bom, de si mesma, para harmonizar, ou melhor, equilibrar o universo dos seus erros. Então, de alguma forma, ela vai se atrair para serviços braçais, às vezes, duros ou até de artesanatos, de acordo com o caso. Dentro desse trabalho com as mãos, é importante que faça caridade, preste ajuda aos outros...

— Como assim?

— Uma vez, fui passear em um sítio com uma amiga. O caseiro, que trabalhou no serviço pesado a semana inteira, decidiu que ajudaria um conhecido a cavar um poço no final de semana. Penso que esse foi o jeito que esse homem encontrou para devolver algo de outra vida, em forma de favor — sorriu ao vê-lo pensar. — Uma pessoa que faça artesanatos, por exemplo, pode colaborar com bazares beneficentes que tenham a renda revertida a instituições filantrópicas. Outras ajudam a arrecadar verbas para obras assistenciais...

— E se isso não acontecer? Se a pessoa que furtou ou roubou não quiser ajudar ninguém, não quiser fazer nada, apesar das oportunidades que surgem? E se ela aproveitar a chance de ser humanitária e usar para si os benefícios ou ainda furtar, desviar verbas... O que acontece? Afinal, infelizmente, vemos muito isso.

— Bem... Diante da oportunidade de servir, de ajudar... Se essa pessoa for avarenta, mesquinha, miserável o suficiente para desviar verbas e deixar de auxiliar a quem precisa, não realizando caridade, não fazendo o bem... É bem possível que, na próxima oportunidade de vida, em futura encarnação, nasça sem a mão para sentir a falta de realizar e harmonizar o que deveria. Além de nascer na condição de necessitada, claro. É a Lei de Causa e Efeito. É mais ou menos assim que funciona.

— Tá bom, então eu tenho esse problema cardíaco e você vai me dizer que eu esfaqueei alguém no coração?

— Não necessariamente. Aqueles que destroem o corpo dos outros podem voltar como cirurgiões. E você não tem o dom para ser médico. — com ironia, falou: — Coitado dos seus pacientes... Mas Deus é piedoso, bom e justo, e não te deu essa tarefa.

— Engraçadinha... — retrucou, com o rosto franzido.

— Lógico que cada caso é um caso. Você deve ter esse problema como algo que sinalize o limite das suas emoções. Provavelmente, tenha sido um cara muito agitado, nervoso, implicante e que magoou os outros, não deu oportunidades de alguns se explicarem, não perdoou... Hoje, tem de trabalhar esses sentimentos para que não chegue ao extremo da emoção, não fique ansioso, nervoso... Observe o seu tipo de problema cardíaco. Ele não tem muita ligação com a alimentação ou o sedentarismo, seu coração é fraco. Quando se emociona, quando fica nervoso, seu coração se altera e você tem de se virar para procurar a calma, a harmonia, certo? Ou então poderá ter uma parada, não é? — não houve resposta.
— Se analisarmos bem, podemos ver o coração como sendo o órgão do amor, dos sentimentos elevados, incapaz de sentir ódio, pois o ódio só existe quando nossos pensamentos, extremamente racionais e impiedosos, permitem, não se põe no lugar do outro, não quer compreender, deseja o mal. O ódio é gerado pelo nosso egoísmo, pela nossa falta de perdão e o coração bondoso não se importa com os pensamentos exigentes. O coração bondoso sempre se comove, sempre compreende, aceita incondicionalmente e isso é amor. A mente não é um órgão, como a maioria pensa. Alguns até acreditam que a mente é no cérebro. Mas não. A mente é o centro da alma. Quando tomamos um susto ou quando nos sentimos comovidos ou até mesmo felizes, colocamos a mão na mente, que é a mão na altura do peito, sobre o coração. Levar a mão ao peito, na altura do coração, é colocar a mão sobre a alma, sobre a mente. Geralmente, quando fazemos isso e respiramos fundo, a mente se acalma e ficamos mais tranquilos. Experimente, faça isso quando estiver nervoso. Feche os olhos e coloque a mão no peito e respire fundo, bem devagar, várias vezes. Perceba que ficará calmo após

poucos segundos. — Viu-o pensar por alguns instantes. Depois falou: — Você sabia que o coração é o único órgão onde o câncer não ataca, ou melhor, é o único órgão que não tem câncer?[1]

— Por que será? — perguntou o irmão curioso.

— Porque o câncer é uma doença corrosiva, que consome, machuca, destrói. É como se você estivesse se autodestruindo. Eu acredito que é a doença para a pessoa trabalhar alguns sentimentos como perdão a si ou aos outros, abandonar a mágoa, a avareza, o egoísmo... Talvez também possa ser para trabalhar o cuidado pessoal, olhar para si, tratar bem o corpo que lhe foi emprestado nesta ou em outra vida. O câncer é egoísta, você já notou? E sendo o coração o órgão símbolo do amor, dos mais elevados sentimentos, verificamos que o amor só doa, só trabalha para o bem de si e dos outros, o amor perdoa, aceita, eleva, renuncia, oferece... Repare, o coração não é só o símbolo do amor, ele é o órgão do amor. Note que é o único que trabalha em benefício de todos os outros órgãos, em prol de todos os tecidos, todas as células... Tudo, no corpo humano, depende do coração. Ele só doa. O que foi feito para realizar tantas obras boas, não pode ser corroído, não vai se infectar por algo egoísta como o câncer. Mas pode reclamar a falta de trabalho na área do perdão. Pode reclamar a ausência do amor incondicional a si e aos outros, a falta de controle dos sentimentos eufóricos, falta de controle da ansiedade, do nervoso... Reclama a falta de calma, de harmonia... Ele sinaliza o seu não trabalho de amor.

— Então aquele que tem câncer deveria trabalhar se doando na caridade para não ser corroído?

---

[1] N.A.E. Nenhum músculo experimenta o câncer, pois, a princípio, o músculo não tem secreção de hormônio. E sendo o coração, propriamente dito, um músculo, o câncer não acontece nele. Entretanto, nas regiões próximas como: membranas, tecido fibroso, glândulas, esôfago, pulmões etc, o câncer pode ocorrer e obviamente prejudicar a função desse órgão.

— Espera... É assim: todos nós já deveríamos trabalhar no amor ao próximo. Isso é regra evolutiva. A raiz de todos os males é a falta de amor. A ausência dele não resulta somente no câncer, mas em outras doenças físicas e emocionais. O amor a si mesmo deve vir em primeiro lugar, mas é preciso encontrar o equilíbrio entre ceder demais aos caprichos dos outros e ser egoísta. Não podemos nos doar totalmente a pessoas ou a circunstâncias, pois isso vai nos fazer mal. Todo extremo é prejudicial. Amor ao próximo é respeitar, ter paciência, compreender, não ofender quem quer que seja, não desprezar, não ser egoísta, não ser orgulhoso, não ser mesquinho, avarento, cruel de qualquer forma... Não desejar o mal, não oprimir, não humilhar, não causar dor física ou emocional, não adulterar em nenhum sentido... Ser bom, atencioso e prestativo na medida certa, fazer o bem, ser digno, honesto, respeitoso... Perdoar... Ah... Perdão é tão importante... Todos nós devemos trabalhar nossa evolução dessa forma, não só quem está doente. O excesso, seja do que for, causa doenças e prejuízos. A doença é o meio de nos fazer despertar para o amor.
— Alguns segundos e disse: — Em outra vida ou até na atual, uma pessoa pode ter querido tudo para si ou ter maltratado o próprio corpo com drogas, álcool, fumo, etc... Cada caso é um caso. O que é o vício se não o maltrato a si mesmo? É falta de amor a si e as consequências chegarão. As Leis de Deus são únicas e iguais para todos os Seus filhos. Não existem privilegiados. Se Deus privilegiar alguém, é uma preferência e toda preferência é uma injustiça. Portanto, não seria Deus bom e justo. Simples assim. Sabe, Alex, costumamos acreditar que somos santos, que não merecemos determinadas experiências. Isso é tolice. Merecemos sim. Fizemos errado sim. E precisaremos aprender, nem que seja a duras penas, a sermos bons, justos, honestos, amorosos, humildes, perdoando sempre a nós e aos outros. Quando estamos doentes

a pergunta certa não é por que estou doente, mas sim para que estou doente. E quando estamos vivendo situações difíceis também devemos perguntar para que estou experimentando essa prova tão penosa. Independente de qual for a experiência, ela é sempre para a nossa evolução e não para nos colocarmos na condição de vítimas. Então dê o seu melhor. Todos nós podemos procurar tarefas produtivas, caridosas e de paz, não para negociarmos com Deus, mas para trabalharmos nosso lado humano, que pode estar esquecido. Isso vai nos trazer paz. Quando pensamos que estamos fazendo bem aos outros, é a nós mesmos que estamos beneficiando. Só o fato de não ofender, já é um bom começo. Mas, quantos de nós queremos fazer com que o outro engula a nossa opinião, massacrando-o com palavras verbais ou escritas? Isso é amor ou caridade? — Silêncio e Rosana prosseguiu: — Depois, não sabemos de onde vem aquele sentimento ruim, aquela doença inesperada... Não destilar o mal é caridade. Pense nisso. Alegrar corações e dar esperança são as maiores caridades em um mundo repleto de gente que destila ódio. Precisamos ser instrumentos divinos, geradores de fé e confiança. Precisamos ser luz em um mundo de trevas. Quando fazemos isso, nós nos livramos das marcas negativas registradas na alma, no inconsciente. Teremos menos tempo para ficarmos doente, pois o Universo sempre retribui com o que oferecemos ao próximo. Isso é algo para se pensar, né? Trabalhos caridosos não devem ser feitos somente quando ficamos doentes, deprimidos, ansiosos, quando aparecem problemas... Todos nós, se quisermos, podemos fazer algo benéfico. Isso é muito legal, pois traz paz. Não digo que todos temos de fazer como irmã Dulce, Madre Teresa de Calcutá... Mas não somos tão pobres e indigentes a ponto de não podermos tirar uma única hora como voluntário para uma ação caridosa. Paulo de Tarso disse que das três virtudes: fé, esperança e caridade, a maior é a caridade. — Um momento e lembrou de contar: — Outro dia, eu estava lá no centro espírita e uma mulher procurou um dos diretores e falou mais ou menos assim: "Eu sou pobre e preciso receber cesta básica. Não tenho nada para doar e gostaria muito de fazer caridade. Será que eu estarei fazendo caridade se vier aqui ajudar a limpar o salão e outras dependências?" Sabe... Ela é uma pessoa muito simples, mas muito rica e que coração! Que caridade ela estava fazendo! Não para uma pessoa, não para uma família, mas para as centenas de pessoas que passam por ali todas as semanas! Doar-se, de qualquer modo, é uma caridade.

— Isso é verdade — concordou Alexandre.

— Você mesmo me disse que encontrou muitos doentes de coração que com qualquer palpitação cardíaca achava que estava tendo um ataque. — O irmão sorriu e ela completou: — A pessoa fica tão preocupada consigo mesma que pode passar a sofrer com o que não tem.

Olhando para sua irmã, sentiu desejo de fazer uma pergunta, mas se inibiu. Adivinhando seus pensamentos, ela falou:

— Já sei... Você quer saber como fica o caso da Raquel? — Percebendo-o surpreso, sem dizer nada, continuou: — Sabe, nem tudo de ruim que lhe acontece é porque você tem de sofrer aquilo. Deixe-me ver se consigo explicar... Muitos por aí andam dizendo isso, mas se assim fosse, Jesus não teria sido tão torturado. Tudo o que Ele pregou, ensinou e vivenciou, mostra Sua evolução. Aí, nós temos um espírito elevadíssimo passando por missão ou provas e não expiações.

— Por que provas?

— Provas porque era um espírito preparado e não se importou com os riscos. No caso da Raquel, podemos ter duas coisas ocorrendo. Primeiro: pôde expiar o que fez erroneamente no passado. Isso não isenta de culpas o seu malfeitor de hoje nem o inocenta de expiar, futuramente, o que a fez sofrer. É assim: o cara estava determinado a fazer aquilo, então a pessoa que tem de expiar, ou seja, passar por aquela experiência, fica na sua linha de ação, no seu caminho. A outra hipótese é a seguinte: se Raquel é um espírito com entendimento, certa elevação e tem de, nesta vida, fazer algo para o qual se determinou a cumprir, podemos dizer que ela aceitou o risco ou a experiência.

— Não sei se entendi.

— Digamos que, sendo ela um espírito com certo entendimento e elevação, antes de reencarnar, quando apresentaram seu planejamento reencarnatório, mostrando os riscos que poderia sofrer, certamente, ela não teve medo e decidiu correr o risco, aceitando a prova.

— Isso não é injusto diante das Leis de Deus?

— Não, pois se Raquel, no caso, é um espírito com entendimento, ela não é inocente, isto é, ela tem entendimento, conhecimento e condições de superação. Seria injustiça se isso ocorresse com um espírito sem elevação, sem entendimento e que não necessitasse dessa experiência. Se o espírito tem conhecimento, tem entendimento, ele não é um espírito inocente por ter muita bagagem. Esse tipo de espírito aceita correr o risco dessa experiência para ajudar ou ensinar a muitos, mesmo que essa experiência seja abominável ou traumática. Por isso, eu cito como exemplo Jesus.
— Breve pausa e prosseguiu: — Então essa vivência servirá como uma prova. Superando seus temores, perdoando ao ofensor, ela prova que é elevada. Mas isso não significa esquecer. Um espírito que não é inocente, que tem bagagem, tem entendimento, não se preocupa com o corpo físico nem com algumas experiências vividas. Ele as transforma, de alguma forma, em benefício próprio e dos outros. — Nova

pausa e contou: — Por consequência de experiências de estupro, temos mulheres, mundialmente famosas, autoras de obras motivacionais, de autoajuda, que têm trabalhos magníficos na área, são professoras de metafísica, palestrantes... Elas transformaram suas dores, elevando-se para ajudarem outras pessoas.

— Elas podem não ter sido merecedoras do estupro? — insistiu ele.

— Sim. Podem não merecer, por não necessitar expiar essa violência. Como podem ser merecedoras dessa experiência por consequências de práticas em vidas passadas também como eu disse. Mas não importa se mereceram ou não. O que é incrível saber é que elas usaram a dor, o sofrimento, a angústia, o medo como ferramentas para serem melhores, despertando em si a capacidade que, muito provavelmente, não o fariam se não tivessem vivido tal infortúnio.

— Não sei... Parece injusto...

— Vou te dar um livro que se chama *O Livro dos Espíritos*. Na questão 738a e 738b, apesar de estarem falando sobre os flagelos destruidores que vitimam o homem de bem, nos ensina que, mesmo sem precisar, a criatura pode sofrer como vítima uma consequência da qual não necessitaria. Mas, depois, pela justiça de Deus, ela terá uma compensação para o seu sofrimento se souber suportar sem reclamar a Deus os seus direitos e sem julgá-Lo injusto. É mais ou menos isso que fala. Resumindo, sempre devemos nos preparar para perdoarmos aos nossos ofensores e estarmos dispostos à prática da caridade sem julgarmos ninguém.

— Para perdoar a um ofensor desse, é preciso ser muito elevado — pendeu com a cabeça negativamente, demonstrando-se contrariado.

— Lembre-se do que Jesus falou: "Reconciliai com seu inimigo enquanto estiver no caminho com ele, porque depois será difícil." Perdoar não é esquecer. Perdoar é não deixar que as lembranças de uma situação que te machucaram destruam a sua paz e a sua esperança no futuro. Perdoar é olhar para aquele que te magoou e ter pena por saber que, um dia, ele vai ter de harmonizar o que desarmonizou e, muito provavelmente, não terá a mesma força, a mesma perseverança que você teve para prosperar e ser feliz. Perdoar é não se sentir vítima, é usar a experiência difícil para mostrar que pode ser mais forte, fazer coisas diferentes, boas, saudáveis para si e para os outros. Precisamos entender que o que nos acontece de bom ou de ruim não foi por acaso. Merecemos, de alguma forma, tudo o que vivemos. Tudo tem um tempo para acontecer e ficar nas nossas vidas. Sofrer por pouco tempo ou eternamente, depende de nós. O melhor é entender e usar algumas tragédias como um mecanismo de despertar para evoluirmos. É por isso que precisamos nos vigiar. Ficarmos indignados, contrariados, com raiva, magoados não vai nos levar para frente, ao contrário, vai nos deixar estagnados, sem futuro algum. Ore. Peça a Deus para te ensinar a perdoar. Ficar magoado, lembrando o passado vai criar doenças emocionais e físicas. Liberte-se da mágoa. Não deixe que uma pessoa má ou situação ruim tenha o poder de te deixar paralisado. Mostre ao mundo que você é melhor do que isso. Prospere!

Alexandre estava sentado, curvado, com as mãos cruzadas na frente do corpo, olhando firme para sua irmã. Em dado momento, reagiu dizendo:

— Esse cara nunca cruzou meu caminho e eu quero quebrá-lo ao meio! Se um dia eu...

— Está aí! — interrompeu-o, imediatamente. — É por isso que é cardiopata! Caramba! Você não ouviu uma única palavra de tudo o que eu disse! É por isso que merece sofrer do coração! Sofra, então, infeliz! — O irmão arregalou os olhos e ela continuou: — Já reparou, Alex? Você critica muitas coisas criando para si mesmo vibrações ruins. Pra você, tudo é motivo de bater, quebrar ao meio... Vive querendo tirar satisfações, provar para os outros que estão errados! Isso é falta de compreensão, falta de amor, falta de perdão. É por isso que seu coração reclama. Ele não aguenta mais! E, provavelmente, traz isso de outras vidas. E vai ter de consertar isso nesta! Enquanto não compreender, não perdoar, criando amor incondicional para com aqueles que ainda não evoluíram, será um preocupante cardiopata. Veja... Você sempre fica nervoso, irritado, magoado... E o que acontece? Aquele órgão, símbolo do amor, reclama! É simples.

— Quer dizer que eu tenho de compreender, perdoar e amar a falta de amor e de compreensão dos outros?! Tenha dó!... — protestou.

— Mas é isso mesmo. Além de controlar suas emoções irritadiças, claro — ela riu.

— E o outro que praticou o mal?! Como ele fica?

— Alex, compreenda que a vida dos outros a eles pertence junto com tudo o que eles fazem. Relaxa e viva a sua. Você tem de cuidar e vigiar as suas atitudes, os seus sentimentos, os seus pensamentos. Se nem de si mesmo consegue dar conta, como quer cuidar da vida alheia?

— Eu não cuido da vida alheia! — reagiu, contestando.

— Dizer tudo o que pensa, reclamar que o outro fez coisa errada, agiu assim ou assado, fez isso ou aquilo, deixou de fazer tal coisa... Usou essa ou aquela roupa, está gordo ou magro, é alto ou baixo, tem cabelo tingido de tal cor, que fica ridículo fazendo sei lá o quê... Que errou, que teve sorte, que não merecia isso... Chegou tal hora ou não chegou, falou de modo áspero ou nem falou, namora não sei quem... Ah!... Tudo isso é cuidar da vida alheia. Não percebeu? — Um momento e explicou: — Não faça ou deixe de fazer algo para si, pensando nos outros. Tenha responsabilidade para consigo. Seja honesto porque é bom e saudável ser honesto. Seja educado porque gera bem-estar ser educado. Seja prudente para não se colocar em situação difícil. Geralmente, as pessoas continuam fazendo coisas sem harmonia, sem equilíbrio, sem honestidade só porque outras fazem. Tenha dó! Na hora de prestar contas a Deus pelos seus atos, será somente você e Deus. A atitude dos outros não somam nem subtraem seus débitos. Esqueça os outros. Pense nisso.

Alexandre sorriu, entendendo a explicação da irmã. Sem demora, indagou:

— Onde você aprendeu isso?

Quando ia responder, a jovem percebeu a outra surgir à sala e voltou a atenção a ela:

— Oi, Raquel... Melhorou? — Rosana perguntou alegremente.

— Nossa... Acho que dormi demais — sorriu. — Porém, melhorei sim.

— Venha, sente-se aqui — indicou, batendo com a mão levemente no sofá. Virando-se para o irmão, pediu com modos dengosos: — Alex, faz uma pipoquinha pra nós, faz. E sabe aquele chazinho?... Com esse frio cairia tão bem! — Ao ver o irmão em direção da cozinha, ainda disse em voz alta: — Pipoca queimada é horrível, viu? — Voltando-se para a outra, comentou: — Mas você nem tomou o remédio e a dor de cabeça passou. Que bom.

— Verdade. Não sinto mais nada. Estou bem.

O silêncio durou alguns segundos. Rosana, sem perder tempo, quis saber:

— E então? Está gostando daqui?

— Como não poderia gostar? — sorriu. — Só que me sinto muito constrangida. A situação é difícil... Creio que o Alexandre contou.

— Ele falou que você trabalha com ele e foi ajudar seu irmão. Não se deu muito bem porque sua cunhada inventou calúnias a seu respeito. Isso não é motivo para se envergonhar. Pode acontecer com qualquer um.

— A situação é tão delicada. As pessoas estão julgando, imaginando coisas...

— Não veja dessa forma, Raquel. O Alex quer ajudá-la. Dê essa oportunidade e agradeça a Deus por tê-lo encontrado num momento tão problemático da sua vida.

— Por minha causa ele brigou com a mãe de vocês...

— Já está tudo bem! Hoje mesmo eles conversaram. O Alex tem um jeitinho todo especial para lidar com ela. Por ser muito amoroso e atencioso, ele a conquista com a maior facilidade, desde pequeno — riu.

— E como ela está?

— Ótima! — gostou de vê-la se importar com sua mãe, mostrando que era bondosa por índole. — Você vai conhecê-la melhor. Não fique com uma má impressão, dona Virgínia é uma criatura maravilhosa. Tem um coração!... Sabe, Raquel, não fique se torturando. Acho que o Alex já contou que é cardiopata.

— Sim, contou.

— Desde então, minha mãe ficou superprotetora com ele. Principalmente, pela decepção enorme pela qual passou.

— Ele me contou. Até tentou se matar.

— É verdade... — tornou Rosana com voz piedosa. — Depois disso, nossa mãe se preocupa demais com ele. Não só ela, mas todos nós temos medo. Entende?

— Não posso tirar a razão de vocês.

— Então não se importe por estar aqui. Se ajudá-la está sendo bom para meu irmão, será bom para nós também.

— É que vão falar coisas que não estão acontecendo.

— Ei! Ei! E se estiverem acontecendo? Qual é o problema?
— Mas não estão! — defendeu-se Raquel firme.
— Presta atenção: não perca tempo se preocupando com os outros. Se não acreditam na amizade verdadeira de duas pessoas que se ajudam, problema deles. Vocês são grandes amigos e isso é tão bonito.

Raquel sorriu parecendo estar mais calma. No olhar de Rosana, ela encontrou compreensão e em suas palavras o conselho reconfortante que aliviava seu coração aflito. A irmã de Alexandre retribuiu com um sorriso e continuou:

— Nunca deixe acabar a amizade entre vocês dois. Converse com ele, ouça-o quando for preciso. Sejam verdadeiros um com o outro. Isso é o que mais importa. Sabe, Raquel, às vezes, fico preocupada em pensar que o Alex está aqui sozinho. Vai saber o que passa pelos pensamentos dele. Como será que se sente tão só? Sem um objetivo para lutar, sem ter alguém com quem dividir. Quando eu soube que você estava aqui e que ele queria te ajudar, pensei: que bom! Acredito que quem está sendo ajudado, nessa história toda, é o Alex e não você.

— Por quê?

— Porque as pessoas precisam se sentir úteis, fazendo algo de que gostam. Ajudá-la é algo que o satisfaz, ele gosta. Isso o mantém com a mente ocupada. Faz com que se sinta útil. Ele tem um motivo, um prazer benéfico.

Com o olhar preso ao chão, Raquel ainda demonstrava dúvida. Aproximando-se mais da nova amiga, Rosana pegou suas mãos e perguntou:

— Fala. O que te perturba?

Seus olhos se encontraram e Raquel permaneceu pensativa. Não poderia confiar na irmã de Alexandre os seus mais íntimos pensamentos. Principalmente, pelo fato de elas terem acabado de se conhecer. Entretanto, conversavam como se fossem amigas há muito tempo.

— Eu...
— Você?... — Rosana indagou, diante da demora.
— Aconteceu muito rápido. Tudo isso é novo e estranho para mim. Não fui acostumada a ter esse tipo de situação em que vivo hoje. Tenho medo. Vergonha.
— Medo do quê? Medo do Alexandre? — A moça ficou em silêncio e abaixou o olhar que exibia preocupação. Sem perceber, apertava as mãos de Rosana. Acreditando entendê-la e conquistando sua confiança, generosa, perguntou baixinho: — Você tem medo do meu irmão, é isso?
— Não... Não é bem isso.
— O Alexandre te respeita.
— Eu sei...
— Ele te quer muito bem.
Olhando-a com firmeza, Raquel respondeu:
— Talvez seja esse o problema.
— É problema meu irmão gostar de você?
— Sim, é — abaixou o olhar.
Alexandre surgiu na porta e, no ângulo em que Raquel se encontrava não poderia vê-lo. Esperta, Rosana fez um gesto rápido com a cabeça e o olhar, indicando que voltasse para a cozinha. Virando-se para Raquel, falou:
— O Alex gosta de você e te respeita. Não creio que haja segundas intenções nesse apoio que está te dando.
— Eu sei. Ele já me disse isso.
— Confie nele.
— Eu confio.
— Então qual é o problema?
— Sou eu o problema — respondeu Raquel com voz baixa, escondendo o olhar.
— Como assim?

— O Alexandre é uma pessoa muito especial e... Eu jamais poderei corresponder aos seus sentimentos. Não da maneira como ele merece e...

Tocando no rosto da jovem, Rosana a fez olhá-la e perguntou, mesmo se lembrando do que seu irmão contou:

— Por que, Raquel? Por que, se meu irmão te amar, você não poderá corresponder? Você não gosta dele? — longo silêncio. Desconfiada, Rosana indagou com jeitinho: — Você gosta do Alexandre? — silêncio. — Ah... Então é isso.

— Não... — escondeu o rosto. — Isso não poderia acontecer. Tem muita coisa que você não sabe.

— Quer me contar?

— Talvez, outro dia.

— Seremos grandes amigas, Raquel! Pode confiar em mim. Gostei muito de você. Admiro sua sinceridade. Agora, vamos lá para o quarto, escolher uma roupa bonita e sair para passear um pouco.

— E a pipoca?

— Que pipoca?! — Riu com gosto e falou em tom de zombaria: — Não está sentindo o cheirinho de queimado não? Meu irmão sempre espera até o último milho estourar e estraga tudo! Essa pipoca já era! Agora vamos.

Foram para o quarto. Rosana, com seu jeito descontraído de ser, arrancou gargalhadas de Raquel contando seus casos. Pouco depois, deixou-a lá e foi para a cozinha à procura de seu irmão.

— O que vocês conversaram tanto? — perguntou Alexandre, curioso.

— Ah! É assunto de mulher. E é claro que não vou contar. Não posso trair minha amiga — disse em tom maroto.

— Para com isso, Rô. Qual é?

— Nós vamos sair para dar uma volta. Empresta seu carro?

— E eu?! — perguntou em tom de reclamação.
— Você vai a algum lugar? Se for, nós te deixamos no seu destino e, de lá, sairemos só nós duas.
— Não! Vou junto com vocês!
— Não mesmo!
— E o Ricardo? Não vai ver seu noivo hoje?
— Ele foi para o Rio de Janeiro a serviço. Estou livre e desimpedida e a Raquel também.

Ele não gostou do que ouvia. O jeito irreverente da irmã o incomodava. Estava ansioso. Desejava detalhes. Andando de um lado para outro, Rosana falava de um jeito brincalhão, mas debochado:

— Vai, Alex! Me dá a chave do carro! E o celular também! Já que não tenho um ainda. Preciso ensinar a Raquel a se divertir.
— Qual é?! Vai me deixar aqui?
— Tudo bem... Só vou usar o telefone um pouquinho, tá? Preciso chamar um táxi.
— E eu?!!!
— Estou falando sério. Sairemos só nós duas. Você fica, meu filho! — Dizendo isso, Rosana foi para a sala onde Raquel acabava de chegar. — Você está ótima com esta roupa! Vamos! — Voltando-se para o irmão à porta, incrédulo, perguntou como se fosse pela última vez: — Você vai ou não vai dar a chave do carro?

Suspirando, profundamente contrariado, Alexandre falou:
— Toma. E cuidado hein! Meu carro é novo.
— E o celular? — perguntou a irmã.
— O celular não. Use um telefone público, se precisar.
— Vai me dar um celular de presente. Estou louca pra ter um! Você e o pai são dois avarentos. Custava me dar um celular?
— Custa sim e muito caro. Trabalhe e compre o seu.

— Eu trabalho meio período com o pai, mas o que ganho não é suficiente. Ele me paga mal. Sou estudante, tenho gastos!... — saiu reclamando.

— Você não vem com a gente? — Raquel perguntou.

— Não pergunte isso novamente. Vem você, ele fica — Rosana determinou. Empurrando a outra porta afora, foi falando enquanto o irmão ouvia sua voz sumir: — Come toda a pipoca, viu, Alex? Pipoca fria, murcha e queimada é horrível! — zombou. — E não fique nervoso, olha o seu coração!

Mesmo não concordando com a situação, por se sentir excluído, Alexandre começou a rir sozinho. Não adiantava ficar irritado.

Sua irmã parecia não ter juízo. Rosana era uma excelente pessoa. Maravilhosa. Sempre alegre e extrovertida. Nunca a via triste ou deprimida. Ele confiava muito nela.

O engraçado era que, quando pequenos, brigavam muito, mas logo na adolescência da irmã, passaram a ser grandes companheiros.

Perdido em seus pensamentos, começou a analisar o que ouviu dela há pouco.

De onde será que sua irmã tirava aquelas reflexões tão lógicas?

Nunca tinha se preocupado com religião, principalmente, por não gostar de seguir normas pré-estabelecidas e rituais. Ao mesmo tempo, acreditava em Deus, nas oportunidades positivas da vida. Ele mesmo podia dizer que enfrentou situações onde pôde escolher entre o bem e o mal, seguindo qualquer um dos caminhos por vontade própria, mas não havia pensado em ter de resgatar, com experiências próprias, os resultados do que escolheu fazer.

Quando esteve internado, pensou muito em Deus, em Sua existência e pediu por uma oportunidade. Parece que Deus havia lhe dado essa chance. Se não por merecimento, foi por misericórdia. Sempre quis entender por que, tão novo e com uma vida inteira pela frente, foi sofrer aquele problema cardíaco. Por que foi traído por Sandra e por seu melhor amigo? Essas dúvidas começavam a ter explicações da forma como Rosana explicava a vida.

Mas por que Raquel, tão simples, teve de provar aquela experiência tão amarga?

A maneira lógica de raciocinar que sua irmã usava foi algo que o fez compreender o significado da vida ou então ele teria de acreditar que Deus não é justo.

Onde ela aprendeu aquilo? Sabia que lia livros espíritas, frequentava centro, mas nunca deu importância. Aliás, zombava da irmã sempre que podia. Embora não fosse para ofendê-la, fazia para perturbá-la.

Os pensamentos de Alexandre vagavam agora sedentos de mais conhecimentos.

Largado no sofá, em meio àquelas ideias, o rapaz foi se entregando lentamente ao sono e, já emancipado do corpo físico, na espiritualidade, despertou suavemente. Com outra consciência agora, procurou por aquela entidade que sempre lhe assistia. Aproximando-se dele, aquela bela criatura o chamou:

— Alexandre, que bom que o interesse já desperta em você.

— Ainda tenho dúvidas — disse ele.

— E sempre as terá, até ter boa vontade e se esclarecer. Somente os que buscam, encontram respostas. Acomodados não.

— Pela primeira vez, tive explicações que fizeram sentido para mim.

— Que bom, filho.

— O que faço?

— Procure conhecimento, mas tenha paciência.

— E a Raquel?

— Apesar dos obstáculos, irá seguir o seu exemplo. Ela vai precisar de você.

— E eu dela.

— Raquel vai precisar da sua compreensão, da sua paciência e, principalmente, da sua firmeza em determinados momentos.

— Ela tem todo o meu amor.

— Então tenha paciência e fé. Antes dessa experiência de vida, você quis e prometeu ajudá-la, diante de todos os imprevistos. Agora, aproveite beneficamente essa oportunidade. Abalos hão de surgir. Quem não os tem? Seja arrimo de Raquel, mas incentive-a a prosperar e produzir. Improdutividade paralisa. Pense nisso. Outra coisa: controle seus impulsos. Será uma ótima oportunidade para aprender e ensinar o perdão. O perdão é uma caridade para consigo mesmo, Alexandre.

— Mas existem pessoas que...

— Que são crianças — interrompeu-o. — E das crianças não podemos exigir muito. Perdoe sempre não importa a quem, não importa o quê.

— Vou me esforçar.

— Eu sei. Você é perseverante.

— E minha filha? Posso vê-la? — perguntou Alexandre.

— Ela está bem. Mas agora não é um horário adequado. Entenda.

— Eu a quero tanto perto de mim. Preciso reparar...

— Tudo tem seu tempo e sua hora, Alexandre. Seja paciente.

— É que eu a amo tanto.

— Ela também. Aguarde.

Nada mais foi dito.

Alexandre sentia-se refeito e extasiado. Aqueles poucos minutos de sono pareceram valer por uma noite inteira. Ele não se lembrava de nada. Experimentava somente um bem-estar inexplicável. Subitamente, o telefone tocou, despertando-o.

— Alô? — atendeu, ainda confuso.
— Oi, Alex! Sou eu, o Ricardo.
— Oi! Tudo bem?
— E aí? Como estão as coisas?
— Se não fosse o tempo, estaria tudo melhor. E aí, está frio?
— Que é isso, cara! É difícil fazer frio aqui no Rio de Janeiro, né? O tempo aqui está ótimo. Deu até para pegar uma praia hoje.
— Ainda bem. Aqui está muito gelado. Nem dá para acreditar que estamos no mesmo país.
— É que o nosso abençoado país tem dimensões de um continente! — Riram e Ricardo perguntou: — A Rosana está aí?
— Não, cara... Ela acabou de sair. Acho que foi ao *shopping*, junto com uma amiga minha.
— Puxa! A Rosana não para mesmo!
— Nossa mãe costuma dizer que a Rosana tem rodinhas nos pés — Alexandre achou graça ao falar.
Após rir, Ricardo disse:
— Então diga que eu liguei. Já falei com sua mãe e foi ela quem me disse que a Rô estaria aí. Diga que mandei um beijo e estou com saudade. À noite, eu telefono lá para a casa do seu pai.
— Pode deixar que falo sim.
— Obrigado, Alex! Tchau!
— Tchau, Ricardo.
Alexandre se levantou e foi ver a hora.
— Puxa! — disse, falando sozinho. — Deveria ter dado o celular para aquela maluca!
Resolveu tomar um banho e depois passou a jogar no computador que havia no outro quarto. Bem mais tarde, Rosana e Raquel voltaram. Como sempre, sua irmã estava alegre e brincalhona. Raquel, mesmo dentro da sua timidez, estava um pouco mais animada.

— Pronto! — anunciou Rosana. — Ela está entregue, sã e salva!

— Puxa! Vocês demoraram, hein.

— Nem tanto, Alex. Agora é o seguinte: terão de me levar para casa.

— Ah!... Antes que esqueça... O Ricardo telefonou.

Naquele momento, Rosana pareceu descontente. Desejava falar com o noivo. Suspirando fundo, falou:

— Não sei como nos conhecemos.

— Por que? — perguntou o irmão.

— Vivemos nos desencontrando. Não temos tempo para ficarmos juntos. Quando não é o horário dele, são as viagens. — Imediatamente, mais animada, disse: — Vamos Alex, me leva para casa, vai.

— Fica! Vamos pedir uma pizza.

— Não. Quero ir embora.

— Mesmo?

— Mesmo — ela sorriu lindamente.

E observando as sacolas, Alexandre, curioso, perguntou indo espiar:

— O que compraram?

Dando-lhe um tapa na nuca, a irmã exclamou:

— Deixa de ser curioso! Xereta! Isso não te interessa!

— Ai! Ô! — reclamou, esfregando a cabeça.

— Não é da sua conta! — tornou ela. — Agora me leve embora.

Raquel ria da cena entre eles. Nunca viu tanta amizade entre irmãos.

— Com licença... — pediu Raquel risonha. — Deixe-me levar isso lá para o quarto.

Aproveitando estar sozinha com seu irmão, Rosana alertou:

— Idiota! — sussurrou ela.

— O que é, ô!

— Você querendo que eu fique aqui. Se toca e convida a Raquel para ir conosco. Depois vocês dão uma volta, vão comer fora, vão se distrair... Não vai querer ficar aqui socado.
— Tá, tudo bem, mas e aí? O que tanto vocês conversaram?
— Enquanto estávamos na rua, só passeamos. Fomos ao *shopping*, tomamos um suco, fizemos pequenas compras. — Dando ênfase, completou: — Mas, aqui, antes de sairmos!... — sorriu de modo maroto.
Os olhos de Alexandre brilhavam tamanha era a sua expectativa. Não suportando conter sua curiosidade, perguntou:
— O que vocês falaram?
— Não vou contar! — riu com ironia.
— Eu mato você, Rô!
— Fica frio! Olha o seu coração, hein! — aconselhou debochada e com um jeito muito engraçado.
O irmão começou a rir. Era impossível ficar sério ao lado de Rosana. Mas, para não o deixar ansioso, falou mais séria:
— Vem cá na cozinha. — Mais distante dos quartos, contou: — Gostei muito dela. Pareceu uma pessoa sincera, honesta. Eu tenho o dom de conhecer alguém quando vejo. Raquel é muito legal.
— É, eu sei — sorriu ao falar.
Pegando em sua mão, olhando-o nos olhos, avisou:
— Sabe, Alex, parece que a Raquel nunca teve um amigo verdadeiro, alguém em quem pudesse confiar mesmo.
— Vocês conversaram?
— Sim. Mas ela não me contou tudo, lógico. Não poderia falar da filha nem do tio. Nós nos conhecemos hoje.
— Claro... — concordou o irmão.
— Ela tem medo.
— Eu sei.
— Não. Você não sabe, Alex.

— Não entendi. Como assim?

— A Raquel tem medo dela mesma. — Ele ficou sério, aguardando o desfecho. — Sabe... É algo simples e complicado. Ela te ama. Esse é o medo dela.

— Espera... Ela não me ama.

— Aí é que se engana! — enfatizou, sussurrando. — Ama sim. É por isso que vive em conflito. O seu medo é de não poder corresponder. Ela te respeita, admira imensamente. Acha que você é uma pessoa nobre e vê a si própria como uma coisa sem valor. A Raquel se subestima, ainda se sente humilhada pelo que sofreu no passado, sem contar os traumas em que ainda vive. A agressão física, muitas vezes, desaparece, mas a agressão emocional não. Não tão facilmente. — Viu-o atento e completou: — Ao mesmo tempo em que se atrai por você, ela vive o pesadelo da experiência do passado. Analise comigo: qual o exemplo que Raquel pode ter ou lembrar de carinho entre um casal? Que vivência pode ter, por experiência própria, de um relacionamento amoroso feliz? Que visão, que sonho pode ter? Quais suas esperanças ou perspectivas de uma vida com amor e carinho? Ela só tem lembranças amargas por ter sido tão subjugada. — O irmão ficou pensativo e amargurado, abaixando a cabeça enquanto a ouvia: — Agora, é o seguinte: você tem de ser forte e tranquilo, compreensivo e prudente se quiser conseguir passar, transmitir ou ensinar a ela esses exemplos bons. Raquel tem de aprender que isso existe. Tem de entender que é possível receber carinho sem sentir medo. E pode aprender com você.

— Rô, ela está traumatizada. Sabe o que é isso?

— Eu sei. Mas se você a ama, proponha-se a reverter esse quadro.

— Para isso ela precisa me amar — tornou ele.

Perdendo a paciência, a irmã reagiu:

— Você é um burro ou o quê?! Caramba! Preste atenção, Alexandre! Você pode imaginar o quanto ela teve de se vencer, de vencer o medo que sente para te dar um abraço? E ela só faria todo esse esforço por alguém que tivesse um significado muito grande para ela. — Breve pausa e contou: — Uma amiga minha foi empurrada no corredor de uma loja. Reclamou dizendo: não enxerga por onde anda? Aí, a outra mulher voltou, empurrou e socou essa minha amiga. Gritou, xingou, falou um monte de coisa... Resultado: minha amiga ficou tão traumatizada que passou três meses sem sair de casa. Teve crises de ansiedade por medo de que a situação se repetisse. Isso porque aconteceu uma vez. Nós ficamos nervosos quando brigamos no trânsito e, depois, a briga continua em nossos pensamentos, nas lembranças e, muitas vezes, temos medo de dirigir ou passar pelo lugar onde aconteceu. Imagine, então, uma violência sexual! Deve ser horrível! Tem-se nojo da pessoa, nojo de você e ainda se sente envergonhada por uma coisa pela qual não tem culpa. Quando não se sente culpada também! Cada um reage de uma forma. Mas é possível vencer, porém é preciso ajuda. No caso da Raquel, você é a pessoa certa. Até porque, gosta dela e a quer contigo.

Ele se lembrou de que, na maioria das vezes, a amiga o rejeitava. Parecia que tinha de vencer um medo terrível para se deixar envolver.

— Alex, você entendeu? Entende o que ela sente? — indagou a irmã.

— Sempre me julguei esperto, cheio de confiança... Mas, hoje, às vezes, me vejo como um menino inexperiente. Com ela, eu nunca sei o que fazer.

— Você não é um menino, mas é totalmente inexperiente com uma garota assim. E sabe por quê? Porque todas as mulheres que teve, até hoje, não te deram o trabalho nem o prazer da conquista. Elas foram muito fáceis, não foram? Coisa fácil não tem valor. — Sorrindo, Rosana completou: — Você está descobrindo que nunca amou alguém como está amando agora. É por isso que se pega sonhando, imaginando, preocupado e pensando: por que eu me sujeito a uma situação como essa? Vivo fantasiando que Raquel é minha esposa, que a levo para trabalhar e quando chegar a nossa casa ela estará lá me esperando, arrumaremos o jantar, assistiremos à TV, sairemos para fazer compras, viajaremos nas férias... — Alexandre olhou assustado, pois Rosana havia lido seus mais secretos pensamentos. — Não é isso, Alex? — Sem esperar pela resposta, continuou: — Se for isso, verdadeiramente, você a ama. Então, faça com que a Raquel não só o ame, mas também sonhe com você, fantasiando assim como você faz.

— Como?

— Não seja precipitado, não a aborde, não force a situação. Seja natural, deixe-a se acostumar com você. — Sorriu e completou: — Creio que já estou ganhando a confiança dela como amiga. Aos poucos, conversaremos e aí eu vou falando sobre o seu despertar para as coisas boas da vida, que desconhecem. Quero muito ajudar. Gostei tanto dela...

Um barulho os fez perceber que Raquel estava se aproximando.

— Obrigado... — falou baixinho e sorriu.

A irmã simplesmente retribuiu ao sorriso. Ao irem para a sala, Rosana olhou para Raquel dizendo:

— Vamos?

— Eu? — indagou sem entender.

— Claro, estávamos esperando por você para nos acompanhar. O Alex vai me levar para casa, vamos.

— Não. Eu fico...

Puxando Raquel, alçando seu braço, Rosana a conduziu em direção da porta falando:

— Não se preocupe. Nem precisam entrar. Do portão mesmo, vocês voltam.

Após deixarem Rosana em casa, o rapaz propôs que fossem jantar fora, agindo naturalmente conforme Rosana sugeriu.

Conversaram sobre o passeio que elas fizeram naquela tarde e Alexandre contou-lhe coisas engraçadas que se lembrou de sua infância com as irmãs.

Voltaram tarde para casa.

Ele gostaria de conversar por mais tempo, mas decidiu seguir a recomendação de sua irmã e deixá-la livre para fazer o que quisesse.

Capítulo II

A preocupação dos pais

A cada dia, Alice arquitetava novo plano para se destacar na empresa onde trabalhava. Queria ser bem-vista e ganhar a confiança de todos. Por prestar serviços junto à diretoria, fazia tudo para ser chamativa. Aos poucos, foi conseguindo atrair a atenção de um dos diretores: o senhor Valmor. Aproximaram-se além do trabalho. Iniciaram um romance e começaram a sair juntos, mas por ter de chegar à sua casa no horário de costume, quando possível, saíam mais cedo do serviço para encontros.

Ela não respeitava o marido nem os filhos, que não desconfiavam de nada.

Em casa, como mãe, quase não dava importância aos meninos que necessitavam de seu carinho, acompanhamento e atenção.

Nílson, o filho mais velho, arrumou emprego em um supermercado como repositor.

Certo dia, Elói procurou por Alice e disse:

— Mãe, o Nílson está fazendo coisa errada.
— O que é?
— Ele traz para casa algumas coisas do mercado. Isso não é certo.
— Sabe, Elói, neste país, gente honesta não tem valor, não sobe na vida nem dorme tranquila porque vive preocupada com o despejo, com o aluguel, com as dívidas, com os gastos...
— Mas, mãe, a senhora não vai falar nada com ele?
Com ar de desprezo, Alice perguntou:
— Falar o quê?
Apesar da pouca idade, Elói sentia que algo estava errado. Tinha discernimento.
Contrariado, mais tarde, quando se viu sozinho com o irmão, perguntou ao vê-lo:
— Onde achou isso?
— Não é da sua conta! — Nílson respondeu agressivo.
— Vou contar pro pai!
— Vai nada!
Os adolescentes começaram a brigar. Após poucos minutos, Marcos chegou para ver o que estava acontecendo e os separou.
— Parem com isso, vocês dois!
— Foi ele quem começou — alegou Elói em sua defesa.
— O que está acontecendo aqui? — perguntou o pai veemente.
Elói contou o que tinha acontecido, enquanto Nílson o fuzilava com o olhar.
— Isso é verdade?! — o pai indagou firme.
Alice, que se aproximava, interrompeu-os, antes de o filho falar:
— O que foi?
— O Nílson está furtando no serviço. Ele está trazendo mercadorias para casa. Eu nem posso acreditar numa coisa dessas! — exclamou o marido.

Tranquila, a esposa perguntou em tom irônico e voz debochada:

— É?!... E o que você pensa em fazer? Bater nele? — Sem esperar por uma resposta, disse com sarcasmo: — Sabe, Marcos, seu filho é mais esperto do que você. Ele já aprendeu que, se a sociedade não dá oportunidade, ele tem de fazer essa oportunidade.

— Você ficou louca, Alice?! — gritou o marido. — Se ele não está contente com o que tem, que estude e trabalhe muito para ter mais. A sociedade não é culpada pelo fracasso de alguém! No mercado de trabalho há vagas sim, mas não tem pessoas capacitadas para as ofertas de emprego, que exigem qualificação profissional, estudo, conhecimento. Ninguém está a fim de estudar, de se esforçar para aprender e depois reclama que não consegue emprego! Muitos arrumam um serviço e em vez de agradecer a oportunidade, reclamam, respondem, são malcriados, preguiçosos, vivem falando mal do chefe, dos colegas! A culpa não é da sociedade não. Se não é capaz de trabalhar em uma empresa, se não gosta de receber ordens, encontre algo que consiga fazer e trabalhe por conta, abra seu próprio negócio, produza alguma coisa! Tem muita gente que se dá muito bem com isso! E quando abrir seu próprio negócio, quero ver gostar de ser furtado e enganado pelos outros! O furto só é bom quando o prejudicado é o outro! Não se deve furtar nem ideias! Pra Deus é roubo, de qualquer jeito! E tenha em mente uma coisa: não vou criar um ladrão!

— Ladrão não! Esperto, sim!

Marcos não podia crer no que estava vendo e ouvindo.

Alice tirava sua autoridade, além de não ensinar nem dar moral e princípios aos filhos. Voltando-se para Nílson, o pai segurou-o pelo braço ao exigir:

— Não quero saber mais disso aqui em casa! Vou te dar uma surra se você trouxer novamente, para casa, qualquer coisa que não tenha pagado por ela!!!

O menino abaixou a cabeça sem dizer nada, mas, em seu olhar, podia-se notar uma expressão de insatisfação pela bronca, principalmente, pelo apoio que a mãe lhe dava.

Após ir atrás da esposa, Marcos disse:

— Nunca mais diga aquilo! — foi firme. — Você está incentivando nossos filhos a agirem errado. O que deu em você? Quer criar criminoso? Se muitos pais repreendessem e orientassem os filhos, quando notassem algo estranho, logo na primeira vez, teríamos menos marginais nas ruas. Jamais devemos aceitar algo duvidoso em casa. É assim que eles começam. — Alice não respondeu e Marcos continuou: — Acho melhor você parar de trabalhar para tomar conta direito desses meninos.

— Não sou sua empregada nem dos seus filhos! — quase gritou. — Não vou me escravizar só porque você quer. Saia você do seu serviço! Não se esqueça de que sustento esta casa tanto quanto você! Eu tenho capacidade para trabalhar!

— Trabalha porque minha irmã te encaixou em um bom emprego.

— Canalha! Você duvida de minha capacidade ainda? Pois vou te provar quem é incompetente aqui. Se perder esse seu empreguinho, não terá onde arrumar outro tamanha é a sua desclassificação. E quanto à sua irmãzinha, ela também não perde por esperar.

— Por que você odeia tanto a Raquel?

— Nunca suportei aquela nojenta! Toda cheia de querer ser coitada! Cansei de te ouvir só falar dela. Foi bem-feito o que aconteceu! Você viu a cobra que estava agasalhando!

— Cale a boca, Alice!

— Se eu cometi um erro, algum dia, foi o de ter me casado com você!

— Por que não pega as suas coisas e vai embora então?

Alice não disse nada. Virou as costas e saiu em seguida.

♡

Mais tarde, ao conversar com a amiga Célia, ela desabafava:

— Então foi isso. Ai! Que ódio! — estava furiosa.

— E seu caso com o tal Valmor?

— Fale baixo! Alguém pode escutar — sussurrou Alice. — Estamos bem. Ele entende meus problemas.

— Ele te ajuda?

— Claro. Onde você acha que arrumei dinheiro para me vestir assim? O Valmor é muito bom, generoso. Ele me leva aos lugares chiques. Gosta de me exibir quando estamos juntos.

— Ele fala alguma coisa sobre deixar a mulher para viver com você?

— Mais ou menos... Ela tem problemas. Não estão em uma boa fase para se divorciarem. Ele está esperando um bom momento. Assim que ela melhorar... Mas isso não importa. O que eu quero é que monte um apartamento para mim e me dê todo o conforto de que necessito e mereço. Ele já falou isso.

— Você tem coragem de largar o Marcos e os meninos?

— Do Marcos eu não quero nem saber. Meus filhos já são crescidos. Eles se viram. No momento, minha maior dificuldade e preocupação é ter de chegar tarde em casa sem levantar suspeitas. Afinal, ainda não tenho meu apartamento — riu com gosto.

— Arrume um longo tratamento dentário para depois do serviço, claro — sugeriu a amiga rindo junto.

— Célia! Sabe que você me deu uma ótima ideia?

Célia não imaginava quantas amarguras atraía para si, oferecendo sugestões que colaboravam com práticas não harmoniosas.

Em busca de estabilidade e falsa felicidade, Alice não renunciava à infidelidade. Caía nas malhas de desejos vis, ignorando que, no futuro, precisaria conciliar tudo, pois sua consciência lhe cobraria valores e princípios morais.

Em conversas com a amiga, defendia-se da traição, alegando ter direito de aproveitar a vida. Comumente ouve-se, daquele que adulterou, que tem o direito de ser feliz.

Quem garante que existe alegria verdadeira quando se engana alguém?

Não se constrói felicidade genuína em cima de traição, lágrimas de quem quer que seja, machucando com seus atos.

Não se é feliz quando se é irresponsável. Um dia, nesta ou em outra vida, a consciência nos chama à responsabilidade.

É dentro do lar que necessitamos usar a nossa força de vontade e o nosso amor autêntico para encontrar o equilíbrio e a harmonia na vida. Não nos unimos a alguém por mera casualidade, por isso precisamos buscar entendimento conversando e nos entendendo a fim de, juntos, prosseguirmos. Mas, se não conseguirmos, não será errado nos separarmos quando a incompatibilidade for extrema e se esgotarem todas as formas de reconciliação. Mas é errado trair. É também adúltero aquele que se envolve com quem está traindo. Tão igualmente, será responsável.

♡

Na casa dos pais de Alexandre, o casal conversava a respeito da vida do filho.

— Não posso concordar com isso, Claudionor — comentava a esposa, angustiada.

— O Alexandre já é bem grandinho. Até quando vai pajear seu filho? A princípio, eu também não gostei, mas a verdade é que não sabemos direito o que aconteceu. E se ele estiver dizendo a verdade? De repente, está somente ajudando a moça.

Com o semblante franzido, demonstrando-se insatisfeita, a mãe do rapaz balançou a cabeça negativamente e disse contrariada:

— Só você para acreditar nessa história mesmo.

— Vamos pensar diferente, Virgínia. Suponhamos que a Raquel fosse nossa filha. Daríamos graças a Deus por ela encontrar alguém digno para ajudá-la, se estivesse em dificuldade.

— Primeiro que, se ela fosse minha filha, não estaria na rua, largada e dependente de favores. Segundo, meu filho é digno, mas é homem. Não sei até onde vai esse respeito. Os dois são jovens e... Sabe que ele chegou a me dizer que está gostando dela mesmo! O que você acha que vai acontecer? Se já não aconteceu!

— E daí, Virgínia. Hoje em dia tudo é tão liberal.

— Não sei se gosto de tudo liberal. Sou antiga, fui criada assim. Acho que é importante ter bons princípios.

— Só quero saber o que está acontecendo e... — tornou o marido.

— Eu também quero.

— Virgínia, veja bem, o Alex já sofreu e passou por tanta coisa... Não será somente agora que nosso filho está sendo feliz?

— Sofreu porque encontrou uma mulher mau-caráter, que o enganou e disfarçou por muito tempo. Quando me lembro que ele ofereceu de tudo pra ela, montou até a casa e a sem-vergonha, além de trair, enganar, levantou calúnias dele para Deus e todo o mundo. Ordinária!

— Confiávamos e valorizávamos tanto a Sandra, conhecíamos a família dela, no fim, olha no que deu? Quem sabe agora, com essa desconhecida, que nem família tem, o Alex vai ser feliz? Quem sabe essa moça o respeite e o valorize, coisas que a outra não fez? — Após breve pausa, revelou: — Nem conversei com a Raquel, mas sabe que gostei do jeitinho dela!

Dona Virgínia ficou pensativa e não respondeu nada. Aproximando-se da esposa, ele a envolveu num abraço pelas costas e, enquanto a embalava nos braços, roçando seu rosto ao dela com carinho, falou com voz meiga:

— Virgínia, uma coisa me comoveu.
— O quê?
— Uma frase que o Alex disse, quando conversamos um pouco, naquele dia em que fomos lá ao apartamento e descobrimos a Raquel.
— O que ele disse?
— Ele disse: "Infelizmente, eu não tenho nada com ela." Isso mexeu comigo.
— Será que está gostando dessa moça mesmo?
— Eu creio que sim.
— Mas...
— Minha velha... Isso é coisa para ele resolver.
— E se ela o abandonar? Será outra crise.
— Vamos aguardar, Virgínia. Vamos aguardar.

♡

Bem longe dali, em uma fazenda, no interior do Rio Grande do Sul, prostrada de joelhos em frente ao pequeno altar da igrejinha, havia uma mulher em desespero. Seus pensamentos eram remoídos de aflições por ignorar notícias de sua filha.

Era Teresa, mãe de Raquel.

Imaginava a filha encarando as misérias do mundo e as piores dificuldades. Não tinha notícias dela há muito tempo.

Logo que recebeu a irmã em sua casa, Marcos lhe escreveu dizendo que a jovem não estava com a criança. Contou sobre seu estado emocional abalado, sua dificuldade de interagir e que quase não conversava. Depois, Alice, sua nora, escreveu dizendo que Raquel não tinha um bom comportamento. Era ingrata e levava vida leviana. Não sabia o que fazer e sugeriu que Teresa a levasse de volta para a fazenda. Da própria filha, nunca recebeu uma única linha escrita. Chegou a enviar várias cartas, mas Raquel nunca respondeu.

A mulher acreditava que a filha a odiava pelo que lhe contou. Não bastava estar grávida pela violência sexual que sofreu, a notícia de que seu tio era seu pai destruiu a vida de Raquel. O pior era tê-la deixado sem qualquer apoio, na rua, sem nada nem ninguém.

Sentia-se culpada por várias razões. No passado, aproveitando-se da ausência prolongada de seu marido Casimiro, ela cedeu às seduções de seu cunhado Ladislau.

Quando Casimiro, pai de seus outros filhos retornou, Teresa já sabia que estava grávida e escondeu isso do marido por algum tempo. Avisou-o somente depois de fazer os cálculos para o nascimento da criança para dali a sete meses, dizendo que o parto foi prematuro.

Sempre carregou consigo a dor e o remorso da traição. A consciência culposa e pesada jamais a deixou em paz.

Nunca mais viu sua filha desde que revelou tudo a ela. Depois das últimas cartas de Alice, ninguém mais lhe escreveu. Não responderam suas cartas. Não sabia de mais nada.

Talvez Raquel tivesse contado tudo ao irmão. Nem mesmo quando escreveu contando sobre a morte de seu pai Casimiro, Marcos deu qualquer notícia ou se deu ao trabalho de ir até lá. O filho deveria desprezá-la e guardar muito rancor por saber de seu envolvimento com Ladislau. Somente isso justificaria a ausência de informação.

Cada vez mais, o desespero tomava conta de Teresa. Sempre que estava sozinha, ali, na igrejinha da fazenda, extravasava sua aflição:

— Casimiro! Me perdoa! — gritou a mulher. — Perdoa meu pecado, tchê! Eu só trouxe miséria para a guria que tu amaste como tua filha. Quero morrer e me entregar ao fogo do inferno!... — chorava. — Somente assim vou limpar minha consciência pelo mal que fiz — clamava perdão chorando em desespero, jogada aos degraus frente ao altar. Lembrando-se de que sua sogra desencarnada, mulher bondosa e tolerante, apaziguava conflitos com sabedoria, suplicou: — Mãe Edwiges — era assim que a chamava por costume, apesar de ser sua sogra —, protege a Raquel. Cobre minha filha com o manto de Maria, mãe de Jesus! Cuida pra que alguém socorra a minha guria. É por minha culpa que ela está sofrendo, tchê. Nunca tratei minha filha bem, bah! Sempre fui mãe distante. Quando olhava pra ela, lembrava da traição, de tudo o que fiz... Bah! Ela nunca foi tratada bem pelos irmãos por minha culpa também... Só o Casimiro, que nem era pai dela, tratava com carinho... Mas ele sempre viveu longe da gente por causa das viagens... E quando Raquel foi acusada, ele estava doente e não pôde defender a guria, tchê...

Sua consciência era consumida pela dor do remorso, comprometendo seu equilíbrio e sanidade mental. A cada dia, no decorrer daqueles anos, ela ficava mais e mais abalada. Na presença de outras pessoas, com as quais convivia, procurava se manter austera. Tinha a personalidade firme, era arrogante e orgulhosa por natureza. Não costumava ser generosa ou compreensiva. Pronunciava-se sempre com rispidez, parecendo ser pessoa infalível. Mas, escondia, por de trás dessa aparência, seus erros e remorsos.

Suas preces não deixavam de serem ouvidas. Espíritos amigos buscavam acudi-la com inspirações e energias salutares.

Ao desencarnar e tomar conhecimento da traição e de toda a verdade que a esposa lhe escondeu por anos, o espírito Casimiro buscou conhecimento, superou a decepção e a dor e se viu apto a auxiliar Raquel, assim como Edwiges, que sempre procurava inspirar e ajudar a neta. O que não era fácil, porque a jovem vivia com pensamentos e ideias negativas e condições vibratórias decaídas no sofrimento, pois era só o que buscava lembrar.

♡

A cada dia, Raquel desanimava mais e mais. Agia de forma diferente, reclamava de suas condições, ficava insatisfeita com as companheiras de trabalho, queixava-se de seu salário e sempre protestava pela dependência de morar na residência de Alexandre.

Obviamente, era uma pessoa sensível, ainda mais pelas dificuldades e violência que sofreu, mas, nos últimos tempos, não buscava melhorar o humor, ter ideias positivas, pensar em soluções e agradecer pelo que tinha. Ao contrário, melindrava-se por qualquer razão, lamentava-se de tudo, chorava com facilidade e por meros motivos.

Apesar de gostar muito dela e ter extrema paciência, Alexandre sentia-se magoado e saturado com o comportamento da amiga. A quietude da moça era deprimente e seus comentários demasiadamente lamuriantes e tristes. O amigo fazia grande esforço para que ela o compreendesse em alguns momentos. Apesar de estar com esse comportamento, Raquel era amável e bondosa. Realizava algumas tarefas domésticas com boa vontade, empenhando-se com certos cuidados e caprichos por prazer, transformando, sem perceber, aquele apartamento, em um cantinho aconchegante.

Vez e outra, ele sempre comentava algo sobre Bruna Maria e a jovem passava a ouvi-lo, ficando atenta e desejosa por saber como andaria a filha. Às vezes, quando a via quieta e refletindo, perguntava:

— Está pensando na Bruna?

— Como você sabe que estou pensando nela? — sorria meiga.

— É que você parece que brilha quando falamos ou quando está pensando nela — o rapaz respondia com simplicidade.

Dessa forma, o assunto sobre a garotinha tornava-se uma conversa comum.

♡

E assim o tempo foi passando...

Com a ambição desmedida, sem amar ou valorizar o que tinha, fazendo da maledicência e da maldade práticas de prazer, Alice acreditava-se feliz e seguia sua vida.

Devido às exigências da esposa, Marcos aceitou se mudar para uma casa maior.

Estando a sós, contemplando suas miseráveis e mesquinhas conquistas, Alice pensava:

"Ainda bem que, agora, não terei mais de dar um sumiço nas cartas daquela velha. Era um sufoco ter de ficar atrás daquelas correspondências antes que Marcos visse. Depois que comecei a trabalhar, por sorte, a Célia me ajudou com isso também... Se o idiota do Marcos pegasse aquelas malditas cartas antes de mim... Porém, agora, chega. A velha não vai mais saber do nosso endereço. Eu disse que já escrevi pra mamãe dele e passei o novo endereço..." — riu sozinha. — "Enviei algo que nunca vai chegar..." — E, após pouco tempo, continuou: — "Nas cartas que mandava, Teresa só sabia perguntar da Raquel! Raquel! Raquel! Só reclamava da vida. Mulher orgulhosa e avarenta! Trouxa do jeito que o Marcos é seria bem capaz de querer ajudar a mãe ou até trazer essa mulher para cá. Isso se não quisesse voltar para aquele fim de mundo! Prefiro a morte a voltar para lá. Ainda mais agora com o Valmor me ajudando, não volto mesmo. Tenho certeza de que, em pouco tempo, ele vai me propor para gente morar longe. Vou me livrar desses estorvos e viver a minha vida e ser feliz!" — referia-se a se livrar do marido e dos filhos. — "Todos são bem grandinhos e independentes. Ninguém vai morrer de fome! Que trabalhem e se cuidem. Longe daqui, estarei realizada!"

O espírito Sissa, com extrema satisfação, rodeava Alice, alimentando suas ideias e esperanças, sem pensar nas consequências.

Por sua vez, Valmor também era envolvido por companheiros espirituais sem escrúpulos e sem moral.

Todo aquele que trai machuca, fere, destrói, angustia, faz doer. Traição é fraqueza, é desrespeito, é irresponsabilidade, é falta de caráter. É não pensar que, no futuro, de alguma forma, terá de harmonizar o que desarmonizou. A traição só vem daquele que se dizia amigo, parceiro, companheiro. Existe grande devastação em torno daquele que trai, pois ele arruína vidas que confiavam nele. É muito importante a pessoa parar e analisar suas atitudes e pensar nas consequências, antes de trair.

Para seguir uma nova vida com outra pessoa ou mesmo envolver-se em uma aventura, é necessário terminar com o compromisso que se tenha, encerrando o acordo ou a união.

Alice não acreditava que, para tudo o que conseguimos de modo fácil e sem valor moral, pagamos uma alta taxa de juros nos refazimentos futuros. Ela sonhava e não via a hora de conseguir o que chamava de liberdade. O relacionamento com o marido, há tempos, não era bom e a cada dia piorava. Ela sempre o criticava, humilhando-o o quanto podia.

Agora, já não ligava mais para os cuidados com a casa como antes fazia, muito menos se preocupava em dar atenção aos filhos, perdendo horas em reflexões mesquinhas.

Naquele instante, a aproximação de Marcos chamou a esposa para a realidade. Parecendo pensar em voz alta, o marido disse:

— Como será que minha irmã está?

— Eu nem acredito! — disse a esposa. — Depois de tudo o que ela fez, você ainda se preocupa?

— Fico cada vez mais surpreso com o que você me diz! Nem parece que tem sentimento! Afinal de contas, a Raquel é minha irmã.

— Mas não deixa de ser mentirosa, sem-vergonha. Agora você sabe quem ela é. Raquel tirou a máscara e assumiu a vida fácil que sempre levou.

— Tomara que esteja vivendo bem. Faço votos que ele goste muito dela. A Raquel merece.

— Quem te ouve dizer isso, vai até acreditar que se trata de uma menina inocente, de uma donzela! — expressou-se com ironia. Começou a ofender com palavras ásperas.

— A verdade é que, minha irmã nunca teve uma oportunidade — tornou o marido, começando a se irritar. — Minha mãe sempre foi uma mulher muito distante, principalmente, com a filha. Eu percebia isso. Quando lembro a nossa infância, recordo a Raquel sendo desprezada por mim, pelos meus irmãos. Ela sempre ficou na pior... Foi posta na rua e só

Deus sabe o que passou. Foi abandonada, não só por eles, mas por mim também. Eu me arrependo do que fiz... Naquele dia, você tinha me envenenado tanto que eu estava de cabeça quente... Hoje, pensando melhor, vejo que nem deixei que se explicasse direito e justo ela que sempre me ouviu. Deveria ter ido tirar tudo a limpo e até procurar aquele rapaz, se fosse preciso... Minha irmã sempre foi submissa, nunca reagiu... Fico sempre lembrando quando o tal Alexandre falou comigo aquele dia. Ele detalhou coisas que não poderia saber se não estivesse tentando conhecer melhor a Raquel. E ele falou de um jeito... Tomara que minha irmã esteja bem.

— Não seja idiota! É ela que não se adapta com ninguém. Você vai ver... Não dou muito tempo para ela largar o Alexandre e arrumar outro trouxa.

— Ela pode ser o que for, mas foi a única criatura que nos ajudou quando mais precisamos! Foi ela quem te arrumou os dois únicos empregos que conseguiu em sua vida! Não seja ingrata! Não seja cruel, mulher! Não podemos contar com mais ninguém. Meus irmãos jamais me procuraram! Meu pai está inválido! Minha mãe só me escreveu duas ou três vezes nesses anos todos! Ela nem mesmo respondeu às cartas que tenho mandado! Se Raquel não leva uma vida decente, todos temos uma parcela de culpa, principalmente, minha mãe, que nunca se importou com ela. Talvez minha mãe tenha sido coagida por meu avô para mandar a Raquel embora da fazenda, quem sabe. Prefiro nem pensar nisso! Eu já tinha levantado suspeitas do meu tio e... Ninguém pode provar que a Raquel mentiu! Ninguém!

— A verdade é que, na sua família, ninguém presta!

Enraivecido, Marcos a segurou pelo braço ordenando:

— Cale a boca! Não fale da minha família! Não vou mais admitir isso! Nem parente você tem! Abandonou sua mãe e irmã lá no Sul e nunca quis saber delas desde que se casou. Nem sabe se estão vivas!

Nos olhos de Alice, podia-se notar a expressão de ódio que se fez.

Ficou em silêncio, temendo a reação do marido, mas seus pensamentos vibravam rancorosos contra o esposo.

Ele a soltou e não disseram mais nada.

Capítulo 12

As primeiras brigas

Com os dias, Alice e Rita começaram a provocar ainda mais Raquel para vê-la irritada. Rita passou a contar para outras colegas que Raquel tinha uma filha e a notícia foi se espalhando.

Ao ter conhecimento disso, Vágner aliou-se à Rita e Alice, já que se sentia contrariado por saber que Raquel e Alexandre estavam morando juntos. Com isso, decidiu ofender e abalar o colega, pois o considerava traidor, uma vez que, sabendo de seus sentimentos pela jovem, não o respeitou, conquistando-a.

— Como vai a vida de casado?

— Muito bem — respondeu o outro esboçando um sorriso. Já esperava por alguma provocação.

— Já se adaptaram?

— Claro! E muito bem.

— E o *baby*, para quando é? Ou não vão querer filhos?

Cínico e irônico, Alexandre olhou para ele e disse sorrindo:

— Sabe que eu ainda não havia pensado nisso? Você me deu uma ótima ideia!

Vágner, com olhar vingativo, desfechou:

— Para você será novidade, mas para a Raquel não será uma experiência nova. Que pena, né? Aliás, por que não levam a filha dela para morar com vocês? Deve estar crescidinha, não dará tanto trabalho...

Alexandre não gostou do tom de zombaria, mas manteve a aparência tranquila e respondeu sem titubear:

— Eu e a Raquel já estamos conversando sobre isso. Eu quero a filha da Raquel conosco. Que, aliás, será minha filha a partir daí. — Encarando-o firme, desfechou: — Não pense que um outro filho não seria novidade muito agradável para a Raquel. Sabe por quê? Porque esse filho será meu. E isso a fará muito feliz e realizada. — Sem esperar por um revide, Alexandre pediu: — Dê-me licença. Vou almoçar com a minha mulher.

Ao chegar à seção, ele não conseguia tirar o sorriso do rosto. Adorou o que falou ao outro. Não poderia ter respondido melhor àquela tentativa de constrangimento. Em sua mesa, que ficava próxima de Raquel, convidou:

— Vamos almoçar agora? — Encarando-a, percebeu-a diferente e quase chorando. Seu ânimo diminuiu imediatamente. — O que foi?

— Nada.

Ele já imaginava. Se Vágner estava sabendo que Raquel tinha uma filha, era porque Alice espalhou essa notícia para todos.

— Quem foi? — tornou ele quase irritado.

— Quem foi o quê?

— Quem falou e o que para você ficar assim?

— Por favor... Não vamos falar disso agora.

— Tudo bem. Mas vamos almoçar senão fica tarde — respondeu insatisfeito.

— Você acha conveniente ainda irmos juntos?

— Ora, Raquel, o que é isso agora? Pare de se preocupar com os outros. Vamos logo almoçar! — decidiu irritado.

Sem dizer mais nada, ela pegou sua bolsa e eles saíram. No caminho, ele lembrou:

— Se não ficarmos juntos, os comentários serão piores. Vão dizer coisas ainda mais desagradáveis a nosso respeito. Se eu for almoçar com outra colega, dirão que estou te traindo, se for um amigo terei de ficar respondendo a perguntas que não quero. Você, por outro lado, sofrerá por ter companhias inoportunas, indiscretas.

Ela não dizia nada. Pouco depois, quando quase terminavam a refeição, observando-a muito quieta, Alexandre perguntou:

— O que aconteceu para você ficar assim?

— É que já estão sabendo... — expressou-se muito chateada.

— Sabendo o quê? — perguntou com voz mansa, forçando-se ser paciente. Vendo-a abaixar a cabeça, parecendo envergonhada, suspirou fundo e indagou: — Você quer dizer que estão sabendo que você tem uma filha?

— É. Como você soube?

Superficialmente, o rapaz contou o que Vágner falou e omitiu o que deu como resposta.

— Além de me ajudar, você ainda tem de passar por esse tipo de humilhação.

— Que humilhação?! — foi firme.

— A de servir de chacota para os outros.

— Não me atingiram! Aliás... — falou segurando o sorriso — Já pensei em ver como poderíamos ter conosco a sua filha para...

— Não! — reagiu, estranhamente, quase irritada.

— Por que, Raquel? — Encarou-a e perguntou brandamente: — Você não gostaria de vê-la?

— Por favor. Não quero falar mais disso.

O amigo achou estranho. Aquele assunto nunca a incomodou, mas, naquele instante, ela se expressou de modo diferente.

As ideias de Raquel encontravam-se confusas. Por morar com ele, passou a pensar que Alexandre se achava no direito de se intrometer em sua vida. Não poderia deixar que isso ocorresse. Teria de dar um jeito de se tornar independente novamente e sair de sua casa, mas estava sendo tão difícil. Tudo o que tentava, dava errado. Sentia-se chateada, muito triste. Não conseguia ver o auxílio, a proteção digna recebida.

Raquel nem mesmo agradecia a Deus por tudo o que lhe acontecia. Sua situação talvez fosse outra. Era imatura, espiritualmente falando.

Sem elevar os pensamentos, deixava-se envolver por companheiros espirituais que se compraziam com aquelas ideias deprimentes, não conseguia ter autoestima nem se valorizar mais, acreditando que nasceu para sofrer.

♡

À noite, chegando ao apartamento, Alexandre ainda a orientava:

— Você não pode se incomodar com o que dizem sobre nós. Isso é temporário. Quando encontrarem algum assunto novo para se ocuparem, isso vai acabar.

— Mas eu não consigo! Tento, mas... É tão difícil. Essa questão vive na minha mente e eu me incomodo com ela, tanto que nem consigo mais trabalhar direito.

Alexandre ficou pensativo e decidiu contar outra novidade para que mudassem de assunto e vê-la feliz:

— Sabe... Hoje, na reunião, solicitaram a minha transferência para outro departamento. Vou assumir um novo cargo — contou animado, porém se decepcionou ao encará-la.

Raquel ficou paralisada. Nos últimos tempos, era ele quem a auxiliava com o serviço. Sabia que, sem ter Alexandre ao lado, passaria por inúmeras dificuldades.

Mais sério, o rapaz lembrou:

— Profissionalmente falando, isso será muito bom para mim. Mas eu também fico chateado com a mudança por você.

— Ficará na mesma função? — indagou, procurando disfarçar.

— Não — tornou cabisbaixo.

— Será coordenador?

— Serei — afirmou com jeito insatisfeito, pois era algo que almejava havia muito tempo. Entretanto, ficou desgostoso por ter de se afastar dela.

— Você merece... Esforçou-se para isso — não o encarou.

Percebendo Raquel triste com sua mudança, aproximou-se e, com voz meiga, revelou seus planos:

— De repente, essa transferência será a melhor coisa para nós dois e... Como coordenador, daqui uns tempos, posso solicitá-la para trabalhar comigo.

— Enquanto isso não ocorrer, vou aguentar a Rita me difamando e o Vágner me assediando — comentou pessimista.

— Calma, Raquel. Não é assim — ficou aborrecido por tentar animá-la.

— Eu estou cansada de ser calma! — disse, agora, gritando pela primeira vez, desde quando chegou ali. — Fico calma enquanto observo tudo acontecer de errado na minha vida! Chega!

Forçando-se a ser paciente, quis envolvê-la e conduzi-la para que se sentasse, mas ela reagiu esquivando-se. Contrariado, calou-se.

Para mudar de assunto e não discutirem, o rapaz virou as costas e foi cuidar de seus afazeres. Mesmo se sentindo magoado com o que acontecia, buscava agir normalmente.

Mais tarde, procurou-a, perguntando com modos simples:
— Raquel, você viu meus chinelos?
— Eles estavam jogados por aí e eu guardei na sapateira, por quê? Não deveria?

O amigo nada respondeu, mas ficou remoendo seus pensamentos, insatisfeito com a situação. Raquel nunca foi daquele jeito. Estaria revelando sua verdadeira personalidade?

Pouco depois, a moça foi até ele e indagou:
— Estou incomodando você, não é verdade, Alexandre?
— Não — respondeu firme, encarando-a.
— Diga a verdade! Você não se sente mais à vontade em sua própria casa.
— Raquel, pare! Pare com isso, por favor — pediu determinado, olhando-a nos olhos. Depois, sugeriu quase que veemente: — Se vamos conversar a respeito de um assunto sério, faremos isso como duas pessoas inteligentes, racionais, civilizadas e não como rivais.
— Mas você está aborrecido por minha causa — disse, agora, mais ponderada. — Eu altero todo o seu ritmo de vida, mexo nas suas coisas, mudo tudo de lugar...
— É lógico que uma pessoa altera um ambiente e interfere nos hábitos de outra. Isso não resta dúvida. Com você e eu aqui, vivendo juntos, não seria diferente. Mas isso não me incomoda. Eu só fiz uma pergunta, e uma resposta sua, em tom normal, não me deixaria insatisfeito ou incomodado. O problema foi como respondeu.
— Tirei você do seu quarto, mudei sua vida...
— Espera, Raquel. Não se altere. Preste atenção: há alguns meses que está aqui e desde o início você não me tirou de lugar algum, fui eu que quis sair daquele quarto. Não te vejo mexer em minhas coisas, vejo organizando, só isso. Minha mãe fazia o mesmo e não me incomodava. Não te escondi que

tenho a mania de, às vezes, largar tudo espalhado. Entenda, de uma vez por todas, que você não me aborrece, certo?

— Errado. Eu te incomodo sim.

Olhando-a firme, Alexandre afirmou:

— Você não me incomoda com o que faz em minha casa nem com o que mexe ou muda de lugar. Mas, às vezes, fico magoado com a maneira depressiva, triste ou agressiva de me responder, de falar alguma coisa e insistir que estou chateado por estar aqui. De umas semanas para cá, você está muito estranha. Creio que esteja chateada com tudo o que te aconteceu sim, mas essa mágoa, essa agonia em que se coloca, não te deixa ver as coisas boas que acontecem.

— Que coisas boas? — perguntou de modo singular, parecendo realmente não observar tudo a sua volta.

— O que está te faltando aqui em casa, Raquel? — indagou friamente, decidido, sem titubear. Não houve resposta. Sem demora, prosseguiu: — Eu te respeito. Procuro tratá-la da melhor maneira possível. Minha família não te incomoda. Ofereço o melhor ao meu alcance em todos os sentidos... Agora, diga-me: o que está errado? — novamente, silêncio. — Tudo isso não são coisas boas?

Raquel ficou calada. Seus olhos brilhantes exibiam surpresa. Procurando detalhes para exibir insatisfação, falou a fim de se defender:

— Você mandou a dona Lourdes lavar minhas roupas e eu não queria — referiu-se à empregada.

— Raquel, deixe de ser boba! Essa mulher vem aqui três vezes por semana como você sabe. Limpa o apartamento, lava e passa. É automático. Nunca a mando fazer nada. Ela deve ter encontrado sua roupa por aí e pegou para lavar.

— Por aí, não! Eu não larguei nada jogado por aí!

Demonstrando-se surpreso e contrariado, Alexandre suspirou fundo e alegou:

— Por aí, foi força de expressão. Diga-me: estragou alguma coisa?

— Não.

— Então qual é a sua reclamação?

— Não quero que ela lave minha roupa.

— Tudo bem! Como queira. Vamos falar com a dona Lourdes e aí, no fim de semana, a senhorita ficará presa, o dia inteiro, na lavanderia.

Raquel foi à direção da sala falando com voz chorosa:

— Você não entende!

— Não! Não entendo mesmo, Raquel! Daria para você me explicar?! — indagou firme, nervoso, indo atrás dela.

— Eu falo que vou arrumar ou limpar a casa e você continua contratando essa mulher — comentou com voz de lamento, chorosa.

— Não estou entendendo aonde quer chegar! — tornou firme.

— Estou aqui de graça. Você não me deixa pagar nada. Quero contribuir com alguma coisa. Eu sei cuidar de uma casa! Quando morava sozinha...

— Não vou dispensar os serviços da dona Lourdes! — foi enérgico. — Ela trabalha para mim desde que vim morar aqui. Além do que, não vou usar você como faxineira. Essa mulher, até hoje, tem sido ótima. Além disso, ela precisa desse serviço.

— Vou sair o quanto antes da sua vida — disse magoada. — Não posso te ajudar... Você não me deixa fazer nada por você — dizendo isso, foi para o quarto chorando.

Nervoso e sem saber o que fazer, ele esfregou o rosto e sentou-se no sofá da sala no instante em que o telefone tocou:

— Alô! — atendeu, exibindo irritação.

— Nossa, Alex! Que alô!

— Oi, Rosana — cumprimentou friamente.
— O que aconteceu, Alex?
— Nada — respondeu no mesmo tom.
— Com essa voz, dizer que não aconteceu nada é assinar certificado de mentiroso — riu. — Está tudo bem?
— Está — respondeu indiferente, mas com certa insatisfação.
— A mãe está reclamando que você não aparece nem liga pra ela.
— Por que sempre sou eu quem tem de agradar aos outros? Caramba! Estou cheio! — respondeu, irritado.
— O que está acontecendo, Alex? — falou mais firme e quis saber: — E a Raquel?
— A Raquel está chorando no quarto, para variar.
— Por quê?
— Não sei. Quer perguntar para ela?
— Deixe de ser malcriado e me responda direito! — exigiu Rosana veemente. — O que houve?!
— Olha, Rô, de uns dias pra cá a Raquel está estranha — decidiu explicar, agora, mais controlado. — Parece que não se adapta aqui em casa. Chora à toa, nada está bom para ela, sempre se acha causadora de algum problema, sempre acredita que está incomodando. Hoje, lá no serviço... — Alexandre passou a contar o que ocorreu.

No final, sua irmã avisou:
— Sábado vou aí falar com ela e...
— Não.
— Por quê?
— Porque eu não quero. É melhor não se envolver em meus assuntos — o irmão foi verdadeiro.
— Então se prepara que a mãe disse que vai até aí domingo. Ela quer conhecer melhor a Raquel e tirar aquela má impressão do primeiro encontro e...

— Fala pra mãe ficar por aí! — irritou-se novamente.
— Credo, Alexandre! Nunca te vi falar assim!
— Pois está vendo agora.

Rosana pensou em brincar com seu irmão como sempre fazia, mas percebeu que ele estava realmente insatisfeito e decidiu não arriscar.

— Alexandre, escuta: precisamos conversar melhor.

Parecendo mais flexível, respondeu ponderado:

— Olha, Rô... Até sábado tem tempo — expressou-se mais brando. — Depois a gente se fala, tá? Só me faça um favor: vê se a mãe não vem aqui não. Fala com ela.

— Você vai sair esse final de semana?

— Talvez. Não estou a fim de ficar socado em casa. Pensei até em ir à praia, mas quero voltar no mesmo dia. Preciso relaxar um pouco.

— A Raquel vai junto?

— Não sei. Se não quiser ir também... Que fique em casa.

— Calma, Alex. Não fique assim.

Rosana conversou por mais tempo com seu irmão aconselhando e acalmando-o.

Naquela noite, ao se deitar, ele não se despediu de Raquel como sempre fazia. Estava magoado e gostaria que ela notasse isso. Enquanto ela ficou insone, rolando de um lado para o outro, chateada com a distância que percebeu.

♡

O fim de semana chegou. Nem a irmã ou a mãe de Alexandre foram visitá-lo.

No apartamento, o clima andava pesado demais. Ele não se sentiu animado para viajar ou sair e Raquel muito menos. Voltaram a conversar, mas o relacionamento não era amistoso.

Alguns dias se passaram e o remanejamento de Alexandre para outro departamento ocorreu conforme previsto. Isso abalou sua amiga. A presença dele lhe dava segurança e auxílio. Mesmo em outro andar, ele se preocupava e ligava interessado em saber como ela estava.

Rita e Alice ficavam mais à vontade para provocar e causar inquietação na colega. Isso a deixava apreensiva e amargurada, fazendo-a sofrer imensamente.

Raquel passou a ter dificuldades com seu trabalho. Erros singulares ocorriam com frequência, comprometendo seu desempenho.

Era sexta-feira, muito animado como de costume, Alexandre foi até o andar onde a amiga trabalhava para irem embora juntos.

— Vamos? — convidou-a normalmente.

Calada, ela pegou suas coisas e foram embora.

A caminho de casa, a moça não dizia uma palavra, enquanto Alexandre não conseguia conter seu entusiasmo e contava alegre:

— Que diferença! Antes o Vágner me sufocava e eu não podia colocar em prática minhas ideias nem exibir meus conhecimentos. Agora... — durante todo o trajeto para casa não parou de falar.

Em silêncio, às vezes, ela parecia nem o ouvir. Após algum tempo, o rapaz percebeu sua reação, mas não disse nada. Entraram no apartamento e, imediatamente, perguntou:

— Tudo bem, Raquel?

Surpresa, encarou-o e não conseguiu responder, pois sentia vontade de chorar. Virando-se, rapidamente, foi para o quarto sem dizer nada.

Aborrecido, sem suportar mais aquela situação que se arrastava há dias, seguiu-a entrando na suíte. Irritado, indagou:

— O que está acontecendo, Raquel? O que está te faltando?

Deitada na cama, chorando, respondeu com a voz abafada, pois se debruçou sobre os braços:

— Eu estou com dor de cabeça.

— Não minta. Sente-se, por favor. Vamos conversar.

Contrariada, sentou-se, mas escondia o rosto chorando e não podia conter os soluços. Alexandre se sentou a seu lado e, procurando olhá-la no rosto, perguntou mais calmo:

— O que está acontecendo com você? Não está feliz aqui comigo? É isso? Não está suportando mais a minha presença? Seja o que for, fale. Não aguento mais essa situação — conforme suas perguntas, o choro de Raquel ficava mais intenso. — Sou eu? É a minha companhia que a deixa assim? — insistiu.

— Não — respondeu ela entre os soluços.

— Então o que é?

— Lá no serviço... Estou me sentindo uma incompetente... Não consigo fazer nada, e, ainda... — explicou, com a voz entrecortada pelos soluços.

— E ainda, o quê?

— A Rita e a Alice ficam me provocando. Como se não bastasse, o Vágner...

Alexandre já imaginava que, sem estar ao lado de Raquel, o colega iria assediá-la. Diante da pausa ele insistiu:

— O que ele fez?

— Não vou te dar mais preocupações.

— O que o Vágner fez?! — quis saber irritado, com voz grave.

— Não fique assim — pediu, encarando-o e fugiu ao olhar.

— Então me conta ou na segunda-feira vou perguntar para ele!

— Na verdade, não fez nada... Mas sempre fica do lado... Cada vez que eu erro algo ou quando tem de me passar algum serviço, ele fica muito perto, falando baixinho e se curvando em cima de mim. Isso me incomoda...

— Ele fez alguma coisa? Tocou em você ou falou algo? — Diante do silêncio, insistiu: — Por favor, diga a verdade. Não gosto de surpresas!

— Ele fica dizendo que estou bonita, que agora estou melhor que antes... Me olha de um jeito... Eu estou com medo. Com muito medo...

— Ele a tocou ou tentou algo?

— Eu tenho medo...

— Do que você tem medo, Raquel? — indagou desconfiado. — O que esse desgraçado fez?! Que medo é esse?! Quero entender! — Ela chorava. Procurando se acalmar, segurou-lhe o rosto com carinho e perguntou tranquilo: — O que ele fez? Por que esse medo?

— Porque... Um tempo atrás... — contava chorosa — Eu estava indo embora e quando passava pelos carros, que estavam no estacionamento... — Uma crise de choro se fez. Ele foi acalmá-la, mas Raquel se esquivou do carinho que o amigo tentou fazer em seus cabelos.

— O que aconteceu? — tornou paciente e estremecido, imaginando algo grave.

— Vágner me agarrou... Tentou me beijar...

— Desgraçado! Infeliz! — disse nervoso, levantando-se irritado ao andar de um lado para o outro.

— Infeliz, sou eu!... Estou cansada dos outros se aproximarem de mim com segundas intenções, com convites indecorosos, insinuações e... Estou cheia dessa vida... Só veem que sou bonita, só pensam que eu serviria pra ir pra cama, só me desejam para sexo... Ninguém imagina que tenho dignidade, que tenho uma alma, um coração... Que sou gente e sofro com isso. Maldito instante em que nasci bonita! Não bastasse isso, tem aquelas pessoas que só sabem me acusar, caluniar...

Alexandre ficou ressentido porque acreditou que Raquel o encaixava no conjunto daqueles que a admiravam pela beleza e a queriam por isso. Novamente, ele se sentou, abaixou a cabeça pensando no que poderia dizer para confortá-la.

Raquel parecia disposta a desabafar e continuou:

— Não suporto mais a Rita, que fica falando que roubei você dela... que eu traí a amizade que a gente tinha... Quando estamos no *toalete*, perto de outras colegas, ela e a Alice me provocam... Dizem que sou vadia ou nomes piores... Falam que abandonei minha filha porque não sei quem é o pai... Elas falam: "Olha quem chegou!" E dizem um monte de nomes feios. A Alice fica provocando, vive insinuando que vou perder o emprego e voltar a ser indigente... Pergunta se eu não tenho vergonha de ficar esmolando casa e comida... — Após outra crise de emoções, ainda falou: — Todo o mundo está sabendo que morei nas ruas... Não sei o que fazer da minha vida... Tenho medo... Muito medo...

Enternecido, ele a olhou e compreendeu o que sentia.

Traumas são agressões psíquicas que abalam a pessoa de maneira que ela não consegue ter outro sentimento a não ser medo. O medo desequilibra pensamentos e reações, além de não deixar a pessoa ter esperança ou vislumbrar um futuro alegre e equilibrado. Situações, palavras, cenas ou qualquer coisa que lembre o episódio traumático provocam estado de suspensão da consciência, ausência de reação e coordenação das ideias. A pessoa se desliga da realidade, não sabe reagir, treme, sofre, paralisa ou sente imensa vontade de chorar.

Sentando-se mais perto, Alexandre colocou o braço em seu ombro, puxando-a delicadamente para si, dizendo:

— Vem cá... Não fique assim.

Raquel encostou o rosto em seu ombro. Abraçando-a com carinho, disse com tranquilidade:

— Elas querem isso mesmo. Querem que você fique nervosa, irritada. Querem que brigue comigo... Seja esperta. Não faça a vontade delas. Não se subestime.

— A Alice disse que nunca vou conseguir rever minha filha... Que ela vai me odiar porque a abandonei... Isto é... se ela tiver saúde para compreender, porque se for filha do tio... E ela nem sabe que ele é meu pai... — chorou. — De outras vezes, Alice afirma que ela já foi adotada e... — chorou escondendo o rosto no peito do amigo e ele deixou. Nunca a viu desabafar como naquele momento.

Em poucas palavras, Alexandre rogou para que pudesse encontrar um meio de confortá-la e tirá-la desse desespero. Ajeitando-a nos braços, colocando-a de frente para ele, aninhou-a como a uma criança e a embalou, enquanto dizia com voz terna:

— Viu como tudo isso é um complô contra nós? Foi só dizer ao Vágner que traríamos a Bruna para morar conosco e ele já foi contar para a Alice. Agora, ela está infernizando você com essa história de que a menina já foi adotada e esse monte de besteiras... Nunca julgue ou suponha nada. Os fatos são diferentes das suposições. Não ligue para essas fofocas. Ocupe sua mente com coisas proveitosas, ideias boas e terá mais paz. — Após alguns segundos, falou parecendo sonhar: — Nós vamos encontrar a Bruna. Ela é linda! É como você. Deve estar esperta e esperando a sua volta. Tenho certeza disso. Sei, de algum modo, que a Bruna Maria quer te conhecer. Vocês vão se amar muito.

Raquel, ainda em seus braços, parou de chorar e ficou olhando Alexandre que, entusiasmado, passava-lhe vibrações felizes e desejos salutares.

— Não sei por que — prosseguiu ele sorrindo —, mas, quando penso na Bruna, imagino seu rosto, seu jeito... Ela é perfeita, doce...

O silêncio se fez.

Alexandre passou a observá-la, agora, mais tranquila e quase sorrindo, aninhada em seus braços fortes, quase deitada e abraçando-o também. Ele a envolvia com carinho e ternura. Olhou-a por longo tempo e ela correspondia com semblante inebriado. Não resistindo ao desejo que o dominava, vagarosamente, foi se aproximando, até que seus lábios se tocaram e ele, com todo seu amor, beijou-a delicadamente. Raquel ficou parada, sem reação.

Apertando-a junto a si, beijou-lhe, em seguida, várias vezes, o rosto e os lábios, acariciando seus cabelos com carinho.

Repentinamente, Raquel colocou a mão em seu peito, impedindo-o. Imediatamente, ele parou, dando-se conta do que havia acontecido, observando-a sem saber como agir. A moça exibiu-se aflita, passou a tremer, até seu queixo mostrava forte estremecimento pelo medo ou pavor que passou a sentir. Ao afastá-lo de si, sentando-se às pressas, sussurrou ao abaixar o olhar:

— O que você fez?...

— Me perdoa... eu... É que... Eu te amo muito e... — tentou se defender.

Alexandre se levantou, sentindo seu coração descompassado, acreditando ter traído sua confiança. Passando as mãos pelos cabelos, andou um pouco, voltou, parou em frente a ela, que estava sentada na cama e não o encarava. Ajoelhando-se, segurou com delicadeza seu rosto e disse:

— Me perdoa... Por favor. Nunca mais vou fazer isso. Nunca mais vou trair sua confiança, se me der outra chance.

Raquel fugia-lhe ao olhar e não disse nada, abaixando a cabeça logo em seguida. Estava atordoada, confusa e tentando entender seus próprios sentimentos.

Magoado consigo mesmo, Alexandre se levantou e saiu do quarto.

Ela não tinha como explicar o que havia acontecido. Estava confusa. Quase que automaticamente tomou um banho. Ainda com os cabelos molhados, saiu do quarto e foi para a cozinha aquecer o jantar, quando viu Alexandre arrumado, procurando as chaves do carro para sair. Surpresa, não sabia o que dizer.

Sem encará-la, após encontrar as chaves, o rapaz avisou:
— Vou sair. Não me espere.
— Você não vai jantar? — perguntou temerosa.
— Não — respondeu calmo, virando-se rápido.
— Alexandre? — chamou com voz meiga, parecendo amedrontada. O amigo se virou esperando que ela dissesse algo. Constrangida, perguntou: — Você vai voltar tarde?
— Talvez... Não me espere. Se precisar de algo, telefona pro meu celular. — A moça não disse mais nada. Vendo-a parada, despediu-se a distância: — Não se preocupe comigo. Tchau — virou as costas e saiu.

Raquel atirou-se no sofá e teve longa crise de choro compulsivo. Angustiada, remoía seus pensamentos naquela difícil situação. Sempre desejou serenidade, mas parecia algo distante demais. Não sabia o que fazer. Tão jovem conheceu tantas amarguras que a impediam de ser feliz.

Por volta das quatro horas da madrugada, Alexandre chegou. Procurando fazer silêncio a fim de não a acordar, entrou vagarosamente. Com fome, foi até a cozinha e observou que a comida não havia sido tocada.

"Será que ela me esperava para jantar?" — pensava. — "Ela deveria estar chateada com o que fiz e... Depois de tudo o que me contou e o que disse, provavelmente, me considera tão cafajeste quanto Vágner por causa dos beijos e... Pensou que eu quis me aproveitar da situação por ser o dono do apartamento, por... Droga! Estraguei tudo. Não a respeitei, traí sua confiança... Fiz psicoterapia tempo suficiente para entender o que é trauma, medo, angústia... O que é ser traído... Eu traí a Raquel..."

Alexandre ainda se sentia perturbado e contrariado consigo mesmo.

Sem demora, preparou um lanche, pegou um refrigerante e, só ao chegar à sala, que estava na penumbra, viu Raquel adormecida no sofá. Não sabia se deveria acordá-la.

E se o fizesse, o que teriam para conversar?

Deixando sobre a mesinha central o refrigerante e o prato com seu lanche, foi à direção do sofá. Olhando-a de perto, certificou-se de que dormia.

Em seguida, foi até a suíte. Arrumou a cama, posicionando o travesseiro e retornando para a sala. Pegou Raquel no colo e a levou para o quarto com cuidado.

No caminho, a jovem despertou assustada.

— Calma, sou eu. Fica tranquila. Sou eu — avisou brandamente. Ela o agarrou na camisa e ele continuou indo para o quarto, colocando-a sobre a cama. Observando-a, viu que ela estava assombrada com o que acontecia. Com modos quase frios, Alexandre justificou: — Cheguei agora. Fui assistir à televisão e você estava no sofá. Não queria incomodá-la por isso a trouxe. Desculpe-me pelo susto.

— Desculpe-me por ter ficado lá eu... — falou com voz fraca.

— Não se preocupe.

— Você jantou? — indagou ao vê-lo se virar.

— Preparei um lanche. Pode dormir sossegada.

Após vê-lo sair, Raquel consultou o relógio.

"Quatro e vinte. Onde ele esteve até aquela hora?" — pensou. — "Estava tão diferente. Frio... Estranho."

♡

Na manhã seguinte, ela ficou preocupada, pois era quase meio-dia e Alexandre não saiu do quarto. Não sabia se deveria chamá-lo. Isto talvez não ficasse bem.

Com a ajuda de espíritos zombadores, passou a ter pensamentos conflitantes, ideias incabíveis que lutavam, desnecessariamente, entre si. Sofria pelo que não sabia e pelo que poderia acontecer, mas não tinha certeza. Pensamentos acelerados, inconciliáveis e aflitivos, geralmente, são inspirados por espíritos de nível inferior, que desejam o sofrimento do encarnado, pois se satisfazem com seu sofrimento.

Em vez de tomar uma atitude, Raquel ficava pensando nas possibilidades infundadas do que deveria ou não fazer. Gostaria de ir ao quarto onde ele dormia para saber a razão de não ter levantado até àquela hora, pois não era costume dormir até tarde. Então, preocupou-se se deveria ou não o fazer, achando que não ficaria bem. Lembrou-se de que ele entrava na suíte, onde ela dormia, quando estava preocupado ou quando precisava, por isso achou que ela então poderia fazer o mesmo. Aquele apartamento era dele e poderia ter toda a liberdade, mas ela não. E se Alexandre estivesse com alguém em seu quarto? Ele era o dono da casa.

Raquel começou a se envenenar sozinha com inúmeros pensamentos conflitantes, inspirados por espíritos que se comprazem com seus medos, com suas inexperiências, inseguranças, dificuldades em lidar com a vida prática.

Com a sugestão de seu mentor, ela se lembrou de que o amigo tinha problemas cardíacos e pensou que pudesse ter passado mal. Era uma possibilidade.

Preocupada e cautelosa, foi até o quarto e, batendo suavemente, chamou:

— Alexandre, tudo bem? — Nada. Ele não respondia. Abrindo a porta, espiou ao chamar: — Alexandre?...

— Entra... — respondeu ele, com voz grave e baixa.
— Posso acender a luz?
— Pode.
Ao vê-lo mais de perto, notou que estava encharcado de suor. Sentiu um odor horrível e viu que ele havia vomitado no chão.
— Alexandre!... O que é isso?! — surpreendeu-se. O rapaz se largou sobre a cama, não se importando com seu estado.
— Você precisa de um médico! — Ao tocá-lo falou: — Está com febre.
— Acho que sim... — murmurou ele, falando lentamente.
— Acho não. Você está queimando! Meu Deus! O que faço?!
— Você dirige? — perguntou lento e com dificuldade.
— Não, mas vou chamar a sua irmã. Agora!
— Não... — sussurrou ao vê-la sair.
— Vou sim! — respondeu, caminhando sem dar importância.
Pouco depois, após falar com a mãe de Alexandre, explicando seu estado, Raquel retornou ao quarto.
— Vamos, sente-se — pediu ela quase ordenando. — Você tem de trocar essa camisa.
— Não precisa... — balbuciou.
— Precisa sim. — Observando seu estado, perguntou: — Você não conseguiria tomar um banho sozinho?
— Acho que não — falou desanimado.
Com dificuldade, Raquel tirou-lhe a camisa e o fez lavar o rosto. Alexandre encontrava-se tão mal que precisava ser amparado pela amiga ou segurado por ela, mesmo sentado.
Rápida, ela limpou o quarto antes que a irmã e a mãe do rapaz chegassem, o que não demorou.
— Onde ele está? — quis saber dona Virgínia preocupada.
— No quarto.

As três levaram Alexandre ao médico, voltando bem mais tarde.

Ao retornar, mesmo depois dos medicamentos, Alexandre ainda não se sentia bem. Tomou um banho e se deitou, sem se importar com o que acontecia.

Foi então que, menos aflita, dona Virgínia procurou por Raquel, que preparava um chá para o amigo e café para elas. Na cozinha, chamou calmamente ao entrar:

— Raquel?

— Senhora — respondeu, sentindo-se gelar. Era a primeira vez que se via sozinha com a senhora e acreditou que seria repreendida por algo.

— Agora, mais calmas, podemos conversar — falou tranquila. — O que aconteceu?

Muito constrangida, a jovem contou:

— Nós chegamos do serviço ontem e... Bem... O Alexandre não quis jantar e disse que iria sair.

— Você não foi com ele?

— Não, senhora — respondia sempre tímida, educada e submissa.

— Por que? Ele não te chamou?

— Não — admitiu recatada ao abaixar a cabeça.

— Aonde o Alex foi?

— Não sei dizer, dona Virgínia. Ele não me contou e quando chegou já era bem tarde. Nós não conversamos direito.

— A que horas ele chegou?

— Por volta das quatro — informou sempre com educação peculiar e acanhada.

Após alguns segundos, desconfiada, a mãe do rapaz perguntou:

— Vocês brigaram, Raquel?

A jovem demorou para responder, mas, por fim, disse:

— Não.

— Sente-se aqui... — pediu com simplicidade. Embora fosse educada, a senhora estava em uma posição que a outra julgava superior.

A moça sentiu-se esfriar ainda mais, acreditando que dona Virgínia poderia humilhá-la naquela oportunidade. Após ocupar o lugar indicado, trazendo as mãos geladas e molhadas de suor, Raquel exibia nítido nervosismo.

— Calma, filha... Não precisa ficar assim — pediu a senhora, observando sua aflição. — Só quero entender o que está acontecendo e falar sobre minha opinião. Eu estou preocupada com o Alex. Não só com o que ocorreu hoje, mas também com tudo o que vem acontecendo ultimamente. Gostaria que você se colocasse em meu lugar e procurasse me entender.

— Eu entendo, dona Virgínia. Aliás, gostaria de já ter conversado com a senhora há mais tempo. Não quero que pense mal de mim.

— Então vamos lá. Primeiro, quero saber se vocês brigaram ontem?

— Não exatamente. Eu estava chateada com algumas coisas do serviço. O Alexandre deve ter contado que estou morando aqui de favor e temporariamente. Se algo der errado agora e eu for demitida, não sei o que vou fazer. Por isso, estou muito aflita com essa situação. Quero deixar este apartamento o quanto antes... Então... Ontem, falávamos sobre isso e ele se irritou. Eu disse que estava incomodando, mas ele afirmava que não... Falávamos coisas assim... Depois disso, ele tomou um banho, arrumou-se e disse que não o esperasse. Perguntei se gostaria de jantar, mas disse que não. Fiquei nervosa e... Após ele sair, passou muito tempo e eu dormi. Acordei depois, quando ele chegou e...

— E o quê?

— Eu me assustei e o achei meio esquisito. Frio com as palavras, com as atitudes... — Após alguns segundos, revelou: — Acho que senti cheiro de bebida. Perguntei se gostaria de comer alguma coisa, mas ele disse que estava fazendo um lanche. Na verdade, depois disso, não dormi direito. Pela manhã, levantei e vi que ele nem havia comido direito o lanche que fez.

— O que ele comeu aqui?

— Um sanduíche de queijo e presunto. Deu uma ou duas mordidas e largou. Encontrei o resto em cima da pia. Ele nem jogou fora. Aí, quando achei que estava demorando muito para levantar, fui ver o que havia acontecido, porque comecei a ficar preocupada. O Alexandre costuma levantar cedo sempre. Foi isso o que aconteceu.

Após ouvir a história, a mulher ficou em silêncio por algum tempo, observando o nervosismo aflitivo de Raquel. Pouco depois, perguntou:

— Vocês estão juntos há alguns meses. Nesse tempo de convivência, ele costuma sair assim, sem dizer aonde vai e voltar de madrugada?

— Não. Ele nunca havia feito isso antes.

— Olha, filha... — falou a senhora respirando profundamente — Não sei direito como vocês estão se relacionando...

Interrompendo-a, a fim de se defender, Raquel disse, educada e com modos simples:

— Não temos nada, dona Virgínia. Não existe relacionamento nenhum. Infelizmente, estou precisando de um lugar para morar. Passei e passo por uma situação difícil e o seu filho está me ajudando. Mas nós não temos nada. O Alexandre é um grande amigo, me respeita e muito. Eu o respeito também. Desde que estou aqui, ontem, foi a primeira vez que saiu e voltou de madrugada. Não me cabe perguntar aonde ele vai ou de onde veio. Não sou nada dele para fazer isso. Enquanto vivo aqui, procuro cozinhar, arrumar, contribuir com o que posso e da melhor maneira possível. Sou grata ao Alexandre, mas não me vendo em troca de nada.

— Espere, menina! — reclamou, quase ofendida. — Eu não disse isso. Você nem me deixou terminar.

— Então me desculpe — pediu Raquel, abaixando o olhar. — Sabe o que é?... Nos últimos tempos, só encontro pessoas que me julgam erroneamente e não conseguem acreditar em uma grande amizade entre um homem e uma mulher, sem algo mais. Ninguém acredita que uma pessoa pode ajudar a outra sem interesses.

— Mas, Raquel, você há de concordar comigo que é difícil vermos um rapaz jovem, bonito, estabilizado, colocar para dentro da sua casa, onde mora sozinho, uma moça também jovem e muito bonita, sem que não haja nada entre eles.

— Dona Virgínia... — tentou explicar em tom vacilante.

— Por favor, Raquel... — pediu com gesto singular fazendo-a esperar. Levantando-se em seguida, continuou: — Não quero que me prove nada, mas gostaria de entender e acreditar nisso, se possível. Vou ser sincera, não vejo com bons olhos esse relacionamento, principalmente, pelo fato de você ter surgido, repentinamente, dentro do apartamento do meu filho. Nunca ouvi o Alex falar de você. Não sei se, antes de se unirem, vocês se conheceram ou namoraram o suficiente. Porém, nessa altura dos acontecimentos, isso não me importa mais. Entretanto, ninguém pode me impedir de zelar pela segurança e pelo bem-estar do meu filho. Meu Alex já passou por sérios problemas. Não quero vê-lo sofrer novamente. Meu filho nunca teve de sair de casa à noite, sem jantar, para fugir de algum problema que não quisesse encarar e só voltar de madrugada. Se ele fez isso, é porque algo aconteceu. Se você,

Raquel, não é um problema na vida do Alexandre, faça parte de soluções, de harmonia, de alegria. — Olhando-a bem nos olhos, dona Virgínia quase a intimou: — Trate bem o meu filho, por favor. Se você o respeita, se o considera por tudo o que vem fazendo e ajudando, faça-o feliz. É o mínimo que ele merece.

Após dizer isso, dona Virgínia deixou-a sozinha. A moça sentia-se ofendida e humilhada. Pela época e pela educação recebida, ela não poderia tirar a razão daquela mãe, principalmente, pelo fato de ela ignorar o que estava acontecendo.

No instante em que conversavam, esclarecendo os fatos, espíritos, sem instrução e dispostos a comprometer negativamente a conversa, começaram a envolver a mãe de Alexandre a fim de fazê-la maltratar Raquel.

Dona Virgínia, mulher que sempre foi educada e compreensiva, procurou se controlar para não a magoar, mas acabou se deixando envolver pelas inspirações de companheiros desencarnados que desejavam ferir os sentimentos da jovem. Com isso, a senhora passou péssima impressão e criou vibrações muito negativas.

Raquel estava se sentindo incrivelmente mal. Como se não bastasse tudo o que lhe acontecia de ruim, a mãe de seu amigo conseguiu entristecê-la.

A moça teve de criar forças para não chorar naquele momento. Levantando-se, pegou o café, que havia preparado, e levou para Rosana e dona Virgínia, que estavam no quarto junto com Alexandre e para ele um chá, saindo logo em seguida.

Pouco depois a irmã do rapaz foi à procura de Raquel que, com os olhos vermelhos, encontrava-se na lavanderia.

— O que está fazendo? Ora deixa isso para a Lourdes! — sorriu ao sugerir.

— De jeito nenhum — respondeu, escondendo o rosto entre os cabelos para que a outra não visse e continuou com o que fazia.

— Raquel, o que foi?...
— Prefiro não conversar agora — falou sem encará-la. — Sua mãe está aí e...
— Não fique assim. Depois conversamos — disse Rosana, entendendo que algo havia acontecido.

Raquel não respondeu, continuando com o que estava fazendo e a outra preferiu deixá-la só.

Mais tarde, quando se despedia, a mãe de Alexandre falou:
— Raquel, desculpe-me se fui tão sincera com você. Mas disse o que meu coração pedia.
— Do que você está falando, mãe? — perguntou a filha sem compreender o que se passava.
— Nada. Depois conversamos. — Voltando para a jovem, continuou: — Você fez bem em ter nos chamado. Lembre-se: o Alexandre não pode tomar qualquer medicamento. Por favor, qualquer coisa, avise-nos imediatamente.
— Pode deixar, dona Virgínia, cuidarei bem dele — disse tímida, mas firme.

Depois que elas se foram, Raquel foi até o quarto para confirmar se ele estava bem ou se precisava de algo. Ao vê-la, Alexandre iluminou o rosto pálido com belo sorriso e pediu:
— Vem cá. Sente-se aqui.
— Você me assustou — comentou após aceitar o convite.
— Você vai sobreviver a isso — ele brincou.
— O que comeu para você ter um problema gástrico infeccioso? Você teve até febre! Nossa!
— Deram o nome de enterite.
— Pouco importa o nome. O que você comeu? — tornou com simplicidade.
— Nem sei — respondeu ao se recostar nos travesseiros.
— Não comi muita coisa. Até cheguei com fome. Preparei um lanche e só depois comecei a não me sentir muito bem. Nem comi o sanduíche direito.

— Aonde você foi? — não se deu conta de sua curiosidade.

— Não quero falar sobre isso — fugiu ao olhar.

— Desculpe-me por ser indiscreta. Não tenho nada com isso e... — foi se levantando.

Rápido, Alexandre a pegou pelo braço e falou sério, encarando-a firme:

— É importante para você saber aonde fui?

— Fiquei preocupada. Gostaria de saber.

Ele simulou um sorriso com o canto da boca ao desconfiar de que se tratava de ciúmes, respondendo:

— Eu não estava com nenhuma outra mulher não. — Com delicadeza, segurando-a e ainda completou: — Eu não poderia trair você. Se quer saber, eu digo. Fui a um barzinho. Fiquei sozinho o tempo inteiro. Algo que não fazia há muito tempo fiz. Tomei uma bebida, o que não deveria por causa dos meus remédios... Comi algo que nem sei direito o que era, mas senti gosto de maionese. Sabe... Eu não parava de pensar no que aconteceu. Traí sua confiança. Mas... Ao mesmo tempo fiquei confuso. Fiz o que mais desejava... Apesar de tudo, quero que me perdoe. Embora eu não me arrependa e...
— Raquel, com olhar baixo, quis se levantar e ele não a largou insistindo: — Você me perdoa?

— Não vamos falar sobre isso. Preciso ir... Tenho de arrumar algo para você comer.

— Não quero comer nada. Responda, você me desculpa?

— Não tenho de desculpá-lo. Você não me ofendeu.

— Mesmo?

— Eu me assustei, eu... Não esperava. Fiquei com medo, eu...

Alexandre percebeu algo estranho, ela parecia ceder. Sua irmã tinha razão. Raquel gostava dele, só não aceitava. Não sabia como admitir nem como tratá-lo.

— Perdoe-me se eu te assustei — pediu com olhar suplicante e voz terna tentando envolvê-la. Ela abaixou o olhar novamente e ele pediu: — Você pode me dar um abraço?

Raquel o encarou, ficou temerosa, confusa, mas, por fim, aproximou-se e o abraçou com cuidado. Ao tê-la junto de si, ele sussurrou:

— Obrigado, Raquel. Obrigado por cuidar de mim — beijou seu rosto.

♡

No dia seguinte, quando conversava com sua irmã que foi, novamente, visitá-lo, Alexandre dizia:

— Ela agiu diferente. — Sorrindo, afirmou: — Estava quase irritada para saber aonde eu fui.

Rosana já sabia o que tinha acontecido entre Alexandre e Raquel no dia anterior. Pouco antes, o irmão já havia contado.

— Ciúme! — enfatizou a irmã. — Só pode ser isso.

— Mas é tão difícil conquistá-la, Rô. Eu nunca sei o que fazer. É complicado.

— Você não acha que ela precisaria da ajuda de um psicólogo? Quem sabe uma terapia?

Ironicamente, o irmão respondeu:

— Certo! Perfeito! Chegarei nela e direi: "Raquel, querida, vamos a um psicólogo porque eu quero namorar você. Quero beijá-la e você não deixa". Ora, Rosana! Isso não tem cabimento.

— Também não é assim, né! Idiota! — Menos irritada, concluiu: — Aos poucos, você pode indicar uma terapia. Diz que é para que seja menos preocupada, ansiosa... Coisas que geram todos esses sintomas de medos, abalos que travam as decisões...

— Nem namorados somos, Rô. Como eu poderia?... Raquel não permite. Ela é mansa, mas tem personalidade forte. — Após um instante de silêncio, disse: — Estou pensando em falar com ela sobre trazer a filha para junto de si. Há algum tempo, já venho conversando sobre a menina, fazendo-a se acostumar com a ideia. Como eu sei que um profissional dessa área será necessário para a readaptação da Bruna, posso sugerir que aproveite a oportunidade.

— Vai devagar, Alex. Eu não entendo muito de lei, mas o caso de Raquel é um tanto complicado. Veja: ela abandonou a filha ao nascer, não a procurou depois nem sabe como a menina está hoje ou com quem.

— Mas ela tem o direito de ter a filha. É a mãe — ele lembrou.

— E o abandono, não conta? — tornou a irmã.

— Mas ela abandonou a filha por seu estado emocional. Sofreu abuso sexual intrafamiliar e agressivo. Era menor de idade, foi coagida, intimidada. Sua gravidez não foi planejada e não aconteceu por irresponsabilidade dela ou por prostituição. Além disso, teve problemas graves com a família, que a expulsou de casa. Depois, quando procurou apoio da mãe, que virou as costas e a deixou com o peso moral, de consciência, por saber que a criança que iria nascer era filha de seu próprio pai. O que mais você quer? Como acha que ficou sua cabeça? Há inúmeros atenuantes a favor dela. Andei me informando.

— Calma, Alexandre. Lembre-se de que falaram que Raquel tinha um namoradinho. Depois de expulsa de casa, foi morar na rua. Primeiro, podem dizer que se relacionou com o namorado. Segundo, que se prostituiu quando morou na rua e daí concebeu a filha. Nos dias de hoje, temos exames de confirmação de paternidade, mas não com tanta facilidade, em nosso país. É muito caro fazer esse exame lá fora. Até dá, mas...

— Mas ela não namorou o rapaz.
— Será a palavra dela contra a dos outros. A família pode acusá-la de levar uma vida irregular. Não sei como é isso, mas creio que haverá investigações. Não vão entregar uma criança para alguém que diga ser a mãe. Mesmo hoje, ela tem de ter uma vida íntegra. A pergunta é: ela terá estrutura emocional para suportar tudo isso, toda essa investigação? — silêncio. — Ela não vai surtar e desistir no meio de tudo? Pensou nisso?
— Pensei... — falou desanimado.
— Em que condições se deu o abandono? Raquel era menor quando sofreu a violência sexual, mas era maior de idade quando a filha nasceu?
— Quando a menina nasceu sim. Ela era maior de idade — afirmou ele.
— Ela reconheceu a filha, ou melhor, registrou a menina e depois a entregou para a adoção?
— Não. Raquel mal disse o seu nome. Tenha dó!... Ela estava em choque. Não conversou nas entrevistas nem pegou a filha no colo. Só sabe dizer que chamavam a menina de Bruna Maria. Depois disso, ela fugiu do lugar.
— Cuidado para você não dar esperanças para ela em uma situação complicada. Veja, houve ruptura da filiação no nascimento e a Raquel era maior de idade. Psicologicamente falando, será que houve um trabalho de luto por essa separação? Será que ela sofreu por ter de deixar a filha?
— Pelo amor de Deus, Rosana! Raquel concebeu essa filha num estupro! — embora falasse baixo, alterou-se, defendendo-a. — Você não pode exigir algo de uma pessoa que sofre uma violência dessa! Acho até que ela é muito forte por, hoje, falar da filha sem rancor, mágoa ou coisa assim.
— Eu sei! Sou mulher e consigo me colocar no lugar dela. Imagino como foi e ainda é difícil. Tudo o que sofreu está a

favor dela, Alexandre. Sem dúvidas, mas e depois, com os anos, ela foi procurar pela criança? Sabe onde ela está? Se tem problemas de saúde física ou mental?

— Há pouco tempo ela telefonou e pediu informações. Soube que a filha foi transferida para um orfanato, logo após o abandono.

— Estou te alertando para que vocês não sofram. Vamos, primeiro, saber o que diz a lei. — Após pequena pausa, Rosana perguntou: — Não quero desanimá-lo, mas você sabe me dizer se essa menina já foi adotada ou não? — Alexandre arregalou os olhos e a irmã continuou: — Será que o abandono da mãe, que caracterizou ruptura após o parto, não fez com que Raquel perdesse o pátrio poder sobre a filha?

— Isso não acontece!

— Claro que sim, principalmente, diante dos assistentes sociais e dos psicólogos. Raquel te contou que nunca disse nada, ficou muda. Não falou sobre os problemas que viveu, não contou que engravidou num estupro, não relatou seus medos e não disse que a filha era sua meia-irmã. Eles não sabiam nada sobre a Raquel e ela, simplesmente, desapareceu após o parto. O juiz pode tê-la destituído do pátrio poder e passado para um casal ou alguém que quisesse adotar a menina.

Contrariado, Alexandre não se conformava com as possibilidades que a irmã alertava. Preocupado, alegou:

— Mas nenhuma mãe perde, tão facilmente, a guarda de um filho. Raquel tem esse direito.

— Aí é que você se engana! — Rosana o encarou. — Não entendo muito bem, mas vida imoral, prostituição, faz com que a mãe perca sim. — Breve silêncio e indagou para fazê-lo pensar: — O que Raquel fez depois que abandonou a filha? — não houve resposta. — Obviamente, haverá uma avaliação psicológica e social de tudo o que aconteceu. Por que ela nunca foi procurar a menina? Por que somente agora? Quando houver uma investigação, o que a cunhada vai dizer sobre ela ou vai falar como referência?

— Como assim? — preocupou-se mais ainda.

— E se Alice aparecer e disser que a Raquel se prostituía? Não foi isso que ela falou ao marido e por isso Marcos mandou a irmã embora de casa? Eles não disseram que ela chegava de carro com um e com outro?

— Mas era eu! Eu havia trocado de carro! O resto é mentira da Alice.

— Prove isso! Prove que era você! Prove que não houve outros caras em outros dias!... Além do mais, por maldade, lá no serviço não a acusaram de *jogar no outro time*? Podem dizer muito mais só para prejudicá-la, pois a moça que gosta de você, a tal de Rita, que diz ter sido cantada pela Raquel, pode inventar outras coisas, não é?

— Terão de provar! — irritou-se. — E você, mesmo antes de se graduar em Direito, está parecendo advogada do diabo! — enervou-se.

Olhando-o e percebendo que o irmão não havia se dado conta da situação, Rosana lembrou, dizendo com voz generosa:

— E você, Alex?... Como você fica na vida da Raquel?

— Como assim?

— Como vai ficar a sua situação com a Raquel? Vocês vivem como dois amigos, mas ninguém vai acreditar. Acreditando, o que é difícil, verifica-se que não há uma estabilidade. Ela vive aqui de favor. Nem concubinato é. Haverá visitas de assistentes sociais, entrevistas com psicólogos... Como vai ser? Eu acho que vai existir um período de adaptação, em que a criança será entrevistada. Ela tem quatro anos, não é? O que ela vai dizer de vocês dois?

— Vai fazer quatro anos em dezembro.

— Então, se for uma menina esperta, vai falar que cada um dorme num quarto ou coisa assim. O que vocês são um do outro? — perguntou, fazendo-o pensar. — São detalhes que formam um estudo psicossocial, que pode ou não ser favorável. Isso tudo, só depois de vocês entrarem com um pedido de guarda na Vara da Infância e da Juventude, para o juiz da comarca de onde o orfanato se encontra. — Alexandre ficou decepcionado. Ele não imaginava que teria tanto trabalho. — E se prepare. — tornou a irmã.

— Por quê?

— Com três anos... — falou meiga — Se essa menina já tiver sido adotada, vocês vão precisar de muita coragem ou de muita covardia para tirá-la desses verdadeiros pais que a assumiram, ampararam, cuidaram e amaram até agora. — Breve pausa. — Diga-me uma coisa: você terá coragem de fazer isso, Alexandre? Você vai ajudar a tirar a menina dos pais?

Empalidecido, ele a olhou sem dizer nada. Não tinha pensado nisso.

Rosana se aproximou do irmão, sentou-se a seu lado, envolveu-o com um abraço. Em seguida, com jeito meigo e ternura na voz, perguntou:

— Eu sei que você tem uma memória excelente. Lembra-se muito bem de quando era pequeno. Por acaso, se quando você tivesse quatro ou cinco anos, se sua mãe verdadeira aparecesse e quisesse levá-lo embora, como você reagiria? Como acha que o papai se sentiria? E a mamãe, então? Eu e a Vilma?... — o irmão não respondeu. — Eles morreriam, Alexandre. Nós morreríamos!... — sussurrou. — Imagine, advogados e juízes não respeitando a sua vontade, o seu amor e arrancando-o dos braços de sua família querida para entregá-lo a uma estranha. Como ficariam os nossos corações? — Fitando-a com seriedade, ele a encarava firme e a irmã continuou: — Perdoe-me por lembrar isso.

— Não tem problema. Eu me esqueço disso e está sendo bom para eu pensar no que estou a fim de fazer.

— Então pense bem. Antes de oferecer esperanças, procure informações e esclarecimento dos fatos. Alexandre, a mãe verdadeira é aquela que assume, que passa noites em claro, que fica alegre com as primeiras gracinhas e que se preocupa quando elas não ocorrem. Mãe mesmo é aquela que corrige, que orienta, que fica brava e até dá um castigo pra gente aprender. Não sei o que você faria, mas se fosse eu e, hoje, aparecesse uma mulher me dizendo: "Eu sou sua mãe", eu lhe daria um grande abraço e diria: "Obrigada por você ter me deixado encontrar a minha verdadeira mãe. Te respeito e posso entender todas as suas decisões, mas minha mãe de verdade é a dona Virgínia". — Vendo-o com a cabeça baixa, ela completou: — Alex, por favor, perdoe-me por falar isso.

Emocionado, Alexandre a abraçou com força balançando-a com carinho ao dizer:

— Eu amo vocês. Agradeço muito a Deus por eu ter essa família. Foi bom você ter me lembrado disso. Não terei coragem de seguir adiante caso a menina já tenha um lar. Não sei como não pensei nisso.

Afastando-se do abraço, Rosana alertou:

— Alex, pense bem. Prepare a Raquel para o caso de a filha já ter uma família e para algumas dificuldades que podem surgir. Faça-a encarar a realidade. Pense nisso, meu irmão. — Alexandre a abraçou novamente com carinho e Rosana ainda falou: — Eu te amo tanto, Alex. Não posso imaginá-lo longe de mim. Não quero te ver sofrer nem em dificuldades.

— Eu também amo você, Rô. Obrigado. Conte comigo sempre. Sempre, entendeu? — Eles ficaram abraçados por alguns minutos, sentindo fortes emoções que os levaram às lágrimas. Disfarçando, ela murmurou: — Bruna Maria... Gostei desse nome. Embora eu quisesse me chamar Aline...

— Seu nome é lindo, vai... Para com isso... — falou em seu ouvido. — Amo tanto você, seu nome, suas doidices...

Raquel, que havia saído do banho, bateu levemente na porta entreaberta, mas os irmãos não a ouviram. Ao entrar, ela parou logo após os primeiros passos e ficou sorrindo, contemplando a cena.

Ao se afastarem, Alexandre pediu:

— Sente-se aqui — bateu sobre a cama onde estava.

— Vim só saber se precisa de alguma coisa — disse Raquel.

— Vem aqui. Sente-se e faça companhia para a Rosana. Vou tomar um banho e já volto.

Capítulo 13

O reconforto em uma prece

Raquel chamou Rosana para a cozinha, onde foi preparar um lanche para elas e um chá para Alexandre, que estava restrito a alimentações leves.

Não suportando a inquietação, Rosana comentou:

— Ontem falei com minha mãe e soube o que ela conversou com você. Eu gostaria de dizer que...

— Rosana... — interrompeu-a. — Não precisa dizer nada. Sua mãe tem toda a razão.

— Minha mãe é um tanto conservadora. Ela ainda não consegue entender o que se passa, mas com o tempo...

— Não haverá muito tempo. Pretendo sair daqui o quanto antes. Nesses últimos meses, reservei uma quantia satisfatória e creio que já seja o suficiente. Na próxima semana, vou procurar uma casa e...

— E com o coração partido, deixar o homem que você ama, respeita e gosta de você? — imediatista e verdadeira, deixou-a sem palavras.

Sensível, a amiga abaixou a cabeça, procurando controlar a voz vacilante:

— Você não entende. Jamais poderei ser feliz.
— Por que, Raquel?
— Tenho medo... — sussurrou.
— Medo do quê? O Alexandre jamais iria maltratá-la.
— Mas eu não posso...
— Por quê? O que aconteceu, Raquel?

Escondendo o rosto, envergonhada, ela respondeu timidamente:

— Pergunte ao seu irmão. Ele sabe, por isso me compreende.
— Não... — disse Rosana, sentando-se a seu lado e segurando seu rosto para olhá-la melhor. — Quero ouvir de você. Se confiar em mim, poderá me contar.

Mesmo temerosa, constrangida e chorando, em alguns momentos, Raquel contou tudo o que a outra já sabia, inclusive sobre sua filha. Ela ouviu como se não soubesse de nada e ficou observando a angústia e a tristeza da amiga por tudo o que aconteceu. No final, estavam abraçadas e Rosana, emocionada com o relato, dizia:

— Tudo isso já passou. Você tem o direito de ser feliz ao lado de alguém que te quer bem. Meu irmão te ama. Acredite.
— Eu não disse a sua mãe, mas o Alexandre ficou nervoso e saiu de casa porque...
— Por quê?...

A jovem contou sobre o beijo que houve antes de o irmão de Rosana sair de casa. Ignorava que a amiga já sabia de tudo por ele.

— Você também ama o Alex, Raquel. Isso é certo.
— Não...
— Como não?! Você só não está admitindo isso porque sofreu muito. Diga-me uma coisa: ele te tratou com carinho?
— Raquel afirmou com a cabeça e a outra aproximou-se

perguntando quase sorrindo com um jeitinho delicado muito especial: — Não foi bom ter se sentido amada?

— Pare com isso...

— Por que, Raquel? Estamos falando de algo bonito, verdadeiro. Não é nada indecente, imoral... O que tem de mais falarmos sobre amor, sobre uma troca de carinho meigo, puro? — Ela não respondeu e Rosana continuou: — Por que você não se deixou envolver?

— Eu não consigo.

— Como não? Se no começo deixou o beijo acontecer, foi por ter se sentido bem e segura.

— Eu não sei o que aconteceu, Rosana.

— Eu sei. Você só tem lembranças tristes, lembranças que te magoam. Eu imagino o quanto deve sofrer quando se recorda do que aconteceu. Toda moça tem um sonho. Quer ser amada, protegida, bem-tratada por um príncipe encantado — sorriu com bondade. Mais séria, completou: — Só que seu sonho, Raquel, é um pesadelo. Você não foi amada, foi violentada. Não foi protegida, foi agredida. Não foi bem-tratada e não respeitaram a sua vontade. — Raquel caiu em um pranto compulsivo e Rosana falou ao abraçá-la com carinho: — Chore, minha querida... Coloque para fora, de uma vez por todas, essas lembranças tristes. Depois abra seu coração para a oportunidade feliz de hoje. Se alguém destruiu seus sonhos, não o deixe vitorioso. Reconstrua-se! Permita-se, no mínimo, a ter um carinho, um amor. Saiba que é possível curar as feridas da alma!

— Não consigo... — disse, entre os soluços. — É uma coisa que sinto e me domina. Um medo absurdo...

— Tente quantas vezes forem necessárias. Eu sei que meu irmão é um homem bom, decente. Além disso, por amá-la, ele vai entender e te ajudar. — Procurando olhar nos olhos da amiga, perguntou: — Você o ama, não é?

— Acho que sim — admitiu tímida e em voz baixa.

Rosana sorriu satisfeita, envolveu-a novamente e falou:

— O meu irmão te compreende e te respeita muito. Ele vai te ajudar a vencer esses medos e esses traumas. Se for preciso procurar a ajuda de um profissional, pode contar que o terá a seu lado.

A chegada de Alexandre, na cozinha, interrompeu a continuação da conversa. Ao ver Raquel chorosa e abraçada à sua irmã, perguntou preocupado:

— O que foi? O que está acontecendo?

— Nada — respondeu Rosana firme e insatisfeita com a aproximação do irmão.

Raquel, sem jeito, secou as lágrimas e tentou se recompor.

O toque do interfone os surpreendeu. Alexandre atendeu e depois informou:

— É o Ricardo. Ele está subindo.

— Ah! Nem deveria tê-lo mandado subir! Já estou indo — avisou Rosana.

— O que é isso, Rô? Mande o cara entrar. Vamos tomar um lanche.

— E ficar noivando aqui?! — indagou com seu modo irreverente e rindo, brincando como sempre. — Não mesmo, meu filho! Além disso, vocês têm muito o que conversar. A Raquel precisa falar com você.

A amiga sentiu-se corar e o rapaz ficou na expectativa, curioso. Despedindo-se rapidamente de Raquel e de seu irmão, ao toque da campainha, Rosana abriu a porta e disse:

— Ricardo, esta é a Raquel.

— Oi, Raquel! Tudo bem? — o rapaz sorriu e cumprimentou-a.

Interrompendo-o, com seu jeito especialmente alegre, Rosana respondeu, alegremente, no lugar da outra:

— Tá tudo bem com ela. O Alex nem precisa cumprimentar. Ele está ótimo e com os cuidados da Raquel ficará melhor ainda.

Enquanto estendia a mão cumprimentando Ricardo, Alexandre reclamava para a irmã:

— Deixe de ser maluca, Rosana!

Mas a irmã se fez de surda e puxou o noivo. Saindo do apartamento, entraram no elevador, que ainda estava parado no andar e desceram, antes que desse tempo de Ricardo dizer alguma coisa.

Alexandre olhou para Raquel, balançou com a cabeça negativamente e disse:

— É bom se acostumar com ela. A Rosana não tem jeito.

Eles riram e entraram. Minutos depois, o rapaz, pensando no que Rosana havia dito, perguntou:

— O que minha irmã quis dizer sobre termos algo para conversarmos?

Raquel se viu constrangida e não sabia o que responder. Sentando-se ao lado dele, ela ensaiava em falar a respeito da conversa que teve com Rosana, porém, ideias contraditórias começaram a invadir seus pensamentos, fazendo-a perder a coragem até que Alexandre perguntou:

— O que está acontecendo, Raquel? Você não está satisfeita aqui?

— Não é isso. Ainda não me acostumei com a ideia de morar aqui. Creio que sou tão conservadora quanto sua mãe. Você me trata muito bem, sempre me respeitou, mas não posso continuar vivendo desse modo. Nesses últimos meses, reservei certo valor... Creio que, na próxima semana, vou procurar um lugar para morar. Preciso voltar a levar a mesma vida de antes. Acho que você me entende, né?

Alexandre sentiu como se tivesse levado uma punhalada, mas não demonstrou. Não conseguia aceitar a ideia de ficar sem Raquel. Amargurado, tentando fazê-la refletir, arriscou dizer:

— Saindo daqui, você sabe que terá de enfrentar muitos comentários desagradáveis sobre essa separação, não é? —

Abaixando o olhar, Raquel não disse nenhuma palavra e ele continuou: — Acredito que você vai querer procurar sua filha. Sua conduta, sua moral, seu comportamento contarão pontos a seu favor ou não. Além disso, terá custos com os honorários de um bom advogado, precisará de apoio, amigos e...

— Não é assim — disse ela com simplicidade. — A filha é minha e eu poderei pegá-la quando quiser.

— Lamento, Raquel, mas não é bem assim. Conforme o caso, será necessário atestado de saúde física e mental, atestado de idoneidade moral, comprovação de residência e domicílio, estabilidade familiar e talvez até situação financeira estável. Pelo menos, é assim que funciona no caso de adoção. Como a Bruna foi abandonada e você nunca a procurou, talvez não seja diferente. Haverá, também, exames para a comprovação da maternidade, que são caros. Creio que será um processo muito longo, principalmente, se sua filha já estiver...

Alexandre começou a passar à Raquel todas as informações que acreditava necessárias, principalmente, o fato de Alice oferecer calúnias sobre ela. Raquel ficou desalentada. Inúmeras reflexões se fizeram em ideias catastróficas sobre seu futuro. Ligada, pelo seu nível de pensamento, a espíritos ignorantes, deixava-se desanimar e contaminar com as piores expectativas. Não conseguia criar esperança nem pensar positivamente. Não supunha que o amigo, que amava, poderia ajudar. De certa forma, seria possível dizer que seu orgulho não a deixava aceitar ajuda. Alexandre, que estava sentado no sofá e a observava atento, chamou-a para perto de si e disse:

— Sente-se aqui. Vamos falar sério. — Raquel obedeceu quase que mecanicamente. Ele colocou o braço sobre seu ombro e falou: — Eu quero te oferecer toda a minha ajuda, todo o meu apoio. Farei tudo o que puder por você. Confie em mim.

Chorosa, ela lamentou:

— Parece que vivo só para sofrer. Eu não deveria ter nascido.

— Não diga isso.

— Nunca tive sorte. Nunca consegui ser feliz. São poucos os momentos em que me lembro de ter experimentado alguma alegria. Tenho tanta vontade de morrer... — desabafou e ele deixou. Em dado momento, Raquel não chorou mais. Estava diferente. Fria, desalentada e sem forças. — Não perca seu tempo comigo. Você é uma pessoa vitoriosa e de muita sorte. Sua família te ama, te respeita. Eles se preocupam com o que te acontece. Quanto a mim... Nem mesmo minha mãe se importa comigo. Meus irmãos jamais me procuraram. Hoje mesmo, quando vi você e a Rosana, abraçados, emocionados, lembrei que nunca tive um abraço de um de meus irmãos. Você sabia? Eu vi o quanto sua mãe se preocupou por causa do seu estado. Só hoje, ela já ligou três vezes por não poder vir até aqui por causa dos parentes que chegaram lá e ela não queria trazê-los... Não tenho o direito de ficar aqui, na sua casa, estragando sua harmonia, sua tranquilidade como sua mãe falou...

— Não se importe com minha mãe! Ela não sabe o que diz — interrompeu, quase irritado. — A Rosana me contou que vocês duas conversaram. Minha mãe sempre foi ciumenta e...

— Ela tem todo o direito de ser assim! — interrompeu-o. — Ela demonstra amor de mãe por você. Mas como me disse: "Se eu não faço parte do problema, devo fazer da solução" ...ou algo assim. E isso não estou conseguindo fazer. Por essa razão tenho de ir embora — estava ferida e parecia determinada.

Sentindo um nó na garganta, ele abaixou o olhar e decidiu não dizer mais nada.

Mais tarde, por não conseguir conciliar o sono, Alexandre se levantou, foi até próximo da porta da suíte. Certificando-se de que Raquel dormia, voltou até a sala e foi telefonar para sua irmã.

— Alex? — atendeu Rosana.

— Que bom que foi você que atendeu, Rô. A mãe está aí perto?

— Não. Está dormindo. Estou no meu quarto. Ela deve ter desligado o telefone do quarto dela. Às vezes, alguma colega ou mesmo o Ricardo me liga um pouco tarde e eles acabam acordando. Mas... Conta... O que aconteceu? Você e a Raquel conversaram?

— Conversamos. E é sobre isso o que quero falar com você.

Rosana tinha certeza de que as coisas entre eles estavam bem, uma vez que Raquel admitiu gostar dele. Após a conversa que tiveram, a amiga parecia ter concordado em receber sua ajuda.

— Está tudo bem entre vocês? — perguntou tranquila.

— Não.

— Como não?! — surpreendeu-se.

— Ela está decidida a sair daqui.

— Como assim?! — assustou-se a irmã. — Conversamos e, para mim, confirmou que gosta de você.

— A Raquel admitiu isso? — indagou incrédulo.

— Claro! Eu pedi que conversasse com você e aceitasse sua ajuda. Disse o quanto você gosta dela e a respeita e que, com toda a certeza, iria ajudá-la a vencer esses desafios.

— A Raquel não me disse nada disso. Quando perguntei o que tínhamos para conversar, ela se embaraçou e veio com a história de querer sair daqui.

Rosana ficou em silêncio, refletindo em tudo o que ouvia de seu irmão e ele continuou:

— Outro dia, contei a você sobre ela estar muito diferente — tornou o irmão. — Anda triste, depressiva e até irritada, coisa que nunca demonstrou. Em alguns momentos, eu a percebo tranquila, calma como sempre foi, mas um segundo depois, parece se transformar. Fica chorosa, descontente, abatida.

— Ela reclama de alguma dor? — perguntou Rosana.

— Alguns dias, tem se queixado de dor de cabeça, dor na nuca, mas creio que seja por causa do travesseiro com o qual não se acostumou. Nós compramos outro e trocamos, mas não adiantou muito.

— Por acaso, quando esteve com dor de cabeça, tomou algum analgésico e não passou?

— Sim. Acho que sim. Por isso pensamos que o motivo era o travesseiro.

— Como Raquel se sente? Ela está desanimada, sem apetite, enjoada, fraca?...

— Alimenta-se normal. Fraqueza?... Não. Não a vi reclamar disso. Vive arrumando este apartamento, cuida de algumas coisas. Essa arrumação, às vezes, me irrita. Mas... Desanimada sim, principalmente, com o serviço lá na empresa.

— Enjoo? — tornou Rosana a questionar.

— Creio que sim — respondeu após pensar um pouco. — Uma ou duas vezes achei que não estava bem. Eu a vi fazendo um chá e tomando com alguma coisa. Perguntei, mas ela disse não ser nada. Não insisti em saber porque achei que seria indelicado, poderia não ser da minha conta e como almoçamos na rua, acreditei que algum alimento não caiu bem.

— Sabe o que eu acho, Alex? Lembra que você me contou que ela e a cunhada foram a um tal lugar pedir ajuda para os espíritos?

— Lembro.

— Eu acredito que a Raquel esteja com algum envolvimento espiritual.

— E daí?

— Daí que, se nos deixamos envolver por espíritos ignorantes, sofredores, se não temos pensamentos firmes, não temos opinião própria e voltada para o bem, para a elevação moral e espiritual, passamos a definhar, enfraquecer, abater em todos os sentidos. A Raquel é do bem, tem uma boa moral, mas no que diz respeito a pensamentos firmes e opinião própria, ela deixa a desejar. Quando envolvida por espíritos sem instrução, a pessoa fica irritada com qualquer coisa, fica triste e depressiva, tem maus pensamentos, às vezes, pesadelos, sonhos ruins, sono perturbado.

— Pesadelos ela tem! — interrompeu Alexandre. — Já acordei com seu choro e até gritando. Fui ver como estava e ela ficava chateada e envergonhada por ter me acordado. Sabe, algumas vezes, tive de acordá-la de pesadelos horríveis.

— Então... Pesadelos, dormir mal, alguns problemas de saúde que não têm justificativas, são comuns em caso de envolvimento por espíritos ainda inferiores. Mas espere aí! — advertiu Rosana. — Também não é só você ter uma e outra dor, junto com uma noite mal dormida ou um enjoo, que é o caso de estar envolvido espiritualmente. Esses sintomas podem ser os gritos de socorro do seu organismo, que reclama de uma má alimentação, ou coisa do gênero, e não envolvimento espiritual. Porém, diante de tudo o que você me contou e, principalmente, pelo fato de a Raquel ter se envolvido, junto com a cunhada, em lugares ou situações que a colocou em ligação com espíritos brincalhões, pseudossábios e ignorantes, talvez esteja sofrendo o assédio de um obsessor.

Alexandre ficou confuso, ele não estava acostumado àqueles nomes.

— Espere aí. O que é espírito pseudossábio e obsessor?

Rosana refletiu um pouco e respondeu:

— Vou te dar aquele livro, que prometi, chamado *O Livro dos Espíritos*, de Allan Kardec. Quero que leia da questão 100 até a... deixe-me lembrar... acho que 113, mais ou menos. Não desanime. Leia tudo! Aí você vai entender e aprenderá os riscos que corremos quando nos propomos a solicitar ajuda de qualquer um.

— Resumindo — perguntou o irmão —, não devemos pedir ajuda aos espíritos?

— Você deve orar, fazer preces e conversar com Deus — disse Rosana sabiamente dando ênfase à frase. — O Pai Criador sabe o que você precisa. Espíritos que, quando encarnados foram de grande ajuda moral para a humanidade também vão te ajudar. São trabalhadores espirituais do bem e atuam em nome de Jesus.

— E obsessor? O que é isso?

— Olha, Alex, esse assunto é muito extenso. Você precisa ler bons livros a respeito, mas bem de longe eu vou te dar uma ideia do que seja. Obsessor é o nome dado a um espírito sofredor e/ou sem evolução e instrução que fica ao lado de uma pessoa passando-lhe suas dores, seus pensamentos, seu sofrimento e a pessoa se sente como que torturada mentalmente. É algo ferrenho, ostensivo. Ou, então, o espírito passa seus desejos no mau, seduções, pensamentos para conquistas indevidas, ganância, estão sempre voltados para o lado imoral, ilícito também de maneira ostensiva. Eles passam desejos incompatíveis com o que é bom, fazendo você acreditar que é. Na verdade, podem ser espíritos que foram inimigos no passado e querem que você se ferre. Então, vão usar seus vícios para te fazer errar, pois sabem que os erros, no futuro, vão te fazer sofrer. Por exemplo... Se a pessoa, por si só, já é ambiciosa, gosta de prejudicar os outros, as suas companhias espirituais serão de espíritos que sentem prazer com esses feitos. Também tem espíritos com pesares, dores, sofrimentos e quem se deixa ligar a eles, por seus pensamentos tristes, por queixas e vitimismo, vai sentir esse tipo de vibração inferior. Todos nós temos defeitos ou vícios. Podemos ter vícios de não sermos pacientes, de sermos orgulhosos, não desejarmos o bem dos outros, criticarmos, reclamarmos... Podemos ter o vício da preguiça, da má vontade... Podemos ter os vícios materiais como o do cigarro, das drogas, do álcool, consumismo e, com isso, vamos atrair para perto de nós espíritos que tenham prazer nisso, pois, quando encarnados, eles praticavam as mesmas coisas. Lembrando que, espíritos que não venceram seus vícios, não são evoluídos.

— E no caso da Raquel, como que pode ser um obsessor?

— Devido a inúmeras dificuldades que ela viveu, sempre foi uma pessoa calada, triste... Bem... Pode ter acontecido de ela atrair um espírito que é triste e depressivo, mas daqueles depressivos de aterrorizar qualquer humor, qualquer ânimo, entende? Daí que, esse espírito, por vê-la quieta e por encontrar condições de pensamentos favoráveis aos seus, passou-lhe suas vibrações. Espíritos depressivos não acompanham pessoas positivas e bem-humoradas, que têm esperança e muita fé. Acredite. A pessoa pode estar triste por um momento, claro, mas se ela é do tipo que tem esperança e alegria, um espírito depressivo não ficará muito tempo do seu lado. Entende? A Raquel, por exemplo, não reagiu nunca à tristeza, às dores e, inconscientemente, concordou com os pensamentos que chegavam, não os mudando. Então, a partir daí, o espírito, a cada dia, envolveu-a mais e mais com a sua tristeza, com o seu desejo, com os seus pensamentos negativos. Quando não se reage, isto é, quando não se pensa diferente, não se faz uma prece a Deus pedindo orientação e ajuda, mudando os pensamentos e procurando enxergar ao seu redor as coisas boas da vida, entrega-se a essa obsessão. Olha, Alex, em tudo isso que te disse estou ensinando e falando de maneira muito superficial. Existem inúmeros tipos de obsessor e diferentes tipos de atitudes que permitem a aproximação ou presença deles. Nesse caso, o que mencionei são os obsessores que são compatíveis ao tipo de pensamentos que temos. Nem sei se deveriam ser chamados de obsessores. Coitadinhos! Pois a culpa, nesse caso, não é deles, é nossa. Somos nós que, normalmente, facilitamos e aceitamos as ideias que esses espíritos nos passam. Assim, nós sofremos e os ajudamos a sofrer. Há outros casos em que o obsessor é um inimigo do passado como eu disse e quer se vingar de algo que tenhamos feito a ele. Podemos tê-lo prejudicado, então ele vive nos perseguindo, encarnados ou desencarnados, por vingança. Mas isso pode ser resolvido e não convém explicar agora.

— O que eu faço, Rô?

— É preciso orientar a Raquel para que ela se religue a Deus. Faça preces, lembre-se de agradecer, tenha fé...

— Ela não consegue ter bons pensamentos.

— É claro que não. As ideias dela são invadidas como por *flash* instantâneo de pensamentos depressivos de um espírito sofredor.

— E o que podemos fazer?

— Primeiro envolvê-la, despertá-la para que reaja com pensamentos bons e instruí-la para que ela se desligue desse nível de pensamentos tristes. Existem, em bons Centros Espíritas, assistência espiritual e orientação que nada mais são do que palestras evangélicas que vão orientar as pessoas a reagirem e agirem diferentes no seu dia a dia.

— Ela não vai aceitar ir conversar com espíritos. Ela não gostou quando fez isso com a cunhada e disse que se sentiu muito mal.

— Mas quem falou que ela vai lá para conversar com espíritos? Centro Espírita é aquele que se propõe a ensinar o que Jesus deixou que é o seu evangelho. Centro Espírita, Sociedade Espírita se propõe a distribuir conceitos dentro da luz da Doutrina Espírita, codificada por Allan Kardec em 1857. Espiritismo é Jesus. O Espiritismo ensina o Evangelho do Cristo. Você vai a uma Sociedade Espírita ou a um Centro Espírita para aprender a ser melhor, reformar sua forma de pensar e agir para evoluir. Para mudar o comportamento que te faz sofrer, que te faz ser triste. Por meio das palestras evangélicas, dos estudos, você se eleva, se ajuda, se liberta. Ninguém fará isso por você para que, depois, num futuro próximo, tenha de sofrer e fazer tudo novamente porque não teve mérito. Jesus disse: "Não dê o peixe ao seu filho, ensine-o a pescar". E é isso o que a Doutrina Espírita faz: ela te mostra a luz no caminho correto para que o siga, ela te ensina a ter forças, perseverança, pois só assim evoluímos e nos livramos das dores terrenas. Por meio de tudo o que você conhecer no Evangelho de Jesus, sem dogmas, sem rituais, pois o Espiritismo não tem isso, você se descobre como criatura capacitada e não se prenderá mais na felicidade falsa, temporária e mundana. Conhecendo o Espiritismo, Alex, você vai se esforçando e, consequentemente, conseguindo se reformar intimamente. Reformando-se, mudando os seus hábitos, deixando os vícios, vai pensar diferente e agirá melhor para que o seu futuro seja mais promissor, próspero e de paz.

— Como faço para Raquel ir a um lugar desses?

— Não é um lugar qualquer, é uma Sociedade de Estudos Espíritas ou um Centro Espírita. Mas nós vamos conversar com ela. Agora, exatamente, estou com tanto sono que nem consigo raciocinar direito. — Pensando um pouco, Rosana falou: — Amanhã, ou melhor, hoje você não vai trabalhar, não é?

— Não. O médico me deu três dias de convalescença.

— Então eu passo aí logo depois que sair da faculdade. Creio que terei só as duas primeiras aulas. Poderemos conversar bastante.

— Obrigado, Rô.

— Não por isso. Desculpe-me não conseguir dar mais informações no momento.

— Conversaremos depois.

Após se despedirem, Alexandre ficou pensativo sobre tudo o que estava fazendo.

Será que agiu corretamente querendo que sua amiga continuasse ali? Afinal, Raquel tinha o direito de ser livre e fazer o que quisesse. Ele não poderia prendê-la só pelo fato de gostar dela. Em meio a essas ideias, que começaram a lhe envolver em tristes conclusões, Alexandre pensou, conversando como que em prece sincera:

"Deus, ajude-me a fazer o que é correto. Não quero magoar a Raquel nem quero que ela sofra. Preciso de orientação e amparo. Dê forças para que ela reaja, seja mais animada, procure ver o que de bom há à sua volta. Tenho medo de que ela decida sair daqui e se envolver em situações piores. Ela está decepcionada, confusa... Proteja sua filhinha..."

Em meio a essa prece, que mais era um diálogo de fé, Alexandre adormeceu. Passada mais de uma hora, acordou ao ouvir Raquel. Confuso pelo sono, foi até o quarto onde ela se revirava no leito parecendo ainda dormir. Aproximando-se, sentou na cama, segurou-a e chamou com brandura:

— Raquel, acorda. Você está sonhando.

Ela se debateu e, mesmo abrindo os olhos, aparentava não o reconhecer.

A jovem agarrou os braços do amigo com força e, com o semblante assustado, tentava falar algo que era entrecortado por soluços.

— Sou eu, Raquel! Acorda — insistiu ele.

Ela gritou assustada como se despertasse. A princípio, empurrou-o. Depois, chorando, abraçou-o em desespero.

— Calma... Foi só um sonho.

— Eu quero morrer! — disse em aflição com a voz abafada. — Deus, por que eu não morro de uma vez?! Acaba com isso logo!

O rapaz se lembrou do que sua irmã havia falado há pouco e disse ao ampará-la.

— Vamos pensar em Deus, Raquel. Há quanto tempo você não reza? — Ela chorava muito parecendo não o ouvir. Mas sem se importar, continuou: — Você sabe rezar? Aprendeu? — Não respondia, escondendo o rosto em seus braços. — Vem cá — pediu ajeitando-a e também se acomodando melhor. — Fique assim para não se sufocar — aconselhou ao abraçá-la, não se importando com o choro. — Sabe, quando eu era pequeno, minha mãe sempre me ensinou a rezar imaginando uma grande luz clareando todo o ambiente em que estava. Eu tinha medo do escuro e, apesar de ter meu próprio quarto e ser o filho mais velho, muitas vezes, tinha de ir dormir com a minha irmã, a Vilma, por causa desse medo. Para começar a ir dormir no meu quarto, minha mãe mandava fechar bem os olhos e procurar imaginar essa luz enquanto rezava. Sem saber direito no que pensar, imaginava o Sol. Sabe que funcionou! — contou com tranquilidade, esboçando leve sorriso ao se lembrar. A amiga parou de chorar, prestando atenção no que ele narrava. Sem demora, Alexandre prosseguiu: — Deixei de ter medo e aprendi a buscar Deus e me socorrer Nele cada vez que tinha algum medo. Foi tão importante minha mãe ter despertado minha fé, ter me ensinado a rezar. Passei por momentos difíceis... Quando não busquei Deus, me faltou o chão... Por isso, agora — continuou com voz meiga —, vamos imaginar que Jesus, neste momento, nos oferece um raiozinho da Sua luz. — Alexandre mantinha o semblante sereno, a voz pausada e mansa. Raquel o ouvia mais atenta e se deixando contagiar pelas palavras suaves do amigo. E ele continuou: — Essa luz de Jesus está nos envolvendo como se fosse um grande abraço. Podemos até senti-la... Essa luz clareia todo esse quarto e o deixa repleto de harmonia e paz. Essa Luz invade os nossos pensamentos nos deixando tranquilos. Nós nos sentimos seguros e amparados porque temos a luz de Jesus nos protegendo... Agora, vamos fazer a prece que o próprio Jesus nos ensinou:

"Pai Nosso, que estás nos céus, santificado seja o Teu nome. Venha a nós o Teu reino, seja feita a Tua vontade, assim na Terra como no céu. O pão nosso de cada dia, dá-nos hoje. Perdoa as nossas dívidas, assim como nós também temos perdoado aos nossos devedores. E não nos deixes cair em tentação, mas livra-nos do mal, porque Teu é o reino o poder e a glória para todo o sempre. Obrigado Senhor."

Raquel, sem dizer uma única palavra, sentia-se como que anestesiada. Um êxtase a dominava em ternas bênçãos. Aos poucos, não conseguindo se dominar, adormeceu.

Capítulo 14

Assumindo os sentimentos

A claridade que invadia suavemente o quarto despertou Alexandre com tranquilidade. De imediato, o rapaz se surpreendeu por ter adormecido ali. Ao seu lado e sobre seu braço, Raquel dormia de bruços, fazendo de seu ombro o travesseiro, enquanto o abraçava pela cintura.

Sorrindo, admirou-a por alguns segundos, mas, sem demora, preocupou-se. Ela poderia acordar e, do jeito que se melindrava com tudo ultimamente, iria pensar que ele fez aquilo de propósito. À custa de muito jeito, livrou-se do envolvimento sem acordá-la.

Quando ia saindo do quarto, o rádio-relógio ligou e ela despertou.

Alexandre pensou rápido e em vez de sair, virou-se como se estivesse entrando na suíte. Sorriu aliviado e pensou:

"Que sorte! Mais alguns minutos..."

Raquel o olhou e ele disse:

— Bom dia! Você está bem? Vim ver como passou o resto da noite.

— Bom dia. Nossa...
— O quê? — ficou desconfiado.
— Parece que estou anestesiada. Não me lembro de ter dormido um sono tão profundo assim — afirmou ao sentar-se na cama.
— Dormiu mal?
— Não! Ao contrário — sorriu com leveza.
— Que bom! — Antes de sair, o rapaz ainda falou: — Vou arrumar o café. Depois vou levá-la para o serviço, só que voltarei para casa. Vou me dar ao luxo da dispensa médica.
— Não precisa me levar — respondeu, mas ele não lhe deu atenção.

Depois de teimarem um com o outro, Alexandre, vitorioso, levou Raquel até o trabalho e retornou para seu apartamento onde a senhora, que prestava os serviços de limpeza, já havia chegado.

— Que surpresa, seu Alexandre! Não esperava o senhor aqui.
— Não me chame de senhor, Lourdes. Hoje, estou em casa porque não me senti bem. Precisei ir ao médico que me deu três dias para me recuperar.

Sem saber direito como se referir à Raquel, pois percebeu que foi da noite para o dia que as coisas da moça apareceram no apartamento, a senhora falou:

— Sabe, seu Alexandre, estou meio sem graça, mas... — deteve-se.
— O que foi, Lourdes? — perguntou atencioso.
— Sua mulher... Sabe, não quero falar nada... Mas... Estou preocupada.

Alexandre sorriu ao ouvir Lourdes se referir à Raquel como sendo sua mulher, mas não disse nada e até apreciou a colocação, perguntando:

— O que tem minha mulher?

— Ela foi muito educada comigo. Não posso reclamar. Mas é que, sabe aquele dia em que eu cheguei e vocês não tinham ido trabalhar? Porque no dia da faxina eu sempre chego cedo, né?

— Sei sim. O que tem? — tornou interessado.

— Então... A dona Raquel me chamou e, com jeitinho, pediu para não lavar mais a roupa dela. Fiquei tão preocupada que nem dormi direito. Será que estraguei alguma coisa, seu Alexandre? Olha, se eu...

— Não!... Fica tranquila. Não foi nada disso. É que a Raquel foi acostumada a cuidar de suas coisas. A mãe a ensinou assim e ela gosta de fazer.

— Isso eu percebi assim que ela veio pra cá. Nunca mais lavei louça e a casa sempre está arrumadinha.

— O bagunceiro então sou eu mesmo, não é Lourdes? — riu ao perguntar.

— Não! Eu não disse isso, seu Alexandre. É que percebi que ela é uma moça ordeira. Isso é difícil hoje em dia. Sabe, também trabalho no apartamento de duas irmãs que moram aqui perto e os pais delas vivem no interior. Puxa! Que difícil... Elas não são nada caprichosas. A dona Raquel, ao contrário, é muito prendada.

— É sim, eu sei... — afirmou folheando o jornal que havia comprado.

— Ela é muito educada também. Mesmo conversando poucas vezes, percebi que é uma moça muito comportada. O senhor teve sorte.

O rapaz riu e começou a ficar desconfiado. Percebeu que Lourdes estava curiosa e puxava conversa para saber o motivo de haver uma cama de solteiro no outro quarto. Intimamente, achava graça da senhora que não sabia como perguntar.

Mais tarde, quando se entretinha com o computador, sua irmã Rosana chegou a seu apartamento.

— Oi, Lourdes! Tudo bem? — Rosana a cumprimentou.
— Tudo, fia. E você?
— Estou ótima. Cadê o Alex?
— Lá dentro! — apontou para o quarto.
— Valeu! — disse Rosana bem animada, saindo à procura de seu irmão. Ao encontrá-lo, após beijarem-se, ela o abraçou, indagando: — E aí? Melhorou?
— Meu organismo está um pouco sensível e ainda tenho de correr de vez em quando... — riu.
— Sua aparência está melhor. Até que você se recuperou rápido.
— Não me lembro de ter passado tão mal assim! Credo! — falou admirado.
— O médico te deu três dias de dispensa mais pelo problema cardíaco do que pelo mal-estar. Fica tranquilo. Vai passar — disse Rosana, que se sentou em uma cadeira e o irmão se voltou para dar atenção.
Alexandre, sabendo da curiosidade da irmã e querendo brincar, fez um semblante malicioso ao falar rápido:
— Dormi com a Raquel essa noite.
Rosana fez uma feição desconfiada e silenciou. Ele a encarou e não conseguiu deter o riso por longo tempo. Sem conseguir ficar calada, ela perguntou:
— Você bebeu de novo e sonhou? É isso?
— Não. É verdade, eu juro! Dormi com a Raquel.
— Alexandre!... E ela?
— Ela não sabe que isso aconteceu — gargalhou.
— Como assim? Você está zoando comigo!
Depois de uma gargalhada gostosa, contou o que aconteceu.
— E ela não sabe? — admirou-se a irmã, achando graça.
— Não. Foi por um triz que o rádio-relógio não me colocou numa fria. — E ainda sorrindo concluiu: — Ela disse que dormiu tão bem que nem se lembra de uma noite tão boa de sono assim.

— Viu como a prece sincera funciona? — sorriu. Alexandre ficou parado e olhando para sua irmã sem saber o que dizer. — Alex, temos de dar um jeito de dizer para a Raquel o quanto é importante ela se desprender de pensamentos, de sentimentos perversos, tristes, melancólicos e parar de reclamar. — Encarando-o, afirmou: — Você deve amá-la mesmo. Eu sei o quanto detesta melancolia, tristeza e depressão...

— Verdade... Nunca tolerei ninguém assim. Tenho de confessar que, às vezes, a Raquel me tira do sério. É difícil, mas me controlo. Não sei o porquê nem até quando. Preciso de muita força.

— Olha... Aqui está *O Livro dos Espíritos* de que falei e ainda trouxe este: *O Evangelho Segundo o Espiritismo* — disse entregando-os nas mãos do irmão. — Você é um cara racional, lógico e inteligente. Não terá dificuldade para entendê-los. Leia primeiro as perguntas de 100 até a 113 de que falei em *O Livro dos Espíritos* para entender melhor a nossa conversa. Este outro — apontou — é um livro que pode abrir em qualquer página para ler. Se bem que será bom lê-lo desde o início. — Enquanto o irmão olhava os livros, falou: — A propósito, espera aí que eu vou ligar pra mãe. Saí da faculdade e vim direto pra cá e não a avisei. Não quero que ela fique preocupada.

Rosana foi até a sala à procura do aparelho fixo para telefonar. Não conseguiu, pois ao ligar, o número deu ocupado. Indo até a cozinha, buscando algo para beber, observou que Raquel havia deixado pronta uma alimentação adequada para Alexandre, que se recuperava. Nesse momento, ria sozinha e Lourdes a surpreendeu.

— Viu como a dona Raquel é preocupada? Deixou até a comida arrumadinha para ele.

— É mesmo.

— Sabe — prosseguiu a empregada —, não é que estou reparando, mas antes quase não se via boa coisa para comer aqui. O seu Alexandre parece que comia fora ou passava com qualquer coisa.

— A Raquel cozinha bem — tornou a moça.

E quando ia saindo, levando um refrigerante, a senhora falou:

— Rosana, não é da minha conta, mas por que a cama no outro quarto?

A irmã de Alexandre se surpreendeu, porém não se intimidou e, para não alongar explicações, pensando rápido, falou:

— Meu irmão ronca muito alto. Para a Raquel não ficar sem dormir, pois ela tem o sono leve, ele dorme no outro quarto — virou-se e se foi, segurando o riso por sua molecagem.

Ao tentar telefonar novamente, conseguiu avisar sua mãe de que estava no apartamento de Alexandre para que ela não se preocupasse. Quando ia à direção do quarto, o telefone tocou.

— Atende, Rô! — gritou o irmão, que não queria se dar ao trabalho de se levantar.

— Alô!

— Rosana? — perguntou Raquel.

— Oi, Raquel! — tornou alegre.

— Rô... — disse a moça, que parecia chorar.

— O que foi? — silêncio. — Raquel, o que aconteceu? — insistiu a amiga.

Seu irmão aguçou a audição e, entendendo de quem se tratava, foi até a sala para saber o que era.

— É a Raquel?

Rosana sinalizou que sim e perguntou, novamente, para a outra:

— Não chora. O que foi? Fala o que aconteceu.

— Dá aqui — pediu ele sem muito rodeio, tomando o aparelho das mãos dela, pois estava preocupado. — Raquel, sou eu. O que houve?

— Eu... Fui demitida — gaguejou pelos soluços.
— Calma... — ficou preocupado. Imaginou como ela se sentia. — Tudo bem... Você ainda está no serviço? — quis saber.
— Estou.
— Fique aí. Eu vou te pegar.
— Não...
— Raquel, não seja teimosa! — disse ele firme.
— Não vou ficar aqui para todos ficarem me olhando.
— Então faça o seguinte: vá para o estacionamento e me espera lá onde sempre eu deixo o carro. — Ela não disse nada e Alexandre insistiu: — Você me ouviu?
— Ouvi...
— Então vá para o estacionamento. Daqui a uns vinte minutos estarei aí.

Ela desligou. Os irmãos se entreolharam e Rosana perguntou:
— Ela foi demitida?
— Foi — respondeu chateado. — E deve estar péssima. Vou buscá-la. Você vem comigo?
— Claro.

No caminho, procurando ver algo bom em tudo o que acontecia, aparentemente de maneira desordenada, Rosana lembrou:
— Sabe, Alex, foi bom isso ter acontecido. De repente esse desemprego foi para ajudar a Raquel.
— Como assim? Ficou louca?
— Ela não estava pensando em alugar uma casa e se mudar?
— Estava — o irmão confirmou.
— Se fizesse isso, ela sairia da sua guarda, da sua proteção, sabe lá Deus o que mais poderia acontecer, pois não está em um período favorável. Vive sem fé e esperança... Agora, desempregada, não terá como sair da sua casa. Dessa forma, teremos a oportunidade e um tempo maior para orientá-la para que saia desse processo obsessivo, se houver. Se for

um envolvimento espiritual que a faz agir assim, a instrução, a evangelização, tornará menos acessível às impressões do espírito que a influencia. Foi bom isso ter acontecido.

— Ora, Rô... Não podemos ficar satisfeitos com uma situação dessas.

— Não estou satisfeita. Vejo o lado lógico das coisas. Se a Raquel mudar e sair da sua casa, você acha que terá alguma chance de ajudá-la? — Viu-o pensativo e prosseguiu: — Alex, essa é uma oportunidade abençoada. Enxergue o bem no suposto mal da vida.

— Ela deve estar triste. Sentindo-se humilhada...

— É claro que está. E sabe onde vai chorar a perda do emprego? — Rindo, Rosana concluiu: — Em seu ombro, seu bobo! Deixe de ser tonto!

O irmão não disse nada. Chegando ao estacionamento, não viram Raquel. Após algum tempo de espera, Alexandre pediu:

— Fique aqui. Vou subir e, se ela aparecer, diga que já venho.

Ele foi até o departamento onde trabalhavam e após cumprimentar uma colega, perguntou:

— E a Raquel? Você a viu?

— Faz mais ou menos uns vinte minutos que ela saiu. Aliás, acho que foi logo após telefonar. Foi pra você que ela ligou?

— Foi sim.

— Então, logo em seguida ela saiu.

— Você sabe me dizer se ela pode estar no RH? — referiu-se ao departamento de Recursos Humanos.

— Creio que já passou por lá e já assinou toda a papelada — disse a moça.

Ele estava preocupado e, um tanto abatido, indagou:

— Você falou com ela, Carla?

— Tentei. Mas não tinha muito o que dizer. Você sabe... Num momento desses... A Raquel é calada, não disse nada, não é de conversa. Abaixou a cabeça... Só depois percebi que estava chorando. Ela nunca foi de trocar ideia e não fala muito. Como se ajuda uma pessoa assim? — não houve resposta. — Quando se virou e foi saindo, acreditei que nem deveria ir atrás.

Após se despedir da colega, passou por outros departamentos procurando por Raquel. A certa distância, percebeu que Rita o acompanhava com o olhar. Ao esperar pelo elevador, encontrou com Vágner, que somente o desafiou com o olhar sem trocar palavras.

Alexandre estava inquieto e nervoso. Procurou-a em todos os lugares mais prováveis e nada.

— Claro! Na portaria! Se ela saiu da empresa, passou por lá! — lembrou, falando sozinho.

Mas a notícia não foi das melhores. Voltou ao estacionamento e disse a sua irmã:

— Ela foi embora. Foi o que disseram na portaria.

— Será que ela não entendeu errado, quando falou o local que deveria esperá-lo?

— Não. Eu fui bem claro. Disse que ficasse aqui. — Pegando o celular, Alexandre ligou para o apartamento. Raquel também não estava lá nem havia telefonado. — Se ela ligar, Lourdes, diga que me ligue o quanto antes, tá? — Após desligar, olhou para Rosana e perguntou: — Onde posso procurá-la?

Ela nada respondeu.

Alexandre começou a pensar que Raquel poderia tentar algo contra si mesma. Havia dito que desejava morrer, chegou a pedir a Deus por isso. Estava sem esperança, sentia-se perdida, triste e só. Seu caminho sempre foi solitário. Sobreviveu utilizando as garras do desespero e trazendo em seu coração as mais profundas marcas de sofrimento que alguém já experimentou. Sem esperanças, ela não tinha onde buscar a felicidade.

Que felicidade?

Jamais conheceu o significado real dessa palavra. Nunca a experimentou. Não poderia confiar nele, pois não acreditava que pudesse existir um ombro amigo.

Pelo que Raquel contou, nunca teve o abraço da mãe ou o carinho de um irmão. Não conhecia os preciosos instantes onde o medo nos faz esconder-nos no seio da família, no lar.

Sua infância sempre foi confiscada de liberdade e emoção, pois temia o carinho repugnante que recebia e odiava do tio.

Na adolescência, viu seus sonhos brutalizados pelos pesadelos agressivos de um homem sem caráter, sem decência e sem moral. Quando gritou por socorro, ninguém a ouviu ou acreditou. Quando procurou, na mãe, o miraculoso abraço que conforta e orienta, que talvez agasalhasse seu coração despedaçado, encontrou a revelação amarga e cruel, além do abandono definitivo que dilacerou, completamente, todas as esperanças.

Estranhos não conseguiram reavivar seu ânimo e, por causa de toda sua bagagem emocional, abandonou a filha, sentindo-se mais culpada ainda.

O irmão, que parecia tê-la acolhido melhor, duvidou de seu caráter, acreditando nas maledicências e calúnias que maculavam sua moral.

Para realizar o sonho de ter sua filha junto de si, precisaria vencer o próprio medo e as razões mais dolorosas da sua alma. Decepcionada pelas leis que poderiam impor e exigir, Raquel se desiludiu antes mesmo de pleitear, sequer, pela primeira vez, para ter a doce filhinha consigo.

Quanta dor.

Quanto esforço para se superar e se entregar a um simples abraço, a um beijo que nem correspondeu.

Quantos traumas.

Quanta tristeza teria de enfrentar para amar e ser amada.

Ignorante dos motivos reais da existência da vida, Raquel parecia nunca ter se socorrido em Deus.

Como poderia confiar nele, um simples amigo do trabalho?

Ela nunca teve o apoio de ninguém, perguntando sempre: para que viver?

Chorando intimamente ao pensar em tudo isso, Alexandre, em silêncio, rogou a Deus que protegesse Raquel e lhe desse forças para encontrar um meio de esclarecê-la e ampará-la.

Rosana, sentada no carro ao lado dele, ficou calada e também em prece, respeitando o silêncio do irmão. Até que ele disse:

— Vamos até a casa do Marcos.

Decorrido algum tempo, chegaram ao antigo endereço e uma vizinha informou que Marcos e a família tinham se mudado.

— Desgraçada! — disse Alexandre irritado ao retornar para o carro. — Alice é uma ordinária! Nem para falar que havia mudado. Afinal, Raquel e Marcos são irmãos.

— Não fique assim, Alex! — advertiu a irmã. — É hora de você começar a aprender a se controlar. Essa raiva é que te faz mal. Controle-se. — Olhou-o e viu o irmão passando as mãos pelos cabelos, exibindo-se inquieto. — Não há nenhum outro lugar em que ela possa estar? Na casa de alguma colega?...

— Não. Eu tenho certeza.

Eles voltaram para o apartamento e nem sinal de Raquel. Sem demora, ele avisou:

— Vou te levar para casa.

— Não mesmo! Vou ficar com você.

— Pra mãe ficar desconfiada e vir me encher, perguntando o que está acontecendo? Não! — afirmou com voz grave. — Você vai pra casa. Deixe que eu cuido disso. Depois, telefono e dou notícias. Nem fique me ligando pra mãe não desconfiar.

Contrariada, Rosana concordou.

— Está bem. Não vou dizer nada, mas, por favor, me avisa! Ou eu ligo pra você! Se eu tivesse um celular, você não precisaria ligar para o telefone fixo de casa!

Após deixá-la em casa, voltou para o serviço a fim de encontrar a amiga. Mas, próximo do local onde marcou com Raquel, para sua grande surpresa, pôde observar, a certa distância, Alice e Valmor abraçados, trocando beijinhos e carícias.

— O que é isso?!... — sobressaltando-se, murmurou exclamando em voz alta.

Por estar mais preocupado com a amiga, procurou saber dela tirando informações novamente na portaria. Diante da negativa, retornou ao estacionamento e ficou lá até escurecer. Sem esperanças, voltou ao seu apartamento.

Ao chegar, viu que a empregada já havia ido embora e nem sinal de Raquel.

Por volta das nove horas da noite a campainha tocou. Era ela.

Alexandre precisou se conter. Não sabia se brigava ou se a abraçava. Decidiu, então, saber o que se passava. A amiga entrou abatida e desalentada. Parada após dar os primeiros passos, pareceu esperar alguma reação do rapaz.

Fechou a porta, olhou-a de cima a baixo e ficou na sua frente aguardando algum comentário. Ela abaixou o olhar e não disse uma única palavra.

Não resistindo, envolveu-a em um abraço. Raquel o abraçou e o amigo a levou para que se acomodasse no sofá. Não perguntou nada e ela, mesmo com as lágrimas correndo-lhe pelo rosto, falou:

— Por favor, podemos conversar depois? Ainda estou atordoada e preciso de um banho.

— Claro — disse sério, mas com simplicidade. — Vou preparar algo para você comer.

Raquel foi para o quarto sem nada dizer. Após se recompor fisicamente, sentia-se melhor e foi para a sala, percebendo que Alexandre estava no banho.

O telefone tocou e, mesmo sem vontade, a moça atendeu:

— Raquel! Que bom falar com você! — animou-se Rosana ao ouvir a voz da amiga. — Como está? Tudo bem?

— Mais ou menos. Me sinto péssima...

— E o Alex? — Rosana quis saber.

— Está no banho.

— Vocês conversaram?

— Não.

A outra estava pouco à vontade para fazer perguntas, pois sua mãe, em outro cômodo, poderia ouvir a conversa.

— Isso é uma fase, Raquel. Vai passar, acredite. Logo tudo muda.

— Vamos ver...

— Sei como se sente, mas tenha ânimo. Conversa com o Alex. Ele ficou muito preocupado com você.

— Vou conversar. Obrigada pelo apoio.

— Conta comigo! — disse animada.

— Obrigada. — sem demora, Raquel perguntou: — Quer que eu diga pro seu irmão te ligar?

— Não. Eu só estava preocupada com você. Amanhã eu falo com ele.

Foi impossível dona Virgínia não ouvir um pouco da conversa. Após a filha desligar, perguntou:

— O Alex está bem?

— Está.

— Não deu para eu ir vê-lo. Liguei para lá, a Lourdes atendeu e disse que vocês haviam saído.

— Saímos mesmo.

— Foram almoçar fora com ele daquele jeito?

— Não. Na verdade nem almoçamos. — Rosana não mentia para sua mãe e vendo que não adiantaria esconder a verdade, pois viria à tona a qualquer momento, resolveu contar: — Sabe, mãe... Assim que falei com você que estava na casa do Alex, o telefone tocou, atendi e era a Raquel. — A senhora ouvia demonstrando paciência apesar da ansiedade e a filha prosseguiu: — Ela estava chorando... — Sem trégua, contou: — A Raquel foi demitida.

— Demitida?! — admirou-se dona Virgínia.

— Sim, foi. Ela estava péssima. O Alex disse que iria buscá-la. Eles marcaram um lugar de encontro, mas quando chegamos lá, nos desencontramos e, por fim, ele me trouxe. Acho que a Raquel chegou bem depois ao apartamento.

— E o Alex? — preocupou-se a mãe.

— A princípio creio que ficou aflito pela dificuldade da Raquel, pela decepção que ela enfrentava... Mas, depois, sabe como é... Depois que conversamos, acho mesmo é que o Alex ficou contente.

— Por quê?

— Ora, mãe... Não adianta querer tapar o Sol com a peneira, como o papai diz. Está na cara que o Alex gosta muito da Raquel. Ele está apaixonado mesmo! Só você não quer ver isso. Aí, é o seguinte: sem emprego será difícil ela arrumar um lugar para ficar e, consequentemente, até arrumar outro serviço, terá de morar com ele.

— Isso é um absurdo... — murmurou. — Filha, estou preocupada com essa história.

Aproximando-se de sua mãe, Rosana a abraçou com carinho dizendo:

— Mãe, a Raquel é uma boa moça. Conversei muito com ela e sei o quanto de dificuldade já passou. — Afastando-se, olhou-a nos olhos e completou: — Mãe, por favor, procure compreender a situação. Procure vê-la como se fosse sua filha. Pense, se acaso não me tivesse gostaria de ter uma companheira, uma amiga aqui dentro de casa e a Raquel pode ocupar esse lugar. Ela tem o temperamento e o caráter que você aprecia. Acredite! É capaz de gostar mais dela do que de mim — brincou. — Mas, por favor, procure conhecê-la e terá certeza do que estou falando. O Alex gosta dela... Deixa seu filho ser feliz. Ele já passou por poucas e boas. E......e há muita coisa que você e o papai não sabem e... Sei que, quando souberem, ficarão comovidos e passarão a respeitar e entender o que o Alex está fazendo.

— O que não sabemos, Rosana? — indagou firme e desconfiada.

— Não posso trair a confiança do meu irmão. Na hora certa, o Alex vai contar, mãe. Acredite nele. Confie em seu filho e não faça julgamentos precipitados.

Olhando-a, a mãe perguntou:

— Estou achando você pálida. Está tudo bem?

— É só um pouco de dor de cabeça. Assim que você me der um beijinho, vai passar. — brincou ao fazer um jeito gracioso.

Sorridente, a mãe se aproximou e abraçou-a carinhosamente. Com ternura, deu-lhe um demorado beijo na testa como sempre fazia com os filhos quando se queixavam de alguma dor.

O senhor Claudionor, que acabava de chegar ali, abraçou as duas, embalando-as vagarosamente com generosidade e, antes de se afastar, beijou cada uma.

— Tudo bem? — perguntou ele, parecendo feliz.

— Quase tudo, meu velho. A Rô está com dor de cabeça e...

— Precisa ir ao médico, filha. Isso não pode ser normal — alertou o pai.

— Estou preocupada também com o Júnior — a senhora referiu-se ao neto. — Hoje, a Vilma ligou dizendo que ele teve febre alta e está com a garganta inflamada.

— Isso é coisa de criança. Logo passa.
— Eu sei — prosseguiu a esposa —, mas não consigo ficar tranquila.
— Papai, isso é coisa de avó coruja. — Riram e Rosana avisou: — Vou tomar um banho, um remédio e me deitar.
Dizendo isso, a filha saiu e dona Virgínia continuou:
— Claudionor, fiquei sabendo pela Rosana que a Raquel perdeu o emprego. — Observou-o sério e pensativo. Em seguida, prosseguiu: — Você não acha que é o momento de termos uma boa conversa com nosso filho?
— O que diríamos a ele?
— Você não acha que essa moça está usando o Alex?
— Não quero julgar, Virgínia. Mas por outro lado...
— A Rosana me disse que ele gosta dela.
— Isso é óbvio! — ressaltou. — Você tem alguma dúvida? — riu.
— Mas, e ela? Será que o respeita? Será que não o está enganando?
— Façamos o seguinte: sexta-feira você liga para o Alex e diga que eu quero conversar com ele. Peça para que venha aqui no sábado ou no domingo.
— E se ele trouxer a Raquel?
— Daremos um jeito. Vou tentar pegá-lo a sós para conversar. Isso é fácil.
Indo à direção da esposa, o marido a envolveu, beijou-lhe e apertou-a contra si procurando deixá-la segura, dizendo-lhe, sem palavras, que a estaria apoiando.

♡

Naquele momento, no apartamento, Alexandre e Raquel acabavam de arrumar a cozinha depois do jantar. Não conversaram e ela mal tocou a comida. Sem demora, ele a chamou:
— Raquel, precisamos conversar. Vamos lá pra sala?

Ela concordou e o seguiu. Sentaram-se, mas ela não o encarava, abaixando o olhar. Controlando-se, Alexandre procurou ser generoso, porém firme:

— Por que não me esperou no estacionamento conforme combinamos?

— Não sei — respondeu com voz fraca, sem olhá-lo.

— Fiquei de um lado para o outro procurando por você feito um idiota! Que falta de consideração, Raquel! Nem para me telefonar! — Ela ficou calada. Insistente, ele quis saber: — O que você tem para me dizer?

Após longa pausa, ela respondeu:

— Não sei o que dizer. Eu não queria ser despedida. Desculpe-me, mas não pude fazer nada. Sei que sou um estorvo, por isso vou dar um jeito de sair daqui.

Alexandre começou a ficar nervoso com a maneira de vê-la encarar a situação: pessimista e sem visão lógica da realidade. Aumentando o volume da voz, perguntou firme:

— Quem falou que você vai sair daqui?!

— Ninguém. Eu...

Ele a interrompeu, irritado, levantando-se ao falar:

— A primeira coisa que você vai fazer é parar com essa história que me incomoda e é um estorvo! E outra, entenda, de uma vez por todas, que você vai ficar aqui! Não forçada por mim, mas pelas próprias circunstâncias da vida! Caramba, Raquel! Pare de se subestimar! Pare de ser pessimista! Isso enche! Seja mais grata! Procure ver que não está sozinha nessa situação. Estou com você. Na minha casa estará segura, amparada. Não estou te mandando embora. Se sair daqui, para onde irá?

Sem pensar, ela respondeu:

— Para a rua, de onde vim. Lembra-se? Você não me encontrou em um bom lugar. Foi da rua que vim para cá.

Alexandre estava incrédulo. Precisou de muito esforço para se controlar. Respirando fundo, parou próximo a ela e moderou a voz ao indagar:

— Por que você faz questão de me agredir assim? Já parou para pensar o quanto me ofende, me magoa dizendo isso? — não houve resposta. — Observe o que está jogando fora. Olhe a oportunidade que a vida está te dando. — Falando mais mansamente, disse: — Sei que teve dificuldades horríveis, no entanto, Raquel, quem mais está te maltratando, te deixando na pobreza emocional, na miséria de sentimentos, se privando de esperança de um futuro melhor é você mesma! Está sendo orgulhosa por não aceitar o pouco que te ofereço. Seu orgulho é horrível! E você mostra isso quando não se sensibiliza com aquele que, ainda, se preocupa com você! — enfatizou. — Assim, agindo desse jeito, está se torturando. Chego a pensar que gosta de sofrer, quer continuar sendo vítima da vida... Nada do que recebe de bom é satisfatório, não se acha merecedora... Por mais que me esforce, não consigo te agradar ou ajudar... Parece sempre que quer viver na miséria. Quando é que vai se dar valor? Quando vai se achar merecedora e manifestar gratidão ao que tem? Quando não tiver nada nem ninguém ao seu lado para te ajudar? Aí, dará valor ao que perdeu?! — Nesse instante, ele se calou. Ela ergueu o olhar lacrimoso, encarando-o, surpresa. Não tinha pensado naquilo. Talvez não tivesse percebido o quanto se fazia de vítima. Alexandre abaixou-se a sua frente, encarando-a. Tomando coragem, continuou firme: — Eu te amo, Raquel — disse com tranquilidade. — Eu te amo como nunca amei alguém. E... Não posso crer que você não sinta nada por mim nem mesmo consideração ou respeito.

Raquel caiu num choro copioso e ele teve de se fazer forte para não a abraçar, mantendo-se distante. Pouco depois, levantou-se e continuou se explicando:

— Hoje, fiquei feito um idiota, aflito e te procurando em todo lugar que pude imaginar. Você nem para me telefonar e dizer: "Estou dando uma volta. Quero ficar só, não se preocupe comigo, tá?". — Breve pausa e foi firme. — Puxa, Raquel! Posso não ser nada seu! Posso não significar nada para você, posso não ter importância alguma, mas acho que mereço um pouquinho de consideração e respeito da sua parte! Você pode não ter sentimento algum por mim, mas... Pelo amor de Deus!... Eu sei que tem educação, sei que é atenciosa.

Raquel chorava. Estava confusa. Nunca tinha percebido tudo o que lhe acontecia daquela forma. Sua vida tinha sido difícil, mas muito de sua dor não passava por ela cultivar tantas negatividades.

Em pé a sua frente, olhando-a firme e decidido, sem perder a postura, prosseguiu:

— Eu disse a você que vou te ajudar, aconteça o que acontecer. Estou disposto a isso para que se estabilize, para que consiga vencer seus medos e traumas, para que possa trazer sua filha para junto de si e... Sei lá mais o quê. Mas, estou percebendo que o fato de vivermos juntos, assim como estamos, te incomoda demais. Observo que, por saber que eu te amo, vive em conflito. E... Para provar que quero ajudá-la mesmo, que te amo de verdade, amanhã eu vou deixar este apartamento. — Raquel ficou paralisada, incrédula e o encarou. Ele continuou:

— Estou saindo daqui e indo morar, a princípio, na casa dos meus pais. Você receberá todas as provisões de que necessitar e pode ficar aqui o tempo que for preciso. Se sou eu que te incomodo com minha presença, com meu jeito, com meu amor, estou indo embora. Foi isso o que decidi. Pode ficar aqui sozinha até se estabilizar. Era isso o que tinha para te dizer.

Alexandre ia se virando, quando ela se ergueu e, num grito, agarrou-o pela camisa.

— Não!... — E, em meio ao choro, pediu parecendo implorar: — Pelo amor de Deus, não me abandone... — Raquel se abraçou a ele. Em desespero e com a voz entrecortada pelos soluços, falava: — Eu não posso ficar sem você. Há algo errado comigo... Eu também te amo...

Alexandre, surpreso, não esperava aquela reação. Segurando-a pelos braços, fez com que se sentasse novamente e se acomodou ao seu lado. Tirando os cabelos longos de seu rosto, procurou encará-la. Talvez não acreditasse no que tinha ouvido e ela murmurou, confessando entre o choro:

— Sempre te amei... — Abraçou-o outra vez e escondendo o rosto em seu peito, continuou com a voz abafada: — Sempre te amei, Alexandre. Sempre senti algo muito forte por você. Desde quando começamos a trabalhar juntos. Só que eu tenho medo... Eu... Eu não sei o que é...

Ele a apertou com força, sussurrando-lhe ao ouvido:

— Calma. Está tudo bem. Eu te amo muito, Raquel. Muito...

— Não saia daqui... Fique comigo, por favor... — implorava, sem poder controlar as emoções.

— Tudo bem... Eu não vou sair. Cuidarei de você. Eu prometi isso, não foi?

Raquel, escondendo o rosto em seu peito, abraçava-o com força.

Enternecido, ele beijou seus cabelos. Experimentava um misto de surpresa, alegria e tristeza por conseguir tê-la perto de si, mas com tantos obstáculos a transpor e medos a superar.

Capítulo 15

Turbulência inesperada

Na manhã seguinte, Alexandre levantou bem cedo e, preocupado com Raquel, telefonou para sua irmã, pedindo:

— Depois da faculdade, vem pra cá e fica com ela? Não quero deixá-la sozinha, entende? Tenho de ir trabalhar e não quero ficar telefonando toda hora.

— Tudo bem, eu vou — aceitou Rosana. — Mas, e aí? Como foi? Vocês conversaram?

— Tenho muita coisa para contar, mas agora não dá. Falaremos depois.

— Tudo bem.

— Tchau, Rô. Agora tenho de ir pro trabalho.

Após desligar o telefone, Alexandre percebeu a aproximação de Raquel que parecia um pouco desorientada. Acostumada a se preparar para ir ao serviço, aquela manhã estava sendo muito estranha.

— Você não está esquecendo o atestado de convalescença, está? — perguntou ela.

— Não. Já peguei. Tenho de lembrar de deixar no RH.
— Acho que amanhã vou com você. Preciso passar pela entrevista e pelo exame médico que exigem para a demissão. Mais tarde vou telefonar para confirmar o horário.
— Claro, iremos juntos. — Após pequena pausa, ele perguntou: — Raquel, tem certeza de que vai ficar bem aqui sozinha?

Ela ofereceu um sorriso forçoso e respondeu:
— Vou sim. Não se preocupe.
— Depois da faculdade, minha irmã virá para cá ficar com você.
— Isso é bom. Preciso conversar com alguém e gosto dela — sorriu. Pouco depois, ao vê-lo pegar as chaves, colocou-se à sua frente e falou: — Alexandre, desculpe-me pelo que fiz ontem e por te fazer sofrer tanto. Não imaginei que alguém pudesse ficar assim por minha causa.

Alexandre sorriu e também disse:
— Desculpe-me também se fui grosseiro. Fui duro e posso ter dito algo que te magoou. Posso ter sido insensível, mas...
— Eu precisava daquilo. Precisava enxergar o que estou fazendo comigo mesma. Não vou dizer que meus pensamentos estão livres de perturbações ou ideias terríveis, porém estou bem melhor.

Alexandre a abraçou forte e beijou-lhe a testa. Afastando-se, teve o impulso de beijá-la nos lábios, instante em que percebeu que Raquel, por medo, parecia tremer prevendo sua intenção.

Dando um sorriso, passou-lhe a mão pelo rosto com carinho, apertou seu queixo beliscando-o levemente como quem brinca e falou:
— Agora preciso ir. À noite, conversaremos.
— Tchau — disse ela, estampando sorriso emocionado.
— Fica com Deus — ainda disse, indo embora satisfeito, sentindo-se feliz.

A caminho do serviço, ele não tirava o sorriso do rosto.

Lembrou que teria muito trabalho com Raquel, pois sabia que ela precisaria vencer seus medos, seus traumas. Mas isso não importava, seria paciente. Iria tratá-la com todo o carinho e respeito. O principal já sabia: Raquel admitiu que o amava. O amor dos dois haveria de vencer todas as barreiras e todos os medos.

Por um instante, riu e lembrou-se de como a vida era engraçada.

Todas aquelas mulheres que, praticamente, ofereciam-se, ele não quis. Agora, estava apaixonado e disposto a conquistar a mais difícil que já conheceu.

Que ironia do destino.

♡

Mais tarde, Rosana chegou ao apartamento do irmão e foi recebida por Raquel, que lhe ofereceu um abraço demorado e muito apertado. Surpresa ao observar o ânimo da amiga, disse:

— Fico feliz em vê-la! Você está bem?

— Vem cá! — pediu Raquel, sorrindo. — Sente-se aqui.

Acomodadas no sofá, Raquel pegou suas mãos e sentou-se ao seu lado, contando-lhe tudo.

Rosana ouviu com paciência e expectativa. Depois perguntou:

— E aí? — quis saber mais.

— Foi só isso... — encolheu os ombros e sorriu. — Sabe... Apesar de decepcionada com muitas coisas, depois de tudo o que ele me disse... Sei lá... Acordei para o que acontece e comecei a ver o quanto deixo de ser grata. Quando ele disse que iria embora, me deu uma coisa... Somente nesse momento pude perceber o que estava perdendo, o que eu estava jogando fora e... Vi minha vida e tudo o que estou vivendo de outra forma, que antes não percebia.

— Você está apaixonada — Rosana riu ao considerar.

Raquel ofereceu meio sorriso tímido. Depois, mais séria e temerosa, confessou:

— Tenho medo, Rô.

— Medo do quê? — perguntou com voz terna. A jovem abaixou a cabeça e recostou-se nela. Afagando-lhe, Rosana afirmou: — O Alexandre é um homem tão bom.

— Eu sei... — murmurou.

— Carinhoso, compreensivo... Ele vai te ajudar.

Após pensar um pouco, Raquel lembrou:

— Sabe aquele dia que ele me beijou?

— Sei.

— Não esqueço. Não consigo parar de pensar naquilo e... — contou com o olhar perdido.

— Então! Deixe que aconteça novamente! — incentivou, entusiasmada.

Mais séria, encarando-a, Raquel admitiu quase angustiada:

— Rosana, você não pode imaginar o conflito em que vivo. Ao deitar, por um minuto, posso recordar meu primeiro beijo, porém, por uma hora, vivo o horror da violência sofrida no passado. Fico desesperada, sofro com o que aconteceu e...

— Faz cerca de quatro anos, não é? Não dá para esquecer. É assim mesmo.

Os olhos de Raquel se nublaram e ela, encolhendo-se e exprimindo medo, falou:

— Que meu tio me violentava moral e psicologicamente, com suas carícias maliciosas e que ninguém via... foi a vida toda. Quando me violentou brutal e sexualmente, pela primeira vez, eu tinha quinze anos. Quando me raptou e me violentou por dias... me deixando grávida... Sim, se passaram pouco mais de quatro anos. — Com olhar perdido, continuou: — Hoje, não tenho cicatrizes físicas, tenho marcas na alma. Para provar que somos ou que fomos agredidas ou abusadas muitos exigem algo exposto, coisas físicas ou materiais para provar, mas as piores agressões marcam nossas almas, tatuam nosso espírito e não entendemos o porquê delas, não é fácil experimentar tanta dor, principalmente, a dor de não ser compreendida, de ser julgada ou desacreditada como eu fui. É só eu lembrar ou pensar no que aconteceu que as cenas aparecem vivas como se tudo acontecesse novamente e novamente... — Após pequena pausa, com a voz fraca, relatou: — Eu escuto aquela risada sarcástica, aquelas palavras sujas, aquele jeito imundo e selvagem daquele homem... Sou capaz de sentir sua brutalidade, seu toque... E isso se repete na minha mente centenas e milhares de vezes, com detalhes... — Silenciou por alguns instantes, enquanto a outra afagava seus cabelos. Sem demora, ainda revelou: — Quanta humilhação... É como se eu pudesse sentir a dor física e moral ainda. Eu gritei!... Chorei! Pedi a Deus, mas Ele não quis me ajudar — lágrimas correram. — Por isso nunca mais rezei. Aquele homem bruto me amarrou, me machucou... muito... E ainda fui saber que ele era meu pai... — Raquel havia parado de chorar. Seu olhar doce não se fixava em nada, mas expressava dor. — Vivo apavorada, Rosana. Relembro vivamente esses momentos, que não ocorreram uma única vez, acreditando que podem acontecer de novo... Acho que podem acontecer, entende? Tenho medo. Vivo em constante medo — encarou-a. — Adoro seu irmão, mas, quando ele me abraça, essas lembranças voltam. É como se fosse fazer o mesmo... Não consigo... É uma aflição constante. Fico perturbada, tenho medo... Quero gritar... — Raquel chorou e abraçou a amiga.

Rosana não conteve as lágrimas. Apertou-a contra si, afagando-lhe com carinho ao dizer:

— Eu imagino... Entendo o quanto você sofre.

— Como eu poderei fazer o Alexandre feliz? Como vamos viver assim? — indagou chorando.
— O Alex é um homem muito bom, compreensivo, paciente. Permita, aos poucos, que ele apague esse passado triste, Raquel. Troque seus pesadelos pelo sonho de ter o Alex perto de você. Sei que não vai conseguir isso da noite para o dia. Haverá momentos em que vai se sentir sensível, vai sofrer, mas ele vai te ajudar. Ele te ama.
— Eu tenho medo — sussurrou.
— Olha... Por que você não procura ajuda profissional? Um psicólogo vai orientá-la, ajudá-la a vencer isso. Leve o Alex com você.
— Não... — reagiu e se afastou do abraço.
— Por quê?
— Tenho vergonha — sussurrou.
— No amor, não pode haver segredos ou vergonha.
— Às vezes, penso que o seu irmão merece coisa melhor.
— Raquel, acorda! O que tem aí fora, ele não quer. O Alex quer você. Mas numa coisa você tem razão: ele merece coisa melhor sim. Merece que você melhore, que busque se ajudar para que possam ser felizes juntos. Prometa uma coisa pra mim?
— O quê? — encarou-a.
— Tente — falou sorrindo. Olhando-a nos olhos, enfatizou: — Hei, menina! Se você teve todas as razões para ser triste, aproveite todas as oportunidades para ser feliz! Sabe aquele pedido que fez a Deus e acreditou que Ele não te ouviu? Ele está te respondendo agora, colocando no seu caminho alguém digno, que te respeita e que te ama.
Após alguns minutos, Raquel argumentou:
— Alexandre não vai me tolerar. Não tenho emprego, tenho uma filha, não tenho onde ficar, tenho meus medos...
— Mas você o ama, o respeita, o valoriza e isso basta para ele. Tenho certeza de que o Alex é bem forte para assumi-la

com todas as suas dificuldades. E quando quiser e puder, vai arrumar novo emprego e melhor do que esse último. Porém, Raquel, presta bem atenção, meu irmão é capaz de suportar todos os problemas que vocês tiverem, mas talvez ele não tolere reclamações infundadas e repetitivas, insistência em pensamentos catastróficos e negativos, brigas, mentiras e intrigas. Isso cansa e acaba com qualquer relacionamento. Mude seus pensamentos.
— É tão difícil.
— Você acredita em Deus, Raquel? — A amiga ficou em silêncio e Rosana insistiu: — Acredita em Deus?
— Quando mais rezei, mais precisei, fiquei só.
Como que inspirada por amigos espirituais de elevado nível, impostou a voz dizendo brandamente:
— "As raposas têm seus covis e as aves do céu têm seus ninhos, mas o Filho do Homem não tem onde reclinar a cabeça..." "Pai, se é possível, afasta de mim este cálice, porém não se faça a minha, mas a Tua vontade..." Raquel, até Jesus experimentou o cálice amargo que não precisava beber. Então, quem somos nós, míseros pecadores, para exigirmos pão e mel? Jesus ficou sem abrigo, mas você, mesmo depois de tudo, tem a quem recorrer, tem onde ficar. Agradeça a Deus por isso, pois quem te acolhe hoje não o faz por dever ou obrigação pelos laços consanguíneos. Quem te acolhe e ampara o faz por amor. — A outra abaixou a cabeça envergonhada e Rosana continuou: — Dê uma chance a você mesma. Faça preces. Liberte-se desses pensamentos negativos que te acorrentam nas antigas misérias experimentadas. Sabe... A pronúncia de palavras imorais, os chamados palavrões, os pensamentos negativos, as fofocas, as calúnias, os julgamentos errôneos que fazemos precipitadamente, fazem energias tristes, pesadas e atraem flagelações e tudo o que

de ruim podemos imaginar para a nossa mente e para a nossa vida. Se você quiser mudar, vencer e se elevar, comece melhorando os seus pensamentos.

— Eu tento, mas...
— Você gosta de ler?
— Gosto.
— Já leu a Bíblia ou o Evangelho?
— Um pouco.
— Gostaria de ouvir comentários sobre os ensinamentos de Jesus?
— Creio que sim.
— Então amanhã à tarde eu venho aqui e iremos a uma reunião evangélica para ouvirmos uma explanação dos ensinamentos de Jesus num Centro Espírita.
— Desculpe-me, Rosana — disse a amiga assustada e tímida. — Jurei a mim mesma que nunca mais vou a um lugar desses. Já fui e...
— Não! — enfatizou. — Você não foi não! Centro Espírita é um lugar de instrução, amor e caridade. Nesse lugar que você foi, ouviu alguma palestra sobre o que nós devemos fazer para nos melhorarmos? Alguém disse que você precisaria mudar seus pensamentos para o bem, que as suas palavras precisam ser sempre de amor e esperança e as atitudes precisam ser prudentes, gentis e alegres?
— Não.
— Então você não foi a um Centro Espírita ou a uma Sociedade Espírita. Doutrina Espírita, Espiritismo não é isso.
— O que é Espiritismo? — perguntou Raquel com modos simples.
— Espiritismo é Jesus. O que Jesus falou, o Espiritismo, a Doutrina Espírita, codificada por Allan Kardec, fala e explica. O Espiritismo não admite a fé cega, por isso o espírita estuda.

Para tudo há uma explicação. O que Jesus fez e usou, o Espiritismo faz e usa. Como eu disse, Espiritismo é Jesus. Esse Mestre Amigo orientou por meio de palavras. Ele ensinou por meio da lógica, da fé, da razão, do amor. A Doutrina Espírita continua orientando do mesmo modo. Não estamos aqui vivendo neste planetinha por acaso. Temos um objetivo, um propósito a cumprir. Se não possuímos o que desejamos, há um motivo e uma explicação lógica para isso. Se quisermos o que não nos pertence e conseguirmos por meios não corretos, teremos de ressarcir os danos que oferecemos aos outros, além de muito refazimento pela frente. Mas isso você vai aprender com o tempo. No momento, o que precisa é de conforto ao seu coração dolorido, sofrido, depois você adquire, aos poucos, o conhecimento por meio dos livros da Codificação Espírita, começando pelo O Livro dos Espíritos, o meu predileto — riu — e depois, lá na frente, vai aprender a não sofrer mais. Resumindo, com conhecimento, você fica livre, independente de superstições e cumpre sua tarefa, leva sua vida de modo mais tranquilo e sem julgar ninguém. Aprendemos isso com a Doutrina Espírita.

— Existe coisa que nos liberta assim?

— Para quem tem boa vontade e desejo no bem, sim. — Breve pausa, Rosana perguntou: — Quer conhecer?

— Estou um pouco receosa ainda e... — sorriu sem jeito.

— Está certo. Quando se sentir preparada, nós vamos, tá?

— Tá certo.

Rosana disse aquilo para que Raquel não ficasse preocupada e temerosa com o que ela iria propor. Planejava, no dia seguinte, aparecer lá e levá-la para a Sociedade de Estudos Espíritas que frequentava, mas não disse nada e a abordaria de surpresa a fim de que a amiga não tivesse tempo de pensar.

Na tarde do dia seguinte, Rosana foi até o apartamento de seu irmão sem avisar, mas não encontrou ninguém. Esperou por longo tempo e nada. Raquel havia ido fazer a homologação de sua dispensa do serviço e passou o dia fora. Cansada, olhando o relógio, acreditou que seu noivo poderia ir buscá-la. Indo até o telefone público, ligou para Ricardo e acertaram o encontro.

— Você teve sorte. Eu não ia sair nesse horário — disse o noivo sorrindo.

— Não vem com essa não! — exclamou Rosana com um jeito engraçado. — Eu sei que você sai às três da tarde!

— Quero levá-la ao nosso apartamento.

— Ah, não! O que saiu errado agora?... Não terminaram a pintura? O que quebraram dessa vez? — fechou o sorriso e suspirou fundo.

— Você vai ver — afirmou com jeito insatisfeito.

Pouco depois, não muito longe dali, entram no apartamento que estavam mobiliando para o casamento.

— Feche os olhos — pediu Ricardo. Conduzindo a noiva, ele a fez entrar e disse: — Agora abra!

— Está pronto! Eu não acredito que terminaram! — gritou admirada, olhando a sua volta, com lindo sorriso no rosto.

— Pensei em trazê-la para ver só no sábado, mas como tivemos tempo hoje...

Abraçando o noivo, distribuindo-lhe exagerados beijos por todo seu rosto, ela exclamou:

— Amo você! Que lindo! Que fofo!

— Lindo quem? Eu ou o apartamento? — indagou ele brincando.

— Seu bobo... — expressou-se com ironia. — Claro que é o apartamento! — gargalhou.

Eles riram e Rosana logo foi verificar os quartos e depois a cozinha.

— Gostou? — Ricardo quis saber.

Menos eufórica, ela agradeceu:

— Obrigada, bem. Está lindo! Do jeitinho que planejamos. Os móveis planejados... O balcão da cozinha... Tudo lindo!

— Ainda precisamos ver o colchão, as cortinas e os tapetes.

— Ah, não... Tapete não. Dá muito trabalho.

— Você quem sabe — concordou o noivo. — Se também não quiser nem precisamos de colchão. Assim você não terá roupa de cama para lavar...

— Ótima ideia! — riu. Em seguida, confessou: — Estou tão feliz! — abraçou-o.

— Mesmo? — embalou-a de um lado para o outro.

— Lógico!

— O que você acha de marcarmos uma data? — perguntou o rapaz.

— Para o nosso casamento?

— Não. Só pro meu.

— Seu bobo... Claro! Só que eu gostaria de terminar a faculdade... — mostrou-se indecisa. — E se marcássemos para o meio do ano que vem? Está bom? Não está longe? O que você acha?

— Ótimo. É o tempo que precisamos para ver alguns detalhes e ainda teremos folga. É bom porque posso juntar férias.

— Ah! Eu já escolhi meus padrinhos.

— Já sei! A Vilma e o marido.

— Não. O Alex e a Raquel.

— Mas... Será que eles aceitam?

— Terão de aceitar!

— E eles, como estão?

— Estão indo... — disse Rosana meneando com a cabeça. — O Alex terá muito trabalho com a Raquel.

— Por quê? Você não disse que ela era legal?

— Claro que é. Mas... Acontece que a Raquel tem problemas e ele terá grande dificuldade para conquistá-la.

— Conquistar?! Rô, olha bem pra cara do seu irmão! O Alexandre ganha qualquer uma! Você não vai vir pra cima de mim, dizendo que acreditou naquela história deles não terem nenhum envolvimento, de serem só amigos? Nem sua mãe acreditou!

Séria e pensativa, a noiva pediu:

— Não julgue, Ricardo. Você não conhece um terço dessa missa.

— Qual é, Rô?! O Alex é o maior safado! — zombou.

— Não fale assim. Ele gosta muito dela e a respeita. Eles realmente não têm nada. Estou torcendo para que tenham.

— Ora, qual é! Conta outra — riu.

Rosana pensou e resolveu revelar tudo. No final, ela perguntou:

— Entendeu agora porque digo que será difícil ele conquistá-la?

Surpreso, Ricardo ficou em silêncio por bastante tempo. Depois comentou:

— Caramba... Nossa... Estou chocado. A Raquel?... — Levantando-se, caminhou vagarosamente pela sala, parou exibindo uma expressão indignada e disse: — Estou até me sentindo mal. Nossa!... É um ato abominável, mas piora nossos sentimentos quando é com uma pessoa conhecida. Tô me sentindo mal...

— Eu sei... — disse, ainda sentada no chão, seguindo-o com o olhar. — Eu também me senti assim.

— Foi ela que te contou?

— Primeiro, o Alex me disse. Olha, sofri muito ouvindo dele, mas, depois, quando a Raquel me contou, usando as próprias palavras, tremendo e chorando... Ainda ontem, quando conversávamos, ela praticamente detalhou algumas coisas e disse que relembra, com frequência, como se estivesse acontecendo. Nossa, Ricardo... Que horror. Quem não se sensibilizar com isso, só pode ser pessoa doente, com transtornos... — disse Rosana comovida. Depois continuou: — Eu adoro meu irmão e a Raquel também. Eu quero ajudá-los. Você se importa?

— Não! Claro que não. Vamos ajudá-los, sim. Não sei como, mas pode contar comigo — sorriu.

— Só vou lhe pedir uma coisa.

— Fale.

— Não brinca mais com meu irmão daquele jeito. Ele me contou que, outro dia, por telefone, você ficou perturbando e... Você sabe.

— Puxa, Rô, é mesmo... Que brincadeira infeliz. É coisa de homem, entende? Se eu soubesse... Mas ele não disse nada.

— É lógico que não iria dizer, sua toupeira! Mas, agora, fique mais atento.

Aproximando-se da noiva, Ricardo sentou-se a seu lado e prometeu:

— Pode deixar.

— E não conte nada pra minha mãe!

— Claro que não!

Ele a abraçou enternecido e beijou-lhe com carinho dizendo:

— Você tem um coração tão bom, Rosana. Tão compreensivo, sensível...

Ela sorriu e o beijou novamente.

♡

No sábado, pela manhã, os primeiros raios do Sol invadiam, sem convite, o apartamento de Alexandre. Ele havia acordado cedo e ao se levantar percebeu que Raquel ainda dormia.

Depois de tomar um banho e fazer o desjejum, acreditando que não iria incomodá-la, foi até o outro quarto e pegou seu violão. Sentou-se em uma almofada que estava no chão e começou a afiná-lo.

Após o som estar em harmonia, ensaiou as primeiras notas de uma linda canção e, impostando a voz somente com a garganta, fechou os olhos para acompanhar aquele som suave e doce que soava quase como um lamento.

Não demorou muito e Raquel despertou.

Ela seguiu a música até o outro quarto. Quase de costas para porta, ele não a viu e continuou tocando.

Sem se deixar perceber, ela se retirou. Cuidou-se, organizou algumas coisas e percebeu que ele silenciou. Nesse instante, decidiu ir vê-lo.

Encontrou-o abraçado ao violão, com a cabeça baixa e os olhos fechados. Com voz suave e meiga, ela o tirou das reflexões, dizendo:

— Estava tão lindo. Continue, por favor — sorriu lindamente.

Alexandre retribuiu o sorriso e estendeu-lhe a mão convidando-a para que se sentasse a seu lado. Raquel assim o fez.

Feliz, pelo elogio recebido, empunhou o instrumento que dominava muito bem e disse:

— Esta canção é para você — tocou uma linda canção, cantando junto. Dedilhou as notas mais complexas, resultando em belos arranjos. No final, ainda lembrou: — Há tempos eu não a tocava.

— Que linda música! Obrigada — sorrindo, aproximou-se e beijou-lhe o rosto.

Quando ela ia se sentar, o rapaz a segurou pela cintura impedindo-a de se afastar dele. Colocando o violão no chão, procurou envolvê-la com um abraço suave.

O sorriso se fechou de seu rosto e Raquel ficou paralisada, quase rígida. Exibindo medo, pareceu perder a cor, mas deixava-se envolver.

Sério, observando suas reações, trouxe-a para junto de si, deitando-a sobre suas pernas, que estavam cruzadas. Olhando-a por longo tempo, acarinhou seus cabelos, desalinhando-os, enquanto inúmeros pensamentos corriam por sua mente.

Receosa, encolhia-se em seus braços pelo temor que sentia. Parecia não respirar.

Generoso e pensativo, sorriu compreendendo o pânico que ela vivia. Para distraí-la comentou:

— Você está gelada. — Raquel esboçou um sorriso forçado e ele completou com voz generosa quase sussurrando: — Confie em mim. Eu te amo tanto.

Seus lindos lábios tremiam, mas procurando vencer-se, com voz baixa, pronunciou:

— Eu também te amo.

Alexandre curvou-se ainda mais, roçando seu rosto naquela face macia, mas, quando encontrou seus lábios, notou que ela chorava.

Seu coração apertava. Jamais Alexandre experimentou tanta dor, tanta piedade por alguém. Olhando-a, viu como era frágil, delicada e indefesa. Ela não poderia reagir contra ninguém. Com carinho, abraçou-a contra seu peito embalando-a e dizendo bem baixinho:

— Ah... Meu amor, não tenha medo. Eu vou proteger você enquanto viver.

Logo ao se afastar, Raquel quis se ajeitar e ele a ajudou. Novamente, sentada a seu lado, secando as lágrimas e constrangida, escondeu o rosto entre os cabelos ao murmurar:

— Desculpe.

De joelhos, arrumou seus cabelos, acariciou seu rosto e falou generoso:

— Não peça desculpas. Você não tem culpa alguma. — Segurando-lhe as pequenas mãos, completou com voz terna: —

Não tenha medo ou vergonha de chorar perto de mim. Não tenha medo de me pedir para parar.

Raquel o encarou e ameaçou abraçá-lo.

Num impulso, o rapaz a envolveu como amigo fiel e parceiro para todas as horas. Sem demora, procurou animá-la, convidando:

— Vamos até a casa dos meus pais? Preciso ir lá.

— Acho que não devo — respondeu com jeitinho.

— Vamos, vai? — pediu dengoso.

— Por favor. Além de envergonhada por estar aqui, ainda perdi o emprego e...

— Vou levá-la comigo sim — afirmou, levantando-se e erguendo-a consigo. — E ainda vou apresentá-la como minha namorada.

— Não! — exclamou surpresa.

— Então o que somos?

— Nós... — Raquel enrubesceu e se embaraçou, sorriu, confusa.

— Nós, o quê? — riu com gosto. — Pare de enrolar e vamos logo. Aliás, você quer se arrumar ou vai assim mesmo?

— Não vou... — disse sem firmeza, quase cedendo.

Olhando de um jeito esquisito, brincando e com sorriso no rosto, assegurou:

— Vou carregá-la no ombro se for preciso, hein!

Ela sorriu e decidiu acompanhá-lo.

Antes de sair de casa, Alexandre telefonou para sua mãe avisando:

— Mãe?

— Oi, filho. Tudo bem?

— Tudo.

— Você não vem pra cá? Estou esperando.

— Mãe, tem almoço para dois? A Raquel vai comigo.

Mesmo surpresa, ela respondeu:
— Claro! Pode trazê-la.
— Daqui a pouco estaremos aí. Um beijo.
— Outro, filho. Vem com Deus.

♡

Minutos depois, aproximaram-se da casa dos pais do rapaz. Os muros altos eram bem pintados. Rente a eles, na calçada, havia um jardim com plantas baixas, bonitas e floridas. Os portões da garagem e o social também eram bem fechados, de modo que, quem estivesse na rua, não conseguiria ver nada dentro da residência. Ao estacionar o carro, o rapaz observou melhor o portão entreaberto e viu sua mãe parada, conversando com alguém.
— Eeeee... Droga! — reclamou, sentindo-se incomodado.
— O que foi? — perguntou Raquel, que já estava nervosa e inquieta.
— É aquela mulher ali, conversando com minha mãe.
— Quem é?
— Fazia muito tempo que não a via...
— Quem é ela, Alexandre? — insistiu, preocupada.
Ele olhou-a sério e avisou pausadamente:
— Ela é mãe da minha ex-noiva. — Raquel ficou assustada e sentiu-se gelar. — Olha... — continuou ele — Aconteça o que acontecer fique perto de mim.
— Por quê? O que você vai fazer?
— Eu não sei. Estou só te prevenindo, pois pode acontecer alguma coisa.
Após dizer isso, o rapaz desceu do carro, alcançou Raquel na calçada e pegou-a pela mão. Aproximando-se de sua mãe, cumprimentou-a com um beijo e Raquel o imitou quase

sem perceber. Muito sério, voltando-se para a mulher, educadamente, cumprimentou-a, dizendo:

— Tudo bem, dona Otávia? Como vai a senhora? — perguntou com voz grave, trazendo a mão de Raquel presa a sua.

— Que surpresa, Alex! Há quanto tempo! — disse a senhora, sorridente.

Percebendo que Otávia olhou para Raquel, que estava um tanto constrangida, Alexandre apresentou:

— Esta é a Raquel. Minha namorada.

A moça enrubesceu, porém, com simples e simpático sorriso, estendeu a mão e cumprimentou a senhora. Sem demora, o rapaz voltou-se para sua mãe, que também ficou surpresa com a apresentação, e perguntou:

— A Rô está lá dentro?

— Está sim, filho. Entra lá! — sorriu. — Tem uma surpresa pra você!

— O que será?! — tornou ele sorrindo e adivinhando, sem que a mãe dissesse. Voltando-se para a mãe de Sandra, pediu mais sério e educado: — Dê-nos licença, dona Otávia.

— Claro. Pode ir — sorriu sem jeito.

— Vamos. Venha, Raquel — convidou, virando-se e colocando a mão no ombro da moça.

Até chegar a casa havia um belo e grande jardim repleto de flores alegres e gramado verde tendo, mais distante, no fundo, o contorno de árvores altas. O corredor ladrilhado, que se estendia do portão até a varanda, era ladeado de delicada cerquinha branca de madeira, caprichosamente alinhada. Enquanto caminhavam, Raquel sussurrou:

— Eu mato você... Estou tremendo... Foi me apresentar como sua namorada...

Alexandre riu gostosamente, parou e a fez ficar na sua frente. Baixinho, perguntou com ar de riso:

— Então me fala: o que você é minha?

Ela sentiu-se corar. Envergonhada, permaneceu parada sem saber o que dizer.

Num impulso, rapidamente, ele deu-lhe um beijo nos lábios, tomou sua mão e continuou a andar. Surpresa e confusa, a jovem não disse mais nada e se deixou levar.

Ao entrarem na grande sala muito bem decorada, Alexandre gritou:

— Tem alguém em casa?!

Vilma, a irmã casada que morava no Rio de Janeiro, veio correndo e atirou-se sobre ele. O irmão a segurou e girou em meio ao riso gostoso, que podia ser ouvido por toda a sala.

— Alex! Que saudade! — exclamou a irmã depois de ser posta no chão. Vilma o contemplou de cima a baixo e depois voltou a abraçá-lo.

Após a euforia, ele apresentou:

— Esta é a Raquel. Minha namorada.

Sem titubear, Vilma abraçou-a com carinho e a mesma alegria.

— Oi, Raquel! Prazer em conhecê-la!

— O prazer é meu — respondeu com o coração apertado, temerosa pelo que a esperava. Sempre acreditando que algo ruim pudesse acontecer.

— Sinta-se à vontade, por favor — pediu Vilma, sorridente, ainda segurando em suas mãos.

— Onde está a Rosana? — perguntou o irmão.

— Lá nos fundos, com o papai e o Júnior.

— O Wálter não veio? — ele estranhou.

— Veio sim. É que a Priscila quis sorvete e eles saíram para comprar. Não quero que o Júnior veja porque ficou doentinho há pouco tempo com problema de garganta e não quero arriscar dar sorvete a ele.

Sem que esperassem, Rosana chegou à sala e admirou-se:
— Raquel! Que bom que você veio! — ficou feliz e abraçou a amiga, demoradamente, meneando-a de um lado para outro. Segurando em suas mãos, Rosana disse: — Preciso te contar uma novidade. Vem comigo!

No momento em que levava Raquel para seu quarto, ouviu da irmã:

— Ô! Mal-educada! Vai arrancá-la assim, é? Espere! Deixe-me conhecê-la melhor!

— Vão conversando aí, tenho de falar muito com ela — Rosana respondeu.

Enquanto Alexandre e Vilma, que não se viam com frequência, atualizavam as novidades e acabavam com a saudade, Rosana, animada, conduziu a amiga para seu quarto.

— Ai!... Deixe-me contar! Meu apartamento ficou pronto. Montaram os móveis e a cozinha já pode funcionar!

— Que bom! — alegrou-se verdadeiramente.

— Vamos marcar a data do casamento!

— Fico tão feliz por você! — Raquel, emocionada, abraçou-a com carinho.

Após o abraço, Rosana anunciou:

— Você e o Alex serão meus padrinhos.

Raquel sentiu uma surpresa gostosa. Sem ter nenhuma palavra que expressasse sua emoção, abraçou-se novamente à Rosana e quase chorando perguntou:

— Tem certeza?... Eu?...

— Não! Você sozinha não! Lógico... O Alex tem de ser o padrinho. Chato isso, mas tem de ser um casal, né? — riu. Raquel riu junto. — Ah!... Estou tão feliz!

— Posso imaginar — disse a amiga sorrindo docemente.

— Sabe... Tenho de comprar algumas coisinhas ainda e quero te fazer um pedido.

— Diga! — ficou na expectativa.
— Você vai comigo para ajudar a escolher?
— Eu?
— Por que não?
— Bem... Não sei se tenho bom gosto. Não estou acostumada a escolher peças para decorar casa...
— Isso é simples. Quando eu mostrar uma coisa, você diz: Gostei! Ou: Não gostei! — As duas moças riram. Depois, Rosana perguntou: — E você e meu irmão como estão?
Oferecendo leve sorriso, Raquel abaixou o olhar e revelou:
— Tenho muito de me recompor, Rô.
— Olha, o Ricardo tem um primo que é psicólogo e...
— Mas eu...
— Espera! — pediu Rosana. — Esse primo trabalha em uma empresa e à noite numa escola. Não tem consultório, não lida com esse tipo de caso. Porém, ele tem um colega também psicólogo, que é especialista em terapia de casal. Por favor, marque uma consulta. — Viu-a pensativa e insistiu: — O Alex vai acompanhá-la, tenho certeza. Terá a ajuda dele e a minha também.
— Tenho medo de decepcionar seu irmão.
— Irá decepcioná-lo se não tentar.
Raquel ficou calada, depois comentou:
— Hoje, ele estava tocando violão e cantando...
— O Alex?! — surpreendeu-se Rosana.
— É. Por quê?
— Desde quando ele teve aquela série de problemas, nunca mais alguém o ouviu cantar ou tocar. Eu mesma já cansei de pedir, mas...
— Então ele anda ensaiando escondido, porque se saiu tão bem... — sorriu docemente ao dizer.
— E aí? Conta! O que aconteceu?
— Quando o Alex terminou, não sei bem dizer como aconteceu, mas... Ele me abraçou, me segurou, ficou olhando e...

Ah, Rosana... Tive de fazer um esforço tão grande para não gritar, para não reagir ou sair correndo.

Diante da pausa, a amiga perguntou:

— O que aconteceu?

— Nada. O Alex passou seu rosto no meu e acho que notou que eu estava em pânico. — Lágrimas rolaram em seu rosto, mesmo assim, continuou: — Ele me abraçou forte e pediu para que não tivesse medo.

— Oh, Raquel... Vem cá... — abraçou-a. Depois continuou: — Não fique assim.

Nesse instante, dona Virgínia entrou no quarto.

Raquel se afastou e se recompôs. Rosana, esperta, puxou um assunto qualquer para disfarçar aquela cena. Vilma chegou logo atrás de sua mãe e Rosana perguntou:

— Onde está o Alex?

— Lá no quintal. Foi ver o papai.

— Preciso falar com ele. É um assunto muito importante. A Raquel ficou emocionada e creio que ele também vai ficar.

Naquele instante, Alexandre beijava o pai, cumprimentando-o. Depois, beijou seu sobrinho, que se divertia com um brinquedo. Os dois passaram a observar o garoto que correu na direção do balanço para brincar.

— A mãe falou que você queria conversar comigo.

— É... Quero sim — respondeu o pai, um pouco sem jeito.

— O que foi? Aconteceu alguma coisa?

Sem muito rodeio, o senhor o chamou para que ficasse a certa distância do menino. Indicou ao rapaz que se sentasse em um banco sob a sombra de uma frondosa árvore e sentou-se ao lado. Com a calma que lhe era peculiar, falou:

— Filho, eu queria deixar esse assunto para mais tarde, mas já que estamos à vontade aqui... Eu e sua mãe estamos preocupados com você e a Raquel.

Alexandre se curvou, apoiou os cotovelos nos joelhos, cruzou as mãos na frente do corpo e inclinou a cabeça para ouvir, adivinhando o assunto. Sem demora, o senhor Claudionor prosseguiu:

— Sei que você pode dizer: "Sou maior. Independente..." Mas, Alexandre... Não pode nos tirar o direito de nós amarmos você ou de nos preocuparmos com o que te acontece. Você é nosso filho! — enfatizou com bondade.

— Tudo isso é porque a Raquel está morando na minha casa, pai?

— Nós estamos acreditando que essa moça está te usando.

— Pai, eu...

— Espere, Alexandre. Deixe-me terminar, filho. Depois você fala. — Ele suspirou fundo, ficou em silêncio e o pai prosseguiu: — Filho... Essa moça apareceu do nada. Trabalhou com você, descobriu que mora sozinho, é independente, estabilizado... Reparou, por acaso, que ela não tem uma amiga para ajudá-la? Que moça não tem uma amiga? — Não houve resposta. — Já que perdeu o emprego, por que ela não volta para o interior onde está a família? O que ela fez, de tão grave assim, para o irmão não a querer na casa dele? — Silêncio. — Você tem de pensar em tudo isso, Alex. — Pequena pausa e o rapaz não reagiu e o pai continuou: — Eu e sua mãe somos experientes. Sabemos que está gostando dela e... Sabe, Alex, por ter se saído muito ferido da experiência com a Sandra, talvez esteja se sentindo só e tenha se apegado à Raquel para...

— Não! Não é isso, pai — falou firme.

— Alexandre, espere. Eu sei que a Raquel é muito boazinha, educada, mas... Primeiro, essa moça foi morar com você porque não tinha ninguém que a ajudasse. Depois, perdeu o emprego e, agora, você ficou com o encargo de ajudá-la ainda mais. Tudo mostra que ela está te usando, meu filho. Ela está se aproveitando dessa situação e se acomodando lá.

— Não diga isso. Não é verdade. Você não sabe...
— Não se iluda, novamente, Alexandre! — cortou o que ele falava.

O filho estava irritado e quase ofegante. Ele nunca tinha desrespeitado seu pai, que sempre foi seu amigo. Agora, com aquelas colocações, sentia-se agredido.

— Enxergue a realidade, Alexandre! Essa moça está te enganando e quando você acordar, vai se decepcionar tanto quanto da última vez. Eu e sua mãe vamos conversar com ela e...

Alexandre se levantou e o interrompeu, falando com firmeza:

— Espere, pai. Eu sei que você cuidou de mim a vida inteira. Ofereceu educação, amparo, orientou, deu-me a oportunidade de estudar, de ter uma boa profissão... Mas... Perdoe-me, tudo isso não te dá o direito de se intrometer na minha vida como está querendo. Não vou deixar que falem nada pra ela. Vocês não sabem o que está acontecendo e não vão falar com ela mesmo! Eu amo a Raquel! E estou disposto a tudo! — dizendo isso, virou as costas, mas, depois de alguns passos, voltou-se e completou: — O que mais me magoa é que, jamais, jamais pensei que, um dia, eu pudesse ser obrigado a falar assim com você — virou-se e se foi.

— Alexandre! — o senhor gritou em vão.

Dentro da casa, o rapaz procurou pela namorada. Após ouvir as vozes que vinham do quarto de Rosana, a passos rápidos, foi até lá e disse firme:

— Vem, Raquel. Precisamos ir embora.

Todas ficaram em silêncio e sem entender o que estava acontecendo.

Com voz firme e grave, repetiu o pedido, franzindo o semblante ao estender a mão e chamar:

— Venha, Raquel! Preciso ir!

Surpresa e assustada, ela se levantou. Olhou para as outras sem saber o que fazer.

Alexandre a tomou pela mão e, sem dizer nada, conduziu-a quase lhe puxando.

— Alex! — chamou Vilma, que se levantou e logo foi atrás do irmão.

— Espere, Alex! O que aconteceu? — perguntou Rosana seguindo-os.

No meio da sala, Alexandre se virou e, com rancor na voz, disse firme:

— Eu não gosto de surpresas! Tão menos de ser enganado! Quando me chamaram para vir aqui, deveriam ter dito o motivo. Deveriam saber que, na minha vida, mando eu!

— O que está acontecendo? — perguntou Rosana apreensiva.

O irmão não lhe deu importância e ainda disse olhando para dona Virgínia, que estava desapontada:

— Mãe, eu te amo muito, mas tenho o direito de ser feliz à minha maneira. Gostaria de ser respeitado por você, mas...

— Filho! Você não entendeu!

— Entendi sim! Eu falei com o pai. Você não precisa me explicar mais nada!

Num impulso, contrariada, dona Virgínia quase gritou:

— Que inferno, para todos nós, essa moça ter aparecido na sua vida! Éramos felizes antes disso!

Alexandre não disse nada. Virando-se, foi embora.

♡

A caminho do apartamento, o silêncio foi total. Raquel não se sentia bem. Novamente, aquele mal-estar junto com pensamentos cruéis. Acreditava ser um incômodo para todos. Isso a torturava imensamente e tinha de fazer grande esforço para se dominar.

Ao estacionar o carro na garagem do prédio, Alexandre debruçou-se ao volante por alguns minutos.

— Você está bem? — perguntou ela, com voz enfraquecida.
— Não... — sussurrou ele.
— E seus remédios?

Alexandre não respondeu nada. Pálido, o rapaz desceu do carro e amparou-se em Raquel.

No apartamento, ela o levou para a suíte, ajudando-o a se deitar. Tirou-lhe os sapatos e abriu-lhe a camisa, pois ele parecia não respirar normalmente.

— Onde estão os remédios?! — perguntou aflita.
— Não sei... — murmurou ele.

Raquel saiu à procura dos medicamentos. Após alguns minutos, voltou trazendo os vidros nas mãos, perguntando em desespero:

— Qual? — o rapaz estava tonto, fraco, sentindo-se como se fosse desmaiar. — Qual, Alexandre?! — gritou ela.
— Os dois — balbuciou ele.

Raquel o ajudou a se curvar para beber a água com os comprimidos. Depois falou:

— Vou chamar uma ambulância!
— Não — disse baixinho.
— Então vou ligar para a Rosana.
— Vem cá — pediu, estendendo-lhe as mãos.
— Alex... — murmurou a jovem, sentando-se a seu lado e segurando sua mão. — Estou com medo. Nunca te vi assim.
— Por favor, não chame ninguém. Isso vai passar. Sempre passa...
— Mas...
— Não chame ninguém... — sussurrou, novamente. — Por favor, não chame. Fiquei nervoso, meu coração acelerou... É uma coisa ruim e... Vai passar.

Aflita, Raquel afagava-lhe vagarosamente os cabelos. A contragosto, obedeceu e não chamou ninguém. Por um instante, o rapaz ficou quieto e ela percebeu que ele havia perdido os sentidos. Nesse momento, gritou:

— Deus! Ajude-o, por favor! — a jovem entrou em pânico. Curvando-se e agitando-o implorou: — Meu Pai do céu! Ajuda o Alexandre! Tome minha vida pela dele, mas faça alguma coisa! — Pegando o rosto dele, em desespero, apertou-o contra si, enquanto chorava. Breves minutos se passaram e ele fez leves movimentos. Com lágrimas correndo em sua face, Raquel o amparava, chamando-o: — Alexandre, está me ouvindo?

Vagarosamente, o moço abriu os olhos, fitou-a por poucos segundos, depois tornou a cerrá-los suavemente. Sua respiração parecia quase normal.

Em soluços, banhada em lágrimas, Raquel encostou sua face na dele e beijou-lhe o rosto seguidas vezes, dizendo baixinho:

— Não faça isso comigo...

Aos poucos, Alexandre reagia, lentamente. Apesar do mal-estar, podia sentir o afago e o carinho que recebia. Bem depois, ela perguntou:

— Você está melhor?
— Estou — afirmou, com a voz fraca.
— O que houve? — perguntou, encarando-o.
— Não sei. Fiquei nervoso. Talvez seja por isso...
— Vamos ao médico — pediu ela.
— Agora não. Na próxima semana eu tenho horário no especialista.

Passado algum tempo, o rapaz sentou-se na cama, mas fechava os olhos. Ela se sentia angustiada. Não se contendo, abraçou-o, novamente.

— Não faça mais isso comigo — pediu comovida. — Pensei que fosse morrer.

Alexandre sorriu, nesse instante. Levantou-lhe o rosto com carinho e disse:

— Ainda não é a hora. Lembre-se de que eu tenho um motivo para viver: você.

A jovem o fitava parecendo invadir sua alma com aquele olhar. Apesar de receosa, aproximou-se e beijou rapidamente seus lábios.

Ele ficou parado. Não sabia como deveria agir. Temia assustá-la.

Aproximando-se, delicadamente, ele se curvou e conseguiu retribuir igualmente àquele carinho. Raquel deixou-se beijar. Mas, no minuto seguinte, afastou-se, fugindo o olhar.

— Fica comigo — ele pediu com voz generosa.

— Você está melhor? — perguntou ao se levantar.

— Estou melhorando.

Nesse instante, o telefone começou a tocar. Ele pediu que não atendesse e assim foi feito.

Capítulo 16

Compreensão e amor – filho adotivo

A situação ficou um pouco difícil na casa dos pais de Alexandre. Para sua mãe, era impossível deter o choro. Nervoso e inquieto, o pai se sentia culpado pela reação do filho e, preocupado, telefonava para o apartamento a fim de ter alguma notícia.

Vilma e Wálter, seu esposo, eram colocados a par de toda a situação pela versão de dona Virgínia, que ignorava boa parte da história e falava de suas desconfianças sobre a idoneidade e as intenções de Raquel.

Ricardo havia chegado. Ele e Rosana, em outro cômodo da casa, olhavam as crianças, enquanto conversavam a respeito do assunto.

— Eu acho que vou contar, Ricardo. Vou esclarecer tudo isso de uma vez por todas. Somente assim eles vão entender por que a Raquel não tem onde ficar.

— Não sei, não... Se seu irmão quisesse que todos soubessem, ele mesmo teria contado tudo. Hoje, teve oportunidade para isso.

Ele conversou com seu pai, ficaram sozinhos... E não disse nada.

Rosana ficou pensativa, depois decidiu:

— Fica aqui com eles — pediu, indicando os sobrinhos. — Vou até a sala para ver como estão.

— Rô, pense bem... — advertiu o noivo.

— Deixa comigo.

Ao chegar onde todos estavam, ela se comoveu ao ver a preocupação dos pais.

— Ninguém atende! — reclamava o senhor, muito preocupado.

— Deixe o telefone desocupado, Claudionor! — exigia dona Virgínia. — Ele pode tentar nos telefonar!

— Será que não chegaram ainda? Deve ter acontecido alguma coisa — tornou o senhor.

— Estavam sem almoço. Podem ter ido almoçar em algum restaurante — Vilma imaginou.

— Mas ele não atende o celular! — esbravejou o pai.

— Nosso filho nunca mais vai nos procurar!... — chorava a mãe.

— Calma, Virgínia... — falava o marido, piedoso, passando a mão em suas costas.

Rosana, não suportando observar aquela aflição, resolveu:

— Sente-se aqui, papai — disse, mostrando uma cadeira na grande mesa da sala de jantar, onde todos os outros já estavam acomodados. Após isso, ela ocupou um lugar e disse:

— Preciso conversar com vocês para que compreendam a situação, não julguem mal a Raquel e entendam o Alex.

A mãe, ainda chorosa, com pensamentos tumultuosos, questionou:

— Como não julgar essa moça? Ela está se aproveitando da ingenuidade do Alexandre!

Vilma, mais controlada, contestou, quase rindo:

— Espere aí, mãe! Ingênuo o Alex não é não! Ele é bem grandinho e muito esperto!

— Essa moça apareceu do nada! — prosseguiu a senhora. — Diz que não tem família, que o irmão não a quer. Boa coisa ela não é!

— Posso falar?! — Rosana exigiu. Todos silenciaram e ela começou: — Eu acredito que seria bom que o Alex contasse tudo a vocês. Mas para acabar de vez com esse desespero... Vamos lá! É o seguinte: Eles trabalhavam juntos e... — Rosana revelou, exatamente, tudo o que sabia a respeito de Raquel e seu irmão. Todos ficaram perplexos e silenciosos. No final, ela disse: — Não sei qual a opinião de vocês depois de saberem tudo isso. Mas... Creio que, agora, podem entender por que ela não volta para a família, não fica com o irmão e por quais motivos não tem amizade ou não confia em mais alguém. Já sofreu todos os tipos de abusos físicos e emocionais que podemos imaginar. Existem diversas formas de abusos, inclusive os daquela gente medíocre e desonesta, como a cunhada e a amiga de serviço, que tortura e agride psicologicamente, aproveitando-se da fragilidade. Isso é crime, se elas não sabem. Pessoas agredidas dessa forma como a Raquel foi, não se recuperam com facilidade e não confiam em mais ninguém. Estou acompanhando os dois bem de perto e conhecendo melhor a Raquel, por isso sei do que estou falando. Respeito demais o meu irmão para não o julgar e dizer o que ele deve ou não fazer. O que sei é que o Alex adora a Raquel e está a fim de ajudá-la a qualquer preço. — Um instante e, com voz piedosa, pediu: — Eu gostaria que vocês conhecessem a Raquel também. Só depois disso verão, ou melhor, sentirão o quanto essa moça já sofreu, o quanto é meiga, fiel e que merece, de todos nós, respeito e auxílio.

O silêncio se fez por longos minutos.

Vilma, que estava com a cabeça baixa, falou:

— Mamãe, pense bem. Se Raquel fosse eu ou a Rô, você gostaria que um Alexandre aparecesse em nossa vida, não é?

O senhor Claudionor, chocado, pronunciou-se:
— Por que o Alex não me contou? — Após alguns segundos, questionou: — Por que ele precisa passar por tudo isso?
Wálter, que até então não havia dito nada, opinou:
— Ele passa por isso porque é um homem consciente, forte e que assume seus sentimentos. Só os covardes se afastam. — Nesse instante, levantou-se, aproximou-se da esposa, que estava sentada e, abraçando-a pelas costas, encostou seu rosto ao dela e completou: — No lugar dele, se fosse você, eu faria o mesmo.
Dona Virgínia ficou olhando para a filha e o marido por longos segundos. A cena do afeto e o que o genro disse, mexeram com seus sentimentos. Por fim, comentou:
— Que o céu me perdoe se eu estiver errada... Mas tenho de ser sincera... Não entendo Deus e ainda me pergunto: por que tudo isso? Sabe... Com tanta moça no mundo e meu filho tem de sofrer novamente? Tem de se sacrificar novamente? — Após pequena pausa, ela admitiu: — Estou morrendo de dó dessa menina. Não gostaria que fosse assim...
Wálter, mais direto, disse:
— Se o Alex a ama e está disposto a apoiá-la, a ficar com ela, está corretíssimo. Lembrem-se do seguinte: essa tragédia, essa violência poderia acontecer a qualquer mulher casada também como acontece por aí. Por causa disso, vocês acham que o marido deveria descartá-la, abandoná-la e procurar outra? Na minha opinião, não. É nesse momento que o homem tem de ser digno e se mostrar amigo, parceiro, fiel. O fato de eles não serem casados, não é diferente. Se o Alexandre gosta dela, não deve abandoná-la por isso. Ele terá todo o meu apoio e, acima de tudo, o maior respeito da minha parte! — enfatizou.
Rosana aproveitou a oportunidade e argumentou:
— Agora é o momento de decidirem: ou vocês ficam do lado do Alex e, consequentemente, apoiam a Raquel ou não.

Quanto a mim, sem dúvidas, eles terão toda a minha ajuda para o que for preciso. Eu gosto muito da Raquel e adoro meu irmão.

Eles se entreolharam e Vilma, levantando-se, afirmou:

— Estou com o Alex. — Virando-se para o marido, pediu: — Você me leva, agora, lá na casa dele, por favor?

Wálter concordou, mas, de imediato, o senhor Claudionor decidiu:

— Não! Esperem! Deixe que eu e sua mãe façamos isso. Somos os pais e... Se formos todos para lá, a Raquel não vai se sentir muito bem. Afinal... Estou preocupado com ela. Agora entendo as reações que essa moça teve.

Todos concordaram e assim foi feito.

♡

No apartamento, Raquel preparava uma refeição enquanto conversava com o rapaz, que se sentou em uma banqueta na cozinha. Ele ainda não se sentia normal, mas, para não a deixar preocupada, não dizia nada. Por outro lado, a jovem desejava distraí-lo, puxando outros assuntos:

— Nossa... A casa dos seus pais é linda! É tão grande. Imensa... Nunca tinha entrado em uma residência assim. Na fazenda, a casa era grande, mas tudo era muito simples. Não tinha nem estuque ou laje. Olhávamos direto as telhas — achou graça. — As paredes não iam até em cima e dormíamos todos no mesmo quarto, quando pequenos. Meus irmãos faziam muita bagunça, jogando coisas e contando histórias de assombração — riu. — Eu cobria a cabeça de tanto medo.

Ele sorriu e reparou a simplicidade de Raquel, que não estava acostumada àquele tipo de residência. Não sabia o que dizer. De repente, lembrou-se de uma curiosidade que teve, perguntou, mudando o sentido da conversa:

— Diga-me uma coisa, Raquel: a Bruna tem olhos claros? Azuis?
— Sim, tem.
— Como os meus?
— Sim, como os seus. Como você sabe se eu nunca falei?
— Sonhei com ela.
— Como tem certeza de que é a Bruna? — perguntou e sorriu docemente.
— Porque ela é a sua cara. Somente os olhos mudavam. Ela é uma gracinha.
— Não olhei muito para ela quando... Eles a colocavam do meu lado e eu não a pegava. Não me recordo mais dela, porém me lembro dos seus olhos muito bonitos, grandes, olhando de um lado para outro e... Eu bem que poderia tê-la pegado nos braços e...

Alexandre, decidido a trocar de assunto, sentiu que Raquel se arrependeu do que fez, por isso disse:
— Não ligue para o que aconteceu hoje na casa dos meus pais, tá?
— Nossa... Ainda me sinto tão mal. Sou culpada por tudo aquilo.
— Não. Você não é culpada por nada. Logo vamos nos entender. Tenho certeza disso. Minha família é amorosa. Eles não vão ficar muito tempo longe de mim. Conheço bem aquele povo — riu.
— De quem você herdou esses olhos?
— Sabe que não sei — respondeu ele de modo singular.
— A Vilma se parece com sua mãe. A Rô tem um pouco de cada um, mas você... Ainda não sei direito com quem se parece — sorriu.
— Preciso te contar uma coisa: eu sou filho adotivo. — Raquel se surpreendeu e, antes que se recompusesse, ele contou: — Houve uma oportunidade, eu era bebê e meus pais me adotaram.

— Como foi? Você sabe? Conheceu sua mãe? — interessou-se.

— Acreditam que, logo após ter dado à luz, coisa de horas, abandonaram-me envolto em panos e ainda com os resíduos do parto.

— Onde? — perguntou ela quase em choque.

— No lixo — ele sorriu ao contar.

— Alexandre... — falou, boquiaberta.

— Nessa oportunidade, meus pais me assumiram. Depois, tiveram a Vilma e a Rosana, filhas deles mesmo. — Raquel ficou quieta sem saber o que dizer e ele completou: — Sabe que até me esqueço disso.

— Deve esquecer mesmo. Seus pais o amam, Alex. Eles adoram você!

— Quando perguntam a origem da minha família eu esqueço que sou adotivo e acabo dizendo que tenho antecedentes italianos como meus pais, mas na verdade não sei.

— Você conhece sua mãe?

— Não.

— Importa-se em falar sobre isso?

— De modo algum. Só evito perto da minha mãe mesmo porque ela parece que não gosta de se lembrar disso. Para ela, sou filho dela e acabou.

— Você nunca quis conhecer sua mãe?

— Sabe, Raquel, não vou dizer que nunca tive curiosidade para saber como ela era ou quem foi meu pai. Mas, o amor que recebi, o carinho e a atenção de meus pais, supriram todas as minhas necessidades. Eu amo meus pais!

Raquel ficou em silêncio por alguns minutos, depois lembrou:

— E eu te fiz se desentender com eles. Estou me sentindo tão mal por isso.

— O que aconteceu hoje foi falta de esclarecimento da minha parte. Mas eu não poderia fazer isso sem antes falar com você.

— Como assim? Não entendi.

— Eu disse aos meus pais que gosto muito de você. Nunca escondi nada deles e por isso queria contar tudo. Eles a veem como uma intrusa interesseira. Ignoram tudo a seu respeito e não sabem os motivos e as razões que a deixaram nessa situação, precisando morar aqui. Dessa forma, sabendo de tudo, vão entender, aceitar e... Mas eu não gostaria de falar nada sem a sua aprovação.

— Não... — murmurou nervosa, dizendo com muito medo.

Ele se levantou, aproximou-se dela e encarou-a dizendo:

— Essa é a única maneira de eles entenderem e acreditarem no que está acontecendo. Tenho certeza de que vão tratá-la como filha. — Sorrindo, ainda completou: — Vão adotá-la.

Raquel empalideceu. Trazia na face um semblante preocupado ao responder:

— Não vou me sentir bem. Tenho vergonha... — Aflita, ainda pediu: — Por favor, Alexandre... Não conta ainda.

— Tudo bem, meu amor... — concordou, indo abraçá-la. — Não fique assim. Não vou contar. — Ela não retribuiu o carinho. Ele compreendeu e se afastou.

Nesse instante, a campainha tocou. O rapaz a encarou falando:

— Para subir, sem o porteiro avisar, só pode ser a Rô ou meus pais.

Ele foi atender e, ao abrir a porta, sua mãe o abraçou forte, sem dizer nada.

Após entrarem, o pai fechou a porta e abraçou-se a eles.

À distância, Raquel espiava, em silêncio, sem ser percebida.

Dona Virgínia não detinha as lágrimas. Eles se sentaram na sala e quando o senhor Claudionor estapeou as costas do filho, disse:

— Desculpe-me, Alex, por tudo o que disse. Eu não tinha o direito de...

— Ora, pai... Que é isso... — interrompeu o moço. Olhando para a mãe que estava sentada ao seu lado, pediu: — Pare com isso também, mãe. Não precisa ficar assim.

Sorrindo em meio ao choro, a mulher começou a passar a mão no rosto do filho acarinhando-o, depois o abraçou com ternura.

— Onde está a Raquel? — perguntou o pai.

— Na cozinha. Ela está preparando algo para nós...

O senhor Claudionor se levantou e avisou sorrindo:

— Estou com fome. Nós também não almoçamos e, pelo cheiro, a coisa é boa!

Alexandre, sem se inibir, falou contente e vaidoso:

— Ela cozinha bem! Vocês almoçam conosco, tá?

— É lógico! — concordou o senhor indo à direção da cozinha. Ao entrar, chamou em tom alegre: — Raquel?!

— Senhor... — respondeu a moça, trazendo grande expectativa e medo.

— Vem cá, filha!... — exclamou alegre. Estendendo os braços, envolveu-a antes que ela pudesse perceber.

Imediatamente, a jovem passou a tremer assustada, não conseguindo corresponder. O senhor Claudionor percebeu algo errado e seu pânico aflito ao vê-la chorar. Raquel parecia deter a respiração. Ele afastou-se um pouco, segurou-a pelos ombros e perguntou preocupado:

— O que foi, filha?... O que está acontecendo?

Alexandre e dona Virgínia entraram na cozinha e presenciaram a cena.

O rapaz sabia que sua família jamais ficava sem um toque ou abraço. Imaginou que seu pai deveria tê-la abraçado. Com jeito, ele pediu:

— Solte-a pai. Está tudo bem...

— Eu não sei o que fiz... Ela... — tentou justificar, sem jeito.

O namorado se aproximou, pegou-a e a fez se sentar. Envergonhada, a moça começou a secar as lágrimas, sem encará-los.

— Raquel, o que foi? — perguntou dona Virgínia, comovida aproximando-se dela e afagando-lhe os cabelos.

— Não foi nada — tornou Alexandre. — É melhor não falarmos nisso que já passa. — E tentando oferecer outro rumo para a atenção de todos, pediu: — Bem... Vamos lá! Pai, pega os copos aí nesse armário, atrás de você, e leva pra mesa da sala. Mãe, pegue os talheres... E Raquel, vamos lá! Precisamos ser bons anfitriões — sorriu.

Os pais procuraram seguir o proposto a fim de também melhorar o ânimo da moça.

Só bem mais tarde, após almoçarem, o senhor Claudionor e o filho conversavam na sala, enquanto Raquel e dona Virgínia arrumavam a cozinha.

— Alex — perguntava o pai —, por que não me contou?

— Contou?... O quê?

— Sobre a Raquel.

— Do que você está falando, pai? — indagou desconfiado.

— A Rosana contou tudo.

— Tudo?... — perguntou Alexandre para ter certeza.

— Tudo! Tudo sim. Inclusive sobre a filha da Raquel, que você pretende fazê-la reaver.

Alexandre sentiu-se gelar, Raquel não gostaria que soubessem. Perplexo, o rapaz respondeu contrariado:

— A Rosana não podia... — disse decepcionado.

— Ela fez o que você deveria ter feito, filho. — Passados alguns segundos, o pai comentou: — Apesar de saber das reações de Raquel, pois a Rô contou, eu não imaginava que fosse assim... Até me assustei lá na cozinha, eu só queria...

— Eu sei, pai... É duro nós gostarmos de alguém sem poder tocar, abraçar, envolver com carinho.

— Deixe-me fazer uma pergunta. Talvez indiscreta. — Alexandre o encarou e ele prosseguiu: — É assim todo o tempo? Ela não admite ser tocada e reage desse jeito?

— Não. Raquel melhorou muito. Há uns meses, assim que chegou aqui, se você fosse abraçá-la como deve ter feito, na certa, ela gritaria em pânico. Hoje, às vezes, aceita um abraço. Tremendo de medo, mas aceita. Há dias em que fica mais apreensiva, arisca.

O senhor Claudionor o olhava perplexo, quase incrédulo, depois perguntou:

— O que você faz?

— Tenho paciência. Tento conquistá-la um pouquinho a cada dia. — Sem se constranger, revelou: — A Rosana está me ajudando. Elas conversam muito e a Rô me norteia. Nos dias atuais é comum vermos pessoas que, por estresse, problemas do dia a dia, desafios pessoais desenvolvem transtornos, medos, depressão, ansiedade e, com isso, despertam sentimento de inquietação diante de um perigo real ou imaginário. Entram em pânico frente a situações que, para outras, são insignificantes. Trabalhei em uma empresa e conheci uma moça que tinha transtorno de ansiedade bem elevado e desenvolveu fobia e não tínhamos ideia de como era. Ela não entrava em elevador de forma alguma. Por brincadeira, algumas amigas a forçaram. Empurrando-a, rindo e brincando, entraram todas no elevador. Eu e outro colega, que já estávamos lá, só assistimos e, a princípio, rimos. Essa moça teve uma crise de pânico. Ajoelhou-se no meio do elevador e começou chorar, gritar em desespero até as portas abrirem. Todos ficamos assustados, sem saber o que fazer. Não era frescura, não era invenção... O desespero dela foi assustador. Ela saiu engatinhando... Tive muita pena. Todos tiveram. Demorou muito tempo para que se recuperasse da crise. Também conheci um cara que tinha medo horrível de pássaro. Fiquei muito impressionado quando um pombo entrou na seção e vi um homem, daquele tamanho, passar mal, entrar em pânico e ter de ser retirado do local por uma colega de serviço que compreendeu sua fobia, enquanto os outros riam. A partir daí, procurei conhecer a respeito, gostaria de saber o que era aquilo. Li, pesquisei... Não é frescura, não é invenção, é algum transtorno que se desenvolve de tal maneira que provocava pânico, medo extremo ao ponto de a pessoa perder o controle. Nessa hora, ela perde o domínio de si, totalmente, os pensamentos ficam confusos, o coração acelerado e descompassado parece que vai sair do peito, a adrenalina é despejada no organismo e o medo cresce, tremores involuntários acontecem, a mente perde o controle, o medo de morrer é inenarrável... Alguns descrevem que a pele de todo o corpo parece encolher, repuxar, além de dores nas articulações que os impedem de se mover... O desejo é de gritar e a incapacidade domina. Cada um, a seu modo, sofre horrores. Depressão e/ou transtorno de ansiedade elevados despertam sentimentos, sensações absurdas, terríveis diante de situações ou coisas que, para os outros, são simples, mas para elas são abomináveis, insuportáveis. Estou falando de pessoas, digamos, normais, que desenvolveram depressão ou ansiedade pelas experiências difíceis de suas vidas. Agora, imagina como é o medo, o terror vivido por alguém que passou por uma situação traumática de violência sexual, de dor física e moral como ela. Só imagina. Quem viveu tudo isso sofre constantemente. Desenvolve pânico, depressão e ansiedade em altíssimo grau. Deve ser um trauma indescritível, do qual não consegue e não pode falar, contar... Assim como uma pessoa desenvolve medo de elevador, de pássaro, de pegar metrô, de ficar em lugar onde tem muita gente, a Raquel desenvolveu medo de ser tocada, abraçada. Creio que quem não entende o que a Raquel viveu e acha que é frescura, acha que ela exagera ou faz drama... quem não entende é uma pessoa que nunca, que jamais poderá pedir compreensão para si mesma, solicitar que os outros entendam seus problemas, suas dificuldades ou tenha empatia por ela ou por qualquer causa que ela abrace.

— É verdade... E... Você deve gostar muito dela...

Fixando seus olhos nos do pai, Alexandre afirmou convicto:

— Muito! Eu a amo. Como nunca amei alguém.

— O que vai fazer, Alex?

— Farei o que for preciso. Talvez vocês não entendam o quanto eu quero a Raquel comigo. — Depois de alguns segundos, disse: — Quero procurar orientação profissional. Vou apoiá-la em tudo.

— Conte comigo. Tem meu apoio. — Sorrindo, Alexandre lhe deu um forte abraço. Tentando brincar, o pai falou: — Você sempre foi grudento, vivia agarrado a todos. Não sei como se sente agora.

— Sinto-me frustrado — admitiu sorrindo.

— Tanta garota no seu pé...

— Coisa fácil, pra mim, não tem valor. Sempre admirei a Raquel no trabalho, mesmo antes de conhecê-la. Acho que comecei a me apaixonar por ela nessa época. Sempre quieta... Não dava em cima de mim — riu alto. — Sempre acanhada. Muito mal, nós a víamos falando com uma colega e... Seu jeito recatado, misterioso... Isso me chamava muito a atenção. Agora ela está aqui e...

— Ela gosta de você também?

— Sim. Gosta. Admitiu. Mas... Muito mal eu a beijei, acho que duas vezes e... Fico frustrado, claro. Mas conheço seus medos, respeito seus traumas... Porém, tenho certeza de que vamos superar e...

Dona Virgínia chegou às pressas à sala e pediu:
— Alex, vem aqui depressa!

O rapaz se levantou e, ao chegar à cozinha, viu Raquel em crise de choro.

Ao sentir a mão de Alexandre em seu ombro, ela se esquivou, vagarosamente, afastando-se do contato.

— O que houve, mãe?!
— Estávamos conversando... Eu não sei... Não sei se disse algo que a magoou — falou assustada.

Raquel, com a voz embargada e abafada, virou-se para Alexandre e disse sentida:
— Você prometeu que não contaria para ninguém.

Foi aí que o rapaz entendeu que sua mãe havia tocado no assunto.

— Saia daqui, Alex! — exigiu a senhora num impulso inexplicável. — Deixe que eu converse com ela! Eu posso acalmá-la — afagou as costas da moça.

Revoltado, ele esmurrou a porta da cozinha e foi para a sala, irritado e sem saber o que fazer.

— O que foi, Alex? — perguntou o pai, que o seguia de um lado para o outro.

— Para quem mais a Rosana contou?! Ela colocou a notícia num jornal?!

— Ora... Para todos nós. Somos sua família. Podemos ajudar se entendermos o que está acontecendo — respondeu o senhor com simplicidade.

— Diabo! Por que ela não ficou quieta?! Quem foi que mandou a Rosana dizer alguma coisa?!

— Precisávamos saber, Alex! Somos seus pais!

— Acontece que eu prometi para a Raquel que ninguém mais saberia.

Sentando-se ao lado do filho, o senhor Claudionor também ficou calado e sem saber o que fazer.

Dona Virgínia, a custo, acalmou Raquel.

Abraçada a ela, a mulher a balançava com carinho como fazia com os filhos em momentos difíceis ou quando necessitavam de seu afeto e da sua atenção.

Raquel ficou bem serena. Aquela era uma experiência nova e diferente. Nunca teve um acalento de mãe.

Amparando-a em seu ombro, dona Virgínia afagava-lhe o rosto e, em dado momento, disse:

— Você é muito bonita, Raquel.

Depois de alguns segundos, a moça respondeu baixinho:

— Obrigada.

Cautelosa, a mulher resolveu fazer-lhe perguntas que não agredissem:

— Você cozinha bem. Onde aprendeu?

— Na fazenda. Desde pequena fui criada em meio a tarefas domésticas.

— Rosana ainda precisa de algumas aulas de culinária. A Vilma cozinha bem, mas a Rô, pouco se importa em aprender. Pra ela é só lanche.

Raquel, mais recomposta, afastou-se, delicadamente, do abraço e comentou:

— O Alexandre também gosta muito de lanche.

— É verdade. — Levantando-se a mulher perguntou: — Quer mais um copo de água?

— Não, senhora. Obrigada.

Encarando a mãe de Alexandre, Raquel, ainda com os olhos vermelhos, falou com jeitinho:

— Quero que me perdoe por tudo. Eu não vou estragar a vida do seu filho. Já quis sair daqui, mas não consigo. Agora perdi o emprego e...

— Raquel, por favor... — interrompeu-a com voz bondosa. — Esqueça tudo o que já te falei. Sinto muito por aquilo e... Quero conhecer você melhor. — Aproximando-se, novamente, afagando-lhe o rosto, pediu: — Dê-me essa oportunidade?

A moça se levantou, olhou firme em seus olhos e perguntou:

— Verdade?

— Lógico, Raquel! Por que eu mentiria para você? Vem cá... — elas se abraçaram.

Alexandre, que foi ver como as coisas estavam, surpreendeu-se.

— Tudo bem? — perguntou ele, surpreso.

Dona Virgínia, mais animada, convidou:

— Vão almoçar lá em casa amanhã. — Percebendo que o filho consultou Raquel com o olhar, ela insistiu: — Vamos Raquel, por favor!

Com um sorriso meigo no rosto inchado pelo choro, ela respondeu:

— O Alex é quem sabe — falou acanhada.

— Então vamos! — afirmou o rapaz, contente pela decisão.

— Ótimo! Amanhã conversaremos mais — disse a senhora.

O senhor Claudionor lembrou de imediato:

— Virgínia, vamos logo. A Vilma está lá e só vai ficar dois dias.

— Vamos sim — concordou a esposa sorridente.

— Espero vocês amanhã! — confirmou o pai, satisfeito. Abraçando e beijando o filho, pediu: — Cuide-se, hein! Achei você muito abatido hoje. E cuida da Raquel também!

— Pode deixar — respondeu Alexandre com largo sorriso de satisfação pelo rumo que as coisas tomavam.

Voltando-se para Raquel, o homem decidiu rápido:

— Vou lhe dar um abraço sim! — E fazendo isso às pressas, ele ainda lhe beijou o rosto e logo a largou, dizendo: — Você tem de se acostumar comigo. Aliás, tem de se acostumar com essa nossa família maluca! Vai ver!... — Raquel enrubesceu e esboçou um sorriso constrangido. — Tchau! Tchau! — disse o pai de Alexandre saindo logo.

Dona Virgínia se despediu mais demoradamente, oferecendo várias recomendações, como sempre.

♡

No dia seguinte, a caminho da casa de seus pais, Alexandre conversava sobre algum assunto, quando foi interrompido:
— Alex! Olha meu irmão! — exclamou surpresa. Marcos caminhava pela calçada de uma rua num bairro vizinho. — Você me falou que ele havia mudado. Deve morar aqui perto, agora.
— Quer que eu pare? — Raquel titubeou e ele, decidido, parou. Saiu do automóvel e chamou num grito: — Marcos!
O homem olhou assustado e logo o reconheceu, ficando incrédulo ao vê-lo. Caminhando em direção do carro, Marcos avistou Raquel, que descia do veículo.
Alexandre contornou o automóvel, parou ao lado de Raquel, que se guarnecia na porta. Bem perto, Marcos parou e perguntou temeroso:
— Como vai? Quanto tempo!
Lentamente, ela saiu de trás da porta e foi para próximo do irmão dizendo:
— Estou bem. E você?
— Com a vida de sempre, né? — Voltando-se para Alexandre, Marcos perguntou: — E você, como está?
O rapaz sorriu, estendeu-lhe a mão e, ao ser correspondido, afirmou:
— Bem. Estou bem. — Diante do silêncio, decidiu perguntar: — A propósito, você mudou de residência e não disse nada? Outro dia, estive onde moravam e uma vizinha me disse isso.
— Alice não deu o endereço?

— Não — responderam juntos Raquel e Alexandre.

Marcos ficou surpreso e tentou justificar.

— Vai ver que é por você não trabalhar mais lá, Raquel.

— Mas eu ainda estou lá — lembrou Alexandre. Vendo-o pensativo, advertiu: — Cuidado Marcos. Os fatos são diferentes dos boatos.

Nesse instante, o irmão olhou de cima a baixo para a irmã e, em tom ponderado de voz, perguntou baixinho:

— Você não estava grávida, não é?

— Não — sussurrou.

Alexandre, mais corajoso, esclareceu:

— Sabe aquele carro verde musgo, que você viu levando a Raquel para casa? Era meu. Eu o troquei por este de cor prata.

O outro abaixou a cabeça, envergonhado ao lembrar o que fez com sua irmã, depois disse:

— Olha... Naquela época, eu me vi tão envolvido pelas conversas da Alice, que fiquei cego e... Só depois de algum tempo comecei a raciocinar. Não sei dizer o que me deu.

— Esquece isso... Não faz mal... — opinou Raquel.

— Ah!... Faz mal sim. Estou sabendo que foram as conversas da Alice que contribuíram para a demissão da Raquel. Não que eu me importe com isso, pois sei que ela é capacitada e, quando quiser, arrumará outro. Mas foram também as mentiras dela que fizeram você expulsar sua irmã de casa, criando todo aquele clima ruim entre nós.

— Alexandre...

— Espere um pouco, Raquel, por favor... — pediu com educação. Continuando em seguida: — Não quero envenená-lo contra sua esposa, mas tome cuidado. Fique mais atento — decidiu não dizer mais nada. Jamais contaria que viu a esposa dele com outro homem.

Marcos ficou pensativo e em silêncio, e Raquel pediu:

— Pode me dar seu novo endereço?
— Claro!

Alexandre pegou um bloco de anotações, marcou o endereço e o telefone do serviço do irmão de Raquel, passando-lhe também o de seu apartamento.

Ao se despedirem, meio sem jeito, com pouco afeto e nenhum carinho, Marcos abraçou a irmã.

Gentil, Alexandre ajudou-a a entrar no carro fechando a porta e, ao se despedir, lembrou de dizer:

— Não se preocupe com ela. Raquel está muito bem. Você não imagina como eu gosto da sua irmã.

Marcos apertou-lhe a mão, sentiu a garganta ressequida e os olhos ardendo por forte emoção. Não foi capaz de dizer nada a Alexandre que, sorrindo, virou-se e foi embora.

Parado na calçada, ficou observando o carro sumir, revolvendo os pensamentos angustiosos e desordenados que o incomodavam.

Enquanto dirigia, ainda falou:

— Fiquei com vontade de falar tanta coisa para o Marcos.
— Não. Você não pode contar que viu a Alice com o... Ele vai matá-la!
— Não é sobre isso. Gostaria de falar sobre o destino e a vida.

Raquel ficou em silêncio. Pareceu não entender.

♡

Quando chegaram frente à casa de seus pais, Alexandre se anunciou pelo interfone. A namorada estava apreensiva e ele feliz por aquele momento. Juntos, aguardavam ser atendidos. Enquanto isso, o rapaz fazia-lhe um carinho ao beliscar seu queixo, depois, brincando, deu-lhe um empurrãozinho com o ombro.

Inesperadamente, ouviram uma voz firme chamar:
— Alex! — Raquel se virou e viu uma moça alta, elegante, muito bonita e bem-vestida. Um pouco abatida, mas de ótima aparência, muito bem maquiada. Reconhecendo a voz, ele continuou sem olhar. Fechou o sorriso, ficou sério e sisudo.
— Alex! — Insistiu a moça. Vendo-o se virar, lentamente, ela sorriu e quis saber: — Como você está?
Sem dizer nada, o rapaz virou as costas novamente. Sem saber de quem se tratava, Raquel, que segurava em sua mão, levemente, puxou-o como que a repreendê-lo pela falta de educação.
Perseverante, ignorando sua namorada, a mulher deu alguns passos e se colocou frente a ele. Esboçando um sorriso, disse com voz comovente:
— Alex, eu preciso muito falar com você, por favor.
Ele pareceu nem a ver e virou o rosto para o lado, abaixando o olhar. Mais uma vez, não disse nada. Raquel ficou sem jeito e sem saber o que fazer.
Nesse instante, o portão da casa foi aberto. Ainda tomando a mão de Raquel, Alexandre a puxou ao entrar, praticamente, empurrando sua mãe que apareceu para recebê-los.
— O que é isso?! — perguntou dona Virgínia, assustada com a atitude do filho, que nem a cumprimentou. Para sua surpresa, deparou-se com Sandra, a ex-noiva do filho. Encarando-a com fisionomia insatisfeita, a senhora quis saber: — O que você quer?
— Preciso falar com o Alexandre — respondeu com voz branda.
— Não. Não vai não — falou firme. — Creio que já chega, Sandra. O Alex está bem e não precisa de mais nada vindo de você. Eu já disse isso para sua mãe, quando ela me procurou outro dia, dizendo que desejava falar com ele. Agora, com licença — fechou o portão, imediatamente e entrou.

O casal havia seguido pelo quintal sem olhar para trás. Antes de entrarem, Raquel insistiu em saber, embora já tivesse desconfiado:

— Quem é ela?

— Sandra — murmurou sem dar atenção ou mais explicações.

♡

Dentro da casa, cumprimentando a todos, Alexandre mostrava-se animado, não parecia ter se importado com o que houve no portão. Quando pôde cumprimentá-lo, dona Virgínia não tocou no assunto. Sabia que o filho não gostava de falar sobre a ex-noiva. Ainda mais agora, pela presença de Raquel, qualquer comentário a respeito seria inconveniente e de muito mau gosto.

Algumas horas depois do almoço, todos conversaram muito e de forma alegre. Diversos casos engraçados foram lembrados, deixando Raquel bem à vontade e conhecendo um pouco da família.

Mas a jovem ainda estava intrigada com o namorado. Mesmo vendo-o alegre, sentia algo estranho, que não sabia explicar. Ele e Rosana riram muito e discutiram brincando quando um contava algum caso exagerando os fatos e o outro desmentia. Tudo parecia normal para todos, menos para Raquel.

Bem no final da tarde, Alexandre estava sentado no chão, entretido com seu sobrinho. Sentadas próximas de Raquel, dona Virgínia e Vilma conversavam, procurando incluir a jovem no assunto, mas ela quase não prestava atenção. Permanecia olhando o rapaz à distância. Por um momento, achou-o pálido. Quando Alexandre a procurou com o olhar, em seguida, fechou os olhos e o sorriso. A jovem se levantou às pressas, assustando a todos. Correu para perto dele e segurou-o, antes que batesse com a cabeça no chão.

— Alexandre! — exclamou alto.

Ele a olhou novamente e cerrou os olhos, sem dizer nada.

O senhor Claudionor e Wálter, imediatamente, prestaram os primeiros socorros, com respiração e massagem cardíaca. O rapaz precisou ser ressuscitado, antes de ser levado para o hospital.

♡

Horas depois, os pais do rapaz, Rosana e Raquel, estavam na sala de espera de um hospital. A falta de notícias os inquietava e afligia. O médico, que cuidava de Alexandre e conhecia bem seu problema de saúde, foi chamado. Decorrido longo tempo, ele procurou a família, trazendo informações.

— O estado dele é estável. O Alexandre está no C.T.I. — Centro de Terapia Intensiva — e vai permanecer lá por alguns dias.

— Dias?... — indagou Raquel, surpresa.

— Sim. É por segurança e para avaliação — tornou o médico.

— Podemos vê-lo, doutor? — pediu a mãe chorando.

— Só amanhã.

— Doutor, o senhor pode nos dar um parecer melhor, mais detalhes? — interessou-se o pai.

— Desculpe-me, senhor Claudionor. No momento, não tenho muito o que dizer. Vocês conhecem o problema do Alexandre. Somente após alguns exames, que realizaremos o quanto antes, poderei ser mais preciso. No momento, o que posso dizer é que, apesar da parada cardíaca que teve também aqui no hospital, de um modo geral e dentro do quadro apresentado, ele está bem. Seu estado é estável. Mas tem de ficar em observação e monitorado por aparelhos. Amanhã, logo após examiná-lo, poderemos nos falar.

♡

Os pais voltaram para casa, enquanto Rosana levou Raquel para o apartamento, dormindo lá para lhe fazer companhia, pois percebeu-a bem aflita.

As jovens conversaram até bem tarde. Mesmo assim, muito tempo depois, não conseguiam dormir.

Na manhã seguinte, Rosana decidiu não ir à faculdade, ficou com a namorada de seu irmão. Mais tarde, junto com Raquel, foi para o hospital onde encontrou com seus pais.

— Somente duas pessoas para visitar o paciente — informou a atendente da recepção do C.T.I.

— Que absurdo — protestou Rosana, sussurrando.

— São normas do hospital, meu bem. Sinto muito — disse a moça, gentilmente.

Os pais de Alexandre se entreolharam e o senhor Claudionor pediu:

— Virgínia, vai você e a Raquel.

— Não! — exclamou Raquel baixinho. — De jeito algum. Entra o senhor e a dona Virgínia.

— Filha — orientou ponderado e sorrindo levemente —, tenho certeza de que o Alex vai preferir você e não a mim. Faça o que estou pedindo, é para a recuperação dele. Não tem problema. Amanhã eu vou vê-lo.

Rosana, contrariada com as normas, aceitou e a mãe do rapaz também. Assim foi feito. Dona Virgínia e Raquel se prepararam, higienizaram-se antes de seguirem para o setor.

Ao ver Raquel, Alexandre se emocionou. Ele estava deitado e não podia se mover muito. Raquel beijou-lhe a testa e lhe fez um carinho no rosto e sua mãe fez o mesmo.

— Filho... Como você está?

— Melhor agora. É bom ver vocês — falou baixinho. Virando-se para a namorada, indagou com voz fraca: — Você está no apartamento sozinha?

— Não. A Rô dormiu lá comigo.

Lágrimas rolaram pelo canto de seus olhos e Raquel as aparava com carinho.
— Eu não quero estar aqui — disse ele, quase sussurrando.
— Eu sei. Mas é preciso. Daqui a pouco, estará melhor e vai pra casa. Agora, precisa se recuperar, esquecer o resto e cuidar de você.
— Está sendo bem cuidado, filho?
Conversaram durante os poucos minutos de visita, que acabaram rapidamente. Quando o horário ia terminando, despedindo-se de sua mãe, pediu baixinho ao seu ouvido:
— Cuida dela pra mim.
— Claro! Como minha filha! Eu prometo — afagou seu rosto. — Fique bom logo, pra você mesmo cuidar — sorriu entre o choro.
Dona Virgínia saiu pouco à frente e quando Raquel precisou ir, Alexandre segurou sua mão com cuidado e sussurrou, pedindo:
— Me dá um beijo — sorriu.
Ela ficou surpresa, temerosa. Mesmo assim, sorriu com doçura. Aproximando-se dele, rapidamente, beijou-lhe os lábios e falou ao ouvido:
— Eu te amo, Alexandre. Fica bom logo. Preciso de você.
— Também amo você, Raquel — afirmou ele com largo sorriso. — Amo muito.
Ao saírem do C.T.I., dona Virgínia abraçou-se à Raquel. Emocionou-se reconhecendo o quanto a moça era importante para seu filho. Rosana as abraçou também e Raquel, que até então se mantinha firme, teve uma forte crise de choro.
— Vamos lá para casa, Raquel — pediu a senhora ao vê-la mais recomposta. — Fique conosco. A Vilma precisa ir embora amanhã. Ficaremos tão sós. Além do que, ficarei mais preocupada ainda sabendo que estará sozinha naquele apartamento. Por favor...

— Isso mesmo! Vai lá pra casa — incentivou Rosana, animada. — Vamos fazer assim: passaremos no apartamento, pegaremos algumas coisas e vamos lá pra casa. Já tá decidido!

Raquel se sentia só e desprotegida com a ausência de Alexandre. Estava insegura. Acreditando que com eles estaria melhor, aceitou o convite.

♡

Com o passar dos dias, Alexandre recebeu alta do C.T.I. e foi transferido para um quarto particular. Isso facilitou receber visitas de mais pessoas e por um período mais prolongado de tempo.

Na casa dos pais do rapaz, apesar de haver outros quartos vazios, Raquel ficou junto com Rosana. Eram boas amigas e se entendiam muito bem.

Rapidamente, o que não foi difícil, todos se acostumaram com a presença da jovem. Em pouco tempo, ela parecia fazer parte da família. Seu jeito recatado e discreto agradava dona Virgínia que, a cada dia, afeiçoava-se mais à moça. A senhora começou a perceber que foi a delicadeza e a generosidade dela que chamaram a atenção de seu filho. Ela possuía uma sensibilidade e ternura difícil de se ver.

Apesar do tratamento recebido, Raquel ainda não se sentia tão à vontade.

Não estava sendo fácil conseguir um emprego e se sentir dependente, vivendo, ali, de favor, fazia-a se sentir constrangida.

— Não fique assim, Raquel — consolava a irmã de Alexandre. — Gostamos tanto de você. Não é legal te ver desse jeito, deprimida.

— Rosana, veja a situação! — enfatizou, falando baixinho. — Mais uma entrevista, mais uma recusa... Não é fácil levar um não, quando se procura emprego. Meus gastos pessoais estão consumindo o que recebi quando fui demitida. Não contribuo em nada com vocês... Como se não bastasse invadir a vida do Alex, de repente, tornei-me um encargo para família dele. Estou desesperada! Como me sentir bem nessa situação? Como ficar feliz ou animada? — sussurrava aflita.

— Eu não vejo desse jeito. Acha mesmo que meu pai precisa de sua contribuição para alguma despesa nesta casa? Por favor!...

— Estou me sentindo tão mal com essa situação. Não é certo.

— Pare com isso, Raquel! Meus pais te adoram! Se for tentar pagar algo aqui em casa... Nem quero ver.

— Preciso arrumar um emprego.

— Você vai arrumar, mas se ficar desse jeito será ainda mais difícil. O mau humor, a falta de fé, a insegurança e o pessimismo criam vibrações pesadas, ruins, que nos deixam cegos para as coisas boas da vida.

— Eu sei que, nos últimos tempos, ando deprimida, choro à toa e tenho até me irritado, coisa que dificilmente acontecia e... Não consigo evitar — Raquel admitiu. — Nem sei como o Alex vem me suportando...

— Você precisa pensar em Deus. Tirar alguns minutos, todo dia, para Ele e se deixar envolver por uma prece sentida, do fundo do seu coração. Agradeça pela vida, pelo dia, pelo ar que respira, pela comida, pelas roupas... Há tanto o que agradecer e tão pouco a pedir. Acredito que não conhece o poder da oração nem do contato abençoado que fazemos com Deus nesse momento.

— Eu sei que você tem razão, mas ando sem ânimo. Acabo até esquecendo e... Já te expliquei por que não rezo mais.

— Amanhã, vem comigo à Sociedade Espírita? — empolgada, ficou na expectativa.

Raquel ficou pensativa por um instante e por fim disse:
— Vou. Vou sim.
— Ah! Que legal! — exclamou Rosana eufórica, abraçando-a com alegria.

♡

Naquela noite, quase início da madrugada, num sono turbulento, Raquel revirava-se de um lado para outro na cama. Rosana acordou e a ouviu resmungar, mas não entendeu o que a amiga dizia. Levantando-se, sentou-se na cama da outra e tentou acordá-la.
— Raquel... Acorda — em vão. — Raquel, acorda. Você está sonhando — balançou-a bem devagar.
— Não!!! — gritou a moça, sentando violentamente na cama. Ofegante, com os olhos assustados, fitou Rosana, que procurou abraçá-la. No primeiro momento, empurrou a outra e ficou parada, em choque, tentando separar o pesadelo da realidade.
— Calma. Você estava sonhando. Sou eu, a Rosana.
Nesse instante, Raquel teve forte crise de choro e se abraçou à amiga, escondendo o rosto em seu ombro.
Dona Virgínia entrou no quarto para saber o que estava acontecendo. Acordou com o grito.
— O que houve? — perguntou a senhora.
— Ela teve um sonho, mãe — explicou Rosana com voz piedosa.
Sentando-se na cama, a senhora puxou Raquel, envolvendo-a com carinho, qual mãe que aconchega um filho querido, quando assustado.
— Vem cá, Raquel... — disse com voz meiga. A moça se deixou abraçar e ficou quieta, entregando-se ao carinho.

Nunca tinha experimentado aquele afeto de mãe. — Rô, vai pegar um copo com água para ela, filha. — Afagando o rosto da jovem, dizia para confortá-la: — Está tudo bem. Você está segura agora. Já passou.

Com a voz fraca e trêmula, a jovem respondeu:

— Não, dona Virgínia... Isso nunca passa. — Chorosa, ainda revelou: — Esses pesadelos acontecem até quando estou acordada. São lembranças... É horrível...

— Se eu puder ajudar, por favor, me diga como. — Quando a moça foi se afastando do abraço, a mãe de Alexandre insistiu: — Não. Fique aqui. — Ajeitando-a, a mulher fez com que a jovem apoiasse a cabeça em sua perna ao mesmo tempo em que, com carinho, afagava seus cabelos.

Raquel, encolhida, trazia o olhar perdido e com lágrimas, que lhe escapavam vez e outra.

— Desde quando você tem esses tormentos, filha?

— A senhora sabe de tudo, não sabe? — perguntou envergonhada.

— Sim, eu sei — disse bondosa.

— Então... Tenho esses pesadelos desde os quinze anos.

A mãe de Alexandre se curvou e beijou-lhe a cabeça. Com as mãos, delicadamente, aparou algumas lágrimas de Raquel, que permanecia acuada. Depois, perguntou:

— E sua mãe, ela sabe? Contou para ela?

— Quando aconteceu... Na primeira vez... Meu pai estava muito doente e ela pensou que fosse por causa do acidente que ele sofreu. Algumas vezes depois, quando acordei chorando durante a noite... — silenciou.

Diante da pausa, dona Virgínia perguntou, generosa, ainda acariciando-lhe o rosto.

— O que aconteceu?

— Minha mãe não entendia. Ela não tinha muita instrução e... Chegou a me dar tapas fortes no rosto para eu acordar

e... — os soluços a interromperam. Sem demora, prosseguiu:
— Meus irmãos se irritavam comigo... — escondeu o rosto e silenciou.

Dona Virgínia ficou incrédula. Rosana, parada, com o copo com a água na mão, observou sua mãe e percebeu-a chorar.

Inconformada, mas mantendo uma postura discreta, a mulher se curvou, ajeitou e puxou Raquel, sustentando-a em um abraço carinhoso. Falando baixinho, disse ao ouvido:

— Isso não vai acontecer mais, filha. Vou cuidar de você. Como disse, sua mãe não teve instrução, não sabia o que fazer... Era uma mulher de espírito pobre, sem conhecimento e esclarecimento... Não soube ser mãe. Mas... Se você deixar e permitir... Quero te ajudar, cuidar de você... Posso ser a mãe que nunca teve — sua voz embargou.

A jovem a agarrou em um abraço forte e um choro compulsivo se fez de imediato.

Rosana sentou-se ao lado e teve a certeza de que sua mãe entendeu toda a situação. Definitivamente, dona Virgínia ajudaria sua amiga, sendo capaz de adotá-la em seu coração.

A senhora percebeu que a namorada do filho era meiga, atenciosa e educada por índole, por seu coração puro e não pelo exemplo de vida que teve. Era carente de afeto e não sabia o que era receber generosidade, contato e toque carinhoso de mãe. Se acaso o teve, foi tão pouco que não significou muito.

♡

No dia seguinte, conforme combinado, elas foram ao Centro Espírita. De imediato, Raquel percebeu a diferença do que conheceu.

Após passar pelo plantão de orientação, a moça aceitou a assistência espiritual oferecida. Haveria de se dispor a uma série de passes magnéticos e a ouvir palestras especiais em dias específicos. Ela se sentiu muito bem naquela casa de oração onde foi recebida com carinho e atenção por todos.

Rosana, animada e alegre, fez questão de apresentá-la aos conhecidos como sendo namorada de seu irmão, o que não pareceu incomodar mais a jovem.

Ela conheceu as várias repartições da casa espírita e Rosana notou seu interesse para com o departamento que assistia as gestantes carentes e sem provisões.

A irmã de Alexandre sentiu-se brilhar com a ideia de vê-la como futura tarefeira dessa área. Não disse nada, mas pensou:

"Como uma tarefa, nessa área, faria bem à Raquel, que poderia refazer e harmonizar muito de sua vida!" — sorriu, olhando para ela, mas não disse nada.

♡

Alguns dias se passaram após a internação do filho, e o pai foi chamado para conversar com o médico, que explicou toda a situação e o estado de saúde do rapaz.

De volta à sua casa, o senhor contou tudo e informou:

— Concluíram que o Alexandre precisa implantar um marca-passo.

— Meu Deus! — preocupou-se a mãe, muito assustada.

— Eu sei que para nós, da família, é preocupante. Não dá para não ficar aflito. Mas... Hoje em dia, isso é coisa simples, para a medicina. O cardiologista me disse que quando todas as precauções e manutenções com medicamentos e hábitos de vida não são o bastante para tratar uma cardiopatia, que aponta a insuficiência cardíaca, é necessário que se estimule o coração eletricamente. Para isso, o melhor é implantar esse dispositivo, o marca-passo, ou sob a pele do tórax ou na axila. Esse aparelhinho, vamos chamar assim, tem uma bateria que é conectada a eletrodos que se dirigem ao coração. Creio que o Alex fará essa pequena cirurgia, para o implante, em pouco tempo. Mas, até lá, ficará no hospital. Segundo os médicos, depois disso, vida normal!

Cada um da família fez pequenos comentários. Depois de ouvi-los, o homem respondeu às dúvidas. Em seguida, sem demora, o senhor Claudionor pediu:

— Raquel, vem comigo até o escritório, por favor. Preciso falar com você.

Temerosa e apreensiva, a moça o seguiu. Após entrarem na sala espaçosa, ele fechou a porta, apontou uma cadeira e disse:

— Sente-se aqui, por favor. — Contornou a mesa e acomodou-se frente a ela, prosseguindo: — Raquel, eu te chamei para conversarmos sozinhos porque os outros não precisam saber o que está acontecendo. Não agora. Tomei a liberdade de expor a sua situação e a da sua filha para um advogado muito amigo e que trabalha em minha empresa há anos. Hoje mesmo, no hospital, conversei com o Alex a respeito desse assunto e ele achou que fiz o certo, mas quem decide é você. — Raquel estava tão aflita que parecia nem respirar. E o senhor continuou: — Expliquei o que pude sobre toda sua situação ao advogado, mas ele precisa de mais detalhes e informações para as investigações e levantamentos sobre a sua menina, onde e como ela está, a fim de dar início a um processo, de acordo com a sua vontade, é claro! — ressaltou de modo ponderado. Ela continuou paralisada. Não esperava por aquilo. — O que você acha, filha? Pretende procurar por sua filha? — perguntou o senhor muito atento.

— Quero sim, mas estou com tanto medo — respondeu nervosa.

Vendo seus olhos marejados, ele se levantou, contornou a mesa e sentou-se na cadeira ao seu lado, ficando diante da jovem. Olhando-a nos olhos, disse com voz terna:

— O problema maior... — Fez breve pausa e explicou brando: — Ou melhor... A minha preocupação maior é se a Bruna Maria já tiver sido adotada por alguém. Poderemos entrar com uma ação e é bem provável que você ganhe. Mas... Como arrancaremos essa criança dos braços dos pais?

Apreensiva e com voz lamentosa, tentando arranjar argumentos em sua defesa, Raquel falou sentida:

— Eu sou a mãe dela... Tenho o direito...

— Eu sei, filha... — respondeu o homem calmo e generoso. — Mas, para ela, você ainda é uma estranha.

— Para fazer o que fiz, para abandonar minha filha, tive graves motivos... — esclareceu com a voz piedosa e trêmula, quase chorando.

— Eu não tiro a sua razão de forma alguma e acredito que ninguém pode julgar que você errou. A culpa não é sua. Mas... A Bruna nunca te viu e não sabe nada disso. Aliás, creio que jamais deverá saber.

— O que o senhor acha que devo fazer? — indagou hesitante.

O pai de Alexandre refletiu e recomendou:

— Pensando friamente, no seu lugar, eu solicitaria as investigações que vão descobrir onde está a menina e como é sua vida atual. Se Bruna já tiver uma família, por amor a ela, acho que eu não apareceria na vida dela. Mas isso, pensando friamente como te falei. Sei que existe muita emoção, sentimentos, arrependimentos, desejos, abalos e comoções advindos de situações vividas e que envolvem tudo isso. Não é algo fácil.

Raquel engoliu em seco e encheu os olhos de lágrimas. Gostaria que a opinião dele fosse outra. Mas a havia pedido. Não poderia reclamar. Ainda tentou dizer algo, mas não conseguiu. Com voz generosa, olhando-a nos olhos, o senhor explicou melhor:

— É preciso ver e compreender o outro lado também, filha. Sabe... Um dos meus três filhos não tem meu sangue, mas eu não sei dizer qual. Eu amo todos eles. Daria minha vida por qualquer um deles. Se acontecesse de alguém, um dia, pleiteá-lo, requerê-lo de volta, eu morreria. Posso garantir. — Ela ouvia atenta, refletindo naquelas palavras. Após poucos segundos de silêncio, ele perguntou meigamente, compreendendo a sensibilidade da moça naquela situação tão difícil: — O que você decide, filha? Quer saber onde sua menina está, a princípio, depois você pensa no que vai fazer?

Amedrontada, ela decidiu, visivelmente aflita:

— Sim. Eu quero saber onde e como ela está, a princípio.

— Ótimo! — alegrou-se o senhor. — Amanhã, marcarei um horário com o Xavier, o advogado, e ele virá aqui conversar com você. Será melhor assim.

Raquel estava emocionada e apreensiva. Levantando-se, perguntou:

— Como posso lhe pagar por tudo?

— Com duas coisas, filha — sorriu ao dizer. Ela ficou na expectativa e ele falou: — Primeiro, cuide bem do Alex. Ele vai precisar muito de você. Segundo, quero um abraço seu! — riu.

Raquel esboçou um sorriso tímido. Com lágrimas de emoção, aproximou-se dele e o abraçou. Beijando-lhe o rosto, disse:

— Obrigada, senhor Claudionor. Muito obrigada... Serei eternamente grata por tudo o que faz por mim...

— Não por isso, filha. Não por isso — disse com lágrimas nos olhos. Estava emocionado. Sentia-se comovido pela situação da jovem. Tinha um grande coração amoroso. Fazia por ela o que faria por um dos seus filhos.

♡

O senhor Claudionor e dona Virgínia adotaram, em seus sentimentos, Raquel como filha.

Ao observarmos certas famílias que transparecem harmonia, união, respeito e amor, que se entrelaçam pela comunhão de pensamentos, pela identidade de gostos ou aceitações e igualdade de ideias, passamos a entender claramente que os verdadeiros laços de família são os do Espírito. Eles são duradouros e fortalecidos pela multiplicidade das reencarnações onde, renascidas, essas almas queridas se buscam e se afinam para darem cumprimento à evolução individual e em grupo.

É comum constatarmos, no meio deles, criaturas que se irmanam pela amizade sincera e fraternal.

Ainda, outras, que mesmo não nascendo da mesma consanguinidade, são tão amadas e tão bem acolhidas pelos corações amorosos, que compõem esses grupos familiares, que chegaríamos a perguntar: existe mesmo filho adotivo?

Sabemos que somos espíritos reencarnantes e que as verdadeiras famílias são formadas pelos laços do espírito. Então, quem pode garantir que, naquele corpinho do filho adotado, não se encerra uma alma querida e que nos pertença pela afeição espiritual, única e verdadeira?

Que som seria mais agradável aos nossos ouvidos do que o suave chamar: mamãe! Papai! Não importando se saiu da boquinha que nosso corpo ajudou a formar ou daquela que o coração elegeu como filho e que a alma reconhece como seu.

Que alegria seria maior do que reconhecê-los filhos de alma, que não vieram pelos frágeis laços do físico, mas pelos inquebrantáveis elos espirituais para, mutuamente, ajudarem-se a progredir na caminhada evolutiva.

Nós nos consideramos filhos legítimos de Deus, mesmo Ele nunca tendo reencarnado.

Recusar ao pai adotivo é o mesmo que recusarmos o Pai que está nos Céus, como nos disse Jesus, que nos deu a vida e as oportunidades mais propícias às nossas condições evolutivas.

Capítulo 17

O retorno de Alexandre

O Senhor Valmor, concordando com as exigências de Alice, comprou um pequeno apartamento e, após mobiliá-lo, levou a amante para lá.

Marcos ficou desesperado, sem entender o motivo do abandono e ignorando, até então, que Alice o traía. Ele se desequilibrou a ponto de o diretor da empresa onde trabalhava sugerir que tirasse férias.

Como sempre, toda traição conjugal traz suas dores cruéis instalando naquele que foi traído a desconfiança, o medo do futuro, o sentimento amargo da rejeição e do abandono. Trazendo sempre perguntas: e agora, o que faço da minha vida? E aos filhos, o que digo?

Pelas atitudes, comportamentos, escolhas, egoísmo e desprezo, Alice atraia para si companhias espirituais de baixo nível. O abandono dos filhos, a falta de preocupação com o que lhes aconteceria por sua ausência, pesaria em sua consciência em algum momento. Teria muito para harmonizar.

Nenhuma explicação consola os filhos aflitos nem responde às suas dúvidas, muito menos conforta. Mesmo que não manifestem, esse tipo de abandono os afeta.

Por sua vez, apesar de se encontrar em total desarmonia e desilusão, Marcos estava amparado por amigos espirituais que lhe procuravam sustentar no bom ânimo e para o bem. Os filhos eram sua razão para não cometer nenhuma loucura. Ele não conseguia entrar em contato com sua irmã, quando telefonava para o apartamento, pois Raquel foi para a casa dos pais de Alexandre. Ao mesmo tempo, ela também tentava entrar em contato com ele no serviço, mas recebia a informação de que o irmão estava em férias.

Marcos passou a enfrentar sérios problemas com o filho mais velho, que perdeu o emprego no mercado e passou a ter péssimas amizades. Para piorar a situação, Nílson, agora maior de idade, foi preso por tentativa de furto. Elói, mais tranquilo e sempre amigo, procurava animar o pai.

Alice não se importou ao saber. Ela só se preocupava com a sua vida. Egoísta, aparentava ter o *Transtorno de Personalidade Narcisista*[1].

♡

Um dia, após voltarem da visita a Alexandre, no hospital, Raquel pediu para Rosana que a levasse até a casa de seu irmão, no novo endereço.

---

[1] O livro *O Amor é uma escolha*, romance de Eliana Machado Coelho e Schellida, publicado pela Lúmen Editorial, traz-nos muitas informações, reflexões e ensinamentos a respeito do *Transtorno de Personalidade Narcisista* e o comportamento de quem o tem, bem como as consequências devastadoras resultantes na vida das pessoas que convivem direta ou indiretamente com o narcisista. A falta de empatia, a manipulação e o controle que o narcisista exerce sobre suas vítimas nem sempre são facilmente perceptíveis. Nessa obra, o leitor encontrará vasto material esclarecedor sobre esse assunto, que proporcionará identificar e se proteger de quem tem o transtorno.

Ele as recebeu com surpresa e satisfação. Conversaram e a irmã ficou sabendo sobre sua separação e a prisão do sobrinho. Ela também contou sobre Alexandre estar internado.

— O que você vai fazer, Marcos?

— Não sei, Raquel. O advogado disse que o Nílson é réu primário e pode sair a qualquer momento e... não sei. Já pensei em pegá-los e voltar para a fazenda, mas nem sei se posso porque o Nílson ficará respondendo ao processo e parece que não pode mudar de estado, eu acho.

— Voltar para a fazenda? — ela estranhou. — Há quanto tempo você não tem notícias deles?

— A última vez que recebi uma carta da mãe, foi há uns três anos. Semana passada, escrevi novamente e pedi, pelo amor de Deus, pra ela me mandar notícias. Vamos ver se assim a mãe ou alguém me escreve. Avisei também do endereço novo.

— Gostaria de vê-la... — sussurrou e ficou pensativa.

— Por que não vai até lá, Raquel? — perguntou Rosana.

— Não — afirmou, parecendo decidida. — Daquele lugar, tenho as piores recordações da minha vida. Seria o último lugar do mundo que eu iria visitar.

Por longos minutos, Marcos ficou olhando para sua irmã, pensando em toda a agressão e injustiça que ela viveu. Sem demora, disse:

— Desculpe, Raquel. Não bastasse o que passou na fazenda eu ainda fui muito injusto com você. Por favor, me perdoe.

— Marcos, eu...

— Não tente me defender. Fui cruel com você. Minha própria irmã... Tenho muito para agradecer ao Alexandre por ter te acolhido. Lamento, imensamente, saber o que aconteceu com ele, o seu estado... Sinceramente... — Marcos ficou comovido, encarando Rosana — Se eu pudesse, doaria meu próprio coração ao seu irmão por tudo o que ele tem feito pela Raquel. — Respirou profundamente e ainda falou: — Estou tão desgostoso da vida que morrer agora seria oportuno.

— Não fale assim, Marcos — disse Rosana. — Ainda tem muito a fazer. Seus filhos dependem e precisam de você, já que a mãe está incapacitada de cuidar deles.

— Incapacitada, não. Ela é uma sem-vergonha, imunda! — xingou outros nomes.

— Alice é incapacitada moral e espiritualmente — tornou ela. — Quando uma alma não tem elevação ou grandeza, ela pode ainda agir de modo imoral, leviano, sensual e materialista, sem respeitar e sem dar importância aos filhos que Deus confiou aos seus cuidados.

Marcos riu ironicamente e comentou:

— Ela diz que o sujeito... Que eles têm química, compatibilidade...

— Na minha opinião, quem não tem respeito aos sentimentos dos outros não pode amar alguém. Trair não é acidente. Se algo aconteceu, o amor acabou e a pessoa decide ter nova vida, se separando do parceiro, está tudo bem. Ela tem esse direito. Mas trair não é correto. Ninguém é feliz quando, para isso, trai, magoa e alguém chora.

— Se não fosse por meus filhos, eu teria feito uma besteira. Ainda penso nisso...

— Você é um homem capacitado e não merece as consequências dessa loucura. Não se desrespeite e não se agrida por isso — aconselhou Rosana. — Todas as vezes que estamos em dificuldades é o momento de usarmos nossas ideias e nossas mãos para construirmos. Eleve seus pensamentos e tenha fé em Deus. Pense em coisas construtivas.

Marcos ofereceu um sorriso forçado e ficou em silêncio. Nesse momento, Raquel lembrou:

— Precisamos ir. Dona Virgínia deve estar preocupada. Não avisamos que passaríamos aqui.

Rosana se despediu e, na vez da irmã, ele perguntou:

— Raquel, você e o Alexandre... Como estão? — A irmã ficou sem jeito. Diante de sua reação, ele insistiu: — Vocês moram juntos? Têm uma vida em comum?

— Não... — respondeu Raquel com modos simples e encarando-o. — Nunca tivemos nada. Não levamos uma vida em comum. Nós namoramos.

— Eu preciso saber porque... Quero te fazer um pedido. — Vendo-a atenta, ele prosseguiu: — Você quer vir morar aqui comigo?

A moça ficou parada e pensativa. A amiga sentiu-se gelar. Aquilo não poderia acontecer.

"Alexandre morreria!" — pensou Rosana.

— Me dá um tempo para pensar? — pediu Raquel. — Tem muita coisa acontecendo no momento.

— O que, por exemplo? — tornou o irmão.

— Não comentei com você, mas... Estou tentando reaver minha filha. O senhor Claudionor, pai do Alexandre, está me ajudando.

— Você sabia onde ela estava?! — ele se surpreendeu.

— Sabia — abaixou o olhar ao admitir. — Ela foi transferida, de onde eu a deixei, para um orfanato. O advogado está fazendo investigações e levantamentos, mas ainda não me deu qualquer retorno. Também está sendo aberto um processo. Nem sei se tenho o chamado pátrio poder sobre minha filha. Minha situação, para pleiteá-la, não é muito favorável: moro de favor, não tenho emprego, fui difamada, morei nas ruas... Creio que talvez isso complique um pouco as coisas. Estou com muito medo.

— Você vai conseguir! Tenho certeza! Principalmente, se vier para cá — afirmou o irmão sorridente e animado. — Pense na minha proposta. Talvez seja a solução para você. Quero que more comigo e traga sua filha para cá. Seremos uma família, não estará morando de favor.

Rosana não podia dizer nada. Insatisfeita, não conseguia sorrir.

— Bem, precisamos ir — pediu a irmã de Alexandre, apressando a amiga.

♡

Ao chegarem à casa do senhor Claudionor, ao vê-las, ele avisou:

— O Xavier acabou de sair. Mais um pouquinho, conversaria com ele.

— Ele tem novidades? — Raquel indagou interessada, arregalando os olhos com expectativa.

— Praticamente não. Ele disse que telefona amanhã, se tiver alguma notícia.

— Obrigada por me avisar. Bem... Tenho uma entrevista de emprego amanhã e... Vou preparar algumas coisas. Com licença — disse Raquel, retirando-se.

Ao se ver a sós com seu pai, Rosana perguntou:

— Que investigação demorada. É assim mesmo?

— Vem cá — Pediu o pai indo para o escritório. O homem mantinha ar de mistério e animação. A filha percebeu e ficou curiosa. Fechando a porta do recinto, solicitou que ela se sentasse e foi logo revelando: — É o seguinte, não quero contar para a Raquel ainda. A menina foi encontrada. Bruna tem saúde perfeita e é a típica criança de maior solicitação para a adoção devido às suas características físicas. Admiro-me até que não tenha sido adotada antes.

— Como antes? Como assim? Ela foi adotada? — quis saber afoita.

— Um casal entrou com o pedido de adoção. Após os procedimentos legais na Vara da Infância e da Juventude, o promotor de Justiça foi ouvido e o casal, dentro das normas legais, obteve o período chamado de: estágio de convivência, porque a Bruna estava com três anos de idade.

— E aí?! — tornou ela, quase em desespero, levantando-se.

— Aí, que a menina foi entregue ao casal, mediante um termo de guarda e responsabilidade, enquanto se processava a adoção. Nesse período de estágio e convivência, houve graves conflitos — o senhor sorriu.

— Como assim? — intrigou-se Rosana, curiosa.

— Toda criança que passa algum tempo num orfanato traz consigo uma bagagem de vida ignorada e inacessível, até então, ao casal adotante. Eles não sabiam nada sobre a criança. E... Parece que a Bruna Maria revelou uma não-aceitação a eles. Esse contato inicial foi tão desajustado, que requereu a intervenção dos técnicos, que avaliam esse período e sugeriram a interrupção temporária dessa convivência.

— E agora?!

— A Bruna Maria foi retirada, provisoriamente, do convívio com a família adotante.

— O que eles alegaram para que houvesse essa intervenção? O que aconteceu? O que o casal fez? O que a menina fez? Você sabe?

— Sente-se — pediu o pai, ficando a sua frente. — Chorando, Bruna falou, por dias seguidos, que sua mãe verdadeira iria buscá-la. Ela contava que tinha sonhos e dizia que conversava com o pai e chegou a descrevê-lo como sendo muito risonho, alto, forte, de olhos azuis, cabelos pretos e lisos. Falava ainda que a mãe se parecia com ela. — Rosana ficou imóvel e boquiaberta. Sem trégua, o pai prosseguiu: — Fiquei exatamente como você, quando ouvi tudo isso. Porém, tem mais. Com os dias, Bruna Maria parou de chorar, mas falava que os pais verdadeiros apareceriam e a levariam embora. Isso acontecia dia e noite e mãe adotiva não suportou a pressão.

Surpresa, Rosana sorriu, arregalou os olhos e levou as mãos à boca, sem saber o que falar.

Sorridente, o senhor continuou:

— Teremos de ser rápidos para não termos mais dificuldades. O afastamento foi temporário. O casal pode requerer novo período e... Por enquanto, não quero revelar tudo isso à Raquel para não a preocupar. Combinei com o Xavier que quero colocá-la em contato com a filha só quando tudo estiver certo e sem riscos. Pretendo poupá-la de expectativas angustiosas até quando puder. Imagino quantas dúvidas, dores e sentimento de culpa ela já tem. Bem... É assim, o juiz vai pedir comprovação laboratorial de filiação, serão analisados as condições e o motivo do abandono, pois ela desapareceu após o nascimento da filha. Fora isso, entrevistas, atestado de saúde física e mental da Raquel e outras burocracias que serão irrelevantes conseguir.

— Ela não tem emprego nem casa própria...

— Carência e falta de recursos materiais não a farão perder a menina. Problemas morais ou envolvimento com crimes sim. Como futura advogada, você deveria saber disso — riu.

— Papai, eu estou muito preocupada com uma coisa. Aliás, desesperada! Hoje, fomos ver o irmão da Raquel. A mulher dele o abandonou. Estão divorciados. O homem ficou em crise e com os dois filhos. Um, maior de idade, foi preso por furto. O outro é um jovem mais focado e tranquilo. Mas, o pior é... O Marcos quer que a Raquel volte a morar com ele. Falou que seria melhor para ela e para a filha, que formariam uma família...

O senhor Claudionor fechou o sorriso. Ficou surpreso e preocupado. Não esperava por essa possibilidade. Apreensivo, perguntou:

— Você acredita que ela irá?
— Não sei... A Raquel falou que vai pensar.
— Isso me deixa preocupado com o Alex — afirmou o pai.
— Eu também! Foi a primeira coisa que pensei! Ele morre se ela for embora!
— Mas, por outro lado, Rô, vejo a Raquel tão preocupada com seu irmão... Não acredito que possa deixá-lo.
— Sabe o que acontece, devido aos costumes conservadores aos quais foi criada, ela não aceita viver desse jeito com o Alex.
— Se a situação se agravar, pediremos que fique morando aqui conosco. Quando for o momento, vou conversar com ela. Na próxima semana, o Alex deve voltar para casa. Precisando dar atenção a ele, ela não vai pensar em morar com o Marcos. Não agora.
— Pelo que percebi, o interesse em ficar com a filha a prende aqui, pai.
O homem sorriu, parecendo ter alguma ideia que não quis comentar. Depois falou:
— Vamos aguardar, Rosana. Vamos aguardar...

♡

Na semana seguinte, Alexandre recebeu alta. Na casa de seus pais, estava confortavelmente acomodado em um dos quartos, recebendo atenção de todos.

Raquel estava sempre atenta, oferecendo cuidados ou ajudando em alguma coisa. Principalmente, pelo fato de o senhor Claudionor orientar dona Virgínia que deixasse a jovem assumir tarefas e cuidar do rapaz, sentindo-se útil.

Passados alguns dias, Marcos também foi até lá fazer uma visita. Conversaram muito. Antes de ir, despedindo-se da irmã, lembrou:

— Estou aguardando sua resposta sobre ir morar comigo.

— Ainda estou pensando, Marcos — falou tímida. — Como te disse, tem muita coisa acontecendo. Acabei de saber que minha filha foi localizada, que está no orfanato... Aguardo o juiz me chamar e... Não posso me comprometer com uma decisão dessas, por ora.

Ela estava dividida e confusa. Havia encontrado em Alexandre e naquela família apoio e consideração que nunca teve antes. Agora, principalmente, pelas condições de saúde do namorado, seria difícil deixá-los. Todos lhe queriam muito bem e demonstravam isso com ternura. O senhor Claudionor que assistiu à cena ficou preocupado.

Na primeira oportunidade, quando ficou sozinho com seu filho, falou:

— Precisamos conversar sobre a Bruna Maria e o andamento do processo. — Sem demora, contou tudo ao rapaz. No final, ainda disse: — Eu não gostaria que a Raquel nos deixasse depois que, definitivamente, tivesse a filha.

— Também gostou dela, né, pai? — indagou com modos marotos.

— É fácil conviver com a Raquel — sorriu ao admitir. — Nós já a temos como alguém da família. — Sorrindo, surpreendeu o filho ao perguntar: — E então, quando você vai providenciar isso?

— Providenciar, o quê?... — indagou desconfiado.

— Que ela se torne um membro da família de verdade, oras!

Alexandre concatenando as ideias com rapidez, ficou embaraçado e respondeu quase gaguejando:

— Não... Não é por não querer, pai... É... — Esfregou as mãos no rosto. Sem graça, sorriu encabulado e confessou: — Às vezes, acho que não terei chances. Você viu, tudo é tão difícil com ela.

— Eu só acho que não pode deixá-la se afastar de você. Daí sim a situação ficará pior.

— Ela não vai se afastar! — exclamou, seguro de si. — Assim que me recuperar, voltamos pro meu apartamento e...

— O irmão dela, o Marcos, separou-se da mulher, como já sabe — interrompeu-o dizendo. — Você pode garantir que a Raquel não voltará a morar com ele? — Alexandre arregalou os olhos e o pai, sem demora, sugeriu: — Eu acho que é agora que você terá sua chance.

— Como assim? Não entendi. Que chance?

O senhor Claudionor levantou, fechou a porta do quarto e ao voltar a sentar ao lado do filho, pediu:

— Não tenha outra parada cardíaca. Você é muito impulsivo e sempre protesta inflamado. Primeiro, escute-me, depois você reage. A Raquel quer reaver a filha e... — Breve pausa e suspirou profundamente. Encarando-o, decidiu ser bem direto: — Olha, Alex, a Raquel não conhece nada sobre as leis. Ela quer ter a menina consigo e está determinada a isso, custe o que custar. Talvez tenha grande sentimento de culpa por ter abandonado a menina. Veja... Se conseguir fazê-la entender que, estando casada com você, para ela ter a filha, será mais fácil, vá em frente! Não tem nada de errado. Ela gosta de você e pelo que te conheço, cabeça dura como é, sei que não desistirá dela. Essa é a sua chance de não ter de ficar correndo atrás dela e tudo mais...

Surpreso, Alexandre perguntou:

— Pai, você está me propondo...

— Alex, presta atenção! Você gosta dessa moça e está disposto a tudo para ajudá-la. Quando ela tiver, definitivamente, a filha, vai deixá-lo. Acredite em mim. Certamente, vai dizer que está te incomodando em dobro. Ela já diz isso hoje! — enfatizou. — Além do que, pensará que será imoral, que não é certo viver ao seu lado sem terem nada, sem serem casados. Aquelas conversas que já sabemos. Na cabeça dela, surgirão várias questões. Como criará a filha em meio a uma situação dessas? Como explicará esse tipo de relacionamento para a menina? — Silêncio. — Aproveite que ela ainda não pensou nisso!

Alexandre ficou preocupado e surpreso. Jamais esperou ouvir aquilo de seu pai. Um instante e comentou:

— Será que ela aceita, pai?

— Ela tem de aceitar! Alex deixe de ser... — não completou. — Ela está comovida com seu estado. Gosta de você... Use até sua doença, se necessário, para convencê-la. Porém, tem de fazer isso agora enquanto há tempo. Mas, olha, presta atenção, se disser que estando casados será melhor para que ela tenha a filha... Creio que isso será infalível. — Após pequena pausa, o pai completou com modos engraçados: — Só não conte nada para sua mãe por enquanto.

— Para ninguém! É a ideia mais louca que já ouvi de você. E...

— Ótimo! — O pai ficou satisfeito e sorridente avisou: — Vou chamá-la e você conversa com ela.

Alexandre estava nervoso e inquieto. Quando seu pai saiu, pensou temeroso:

"Como vou fazer isso?" — Em seguida, refletiu: — "Puxa! Quem diria? Meu pai me incentivando a isso. Será que consigo? Será que Raquel aceita?" — Em meio às suas dúvidas, rogou: — "Deus, ajude-me! Não quero mentir para a Raquel. Eu não gostaria que mentissem para mim. Deus, ajude-me a não mentir. Dê-me palavras e argumentos verdadeiros para que ela entenda e aceite. Afinal, ela gosta de mim e..."

Após alguns minutos, Raquel entrou no quarto e, generoso, ele pediu:

— Oi... Sente-se aqui, por favor — bateu a palma da mão na cama.

— Você quer falar comigo? — sorriu, meiga e lindamente.

— Quero... Quero sim — sorriu, tomando coragem. Respirando fundo, disse: — Raquel é o seguinte: o doutor Xavier está com o processo pleiteando ao juiz...

Quando ele parou de falar, ela notou que estava alterado.

— O que foi, Alex? — séria, preocupou-se.

Sua respiração exibia seu nervosismo. Fechou os olhos e após pequena pausa, encarou-a e prosseguiu:

— O que tenho para te dizer é bem sério. Lembra-se de quando, outro dia, nós conversamos e eu disse que a ajudaria em tudo?

— Lembro.

— Raquel, eu amo você... — afirmou, olhando-a de modo indefinido. — Não quero que se afaste de mim.

— Eu não vou me afastar de você. Quem disse isso? — sorriu novamente. Gostaria de deixá-lo tranquilo. — Você foi a única pessoa que me amparou, me sustentou em todos os sentidos... Eu também te amo, Alex. Farei tudo por você! Qualquer coisa! Acredite! — disse com voz doce e sorrindo levemente.

Nesse instante, o rapaz segurou sua pequena mão, olhou firme em seus olhos e desfechou rápido:

— Então case comigo. — Raquel ficou paralisada, em choque. Não esperava esse pedido. Acreditando que o silêncio estava longo demais, o namorado pediu com voz meiga, ainda segurando sua mão: — Diga alguma coisa, por favor.

Ela empalideceu. Seu queixo tremia e sua voz embargou quando disse:

— Alexandre, peça outra coisa, menos isso. Se for preciso eu morro por sua causa, mas...

— Casamento é menos que a morte. Estou pedindo que viva ao meu lado. Nós nos amamos e... Ou você mudou de ideia?

Ela começou a chorar respondendo:

— Eu te amo sim, mas... — falou emocionada, em conflito, com lágrimas correndo em sua face. — Mas... Não te farei feliz.

— Preste atenção... — pediu o rapaz falando mansamente, enquanto afagava-lhe o rosto. — Case-se comigo só no papel e não nas vias de fato. Estou disposto a isso. Eu te quero perto de mim.

— Não vai dar certo, Alexandre... — abaixou o olhar. Lágrimas rolavam em seu rosto. Pensava a que ponto chegava aquele amor que ele sentia.

— Raquel, se você me ama, se me considera e respeita, não preciso de mais nada. — Após pequena pausa, ele argumentou: — Sabe... O doutor Xavier, como eu comecei a dizer, pode avisar que a Bruna terá de conhecê-la de uma hora para outra. Aí eu pensei, como ela vai nos ver? O que serei para ela? Quero que se case comigo e quero assumi-la como minha filha.

— Não...

— Por quê? — sussurrou, curvando-se para olhar seus olhos.

— Você não é o pai verdadeiro, por que faria isso?

— Raquel, não fale para mim sobre pai verdadeiro — riu. — Pai não é aquele que nos dispensa uma carga genética e nem sabe quem somos ou se vivemos. Esse é um irresponsável. Pai mesmo é aquele que ama, que oferece carinho, atenção, condições de vida, boa moral, princípios e valores nobres, elevados. Pai é aquele que pensa no agasalho, no estudo, no lazer, nas noites de medo e solidão. É aquele que sempre está ao lado sob qualquer condição de vida e oferece sempre a sua presença, a sua atenção. O pai não é somente um provedor. Eu não tenho a carga genética do senhor Claudionor nem da dona Virgínia, mas eles são meus pais verdadeiros. Mesmo não morando junto com eles, quem se preocupa comigo? Quem foi lá ao meu apartamento quando me viu nervoso e preocupado com um mal-entendido? Quem esteve no hospital, todos os dias, todas as vezes que fiquei internado? Foram os meus pais e não o senhor ou a senhora que me doaram as suas cargas genéticas. — Mais tranquilo e generoso ele tornou a dizer: — Deixe-me cuidar de você, Raquel? Deixe-me ser o pai da Bruna? — Após, sorriu e afirmou: — Terei dois motivos para viver.

Raquel se abraçou a ele, escondendo o rosto em seu ombro para que não a visse emocionada.

♡

Em outro cômodo da casa, o senhor Claudionor tentava impedir que a esposa e a filha fossem ao quarto.

— Por que, Claudionor? Só vou ver se o Alex quer um suco!

— Deixe os dois conversarem. Que coisa!...

— Conversarem o quê? Não podem falar perto de mim? — reclamou a mulher.

Achando que era hora de falar, com sorriso travesso e modos simples, o senhor anunciou:

— É que o Alex vai pedir a Raquel em casamento.

— Casamento?!!! — exclamaram mãe e filha num coro.

Rosana, boquiaberta, ficou muda e dona Virgínia se sentou falando:

— Espere aí!...

— Não. Não vou esperar não. Foi isso mesmo o que você ouviu. O seu filho Alexandre vai pedir a Raquel em casamento.

— Mas a Raquel... — tentou dizer a mulher que foi interrompida.

— É o único jeito para o Alex não a perder. Sejamos frios e calculistas. Estamos todos conscientes dos problemas que ela tem, mas... — disse o homem, em voz baixa. Um instante e continuou no mesmo tom: — Eu gosto muito dela, já a considero como uma filha. Sei que o Alex é cabeça-dura e está disposto a tudo. Inclusive a viver com um casamento não consumado até, sei lá... Um tratamento, quem sabe. Casados, ficará mais fácil de se acertarem e... Tudo ficará mais fácil. Ele não vai desistir.

— Deus! — clamou dona Virgínia incrédula. — Eu gosto da Raquel. Sei que meu filho gosta dela, mas nunca pensei que ele chegasse a esse ponto!

— Vai dar certo! — Rosana falou animada. — Deus há de abençoá-los e Raquel vai superar tudo isso. Eles ainda serão muito felizes, tenho certeza!

— Deus te ouça, filha. — E procurando o marido com o olhar, dona Virgínia ainda falou: — Já que tem de ser assim, assim seja. Vamos ajudá-los, não é mesmo? — sorriu. Breve instante, declarou: — Eu quero tão bem a Raquel. Deus... Como essa menina sofreu.

O silêncio reinou por alguns minutos e o senhor Claudionor, estampando um sorriso no rosto, não revelou que a ideia foi sua.

Vagarosamente, Alexandre chegou à cozinha e surpreendeu todos reunidos, parados e olhando-o com uma expectativa impressionante. Desconfiado, o rapaz sorriu e perguntou:

— O que foi?

— Já contei para elas. Agora, estamos aguardando o que você tem para nos dizer. A Raquel aceitou? — perguntou o pai empolgado.

— Você já contou? — indagou o filho com ar de riso.

— Sobre o pedido de casamento sim. Mas até eu terei um colapso se não souber logo do resultado.

Alexandre riu gostosamente e anunciou, parecendo muito feliz:

— Eu e a Raquel vamos nos casar. — Sem demora avisou: — Estou assumindo a Bruna como minha filha desde já. Já combinei com ela que vou sair, comprar as alianças e ficaremos noivos. — Olhando para dona Virgínia, comunicou: — Não faremos festa, mãe! Só colocaremos as alianças.

Rosana correu para o abraço e a mãe também o envolveu. Enquanto o senhor Claudionor perguntou:

— Cadê a Raquel?

— Para variar, está lá no meu quarto, chorando — respondeu o moço.

O senhor foi até o quarto e encontrou Raquel com os olhos vermelhos. Sentando-se a seu lado, falou:

— Estou feliz por vocês. Tenha a certeza de que tomou a melhor decisão, Raquel. Gostamos muito de você, filha.

Ela ergueu o olhar encarando-o e tentou esboçar um sorriso que se transformou em choro.

O pai de Alexandre foi abraçá-la, mas sentindo-a temerosa, compreendeu e se afastou. Beijou-lhe rapidamente a cabeça, dizendo:

— Vai dar tudo certo, filha. Tenha fé.

♡

Alexandre pareceu ter ganhado nova vida. Sua recuperação foi surpreendente. Pouco tempo depois, animado, em uma conversa com Raquel, avisava:

— Casaremos daqui a quarenta e cinco dias!

— Já... — ela sussurrou e estremeceu, sentindo o coração apertar.

— Ainda! — retrucou Alexandre sorridente e alegre.

— Filho, temos de preparar...

— Não vai haver festa, mãe. Pelo amor de Deus! Já falamos disso. Casaremos só no civil e pronto! Eu não gostaria de ficar dando satisfações a todo o mundo e... Um almoço só para nós, aqui de casa, está bom. — Virando-se para sua irmã, ele pediu: — Rosana, quer ser minha madrinha junto com o Ricardo?

Rosana ficou séria. Ele acreditou que estaria brincando, como sempre. Com uma cara engraçada, ela negou:

— Não posso, Alex. Sinto muito.

— Por quê? — achou graça. Ficou esperando a desculpa.

— Ah, é que surgiu um imprevisto.

— Imprevisto? Qual? — riu.

— No mesmo dia vou ser madrinha da Raquel — falou e abraçou a amiga.

— Então vou chamar a Vilma! Sua traidora! — brincou o irmão.

Dona Virgínia, preocupada, foi procurar pelo marido para reclamar sobre o fato de o filho não querer uma festa. O telefone tocou. Era o noivo de Rosana e ela saiu para atendê-lo. A sós com Raquel, Alexandre perguntou:

— Quero voltar para o apartamento na próxima semana. Vamos?

— Não sei. Estou tão...

— Vamos, vai... — pediu com jeitinho. — Já estou bem melhor e eu quero saber por quantas andam o meu emprego, isto é, se eu não fui substituído.

— Claro que não! Você está de licença médica. Desempregada já basta eu.

— A propósito, Raquel. Você quer convidar sua mãe para o nosso casamento?

A moça ficou temerosa e confusa, depois de refletir um pouco, confessou:

— Alex, até agora não sei se fiz a escolha certa. — Curvando-se sobre a mesa que os separava, segurou nas mãos do noivo e falou: — Estou apavorada só de falar nesse casamento. Agora... Chamar minha mãe será outro conflito.

O semblante de Raquel exibia aflição. Compreensivo, ele tentou confortar:

— Está certo. Não quero pressioná-la, só lembrei e quis que soubesse que, por mim, tudo bem. Se quiser chamá-la, vou lá com você e resolveremos isso.

— Só quero chamar o Marcos.

— Lógico!

Nesse momento, Alexandre se lembrou da cena de quando foi até a casa de Marcos, buscar as coisas de Raquel. Havia dito que faria questão de ir até sua casa, convidá-lo para o casamento. Agora o faria. Não por vingança, mas com felicidade e com satisfação.

♡

Alguns dias depois, Alexandre e a noiva voltaram para o apartamento.

Rosana convenceu Raquel a redecorar algumas coisas por lá. Elas saíram, compraram objetos, tapeçaria e cortinas novas. Tinham bom gosto e tudo estava ficando muito bonito e agradável.

— Quem diria, hein? Você vai casar antes de mim — brincou, rindo gostosamente.

— Só de pensar nesse casamento, eu passo mal. Quando lembro o acordo que fiz com o Alex, sobre casarmos só no papel, falto morrer! — revelava, tentando não exibir sua aflição. — Onde eu estava com a cabeça?

— Não pense mais nisso, Raquel. Se é isso o que ele quer e aceita, se você o ama, dane-se o resto. Não diga mais nada.

— Não posso enganá-lo.

— Não está enganando ninguém. O casamento será só no papel e ele sabe disso. Agora chega. O Alex sabe o que está fazendo.

— A verdade é que, conhecendo seu irmão, sei que não será bem assim... Ele é insistente e...

— A propósito, vocês vão viajar? — mudou drasticamente de assunto.
— Por quê?
— Ora... E a lua de mel?
— Não diga isso, Rô, pelo amor de Deus! Que lua de mel, o quê?

♡

Rosana havia falado com seu irmão sobre a conversa que teve com Raquel, detalhando seus receios e pediu segredo. À noite, o rapaz sugeriu:
— Eu gostaria de aproveitar o presente que a empresa oferece para os funcionários que se casam.
— Que presente? — perguntou, mesmo sabendo.
— Uma viagem. Você sabe. A empresa oferece uma viagem para os que se casam. Vamos?
— Eu não sei se é uma boa ideia...
Decidido, rápido e animado, não a deixou reagir ou pensar, dizendo:
— Mas é lógico que é! — expressou-se alegre. Determinado, não permitiu que refletisse: — Então vamos. Será muito legal! Faz tempo que não viajo. E pelo visto, você também.
Sem palavras, Raquel sentia-se mal com tudo o que estava acontecendo depressa demais. Não disse nada, sofrendo sua ansiedade calada. Ele sabia disso, mas desejava fazê-la se acostumar a viver ao seu lado, com parceria, confiança e não conhecia outro método.

♡

Um dia antes do casamento, Rosana levou Raquel para a casa dos pais.

Pela manhã, com carinho e alegria, ajudou a futura cunhada a se arrumar. Mais do que nunca, Raquel ficou linda!

Ao sair do quarto, dona Virgínia, sorridente, entregou-lhe um buquê de orquídeas brancas que ficou belíssimo em suas mãos trêmulas. A sogra fez questão de mandar fazer o belo arranjo, pois descobriu que a jovem admirava muito essas flores, quando ficava encantada com elas, nas árvores de seu jardim.

O juiz de paz aguardava na sala da casa dos pais de Alexandre, que foi especialmente decorada para a ocasião. Marcos estava presente. Vilma e o marido eram padrinhos e as crianças, graciosamente bem trajadas, faziam o casal de honras que levavam as flores e as alianças.

No pequeno espaço a percorrer até chegar próximo ao juiz, ao noivo e padrinhos, Raquel foi conduzida pelo senhor Claudionor que, ao lado da bela noiva, desfilava sorridente e orgulhoso.

O noivo não tirava o sorriso do rosto. Perto dele, Rosana brincava, falando baixinho:

— Não se emocione! Olhe o coração!

Somente alguns tios do rapaz foram convidados para a simples cerimônia e um almoço, no jardim, próximo à piscina, marcou a ocasião.

Quando tudo estava quase terminado, próxima de sua mãe, Vilma falou sussurrando:

— Mãe, que coragem o Alex tem!

Dona Virgínia, que começou a entender seu filho, comentou:

— Coragem nada. Que amor!

À tardinha, os noivos se despediram e voltaram para o apartamento onde, de lá, mais tarde, Rosana e Ricardo os levariam para o aeroporto.

A caminho de casa, Alexandre e Raquel, sozinhos no carro, não diziam nada. Ela estava muito séria e não parava de tremer.

Ao entrarem no apartamento, Raquel parou e falou baixinho:
— Meu Deus... O que eu fiz?
— Casou-se comigo — o marido respondeu em tom generoso e sorrindo. — Agora vamos, daqui a pouco a Rô estará aqui para nos levar até o aeroporto.

Raquel, após se trocar, foi para a sala, mas não encontrou o marido. Ela se sentou no sofá e abaixou a cabeça. Sentia-se gelada pelo nervoso e trêmula pelos sentimentos fortes que experimentava. Ao se aproximar, Alexandre ajoelhou-se perto da mulher, segurou-lhe o queixo, erguendo-lhe o rosto, perguntou:

— Você está bem?
— Estou — respondeu baixinho.
— Não quer comer alguma coisa? Você nem tocou no seu almoço — tornou gentil.
— Não quero. Obrigada — sorriu meiga.
— Está tudo bem, Raquel. Nada mudou. Fique tranquila — disse com bondade.
— Nós nos casamos e você diz que nada mudou? — demonstrou-se temerosa.

Ele olhou-a bem nos olhos e respondeu firme:
— Não. Nada mudou. Eu continuo te amando e respeitando. Sou seu amigo, não se esqueça disso. Eu só quero o que for bom para você e para mim também. A única coisa que mudou é que, a partir de agora, você vai passar a assinar meu nome. Não esquece! — brincou e beliscou seu queixo.
— Alexandre... não sei o que falar, eu...
— Meu bem, não precisa dizer nada — murmurou gentilmente. Levantando-se, estendeu a mão e completou: — Agora vamos ver se não estamos esquecendo nada. Temos um lindo passeio pela frente. — A campainha tocou e ele disse: — É a Rô!

Já no aeroporto, Rosana não parava de falar a fim de distrair Raquel, que estava calada o tempo inteiro.

— Mas, Alex, vocês só vão ficar cinco dias?!

— Você viu quanto tempo eu estou afastado do serviço? Não quero abusar. Tenho só essa semana, na outra eu já volto para trabalhar. Esses dias foram presentes da empresa. O que você está pensando? Não estou em férias não.

— Por que não tirou férias? — insistiu a irmã.

— Quero deixar mais para frente. Tenho outros planos — disse e sorriu.

Raquel não oferecia um único sorriso, nenhuma palavra. Parecia nem os ouvir.

Após se despedirem, os noivos entraram no avião e partiram.

Capítulo 18

Vida nova

Depois de muito tempo, Marcos recebeu uma carta de sua mãe. Dona Teresa contou que lhe escreveu sempre, esses anos todos, mas dele, nada havia recebido.

Imediatamente, o filho entendeu que Alice, manipuladora e egoísta, deveria ter interceptado as correspondências e nunca enviado nada. Era óbvio, pois quando escrevia para sua mãe, por falta de tempo, pedia para a esposa colocar as cartas no correio. É claro que Alice não colocava. Ele estava furioso.

A mãe pedia notícias de Raquel, dizendo que sempre sonhava com a filha e ficava aflita por não ter bons presságios.

Marcos ficou chocado ao saber que seu pai e sua avó haviam falecido. Alice nem isso respeitou.

Zangado, esbravejou e reclamou.

Elói, sempre companheiro, confortou o pai de maneira simples.

— Não liga não, pai. Daqui a uns dias você traz a vó pra morar com a gente e acaba de vez com isso.

— Tenho vontade de matar sua mãe.

— Pra que, pai? Você é moço e vai arrumar outra mulher melhor.

Marcos acabou rindo e disse:

— Elói, você não sabe o que está falando. — Depois, menos irritado, perguntou: — O que você acha, filho? Escrevo para sua avó dizendo que a tia Raquel se casou? Ou deixo que ela mesma diga quando voltar de viagem?

Elói pensou e animado foi até o quarto buscar papel e caneta.

♡

Dias depois, no interior do Rio Grande do Sul, dona Teresa, emocionada, lê a carta do filho que, em dado momento, dizia:

"Mãe, a Raquel está muito bem. Como sempre, linda! Não se preocupe com ela. Eu não vou adiantar as notícias porque quero que ela mesma lhe conte. Mas asseguro que ela está bem. É que no momento viajou a passeio e não sabe que estou mantendo contato com a senhora."

Dona Teresa não cabia em si. Ela se emocionou com o que lia.

Seu sogro, homem sempre forte, ativo e severo, encontrava-se em uma cadeira de rodas e dependente de muitos para tudo.

Com ar arrogante e olhar vingativo, dona Teresa aproximou-se do velho e disse:

— Tchê, Boleslau, o meu filho Marcos me escreveu — balançou o papel na mão, mostrando a ele. — Lembra-se da Raquel? Aquela guria pequena, franzina que tu espancaste de coro e colocou fora daqui, tchê? Bah, homem!... Marcos escreveu dizendo que minha Raquel está tribem — quis dizer muito bem. — Disse que ela continua trilinda! — Caminhando em torno da cadeira de rodas, expressava-se com altivez, desdenhando do sogro: — Bah, Boleslau, tudo o que tu fizeste de mau pra minha guria, voltou pra ti, que agora está aí entrevado e nem falar pode, mas ouvir vai. Sei que tu me entendes, tchê.

Após andar de um lado para o outro, continuou:
— Um dia Boleslau, tu ainda verás entrando aqui, linda e maravilhosa, a minha Raquel, tchê. E aquele teu filho nojento e desgraçado, ainda vai se necrosar inteiro. Tu e aquele verme miserável do Ladislau, que também acabou com minha vida, com o meu sossego... Vão ver a minha Raquel vitoriosa, essa é a minha vingança para tudo o que sofri aqui, tchê.

O homem arregalava os olhos e ficava furioso, sem poder responder, pois a doença o impedia. Teresa continuou caminhando, vagarosamente, de um lado para o outro, exibindo orgulho e satisfação em poder maltratar o sogro.

— Bah! Como este mundo dá voltas, tchê! É de cair os butiás do bolso, tchê! — quis dizer que é de se admirar. — Tu já pensaste que a Raquel é herdeira desta fazenda junto com os irmãos? A mulher do Ladislau ficou louca e está insana desde que as filhas morreram no acidente, bah. O infeliz do Ladislau já perdeu uma perna inteira e metade da outra e ainda vai sofrer muito antes de morrer, bah. Raquel e os irmãos são donos de tudo isto aqui! — gargalhou. — Bah, quero ainda ver aquele infeliz numa cama e mexendo só com os olhos, igual a ti, que precisa fazer que nem um verme pra se virar.

Sem piedade, após torturar o sogro com palavras cruéis, Teresa virou as costas deixando-o resmungar e tentando se comunicar.

♡

Longe dali, Alice e Valmor enfrentavam alguns problemas. A esposa dele havia descoberto a traição e pediu o divórcio. Ele teve de ir morar com Alice, no pequeno apartamento que havia montado, enquanto aguardava o processo do divórcio se desenrolar. Os dois passaram a discutir muito.

Alice queria um apartamento maior e o homem não estava acostumado àquelas exigências.

Na empresa onde trabalhavam, o romance entre eles tornou-se conhecido e os demais diretores e até o vice-presidente, sabendo do fato, não viam com bons olhos aquela situação.

Ela, ainda tentando prejudicar Raquel, insistia:

— Você tem de mandar o Alexandre embora! Onde já se viu!

— Ficou louca, Alice? Ele nem trabalha na minha diretoria! Além do mais, é um profissional competente, bem conceituado com os gerentes e os outros diretores. Não há motivo para sugerir algo assim. Esse tempo todo que ele ficou fora com problemas de saúde, por incrível que pareça, não conseguiram fazer o serviço dele como ele. Tiveram problemas direto. Aquele cargo, naquele setor, é uma encrenca!

— Ninguém é insubstituível! — retrucou a mulher insatisfeita. Maldosa, desejava prejudicar o marido de Raquel a qualquer custo.

— Mas o cara é competente! Soubemos que ele quase morreu e todos estão ansiosos para que volte logo a trabalhar.

— Se fosse tão grave, ele não estaria viajando em lua de mel! — falou ela, com deboche e irônica.

— É direito dele!

— Aquela desgraçada não merece isso! — Alice gritou. — Eu que dei um duro danado a minha vida inteira, nunca viajei de avião. Não me conformo! Raquel casada e viajando!

— Esquece a Raquel, Alice! Preocupe-se com você!

Não adiantava. Tudo o que Valmor dizia era em vão. Alice não se conformava com a prosperidade da outra, mesmo tendo-a distante e sem qualquer ligação.

♡

Quem também não esquecia Raquel era Rosana.
Mostrando ao noivo as peças que havia comprado para decorar o apartamento que estavam montando, ela dizia:
— Como será que eles estão, hein? O Alex nem pra telefonar.
— Oh, Rô! O Alex já ligou três vezes. O que mais você quer?
— Amanhã à tarde, eles chegam. Você vai comigo buscá-los no aeroporto?
— Vou, lógico — sorriu. Breve instante e Ricardo perguntou sem perceber: — Como será que eles estão?
— Olha só! Depois fala que eu sou curiosa!
— Não dá para não deixarmos de pensar — ele riu.
— Nossa! Eu fico imaginando como ele gosta da Raquel!
— Realmente — concordou o noivo. — Alexandre gosta mesmo dela.
— Mas, veja, só assim mesmo para ele ajudá-la.
— É verdade. — E após refletir, olhou-a com carinho e confessou com generosidade: — Eu faria o mesmo.
Ouvindo isso, ela o abraçou com carinho, beijando-o com amor.

♡

Na tarde do dia seguinte, Raquel e Alexandre retornaram e antes de irem para o apartamento do casal, passaram na casa dos pais dele. Ela parecia tensa.
Mais animado, o marido mostrou algumas filmagens e fotos da viagem.

— Mesmo usando filtro solar, já no primeiro dia, a Raquel virou um camarão. Depois disso, ela só ficou de camiseta com manga, apesar de estar tão calor.

Dona Virgínia, para puxar conversa com a nora que permanecia calada, perguntou:

— Lá é bonito, Raquel?

— É sim. É um lugar maravilhoso — respondeu educada.

— As piscinas naturais são de água quente. Quando ouvi falar desse lugar em Goiás, sempre tive vontade de ir conhecer — revelou o rapaz.

— Nosso Brasil tem lugares maravilhosos! — disse o senhor Claudionor.

— Vamos, Raquel, come alguma coisa, filha! — insistia dona Virgínia.

Rosana, que havia se afastado, sinalizou de longe para o irmão ir atrás dela. Discretamente, Alexandre levantou e foi ver o que era.

— Vão assistindo ao vídeo aí, que já volto — orientou ele ao sair da sala.

Rosana, já em seu quarto, estava ansiosa. Ao entrar, Alexandre perguntou:

— O que foi?

— Fecha a porta — pediu ela. Em seguida, sussurrou, querendo saber: — E a Raquel?

— Que encrenca, Rô — falou o irmão, sentando-se na cama.

— Que cara é essa? Está arrependido? — surpreendeu-se, fechando o sorriso.

— Claro que não! Estou preocupado, só isso.

— Com o quê? Como foi lá no hotel? O que houve, Alex?

Mais sério, ele contou sem qualquer emoção:

— Chegamos ao hotel e pegamos as chaves. Conforme planejei, já era tarde, não teríamos aonde ir e ela estava cansada. Deixei que tomasse um banho antes de mim e...

— E aí?

— Quando voltei, ela estava sentada na cama. Parecia aflita e chorando.

— Já sei! Você foi dormir no sofá.

— Não! Eu já tinha planejado tudo. Sou calculista, esqueceu?

— O que você fez? — tornou ela impaciente.

— Fui para perto dela e conversei um pouco, dizendo que estava tudo bem e aquelas coisas todas... Eu a fiz deitar e a cobri. Foi quando ela perguntou: "Onde você vai dormir?" — arremedou-a.

— O que você disse?!

— Dei a volta na cama, sentei do outro lado e falei: "Como seu marido, só vou pedir um direito que tenho: o de dormir ao seu lado. Só." Deitei, virei de costas para ela e tentei dormir.

— E ela?!!! — gritou sussurrando, mostrando desespero.

— Sentou, se encolheu, agarrou os joelhos e ficou chorando. — Nesse instante da conversa, Alexandre riu e contou: — Mais tarde, eu acho que dei uma cochilada e, de repente, senti um peso nas minhas costas. Daí, nem me mexi. Era a Raquel que, de tanto chorar, acabou pegando no sono, sentada mesmo, e tombou sobre mim.

— E ficou assim?

— Não, claro. Ela se ajeitou e foi para a ponta da cama.

— E as outras noites?

— Acabou confiando. Eu deitava de costas, não dava importância e ela não disse mais nada.

— Ah! Eu fui lá ao seu apartamento.

— Desmontou a cama de solteiro? — sorriu.

— Sem dó! E ainda levei suas roupas daquele quarto para a suíte. Arrumei do meu jeito, depois você vê lá. Comprei umas frutas, alguns alimentos — sorrindo Rosana completou —, coloquei flores por toda a casa. Ficou tudo tão bonitinho! Tão romântico!

— Valeu, Rô! Obrigado — disse, abraçando-a com carinho.
O irmão se levantou e ela ainda falou:
— Alex, vai dar tudo certo. Acredite.
— Eu também creio que sim, Rô. Gosto muito dela.
— Quando e se por acaso você estiver saturado, lembre-se das dificuldades que ela já enfrentou. Não quero comparar, mas... Tive uma amiga que tinha pavor de gato. Ela entrava em pânico. Chorava e tremia ao ver um bichinho assim tão inocente. Uma outra, tinha pavor de aranhas e baratas. Chegou a desmaiar por causa de uma brincadeira infeliz. Elas não sabiam o motivo gerador da fobia. Conheci outras pessoas que desenvolveram medos inexplicáveis, como medo de sair, pavor de estar no meio de multidão, terror em pegar um metrô ou avião... São fobias que geram medo, apreensão e pânico nas pessoas e elas não conseguem controlar. O medo, de uma forma geral, sequestra o raciocínio, trava a mente. Só quem é muito ignorante para não entender. A pessoa para, trava, não reage e, a maioria, chora e entra em desespero. O que levou a Raquel a ter traumas, desenvolver síndrome do pânico, ansiedade descontrolada e depressão nós conhecemos. Sabemos também que a vida dela tem sido de muitas lutas. Ela não suporta um abraço de qualquer homem. Não é só seu. Até o pai não pode chegar perto, sabe disso. Então... Se, em algum momento, não estiver aguentando as reações, coloque-se no lugar dela. Lembre-se de seus medos, pois todos nós carregamos fantasmas na mente. Tenha paciência.

— Tenho paciência e sou capaz de compreendê-la. Vou procurar ajuda com um psicólogo. Farei o que for possível. — Sorriu ao contar: — Li os livros que me emprestou, enquanto estava no hospital. Eles me ajudaram muito... — sorriu. — Comecei a entender melhor tudo o que sempre quis me ensinar. Nossa... Faz muito sentido o que o Espiritismo esclarece. Estou encantado... Por isso, posso dizer que, não sei a razão de eu encontrar a Raquel, de ela ter experimentado o que viveu e... Não importa o passado. Desconhecer o que aconteceu em outras vidas é uma bênção. O ideal é seguirmos e fazermos o melhor a partir de agora.

— Que bom que você entendeu... — satisfeita, sorriu lindamente. — Acho que, agora, muita coisa fará sentido na sua vida. Alex, nós não precisamos de milagres para as dificuldades que enfrentamos. Precisamos ser mais benevolentes, ter amor e bondade desde os pensamentos até as ações. Somente assim, a vida presente melhora e o futuro tranquilo é garantido. Quando agimos no bem, os espíritos esclarecidos nos ajudam. Nem precisamos pedir. Eles sempre estão ao nosso lado.

— Eu nem ia te contar, mas... Andei tendo sonhos interessantes.

— De que tipo? — interessou-se a irmã.

— Às vezes, sonho com uma mulher que não conheço. Ela é linda. Algumas vezes, não me lembro mesmo, mas tenho uma impressão de conversar com ela... Mas, lá no hospital, andei tendo sonhos mais lúcidos. Essa mulher me levou para visitar a Bruna em um lugar. Fiquei emocionado quando a abracei, conversei com ela... — emocionou-se neste instante e calou-se por alguns segundos. — A Bruna é um doce... Brincamos e prometi que iria buscá-la. Depois, ela dormiu nos meus braços e a coloquei na cama. No minuto seguinte, essa mulher, que me acompanhava, me levou de volta pro hospital, mas não sei como. Daí, conversamos. Falei dos meus medos, dos meus conflitos sobre a Raquel... Não sei a razão, mas quero muito ajudá-la, mas nunca sei como agir... essa mulher disse que iria me inspirar nos momentos mais difíceis.

— Não foi sonho. Tá na cara que não foi! — alegrou-se. — Você se encontrou com sua mentora ou um espírito muito amigo que quer seu bem e deve ter prometido te ajudar, antes do planejamento reencarnatório desta vida.

— Isso é possível?

— Lógico! Quando estamos no caminho certo, pensando e agindo para o bem, espíritos amigos elevados ou mentores nos ajudam e nos inspiram. Assim como quando estamos fazendo besteiras, pensando e fazendo o que não presta, falando mal dos outros, julgando, criticando e reclamando, espíritos inferiores se aproximam de nós e nos inspiram também. Nesse caso, nossos mentores não conseguem fazer muito por nós, pois em nossos pensamentos não tem lugar para o bem germinar. Entendeu agora a importância e a razão de pensarmos coisas boas, termos esperança e praticarmos o bem? — sorriu.

— Depois do que li e dessa experiência... Acho que estou começando a entender. — Breve instante e disse ainda: — Obrigado, Rô.

Ela se levantou e o abraçou com carinho. Em seguida, afastando-se, ela disse:

— Só vai ficar no obrigado? — brincou. — Não ganho nada por tudo o que tenho feito?

— Mercenária! O que você quer ganhar?

— Um celular! — decidiu rápida.

— É muito caro! Foi difícil comprar o meu! Escolhe outra coisa — disse, aceitando a brincadeira.

— Ingrato! Um dia, se Deus quiser, cada pessoa terá um celular, pelo menos! Não vamos mais depender desse telefone fixo, do telefone público... Poderemos conversar de onde estivermos! Vai! Me dá um celular!

— Sai fora!... Trabalhe e compre o seu — disse rindo e foi saindo.

— Egoísta! Pão duro! Um dia ainda terei um celular, viu?! Ingrato! — gritou, para ser ouvida.[1]

♡

Mais tarde, chegando ao apartamento, Alexandre agia normalmente, mas Raquel parecia confusa, mais do que quando foi para lá a primeira vez.

Ele tomou banho e se aprontou para dormir. Ao vê-lo ir para a suíte, ela perguntou:

— Aonde vai?

— Vou dormir. Tomei um remédio, estou com um pouco de dor de cabeça e muito cansado.

— Você está bem? — quis saber a esposa.

— Estou. Isso não é nada. Já vai passar. — Ela estava no sofá com a televisão ligada, talvez nem assistisse. Observando-a, perguntou: — Você não vai dormir agora?

— Agora não — respondeu, quase sussurrando, abaixando o olhar.

O rapaz não gostou do que ouviu, porém não disse nada e foi se deitar. Horas depois, Alexandre acordou e não a encontrou ao seu lado. Levantando-se, foi até a sala. Ao vê-la encolhida no sofá, com uma manta sobre as pernas e a televisão desligada, ficou contrariado. Sem demora, acendeu as luzes, despertando-a. Tranquilo, mas muito firme, disse:

— Raquel, acorda. — Viu-a sonolenta, olhando-o surpresa. No mesmo tom zangado, ele pediu: — Vai dormir lá dentro.

Ela sentou-se rápido e ficou confusa. Tentou se explicar, mas não sabia o que dizer:

— É que... — gaguejou e ficou quieta, abaixou a cabeça.

---

[1] Nessa época, o telefone celular acabava de chegar ao Brasil, assim como em outras partes do mundo. O aparelho não era comum nem todos o tinham como nos dias atuais. Os dispositivos também não contavam com todos os recursos existentes hoje. Tanto o celular quanto o valor de cada ligação eram bem caros.

— O que você pensa que eu sou?! Preciso provar mais alguma coisa para você?! — indagou enérgico e sentido.

— Eu... — tentou falar, encarando-o, mas se calou.

— O que acha que vou fazer?! Te atacar?! Se eu quisesse fazer alguma coisa, já teria feito! — ressaltou, sem gritar, mas bravo, fazendo-a refletir. — Pensa que sou capaz disso?! Não me conhece o suficiente ainda?! — Não houve resposta. Mais brando, porém seguro do que dizia, pediu: — Vai dormir lá dentro, por favor. Se não for hoje, não irá nunca mais. Daí que, quando a Bruna vier para cá, você tenta explicar para ela por que seus pais dormem separados! — alertou. — Tente explicar também para os psicólogos, que eu acho que deverão avaliar o período de adaptação, por que dormimos separados e que ideia estamos passando para nossa filha. Aí sim eles vão avaliar o seu estado psicológico e as condições emocionais que você tem, ou não, para cuidar da Bruna.

Raquel ficou pensativa. Alexandre, parado, estava sério, encarando-a.

A esposa se levantou e, de cabeça baixa, foi para o quarto. Após entrar alguns passos, parou e ficou olhando o ambiente. Estava temerosa e hesitante.

O rapaz entrou, fechou a porta e parecendo bravo, perguntou:

— De que lado você quer dormir?

Ela gesticulou com os ombros dizendo que tanto fazia. Ainda firme, sem tentar agradá-la, o marido escolheu:

— Então dê a volta e deite-se lá. Prefiro ficar perto da porta — falando isso, deitou-se e apagou o abajur que iluminava o seu lado da cama, mas o outro, do lado dela, ficou aceso.

Raquel ficou em pé por algum tempo parecendo confusa. Sua mente foi sequestrada pelo pânico, não sabia como reagir. Precisava vencer-se. Fazer enfrentamentos contra seus medos.

Sabendo que ela teria de se deitar, a princípio não se incomodou, porém, devido à demora, pediu mais gentil:
— Poderia apagar a luz, por favor? Essa claridade forte me incomoda. Se quiser que a luz fique acesa, amanhã providencio uma lâmpada mais fraca. Agora deita, quero acordar cedo.

Tal qual uma criança amedrontada, a jovem obedeceu e ficou quieta.

Ele não se sentia bem com o que fazia, principalmente, quando percebeu que a esposa abafava o choro. Aquilo partia seu coração, mas era preciso. Sem saber, ele foi inspirado.

Alexandre acreditou que não poderia tentar confortá-la constantemente. Talvez aquele fosse o único meio de ela compreender e confiar nele.

As agressões psicológicas sempre causam perturbações psíquicas de inúmeras maneiras que vão desde sintomas leves até limitação severa da capacidade de ajustamento social — conviver com outras pessoas de um modo geral, dentro ou fora de casa —, especialmente, quando a pessoa se vê ameaçada e acredita que aquilo pode acontecer de novo.

A vítima de agressões cria como que um muro imaginário de segurança ao seu redor, programando uma rotina que não pode ser mexida, na sua opinião. Dessa forma, acredita que não será perturbada. Por isso, qualquer mudança a abala.

Para aquele que sofre uma agressão, quando essa rotina é alterada e as coisas não se realizam como acostumou, planejou ou desejou, os estremecimentos acontecem.

Os traumas oriundos dos diversos tipos de agressões sofridas estremeciam Raquel de tal forma que ela não conseguia ter outro sentimento a não ser de medo e de terror, entrando em pânico, o que travava sua mente e, consequentemente, suas reações.

Os ataques tão destrutivos sofridos pela jovem geraram traumas profundos. Por essa razão, acreditou que tendo um emprego e morando sozinha, sem contato ou interação com outras pessoas, nunca mais, nada daquilo aconteceria. Era a forma que pensava em se proteger. Nada daquilo aconteceria novamente. Mas a vida pede evolução e nos encaminha para isso. Toda a movimentação que ocorreu era para ela reagir e fazer enfrentamentos. Deveria se posicionar, encarar, esclarecer situações, entender que poderia e merecia levar uma vida normal e interagir como qualquer outra pessoa sem se sentir vítima, culpada ou envergonhada. Fugir e se esconder não traz evolução e alimenta o medo. Buscar soluções para os transtornos, abalos e traumas com a ajuda de profissionais na área da saúde mental e alimentar nova conduta de vida e a religiosidade ajudam incrivelmente e a solução virá.

Situações que lembrem ou pareçam com o episódio traumático, que fazem acreditar que a agressão física ou psicológica pode acontecer novamente, disparam reações neuroquímicas no próprio organismo, provocam sensações, emoções e sentimentos de terrível abalo psicológico, perturbações de ânimo, desordem no raciocínio e falta de coordenação das ideias, medo, pânico, chegando até reações físicas de estremecimento interno, tremores externos, sensação de desmaio, mal--estar, insônia ou sono perturbado e pesadelos, espasmos esofágicos — o famoso nó na garganta —, e até dores em diversas partes do corpo, principalmente, no peito.

Para mudar os disparos dessas reações é preciso enfrentamentos e novo comportamento, a fim de ensinar a mente o que desejamos sentir. Por sua vez, a mente reprogramará as reações neuroquímicas que deságuam no corpo, para que não tragam mais as sensações desagradáveis que amedrontam, estremecem e limitam o ser.

Quando temos um desafio ou um problema, a procura de solução traz a ajuda ou a procura de ajuda traz a solução.

♡

Na manhã seguinte, Raquel despertou e não viu o marido ao seu lado. Não ouviu nenhum barulho. De repente, ele entrou trazendo uma bandeja com suco, frutas e o café da manhã. Ela sorriu sem jeito e se sentou. Não esperava por aquilo.

— Bom dia, meu bem! — cumprimentou-a com largo sorriso. Entregando-lhe a bandeja, ajudou-a a se acomodar melhor. Agia como se nada houvesse acontecido na noite anterior.

— Nossa... Para que tudo isso? — sorriu com ternura e toque de constrangimento.

Alexandre se deitou sobre as cobertas, apoiando-se sobre os cotovelos, ficando ao seu lado.

— É o seu primeiro café da manhã em nossa casa depois de casados. Acreditei que fosse gostar.

— Você é maravilhoso! Obrigada — continuou sorrindo lindamente.

— Sabe o que eu estava pensando? — Sem aguardar pela resposta, sugeriu: — Vamos dar uma passada na casa do seu irmão, avisar que chegamos e depois... Sei lá! Almoçamos fora e à tardinha pegamos um cinema. O que você acha?

— Seria bom, gostaria de ir vê-lo. Quem sabe, já teve notícias da minha mãe.

♡

Mais tarde, o casal chegou à casa de Marcos. Vez e outra, mesmo não dizendo nada a respeito, ele se sentia constrangido, recordando o que fez com a irmã.

O cunhado parecia bem à vontade, sem se importar com o que houve entre eles.

Raquel ficou feliz ao saber notícias de sua mãe, mas triste com a morte do pai e da avó.

— A mãe também disse que o vô está numa cadeira de rodas. Não anda nem fala. Você leu aí, né? — comentou o irmão.

— E quem está tomando conta dos negócios? — perguntou Alexandre.

— Devem ser nossos irmãos, Pedro e Tadeu, junto com nosso tio, eu acho. Nossa mãe não entrou em detalhes — respondeu o outro. Em seguida, contou: — Escrevi contando que você está muito bem. Ela estava aflita para saber. E falei que as melhores novidades você mesma contaria.

— Não contou que nos casamos?! — admirou-se Alexandre.

— E tirar esse prazer de vocês? Lógico que não! — riu. Virando-se para a irmã, perguntou: — Você vai escrever para ela, não vai? Quem sabe até mandar uma foto!

— Claro — concordou ela. — Vou escrever e mandarei uma foto.

— Raquel — tornou Marcos —, a mãe pergunta sobre a... — deteve as palavras.

— Dona Teresa se interessou em saber sobre a Bruna? — sorriu Alexandre ao dizer. Entendeu que o cunhado se inibiu por sua causa. — Que bom saber disso! Assim que tivermos uma foto com a nossa filha, eu mesmo faço questão de escrever e enviar a ela. — O outro ficou surpreso e ele ainda revelou: — Não sei se a Raquel contou, mas já assumi a paternidade da Bruna.

O cunhado ficou perplexo, mas não disse nada. A chegada de Elói, muito animado, chamou a atenção de todos. Após os cumprimentos, sem demora, o jovem se interessou:

— Aquele carro lá fora é seu?! — indagou ansioso.

— É — confirmou o marido de Raquel, com simplicidade.

— Puxa! Que legal!

Alexandre percebeu a humildade do garoto e entendeu o interesse e sua curiosidade. Achando que deveria deixar os irmãos conversarem à vontade, convidou:

— Quer dar uma volta?!
— Sério?!
— Vamos lá! — levantou dizendo.
Ao se ver a sós com a irmã, Marcos admitiu:
— Você não imagina, Raquel, como estou feliz em te ver com alguém como ele. Estava longe de imaginar que houvesse alguém assim. Até a menina ele assumiu como se fosse sua filha.
— A irmã ficou em silêncio e ele ainda lembrou admirado: — Inclusive a família dele, que gente boa! Deu para perceber que gostam muito de você. Fez um ótimo casamento! — Observando-a, viu lágrimas em seus olhos: — O que foi? Eu disse algo errado?
— Não... — secou os olhos. — Você não disse nada errado.
— Então, por que está assim? Não gosta dele?
— Adoro o Alexandre. Mas, ele merecia alguém melhor. — Após pequena pausa, revelou: — Casamos só no papel. Não sou mulher do Alexandre. Nunca fui. Não posso, não consigo...
O irmão ficou confuso e em choque. Levantou-se e, vagarosamente, andou de um lado para outro da cozinha. Depois sentou ao lado dela e perguntou:
— É por causa da violência que você sofreu? — Viu-a afirmar com um aceno de cabeça. Incrédulo, falou baixinho: — Isso não é verdade. Não pode ser. Diga que é mentira! — Ela não o encarou. — Raquel, esse homem te ama! Tem feito tudo para te ajudar! Você não pode fazer isso!
— Eu sei! — quase gritou. Com a voz embargada, pediu: — Não me torture. Não me culpe mais do que já estou me culpando. Eu sei disso. Quando você me expulsou de casa, o Alexandre me tirou da rua, era de madrugada e eu estava em uma praça cheia de travestis... Ele me levou para o seu apartamento, cuidou de mim, me deu sua cama para dormir, sempre me respeitou, me entendeu... Ele me ama tanto que

até agora respeita meus limites, meus medos... Foi acontecendo uma coisa atrás da outra e não consegui sair da vida dele...

Marcos se aproximou e abraçou sua irmã e ela chorou. Quando a viu mais calma, quis saber:

— Como vocês se casaram? Como foi surgir essa ideia, então?

— Não fui obrigada ou forçada a nada... Ele disse que me ama a ponto de ser feliz somente me tendo ao seu lado. Eu não sei como aceitei. Fiquei atordoada na hora, vi o quanto gostava de mim e me respeitava. Analisei tudo o que tem feito... Marcos!... — disse ela em desespero. — Eu não sei como fui aceitar! Quando vi, já estava casada!

— Você gosta dele? É capaz de amá-lo?

— Lógico! Eu amo o Alexandre! Mas como é que posso fazê-lo feliz?!

— Calma, não fique assim. Vocês só têm uma semana de casados e... O Alexandre é um bom homem. Acredito que tenha até se casado com você de caso pensado.

— Como assim? — encarou-o sem entender.

— Casados, ele poderá se aproximar de você, entende? Conquistá-la. — Marcos entendeu as intenções do cunhado e ainda aconselhou: — Poderão fazer uma terapia, sei lá. Isso vai ajudar, sabia?

— Às vezes — falou mais calma —, parece que esqueço tudo, quero ficar perto dele, abraçá-lo e... Mas tem momentos que não consigo me controlar. Ele se aproxima e entro em pânico.

— Vocês estão dormindo em quartos separados?

— Não. Como meu marido, ele disse que só teria essa exigência: que dormíssemos na mesma cama. Nada mais.

Um barulho no portão fez notar que Alexandre e Elói já haviam chegado.

Ao entrar, o rapaz se aproximou da esposa e afagou-lhe os ombros. Percebendo-a sentida, indagou quase sussurrando:
— Tudo bem?
— Sim, tudo — respondeu, disfarçando.
Alexandre se curvou, beijou os cabelos da esposa e perguntou baixinho:
— Vamos?
— Vamos sim — respondeu, levantando-se.
— Não! Fiquem para almoçar aqui.
— Oh, Marcos, agradeço muito — respondeu Alexandre —, mas é que já fiz alguns planos para hoje à tarde. Sabe, fiquei muitos dias sem sair de casa por causa do problema cardíaco, depois fomos viajar. Eu gostaria de dar uma volta pela cidade, pegar um cinema. Deixa esse almoço para outro dia.
De repente, Raquel lembrou e contou:
— Quase esqueci de dizer... Na próxima semana, irei ver a Bruna.
— Iremos — sorrindo o marido a corrigiu, colocando a mão em seu ombro e puxando-a para junto de si.
— Estou com tanto medo — ela revelou com certa timidez.
— Eu não! — tornou o esposo. — Estou ansioso. Não vejo a hora.
— Estou torcendo por vocês! — disse Marcos satisfeito. — Vai dar tudo certo, se Deus quiser!
Raquel se despediu do irmão e foi à procura do sobrinho para dizer adeus.
Os poucos minutos que ficou a sós com o cunhado, Marcos aproximou-se e deu-lhe um forte abraço ao mesmo tempo em que disse:
— Parabéns, cara... É difícil encontrarmos alguém assim como você...
— Eu?!... — não entendeu.

— Sim. Obrigado por tudo o que fez e está fazendo por minha irmã.

— Eu adoro a sua irmã — falou baixinho, com um toque de constrangimento. — Eu disse a você que cuidaria dela. Faço tudo por ela.

— É... Estou vendo.

Raquel retornou e convidou:

— Vamos?

♡

Enquanto o casal procurava um lugar para almoçar, a esposa dizia:

— Te contei que fui com a Rô a um Centro Espírita, né? Tenho gostado muito. Qualquer dia você vem comigo?

— Vou sim. Ela me deu dois livros que devorei. Depois levou outros lá no hospital. Li tudo. Adorei. Fiquei admirado com o conteúdo. Nunca havia encontrado informações tão lógicas e racionais sobre a existência do ser humano, sobre as experiências pelas quais passamos, as causas das aflições e os efeitos que sofremos pelo que provocamos. Comecei pelo O Livro dos Espíritos e O Evangelho Segundo o Espiritismo. Depois desses, ficou bem fácil entender os outros.

— Ah! Também estou lendo esses. Você já foi, alguma vez, lá na Sociedade Espírita?

— Só para buscar a Rô.

— E seus pais?

— Minha mãe é católica, mas lê e se interessa pelo Espiritismo. A Rosana brinca e diz que ela é uma católica-espírita. — Raquel riu e o marido continuou: — Meu pai simpatiza com essa Doutrina. Ele gosta de assistir às palestras, mas não faz os cursos que a Rosana fez.

— E você?

— Sempre arrumei desculpa pela falta de tempo. Mas, agora, estou disposto e muito interessado em aprender mais.

— Estou me sentindo tão bem indo lá.

— Fico feliz com isso. Tenho certeza de que fará bem a você. Vou começar a frequentar também.

— Vamos! — ela o encarou e riu.

♡

Na manhã seguinte, Raquel acordou ao som de um belo solado acompanhado pelo murmurinho da voz de Alexandre.

Logo depois de um banho, chegou à cozinha e não viu nada preparado. Ela fez um suco, tomou e levou um copo para o marido.

— Obrigado — ele agradeceu alegre. — Espero não te incomodar com a música.

— É lógico que não — sentou-se ao lado. — Gosto tanto...

— Sua voz é bonita, Raquel. Canta comigo? — pediu com jeito meigo.

— Acordei quase agora, ainda estou meio rouca. Canta você.

— Ah! É só no começo que sai ruim, depois que as cordas vocais aquecem, melhora a voz.

— Ah... Não. — disse com jeitinho, fazendo-se dengosa.

Alexandre tocou mais uma canção. Depois olhou para a esposa por algum tempo. Aproximou-se dela vagarosamente e a abraçou com ternura. Cuidadoso, beijou-lhe os lábios.

Raquel não disse nada e pareceu aceitá-lo sem receio. Mas, em seguida, ele se afastou. Sem entender, ela se sentiu contrariada. Não gostou.

— Estou pensando em chamar um projetista de móveis para fazermos o quarto da Bruna. O que você acha? — ele perguntou.

— Já?

— Temos de lembrar que isso não é tão rápido. Na próxima semana, vamos conhecê-la.

— Meu coração está tão apertado — confessou temerosa.

— Eu sei. — Breve instante e comentou: — Ela deve ser a sua cara.

— Por que você diz isso, Alex?

O esposo respondeu com sorriso e olhar meigo, mas sem palavras. Carinhosamente, aproximou-se mais e afastou seu cabelo do rosto fazendo-lhe um afago. O instante parecia mágico.

Com o olhar perdido em Raquel, Alexandre se lembrou do quanto a queria perto de si, sem sentir o medo de perdê-la. Agora, casados, estava mais seguro.

Suas almas se deixavam invadir por vibrações divinas, algo único e puro, chamado Amor.

A harmonia reinou naqueles breves minutos que pareciam eternos.

Órfãos do egoísmo, nada exigiam um do outro, cultivando e reforçando somente os preciosos talentos da compreensão, da paciência e do amor incondicional, verdadeiro.

Com o sorriso nos lábios e brilho nos olhos, Alexandre acariciou-lhe o rosto, dizendo baixinho:

— Eu te amo muito.

...e ouviu:

— Eu também amo você.

Raquel se aproximou e ele surpreendeu-se ao sentir seu abraço apertado. Ele a envolveu com carinho e a aninhou nos braços. O coração da esposa batia forte, mas nada dizia.

Em silêncio, ficaram assim por algum tempo até que o telefone tocou. Após ajudá-la a se sentar melhor, levantou-se para atender.

Raquel sentiu-se diferente, como que frustrada. Não gostou da interrupção. Sem demora, animado, ele retornou dizendo:
— Vamos até à casa da minha mãe? A Vilma está lá!

♡

Na semana que se iniciou, Alexandre voltou ao trabalho assumindo sua mesma função. Todos o cumprimentaram pelo casamento e ficaram curiosos em saber sobre o seu problema cardíaco. Por muitas vezes, teve de contar tudo de novo.

O senhor Samuel, diretor imediato de Alexandre, chamou-o em particular. Na sala da diretoria, relatou outra vez seu caso.

— E no meio de tudo isso você ainda teve de se casar?! Você é muito louco mesmo, hein! — brincou o sujeito rindo.

Alexandre sorriu e explicou à sua maneira:

— Minha situação com a Raquel era irregular, perante as leis. Vivíamos juntos. Não havia motivo para não nos casarmos legalmente. Esse susto me fez pensar muito a respeito.

— A Raquel não é aquela moça que trabalhava aqui?

— Sim. É ela mesma.

— Sempre gostei muito dela. É uma moça bem comportada. Não tínhamos comentários sobre sua vida. Aliás... Nem sabia que vocês viviam juntos.

— Procurávamos ser discretos — tornou Alexandre com suave sorriso cínico.

— E para quando é o herdeiro? — perguntou o homem em tom de brincadeira.

Alexandre não conseguiu se conter e orgulhosamente anunciou:

— O próximo eu não sei, mas já temos uma filha de três anos, isto é, vai fazer quatro em dezembro.

— Já?! Então, realmente estava mais do que na hora de vocês regularizarem a situação. E ela, está trabalhando?

— Não.

— Em breve, ela arrumará coisa melhor. — Após pequena pausa, o diretor disse: — Vamos ao que interessa. O caso é o seguinte: o seu gerente, o Luiz, volta de férias na próxima semana. Estamos com um grande projeto e um remanejamento no quadro. Queremos que você seja líder desse projeto e...

— Puxa! Que susto! — riu.

— Por quê?

— Pensei que fosse ser demitido. Depois de tanto tempo em férias...

— Filho, o seu setor é um inferno! Ninguém quer aquela encrenca e até entendemos por que você teve problemas cardíacos — gargalhou.

Ambos riram e o diretor continuou a explicar os planos.

♡

Devido ao excesso de trabalho, Alexandre começou a sair mais tarde do horário normal, pois tinha muito de organizar. Na sexta-feira, lembrou-se de que havia prometido à esposa que iria acompanhá-la ao Centro Espírita.

— Denise — pediu para uma funcionária que trabalhava sob sua supervisão —, hoje eu vou sair no horário, mas mantenha-me informado de tudo, tá?

— O pessoal do suporte técnico terminará a inclusão daqui a uma hora — disse ela.

— Ótimo! Nesse tempo, já estarei em casa. Ligue-me para contar as novidades. Quero planejar a implantação do sistema novo na segunda. Se instalarmos tudo de uma vez, nós nos livramos disso — disse, preocupado com o serviço.

Chegando ao apartamento, cumprimentou Raquel que o esperava.

— Oi! — disse, dando-lhe um beijo rápido e completando: — Já sei, estou atrasado! — Ela não disse nada, mas ele pôde perceber que estava sisuda. — Acho que nem dá tempo de tomar um banho, né? — tornou ele.

— Temos de pegar a Rosana ainda — falou com modos frios. — Eu não gosto de chegar atrasada.

Estranhando o jeito da esposa, Alexandre perguntou com modos brandos:

— O que houve, Raquel? Perdi alguma coisa? Aconteceu algo?...

— Não. Nada — disse friamente, ocupando-se para tentar disfarçar.

— Como nada? Por que você está assim?

— Telefonaram para você.

— Ah!... Então espere mais um pouquinho. Tenho de ligar para a empresa. Já sei o que é.

Enquanto ele conversava ao telefone, Raquel ficou atenta à conversa sem que o marido visse. Após um tempo, ouviu-o dizer:

— Lembra o que falei no almoço? Eu já sabia que isso aconteceria. Agora, é o seguinte: eles terão de dar um jeito. Não depende de nós. Isso precisa ficar claro. O problema é deles. — Denise disse mais alguma coisa e ele respondeu: — Eu já sei. Não estressa! É assim mesmo. — Após pequena pausa, concluiu: — Denise, segunda-feira conversamos. Creio que seja só isso. — Mais alguns segundos, ficou em silêncio ouvindo. Depois retribuiu: — Tchau! Obrigado. Outro!

Raquel, parada à porta, sentia-se esquentar. Enrubescida de raiva, não disse nada, mas Alexandre percebeu que estava diferente. O ciúme a envolvia sem que admitisse.

Emburrada, pegou no braço do marido como se fosse sua propriedade.

"Nunca vou admitir que ele tenha outra mulher" — pensava. — "Podemos estar casados só no papel, mas sou sua esposa. Quando ele me pediu em casamento, a proposta de que vivêssemos dessa forma partiu dele." — estava enfurecida, remoendo diversas ideias, supondo incontáveis tramas envolvendo a suposta traição.

Após pegarem Rosana, ela percebeu a cunhada diferente. Quando perguntou o que era, Raquel negou. Disse que estava tudo bem.

Já no Centro, novamente, agarrou no braço do esposo. Alexandre não entendia nada e deixava acontecer. A palestra evangélica daquela noite foi: "A indissolubilidade do casamento, traição e divórcio".

Ao saírem do Centro, virando-se para o marido, ela falou sentida e em voz baixa:

— Foi ótimo você ter vindo hoje. Essa palestra foi inteira pra você!

Alexandre olhou para sua irmã sem entender nada. Ele gesticulou com os ombros de jeito singular e seguiu de braços dados com a esposa.

Eles levaram Rosana para casa e, chegando ao apartamento, Raquel continuou agindo do mesmo modo: sem sorriso e sem palavras.

Após o banho e o jantar, Alexandre foi brincar com jogos em seu computador. Decidiu não dizer mais nada nem tentar saber o que se passava. Estava com a consciência tranquila. Raquel assistia à televisão sem prestar atenção no que via.

Vencido pelo sono, o marido foi até a sala e falou:

— Amanhã temos de levantar cedo. Você não vai dormir agora?

— Não — respondeu secamente. — Pode ir.

— O que houve, Raquel? Quer conversar? Você não é assim.

— Nada. Não houve nada — murmurou.

— Vê se não demora para ir dormir. Amanhã temos de sair cedo daqui.

Ela não disse mais nada e o marido foi se deitar. Bem mais tarde, ele acordou e não a viu no quarto.

— O que foi dessa vez?! — perguntou-se irritado.

Levantando-se foi até a sala à procura da esposa e encontrou o televisor desligado. A mulher estava encolhida, dormindo no sofá. Acendendo a luz, chamou-a com jeito brando:

— Raquel, acorda. — Viu-a se remexer e insistiu: — O que está acontecendo? Vamos conversar. O que foi?

A esposa se sentou e disse após alguns segundos:

— Quem é Denise?

Raciocinando rápido, imediatamente ele entendeu que tudo aquilo era por causa do telefonema. Paciente, perguntou com modos simples:

— Você não vai me dizer que toda essa cena, que vejo desde a hora que cheguei, é por causa daquele telefonema, vai?

— Você ainda não respondeu. Quem é Denise? — encarou-o firme.

— Ela trabalha comigo. Por quê?

— Ela ligou para cá umas três vezes, antes de você chegar, e não quis dizer quem era nem por que.

— Você está com ciúme disso? — segurou o riso.

— Não estou com ciúme! Só acho que você deveria me respeitar.

— O que eu fiz de errado? — tornou humilde.

— Você almoçou com ela, não foi?

— Sim. Por quê? — novamente demonstrou submissão.

— Se antes você almoçava com uma e com outra, tudo bem. Mas agora você é um homem casado. Isso não fica bem! — levantou, falando irritada.

— Raquel... Não tem nada demais. Pare com isso.

— Foi você quem começou! — aumentando o volume da voz.

— Ah, não! Como eu que comecei? — passou a se incomodar.

— Você saiu com essa tal de Denise, deu o telefone da sua casa e ela ainda liga aqui, várias vezes, sem dizer quem é! Aí, você retorna pra ela e diz, na minha frente, que na segunda-feira conversa com ela! Na minha cara!!!

Mais sério, percebendo que a esposa perdia o bom-senso, ele pediu gentil:

— Raquel, fale baixo. Não estamos brigando. — Em seguida, ponderado, disse: — A Denise me ligou por causa de assuntos do serviço. É uma funcionária nova, que faz parte da equipe de implantação de sistemas.

— Por que, antes de desligar, você agradeceu e disse: outro! Outro o quê?!

Contrariado, mas mantendo a paciência, Alexandre explicou, novamente:

— Ela me desejou bom final de semana e me disse: Um abraço! Eu devo ter dito: Obrigado. Outro. Creio que foi isso. Nem sei... — Mais sério, pediu: — Vamos parar com essa história. Já é madrugada. Vamos dormir, tá?

— Vou ficar aqui.

Ponderado, mas impondo na voz certa insatisfação, ele falou de novo:

— Raquel, vamos dormir lá dentro, por favor.

— Já disse! Vou ficar aqui! Não vou dormir naquele quarto com você!

Ele sentiu-se esquentar. A esposa agora, realmente, esgotou sua paciência. Alterado, afirmou:

— Ah! Vai sim!

Parecendo nervoso, tomando uma reação inesperada, até para ele mesmo, Alexandre segurou firme no pulso de Raquel e a levou para o quarto. Forçando-a a se sentar na cama, ele fechou a porta. Virando-se para ela, falou em tom baixo, porém firme e magoado:

— Vamos parar com essa história porque eu não sou moleque. Se tem alguém aqui agindo assim, é você!

Furiosa, dominada por sentimentos que nunca teve antes, Raquel se levantou, ergueu a mão e tentou dar-lhe um tapa, que foi detido antes de acertá-lo.

Alexandre segurou o pulso de Raquel por algum tempo no alto. Olhou-a firme nos olhos e depois a empurrou sobre a cama com força.

A jovem ficou assustada. Ela mesma não se reconhecia. Imediatamente, sua respiração ficou ofegante, seus olhos brilharam e o queixo tremia. Estava incrédula de si mesma.

Sério e decepcionado, disse com voz grave e firme:

— Nunca mais faça isso. Entendeu? Eu posso tolerar tudo de você, Raquel, menos agressão, mentira e traição. Coisas que jamais eu te faria. Casei-me disposto a tudo, mas a tudo que fosse bom para mim e para você também. Além do mais, sua atitude, por causa dessa porcaria de telefonema, foi igual a de uma criança. Pensei ter me casado com uma mulher. Só quero te lembrar de que o único pedido que te fiz como marido foi o de que dormíssemos na mesma cama, nada mais. — Breve instante e ainda disse: — Não traí você, nem em pensamento! Não quero e não vou traí-la, apesar de ter uma grande razão para isso! Mas... Se eu quisesse outras, nunca teria me casado.

Nesse momento, ela murmurou:

— Podemos pedir anulação do casamento se você...

— Pro inferno a anulação! — interrompeu-a com um grito. — Você não sabe o que está dizendo!

Ela começou a chorar e com a voz abafada justificou:

— Eu não sei por que fiz isso. Me perdoa, por favor...

Firme e parecendo calmo, ele prosseguiu:

— Como eu ia dizendo... O único pedido que fiz foi para que dormisse aqui, mas, antes disso, falei que jamais iria forçá-la a nada que não quisesse. Por isso, se eu sou tão desprezível e repugnante assim, pode ir dormir na sala ou onde você quiser. Por nada, desse mundo, vou deixar de dormir na nossa cama.

Ela entrou em crise de choro. Encolhendo-se, escondia o rosto, abafando os soluços involuntários e compulsivos.

Alexandre sentou-se na cama, apoiou os cotovelos nos joelhos, segurou a cabeça com as mãos. Incrédulo, ficou aguardando que ela decidisse algo.

Passados longos minutos, Raquel o segurou pela blusa do pijama e o fez olhar para ela. Encarando-o, ainda com os olhos úmidos, a face rubra e a voz rouca, entrecortada por soluços, ela pediu:

— Pelo amor de Deus... Me desculpa. Eu não sei por que fiz isso. Você... é a última pessoa no mundo a quem eu gostaria de magoar.

Alexandre ficou olhando-a e permaneceu em silêncio. Tudo o que precisava, já havia dito.

Puxando o esposo em sua direção, Raquel parecia implorar por um abraço. Não resistindo, ele se curvou e ajeitou-se ao seu lado. Tomou-a em seus braços. Sério e em silêncio, afagou-a por longos minutos. Sem resistir, beijou seus lábios como sempre quis e ela correspondeu.

Depois, afastou-a de si. Ainda sério, olhou-a e disse:

— Vamos dormir. Precisamos acordar cedo.

— Por favor... Você me perdoa? — quis saber, ainda sentida.

Alexandre, bem introspectivo, disse:

— Desculpe-me também, por favor. Não deveria ter te obrigado a vir pro quarto nem te empurrado sobre a cama. Não vai acontecer mais. Prometo. — Breve instante e afirmou generoso: — Eu te amo, Raquel. Quero que, antes de qualquer coisa, sejamos amigos. — Após pequena pausa, continuou: — Confie em mim. Quando tiver dúvidas, venha me perguntar, vamos conversar... Não faça mais isso.

— Eu não sei o que me deu. Como pude... Me desculpa?

— Claro — afirmou com voz mansa, mas um sorriso sentido, magoado.

Raquel ficou olhando-o e acariciou-lhe o rosto sem dizer mais nada.

Capítulo 19

Três corações entrelaçados

O dia seguinte anunciou-se com lindos raios de sol. A claridade parecia diferente. Alegre.

Após horas de viagem, Raquel e Alexandre chegaram ao educandário onde Bruna Maria vivia.

Lá, conheceram o lugar, que foi apresentado por uma freira. Em seguida, foram conduzidos até um pátio bem arborizado nas laterais e, no centro, revestido por lindíssimo gramado salpicado de florezinhas miúdas.

A freira fazia companhia ao casal que, de longe, passou a ver outra irmã trazendo pela mão uma garotinha.

— É aquela? — perguntou a mãe ansiosa.

— É sim — a freira afirmou sorridente.

Sem perceber, a esposa apertava o braço do marido e ele, sorridente, afagava-lhe a mão.

Em dado momento, Raquel se soltou do braço forte de Alexandre e foi à direção da filha para encurtar a distância, que parecia longa.

A pequena garotinha de lindos cabelos dourados, compridos e com belos cachinhos que balançavam ao andar da menina, apresentava doce alegria no rostinho tranquilo e sorridente.

A freira, que a conduzia, soltou a mão de Bruna, que correu em direção à mãe. Com lágrimas escorrendo pela face, Raquel se ajoelhou à espera de um abraço.

Não foi necessária nenhuma apresentação. Próxima, a menina parou sorrindo mais ainda. Afagou-lhe o rosto com sua pequena mãozinha e disse com voz suave e delicada:

— Você é minha mãe? Eu sabia que ia vim me buscar, mamãe. A tia me disse.

Raquel abraçou-a forte, apertando a filha contra si enquanto chorava muito. No momento seguinte, a menina começou a chorar também e a mãe teve de procurar se conter para não a assustar.

— Tudo bem, filhinha. Não chore não. — Raquel a olhava sem se cansar, passando-lhe a mão no rosto e nos bracinhos como quem não acreditasse naquele momento. Sem saber o que dizer, perguntou com voz mimosa: — Você está bem, filhinha?

— Tô! Eu sabia que você vinha.

— É! Quem disse? — tornou Raquel.

— A tia do sonho. — Sem demora, quis saber: — Por que você não veio antes?

— Porque a mamãe não pôde. Tive problemas. Um dia conversaremos sobre isso, filha — respondeu a mãe que já esperava por essa cobrança. — Agora, meu bem, vamos aproveitar esse momento, tá bom?

Sem que ninguém esperasse, Bruna, com sorriso ingênuo e delicado, perguntou olhando em direção a Alexandre:

— Mamãe, e o papai não vai me abraçar?

Ao ouvir isso, Alexandre apressou-se em direção das duas, ajoelhando-se ao lado da pequenina. Ele também não conseguia conter as lágrimas.

Estendendo-lhe os braços, a menina falou meigamente:

— Você é igualzinho no sonho, né, papai?

Em pranto, ele abraçou a filhinha enchendo-lhe de beijos e carinho.

Liberto das amarras da própria consciência, emocionado, recebia a filha verdadeira que, num passado distante, não reconheceu e abandonou.

Poucas palavras foram trocadas, porém não se pode dizer o mesmo quanto às emoções. Seus corações se entrelaçaram na mesma harmonia, felicidade e esperança.

O horário de visita escoou rápido e Bruna Maria chorou ao ter de deixá-los, mas recebeu promessas de visitas.

Raquel ficou aborrecida pela separação. Abraçada ao marido, não se importava com as lágrimas que corriam em sua face.

Em dado momento, a irmã Eunice, que conhecia toda a vida de Bruna Maria, comentou para a assistente social que acompanhava o caso:

— Como Deus coloca Suas mãos na hora certa. Sempre rezamos para que Bruna Maria encontrasse uma família. Na época em que ela foi levada pelo casal Ribeiro, não queria ir. Dizia que gostava deles, mas sempre nos falava que seus pais viriam buscá-la em breve. E não sabíamos de onde ela tirou essa ideia.

Alexandre ficou atento à conversa e muito interessado. A assistente social completou:

— É verdade. Quando perguntamos quem disse que os pais viriam buscá-la, ela respondeu que foi um anjinho. De outra vez, falou que foi uma tia em um sonho.

A freira riu e comentou:

— Por muitas vezes, a Bruna descreveu o senhor. Ela dizia que se parecia com a mãe, mas tinha os olhos do pai. Ela dizia que sonhava. A cada manhã, quando sonhava com o senhor, acordava contente e animada. Comentava que havia conversado com o pai e ele garantia que viria até aqui. Para que esperasse só mais um pouco e fosse uma menina boazinha. Sabe... Sempre acreditamos que era coisa da cabecinha dela. Conhecemos as crianças muito bem. Mas, confesso que estou impressionada, porque ela o descreveu direitinho.

A assistente social ainda completou:

— Há pouco tempo, logo depois que foi retirada do casal Ribeiro, pois tivemos de interferir, Bruna estava triste, muito quietinha. Então, fui conversar com ela. Pensei que estava assim por causa do problema com a adoção. Daí, perguntei o que era e foi quando me respondeu que estava triste porque não estava mais sonhando com o pai. Disse que ele estava doente. Depois de um tempo, contou que sonhou novamente.

— Mas eu fiquei doente mesmo — contou Alexandre.

— Ficou?! — indagou a freira surpresa.

— Ficou sim — respondeu a assistente, na vez de Alexandre.

— O que o senhor teve? — tornou a irmã.

— Tive um problema cardíaco e precisei ficar internado.

— Eu soube disso quando peguei o caso — tornou a assistente. Fiquei impressionada. Agora mais ainda por vê-la recebê-los tão bem e se identificando tão rapidamente com vocês. Isso é difícil. É como se os conhecesse há tempos.

— Eu também sonhei com ela — ele contou, mas não quis revelar detalhes.

Diante da surpresa, as mulheres não disseram nada. Raquel ficou calada.

Depois de conversarem sobre o agendamento de novas visitas, o casal se despediu e se foi.

Na viagem de volta, a esposa continuou quieta. Às vezes, sorria de leve e com o olhar perdido, parecendo recordar os poucos momentos que teve com a filha.

O marido só a observava em silêncio.

♡

Chegando ao apartamento, Alexandre sentou-se no sofá ao lado de Raquel e disse:

— Não falei que a Bruna se parecia com você? — riu. Com orgulho, afirmou: — Mas tem os meus olhos!

Ela o abraçou forte e continuou quieta.

Somente mais tarde, quando estavam deitados, a esposa falou:

— Obrigada por tudo, Alex. Eu amo você.

Ele sorriu e estendeu-lhe o braço, puxando-a para junto de si. A jovem acomodou-se em seu ombro e, abraçando-o, adormeceu.

Alexandre não conseguiu pegar no sono. Estava emocionado e feliz. Não gostaria que aquela sensação passasse.

♡

No dia seguinte, na casa de seus pais, Alexandre contava a todos:

— Bruna é a cópia da Raquel, mas tem os meus olhos — ria.

— Vocês tiraram fotos, não foi? — perguntou dona Virgínia.

— Sabe, mãe, levamos a máquina só que... Puxa! Foi tanta emoção que esquecemos. — explicou, chateado.

— Egoísta, você, né? Como pôde fazer isso com a gente? — disse Rosana, contrariada. — Compra outro celular. Tem modelos novos que já tiram até fotos. — Ninguém lhe deu atenção.

— Estou ansioso, não vejo a hora de conhecê-la — confessou o senhor Claudionor.

Dona Virginia e Raquel continuaram conversando, enquanto o senhor foi para outro cômodo. Rosana disse que não estava bem e foi para o quarto e o irmão resolveu ir atrás.

— O que foi, Rô? Dor de cabeça outra vez?
— É... Estou tão enjoada ultimamente. Não venho me sentindo muito bem.
— Precisa ir ao médico, Rô. Isso não é normal. — Em seguida, o irmão riu e perguntou com jeito maroto: — Huuum!... Enjoo, é?!... Não seria, por acaso, o meu sobrinho o causador desse mal-estar?
Rosana riu gostosamente e respondeu:
— Que pena! Não é não. Já pensou se fosse?
— Nem brinca, Rô. A mãe morre.
— Morre nada. O chilique seria só no momento da notícia. Depois...
— É melhor você procurar um médico.
— Isso passa, Alex. É por causa da temporada de provas. Está sendo muita pressão. Tem dia que dá vontade de matar um professor que tenho lá, sabe? Mas nem vale a pena relembrar. — Sem demora, mudou de assunto, perguntando: — E você, como está?
— Ah... Nem te contei, né? A Raquel teve uma crise de ciúme.
— Jura?! — surpresa, ficou interessada.
— Ela atendeu uma ligação do serviço, que era pra mim. Só que a mulher não falou direito quem era e a Raquel ficou louca da vida comigo.
— Ah! Que legal! — falou animada.
— Na hora não foi tão legal assim — fechou o sorriso. — A Raquel foi dormir na sala. Fui falar com ela e... Sabe, no começo, até estava achando graça, mas depois ela começou a perder o bom senso. Acabamos brigando e tive de falar alto. Não gosto disso.
Ele deteve as palavras e a irmã perguntou:
— O que foi, Alex? Você não a maltratou, né?
— Puxa, Rô... Fiquei nervoso. Ela me acusava ostensivamente. Tive de dizer algumas coisas e acabei chamando-a

de criança. — Pensativo, completou: — Não esperava aquela reação e... Confesso que me surpreendi e, até agora, estou chateado.

— O que aconteceu?

— Você acredita que a Raquel tentou me dar um tapa no rosto?

— Um tapa?! A Raquel?! — estranhou, incrédula.

— Um tapa sim. Ela se transformou. Parecia que não era ela.

— Meu Deus... Nem acredito nisso. A Raquel só poderia estar envolvida.

— Sei lá... Isso não pode ser desculpa. Creio que todos nós precisamos ser responsáveis pelo que fazemos e ter bom senso. Já imaginou culparmos os espíritos por tudo?

— O tapa acertou você?

— Não. Quando ela ergueu a mão, segurei seu braço... Depois fiquei até com medo porque me deu uma coisa... Apertei tanto o pulso dela, que pensei que a tivesse machucado. Joguei-a sobre a cama com um empurrão e falei um monte de coisa. Puxa... Me senti tão mal depois — confessou lamentando.

— E ela?

— Primeiro falou em anular o casamento. Daí eu dei um grito... Nem sei o que falei direito. Nunca fui agressivo com ela. Ainda estou me sentindo mal com isso. Por fim, acabamos nos entendendo. Ficou tudo bem, mas...

— Agora fica mais fácil, Alex. Vão a um psicólogo. Vocês precisam de ajuda profissional.

— Eu sei. Mas sabe por que estou adiando? — Sem esperar pela resposta, completou: — Para não termos complicações que possam prejudicar a guarda da Bruna. Podem querer dizer que ela não tem equilíbrio emocional por fazer terapia. Sei lá... Tenho medo de qualquer coisa que possa prejudicar esse processo.

Rosana pensou e argumentou:

— Só não gostei de ela erguer a mão para agredir você. Raquel não é disso.

— Também... Fui muito duro com ela.

— Qualquer tipo de agressão é falta de respeito. Você também errou.

— Eu sei... Pensei nisso também. Não foi certo. Nossos pais sempre foram exemplos para nós. Nunca vimos brigas ou qualquer tipo de agressão ou abuso entre eles. Sempre se respeitaram.

— É verdade. Nunca vou admitir ninguém me tratar menos do que o pai trata a mãe. Aconteça o que acontecer, de hoje em diante, jamais agrida sua mulher com palavras ou fisicamente. Nunca! Entendeu?

— Para com isso... Lógico que não.

— E jamais traia sua mulher! Entendeu também?

— Se fosse para ter outras, não teria me casado. Eu estava ciente de todas as condições dela, quando a pedi para se casar comigo.

— Ótimo! Aconteça o que acontecer. Separe-se, divorcie-se! Mas nunca traia. Não existe coisa pior do que ter a consciência pesada quando se está ao lado de alguém.

— Como sabe disso?

— Trago de outras vidas. Só pode. Não suportaria ser traída nem trair. É muita pobreza de espírito. — Um momento e alertou: — E deixe de ir almoçar com as outras mulheres do seu serviço! Entendeu?

— É... Comecei a pensar que não fica bem mesmo.

— Lógico que não fica bem, sua toupeira! Pode acabar se envolvendo em fofocas que vão pegar mal no seu trabalho, atrapalhar seu casamento e tirar sua paz. Pra que isso?! É tão necessário assim ficar conversando com outras fora da seção? Se antes de casar, você almoçava com uma e com outra, sem problemas, mas agora!...

Ele sorriu. Não disse nada.

Encarando-o, ela sorriu e abriu os braços em busca de um abraço e o irmão a envolveu. Realmente, Alexandre e Rosana eram grandes amigos e confidentes.

Ele sabia que, com seu coração bondoso, a irmã procurava orientá-lo sempre para o bem e apoiá-lo em todas as ocasiões.

♡

Com o tempo, o quarto de Bruna estava sendo preparado no apartamento de seus pais. A menina já havia feito algumas visitas com a permissão do juiz. Raquel se achava maravilhada e experimentava uma alegria que jamais pensou ter.

Não parava de falar com Alexandre sobre sua felicidade por ter a filha. Contava seus planos e sonhos para elas. Com isso, aproximava-se do marido sem perceber. Deixando-se ficar em seus braços, recebia seus carinhos sem aquela tensão de antes.

Ela escreveu para sua mãe, falando que estava bem e havia se casado com um homem muito bom. Disse que superou muitas dificuldades, mas agora sua vida andava harmoniosa. Raquel falou sobre Bruna Maria e que, graças à ajuda de Alexandre, começou a olhar a menina como sua filha, como parte dela mesma. Sabia que a garotinha precisava de seu amor, afeto e atenção. Reconheceu que a pequena era uma dádiva sagrada, que Deus lhe confiara aos cuidados. Relatou que os sogros a tratavam como filha e também a auxiliaram muito. Afirmou que seu marido se intitulava pai de Bruna Maria e que ninguém dissesse o contrário. Ainda declarou que as experiências de dor e sofrimento, estavam sendo substituídas por alegria e amor verdadeiro. Lamentava a ausência da mãe, reclamando da distância e da saudade.

Com a carta nas mãos, dona Teresa interrompia a leitura pelas lágrimas e forte emoção. Parava também para olhar a foto de Raquel, Bruna e Alexandre, o que fez incontáveis vezes.

Agradecia a Deus pela filha estar bem. Mas, ao mesmo tempo, deixava-se dominar pelo orgulho. Usaria o êxito de Raquel como forma de vingança e tortura.

A mulher possuía um coração repleto de mágoa e ódio, agora, transformando-se em uma criatura cruel, tal qual aqueles que, de alguma forma, feriram-na no passado.

Mais uma vez, procurou pelo sogro que, na cadeira de rodas, foi abandonado na varanda da casa grande, perdido nos próprios pensamentos, que começavam a cobrar sobre suas atitudes e práticas do passado.

— Bah! Boleslau! — chamou dona Teresa com voz irônica. — Veja isso, tchê!... Olhe a foto da minha Raquel! Bah! Esse ao lado dela é o marido, tchê. Barbaridade, tchê! Um homem de verdade! É de cair os butiás do bolso, só de ver isso, não é, bah?! — quis dizer que era de se admirar. Após pequena pausa, segurando a fotografia na frente do sogro, continuou: — Bah! Sabe quem é essa guria aqui, tchê?! Loirinha e de olhos azuis? É a Bruna Maria. Essa guria linda é sua bisneta e também sua neta, bah! Nasceu nove meses depois de tu expulsar a Raquel desta casa maldita, depois que o cusco de teu filho a brutalizou.

Ela silenciou, depois prosseguiu:

— Barbaridade! Eu me lembro muito bem, tchê, que o tal namoradinho, aquele que vocês acusaram que a Raquel havia se envolvido e fugido, era um negro. Lembra, bah?! O guri era coleguinha dela e ajudava com as compras, quando ela ia buscar algo pra mim. Carregava as coisas e isso até gerou um ciúme dos irmãos. Mas sabe, meu sogro — continuava Teresa com voz irônica —, não sou entendida, tchê. Mas se essa guria, fosse filha daquele negro, não seria assim não, bah! Seria não!

Andando vagarosamente em torno da cadeira de rodas, fazia com que seus passos soassem nas tábuas que, às vezes, rangiam, e marcassem o compasso de seu caminhar. Com expressões graves, prosseguiu:

— Sabe, Boleslau, o teu filho, o Ladislau, é um verme! Bah! Raquel é filha dele, tchê, sabia? — O homem arregalou os olhos e tentou murmurar algo, mas Teresa não se importou. — Após ter traído o Cazimiro, eu quis morrer. Quando soube que estava grávida desse cusco, não tirei a criança porque o vigário da paróquia me disse que esse era um pecado maior do que o da traição, bah! Da forma como falou, tive medo e deixei a Raquel nascer. Mas, pela segunda vez, enganei o Cazimiro, dizendo pro meu marido que aquela criança era dele. Bah! Meu esposo, em vida, nunca soube, tchê.

Em sua cadeira de rodas, o sogro ficou perplexo com o que ouvia. Não conseguia se manifestar. Boleslau estava preso à mercê da nora.

Teresa parou. Com o olhar perdido no horizonte, trazia a visão embaçada pelas lágrimas que se formavam. Pela primeira vez, contava toda a sua verdade a alguém da família.

— Certa vez, bah — continuou Teresa —, Raquel era menina e me reclamou dos carinhos do guaipeca do tio, que era seu pai. Fui falar com ele. Na conversa disse que Raquel poderia ser sua filha. Bah... O cusco nunca me perguntou, mas eu sei que Ladislau entendeu. Barbaridade, Boleslau! O crápula e asqueroso do teu filho, não teve moral, não foi homem, pois só um animal faria o que ele fez, tchê! Quando Raquel, naquele dia, chegou aqui... Bem aqui ó! — exclamou, apontando os degraus que descem da varanda para o terreiro.

— Toda machucada e chorando, dizendo o que aquele verme

fez com ela, tu não acreditaste, tchê! Bah, miserável! Velho desgraçado! Tu bateste de tira de couro na minha guria e a tocou daqui. Bah! Fiquei tão desesperada que não sabia o que fazer. Bah... Nem tive a coragem de ir-me junto com ela, que era o que eu deveria ter feito!

Teresa não percebeu, mas lágrimas corriam no rosto enrugado e torcido de seu sogro. Como um desabafo, ela continuou:

— Tempos depois, bah... Raquel me procurou e contou que estava morando nas ruas e que achava que estava prenha daquele cusco. Bah!... Pensei que eu fosse morrer, tchê. Passei mal e me afastei de minha guria. Mais uma vez, não tive coragem de ajudar minha menina. Deixei a guria na crueldade do mundo, bah. Sabe-se lá o que aconteceu depois, tchê. — O silêncio se fez, longo e profundo. Mas, Teresa continuou: — Sabe por que tudo isso aconteceu, seu velho miserável? Foi porque tu criaste o teu filho ensinando mal, ensinou que para ser homem deveria dominar uma mulher. Bah! Foi tu, velho desgraçado, que ensinou aquele verme cusco a ser sujo, imundo, nojento! — gritou, impiedosa.

A nora silenciou um pouco e observando as lágrimas que corriam no rosto de seu sogro, falou:

— Bah! Chora, desgraçado! Arrependa-te, tchê, de tudo o que tu fizeste pra mim e para minha guria! Foi esse o resultado de tudo o que tu ensinaste para o teu filho! Além de conquistar a mulher do irmão, o cusco violentou a própria filha. — Estava furiosa. Com mágoa no olhar, ela ainda lembrou: — Bah! Um dia, o Tadeu, meu filho, estava com o guri dele no colo e perguntando onde ficava isso e aquilo, depois, disse pro guri, que tinha que ser macho e tinha que aprender a mostrar aquilo, tchê. Num minuto de loucura, bah, eu levantei e dei um tapa na boca do Tadeu na frente de todo mundo, bah! Por ser criado pra me respeitar, Tadeu não falou nada e eu disse que o homem que fez o que fez com a irmã dele, foi criado daquele jeito! Bah! Aquilo que estava fazendo não iria firmar o caráter do guri. Ele estava era colocando em dúvida se o guri era homem ou não. Bah! Sabe, Boleslau, não posso só culpar aquele verme por tudo o que ele fez à minha filha, culpo também a tu que o educou. Deus foi tão justo que deu à minha Raquel uma guria perfeita. — Rindo, ainda lembrou: — Bah! Como castigo, o cusco do Ladislau perdeu as suas gurias naquele acidente onde perdeu uma perna e metade da outra, tchê. Viveu pra saber que matou as filhas, bah! Agora, tchê, como louca, a mulher o inferniza o tempo inteiro, dizendo que é ele o assassino das filhas, tchê. — Teresa riu alto. — A minha neta tem um pai de verdade, um faixa, tchê! — faixa, quis dizer que é boa pessoa. — Minha guria tem um marido tridigno! Uma família que a trata bem, tchê! Eu sei disso porque o Marcos me contou. Bah! Ele disse que a família do marido a trata tão bem que nunca viu igual. — Encarando o sogro, ainda falou com olhar vingativo: — Bah! Deus é tão bom que prendeu tu nesta cadeira só pra me ouvir pelo resto da tua vida, bah! Porque tudo o que tu me fizeste padecer, tu não vais só lembrar quando morrer e for para o inferno não, bah! Vai começar a lembrar desde já e começar a pagar pelas barbaridades, agora, enquanto vive aí. Bah!

Teresa, quando mais nova, chegou a apanhar de seu sogro por não cumprir suas exigências e tarefas ou até não acompanhar os costumes da família.

Era comum, o forte e autoritário Boleslau agredir a mulher, os filhos, as noras, os netos e os empregados com brutalidade. Seria difícil Teresa perdoar-lhe, pois se sentia muito magoada.

Apesar de tudo, nada justificava aquela tortura emocional que ela, erroneamente, praticava contra o homem, hoje, indefeso.

Um erro não justifica o outro. Precisamos aprender a perdoar. Deus não nos faz porta-vozes da Sua justiça.

♡

Tudo acontecia muito rápido. Alice e Valmor enfrentavam sérios problemas. Ele havia sido demitido da empresa aérea e ela, não satisfeita, praticamente, tinha de sustentar a casa sozinha. Por isso, reclamava constantemente da situação.

A idade do companheiro era um empecilho para arrumar novo emprego. As dificuldades com o processo e audiência para o divórcio geravam conflitos, preocupações e desentendimentos.

Nílson ainda estava preso. Somente o pai ia visitá-lo. Alice nunca foi ver o filho preso nem mesmo o outro que vivia com o Marcos.

Na prisão, o rapaz enfrentava humilhações e maus-tratos. Era visível seu arrependimento. Agora, reconhecia a importância de se ter uma boa conduta e moral, respeitando os outros.

Marcos aproveitava os períodos de visita para falar sobre honestidade e o valor de uma vida digna. Nílson prometeu para o pai que agiria melhor quando saísse dali. Por sua vez, o pai lhe dava todo o apoio.

♡

O mês de dezembro havia chegado com toda a sua alegria. Todos se sentiam felizes e se preparando, não só para as festas do final de ano, mas também para o primeiro aniversário que Bruna passaria com a família. Pelo fato de a menina fazer aniversário na véspera do Natal, foi decidido que sua festa seria feita um dia antes, na casa dos pais de Alexandre, onde tudo estava sendo preparado com delicadeza e encanto.

Dona Virgínia se encarregou de convidar as crianças vizinhas, filhos e netos dos amigos. No dia tão esperado, tudo se achava muito animado.

Alexandre tinha de ir, vez e outra, até o portão receber os convidados que chegavam. Mas, em uma das vezes, para sua surpresa, sua ex-noiva Sandra surgiu, repentinamente, atrás de um dos convidados. Após entrar alguns passos, ela disse:

— Faz tempo que quero falar muito com você.

Raquel viu a cena e foi até lá. Observou que somente Sandra falava. Quando se aproximou, ouviu:

— Essa é sua mulher? — indagou, mas Alexandre não respondeu.

— O que está acontecendo aqui? — a esposa perguntou séria, com modos simples.

Voltando-se para a jovem, a mulher se apresentou, estendendo-lhe a mão:

— Olá, Raquel. Meu nome é Sandra. Desculpe-me, mas... Faz algum tempo que tento falar com o Alex. Para mim, isso é muito importante.

— Quero que vá embora daqui! — Alexandre determinou com voz grave. — Não temos nada para conversar. — Após segundos, disse em voz baixa e pausada. — Só não te coloco para fora, porque não quero estragar o aniversário da minha filha. Por isso, peço, gentilmente, que vá embora.

— Não posso tirar a sua razão. Depois de tudo o que fiz... Tem todo o direito de não querer falar comigo, mas...

— Fora daqui... — sussurrou o rapaz, intimando-a.

Raquel falando baixinho para não atrair a atenção, pediu:

— Alexandre, calma. — Virando-se para a ex-noiva do marido, explicou: — Sandra, por favor... Essa conversa pode ficar para outro momento. Hoje não é o dia adequado. Veja... Temos muitos convidados, não ficaria bem. Acredito que você tem bom senso e que pode me entender.

— Verdade... Eu entendo sim. Não tinha me dado conta e... Obrigada, Raquel.

— Agradeço por compreender.
Sandra sorriu e se foi.
Alexandre fechou o portão e encostou-se nele. Olhando para a esposa, perguntou:
— O que será que fiz para essa criatura? Só quero viver em paz!
— Você está bem?
— Estou ótimo. Isso não vai estragar esse dia.
Alexandre a abraçou e voltaram para a festa, que se achava muito divertida com os enfeites, brinquedos e os animadores contratados.
À noite, Bruna Maria estava exausta e os pais mais ainda.
Raquel escondia seus pensamentos. Ficou muito curiosa e interessada em saber o que Sandra gostaria de conversar com Alexandre. Por que aquela insistência? Pensou até em procurá-la, mas o que diria?
Após refletir muito, resolveu não fazer nada. Ela e o marido viviam bem, decerto, Sandra não teria boas coisas para dizer. Decidiu não fazer nada. Quando tivesse oportunidade, conversaria com Rosana. Certamente, a cunhada saberia orientá-la.

♡

Na manhã seguinte, acordaram com a filha alegre e sorridente, pulando sobre as cobertas.
— Vamos, papai! Vamos! Você me prometeu que hoje me levava na piscina da casa do vovô. Ontem não podia porque eu estava arrumadinha. Vamos!
— Hoje não vou negar nada a você. É seu aniversário. Mas ainda é tão cedo! — dizia com voz carinhosa. — Ainda está frio...
— Ah! Vamos, papai! Vamos pular pra esquentar!
— Não, para esquentar, vamos fazer um sanduíche!

Quando Raquel pensou: "Que sanduíche?" Ela só viu Alexandre enrolando Bruna nas cobertas e mordendo-lhe de brincadeira, fazendo um barulho como se estivesse rosnando. A menina se divertia e de tanto rir, não se conteve e os três ficaram molhados.

— Bruna! Olha só... Você fez xixi! — reclamou a mãe ao ver seu colchão.

Eles levantaram. Após arrumar o que precisava, Raquel lembrou-se de que prometeu ajudar a sogra com a preparação da ceia de Natal. Conforme combinado, todos estariam reunidos na casa dos pais de Alexandre.

— Vamos logo, gente! Precisamos ir ajudar o pessoal. A vovó está esperando.

— Que bom! Mais festa! — alegrava-se a pequena Bruna, que não largava de Alexandre.

♡

A temperatura esquentou. O dia ficou ótimo para um banho de piscina. Marcos e Elói foram convidados e estavam lá. Muito animadas, as mulheres se reuniam ocupadas com alguns preparativos. Desejavam tudo perfeito. Riam e se divertiam com brincadeiras e piadas. Dona Virgínia, próxima da nora, perguntou ao se lembrar:

— Raquel, o Alex disse que sua mãe escreveu?

— É verdade! Fiquei tão feliz!

— Por que vocês não a chamaram para vir passar o Natal aqui?

— Nós convidamos sim. Mas ela não aceitou. Deu algumas desculpas e não quis vir. Não sei o que prende minha mãe àquele lugar.

— Você irá visitá-la?

A nora parou pensativa e respondeu sem animação:

— Sinceramente, não gostaria de voltar lá.

— Mas é sua mãe... Ela precisa ver você, a netinha, conhecer o Alex.

— Eu sei... Mas... Quem sabe ela decide vir para cá e...

Nesse instante, Alexandre chegou e abraçou-a pelas costas, beijando-lhe o rosto.

— Você está molhado, gelado! Alex! — reclamou Raquel, sorrindo e brincando.

O senhor Claudionor e a esposa viram e apreciaram ver o casal se dando bem, mas não disseram nada.

Pouco depois, quando encontrou o filho estendido ao sol, o pai ofereceu-lhe um copo com suco e puxou conversa.

— Como está lá na empresa?

— Bem — respondeu com simplicidade.

Percebendo que o rapaz não conseguia encará-lo devido ao sol, pediu, estapeando uma cadeira ao seu lado.

— Vem, sente-se aqui. — Ao vê-lo se acomodar, foi direto ao perguntar: — Não quer deixar aquele trabalho e vir comigo para novos empreendimentos? — sorriu.

— Você vai aumentar a agência de turismo?

— Pretendo. Mas só se tiver você ao lado.

— Bem... Depende — tornou Alexandre.

— Do quê?

— Não queria mudar de estado. Veja, você já mandou o Wálter para o Rio de Janeiro — riu.

— Ora!... Não fui eu não! Tudo aquilo foi ideia dele e que, cá pra nós, foi ótima!

— E você fica daqui só coordenando tudo e recebendo, né?! — riu, brincando ao falar.

— Já dei muito duro, Alex. Agora é a vez de vocês.

— Já pensei em largar aquela empresa aérea. Tem dia que quase fico louco. Agora estamos sem gerente. Isso aconteceu no meio de um novo projeto. Um cara lá foi demitido e... — Alexandre se deteve. A certa distância, viu Marcos brincando com o filho. Queria ter certeza de que poderia falar sem que ele ouvisse. — Sabe o cara, amante da Alice?

— Sei.

— Foi demitido e o gerente do meu setor, foi requisitado para substituí-lo. Agora, tudo ficou nas minhas costas. Não estou gostando. Tenho de ficar além do horário, telefonam pra mim, em casa, com frequência... Não tenho sossego. E ninguém fala de aumento de salário ou de promoção, entende? Agora que a Bruna já está com a gente e estamos mais tranquilos, estou pensando em deixar esse emprego. Mas não sei ainda. Vou ver se tiro férias... que está vencida... Quero pensar bem.

— Hoje não é dia para falarmos sobre isso. Espera passarem as festas e vamos sentar para conversar. Chamaremos o Wálter e, juntos, estudaremos essas mudanças. Tenho muitas ideias que podem ser boas. Quero a opinião de vocês.

— Tudo bem.

— Alex... — mudou de assunto. — Fiquei impressionado de como a Bruna se adaptou rápido com vocês e conosco. Tenho de admitir que fiquei temeroso, afinal, ela parece que não aceitou muito bem o casal que tentou adotá-la. Pensei que teríamos muito trabalho com essa adaptação.

O filho sorriu afirmando:

— Cada vez mais eu acredito nos laços espirituais que possuímos uns com os outros, pai. Somente isso explica essa aceitação, essa adaptação tão perfeita entre nós. Tudo foi muito simples. Eu a sinto como minha filha. Bruna é minha filha! — sorriu. — Não sei se você é capaz de entender.

O homem sorriu. Percebeu que o filho se esqueceu de que, aos olhos do mundo, ele também era pai adotivo.

— Em nenhum momento eu posso dizer que estou arrependido — afirmou Alexandre. — Em nenhum instante, senti a Bruna insatisfeita ou infeliz. Quanto ao gênio, a personalidade, ela é semelhante à Raquel, muito doce.

— Ela não perguntou por que ficou esse tempo no orfanato?

— Perguntou sim. A Raquel disse que, no começo, assim que ela nasceu, teve dificuldades, era muito pobre e nem tinha onde morar e precisou deixá-la com aquelas tias, até melhorar de vida.

— Ela não perguntou sobre você? Onde você estava?

— Nós explicamos que tivemos alguns problemas e que, quando ela crescesse mais, poderia entender melhor. Depois disso, até agora, Bruna não nos fez mais nenhuma pergunta.

— Você vai contar que não é pai dela?

— A Raquel quer contar. Eu não. Prefiro que acredite que sou seu pai.

— Não tem medo de que alguém revele? Pense bem.

— Dependendo do tipo de pai que eu seja, creio que não terei problemas, principalmente, por ela ser muito doce, generosa, compreensiva. — Alexandre lembrou, sorriu e comentou: — Quando eu soube que era adotivo, fiquei triste por ter sido rejeitado, mas feliz por ter você como meu pai — olhou-o e sorriu. — A forma como me criou, os exemplos que me deu tiveram valores imensos. Acabei ficando com raiva da tia Jacira que me contou, de repente, como se quisesse me ver sofrer, me magoar. Tem gente que parece fazer certas coisas por prazer na maldade.

— Eu lembro... Você tinha oito anos. Fiquei tão furioso que não conversei com ela por uns cinco anos. Sua mãe chorou como uma condenada — riu. — Pense bem, filho. Eu sei que você pode dizer que conheceu a Raquel há alguns anos. Que ela ficou grávida. Se afastaram porque você tinha uma noiva. Então, ela teve a menina sozinha. Somente agora, depois desses anos, se encontraram e decidiram ficar juntos... A maioria da nossa família pode acreditar, mas...

— Você está sabendo também, né? — abaixou a cabeça e riu.

— Quem inventou essa história notável, você ou a Rosana? Sim, porque...

— Nenhum de nós!

— Como não?! Seus tios vieram me falar que você e a Raquel namoraram, enquanto você e a Sandra tinham compromisso. Que seu noivado acabou quando tudo veio à tona e a Sandra descobriu. A Raquel também soube e desapareceu, sem contar que estava grávida, ela não sabia que você era noivo, quando se envolveram. Mas agora se entenderam e você resolveu assumir a filha. — O pai riu e completou: — Ainda disseram que a Bruna tem alguns traços seus e a cor dos olhos não pode negar.

— Já estou sabendo disso, mas não fui eu nem a Rô.

— Quem foi então?!

— A mãe e a Vilma. Elas disseram que todos estavam fazendo muitas perguntas e para acabarem de vez com os boatos tiveram essa grande ideia. Fiquei quieto, até porque, isso será bom para a Bruna. Os amiguinhos ou os primos de segundo grau não vão ficar implicando com isso. — Depois de alguns segundos, Alexandre sorriu ao dizer: — Sabe que eu gostei da história!

— Tomem cuidado. Sejam precavidos. Existem pessoas maldosas que não gostam de ver o bem-estar das outras. O Marcos talvez não diga nada, mas existem outros parentes da Raquel.

— Eu sei, pai. Mas... — Breve instante e contou: — Na próxima semana, vamos a um psicólogo.

— Já marcaram?

— Sim, já. A Rosana nos falou de um colega do primo do Ricardo, mas eu não gostei. Depois, ela me indicou uma associação de psicólogos espíritas. Liguei pra lá e consegui o telefone de outro profissional. Marquei. Já fui conversar com ele.

— Já?! — admirou-se o senhor.

— Sim, eu já. A Raquel ficou com vergonha e não quis ir. Depois, quando voltei e contei como foi, ela se arrependeu de não ter ido e aceitou. Disse que iremos juntos da próxima vez. Poderemos conversar sobre o assunto da Bruna também e... Vamos buscar todos os recursos e orientações.

— Que bom. Fico feliz por vocês.

— Estou confiante, pai. Vai dar certo. Às vezes, vejo que, mesmo sem ter orientação ou coisa assim, já tive certo progresso.

O pai sorriu e disse:

— É!... Realmente eu eduquei um homem digno. Tenho orgulho de você, filho.

— Tenha orgulho de você também pai. Sou o que sou graças ao que aprendi com você. Segui seus exemplos.

A mando dos priminhos, Bruna chegou de repente e, com um brinquedo, começou a espirrar água nos dois. As outras crianças correram e saíram para se esconderem. A distância, Raquel viu, aproximou-se e, com modos simples, repreendeu a filha:

— Bruna! Não faça isso com o vovô.

— Ah! Quer dizer que com o papai pode?! — Alexandre reclamou. Querendo brincar, agarrou a esposa para jogá-la na piscina.

Raquel se surpreendeu e gritou, entrando em pânico. Segurando-o com tamanha força a ponto de arranhá-lo com as unhas:

— Não!!! — pediu ela apavorada, após o grito de medo.

— Calma — pediu ele surpreso e arrependido, colocando-a no chão. — Está tudo bem. Sou eu. — Pelo susto, a mulher começou chorar discretamente, procurando se conter. — Calma... Tudo bem. Estou aqui. — disse brando, abraçando-a.

A jovem estava pálida. Sentiu-se muito mal, como se fosse desmaiar. Abraçada ao marido, falou com voz fraca:

— Não estou me sentindo bem — fazia de tudo para disfarçar.

Alexandre a envolveu, levando-a para dentro da casa.

Bruna, sem compreender o que estava acontecendo, passou a chorar por ver a mãe reagir daquela forma. Abaixando-se, o pai de Alexandre pegou a pequena no colo e procurou confortá-la.

— Não foi nada, filhinha... — dizia o avô carinhoso. — O papai só brincou e a mamãe se assustou, viu? Não chora não — foi à procura da esposa para que ajudasse a consolar a menina.

Em um dos quartos, Alexandre fez sua mulher se sentar e ficou ao seu lado.

Havia tempos que Raquel não agia ou chorava daquela forma.

Dona Virgínia chegou trazendo um copo com água açucarada, que o filho entregou para a esposa. Ao vê-la mais tranquila, ainda a seu lado, falou arrependido:

— Desculpe, Raquel... Foi sem pensar. Eu estava brincando.

Ela se recostou em seu ombro procurando amparo e respondeu em voz baixa:

— Não foi culpa sua. Sou eu... — disse e o abraçou.

Olhava-a com carinho, percebendo que, a cada dia, ela se reconfortava nele, naturalmente.

— Vou lá buscar a Bruna. Ela ficou assustada. É melhor que te veja bem.

Ao voltar com a filhinha no colo, colocou-a nos braços da mãe. Raquel forçou-se a sorrir.

— Não chora, mamãe.

— Não estou mais chorando, filhinha.

— O papai tava brincando.

— Eu sei. A mamãe estava distraída... Acabei me assustando muito. Mas já passou.

Emocionado, Alexandre abraçou as duas como se fossem seu maior tesouro.

♡

A noite chegou. Pouco antes da ceia, os parentes estavam reunidos e animados.

Raquel parecia ter se recuperado do susto, mas pouco se alimentou. Embora não tivesse comentado, não se sentia bem. O marido percebeu, mas não disse nada. Rosana, animada com a presença dos futuros sogros, não prestou atenção na amiga.

Dona Virgínia notou algo estranho com a nora e foi falar com ela.

— Raquel, você está bem?

— Estou com uma dor de cabeça horrível — forçou-se a um sorriso.

— Por que não falou, menina? Vem cá que vou te dar um remédio. — Foram para a cozinha. A sós, a senhora decidiu perguntar: — Foi por causa do susto, né?

— Não foi culpa do Alex. Ele só estava brincando.

— Procure ajuda, filha. Você não precisa viver com esse fantasma. — Os olhos da moça se encheram de lágrimas, que quase transbordaram. A sogra a abraçou com carinho e ainda disse: — Raquel, Raquel! Como gosto de você, menina. Eu te quero como minha filha! — A nora a apertou contra si e chorou.

Wálter, que chegou à cozinha, brincou alegre:

— Hoje não é dia pra chorar! O que é isso? Vamos! Vamos!

Sorriram e voltaram para onde todos estavam reunidos, esquecendo o assunto.

As horas foram passando e Raquel não se sentia bem. Algo estava errado com ela. Alexandre demorou a perceber que a esposa empalidecia e, aproximando-se, perguntou preocupado:

— O que você tem?

— Bem... — disse ela quase sussurrando — Preciso ir pro quarto.

Sem alarido, o marido a levou para a suíte onde Raquel entrou às pressas procurando o banheiro sem conseguir deter o vômito. Depois, ela se jogou sobre a cama, com o rosto pálido e os olhos fechados, sem se importar com nada.

— Está melhor?

— Não sei — balbuciou, desanimada.

Discretamente, ele chamou sua mãe contando-lhe o que estava acontecendo. Sem demora, todos souberam que Raquel não estava bem.

O marido decidiu levá-la ao hospital. Após ver o irmão sair, Rosana comentou arrependida:

— Eu deveria ter ido com eles...

— Daqui a pouco eles voltam — disse sua futura sogra que, rindo, completou: — Você quer apostar que ela está grávida?

Rosana riu e não disse nada.

♡

Mais tarde, de seu apartamento, Alexandre telefonou para sua mãe confirmando:

— A Raquel está bem agora. Não foi nada sério. Provavelmente, foi o susto. Fiquem com a Bruna pra nós. Amanhã cedo, eu passo aí para pegá-la.

Alexandre riu ao ouvir dona Virgínia dizer:

— A mãe do Ricardo está perguntando se a Raquel está grávida.

— Diga que ainda não — achou graça.

Após conversarem um pouco mais, desligaram. Ele foi para o quarto e viu que a esposa dormia. Deitou-se ao seu lado e ficou quieto para não a incomodar. Faltavam poucos minutos para o dia vinte e cinco de dezembro e estavam, ali, sem comemorar.

De repente, os fogos de artifícios estouraram, anunciando meia-noite. Raquel se assustou e sentou-se na cama, apavorada.

— Calma, Raquel — pedia o marido. — Está tudo bem. Calma, querida. — afagou-lhe a face, procurando envolvê-la.

— Não! Minha filha, não!

— Acorda, Raquel — dizia com generosidade. — Estamos em casa. A Bruna está bem. Calma — tentou abraçá-la, mas ela o empurrou.

— Bruna! Onde está minha filha?!!! — gritou desesperada.

— Ela está na casa dos meus pais. Está bem. Fica tranquila.

A esposa chorou. Tentando abraçá-la, novamente, foi empurrado. Alexandre não suportava mais aquela situação. Fechando os olhos, respirou fundo, suplicando forças.

— Alexandre... Me ajude pelo amor de Deus! — ela implorou.

Nesse momento, o marido a envolveu com carinho e aninhou-a nos braços e ela permitiu. Ele ficou aborrecido, desejava que aquilo acabasse.

Como foi traumatizante aquela experiência brutal. Estava sendo-lhe difícil recompor o ânimo, a fé na vida e nas pessoas. Era complicada a reestruturação emocional e sentimental.

Os casos de violência sexual contra mulheres, crianças e adolescentes tomam vulto e propagam-se no momento acalorado da descoberta. Poucos acompanham o desespero e as condições precárias dos sentimentos feridos dessas vítimas, que custam a se recompor. Quando o fazem, é com indescritível dificuldade.

Por ser um assunto delicado e pelo grau de intimidade, o estupro não é comentado.

Todas as vítimas de furto e roubo falam do assunto. Elas têm coragem de dizer: fui furtada, fui roubada. Vítimas de agressão física, geralmente, comentam seus casos. As pessoas envolvidas como vítimas de estelionato relatam o que houve. Se passam por medos e desenvolvem ansiedade e trauma, se têm ressentimento ou se deprimem por isso, imaginem a vítima de violência sexual.

A vítima do estupro se cala, silencia. Carrega dentro de si os mais dolorosos sentimentos, as mais tristes lembranças de desespero.

Pela sutileza do assunto, geralmente, não conversa nem comenta nada com aqueles com quem convive. Alguns, sem respeito ou amor, chegam a abandoná-las.

A pessoa molestada se constrange, isola-se, culpa-se, desgasta-se na lembrança do experimento, no que sofreu pela delinquência e desequilíbrio de outro. Flagelada na humilhação, envergonha-se e se aflige em conflitos íntimos e secretos.

Poucos são os companheiros, amigos ou parentes que se dedicam e se dispõem a amar, compreender, acalentar e procurar a ajuda que pode trazer o equilíbrio e a renovação.

A respeito do sexo, podemos dizer que o ser humano ainda necessita de muita orientação, educação e controle.

Em razão de prazer compulsivo, existem criaturas desequilibradas que se manifestam na imposição sexual, violentando, não só o corpo, mas também a alma, os sentimentos e as emoções. O ato de violência sexual rouba de sua vítima a tranquilidade, o alicerce no equilíbrio, na fé, na alegria tirando-lhe o encanto, o sonho e a esperança no mundo, na vida, nas pessoas e, muitas vezes, em Deus.

Dificilmente elas conseguem obter, novamente, a confiança nos outros, a afetividade no contato e voltar a compartilhar emoções no campo do relacionamento íntimo.

Aquele que violenta e impõe dificuldade atrai para si momentos de aflição, dor e infelicidade.

A educação de um filho ou de uma criança confiada aos nossos cuidados precisa ter, na idade certa, a orientação na área do campo sexual, ensinando equilíbrio, controle e respeito ao outro.

O medo é algo difícil de ser superado e somente o amor e o carinho podem trazer de volta a confiança verdadeira.

Antes daquela experiência reencarnatória, Alexandre prometeu ser fiel e dedicado, estando preparado para sustentá-la diante dos previstos e imprevistos da existência. E agora o fazia por perseverança, fé, amor e com resignação.

Abraçado à esposa, ele a acalentava com leve balanço, fazendo-a se acalmar.

Poucos imaginam ou podem compreender o drama que se passa na mente de alguém que sofreu esse tipo de violência e agressão.

Essa criatura necessita de amparo e carinho para trocar os conceitos violentos que viveu por confiança e afeto. Isso pode levar tempo conforme o caso.

O auxílio e a paciência do marido eram fundamentais e de grande valor para Raquel.

Capítulo 20

Desabafo inesperado de Raquel

O tempo foi passando...

Dentro da empresa onde Ricardo trabalhava, surgiu a oportunidade de ir para outro país prestar serviço por três meses. Seria bom para sua carreira e muito lucrativo. Ou Rosana trancaria a matrícula da faculdade para ir junto ou adiariam o casamento. Insatisfeita, a moça decidiu pela segunda opção.

Nílson saiu da prisão e aguardava o julgamento em liberdade. O rapaz estava traumatizado por tudo o que viveu nos últimos meses. Fechado dentro de casa, quase não saía.

Raquel concordou em fazer psicoterapia e o esposo a acompanhava, auxiliando e amparando sempre.

Certo dia, Alexandre chegou ao apartamento e viu Raquel ajudando a filha com montagem de colar, que a menina levaria para a escola no dia seguinte. Ele as beijou e abraçou como sempre fazia. Sem demora, chamou a esposa para outro cômodo.

— O que foi? — ela indagou, sussurrando.
— Fiquei sabendo de uma coisa hoje que me deixou em choque.
— O que aconteceu? — insistiu, curiosa.
— O Valmor se separou da esposa e estava morando com a Alice.
— Tá, isso eu sei.
— Ele foi demitido, não foi?
— Sim. Isso eu também sei.
— Fiquei sabendo que ele tinha um plano de previdência, mas resgatou para comprar o apartamento onde mora com a Alice. Depois, foi demitido, se divorciou e não arrumou outro emprego. Ninguém soube mais nada. Hoje, fiquei sabendo que o Valmor teve um AVC — Acidente Vascular Cerebral. — Foi bem sério. Embora já esteja em casa, disseram que está na cama, não fala, não anda... Mal mexe os olhos.
— Nossa! — ela se surpreendeu triste.
— A ex-esposa e os filhos nem querem saber dele. A única pessoa pra cuidar dele é a Alice. — Raquel se sentou incrédula e o marido prosseguiu: — E o pior... A Alice foi demitida hoje.
— Você está brincando?! — exclamou a mulher.
— Estou tão surpreso com tudo, que gostaria que fosse brincadeira.
— Estou com pena da Alice — disse Raquel.
— Sem emprego e sem ter onde ir, a Alice terá de depender da mísera aposentadoria do Valmor, por invalidez e ainda terá de cuidar dele, se quiser morar lá. Ele não tem mais parentes, parece que somente uma irmã que mora no Nordeste. Ela contou para alguém que metade do que receberá será para pagar o condomínio do apartamento. Nem sei dizer se, nesse caso, a ex-esposa continuará recebendo pensão. Acho que não, mas os filhos menores sim.

— Como esse mundo dá voltas, Alex! Estou horrorizada e até arrependida.

— Por que arrependida?! — estranhou.

— Quando saí da casa do meu irmão, falei para a Alice que ela iria pagar o que fez comigo.

— Não é sua culpa.

— Eu sei, mas...

— Faça uma prece por ela. Não é isso o que aprendemos com a Doutrina Espírita? Peça a Deus que a envolva com bênçãos de paciência, otimismo e no caminho do bem.

— Eu já faço.

— É, Raquel, devemos nos "conciliar com nossos adversários enquanto estamos no caminho com eles", ensinou-nos Jesus. Sabe... Quando passei a pensar assim, fiquei mais calmo, tranquilo, menos estressado e tudo para mim tem melhorado muito. Vejo as coisas de outra forma. Parece que, até fisicamente, me sinto bem melhor.

— É verdade — ela riu. — Você não quer mais quebrar ninguém ao meio.

— Estou me controlando e sempre penso no meu coração — riu junto. — Quero ter vida longa, sou um cara novo e tenho muito o que fazer ainda. — Mudando de assunto, Alexandre quis saber: — Sua mãe escreveu?

— Escreveu sim. Mais uma vez ela se recusa a vir para cá.

O marido a abraçou ao indagar:

— Você quer ver sua mãe, não é?

— Quero sim, mas não me agrada a ideia de ir até lá.

— Por que, Raquel? Seu avô está em uma cadeira de rodas... — Após pequena pausa completou: — O resto você sabe. Poderíamos ir lá só para ver sua mãe, para ela conhecer a Bruna... Não é preciso ir ver mais ninguém. Pelo que me contou, a casa do seu tio não é próxima de onde dona Teresa está. E ele também está em cadeira de rodas. — A esposa abaixou a cabeça e ficou pensativa. Segurando seu rosto com carinho, ergueu-o e perguntou: — Você quer ver sua mãe?

— Sim, quero, mas...

— Então daremos um jeito — sorriu e lhe fez um carinho.

♡

O tempo foi passando e a melhora psicológica de Raquel podia ser notada. A princípio, deixava-se envolver pelo marido, sem objeção e os pesadelos não ocorriam mais com tanta frequência.

Em conversa com Rosana, dizia:

— Há tempos eu não tenho aqueles sonhos horríveis.

— Que bom Raquel! Fico feliz! — alegrou-se Rosana.

— Acredito que, não somente a psicoterapia, mas também a assistência espiritual que recebo estão ajudando.

— Pode acreditar que sim. Mas não deixe nem uma nem outra coisa. Somos corpo, mente e espírito. Não podemos cuidar só de um e deixar o outro. Isso não resolve. — Após poucos segundos, perguntou: — E vocês dois, como estão?

— Alexandre é uma criatura maravilhosa... — não completou.

— Ainda é cedo, Raquel. Calma. Vocês já progrediram muito.

— Sabe Rô... De repente sinto uma força, creio que consigo superar meus medos, mas, às vezes, parece que eu mesma me derroto. Tenho altos e baixos.

— Que bom! Antes você só vivia em baixa — riram. — O que o Alex diz?

— Ele entende. Aceita. O Alex é muito compreensivo. Eu o amo tanto. Não consigo mais viver sem ele.

— Confie nele, Raquel. — Breve instante e contou: — Não falei, né? Vamos adiar novamente o casamento.

— Por quê? — surpreendeu-se a cunhada.
— O Ricardo quer fazer um curso, lá onde está, na Suíça.
— Nem sei o que dizer, Rô... Mas, você não pode ir pra lá?
— Sabe, Raquel, estou tão frustrada. O que eu faria lá?
— Não fique assim não. O tempo vai passar logo, você vai ver!
— Serão mais quatro meses. Não estou gostando. Às vezes, sinto uma coisa.
— O quê?
— Sinto o Ricardo diferente, sabe.
— Ele gosta muito de você. Não pense assim.
— Sabe... Às vezes, parece que nunca vamos ficar juntos.
— Não diga isso!
— Sinto que ele não está se esforçando para ficarmos juntos. Tenho essa impressão. Você, agora mesmo, falou para eu ir pra lá e... Ele nem lembrou de perguntar se eu gostaria. Já pensei em terminar com esse noivado... Deixá-lo livre...
— Pense bem, Rosana. Depois de tanto tempo...

A cunhada abaixou a cabeça e suspirou profundamente. Sem demora, mudou de assunto.

— Fiquei sabendo que a dona Conceição, lá do Centro, foi falar com você.
— Foi sim. Ela me convidou para ajudar na arrecadação de enxovais para os bebês. Fiquei tão feliz! Estou indo lá duas vezes por semana, à tarde, e levo a Bruna comigo.
— Que bom, Raquel!
— Nossa, Rô, como isso me ajudou. Melhorei tanto emocionalmente. Estou me sentindo tão útil! Aliás, meu psicólogo me deu o maior incentivo nisso. O Alex também, claro.
— Isso é maravilhoso. Aqueles que vencem as suas dificuldades para ajudarem os outros são os primeiros a serem socorridos. Ainda bem que o Alex não se importa.
— Claro que não! Não estou arrumando emprego. Ainda mais agora com a Bruna... Mas, ficar em casa trancada, enquanto

ela está na escola, não me faz bem. Lá no Centro, ocupo os pensamentos, vejo outras pessoas, me envolvo com trabalhos úteis, agradáveis. Tudo está me fazendo muito bem.

— Mas nada acontece como mágica. Você tem de se esforçar para melhorar. A mudança de hábitos, pensamentos e atitudes salva a própria vida.

— O Alex está adorando frequentar o centro espírita.

— Fiquei surpresa quando soube que ele estava fazendo os cursos. Sempre convidei e... Nunca se interessou.

Enquanto elas conversavam, o senhor Claudionor e dona Virgínia ouviam os planos do filho:

— Então, eu vou tirar férias e vou lá pro Sul com a Raquel.

— Deixa a Bruna aqui!

— Não, né, mãe! Será uma maldade fazer isso com a outra avó.

— Então, vou junto! — exclamou a mulher.

— Não, né, Virgínia! — advertiu o marido. — Eles têm de resolver algumas coisas sozinhos.

A mãe ficou inquieta e Alexandre continuou:

— Depois, quando voltarmos, falaremos sobre aquilo novamente, pai.

— Aquilo o quê?

— Negócios, mulher! — Sorrindo, abraçou-a, completando: — Ô mulher curiosa!

O filho sorriu e explicou:

— É que estou pensando em sair do serviço e acompanhar o pai com outros negócios.

— Alex — propôs a mãe —, quando a Rô se casar, porque vocês não vêm morar aqui? Já fiz esse convite para sua irmã, mas ela não quis porque disse que quer estudar, trabalhar... Mas veja, vocês têm a Bruna e ela adora esta casa! Aqui tem quintal, lugar para brincar, não é como aquele apartamento fechado. Esta casa é grande.

— É mesmo, Alex! Seria até interessante vocês virem morar aqui.

— É, pai, vamos ver. Sabe, estamos tão acostumados lá — ficou sem jeito.

— Até hoje eu não me conformo você ter saído desta casa. Você sempre teve tudo aqui.

— Mãe, é que para mim, foi o melhor. Mas eu nunca abandonei vocês.

— Ele precisou aprender com o mundo e com a vida, Virgínia — disse o pai. — O Alex quis usar lá fora os valores que ensinamos.

Alexandre sorriu e não disse mais nada.

Mais tarde, em seu apartamento, Alexandre insistia para a esposa:

— Vamos, Raquel. Sua mãe ficará feliz. — Pensativa, não se decidia. Com jeitinho, o marido prosseguiu, dizendo: — Podemos fazer uma surpresa e chegar lá sem avisar. O que você acha?

— Só tenho péssimas recordações daquele lugar. Não sei se consigo... Tenho medo de encontrar aqueles que não quero ver e... Também fico pensando em como meus irmãos vão me receber. Afinal de contas, eles não escreveram, não mandaram lembranças por minha mãe... Não sei.

— Eu estarei ao seu lado o tempo inteiro. Lembre-se de que vai lá para ver a sua mãe. O enfrentamento te fará bem. Chegará de cabeça erguida, pois não deve nada para ninguém. Talvez seja importante para você. — Pensou um pouco e comentou: — Outro dia, conversei com o doutor Bernardo, o psicólogo... Acredito que, mesmo dizendo que não, lá no

fundo, você precisa conversar com sua mãe e dizer a ela... Sei lá... Algo que não ficou esclarecido entre vocês duas. — Nesse instante o marido se aproximou e falou com voz baixa:
— Seu problema, não é o de não me aceitar. Você me aceita, mas a sua dificuldade é o contato. Como já conversamos, ninguém podia chegar perto de você, mesmo não oferecendo perigo, vamos dizer assim. Talvez por não ter recebido um toque carinhoso, um afago fraterno e atenção de seus pais e, depois, com tudo aquilo que ocorreu, refiro-me à violência que sofreu e acabou descobrindo que ele era seu pai e... Isso tudo te fez acreditar que o melhor é se afastar das pessoas, gerando medo. Você deve lembrar que seu pai verdadeiro foi o senhor Cazimiro, que realmente te tratou como filha. Tudo o que aprendemos com a Doutrina Espírita resume-se no perdão e na caridade.

Raquel o encarou e admitiu:
— Fico confusa quando penso nele.
— Nele quem? — perguntou o marido para fazê-la falar.

Demorando alguns segundos para responder, ela titubeou, mas por fim falou mesmo com voz trêmula:
— Fico confusa quando penso no meu tio Ladislau. Sabendo que perdeu as filhas e a mulher está desequilibrada... Chego a ficar com dó dele, mas magoada ao mesmo tempo, entende? Não consigo perdoá-lo.

O silêncio reinou.

Raramente Raquel falava daquele assunto delicado e doloroso sem chorar e nunca havia pronunciado o nome do seu agressor.

— Raquel, vem cá, sente-se aqui — chamou o marido puxando-a para um abraço e, sentando-se a seu lado, falou:
— Perdoar a ponto de dizer que fará tudo por aquele homem, talvez você não consiga. Seria hipocrisia admitir isso agora.

Mas... Penso que ter coragem para olhá-lo, se houver oportunidade... Encará-lo sem fugir, sem medo, tentando não ter rancor, isso talvez te faça se sentir mais forte, mais firme. Você nunca o encarou de verdade. Nunca o enfrentou. Nunca se mostrou forte. Fugiu dele a vida toda e teve medo. Enfrentamento faz bem! Talvez seja essa a maneira de vencer o que vem te atormentando.

— Sabe, Alex... Pode parecer estranho, mas não posso dizer que, algum dia, eu quis que ele morresse ou que sofresse o que me fez sofrer. Foi bom termos encontrado um psicólogo espírita, porque penso que outro acharia esquisita essa minha opinião. Eu não tenho ódio dele, mas vivo o pânico do que sofri.

— Se você não o odeia, é porque tem um coração bom. Porque é um espírito elevado ciente dos propósitos dessa existência, dos trabalhos que vem abraçando...

— Mas acontece que ainda vivo aquela agressão, sinto...
— Após pequena pausa, comentou: — Eu não lembro o rosto dele. É estranho, não é?

— Não. Não é — afirmou, olhando-a atento, mas com o coração apertado por ouvi-la relatar. — Não se lembra do rosto dele agora. Mas, quando o vir novamente, tenha a certeza de que se lembrará.

— Eu gostaria de esquecer tudo, mas não consigo. Ainda me dói muito. Como eu disse, não tenho ódio dele nem me lembro de como era, isso se apagou. Talvez, pelo conhecimento Cristão que tenho, hoje sinto pena dele. Sei o que tem para experimentar, para harmonizar...

— Mas também não quer encará-lo?
— Tenho medo.
Generoso e paciente, ele perguntou:
— Medo do que, meu amor? Quem sabe um enfrentamento acabaria com esse medo todo e fizesse de você uma pessoa diferente, mais segura?

— Não sei bem o que temo. Voltar àquele lugar, percorrer aquela estrada poeirenta... Naqueles sonhos horríveis eu via isso. Via aquele lugar e ele me atacando. Depois, algumas vezes, os poucos sonhos que ocorreram eram os mesmos, mas de repente era a Bruna quem estava sendo levada para aqueles maus-tratos e...

— Estarei com vocês. Isso não vai acontecer. Não vou deixar.

— Eu sei, mas também não sei como irei encará-lo, se for preciso. Não imagino o que posso sentir... Não sei se tenho coragem. Quero ver minha mãe, mas se para isso tiver de encontrá-lo...

— Você tem mágoa dele.

— Mágoa, sim. Ódio, não.

— É bom assumir que tem mágoa. Assumir sentimentos ruins é importante para vencê-los. Ele já está inválido e, daqui pra frente, não poderá fazer nada contra você, caso se encontrem. Foi imprudente e já começou colher os frutos disso.

— De repente sofri o que fiz alguém sofrer — falou tristonha.

— Pensar nisso é viver a lei de Talião: olho por olho, dente por dente. Isso é ridículo. Você vai me dizer que Jesus sofreu o que precisava?

— Não. Jesus é diferente!

— Raquel, pense bem: se fizeram um espírito elevado, como Jesus, sofrer indevidamente, o que não fariam a um espírito comum, que ainda tem coisas para harmonizar? As pessoas têm o livre-arbítrio e são capazes de fazer maldades. Se acreditarmos que alguém passa por uma dificuldade porque precisa sofrer aquilo penosamente, deixaremos de ter compaixão e de praticar a caridade. Existe a Lei de Causa e Efeito sim. Mas, como falei existe o livre-arbítrio de muitos interferindo na tranquilidade dos outros. Não podemos ser instrumentos do mal. Nossas ações devem contribuir para o bem. Você não pode pensar que sofreu isso ou aquilo porque merecia. Pense que pode ter sofrido algo pelo livre-arbítrio maldoso de alguém sem escrúpulos, mas essa experiência serve para ficar mais firme nos seus propósitos evolutivos. Não é para se sentir vítima ou ficar lamentando. Veja o exemplo de Jesus! Ele não se abateu, não se deteve nem ficou lamentando depois de tudo o que sofreu. Não somos espíritos inocentes, temos débitos, mas também conhecimento e precisamos evoluir. — Ela nada disse e Alexandre completou: — Talvez, indo lá, encarando-o, se for preciso, sem exibir sentimentos de ódio, de rancor e sim de misericórdia e piedade, você estará encarando o que te aterroriza e, ao mesmo tempo, mostrando a si mesma que pôde vencer, que nada vai acontecer de novo. Creio que mostrará a si mesma que triunfou, pois não consegue ver isso ainda.

Ela silenciou por longo tempo. Depois, abraçou-o forte e perguntou:

— Ficará comigo?

— Sempre! Sempre!

Naquele instante, o casal era envolvido por amigos espirituais que os ajudavam a vencer os desafios, sentir paz e encontrar harmonia.

♡

Após muito tempo dentro do carro, percorrendo a mesma estrada poeirenta, Raquel estava calada. Bruna dormia no banco de trás e Alexandre dirigia. De vez em quando, ele colocava a mão no ombro da esposa, pois percebia sua tensão. Ao passarem entre gigantescas araucárias, podiam ver a bela queda d'água que espirrava gotejos coloridos pelos raios de sol, que destacavam um maravilhoso arco-íris entre a magnífica paisagem.

— Que lugar lindo! — admirou-se Alexandre.
Mais adiante, a única manifestação de Raquel foi:
— Veja — apontou —, eu brincava ali quando pequena. Não dá pra ver direito daqui, mas ao redor da cachoeirinha há uma lagoa e, embaixo da queda d'água, um poço tão cristalino que você pode ver os peixes lá no fundo, mas a água é tão fria.
— Estamos perto? — perguntou o marido.
— Sim. Estamos.
Não demorou e pararam em frente a uma grande casa branca de barrado azul. Os empregados olhavam curiosos. Quando Alexandre desceu do carro, olhando a sua volta, um deles se aproximou e o rapaz perguntou.
— Por favor, a dona Teresa está? — indagou educado.
— O senhor é?...
— Alexandre. Genro dela. Marido de Raquel. — Dizendo isso, contornou o veículo e abriu a porta para a esposa, que parecia paralisada e não se mexia. O marido se curvou, pegou sua mão gelada e pediu: — Vem?
Segurando sua mão, tentando controlar a respiração, ela desceu. Imediatamente, olhando em volta, notou que o lugar pouco havia mudado. Até achou que tinha voltado no tempo. Nesse instante, eles ouviram o grito:
— Bah!!! É Raquel!!!
Era dona Teresa que, ligeiramente, descia os poucos degraus da varanda e corria ao encontro da filha.
— Mãe! — disse Raquel, soltando-se da mão de Alexandre.
O riso misturou-se ao choro e, em meio aos beijos, elas se tocavam como se quisessem ter a certeza de que não era um sonho. A emoção contagiou o marido e os empregados presentes. Bruna acordou e o pai a pegou no colo.
Raquel se recompôs da emoção e, pegando na mãozinha de Bruna, já no chão, mostrou-a para sua mãe.

Antes que a esposa dissesse algo, com sorriso no rosto, Alexandre falou:

— Queremos que conheça nossa filha. Estávamos ansiosos por este momento.

A mulher, agachada, olhando a menina, ergueu o olhar e ele lhe estendeu a mão, dizendo ao exibir um semblante alegre:

— Eu sou Alexandre.

— Bah! — Levantou-se e estendeu a mão para cumprimentá-lo. — Tudo bueno? Tu és bem-vindo, tchê! Te aprochega! — convidou para entrar.

Quando todos iam entrando, os irmãos de Raquel chegaram. Parados, olharam-na surpresos. Como ela estava bonita. Enquanto eles traziam no rosto as marcas pelo tempo e serviços árduos, a irmã parecia ainda mais moça. Ficaram petrificados, admirando-a por longo tempo, até que dona Teresa falou:

— Uns baita homens mal-educados, tchê! Não vão cumprimentar tua irmã não?!

Tadeu e Pedro se aproximaram de Raquel e, constrangidos, estenderam-lhe as mãos para um cumprimento simples. Alexandre, extrovertido, cumprimentou-os e bem-humorado estapeou-lhes no abraço.

— E aí! Tudo bueno? — cumprimentou Pedro, estendendo a mão.

— Que tal, tchê? — Tadeu perguntou como ele estava, estendendo a mão também.

— Prazer conhecê-los. Estou bem, obrigado.

Entraram.

Em uma sala, onde a grande mesa de madeira, contornada por cadeiras altas, centralizava o ambiente, eles se acomodaram para conversar.

Os irmãos não diziam nada, somente dona Teresa e Alexandre conversavam muito.

Bruna, que não parava no lugar, merecia a atenção de Raquel que, vez e outra, tinha de ir atrás da filha. Quando saiu e deu volta na varanda, que rodeava a casa, a garotinha não voltou. Preocupada a jovem saiu à sua procura. Ao contornar a casa, ouviu a voz da filha, que vinha do outro extremo.

— Meu nome é Bruna e o seu?

Aproximando-se, viu uma cadeira de rodas e Bruna perguntando com sua voz doce e infantil:

— Você não fala? — Sem ter resposta, insistiu: — Você está dodói?

Chegando perto, Raquel a chamou em baixo tom de voz:

— Bruna, vem aqui, filha.

Com muito esforço o avô, senhor Boleslau, virou-se para vê-la. Seus olhos azuis expressivos se arregalaram, quase incrédulos. De jeito inocente, Bruna Maria perguntou à mãe:

— Quem é ele, mamãe?

Criando coragem, Raquel se aproximou um pouco mais. Vencendo o temor, em meio à respiração alterada, pegou a mão da filha. Ao lado da menina, em frente do avô, que nem piscava, respondeu:

— Este é seu bisavô, filhinha. O nome dele é Boleslau.

Com iniciativa própria, a pequena Bruna largou a mão da mãe, ajeitou o pezinho na roda da cadeira, que estava travada, esticou-se e beijou o rosto do bisavô com doçura até ouvir o estalo. Fez-lhe um carinho com a pequena mãozinha e disse:

— Oi, bisavô, Bolau — não conseguiu pronunciar corretamente. Lágrimas rolaram pela face enrugada do senhor e a menininha ainda disse: — Não chora. — Virando-se para a mãe, quis saber: — Mamãe, por que ele tá chorando?

Lágrimas desceram pela face de Raquel, que forçou um sorriso ao responder:

— É a emoção, filha. Há tempos não nos vemos. Tenho certeza de que é a saudade.

Sem pensar, Bruna Maria falou inocentemente:

— Então, dá um beijo nele pra matar essa saudade, mamãe!

Chorando mais ainda, a neta se aproximou do avô e beijando-lhe ofereceu seu melhor abraço carinhoso. O homem chegou a soluçar de emoção. Arrependido, lembrou-se das vezes em que a maltratou, principalmente, da última surra que lhe deu.

De joelhos a seu lado, a neta pegou a toalha que estava em seu colo e secou as lágrimas de seu rosto, dizendo com sotaque e expressões típicos da região:

— Bueno... Bah... Não chora, vô. Tudo já passou, tchê. São tempos tri e temos mui boa vida, novas oportunidades... — Breve instante, apresentou: — Esta é minha guria, Bruna Maria. — Tentando esboçar um sorriso no rosto que se contraía pelo choro emotivo, ela falou: — Bruna é mui guapa, não é? — Quis dizer que a filha era muito bonita. Depois, avisou: — Meu marido Alexandre veio comigo.

Ao dizer isso, Raquel se surpreendeu ao ouvir:

— Estou aqui — mencionou o esposo, aproximando-se.

Com um joelho dobrado e o outro no chão, Alexandre ficou ao lado de Boleslau, pegou-lhe a mão e o cumprimentou.

O velho não podia falar, mas seus gestos, sua face e seus olhos exibiam fortes emoções. Tentava sorrir e se expressar em meio ao choro.

Dona Teresa, a certa distância, observava tudo sem dizer nada. Trazia um olhar de vitória e orgulho como se se sentisse vingada.

♡

Na manhã seguinte, muito cedo, Alexandre já se interessava em conhecer parte da fazenda. Levantou-se antes da esposa. Os cunhados se acostumaram rapidamente com ele, que era descontraído e extrovertido.

Quando Raquel levantou, não sabia onde o marido estava e uma empregada informou:

— Bah!... Eles saíram bem cedo, tchê. Tava até escuro, bah. A peleia, aqui, começa antes do Sol nascer, tchê — avisou e saiu.

Dona Teresa, que chegou e ouviu a conversa, expressou-se de modo arrogante:

— Bah!... Mas deixa teu marido com teus irmãos, guria! É bom que se acostume aqui, tchê. Isso tudo será teu, de teus irmãos e do teu marido também. Barbaridade se tu vais querer cuidar de terra, tchê! Então, vai deixar pro Alexandre! — falou sem muita delicadeza, quase impondo sua opinião.

Com voz tênue, a filha falou educada e humilde:

— Não podemos cuidar de nada nesta fazenda, mãe. Temos nossa vida em outro estado, que é longe demais daqui. Viemos para ver como estão e a passeio. Talvez voltemos só para visitar.

— Bah! Não seja abobada, Raquel! Isso aqui é teu! Tchê!

— Estamos bem, mãe. Não precisamos... — não conseguiu terminar, foi interrompida.

— Bah! E se teu marido quiser ficar aqui, tchê? Bah! Isso é teu! — estava zangada.

— Não. Alexandre tem bom emprego. Ele não vai querer. Além do que, a Bruna estuda em uma boa escola e... Não me interesso por nada daqui. Não me agrada a ideia de voltar a viver nesta fazenda. Quero voltar a trabalhar e... Aqui não tem lugar pra mim.

Com semblante austero, dona Teresa impôs a voz com arrogância:

— Bah! Mas que guria abusada. Fale direito comigo! Deveria se amorcegar por aqui — quis dizer que não precisava trabalhar, se ficasse ali. Breve instante exclamou: — Admiro muito esse teu marido! — caminhava pela copa, fazendo seus passos ecoarem compassadamente. Sentada à mesa, a filha acompanhava seu andar com o olhar demonstrando-se reprimida. — Como tu o conheceu?

— No serviço. Trabalhávamos juntos — respondeu, sem se alongar.

— Como começaram a namorar? — tornou a senhora quase inquirindo.

— Bem, mãe... O Marcos teve problemas financeiros e, para ajudar, vendi todas as minhas coisas e fui morar com eles. Arrumei emprego para Alice na empresa aérea onde trabalhava. Depois disso, ela infernizou o Marcos, que acabou brigando comigo e me colocou para fora de casa. Antes disso, eu já havia contado para o Alexandre que estava com problemas com minha cunhada. Meu irmão me mandou embora da casa dele. Eu não tinha para onde ir. Foi então que o Alexandre me ajudou.

— Como? — tornou a mãe com sentimentos frios e um jeito seco de falar.

Raquel abaixou a cabeça, pois sabia dos costumes e preconceitos de sua família. Tímida, respondeu:

— Fui morar com ele. Se não o fizesse, ficaria na rua. Eu não tinha para onde ir. Ele tinha um apartamento e morava sozinho.

A mãe a olhou com o semblante sisudo, exibindo-se contrariada e sem modos educados, grosseiramente, perguntou:

— Mas, tchê! Tiveste alguma coisa com ele, antes de se casarem?

— Não, mãe. Nunca tivemos — respondeu, sentindo-se ofendida.

— Bah! Mas e tua guria, como ele a aceitou?

Raquel começou a se sentir insatisfeita. Não gostava da maneira como a mãe a abordava. Parecia que lhe devia alguma satisfação, embora nunca a ajudou em nada. Respirando fundo, encarou a senhora e falou:

— Mãe, o Marcos me expulsou de casa e eu fiquei na rua! O Alexandre me acolheu em sua casa. Com o tempo, conheci a família dele. Ele percebeu que havia algo errado comigo, eu tinha medo, pois ele queria me namorar e... Bem... Por causa de tudo o que eu demonstrava sentir, tinha de haver uma explicação. Por tudo o que ele fazia para me ajudar, me vi obrigada a contar. O Alexandre sabe de tudo, inclusive que o pai da Bruna é meu pai! — encarou-a firme.

A mulher empalideceu. Ela se sentou e, mesmo sentindo-se mal, perguntou:

— Barbaridade, tchê! Tiveste a coragem de contar tudo?!

— Precisei contar, mãe — disse Raquel com voz piedosa e constrangida. — Desculpe-me, por favor... É que a senhora não imagina o quanto sofri e sofro, até hoje, por causa de tudo pelo que passei. Não é algo que dá para se esquecer. Venci alguns traumas, graças ao Alex. Mas ainda tenho muito o que superar. — Fez breve pausa, depois revelou: — Para meu marido me dar um simples abraço, sem que eu não tivesse medo dele, a senhora não imagina como foi difícil... Creio que jamais poderá entender o que senti, o que sinto e o que vivo...

Dona Teresa ficou olhando para a filha sem saber o que falar. Não conseguia ser amiga de Raquel, ter empatia ou compaixão. Típicos traços de mãe com *Transtorno de Personalidade Narcisista*[1]. Friamente, a senhora perguntou:

---

[1] O livro *O Amor é uma escolha*, romance de Eliana Machado Coelho e Schellida, publicado pela Lúmen Editorial, traz-nos muitas informações e orientações a respeito do *Transtorno de Personalidade Narcisista*, o comportamento de mães e pais que o possuem, suas maneiras de serem controladores, manipuladores, sem empatia e não demonstrarem afeto ou respeito por seus filhos, de diversas formas, podendo trazer consequências difíceis e traumas para suas vidas.

— Bah... E ele assumiu a guria como se fosse dele, tchê?!
— Sim. Assumiu. Ela tem o nome dele. Desde o instante em que nós decidimos nos casar, ele decidiu que a Bruna é filha dele. Cuidou de todos os documentos... O Alex não admite que digam o contrário. Ele se apresentou a ela como pai e não pretendo, por enquanto, revelar outra coisa. Futuramente, pensaremos nisso.

Levantando-se e falando de um jeito rude, Teresa recomendou:

— Barbaridade... Bah, mas não fique adiando, tchê. Tenha logo um guri desse homem! Todo homem quer um filho, ele merece e isso vai prendê-lo mais. Mazá ele deve gostar muito de ti, guria, para ter aceitado todos esses encargos e sabendo de tudo o que te aconteceu, tchê. — A filha abaixou a cabeça e não disse nada se sentindo humilhada pela situação. A senhora quis saber, perguntando grosseiramente: — Tomas remédio?

— Não — sussurrou cabisbaixa.

— Isso é bom. Arrume um guri logo.

Bruna, entrou correndo à procura de sua mãe. Jogando-se em seus braços, recebeu beijos e carinho. Dona Teresa ficou olhando, não estava acostumada àquilo.

— Mamãe, e o papai?

— Saiu cedo, mas já volta — disfarçou o que sentia. A menina forçou cara feia para se mostrar triste e Raquel falou:
— Vamos tomar o café da manhã que eu quero levá-la a um lugar bonito e gostoso, onde eu brincava muito.

— Onde?! Onde?! Onde, mamãe?

— Surpresa! — risonha e animada, propôs: — Vamos! Vamos depressa! — brincando com a filha, foi preparar seu desjejum, deixando sua mãe com os próprios pensamentos.

♡

Pouco tempo depois, após uma caminhada, Raquel saía da estradinha para uma trilha que como um túnel era ladeada de árvores frondosas que cruzavam seus galhos ao meio, mal deixando os raios de Sol passarem. Ouvia-se a água batendo nas pedras, tal qual um murmurinho, que ia aumentando conforme a aproximação.

De mãos dadas, Raquel e Bruna chegaram a um lago transparente e belo cuja linda cachoeirinha derramava sua queda d'água sobre as pedras e encantava o lugar.

— Ebá!!!... — gritou a menina de alegria. — Posso entrar na água?

— Pode — afirmou sorrindo. — Mas não vá muito além dessas pedras, Bruna. Lá embaixo é fundo.

— Eu sei nadar! O papai me ensinou!

— Mesmo assim quero que fique aqui perto. Quando estiver com seu pai, poderá ir lá.

— Ah... — reclamou.

— Se não obedecer, vamos embora.

Após se atirar na água cristalina, a garotinha falou com um jeitinho todo especial, encolhendo-se com graça:

— Tá tão geladinha!

Raquel sabia que Bruna brincava em segurança, pois conhecia muito bem o lugar. Sabia que a lagoa tinha uma larga extensão rasa. Só bem além e, vagarosamente, aprofundava-se.

A mãe tirou as sandálias e caminhou um pouco na beirada, molhando os pés. Chegando até um galho de árvore que como um braço saía de um tronco, que ficava à beira do barranco, parecendo uma gangorra presa em um só lado, falou:

— Venha, Bruna! Pule daqui!

A filha correu e obedeceu. Fez do galho de árvore um trampolim.

Ao sentir os borrifos d'água, a mãe sorriu e se afastou para próximo do gramado, onde se sentou reclinando o corpo em outro tronco de árvore. Bruna brincava alegre e sua risada soava muito gostosa.

— Deixa eu ir lá na queda d'água, mamãe?

— Eu já falei. Agora não. Mais tarde, junto com o papai, você poderá ir.

E olhando a filha, Raquel sorria lembrando-se de como gostava daquele lugar que era o seu refúgio de paz. Ali, ninguém a incomodava. Quando menina, brincava e nadava naquela lagoa, fantasiando que era uma lagoa encantada. De sua infância e início da adolescência, aquele lugar era a única coisa que oferecia saudade.

Recostada no tronco, cerrou os olhos e se entregou ao ruído alegre da filha querida e dos cantos dos pássaros que podia ouvir.

Sem saber dizer por quanto tempo ficou ali, talvez cochilando, Raquel se sobressaltou de repente e, olhando assustada, não viu a filha. Levantando-se às pressas, chamou em desespero:

— Bruna! Bruna! — não havia ninguém.

Sentiu-se gelar e gritou de pavor em pensar o que teria acontecido. Ela correu, caiu sobre algumas pedras, levantou-se gritando aflita:

— Bruna!!! Bruna!!!

Foi quando ouviu a voz de Alexandre, chamando:

— Raquel!

Ao ver o marido, correu em sua direção, agarrou-o, sacudindo-o e perguntou assustada:

— Onde está a Bruna?! Onde ela está?! — mostrava-se desesperada. Seu rosto exibia aflição e angústia.

— Eu não sei — falou surpreso. — Acabei de chegar. Onde vocês estavam?

— Ali! — disse, apontando para o lugar. Aos gritos, contou: — Ela estava bem ali, brincando! Eu sentei no gramado, apoiei no tronco, acho que cochilei... — chorava.

Preocupado, ele correu em direção da lagoa. Subiu em uma pedra alta para ver melhor o lugar.

— Bruna! — chamou Alexandre, sem resposta. — Bruna!

Raquel também gritava o nome da filha até que Alexandre a viu sair com meio corpo detrás de uma árvore, com o dedinho indicador na frente dos lábios, sorrindo e pedindo-lhe silêncio. O pai desceu de onde estava. Mais tranquilo, aproximou-se de Raquel e disse, em baixo tom de voz:

— Ela está ali. Calma. A Bruna estava brincando.

— Onde?! — gritou a esposa, virando-se para vê-la.

Tranquilo, ele a olhou chamando:

— Bruna, vem cá, filha. Não assuste a mamãe não.

A menina chegou rindo e Raquel, muito nervosa, abaixou-se, segurou seus braços e agitou-a, chorando ao dizer:

— Nunca mais faça isso, entendeu?!

Rápido, Alexandre interferiu dizendo:

— Calma! Já passou, Raquel. Não faça isso.

Ele pegou Bruna Maria no colo. Triste, a filha se dobrou em seu ombro. Abraçando a esposa, que ainda chorava, ele as levou para o carro, que havia largado na estradinha.

Colocando a filha no banco de trás do veículo, falou sereno ao orientá-la:

— Bruna, isso não é coisa que se faça. Você gostaria que eu sumisse e a deixasse sozinha?

— Não — respondeu a garotinha querendo chorar.

— A mamãe está chorando porque não quer ficar sem você. Ela está assustada e o papai também. Nós a amamos, filha.

— Eu tava brincando... — falou dengosa.

— Agora eu sei. Mas, na hora, fiquei preocupado. Eu não quero ficar sem você.

Com vozinha meiga, explicou:

— Eu escutei seu carro e vi você de longe, a mamãe estava dormindo e aí eu me escondi pra brincar.

— Tudo bem, mas agora não vamos brincar mais assim, tá bom?

— Tá bom.

Voltando-se para a esposa, ele viu o machucado sangrando em seus joelhos.

— Como fez isso? — perguntou, oferecendo uma toalha para que limpasse o local.

— Eu caí. — Breve instante, ela pediu em tom baixo, assustada e parecendo implorar: — Eu quero ir embora daqui. Quero sair desta fazenda o quanto antes.

— Chegamos ontem, Raquel! — enfatizou. — A viagem foi cansativa e...

— Alex, pelo amor de Deus... Me leve embora deste lugar. Erramos ao ter vindo — chorando, insistiu: — Eu nunca te pedi nada... Vamos embora. Não tenho o que fazer aqui. Minha mãe não mudou nada, meus irmãos não mudaram... Pensei que eu encontraria uma família, mas só revi conhecidos que parecem não me considerar.

Alexandre a abraçou com carinho.

— Tudo bem... Vamos embora sim. — Raquel se acomodou no banco e ele ligou o carro para voltarem. Após dirigir poucos metros, ele perguntou: — O que vamos dizer para sua mãe?

— Que vim vê-la. Já fiz isso e agora tenho de ir.

Ele ficou em silêncio, dirigiu mais além. Inesperadamente, decidiu virar a direção e entrar em outra estradinha, perguntando:

— Onde vai dar esta estrada?

— Não! — Raquel gritou.

— Por quê?

— Daremos uma volta enorme para chegar. Estávamos perto. Vamos retornar!

— Precisamos dar um passeio antes. Olha seu estado, seu rosto está vermelho, chorando e machucada... Vamos pensar no que diremos para sua mãe.

— Vamos voltar, Alex! — implorou, novamente, após algum tempo.

Ele estranhou seu jeito e pediu:

— Só se você me disser por quê. — Não houve resposta. A esposa ficou em silêncio e logo ele disse: — Bruna, dá essa garrafinha de água, que está aí no banco, para a mamãe. — Voltando-se para a mulher falou: — Molhe a toalha e passe nos joelhos. Ainda está sangrando muito. — Ela aceitou e ficou quieta. Puxando conversa, o marido admirou: — Nossa! Que lugar bonito. Daria um excelente Hotel Fazenda. — Apontando à frente, perguntou: — Aquelas casas são dos empregados?

— São — respondeu mais calma.

Olhando o painel do carro e notando uma luz acesa, que indicava problemas na parte elétrica, Alexandre avisou:

— Caramba! Estamos com algum problema. Não sei o que é isso. Precisamos parar.

— Não! — gritou Raquel.

— Calma. O que é isso?

Ao avistar uma casa bem mais estruturada do que as outras, observou que nela havia um jipe, parado a poucos metros, ele falou:

— Vamos parar ali...

Nesse momento, o carro desligou-se totalmente. Ele não conseguia dar a partida no motor.

— Não! Não, por favor! — implorou Raquel, em pranto, segurando no braço do marido. — Me leve embora!

— Mamãe!... — chamou Bruna, assustada com o que via.

A mulher colocou o braço para trás e procurou se controlar, fazendo-lhe um carinho, confortando-a também. Sem saber o que fazer, Alexandre falou firme e mantendo a calma:

— Raquel, eu não tenho alternativa. Não consigo ligar o motor.

— Eu pedi para irmos embora — disse ela, procurando se controlar para não assustar a filha.

— Eu sei. Me desculpe, mas no momento... — ficou nervoso.

Deixando que o carro aproveitasse o impulso da pequena descida, controlou sua velocidade no freio até pará-lo na frente da casa. Após olhar para a filha, ele pediu baixinho para Raquel:

— Procure se conter, meu bem. Você vai assustá-la.

Ao ver o carro parado, Bruna passou por entre os bancos e foi para o colo da mãe. Raquel sentia-se muito mal. Ela estava pálida, gelada e sua respiração alterada. Fechando os olhos, procurou se conter e orar.

Ao ver Alexandre descer, um empregado se aproximou perguntando:

— E aí! Tudo bueno?... Tá perdido, tchê?

— Olá... Estou com problemas no carro.

— Bah!... Mas de onde o moço vem?

— Sou parente de dona Teresa. Estávamos passeando e...

— Bah! — interrompeu-o. — Mas eu soube que chegou gente ontem!

— Foi isso mesmo... — tornou Alexandre.

Devido aos reflexos espelhados nos vidros do veículo, o empregado não podia ver seu interior. Porém, ao se aproximar, surpreendeu-se:

— Bah!!! Raquel?! Barbaridade, guria! É tu? Quando ouvi falar, não acreditei!

Ela abriu a porta do carro, enquanto o marido deu a volta, pegou a filha pela mão e a fez descer. A jovem não queria sair do carro, mas se viu obrigada. O homem de olhos arregalados, mostrava-se admirado.

— Olá, seu Afonso... — cumprimentou, estendendo-lhe a mão trêmula e gelada.

O senhor tirou o chapéu, fez um gesto cortês e ofereceu largo sorriso.

— Oigalê, tchê! — quis dizer que estava admirado demais. — Bah!... Que baita surpresa, Raquel! — apertou sua mão.

Sem demora, o rapaz se apresentou:

— Meu nome é Alexandre. Sou marido da Raquel. — Indicando para a menina, completou: — Essa é Bruna Maria, nossa filha.

O senhor Afonso ficou perplexo. Foi ele e sua esposa quem abrigaram Raquel na noite em que o avô a colocou para fora de casa. Com olhar apreensivo e voz amena, ela pediu, parecendo implorar:

— Seu Afonso, por favor, poderia nos ajudar? Nosso carro apresentou um defeito e... Eu quero sair daqui o quanto antes.

— Bah... — virou-se e disse: — Vou ver o que te posso fazer, guria. Tu sabes... Tchê!...

— Esse jipe pode rebocar meu carro até a casa grande — tornou Alexandre, olhando para o veículo.

— Tchê... Esse não. Tá quebrado. Barbaridade! Ninguém mais consertou desde o acidente que matou as meninas do seu Ladislau. — O senhor olhou para Raquel e disse constrangido: — Bah!... Tem a *pick-up* lá atrás, tchê.

Raquel tremia e olhava para o marido, que disse:

— Pode nos emprestar a *pick-up*?

— Barbaridade, homem... — falou baixinho. — Tem que pedir pro seu Ladislau, tchê. Ele é o dono e tá lá dentro... — tornou sem jeito.

— Não! — decidiu Raquel. — Vamos embora a pé!

— Ficou louca?... — sussurrou. — É longe! E a Bruna? — virando-se para o empregado, Alexandre perguntou: — Vocês não têm nenhum outro carro aqui?

— Bah! Tem, mas já saiu para pelejar com os empregados e com entrega de leite, tchê. Isso é bem cedinho, tchê.

Nervoso com a situação, Alexandre resolveu:
— Onde está o dono dessa caminhonete? Vou lá falar com ele.
— Não! — pediu Raquel.
Alexandre não se importou e se afastou do carro. Nem esperou Afonso segui-lo. Indo à direção da casa, subiu os degraus da varanda de dois em dois. Batendo palmas, ele se anunciou. Uma mulher, que parecia empregada, surgiu à porta.
O senhor Afonso o alcançou e perguntou a mulher:
— Bah... Mas onde está o seu Ladislau?
— Ali, tchê! — respondeu, indicando para a janela.
O homem sentado em uma cadeira de rodas parecia aguardá-los, pois através da janela, assistia à cena.
Alexandre entrou. Ao olhá-lo, sentiu-se mal, mas procurou manter as aparências e controlar seus sentimentos. Aproximando-se, apresentou-se:
— Sou Alexandre, genro da dona Teresa. — O homem ficou em silêncio e ele continuou: — Vim aqui a passeio para minha esposa visitar a mãe. Estávamos dando uma volta e meu carro apresentou um problema aqui em frente. — Ladislau não dizia nada, só o observava firme. Alexandre parou de falar, suspirou fundo, andou mais alguns passos, engoliu em seco e completou: — Preciso de um carro emprestado e pensei no jipe, mas o Afonso disse que está com defeito. Não há mais nenhum outro e não podemos voltar a pé. Não por mim ou pela minha esposa, mas é que estamos com a nossa filha e... — Após a pausa, completou: — Ficaria difícil, ela é pequena. Poderia nos emprestar a sua caminhonete para guinchar meu carro?
Com olhar frio, quase sem piscar, Ladislau não demonstrava expressão alguma. Ele moveu sua cadeira de rodas em direção da porta, passando por Alexandre, que o seguiu. Ao chegar à varanda, pôde ver melhor Raquel e a filha.
A mulher de Alexandre, em pé fora do carro, aguardava a volta do marido.

Ao vê-lo, segurando Bruna na sua frente, ela também o encarou firme, fria, sem expressão.

O tempo parou para Raquel. Num relampejo de ideias, lembrou-se de tudo. Percebeu que o que havia sofrido era passado. Fez-se forte, erguendo a postura sentiu-se no controle das próprias emoções. Em seu íntimo, sabia que o encontro acontecia pelos desígnios de Deus, que lhe mostrava que ela sobreviveu a tudo e se saiu mais valorosa, porque venceu. Sua mágoa se desfez como sal em água... Seu medo passou, dando lugar a um sentimento de confiança. Foi capaz de olhar de frente para seu agressor sem desviar ou temer, sem sentir nada, além de uma gota de piedade. Entendeu que era superior e que ele não poderia fazer mais nada contra ela. Aos poucos, conseguiu ficar tranquila, segura de si e ter a certeza de que venceu. Compreendeu que o mal que os outros fazem, momentaneamente, dói em nós, mas, certamente, doerá por muito mais tempo neles mesmos.

O senhor não suportou encará-la por muito tempo. Virou-se para Alexandre, olhou-o bem, abaixou a cabeça. Girando as rodas da cadeira, ficou de costas para Raquel e disse ao empregado:

— Bah... Mas vá lá e pegue as chaves! Ajude, sem demora, no que precisarem, tchê! — O rapaz agradeceu, mas quando ia descendo a escada ouviu-o perguntar: — Mas... É tua... ...a guria, tchê?

O marido de Raquel se virou e respondeu sereno, quase sorrindo:

— É sim. É minha filha sim. Tão linda, né?! — não esperou por resposta. Foi à direção da esposa e a fez entrar no carro junto com a garotinha.

♡

O veículo foi guinchado até a casa grande onde Raquel entrou às pressas sem dizer nada. Ao vê-los chegar com o carro guinchado pela *pick-up* do seu cunhado, dona Teresa perguntou:

— Bah!!!... Mas essa caminhonete não é do cusco do teu tio, tchê?!

A filha não respondeu, foi para o quarto. Rápida, começou a fazer as malas.

— Bah! Raquel! Estou falando, tchê! — reclamou a mãe, parada alguns passos após entrar no quarto.

Alexandre chegou, passou pela senhora e, frente a esposa, falou em tom brando:

— Calma... Não sei se iremos embora hoje. Terei de levar esse carro até a cidade para ver o que é.

— Onde está a Bruna? — indagou ponderada e firme.

— Na cozinha. A Gorete fez um suco para ela.

— Olha, Alex... — disse em voz baixa, mas enérgica. — O carro vai para a cidade sim. Estando ele quebrado ou não, iremos todos juntos. Não ficarei aqui.

Interferindo, a mãe perguntou alterada:

— Bah!... Mas como pegaram a caminhonete daquele homem, tchê?!

— Foi preciso, dona Teresa — explicou o genro em tom brando. — Estávamos dando uma volta, meu carro apresentou um problema lá perto de onde ele mora. Não poderíamos andar seis quilômetros com a Bruna no colo e com esse sol.

Mais perto de Raquel, a mulher disse nervosa:

— Tchê!!! Mas que barbaridade! Que carregasse tua guria nas costas, tchê! Mas não fosse pedir nada para aquele verme!

Olhando-a firme, a filha não se deixou abalar ao dizer:

— Veja bem, mãe... Quando estamos com dificuldades, a primeira mão que se estender, precisamos aceitar. Talvez sejam esses os desígnios de Deus.

Quase gritando dona Teresa retrucou:
— Como tu podes falar assim comigo, tchê, depois de tudo o que aquele verme te fez?! Bah! Tu tens que me respeitar, guria! Mas se eu disse, tchê, que não deveria pedir a ajuda daquele cusco, é porque não deveria, bah!

Em baixo tom de voz, porém muito firme, Raquel indagou com modos frios, encarando-a:
— Quem é a senhora para me dizer o que devo ou não fazer? A senhora não sabe o que é ajudar alguém. Muito menos sabe o que é pedir por socorro. Se não fosse aquele homem entrevado em uma cadeira de rodas, a quem iríamos pedir ajuda? — Não houve resposta. — É cômodo só exigirmos dos outros e nos acovardarmos, quando existem problemas. A senhora nunca ajudou ninguém, nunca soube o que é proteger alguém, nem a mim! Mas sempre soube exigir. Não me lembro de ter recebido um carinho seu. Quando foi que me disse: "eu te amo, Raquel"? Nunca! — Viu-a abaixar a cabeça, permanecendo com semblante sisudo. A filha continuou: — Quando é que me socorreu de um sonho ruim? Quando foi que ficou do meu lado? Das vezes que fui agredida, sem merecer, quando foi que me defendeu?! Quando vivi em situação de rua, fui ajudada por uma estranha que me deu mais auxílio e atenção do que a senhora! — falava firme. — Em pouco tempo, com a família do meu marido, recebi mais carinho e atenção do que todos os anos em que vivi aqui. A senhora sempre me criou distante de meus irmãos. Tenho o dever de te respeitar, mas não sou obrigada a me submeter às suas amarguras e exigências, mãe. Isso dói e não preciso sofrer mais.

— Bah! Não fale assim comigo, tchê! — disse firme. — Se eu estou chamando tua atenção, é porque não agiu direito, tchê! — Olhando a filha se virar para continuar a fazer as malas, dona Teresa exigiu, segurando-a pelo braço com gesto rude: — Olhe para mim quando eu falar com você!

Alexandre não gostou e reagiu ponderado:
— Espere, dona Teresa. Solte a Raquel. As coisas não são assim não — deu um passo à frente.
— Mãe, solta meu braço! — exigiu e a mulher obedeceu. Encarando-a, a filha falou firme, mantendo a calma — Fizemos o que foi preciso. Agora, temos de ir embora daqui.
— Bah!... Aquele cusco viu tua guria?
— Por que quer saber, mãe?!
— Bah, tchê! Enquanto as gurias dele morreram, tu tá linda, com uma pequena bem guapa. Só quero ter certeza se aquele verme te viu com a filha dele, tchê!
— Não fale isso nunca mais! A Bruna é minha filha! — Alexandre reagiu em tom grave.
— Agora eu entendo por que não foi me visitar e insistiu tanto para eu vir até aqui. A senhora queria me exibir como um troféu, símbolo de uma vitória ou vingança, sei lá o quê... — disse a filha decepcionada e ofendida.
— Bah! Mas não foi isso! — gritou a mulher.
— Mãe, a vida não é uma brincadeira! Eu não sou uma brincadeira para se divertir ao exibir para os outros que estou bem! A senhora não esteve comigo quando mais precisei! Morei nas ruas por uns cinco meses e quase morei de novo se não fosse o Alexandre! — apontou para o marido, que permaneceu quieto. — Tudo por sua culpa, mãe! Nesse tempo inteiro, a senhora nem sabia onde eu estava. Tudo por culpa da sua covardia, arrogância e vergonha do seu passado! Eu não quis ser uma mãe assim, por isso corri atrás da minha filha! Para dizer que a amo e que ela pode contar comigo sempre! Se errei ao abandoná-la, foi por ter minha mãe como exemplo! Mas procurei corrigir meu erro! Decidi não fazer a ela o que mais me feriu, magoou e prejudicou na vida: ser abandonada por minha mãe! A senhora não tem direito nenhum sobre mim nem de me dar opiniões!

— Bah!... Mas tu achas que fiquei feliz longe, Raquel?! Tchê! Chorei noites e noites, tchê! Roguei a Deus para que te cuidasse! Sempre odiei todos pelo que te fizeram!

— E acha que isso foi o bastante?! Acha que isso acalentou minhas noites? Matou minha fome nas ruas?! Amenizou meus medos e minhas dores?! Confortou meu coração?!...
— Não houve resposta. — Não os odeie! A senhora não é tão diferente deles! Não julgue os outros! A senhora foi capaz de fazer igual! — falou, quase num grito. — Se eles me maltrataram, a senhora não fez diferente! Quando cheguei, aqui, na porta desta casa, machucada e ferida, acusando o tio Ladislau de tudo, a senhora ficou muda! Não disse nada para me defender! Deixou que o vô me batesse, quase me matando... No seu lugar, eu teria me jogado na frente do chicote! Seria capaz de pegar as tiras de coro e tentar bater nele! Teria ido embora com minha filha! Eu tinha dezessete anos! Não sabia o que fazer! Não conhecia nada da vida nem ninguém! A senhora não me defendeu, não me protegeu, não disse nada a meu favor! Sabe por quê?! Para ninguém saber que traiu meu pai! Traiu seu marido com o irmão dele! — Breve pausa e ainda lembrou, falando em tom mais ameno: — A senhora sempre me odiou, mãe. Talvez por eu te fazer lembrar a traição. Não é mesmo? — silêncio por breve momento. — Eu faria dezoito anos, pouco tempo depois, mas ainda era menor de idade, merecia e precisava de proteção, de alguém que me levasse a um médico, que procurasse a polícia, que lutasse por meus direitos... Porque, mesmo que eu fosse maior de idade, fui agredida, violentada por meu tio... — Com lágrimas correndo na face, continuou: — ...que era meu pai... E a senhora sabia disso. A senhora não foi diferente deles, mãe. A senhora só pensou em si, em preservar sua moral... Pouco depois, quando te procurei, a senhora me virou as costas

pela segunda vez. Isso foi mais cruel do que quando o vô me surrou e me mandou embora daqui. Eu estava grávida e não sabia o que fazer! Não tinha para onde ir! E a senhora, o que fez?! Me deixou com a consciência mais pesada ainda por estar grávida do meu próprio pai! Desde a primeira vez que reclamei daqueles carinhos nojentos que recebia dele, poderia ter feito algo! Poderia ter falado com seu marido, aquele que pensava que era meu pai! Mas não disse nada, porque tinha medo! Tinha a consciência pesada! O tempo em que vivi nas ruas recebi da Amélia, aquela indigente que a procurou na igreja, mais carinho do que todo o tempo em que vivi ao seu lado! Ela me protegeu até morrer!

— Bah!... Mas não fale assim comigo, tchê!!! — inquiriu a mulher. — Você não tem esse direito, tchê!

Alexandre assistia a tudo calado. Agora, sem chorar e com voz branda, Raquel continuou:

— E qual o direito que eu tenho, mãe? O direito de me calar? O direito de me odiar? O direito de me culpar pelo que me aconteceu? O direito de ficar amedrontada e não saber fazer mais nada na vida a não ser ter medo, pavor, horror a um carinho de alguém? O direito de querer morrer por ser tão rejeitada? — não houve resposta. — É muito difícil se sentir rejeitada... É a pior coisa do mundo... Sabe por que não me matei quando o Marcos me mandou embora e depois quando fui despedida do emprego? Porque o Alexandre me explicou que não morremos. Continuamos vivos, na espiritualidade, após a morte do corpo e como suicidas sofremos imensamente por muito tempo. Não me matei também porque ele me ensinou a ter esperança na vida, pensar em dias melhores e me esforçar para que esses dias acontecessem. Encontrei no meu marido alguém que me amava, que me protegia... Alguém que me respeitava e respeita, que me deu o valor que não recebi da minha própria família. Como é importante uma palavra amiga, um conselho de alguém que nos ama, num momento difícil... É lamentável que nem todos que passam por algo semelhante ao que passei, tenham essa sorte. As pessoas deveriam pensar nisso. Não exija dos outros aquilo que não é nem tem capacidade de fazer. — Bem mais calma, disse ainda: — Eu creio que tenha pedido a Deus por mim. Acredito que tenha sentido minha falta, mãe. Mas acho que não pensou que eu sentia a sua... Que eu precisava muito, muito da senhora, mãe. Por isso, não acho justo a senhora torturar alguém com a minha imagem ou com a minha presença, mostrando que venci, que sou vitoriosa ou coisa assim... A senhora não faz parte da lista das pessoas que me ajudaram a estar como estou. Odiá-los pelo que me fizeram não é correto porque você não agiu diferente deles. Ontem à tarde, o Tadeu me contou o que vem fazendo com o vô. E, assim que cheguei aqui, até agora, sinto algo estranho, que não sei o que é, entre meus irmãos. O seu problema, mãe, é a mentira, é querer impor aos outros as suas determinações.

— Bah! Aquele velho miserável merece morrer, tchê! Não o defenda!

— A senhora é Deus para julgar assim?

— Bah! Tu não falas desse jeito comigo, Raquel!

— Vamos parar com isso, por favor — pediu Alexandre, achando que Raquel já havia dito o que precisava e dona Teresa só pioraria a situação. A senhora nunca admitiria não ter razão. — Não viemos aqui para discutir. Não é mesmo? Desculpe-nos se não agradamos, mas iremos embora o quanto antes.

Bruna chegou correndo, alegre e brincando. Raquel largou o que fazia e foi à sua direção. Pegando-a no colo, perguntou, levando-a novamente para fora do quarto:

— Vamos almoçar, meu bem?

— Dona Teresa, eu só quero que uma coisa fique bem clara: Bruna é minha filha — disse o genro, ao se ver a sós com a sogra.

A mulher o olhou, não disse nada e saiu do quarto.

♡

À tardinha, Alexandre conversava com a esposa e explicava:

— Amanhã cedo, nós sairemos daqui e vamos para a cidade. Já conversei com seu irmão, o Pedro. Ele vai nos emprestar a caminhonete para guinchar meu carro. Na cidade, ficará mais fácil para chamar um guincho do seguro. Ficaremos num hotel. É mais tranquilo.

— Gostaria de ir embora hoje — comentou séria, respirando fundo.

— Eu também, mas não dá. Sinto muito.

Ela ficou contrariada e quieta. As horas demoraram a passar. Após o jantar, Bruna balançava em uma cadeira de vime, que ficava na varanda e Raquel, a certa distância, olhava-a. Alexandre se aproximou e a abraçou perguntando:

— O que foi? Você está tão quieta — ela não respondeu. — Puxa, Raquel! Eu não te trouxe aqui para isso. Se eu soubesse...

— Você não tem culpa de nada. Tenho de te agradecer por estar aqui. Foi muito bom eu ter vindo. Enxerguei, realmente, tudo como é. Nada mudou e agora não terei mais dúvidas — disse firme.

— Como assim?

— Minha mãe é egoísta e vingativa. Só pensa nela, em se preservar, em tirar vantagens... Nem preciso falar nada. Você mesmo viu. Ela nunca sentiu nem sente nada por mim. Acredito que minhas expectativas terminaram com relação a ela. Coitada... Eu tentei... Mas estou ciente de que nunca terei o que esperava receber: carinho, amor e atenção. Mas isso não importa mais e posso dizer que ajudou meu crescimento emocional. — Alguns minutos de silêncio e depois disse: — Além disso, tem alguma coisa errada com meus irmãos como sempre. Eles ainda me ignoram.

— Quer que eu pergunte por quê?

— Não. Vou pôr a Bruna para dormir e depois conversarei com eles. — Breve instante e perguntou: — Você reparou que minhas cunhadas não conversaram comigo?

— Reparei sim.

— Ontem à tarde, notei que eles afastaram as crianças também, não as deixam brincar com a Bruna. A mulher do Pedro até resolveu ir para a casa da mãe dela.

— Eu achei isso estranho. Nem ia comentar, mas... Se você acha que deve, vá conversar com eles sim. Não fique guardando isso nos sentimentos. Aproveite a oportunidade.

♡

Pouco tempo após a filha ter dormido, Raquel procurou pelos irmãos, que estavam sentados na escada do outro lado da casa.

— Tadeu e Pedro, eu preciso falar com vocês — disse séria. — Daria para entrarem um pouquinho? Será melhor conversarmos aqui dentro.

Eles a seguiram.

Na grande sala, os dois se acomodaram à mesa e Raquel, em pé, falou:

— Nunca tivemos a oportunidade de conversar, sermos diretos e verdadeiros. Vim aqui para visitá-los, mas sinto algo errado. Gostaria de saber o que é.

Os irmãos se surpreenderam. Ela jamais os questionou. Tentando disfarçar o espanto, Tadeu disse:

— Bah! Não há nada errado, tchê! Tu tá vendo coisa que não existe.

— Tem algo errado sim! — falou firme. — Mal vi minhas cunhadas e sobrinhos. E vocês nem conversaram conosco direito e...

— Bah!... Mas passamos a manhã inteira com teu marido e mostramos tudo, tchê! — defendeu-se Pedro. — Fomos até o ribeirão, perto da Montanha Velha — referiu-se ao nome de um lugar —, pra ele conhecer, tchê! Tava quente de matar a sombra, bah! Voltamos e ele perguntou pra mãe onde tu tava e resolveu pegar o carro pra ir atrás, tchê. Mas, bah! Não houve mais tempo depois disso. Fomos cuidar da lida e não tinha como ele fazer a mão, tchê! — quis dizer que não tinha como ele ajudar nos trabalhos.

— Eu quero dizer que minha presença parece que incomoda a vocês.

Constrangido, Tadeu resolveu falar:

— Tchê... Olha, Raquel, o tipo de vida que tu tens levado, não agradou a gente, tchê.

— Que vida eu tenho levado?

— Bah!... Vamos ser honestos, tchê? — disse Pedro. — Assim que tu acusaste o tio daquilo tudo, nós não acreditamos, lógico, tchê!

— Por quê? — tornou a irmã.

— Bah!... Mas é que fazia tempo que o tio vinha dizendo que tu darias trabalho. Que tu ficavas de assanhamento até pra ele, tchê! Se tava fazendo isso pra ele, fazia pros outros também, tchê. Eu mesmo ficava intrigado quando tu sumias, praquelas bandas do rio, tchê!

— Por que não perguntou aonde eu ia? A mãe sabia que eu gostava de ficar na cachoeirinha — justificou ela.

— Bah!... Não sei por que não perguntamos... Bah... Assim que tudo aconteceu, não acreditamos em ti, porque pensamos que queria se vingar, bah, das surras que levou, quando o tio contou de teu namoro com aquele negro, tchê! — Um instante e Tadeu continuou: — Bueno... O tio sempre foi um pai pra gente, bah! Barbaridade, pensar mal dele! Ele é homem integro, tchê! Não podemos acreditar no que tu disseste dele. Bah, mas é claro que ficamos tristes quando tu foste embora... Depois de um tempo, a mãe disse que tu tava morando com Marcos. Mas, recebeu carta da Alice dizendo que tu tava dando um baita trabalho. — Um momento e ainda contou: — Na carta, tchê... Alice disse que tu tava saindo com um e com outro, tchê! Bah, mas é claro que não gostamos disso, tchê! — Calou-se por um segundo e explicou: — Bueno, tchê!... Mas, agora, tu apareces casada, trazendo guria e marido, bah e quer que a gente aceite, tchê?! Foi mal, tchê... Mas pensa que a gente é abobado?! Bah, mas tu não tens que dar explicações não. Se Alexandre te aceitou, bah!... Tá certo, tchê!

Decepcionada, ela respirou fundo, armou-se de coragem e enfrentou-os, dizendo:

— Pelo visto, a mãe nunca contou tudo a vocês. De uma vez por todas, vamos esclarecer os fatos, o que eu deveria ter feito há muito tempo. Não vim de tão longe para voltar com essa bagagem toda.

— Bah!... Mas, então, te abanca, tchê! — Pedro pediu que se sentasse.

Raquel se acomodou frente a eles. Encarou-os e contou, bem séria:

— Desde pequena, quando eu tinha uns oito ou nove anos, percebi certos carinhos estranhos por parte do tio Ladislau... — revelou tudo e eles ficaram atentos, perplexos em vários momentos. Em algumas ocasiões, Raquel se emocionou. Não tinha como ser diferente. Embora indignados e enfurecidos, os irmãos ficaram em silêncio, deixando-a terminar.

Ao final da narrativa, Pedro olhou para o irmão e recordou:

— Bah... Mas tu te lembras que logo que Raquel foi embora, achei o casebre revirado, tchê?! Chamei-te pra mostrar as amarras cortadas e desfiadas, comida embolorada e tacho de água, tchê.

— Bah... Mas se lembro, tchê — confirmou Tadeu atordoado e completou: — Bah! Mas tinham manchas de sangue... Até encontrei aquela capa e o bornal do tio, mas não quisemos acreditar, tchê! Pensamos que o negro roubou pra acusar o tio. Barbaridade!...

— Foi nesse casebre, perto do ribeirão da Montanha Velha, que o tio me prendeu. Para me soltar, fiquei quase a noite inteira roendo aquelas tiras.

— Bah!!! Mas que desgraçado, maldito, tchê!!! — gritou Pedro, dando um soco na mesa. — Vi o lugar e ainda pensei, tchê... Barbaridade! Não quis acreditar, tchê! Era mais fácil dizer que tu estavas de mentira. Bah! Mas nunca que poderia desconfiar de nosso tio!

— Calma, Pedro — pedia Raquel. — Não fique assim, não adianta mais.

— Bah! Minha irmã! Tens certeza que ele é teu pai, tchê?! — perguntou Tadeu, quase incrédulo.

— Foi isso o que ouvi da mãe. Como contei, estava desesperada por causa da gravidez e morando nas ruas como indigente... Se quiserem chamá-la agora para esclarecer tudo novamente... Fiquem à vontade. Posso esperar aqui — disse segura.

— Bah! E sua guria, tchê? — tornou Tadeu.

— Agradeço a Deus por ela ser perfeita. Alexandre a assumiu como dele.

— Bah! Teu marido sabe de tudo mesmo, tchê? — quis ter certeza.

— Sim. Ele sabe de tudo. Como eu disse, foi o Alexandre quem me fez superar tantos desafios e aceitar minha filha.

Pedro estava inconformado. Levantando-se, quase gritando, esmurrou a mesa ao falar:

— Bah!... Mas vou matar aquele desgraçado, tchê!!! Miserável!... — xingou.

— Pedro, por Deus — disse a irmã —, por seus filhos, eu te peço que não faça nada. Ele já é vítima de si mesmo.

— Bah! Não posso me conformar, Raquel! Tchê, eu tenho uma filha e!...

— Estou te pedindo, por favor! Por sua filha... Ela não merece ter um pai assassino. Já me vi em muito desespero por causa dessa história. Superei medos e traumas, mas ainda vivo alguns conflitos por tudo o que aconteceu. Não me deixe com mais esse remorso de saber que você fez algo contra a vida dele por causa do que contei. — Viu-o encará-la e pediu outra vez: — Não me deixe com esse peso de consciência. Já sofri muito. Por favor.

Fazia algum tempo que Alexandre estava parado, em pé à porta, sem ser visto e ouvindo tudo. Nesse instante, entrou na sala, fazendo-se ouvir pelos passos no assoalho de madeira. Parou próximo da esposa e ficou calado.

— Bah... Mas me desculpa, homem! Pensamos muito mal de ti, tchê.

Ele sorriu e fez um aceno com a cabeça. Pedro, ainda inconformado, reagia:

— Bah! Maldito! Cusco! Canalha! Homem macho não é aquele que grita, coage, bate, violenta, maltrata, constrange... Isso é um homem covarde, tchê!

— Eu temia que soubessem a verdade e alguém reagisse assim. Mas não queria que continuassem com alguma dúvida sobre mim. O Marcos acreditou em mim... Pense, para mim, isso já basta. Não quero ter remorsos por ter dito a verdade. Hoje, estou bem. Tenho uma filha linda, um marido maravilhoso... Ele tem o quê? Uma vida miserável, uma condição horrível... Precisamos ter pena...

— Bah! Mas por que a mãe nunca nos falou?

— Por medo. Covardia... Por ficar em choque pelo que me aconteceu. Mas, principalmente, ela nunca falou por amor a vocês... Não queria que ficassem com raiva, revoltados, remoendo o passado, que não adianta ser lembrado. Não a culpem — disse para que os irmãos não sentissem raiva da própria mãe.

— Tchê! E o que ela fez contigo foi amor, tchê?!

— Ela fez tudo o que podia e conseguia. Teve medo. Muito medo de ser descoberta, de ser julgada...

— Bah, não sei como tu podes pensar assim!

— Bah, Raquel! Tu perdoas a gente? — pediu Tadeu.

— Claro... — sorriu lindamente. — Vocês não tiveram culpa alguma.

Tadeu se levantou. Foi à direção da irmã e, meio sem jeito, abraçou-a de modo apertado e por longo tempo. Ao se afastar, escondeu as lágrimas que corriam na face. Pedro fez o mesmo.

— Obrigada por me ouvirem — ela sorriu meigamente.

Despediram-se e cada qual se recolheu.

Em seu quarto, Raquel observou a filha dormindo. Tranquila, virou-se para o marido ao seu lado, olhou-o por tempo indefinido, até vê-lo sorrir.

— O que foi? — ele quis saber.

— Eu amo você, Alex — disse baixinho, abraçando-o com toda a força.

Nota da médium: Conforme dados do Fórum Brasileiro de Segurança Pública, de 2020, uma criança de até 13 anos de idade é estuprada a cada 15 minutos no Brasil. 36 mil estupros são registrados por ano. Embora assustador, o número

não corresponde à verdade, uma vez que nem todos os casos são registrados. Crianças de zero até 10 anos representam 35% dos casos. Ainda que alarmantes, essa porcentagem de vulneráveis abusados também não chama a atenção nem mostra a gravidade da violência sexual na infância e juventude no país. Isso não é amplamente divulgado como deveria. Nosso país experimenta uma epidemia de violência sexual, que vem se propagando contra menores de todas as classes sociais. Violência sexual, violência psicológica e abuso emocional não são atitudes normais, principalmente, contra crianças e jovens, que são os mais indefesos e vulneráveis. Amigos, vizinhos, parentes, avós, tios, cônjuges, padrastos, namorados, pais são os que praticam esse ato monstruoso e muitas mães ou responsáveis negligenciam, acovardam-se e não denunciam, não ficam atentas, ignoram. Alguns chegam ao absurdo do conformismo ou acham normal. As denúncias são feitas, em sua maioria, por creches e escolas, quando percebem.
A violência sexual, psicológica e o abuso emocional contra crianças e jovens são praticados, principalmente, por pessoas próximas, gentis, agradáveis e acima de qualquer suspeita da família, de grupos sociais, de religiosos, de comunidade, etc. O violentador nem sempre é pedófilo. Dados mostram que apenas 20% dos agressores possuem o diagnóstico de pedofilia. Mas, comumente, o agressor tenta usar tal referência para benefícios perante a lei. Existem casos registrados de violência sexual desde bebês violentados aos 7 dias de nascidos até senhoras acima de 80 anos de idade. O abusador/agressor não tem escrúpulos, consciência, caráter ou remorso. Não hesita e jamais se preocupa com a dor e o sofrimento físico ou emocional, com os traumas ou dificuldades que as vítimas terão ao longo de sua existência. Os pais, responsáveis e familiares têm o dever moral de proteger, ajudar e acolher aqueles que podem passar ou viveram qualquer tipo de abuso emocional ou violência.
O livro *O Resgate de uma Vida*, romance de Eliana Machado Coelho e Schellida, publicado pela Lúmen Editorial, traz muitas informações a respeito de violência contra a mulher, Lei Maria da Penha, entre outros temas esclarecedores.

Capítulo 21

Doação de órgãos

Na manhã seguinte, bem cedinho, Raquel despertou com o carinho delicado da mãozinha de Bruna que tocava seu rosto. Alexandre não estava a seu lado. Olhando para a filha, ouviu:

— Bom dia, mamãe! — sorriu docemente.

— Bom dia, meu amor! — retribuiu o sorriso e afagou seu rostinho.

— Mamãe — disse a garotinha com voz doce e meiga —, o papai já levantou.

— É tão cedo, Bruna... Por que não está dormindo?

— Eu tentei. Fechei os olhos assim, oh! — disse a pequena, espremendo os olhinhos. — Mas, não adiantou nada. Por isso eu vim aqui dormir com você.

Raquel sorriu. Levantou-se e foi se arrumar para ir à procura do marido.

Alexandre mexia em seu carro tentando procurar o defeito. Ao ver a esposa parada na escada da varanda, sorriu e falou:

— Você nem vai acreditar! Foi um cabo da parte elétrica que, talvez, pela estrada esburacada, soltou-se de leve por não estar bem preso. As luzes do painel acenderam, quando ele acabou de se desconectar, o carro morreu por completo.

Indo ao seu encontro, Raquel o beijou e perguntou sorrindo:

— Então posso pegar as coisas para irmos?

— Bah! Fique, Raquel! — pediu a mãe, que chegou à varanda.

— Obrigada, mãe. Realmente, preciso ir — respondeu educada.

A mulher não disse nada.

Virado para o carro, fechando o capô, Alexandre sussurrou:

— Se quiser, pode arrumar as coisas agora mesmo. Vou pedir ao seu irmão para dirigir o meu carro até a casa do seu tio. Tenho de devolver a *pick-up*.

— Por que não deixa meu irmão, sozinho, levar a caminhonete?

— Fui eu quem pegou o carro emprestado. Tenho a obrigação de devolver. Fica tranquila. Quando fazemos pequenos enfrentamentos, ficamos fortes, resistentes e não sofremos nas grandes dificuldades.

— Tudo bem... É o certo — aceitou, mas ficou contrariada.

♡

Chegando à casa do cunhado de dona Teresa, ouviram alguns gritos em meio a gemidos de lamentos. Ao olhar para o irmão de Raquel, Alexandre pareceu surpreso ao perguntar, sem palavras, o que era aquilo.

— Bah... Não te preocupe, tchê! — disse Pedro. — É minha tia. Ficou assim desde que as três filhas morreram de uma vez só, tchê. Bah, mas isso é de endoidecer qualquer um, tchê. — Breves segundos, ainda comentou: — Bah! Mas agora eu sei por que a consciência dela pesa, tchê! Ela também jurou contra minha irmã.

Ao entrar na casa, Alexandre viu a lateral da cadeira de rodas do senhor. Embora não estivesse frente a ele, Ladislau parecia esperá-lo. Pedro ficou à porta, somente olhando, sem dizer nada. Expressava raiva, mas não se manifestou.

— Bom dia! Com licença... — disse Alexandre. — Vim devolver as chaves. A caminhonete está estacionada no mesmo lugar onde a peguei. Muito obrigado.

Ladislau virou-se e moveu-se até ele. Pegou as chaves e balançou a cabeça concordando. O rapaz se despediu e saiu da sala seguindo o cunhado. O senhor foi até a varanda e antes de vê-lo descer os poucos degraus, chamou:

— Bah! Homem!... — observando o rapaz se virar, gesticulou para que voltasse. — Te aprochega! — venha para mais perto, quis dizer.

— Pois não? — indagou Alexandre. Nesse momento, sentiu um mal-estar percorrer todo o seu corpo.

Espremendo os olhos azuis, franzindo o rosto, encarou-o. Podia-se notar que era um homem alto, agora curvo talvez por suas condições. Notava-se que foi muito forte também. Trazia em sua aura um envolvimento desagradável, que não se podia descrever.

Sem demora, Ladislau perguntou:

— Bah! Mas eu preciso saber de uma coisa, tchê! Aquela guria, filha de Raquel, é sua filha mesmo, homem?!

Alexandre sentiu-se gelar. Teve de se conter muito. Mesmo vendo-o naquelas míseras condições, experimentou um desejo, quase incontrolável, de agredi-lo. Respirando fundo, erguendo-se firme e olhando-o nos olhos, respondeu austero:

— Sim. Eu sou o pai de verdade. Quanto ao biológico, pouco nos importa — tremeu pelo nervoso, mas não demonstrou. Terminou de descer as escadas, entrou no carro e se foi.

São em rápidos e corriqueiros acontecimentos que demonstramos nosso aprendizado e fé.

No carro, Pedro perguntou o que o tio havia questionado, pois ele não conseguiu ouvir. Alexandre contou e depois disse:

— Atenda o único pedido que a Raquel fez, Pedro. Não faça nada contra ele. Ela já sofreu muito e não precisa carregar esse remorso.

— Bah... Mas nem cheguei perto daquele desgraçado por causa disso, tchê! Estou até suando! Bah! Mas não dormi essa noite e ainda estou passando mal, só de lembrar. Tá bueno?! — Após pequena pausa revelou: — Tchê... Eu e Tadeu pensamos que tivesse sido o namoradinho que tivesse prendido Raquel naquele casebre, tchê. Bah... Mas essa ideia não me saía da cabeça. Tu nem imagina como estava o lugar, tchê. Que barbaridade! — O cunhado permaneceu calado. Não desejava falar sobre aquilo. Mas Pedro trazia a consciência pesada. Num gesto bruto, pareceu secar o rosto e esmurrou o painel do carro, dizendo, quase gritando: — Mas que diabo, tchê! Bah que eu ainda concordei com o Tadeu, tchê!

— Como assim? — Alexandre indagou surpreso.

— Bah, mas não contas pra Raquel não, tchê.

— O que aconteceu, Pedro?

— Bah... Eu e Tadeu demos um fim no negro, tchê. Pensamos que foi ele.

— O quê?!!! — parou o carro. Sentiu-se mal ao saber daquilo. Em seguida, perguntou incrédulo: — Vocês não fizeram isso?!

— Bah! Mas pensamos que tivesse sido ele. Eu e Tadeu, quando soubemos pelo tio que o guri queria namorar a Raquel, tivemos uma peleia com o cabra.

— Peleia? O que é isso? — quis entender.

— Bah! Peleia? É pega. Briga, tchê! Quebramos o negro umas três vezes, numas banda por aí. Por isso acreditamos que ele ficou com raiva e fez aquilo com nossa irmã prendendo a Raquel lá no casebre, tchê. Daí, achamos que Raquel acusou o tio Ladislau de ter violentado por vingança das surras que levava do nosso vô. — Alexandre debruçou-se ao volante, incrédulo, e Pedro confessou: — Bah... Pensamos que por causa daquele negro a nossa irmã havia se perdido, tchê. Ficamos com tanta raiva do cabra que pegamos o sujeito e demos um fim, tchê... — Com a voz embargada, ainda desfechou: — Tchê... Ele morreu jurando que não teve nada com ela.

— Quem mais sabe disso? — Alexandre indagou.

— Bah! Agora, só tu, tchê — Depois de pequena pausa, Pedro desabafou: — Bah! Que não podíamos deixar do jeito que tava. Tu tinhas de ver como tava o casebre, tchê! Tinha de ver como tava a Raquel, quando chegou na fazenda. Ela ficou presa lá por seis dias, tchê! Que barbaridade! Ficou sumida esse tempo todo!

— Não foram três dias que Raquel sumiu?

— Bah! Não. Eu ouvi, ontem, ela falando que ficou três dias lá, mas acho que ela perdeu o jeito de contar o tempo. Bah, que ela ficou fora, mesmo, por seis dias.

— Por que não conversaram com sua irmã, quando tudo aconteceu? Por que não foram até a polícia? Não a ajudaram?...

— Não sei, Alexandre — disse Pedro atordoado. — Tchê... Sabe, nós não conversávamos muito não. A mãe sempre separou a Raquel da gente e só agora eu entendo por quê. Bah... O nosso vô sempre deu as ordens e a gente foi acostumado assim. Hoje é que eu penso diferente.

— Se tivessem conversado mais... Se tivessem sido amigos...

— Mas ela era menina, tchê. Não dava para gente conversar!

— Eu tenho duas irmãs, uma delas, a Rosana, é minha melhor amiga. Não sei o que faria sem ela. Somos companheiros, confidentes, parceiros...

— Tu pensas diferente, porque teve criação diferente. — Um instante e comentou: — Bah! Que agora é que tô pensando. Organizando as ideias, aqui, lembro que o tio Ladislau sempre foi daqueles que se faz de leitão vesgo pra mamar em duas tetas, tchê!

— O que isso significa? — tornou Alexandre.

— Bah!......é querer tirar vantagens. Fica com um olho aqui e outro lá! Ele sempre foi esperto, tchê! Esperto em tudo! Ele deu uns golpe no nosso pai. Fez meu avô passar a parte maior da fazenda pra ele. Nosso pai sofreu acidente e não conseguimos fazer nada, tchê! Mas, agora...

— Agora, sem filhas, ele não tem nem para quem deixar as terras das quais se apropriou. Tudo volta para vocês. Deus não falha, Pedro.

— Bah... Isso não ajuda muito. Barbaridade! Que estou com a consciência doendo por causa do guri... O negrinho não merecia aquilo... Tu não contas pra Raquel!

— Não. Fica tranquilo.

Mesmo não se sentindo bem com aquela história, Alexandre decidiu seguir. Ligou o carro e se foi. Desejava sair dali o quanto antes. Tudo o que precisavam, ele e a esposa, já haviam feito.

♡

Após se despedirem, deixaram a fazenda. Haviam planejado ficarem mais dias lá, mas não seria adequado. Alexandre resolveu não perder as férias e tentava convencer Raquel para passearem mais em outras regiões lindas do Sul do país.

— Vamos?! — dizia animado. — É uma pousada e tem vários chalés de madeira ao pé da serra... Tem lareira, tapetes e colchas de pura lã de carneiro, com dois ou três quartos, hidro... É um lugar lindo! Principalmente, nesta época do ano onde tudo deve estar florido. Se não quiser o chalé, ficamos num apartamento. É bem espaçoso e tem dois quartos, sala...

— Ah... Não sei. Depois de tudo... Estou meio decepcionada. Minha vontade mesmo é voltar pra casa e... Quero abraçar seus pais, beijá-los e me esconder entre eles para me sentir segura — riu com graça.

Alexandre riu e envolveu-a com um abraço, perguntando com jeito manhoso:

— E comigo, você não se sente segura?

— Seu bobo!... Claro que sim!

— Então vamos ficar nessa pousada, vai? Temos mais de vinte dias de férias pela frente...

Raquel, bem mais alegre e segura, concordou. Eles passearam, divertiram-se e se distraíram o restante das férias, conhecendo lugares maravilhosos que os faziam esquecer tudo o que passaram, nos poucos dias, que ficaram na fazenda.

Depois de um dia inteiro de passeios e brincadeiras, o marido estava cansado e havia se deitado.

— É nossa última noite em férias... — a esposa murmurou ainda em pé, ajeitando os cabelos. — Passou tão rápido...

— É mesmo... — ele falou baixinho, sem se virar. — Fui ver a Bruna agora, lá no outro quarto, e ela está desmaiada — achou graça. — Correu e pulou tanto que a energia acabou.

— Não se incomode. Amanhã cedinho, ela estará com a carga total — Raquel sorriu. Viu-o deitado de lado. Acomodou-se ao seu lado e, inesperadamente, abraçou-o pelas costas, afagando-o. Com voz terna, sussurrou perto de seu ouvido: — Obrigada... — Ele se virou e sorriu. No mesmo tom, a mulher disse novamente: — Obrigada por tudo. Nunca serei capaz de dizer o quanto você me ajudou... Eu te amo tanto...

Alexandre se ajeitou e a envolveu com carinho, afirmando:

— Eu também amo você...

Raquel se aproximou ainda mais e com ternura afagou seu rosto, puxando-o para si.

Ele se curvou, procurou seus lábios e a beijou com amor e ela correspondeu. Em meio a tantos carinhos, amaram-se como sempre desejaram.

♡

Chegando à residência do senhor Claudionor, foram recebidos com imenso carinho. Dona Virgínia fazia uma pergunta atrás da outra:

— E lá?! Como foi?! Correu tudo bem? Foram bem recebidos?

Alexandre a abraçou forte e disse:

— Obrigado por você ser como é. — Puxando seu pai para um abraço, completou: — Obrigado pelo amor que têm por nós, pelo carinho, pela atenção, pelos ensinamentos... Agradeço tanto a Deus por vocês existirem. Não conseguiria viver sem vocês.

Sem dizer uma palavra, Raquel os abraçou, emocionada. O casal não conseguia entender, apesar de corresponder ao carinho. Sem demora, dona Virgínia perguntou chorosa:

— Mas o que houve?

— Precisamos descansar um pouco, mãe. Depois conversamos e contamos tudo.

Após se recomporem da viagem, Alexandre e Raquel comentaram tudo o que havia acontecido. O casal ficou perplexo e o senhor Claudionor argumentou:

— Não fiquem triste com isso. Já passou e não perderam a viagem. Aproveitaram para outros passeios.

Alexandre, Raquel e Bruna não desejavam voltar para o apartamento como se pudessem se sentir mais seguros ali. Mas era preciso.

♡

Após alguns dias, de volta à rotina, Alexandre retornou ao trabalho. Tudo continuava normalmente. Duas semanas depois, Raquel o procurou e disse:

— Alex, precisamos conversar.

— Diga — falou com tranquilidade.

— Hoje, fui acompanhar a Rosana ao médico e resolvi passar em consulta também.

O marido puxou-a para que se sentasse em seu colo e perguntou:

— Você está bem? Está sentindo alguma coisa?

— Estou bem. É que... — deteve-se.

— Você parece nervosa, por quê? Tem algo errado?

— Bem... Quando retornamos de viagem, conversamos e decidimos esperar um pouco para ter um filho. Daí nós fomos ao médico para que me receitasse um contraceptivo, lembra?

— Claro. Lembro sim — afirmou calmo e sério. — E?... O que aconteceu?

— O médico pediu que eu esperasse alguns dias após o ciclo menstrual para começar a tomar o remédio. Hoje, fui lá e ele me pediu para fazer um exame de gravidez porque esse ciclo não ocorreu até agora.

Alexandre não sabia se sorria ou se chorava. Abraçando-a com carinho, beijou-a com ternura embalando-a nos braços. A emoção o fez perder as palavras e só muito depois ele disse:

— Eu te amo, Raquel. Eu te amo tanto. Deus! Obrigado.

— Calma — disse a esposa sorrindo e chorando —, não temos certeza ainda.

— A Rosana já sabe? — ele indagou.

— Não. Eu não contei — riu.

— Nada?!

— Não. Nada — riu mais ainda.

— Você já fez o exame?

— Não. Nem mesmo teste de farmácia. Mas acho que é positivo. Só palpite, mas... Preciso ir ao laboratório.

— Amanhã cedinho eu vou com você. Quero te acompanhar em tudo, meu amor.

O resultado foi positivo. O casal ficou muito feliz.

Para fazer surpresa, eles combinaram que não contariam nada por telefone. Esperariam até o final de semana. Sabiam que Vilma e o marido estariam presentes e seria mais oportuno. No sábado, ao chegarem à casa do sogro, Raquel pediu:

— Deixe-me contar pra Rô sozinha?

— Claro. Vai lá — ele concordou.

Dona Virgínia, desconfiada com o cochicho dos dois, perguntou ao filho o que estava acontecendo. Sem conseguir se conter e tirar o sorriso do rosto, Alexandre revelou a novidade a todos, que ficaram felizes.

— E a Bruna, já sabe?! — toda satisfeita, dona Virgínia quis saber.

— Já. Contamos ontem à noite.

Eles cumprimentavam Alexandre, quando ouviram um grito.

— Alexandre! Vem cá!

Ao entrar no quarto, ele encontrou Raquel assustada:

— A Rosana!... Alex, a Rosana! — chorava.

— Onde ela está?

— Aqui! — mostrou em desespero indo até o banheiro.

Alexandre trouxe a irmã no colo e a colocou sobre a cama. Rosana parecia estar desmaiada. Raquel chorava ao explicar o que aconteceu:

— Eu entrei no quarto, chamei e ela não respondeu. Bati à porta do banheiro... Quando achei que estava demorando muito, abri a porta e a vi no chão.

Rosana foi levada ao hospital. O senhor Claudionor, Alexandre e Raquel aguardavam ansiosos. As horas de demora deixavam todos aflitos.

Vilma havia ficado em casa com as crianças e com dona Virgínia, que não se sentia bem.

Preocupado com a esposa, o marido sugeria:

— Raquel, é melhor eu te levar para casa do meu pai. Não é bom ficar aqui. Faremos o seguinte: eu vou com você, tomo um banho, como alguma coisa... Depois o Wálter me traz. Eu fico aqui e ele leva meu pai pra casa dele. Não vai adiantar ficarmos todos aqui. Certo, pai? — perguntou, virando-se para o senhor Claudionor que estava ao lado.

— É melhor sim, Raquel. Você precisa descansar, filha — concordou o senhor.

Assim foi feito.

Dona Virgínia chorava muito e Raquel não se separava dela.

No dia seguinte, a notícia chegou por Alexandre, que voltou para casa.

— A Rosana teve um aneurisma cerebral. — O silêncio reinou por longos minutos. Elas ficaram caladas e o rapaz chorou ao dizer: — Estou desesperado...

Parecendo não entender e ignorando a seriedade do caso, dona Virgínia perguntou meio atordoada:

— Ela vai ficar boa, não vai?

Procurando se recompor, Alexandre segurava o choro ao dizer:

— O pai precisa de você lá no hospital, mãe... Lá vão explicar direito pra você... O motorista da firma está aí... Ele vai nos levar porque eu não tenho condições de dirigir.

Chorando, Raquel abraçou-se ao marido e ele a envolveu com carinho.

Apesar de aflita, mais uma vez, Vilma ficou em casa com as crianças. Pouco depois, eles chegavam ao hospital onde o médico, que solicitou a presença dos pais, aguardava.

— Sou o doutor Cardoso, neurologista. Eu e minha equipe estamos cuidando de Rosana desde que chegou aqui. Ela entrou em coma profundo. Diagnosticamos um aneurisma cerebral. — Depois de breve pausa, o médico explicou brandamente: — Bem... Aneurisma é a formação de um saco ocasionado pela dilatação das paredes de um vaso sanguíneo. O rompimento dele provoca uma hemorragia fulminante. — O médico fez nova pausa, mas logo continuou: — Sinto muito. Acabamos de confirmar em Rosana a morte encefálica.

Dona Virgínia, após um gemido de lamento, abraçou-se ao esposo entregando-se ao choro compulsivo de aflição e muita dor. O senhor Claudionor tentou ser forte, mas não resistiu e lamentou, chorando:

— Deus!... Minha filha... Nossa filhinha... Não...

O médico, que também se sentia em situação difícil, teve de dizer:

— Eu sei que é um momento de dor e angústia, mas não há nada que possamos fazer. A morte encefálica é irreversível, só depende de horas ou de desligarmos os equipamentos que ainda mantêm poucos órgãos funcionando. Por essa razão, tenho de pedir... ou melhor, avisar que a Rosana é uma doadora incondicional. Diante do quadro que se apresenta, sou porta-voz do pedido de doação de seus órgãos. Muitos podem continuar vivendo, de acordo com a decisão de vocês. — Breve instante e entendendo a dor daquele momento, o médico perguntou com voz meiga: — A família autoriza a doação?

Dona Virgínia pareceu não ouvir e o pai de Rosana ficou refletindo sobre o pedido, depois disse:

— Preciso conversar com meus outros filhos, doutor. Podemos pensar?

— Claro. Mas, por favor, perdoem-me por ter de avisar: vocês terão de ser breves. Seus filhos estão aqui?

— O Alexandre e a Raquel sim, mas não sei se a Vilma e o Wálter chegaram — respondeu o senhor, atordoado.

Dona Virgínia chorava muito e o senhor Claudionor se sentia como que em choque, incrédulo. Tudo aconteceu muito rápido. Ninguém estava preparado para uma experiência dessas.

Alexandre, Raquel e Wálter foram chamados até a sala onde o casal se encontrava. Após saberem da solicitação para a doação de órgãos, Raquel abraçou-se à dona Virgínia, enquanto Alexandre e Wálter ficaram chocados e pensativos.

— Doutor Cardoso, o que é a morte encefálica? — Alexandre quis mais detalhes.

— É a inibição irreversível das atividades cerebrais. Ela pode ser causada por uma pancada, que é o traumatismo craniano, por um tumor ou uma lesão como é o caso da sua irmã.

— Desculpe minha ignorância — tornou o rapaz —, mas como se tem certeza disso?

— É possível que diagnostiquemos a morte encefálica com exames clínicos, mas a Legislação Brasileira exige diagnóstico preciso, por meio de métodos sofisticados. Por meio dos exames: eletroencefalograma, angiografia cerebral e outros. Aqui está — disse o médico estendendo-lhe alguns papéis —, eu os trouxe para que vejam. Inclusive a arteriografia.

Alexandre pegou os papéis e os examinava atento, acompanhado por Wálter, enquanto o médico lhes mostrava melhor e explicava ao mesmo tempo. O senhor Claudionor parecia ter deixado a decisão para eles. Alexandre se sentou, fitou a esposa e a mãe, passou as mãos pelo rosto e erguendo o corpo, olhou para o teto, rogou baixinho:

— Deus! O que faremos?

Wálter, parecendo estar mais consciente, lembrou:

— Alguém sabe dizer o que Rosana diria em uma situação dessas?

Todos ficaram em silêncio. Por fim, Alexandre perguntou:
— Doutor, quanto tempo temos?
— Não muito. Após a morte encefálica, alguns órgãos resistem por mais tempo, outros não. Estamos mantendo as condições de circulação sanguínea e respiração de forma artificial, por meio de respiradores e medicamentos que aumentam a pressão arterial. Veja... A equipe encarregada para fazer a retirada dos órgãos para o transplante tem de ser acionada rapidamente. É uma equipe com treinamento específico para esse tipo de procedimento. Eu não faço parte dela nem poderia fazer. Os prováveis receptores têm de ser chamados aos hospitais e cada órgão tem um tempo diferente de duração depois da retirada. Por exemplo, um pâncreas dura de doze a vinte e quatro horas, dois rins de doze a quarenta e oito horas, um fígado de doze a vinte e quatro horas, duas córneas até sete dias e um coração e dois pulmões somente de quatro a seis horas. É uma corrida contra o tempo. Fora essas dez partes mencionadas, temos ainda as válvulas cardíacas, medula óssea, veia safena, etc. Muitas vidas dependem disso. Hoje em dia, eu acredito que há cerca de 30.000 ou 35.000 pessoas esperando na lista para receberem uma doação. Mais de trinta por cento morrem antes de conseguirem esse presente de Deus e somente dez por cento recebe um órgão por ano.[1]

— Doutor Cardoso — perguntou Wálter —, a morte encefálica de Rosana foi diagnosticada só pelo senhor? E se quisermos chamar um médico de nossa confiança, agora, é permitido?

— Se vocês tiverem um médico de confiança da família, por favor, chame-o imediatamente! Isso será ótimo! Porém, não somente eu, mas também o doutor Reinaldo, outro neurocirurgião, foi acionado assim que diagnosticamos a morte encefálica de Rosana. Ele não está aqui no momento, pois

---
1 Nota: Dados são do ano de 1994.

atende a uma emergência, mas junto comigo ele diagnostica e atesta. Como devem saber, dois médicos, que não façam parte da equipe de remoção e transplante de órgãos, precisam chegar ao mesmo parecer: o da morte encefálica para que seja solicitada a doação. Fora isso, também se admite a presença de um outro médico de confiança da família. Um médico sozinho não pode atestar a morte encefálica para a solicitação do transplante de órgãos.

Decidido, Alexandre avisou:

— Prefiro que seja assim. Dê-me alguns minutos, vou telefonar para meu médico.

— Por favor. Chame o quanto antes — incentivou o neurocirurgião.

Enquanto aguardavam a chegada do cardiologista que Alexandre chamou, Wálter procurava obter mais informações.

— Doutor — perguntou Wálter muito interessado —, pode me dar uma orientação?

— Mas é claro!

— Quem pode ser doador de órgãos?

— Todos, desde que não sejam pessoas portadoras de doenças infecciosas incuráveis, câncer generalizado, diabete, HIV/AIDS ou tenham comprometido o estado do órgão. Não é muito fácil ser doador se observarmos a causa morte ou em que condição esta se dá, a demora para a retirada e tudo mais. Inúmeros fatores comprometem todo o roteiro a ser seguido. Por esse motivo, há muitos na fila de espera para doação. Isso sem contar com aqueles que não admitem ser doadores. Por exemplo, se a Rosana tivesse outro tipo de morte, um acidente, por exemplo, e seu corpo fosse trazido para cá sem que fossem mantidas as funções vitais para os órgãos como a circulação sanguínea e a respiração, muito mal poderiam se aproveitar as córneas porque, após a autorização da família, precisamos ainda acionar a equipe especializada para a retirada dos órgãos e esta equipe nem sempre está próxima. A equipe de atendimento do hospital não pode fazer o procedimento de retirada dos órgãos.

— Doutor — tornou Wálter —, por exemplo, nós estamos aqui com esse dilema de doar ou não. Nesse instante, a família ou as famílias dos possíveis receptores está ou estão sabendo do caso e há um interesse ou uma pressão, vamos dizer assim, sobre os médicos desse hospital para que nos convençam a fazer a doação?

— Não há como isso acontecer — Logo o médico perguntou: — Qual é seu nome mesmo?

— Wálter.

— Pois bem, Wálter. É preciso que as pessoas saibam que a doação de órgãos não é feita para uma pessoa específica. Como eu já disse, quando há morte encefálica e essa pessoa é um doador em potencial, primeiro são mantidas as funções vitais dos órgãos, pois se é o cérebro que comanda tudo, a manutenção do corpo tem de ser feita por meios artificiais, senão, em pouquíssimo tempo, esses órgãos vão parar de funcionar. Constatada a morte cerebral, a família do doador é avisada e consultada sobre a possibilidade de doação. Se não foram realizados exames como eletroencefalograma, angiografia cerebral ou arteriografia, a família do doador deve exigi-los. Isso é Lei. Mesmo se os equipamentos necessários para esses exames não existirem no hospital, eles podem e devem ser trazidos. Fora isso, a família pode pedir a presença de um médico de sua confiança para acompanhar o caso e dar um parecer. Como eu ia dizendo, Wálter, após o consentimento da família, o hospital onde está o doador potencial notifica a Central de Transplantes, que por sua vez pede a confirmação do diagnóstico da morte encefálica e a autorização da família. Somente a partir daí, iniciam-se os testes de compatibilidade entre doador e os possíveis receptores da lista de espera. A Central de Transplantes aciona a equipe de remoção de transplante e pessoal de apoio, deslocando-a para o hospital onde o doador esteja. O possível ou possíveis receptores para cada órgão são comunicados só então e vão, cada um, para os respectivos hospitais onde serão atendidos. O hospital também já deverá estar sob aviso, com cirurgiões preparados. Então veja, se você quiser doar o seu coração para mim, é bem provável que não possa. Existem as compatibilidades entre doador e receptor, que são escolhidas por Deus que é, a princípio, pela tipagem sanguínea. Na lista de espera, não podemos ficar felizes quando somos o suposto primeiro, pois o quinto dessa mesma lista pode receber um órgão antes, por não ter aparecido um doador compatível para os que o antecedem. Entendeu?

— Só mais uma coisa, doutor. Isso nos acarretará algum custo, caso desejemos doar?

— Absolutamente não. Vocês não pagam nem a manutenção ou qualquer outra despesa do procedimento.

— Eu sei que não é o caso, mas se tivéssemos um familiar na lista de espera e quiséssemos doar para ele, agora, poderíamos?

— Não. A família não pode indicar um receptor. Este é sempre indicado pela Central de Transplantes com base nas urgências, na compatibilidade, semelhança de tecido, etc.

A chegada do cardiologista, chamado por Alexandre, interrompeu o assunto e os médicos se retiraram. Naquela sala onde todos esperavam confusos, sofridos e aflitos, o silêncio imperou absoluto. Dona Virgínia, abraçada à nora, parou de chorar e fitava ao longe com o olhar perdido.

Raquel ficou quieta, estava atônita com tudo o que acontecia e, às vezes, incrédula.

Wálter não conseguia se sentar. Lentamente, andava de um lado para outro, ora olhando os parentes, ora olhando pela janela.

O senhor Claudionor permanecia chocado, inconformado.

Alexandre, perplexo, trazia os olhos vermelhos. Observava a esposa e sentia-se muito mal com aquela perda. A irmã era uma pessoa que significava muito para ele.

Cada um, à sua maneira, recordava gestos, risos, detalhes, cenas onde Rosana, espirituosa e irreverente, contagiava a todos com sua alegria, sempre procurando ajudar, sempre associando concórdia, amor e ideias salutares em todas as situações. Jamais se lembravam dela triste, melancólica. Isso raramente ocorria.

Era doloroso pensar que não mais a teriam junto deles. Minutos se passaram e Vilma abriu vagarosamente a porta e os olhou como que perplexa.

Alexandre se levantou, abraçou-se a ela por longo tempo sem dizer nada. Choraram muito. Em seguida, Vilma ajoelhou-se em frente à sua mãe e Raquel. Não havia palavras que os confortassem naquele momento. Wálter, mais próximo, perguntou:

— E as crianças?

— Chamei a dona Leila para ficar com elas.

Logo o marido a abraçou e depois informou sobre a solicitação da autorização para a doação dos órgãos. Vilma virou-se para o senhor Claudionor e perguntou:

— Papai, o que você decidiu?

Com lágrimas a correr na face, ele falou como um lamento:

— Eu não sei o que fazer, filha... Preciso de vocês.

— Chamei meu cardio — disse Alexandre. — Ele está com o doutor Cardoso.

Dona Virgínia, desnorteada, perguntou:

— Não há possibilidade de errarem e Rosana estar viva?

— Pelo que entendi, não — respondeu Alexandre.

— E se doarmos e houver comercialização dos órgãos? — insistiu a senhora.

— Essa possibilidade é meio remota, porque tem de se seguir normas e obedecer à legislação. Este é um hospital credenciado, ele tem regras e procedimentos para obedecer. Nem se sabe quem será o provável receptor — respondeu o filho.

— O que faremos? Temos de decidir — pediu o senhor Claudionor como que implorando uma decisão.

— Alguém sabe dizer o que Rosana diria, nesta situação? — insistiu Wálter.

Raquel olhou para todos e falou com a voz trêmula e chorosa:

— Outro dia, não faz muito tempo, eu estava intrigada pelo fato de a Sandra procurar pelo Alex... — Raquel foi interrompida pelo choro e pelos soluços. Todos aguardaram que se recompusesse. Depois, continuou: — Eu estava dizendo isso pra Rô, então ela me contou que a mãe da Sandra falou para a dona Virgínia... Ela falou que a Sandra estava com problemas renais e necessitava fazer hemodiálise, que estava também na lista de espera para doação... Rosana disse para eu não me preocupar, porque ela deveria estar arrependida ou coisa assim e que talvez quisesse conversar com o Alex sobre isso. Talvez quisesse pedir desculpas, perdão... Que eu não deveria me preocupar... Em dado momento, Rosana ficou penalizada com o fato e disse: "Se eu pudesse, doaria um rim para ela". Depois, com aquele jeito todo animado, falou: "Quando eu morrer, podem doar tudo, não vou precisar mesmo. Aí eu não corro o risco de ser enterrada viva." ...e gargalhou. — Raquel caiu em um pranto copioso e Alexandre a abraçou, tentando não a deixar mais nervosa.

— Eu também a ouvi dizer o mesmo em outra ocasião... — informou Vilma.

— Mas, gente — argumentou a mãe em aflição —, e se houver uma chance? Se os médicos errarem? Será que ela vai sentir dor?

Wálter, mais ponderado e consciente, avisou:

— Aqueles exames constataram a morte encefálica e essa é irreversível. Se desligarem os aparelhos que mantêm os órgãos ainda em condições, todos vão parar em pouco tempo e tudo se perde.

— Acredito que é impossível os médicos errarem. Vamos lembrar que serão três os pareceristas e a um eu confio minha vida — lembrou Alexandre.

— Quanto à dor — disse Wálter —, o que faz o corpo sentir, ou melhor, reconhecer um estímulo de dor é o cérebro. Se este está morto, nada no corpo físico se sente.

Vilma se levantou e impelida por uma força interior falou:

— Gente, nós temos de parar de dar valor à matéria, quando ela não nos serve mais e sermos nobres e caridosos para ajudarmos os outros. A morte faz parte da vida. É melhor acreditarmos em Deus agora e lembrarmos que Ele deve ter inspirado os homens a desenvolverem processos médicos e científicos, não só para prolongarmos a vida terrena, mas, principalmente, para sermos mais caridosos e menos egoístas. Não vamos pensar que estamos fazendo um ato grandioso nem vamos esperar por um retorno de bênçãos. Vamos pensar que essa é a nossa prova de desapego material, prova de amor ao próximo como a si mesmo. Se fosse o caso de um de nós precisar, rogaríamos a Deus por essa oportunidade. Pediríamos que houvesse pessoas nobres e corajosas. Não interessa quem vai receber, não interessa as mentiras ou as verdades que dizem sobre o comércio ou os privilégios daqueles que não deveriam ser favorecidos primeiros... Só receberá a doação quem realmente merecer e precisar e devemos crer que essa pessoa será responsável e terá de corresponder à altura pela nova oportunidade que teve. Não cabe a nós esse julgamento. Devemos só fazer a nossa parte, a nossa caridade e por amor, se estivermos preparados para isso. Vamos lembrar que não estamos doando a Rosana e sim o que ela usou. Assim como faremos com as roupas e suas outras coisas. O que acontecerá com esses órgãos se não doarmos? Apodrecerão, com certeza. Eu estou sentindo uma imensa dor por ter de ficar longe da minha irmã, mas sei que, em algum lugar, ela vive e ficarei feliz por saber que a sua roupa humana é utilizada por alguém. Não consigo entender por que nós nos negaríamos a doar se não vamos precisar mais. Será bom pensarmos o quanto a Rosana foi e ainda será útil para as pessoas, para outras famílias que ficarão alegres, que, por causa dela, vão continuar a se abraçar, a se beijar e até a gerar novas vidas. Por mim, vamos doar e acabou! Nada mais importa. O que gostaríamos era tê-la conosco, mas isso é impossível agora. Enterrar o corpo inteiro ou faltando algumas partes dele, não vai trazê-la de volta.

Vilma foi interrompida por um soluço. Parou de falar, abraçou-se ao marido e escondeu o rosto para chorar. Meio atordoado, Alexandre ainda lembrou:

— Eu li, há pouco tempo, num livro que ela me deu, *O Livro dos Espíritos*, que "O corpo é uma máquina que o coração põe em movimento. O corpo se mantém enquanto o coração fizer o sangue circular e para isso não necessita da alma". Creio que é a questão 152. Se assim for, a Rosana deve estar longe agora e em lugar melhor. Sabemos que ela era bem desapegada da matéria...

Nesse momento, a porta da sala se abriu e em poucas palavras o médico de confiança da família confirmou o que os outros atestaram.

O doutor Cardoso olhou para o senhor Claudionor pedindo uma resposta. Chorando, o senhor não conseguiu dizer nada. Olhou para o filho, pediu-lhe que falasse em seu nome. Chorando, Alexandre se levantou e disse entre os soluços que embargavam sua voz:

— Vamos doar a alma de nossa irmã a Deus e a vida dos seus órgãos àqueles que ainda podem viver. Que Jesus os abençoe.

O médico sentiu que poderia chorar. Precisou se conter ao estapear as costas do rapaz e falar baixinho:

— Preciso que assinem a autorização.

A família decidiu pela doação dos órgãos.

Na espiritualidade, como que adormecida, Rosana já havia sido desligada do corpo que lhe serviu, enquanto necessitou provar aquela existência terrena. Conduzida com inenarrável ternura e tratada com muito carinho, ela estava longe dali, por ter sido uma criatura sem apego à matéria corpórea, caridosa e amável. O que ocorria com o corpo de carne não lhe importava. Ela era preparada para a vida espiritual onde haveria, com toda a certeza, de se alegrar com a decisão de seus queridos ainda encarnados.

Logo depois, o corpo foi liberado para os familiares cuidarem do sepultamento.

Ricardo foi avisado, mas não conseguiu chegar a tempo. Somente sua família compareceu ao enterro. Aquela que seria sogra de Rosana estava inconformada.

No dia seguinte, durante o velório, dona Virgínia teve crises de choro. Mas, no íntimo de sua consciência, sabia que a decisão da família poderia salvar vidas.

Alexandre se preocupava com Raquel, muito triste e sofrida. Rosana foi a sua única e melhor amiga. Elas eram confidentes e se davam muito bem. Ele percebeu que a esposa se encontrava perplexa, não conseguindo mais chorar nem dizer nada.

Bem mais tarde, após o sepultamento, na residência do senhor Claudionor, todos se achavam abatidos. Pouco depois, Ricardo, o ex-noivo de Rosana, chegou, desesperado, acompanhado pelo pai.

O rapaz chorava muito.

Depois de abraçar a todos, ele pediu para ir até o quarto da noiva. Lá, dobrou os joelhos no chão e curvou-se sobre a cama que foi de Rosana. Inconformado, chorou muito. Sua aflição comovia a todos.

Sentada no sofá da sala, Raquel mostrava-se estranha. Pelo cansaço, pediu ao esposo que a levasse para casa. Mas quando ele avisou sua mãe que iria embora, dona Virgínia reagiu, pedindo de forma melancólica e comovedora para que não fossem.

— Fique, por favor, Raquel.

Diante da insistência da senhora, o casal decidiu ficar.

Naquela noite, ninguém dormiu. Dona Virgínia teve crises de choro e Vilma e Raquel ficaram com ela.

Na manhã seguinte, bem cedo, Alexandre resolveu que precisavam voltar para casa. Percebeu a esposa cansada demais para ficar ali. Mesmo diante da insistência de seus pais, o casal se foi.

Capítulo 22

Momentos difíceis

Chegando ao apartamento, Alexandre pediu:

— Raquel, tome um banho e vá se deitar. Precisa se cuidar, pensar no nosso nenê... Descanse, que eu fico com a Bruna.

— Preciso preparar algo para almoçarmos. Não temos nada pronto.

— Vamos fazer o seguinte: daqui a pouco eu saio e compro alguma comida pronta. Certo? Não dormiu nada e... ...é melhor descansar.

Raquel concordou. Tomou um banho e se deitou. Não dormiu, mas ficou quieta em seu quarto. O esposo ficou com a filha, procurando não a incomodar.

Após alguns minutos, ela começou a se sentir mal, porém acreditou que fosse pelo cansaço. Suas pernas doíam muito. Sentia algo em suas costas, na região dos rins como que uma contração e pensou que fosse pela má acomodação das últimas horas.

Bem depois, Alexandre foi ver como ela estava e ao percebê-la acordada, falou:

— Pensei que estivesse dormindo.

— Não consegui.

— Você está bem?

— Estou muito cansada. Sinto tontura.

— É melhor levá-la ao médico.

— Ele vai dizer que preciso descansar. — Um instante e contou: — Não consigo parar de pensar na Rô.

— Nenhum de nós consegue. Eu também...

— Ela foi minha única amiga. Minha melhor amiga...

Alexandre a abraçou com ternura e pediu:

— Não fique assim, meu bem... Sei que está sofrendo. Sei que a ama... Mas procure ficar tranquila. Não se desgaste mais.

— Eu não contei pra Rô que eu estava grávida nem nada...

— Nós não contamos para fazer uma surpresa. Não foi por egoísmo.

Alexandre apoiou-a em seu ombro e ficou afagando-lhe até percebê-la mais calma. Passados alguns minutos, disse:

— Está na hora do almoço. Preciso ir comprar algo. A Bruna deve estar com fome.

— Vá. Eu estou bem.

— Tem certeza?

— Tenho. Fica tranquilo.

Ele beijou-lhe a testa e avisou:

— Eu já volto. Vou levar a Bruna comigo.

— Não, bem. Deixe-a aqui.

Alexandre ficou pensativo e depois decidiu:

— É melhor, assim volto mais rápido. Ela está quietinha brincando lá na sala com um quebra-cabeça que a... — deteve as palavras ao lembrar que foi um presente da Rosana. Raquel percebeu, mas nada comentou.

— Deixe a porta do quarto aberta, Alex. Daqui eu escuto o que está acontecendo e, dou uma olhadinha.
— Você está bem? — indagou após beijá-la, antes de sair.
— Só minhas pernas doem. Estou cansada. É isso.
— Eu já volto, tá?
O tempo foi passando e Raquel achou que o marido demorava muito. As dores aumentaram de intensidade. De repente, sentiu uma contração, muito forte, na região do baixo-ventre. Ela não sabia o que fazer. Mesmo sentindo-se mal, levantou-se apoiando nos móveis e foi até a sala onde Bruna Maria distraía-se com o brinquedo de montar. Na cozinha, lembrou-se de que não poderia tomar qualquer analgésico devido à gravidez.
Sentindo-se gelar e um torpor que a deixou tonta, curvada pela dor, Raquel chegou até a porta, entre a sala e a cozinha, e falou com voz fraca para a menina:
— Filha... Liga pro papai...
— O que foi, mamãe?
— Diga pro papai vir logo que a mamãe não está bem.
Raquel perdeu as forças e caiu.
Assustada, Bruna sacudiu-a chamando. Não teve resposta. Então, decidiu telefonar para o pai, mas não conseguiu. Por iniciativa própria, Bruna telefonou para os avós.
— Dona Virgínia — dizia a empregada —, telefone pra senhora.
— Pede pra Vilma atender pra mim, por favor — disse desolada.
— Mas é a Bruna e ela está chorando — avisou a mulher.
— Bruna?! Dê-me aqui, por favor. — Preocupada, atendeu rapidamente a ligação: — Aqui é a vovó, filha. O que aconteceu?
— Vovó, a mamãe pediu pra ligar pro papai, mas não tô conseguindo... — dizia a garotinha com voz de choro. — Ligo, ligo e não acontece nada. Ele não responde.

— Onde está a mamãe, Bruna? — perguntou desesperada.
— A mamãe caiu e não se mexe. Ela também não fala.
— E o papai?
— Ele disse que já volta, mas está demorando.

Nesse momento, Wálter e o senhor Claudionor, que chegavam à sala, ficaram atentos à conversa.

— Bruna, filhinha, fique quietinha aí que a vovó já está chegando, tá?
— Vovó?
— Fala, querida.
— Eu estou com medo. A mamãe está cheia de sangue.

Dona Virgínia teve de arrancar forças das entranhas da alma para manter a calma e aconselhar:

— Bruna, querida, faça o seguinte: pegue um cobertor e cubra a mamãe. Ela pode estar com frio. Ponha também um travesseiro na cabeça dela. Faça isso, mas não desligue o telefone, volta pra você ficar conversando com a tia Vilma até a vovó chegar aí. Você entendeu, meu bem?
— Entendi. Mas estou com medo.
— Olha, Bruna, se você cobrir a mamãe, você não vai mais ver o sangue e ela vai ficar quentinha. Agora, fica calminha e vai pegar uma coberta, está certo, meu bem?

A menina concordou. A senhora contou a todos o que havia acontecido. Vilma ficou conversando com a Bruna por telefone, enquanto o senhor Claudionor, Wálter e dona Virgínia foram rapidamente para o apartamento do Alexandre, que não era muito longe.

Ao chegarem lá, Raquel ainda estava desfalecida. Bruna cobriu a mãe conforme o pedido, mas chorava porque só conseguiu pegar o lençol sobre a cama, não alcançou o cobertor que estava em um lugar alto no armário e achava que a mãe ainda passava frio.

— Venha, querida, vem aqui com a vovó. Isso não tem problema.

— Ah!... Meu Deus! — alarmou-se Wálter ao ver a cunhada. — É uma hemorragia muito forte. Não podemos perder tempo. Pegue a bolsa dela com os documentos e vamos para o hospital, agora!

Ainda sem sentidos, Raquel foi levada para o hospital às pressas.

Minutos depois, Alexandre chegou ao apartamento e estranhou encontrar, no corredor, um lençol com manchas de sangue.

— Raquel! Bruna! — chamou angustiado. O telefone fixo tocou. — Vilma!... — A irmã avisou o ocorrido, disse que ninguém conseguiu ligar para ele. — Pra onde eles a levaram?! — logo que soube, saiu rápido para o hospital.

Ao chegar lá, só encontrou Wálter, pois seu pai havia levado dona Virgínia e Bruna para casa.

— Calma, Alex.

— Como calma! — gritou aflito, esfregando o rosto com as mãos.

— Sente-se aqui — pediu o cunhado, conduzindo-o ao banco.

Tentando se controlar, Alexandre acomodou-se e Wálter sentou-se ao seu lado.

— Você falou com ela? — perguntou Alexandre.

— Não. Quando chegamos, ela estava sem sentidos. Nós a trouxemos para cá o mais rápido possível. — Fitando-o, Wálter avisou: — O médico virá, daqui a pouco, falar com você. — Alexandre estava pálido, parecia exausto. Diante de seu silêncio, perguntou: — Você está bem? Está sentindo alguma coisa, Alex?

— Não sei o que estou sentindo.

— Como assim? — tornou Wálter olhando-o assustado.

— Estou sentindo um torpor. Não sei se é cansaço físico, emocional...

— Seja forte, Alex. A Raquel vai precisar. Você sabe... A gravidez é muito recente e... Ela ficou muito nervosa. A Rô era sua melhor amiga e... Se todos nós estamos assim, imagine ela grávida, tão sensível... A hemorragia foi muito forte. Você foi ao apartamento e deve ter visto. Ela perdeu muito sangue. E...

— Eu sei. Já pensei nisso. — Um instante e disse: — Como a Raquel vai reagir se... — Não suportando a angústia e a aflição, começou a chorar escondendo o rosto entre as mãos e revelou: — Eu quero tanto esse filho! Quero tanto a Raquel! Se algo acontecer a ela... Deus!...

Wálter não sabia o que dizer. Não havia palavras que pudessem confortar Alexandre naquele momento. Somente passou-lhe a mão no ombro em sinal de apoio. O cunhado sofria muito com tudo o que ocorria. Como se não bastasse a perda da irmã, agora a esposa e o filho, tão desejado, corriam sério risco. Após alguns minutos, o médico surgiu e perguntou:

— O marido de Raquel é?...

— Sou eu, doutor! Meu nome é Alexandre.

— Senhor Alexandre — disse o médico com modos frios e sem rodeios: —, sua esposa acaba de perder o bebê. Eu sinto muito. Necessitamos fazer uma curetagem.

— Como ela está?

— A dona Raquel recobrou os sentidos. Está nervosa, muito assustada... Precisaremos lhe dar uma anestesia geral. Ela teve uma hemorragia muito forte e perdeu muito sangue.

— Posso vê-la, doutor?

— Só por alguns instantes, antes que a levem para a sala de cirurgia. Venha comigo.

Alexandre esteve com a esposa por alguns minutos. Ela chorava muito e quase não falou. Logo depois, ele voltou para a sala de espera e ficou com Wálter aguardando notícias.

Wálter virou-se para o cunhado e observou:

— Alex, eu não estou gostando de vê-lo como está. Pálido, esquisito... Será que daqui a pouco terei de fazer a sua internação também?

Somente nesse momento Alexandre ofereceu um sorriso leve e falou:

— Estou bem. Não se preocupe. — Decidindo, avisou: — Vou telefonar. Quero saber como está a Bruna e o celular não pega aqui. Aliás... Esta porcaria não pega em lugar nenhum!

♡

Dias depois, Raquel já estava em casa recuperando-se do ocorrido.

Pediu para ficar sozinha e não queria visitas. Ficava a maior parte do tempo no quarto. Às vezes, chorava. Embora os sogros fossem até lá, não ficavam muito tempo.

Quando foi vê-la, Marcos conversou com o cunhado longe da irmã:

— Minha mãe escreveu para vocês?

— Não. Desde que voltamos, não tivemos mais notícias de ninguém.

— Se chegar alguma carta, é melhor você não entregar para a Raquel. Do jeito que ela está...

— Por quê? — estranhou Alexandre.

— Minha mãe não está bem. Ela me escreveu e já achei estranho. Nessa semana, meu irmão, o Pedro, mandou uma carta me explicando tudo.

— O que está acontecendo? — tornou o cunhado.

— Minha mãe escreveu dizendo que estava feliz. Entre outras coisas, disse que viu tudo o que queria. Não entendi e escrevi pra meu irmão, pedindo para ele me telefonar no serviço. Gostaria de conversar algumas coisas importantes com ele e também entender o que nossa mãe estava falando. Por telefone, Pedro me contou tudo. Após vocês saírem de lá, minha mãe passou a visitar, com frequência, o tio Ladislau. Começou a torturar o homem dizendo que a Bruna era filha dele... Que ele matou as outras três filhas e as que restaram eram Raquel e a Bruna, mas... — Deteve-se um pouco, por fim, prosseguiu: — Toda vez que ia até a casa dele, minha mãe falava que ele perdeu as três filhas no acidente e ficou aleijado por castigo de Deus e que a mulher iria atormentá-lo enquanto vivesse para nunca se esquecer de todos os erros que cometeu na vida. Ela disse coisas baixas sobre eles e... Além disso, não parou de falar o quanto a Raquel estava bem, que, em breve, iria morar naquela fazenda junto com você, e o colocariam para fora... Pedro contou que o homem não suportou e, numa manhã, deu um tiro na esposa e depois se suicidou.

— Sério?! — Alexandre quis confirmar.

— Sério. Agora, de uns dias para cá, minha mãe anda assustada. Vive falando que vê vultos... Ela vai todos os dias à igrejinha para rezar, grita e chora... À noite, acorda assustada, mas não sabe dizer o que é.

— Ela precisa de tratamento, Marcos.

— Ainda não terminei. O Pedro falou que, mesmo com tudo isso, ela ainda vive torturando meu avô, que fica lá indefeso, preso na cadeira de rodas e ouvindo.

— E seus irmãos deixam?

— Eles têm que cuidar das coisas por lá! Não podem ficar atrás dela o dia inteiro. — O cunhado ficou pensativo e ele ainda pediu: — Não conta nada pra Raquel.

— Claro que não. Por favor, nem você, hein. Não agora... Depois arrumo um jeito de dizer tudo a ela, mas de modo mais suave.

— Lógico — concordou.
Após algum tempo, Alexandre perguntou:
— E você Marcos, o que vai fazer?
— Quanto à minha mãe, eu não sei o que posso fazer por ela... Pretendo fazer algo por mim e por meus filhos primeiro. Andei conversando com meus irmãos e também com os meninos. Pretendo voltar para a fazenda com meus filhos. Os meninos estão animados, cheio de ideias, com o que falei pra eles! — sorriu. — Quando estiver lá, vou pensar em um tratamento para minha mãe. Meus irmãos não têm conhecimento, não sabem o que fazer com a mãe... — Um momento e falou: — Sabe... A hora é agora. Muita gente está sendo demitida lá na empresa. A profissão de torneiro mecânico está acabando, os homens estão sendo substituídos por máquinas. Tudo está sendo informatizado. Um diretor lá, o senhor José Luiz, foi demitido. Quando ele se despediu de mim, perguntei: "O senhor está a fim de administrar um Hotel Fazenda no Rio Grande do Sul?". — Marcos sorriu. — Então ele aceitou e, mês que vem, vamos pra lá para ele conhecer o lugar. A esposa dele é formada em hotelaria e está cheia de planos — falou satisfeito. — Quando você voltou da fazenda com minha irmã e me falou que aquele lugar daria um excelente hotel fazenda, não parei de pensar no assunto. Tenho conversado com meus irmãos e... Vai ser bom voltar e recomeçar.
— Genial! — admirou Alexandre satisfeito. — Como eu te disse, com a extensão da agência de turismo, faremos ótimos pacotes e daremos preferência e destaque para vocês, claro!
— Obrigado, Alexandre. Espero poder retribuir tudo o que está fazendo por nós.
— Espero não precisar! — respondeu, sorridente.
— Eu não iria dizer nada, mas... Você soube da Alice?
— Não. Como ela está?

— O juiz a declarou capacitada e ela não receberá pensão. Por inúmeras razões, os meninos ficarão comigo e eles querem isso. Não sei se você soube, mas o Valmor morreu.

— Morreu?!

— Morreu. E os filhos dele despejaram a Alice do apartamento. Como herdeiros, eles tinham direito total do imóvel, pois o apartamento foi comprado antes do pai se juntar com ela.

— E agora?

— Nem te conto... — Olhando para Alexandre, Marcos revelou: — Para sobreviver, a Alice está levando uma vida fácil.

— O quê?!

— Isso mesmo. Soube que está se vendendo em uma casa de prostituição — abaixou o olhar. — Estou até com pena. Minha raiva virou compaixão... Não sei explicar... Ela não conseguiu arrumar emprego em lugar nenhum e não restou alternativa. A Alice parece que não encara a realidade, não vive a vida como é. Conversamos e até achei que está perturbada. Ela falou que uns guias espirituais disseram que ainda vai conseguir muita coisa na vida, será rica, conhecerá alguém que lhe dará muito dinheiro. Vive acreditando em simpatias e coisas do gênero. Para mim, uma pessoa que vive como ela está vivendo, depois de tudo o que viu acontecer, não está normal. — Breve pausa e contou: — Ela me procurou para voltar pra casa... Mas como é que posso aceitá-la de volta? Jamais! Nem os meninos querem ver a mãe... Essa mulher quase acabou com a minha vida! Quase fiz loucuras por causa dela! Mas... Mesmo sem ter a obrigação, estou dando uma pensão simbólica. É a mãe dos meus filhos e... Tenho de ensinar meus meninos a tratarem bem os outros, mas também colocar limites e não deixar qualquer um invadir sua vida, se passando por vítima.

— E a fazenda que você herdou, ela não tem direito?

— Não. Casamos com regime de comunhão parcial de bens. A Alice só tem direito ao que construímos juntos após o casamento. Antes, não. Essa herança já era minha antes de me casar e não se deu por consequência do casamento. É Alexandre, esse mundo dá voltas mesmo. Não podemos fazer nada contra alguém, pagamos aqui mesmo. Sabe... Comecei a entender muitas coisas depois daqueles livros que a Raquel me deu. Falam da Lei do Retorno, da reencarnação, da necessidade do perdão... O Espiritismo está me ajudando muito. Meus meninos também estão gostando.

Continuaram conversando. Marcos havia superado muitas dificuldades, antes de seguir por caminhos que seriam prósperos e saudáveis para sua vida.

♡

Os meses foram passando, Raquel e dona Virgínia se davam muito bem. Agora, sempre estavam juntas.

Rosana, certa vez, havia dito à mãe que Raquel poderia ser como sua filha, amiga e companheira, o que se tornou realidade. A mulher se apegou muito à nora, que também gostava muito dela.

Embora se fizesse forte, a esposa de Alexandre ainda se recuperava emocionalmente da perda da amiga e do filho que esperava. Ela buscou se dedicar às tarefas na Casa Espírita que frequentavam. Dona Virgínia sempre estava com Raquel. A senhora passou a integrar o trabalho de assistência social e sentia-se menos deprimida pela ausência da filha. As palestras confortavam seu coração e traziam luz à consciência.

Um dia, quando estavam no Centro Espírita arrumando, carinhosamente, uma bela embalagem de enxoval de bebê, dona Conceição, a senhora que coordenava aquele trabalho, aproximou-se com o semblante triste e Raquel, percebendo, perguntou:

— O que foi dona Conceição? A senhora está chateada?
— É. Estou.
— O que aconteceu? — preocupou-se a moça.

Sem ter mais com quem falar, revelou quase como uma confissão:

— Há dois meses, minha sobrinha sofreu uma violência sexual. Foi registrada a ocorrência e... Bem, ela engravidou e o juiz deu permissão para o aborto. Minha irmã, que é viúva, não entende o que eu venho explicando e vai levar a menina para fazer o aborto. Hoje, eu as trouxe aqui para a palestra da tarde. Elas estão lá no salão. Mas minha irmã está irredutível.

Tomada de uma força incomum, Raquel pediu:

— Posso falar com elas?
— Para que, Raquel? O que você diria? — perguntou com modos simples. Dona Conceição ignorava detalhes sobre a vida da jovem.
— Talvez eu possa ajudar.
— Como, filha?
— É bem possível que eu possa ajudar. Confie em mim.

Procuraram por um local apropriado e reservado, deixando as três conversarem por longo tempo. Dona Virgínia, inquieta, às vezes se preocupava. Curiosa com a demora, dona Conceição não sabia o que fazer. Mais de uma hora depois, Raquel abriu a porta da sala onde estavam, estampando um largo sorriso. Mãe e filha saíram abraçadas ao encontro de dona Conceição que, sem palavras e com os olhos lacrimejando, olhou para Raquel sem saber o que dizer. A senhora entendeu que aceitaram a criancinha que estava para chegar.

A mãe da moça voltou, abraçou fortemente Raquel, beijou-lhe o rosto e se foi junto com a filha para o salão de palestras.

Mais recomposta da emoção, dona Conceição procurou por Raquel e lhe perguntou:

— O que foi que você disse a elas?

— Eu contei a minha história e no final fiz uma pergunta.

— Que história, Raquel? Que pergunta?

— Dona Conceição, no momento eu estou emocionada e não gostaria de chorar mais. Sou muito chorona, sabe... Se me permite, vou resumir o que disse a elas.

— Claro, filha. O que é?

— A senhora conhece a minha filha, a Bruna?

— Lógico!

— Ela foi concebida num estupro. — A mulher ficou paralisada e Raquel continuou: — Eu contei tudo como foi e a minha vida atual que, eu creio, não seria assim se não houvesse a Bruna. Depois mostrei essa foto — disse, tirando a fotografia da carteira — e perguntei se, hoje, alguém teria a coragem de esquartejar a minha menina só por causa do modo como ela foi concebida? Por ela ser filha de um estupro, não merece viver? Merece ser sacrificada? — Não houve respostas. — Ainda aconselhei que se, por acaso, não quiserem a criança, deixe-a para encontrar uma família de verdade, mas dê-lhe uma chance, pois foi isso o que Deus fez. Se a criança não foi planejada pelos pais, foi planejada por Deus. Hoje, a minha filha é minha maior alegria. Bruna é a razão da minha vida e a do Alexandre também.

Ainda em choque, a mulher disse:

— Raquel, eu não sabia... Ela se parece tanto com seu marido.

— Mesmo não sendo o pai biológico, ele é o pai de verdade. Sabe, dona Conceição, a Bruna é o motivo de eu ter o Alexandre que, na minha vida, foi a maior bênção, depois dela, que eu recebi de Deus.

A mulher a abraçou com carinho e com lágrimas na face. Prendendo o rosto de Raquel entre as mãos, beijou-o várias vezes. Após ela ir embora, dona Virgínia se mostrou insatisfeita e comentou:

— Não deveria ter contado, Raquel.

— Foi preciso, dona Virgínia. Foi por uma boa causa. Sei que não devemos dar exemplos próprios como esse, mas elas precisavam de um motivo... Confio em Deus.

— E se elas comentarem alguma coisa?...

— Pedi segredo. Pessoas dignas e que se prezam, não saem falando da vida dos outros.

— E se falarem?

— Se isso puder prejudicar minha filha ou incomodar o Alex, posso mudar de Centro. Fiz o que tinha de fazer aqui e posso fazer em outro lugar.

A sogra olhou-a e sorriu entendendo a situação. Percebeu o quanto a nora havia mudado. Estava mais forte emocionalmente.

No plano espiritual, tarefeiros, que não podiam ser vistos pelos encarnados, observavam o momento. O espírito Rosana estava presente em companhia de criaturas queridas. Após abraçar Raquel, envolveu com ternura sua mãe. Elas não a percebiam, mas, para Rosana, foi muita emoção.

— Mãe, obrigada por fazer meu corpo ser útil após o desencarne. Senti-me tão bem com o que vocês fizeram — dizia mesmo sabendo que não seria ouvida pelas encarnadas.

A amiga espiritual, que sempre envolvia Alexandre em momentos oportunos, estava ao lado de Rosana e, satisfeita, informou-a:

— Você sabia que todos os órgãos doados do seu antigo corpo foram proveitosos e sem rejeições aos receptores? — Rosana ficou feliz, mas não se pronunciou e ela prosseguiu: — Suas vibrações bondosas e o merecimento de quem necessitava auxiliaram a harmonia dessa caridade oportuna, que não só foi uma caridade, mas também uma harmonização, você sabe.

— Graças a Deus todos estão bem.

Logo se aproximou delas um espírito com largo sorriso, que a chamou:

— Rosana! — Ela ficou olhando. Nunca o tinha visto ou, pelo menos, não se lembrava. Ele tinha a aparência de um belo moço. — Faz tempo que estou a sua espera, minha querida. Amigos me disseram que estaria aqui hoje. Não pude visitá-la antes porque tive de acompanhar entes queridos que estão encarnados. Agora, soube que estava aqui e vim lhe agradecer.

— Agradecer? — questionou Rosana sem entender.

— Sim! — respondeu ele sorridente, trazendo um semblante harmonioso e feliz. — Vou reencarnar, em breve, e devo essa abençoada oportunidade a Deus e a você.

— A mim?!

— Lógico! — tornou ele, pegando em suas mãos. Depois completou: — O coração que te pulsou a vida inteira no corpo físico, hoje, habita o peito da minha futura mãe. Consequentemente, na próxima vida terrena, poderei dizer que terei um pedacinho seu. — Vendo-a surpresa, sem saber o que dizer, prosseguiu: — Enquanto eu tiver consciência agradecerei a Deus a caridade de seus familiares e a sua bondade de, um dia, ter dito a eles sobre seu desapego à matéria física e afirmando que não se importaria com a doação de seus órgãos. Isso foi importante para o ato corajoso, nobre e abençoado. Haverei de encontrá-la na próxima e... Logo! — Ele se deteve emocionado, mas disse: — Saberei, mesmo inconscientemente, que lhe devo a vida oportuna. — Envolveu-a num abraço e beijando-lhe o rosto falou: — Adoro você, Rosana. Obrigado por tudo.

— Não fiz nada... — justificou-se ela emocionada, sentindo algo que não saberia explicar.

— Ah! Fez sim. Ainda conversaremos a respeito. Agora quero que me perdoe, mas tenho de ir. Em poucos dias, vou procurá-la para conversarmos mais. Prometo! — sorriu lindamente.

Despedindo-se da companheira, voltou a olhar para Rosana e foi se afastando com sorriso constante, expressão indefinidamente feliz e sentimento elevado. Rosana sentiu-se atordoada e, ainda confusa, perguntou:

— Quem é ele?

A bondosa companheira, satisfeita e feliz, revelou:

— É uma criatura querida que, há muito, procura ser feliz com você. É uma alma afim, que sempre esteve a seu lado e, nas duas últimas reencarnações suas necessitaram se separar para refazimentos e harmonizações. Mas, na próxima vida terrena, vocês irão se encontrar.

Rosana não sabia descrever o que experimentava naquele instante. Refletindo um pouco, ela falou:

— Que bom que, nessa última vida terrena, pude ser útil a alguém ou, pelo menos, meu antigo corpo o foi.

— Não, minha querida, você não foi só útil aos outros, você foi importante para si mesma. Sua conduta moral e seus feitos que pareceram insignificantes surtiram resultados maravilhosos a muitos. Pensamentos bons, atitudes caridosas, vibrações de amor e ensinamentos nobres impregnam a tudo e a todos, a começar pela roupagem que utilizou. O desapego para com tudo o que lhe pertenceu resultou em sua rápida harmonização no plano espiritual.

— Então todas as pessoas deveriam doar seus órgãos, não é?

— Não foi isso o que eu disse. As pessoas devem ter, acima de tudo, o seu direito de pensamento e ação. Se alguém que não esteja preparado, solicitar que seus órgãos não sejam doados acreditamos que seu direito deva ser respeitado. Isso precisa ficar claro. Não é por isso que essa mesma pessoa, como espírito desencarnado, deixará de ser bem acolhida, de acordo com seu nível espiritual e moral. As pessoas devem ter consciência do desapego em todos os sentidos: desde os bens materiais até o corpo físico, pois todos ficarão aqui após o desencarne. Mas isso depende da opinião de cada um. Jesus já nos disse: "Não ajuntei para vós tesouros na Terra, onde a traça e a ferrugem os consomem, e onde os ladrões minam e roubam; mas ajuntai para vós tesouros no céu, onde nem a traça nem a ferrugem os consomem e onde os ladrões não minem nem roubem. Porque onde estiver o teu tesouro, aí estará também o teu coração". Contudo, Rosana, cada um deve seguir sua jornada evolutiva sem ter suas opiniões criticadas, desde que não agrida aos outros. Aquele que guarda seus tesouros em planos elevados e não tem o seu apego à matéria é um vitorioso, é um vencedor. De acordo com seu processo evolutivo e as possibilidades de caridade com o que lhe pertenceu, por empréstimo, na vida terrena, se ele tiver a oportunidade de doação de seus órgãos e o fizer, por fé e com amor, já estará recebendo, com urgência, o socorro da Espiritualidade Maior, como foi o seu caso.

— Em uma conversa sem importância eu disse para a Vilma e para a Raquel que era favorável à doação.

— Abençoado foi esse momento, Rosana. E também a visão e a opinião de sua irmã no hospital, que não deixou dúvidas em seus parentes sobre a decisão a ser tomada.

Após pensar um pouco, sempre curiosa, Rosana questionou:

— E quanto a ele, vou encontrá-lo novamente?

— Em breve, poderão tecer longos planos para o próximo reencarne. Veja, filha, quando em conversa, afirmou que não se importaria que doassem os órgãos que lhe pertenciam na matéria, você deu liberdade aos seus familiares para autorizarem a doação quando solicitaram a eles. Seu coração ajudou aquela que será mãe dessa bondosa criatura, antecipando seu reencarne. Pelo fato de vocês necessitarem de reencarnarem juntos... Consequentemente, no seu caso, isso lhe garante um futuro sem aquela solidão ou sem aquela ausência inexplicável de uma alma querida, que conforta e agasalha, que harmoniza e nos completa. Como ele disse, mesmo inconscientemente, há de ser-lhe grato e dispensar--lhe toda a consideração e respeito meritório, além do seu amor. Juntos, Rosana, vocês acolherão os filhos queridos e abençoados que irão completar a felicidade de todos.

— Espere! Espere, aí! Eu vou reencarnar?

— Em breve.

— Então por que desencarnei? Não seria mais fácil ter continuado lá?

— Sempre há um planejamento reencarnatório, filha. Nesse caso, todos os envolvidos estavam dispostos a ajudá-la na curta jornada terrena. Preparados ou não, precisavam passar pela ausência brusca de que necessitavam para crescer e evoluir. Além disso, a doação de órgãos foi, para eles e para você, uma forma de harmonizarem inúmeras partes de um todo: sentimental e material. Seu ex-noivo, Ricardo, precisou da dor da perda para valorizar as ligações amorosas. Agora, ele tem de seguir o seu caminho com outra pessoa e buscar ser feliz cumprindo seus propósitos. Você o estruturou para isso quando lhe deu orientações valiosas. Sua mãe despertou para as tarefas úteis. De certa forma, você amparou e sustentou a união de Raquel e Alexandre, orientando-os. E os ama muito, não é? E creio que merece ficar entre eles.

— Vou reencarnar como filha da Raquel e do Alex?!!

— Disse uma vez que faria tudo por eles, não foi? — sorriu.

— Esse casal merece motivos de animação e felicidade.

— Mas a Raquel perdeu um bebê há pouco tempo!

— Esse querido irmãozinho retornará também, só que no tempo oportuno e não agora. Enquanto isso você...

Eufórica e entusiasmada, Rosana interrompeu-a:

— Ah! Eu não acredito! — Pensando rápido, revelou seus desejos: — Quero ter os cabelos da Raquel! Os olhos do Alex! Eles são lindos, não são? Mas também quero ser mais alta que ela, claro! Por favor, mais uma vez baixinha não. E...

— Rosana! Rosana! Calma, não é assim.

— Ah! Tem de ser assim! Como é que essa coisa linda e maravilhosa que acabou de nos deixar vai olhar pra mim se eu não tiver a dadivosa beleza dos meus pais? Ah! Se eu tiver direito, vou escolher sim! Ninguém me segura! — brincava ela, como sempre fazia com tudo. Diante do silêncio e do semblante risonho da companheira, Rosana insistiu com um jeito engraçado: — Deixa-me escolher, vai? Só os olhos?... E a altura?...

Na espiritualidade, não havia mudado nada, isto é, Rosana não morreu, pois isso é viver.

Em espírito, ninguém perde a sua individualidade ou a sua personalidade.

De acordo com os valores morais conquistados por meio da renúncia, do amor incondicional e da caridade, elevamo-nos no padrão vibratório e nos encontraremos em níveis melhores de consciência, caminhando para mundos felizes, e por que razão haveremos de ser sérios ou tristes se salutar for essa alegria?

Rosana, animada e irreverente, antes de ir, aproximou-se de Raquel e com seu jeito espirituoso disse:

— Tchau, mamãe! — Após beijá-la completou: — Em breve estarei com você, viu? Vê se me trata bem, hein! Nada de castigo quando eu fizer coisa errada. — E com dona Virgínia não foi diferente: — Tchau, vovó. Sabe aquela vez que eu disse que você era vó muito coruja e mimava demais os netos? Esquece tudo o que eu disse e continue sendo coruja, tá? Eu vou adorar os seus mimos. Ah! Quero um celular de presente! Futuramente, acho que não será um equipamento tão difícil e caro para conseguir. Quero um celular, viu?! Daqui a pouco estarei de volta! Me aguardem!

Não havia quem ficasse sério próximo do espírito Rosana, que pelo seu jeito bem humorado e expansivo, emanava alegria saudável, possuía o dom de envolver a todos em vibrações dadivosas, por isso haveria de ser muito feliz.

♡

Raquel estava longe do irmão, pois Marcos mudou-se com os filhos para a fazenda onde conseguiu, com a administração do amigo José Luiz e esposa, erguer um bom negócio, junto com os irmãos Pedro e Tadeu.

Dona Teresa entrou em uma depressão profunda e necessitava de constante acompanhamento clínico e medicamentos antidepressivos. Chorava por qualquer motivo e se queixava de doenças e dores que os exames não mostravam. Ela passou a se confinar no quarto e poucos conseguiam ficar perto dela devido às suas reclamações.

Ao ver a esposa melhor, Alexandre contou a ela, com palavras mais amenas, sobre a morte de seu tio Ladislau e dos problemas que sua mãe vinha apresentando.

O suicídio do tio a abalou e as dificuldades de sua mãe a preocupavam. Raquel não sabia como ajudá-la. Só tinha notícia de sua família quando recebia cartas dos irmãos. Ainda estava triste pela perda do filho e a ausência de Rosana era algo doloroso.

O senhor Claudionor sempre tentava convencer o filho a se mudar do apartamento para sua casa.

— Sua mãe se dá bem com a Raquel e... As duas se entendem, Alex. Juntas, uma ajudará a outra a superar tudo isso, além do que, a Bruna precisa de espaço. Veja o tamanho daquele apartamento!

Depois de pensar, Alexandre opinou:

— Vou falar com a Raquel, pai. O que ela decidir eu aceito.

— Converse com ela. Agora, trabalhando comigo na empresa, tudo fica mais fácil.

— Vou conversar. Por mim, tudo bem.

A esposa concordou com um período de experiência e eles se mudaram para a casa dos pais de Alexandre. Passados alguns dias, procurou pelo esposo e pediu:

— Alex, vem cá. Precisamos conversar.

No quarto, ele perguntou curioso:

— O que aconteceu?

— Gostaria que você fosse comigo até a casa da Sandra — falou sem rodeios.

Alexandre sentiu-se gelar. Afastou-se de Raquel e com o semblante descontente, virou-se, apoiou as mãos sobre um móvel e abaixou a cabeça sem dizer nada.

— A dona Otávia me procurou — ela contou. — Como você sabe, a Sandra está com problemas renais e seu estado é grave. O que ela mais quer é falar com você.

Voltando-se para ela, perguntou exibindo-se contrariado:

— Você quer que eu vá?

— Eu gostaria que você quisesse ir por sua própria vontade. — Após pequena pausa, a mulher lembrou: — Alex, você me fez vencer medos e traumas me levando até para encarar a última criatura que eu poderia desejar ver. Eu fiz isso por mim e por você... Nessa viagem, não esqueço algo muito, muito importante que me disse: "Quando fazemos pequenos enfrentamentos, ficamos fortes, resistentes e não sofremos nas grandes dificuldades." — Aproximando-se e procurando envolvê-lo, continuou com seu jeito carinhoso: — Sabe, meu bem, não foi fácil, mas foi tão, tão libertador. Sinto-me livre das ofensas e de sentimentos que nem sei dizer. Eu gostaria que você fizesse o mesmo. Mostre que você é superior ao que ela fez. Dê-lhe um minuto de sua atenção. É só isso o que a Sandra pede. Temos de ser realistas e pensar que, futuramente, ela vai desencarnar e você poderá pensar se não teria sido melhor ter conversado com ela, ouvido o que tinha para dizer... Perdoar... Acredito que não lhe perdoou ainda e, quem sabe, se for vê-la...

Alexandre suspirou profundamente, encarou-a e depois perguntou:

— Você vai querer ir comigo?

— Se me deixar ir... — respondeu sorrindo. — Vou estar sempre com você. — Após se abraçarem, ela convidou: — Vamos lá agora. Amanhã ela vai para o hospital.

— Vamos — criando forças, decidiu sério.

Eles deixaram a Bruna aos cuidados de dona Virgínia, que ficou aflita ao saber aonde iam.

Sandra morava há poucas casas dali e o casal foi a pé até a sua residência. Dona Otávia, muito surpresa, recebeu-os educadamente. Não acreditava que Raquel pudesse ou quisesse convencer o marido a ir visitar a ex-noiva.

— Entrem, por favor — pediu a mulher. Sem demora, indicou o quarto — Sandra está ali. Venham comigo. — A residência era muito luxuosa e o quarto de Sandra não fugia ao estilo. Muito abatida, ela estava sobre a cama e mal se mexia. — Sentem-se. Fiquem à vontade — solicitou a senhora, apontando as cadeiras ao lado do leito da filha.

Eles a cumprimentaram. Em brando tom de voz, Raquel falou:

— Eu vou esperar lá fora. É melhor que conversem sozinhos.

Segurando sua mão, Alexandre a apertou com cuidado, puxando a esposa de modo discreto e pedindo-lhe, com o olhar, para que ficasse ao seu lado. Nesse instante, com voz fraca e sem forças nas expressões, Sandra solicitou:

— Por favor, Raquel, fique. Eu prefiro.

O casal se sentou e a mãe da enferma saiu para preparar algo para as visitas.

— Obrigada por terem vindo — disse Sandra. — Muito obrigada mesmo. — Após poucos segundos, continuou: — Alexandre, sei que não vai dar tempo para eu esperar por um transplante. A lista é grande e no estado em que me encontro, não tenho muitas chances. Sinto muito pela morte da Rosana, mas quero parabenizá-los pela decisão que tomaram sobre a doação de seus órgãos. Quero, de coração, que Deus os abençoe por isso.

Muito sério, o rapaz não dizia nada e Raquel ofereceu um doce sorriso. Após um tempo maior de pausa, em que ela parecia recuperar o fôlego, Sandra continuou:

— Há tempos, quero falar com você, Alex. Sei tudo o que passou e sofreu por minha causa e... Talvez nunca me perdoe. Entendo perfeitamente e sei que a culpa é toda minha. Sabe... Eu deveria ter sido honesta com você e tê-lo procurado para conversarmos antes de fazer o que fiz. — Algumas lágrimas rolaram e prosseguiu: — Assim que conheci seus colegas, aqueles com os quais você dividia o apartamento, o Júlio se aproximou de mim e, aos poucos, foi conquistando a minha amizade. Eu sabia, por você mesmo, que ele era de muita confiança e era o seu melhor amigo... Então, vi motivos para confiar nele e... Com o tempo, o Júlio começou a insinuar coisas sobre você e...

Sandra chorou e Raquel a confortou. Passou a mão em sua testa, afastando os cabelos do rosto, dizendo:

— Não fique assim, Sandra. Tudo isso já passou.

— Não, Raquel. Talvez, essa agonia que sinto, passe após terminar. Preciso falar o que aconteceu...

Alexandre, ainda muito sério, não dizia uma única palavra nem expressava nenhum sentimento. Trazia o coração apertado e dolorido por ter de enfrentar aquela situação e reviver o passado. Em alguns momentos, em pensamento, ele se socorria em Deus com uma prece para ter forças, piedade e compreender aquela criatura que tanto lhe fez sofrer. Olhando-a nos olhos, ele aguardava a ex-noiva continuar.

— O Júlio começou a dizer coisas a seu respeito e fazer comparações, mostrando-me situações e detalhes falsos... E, em vez de te procurar e perguntar se era verdade, fiquei aflita e comecei a chorar minhas mágoas para ele. Eu estava triste, pois com o apartamento montado, casamento marcado, fiquei confusa e fiz do Júlio meu amigo. — Ela parou por um momento e após secar as lágrimas, prosseguiu: — Júlio me enganou de tal forma que não sei dizer como tudo aconteceu. Um dia, quando cheguei ao que seria o nosso apartamento e encontrei o Celso lá, fiquei nervosa, lembra? — Alexandre não respondeu nada e ela continuou: — Hoje sei que vocês estavam instalando coisas no computador, mas, na época, não acreditei. Saí de lá enlouquecida, contrariada e sabe por quê? Porque acreditava que tinha um caso com o Celso, pois o Júlio tinha me dito e... Eu estava grávida. Esperava um filho seu. Ia te contar naquele dia...

Alexandre empalideceu, sentindo-se gelar com o torpor que o dominou por minutos quase o fazendo ensurdecer. Sandra, mesmo entre os soluços, contou:

— Dias depois, eu te vi pra cima e pra baixo com o Celso e pensei que o Júlio estava certo. Eu o procurei e ele me consolou, me fez acreditar nas maiores barbaridades a seu respeito. Achei que ele deveria saber de mais coisas do que eu, afinal, era seu melhor amigo e vocês moravam todos juntos... Ele me disse que você iria se casar comigo só para mostrar para sua família e sociedade que não era gay e... Foi aí que te traí pela primeira vez e a segunda foi quando nos pegou juntos.

Alexandre respirou fundo, esfregou o rosto com as mãos e falou:

— Por favor, vamos terminar logo com isso. Se esse assunto a conforta, a mim magoa muito, principalmente, agora. Tudo isso é passado, fui fraco, mas já me recuperei do que aconteceu. Encontrei uma criatura maravilhosa, a Raquel. Estamos casados e vivemos muito bem. Hoje, eu sou um cara feliz. Não quero lembrar isso. Por essa razão, gostaria que você fosse breve.

— Eu sei, Alex... — tornou chorosa. — Sei o quanto isso o fez sofrer. Mas preciso esclarecer. Como me arrependo sobre tudo o que falei de você para todos... Eu fiz isso de raiva porque acreditei que estava sendo enganada... Porque você contou para o meu pai que me encontrou na cama com seu amigo... Sei que não se dá bem com alguns tios e primos por causa de tudo o que eu disse... Soube que tentou se matar pelas lembranças que tinha... Seus problemas cardíacos começaram depois disso... Estraguei a sua vida... — Silêncio. Após chorar um pouco, ela se refez e continuou, mais calma: — Há algum tempo, o Celso me visitou com a esposa. Ele se casou. Disse que nunca mais falou com você, que se afastou de todos e... Em conversa, o Celso me contou que ficou decepcionado com tudo o que descobriu... Nunca imaginou que o Júlio pudesse fazer o que fez e até ficou muito chateado comigo, com o que fiz e deixei de fazer... Ele me contou que vocês estavam sempre juntos porque ele havia te apresentado um colega que estava conectando a iluminação no apartamento e fazendo alguma coisa com o som. Só então entendi tudo melhor. O Júlio me enganou depois que fomos morar juntos. Eu tirei o filho que esperava e não suportei mais a vida que levávamos... Ele arrumou outra... Depois disso, descobri que eu estava doente e precisei da ajuda de meus pais. Parei de trabalhar e voltei a morar aqui. Tive culpa pelo que você sofreu, mas não me julgue tão mal, eu também fui enganada.

Diante do silêncio que reinou, agora com o semblante mais tranquilo, Alexandre perguntou:

— O que você quer que eu diga ou faça?

— Quero que me perdoe. É por isso que venho te procurando. Estou com depressão... Nunca mais tive sossego e preciso de tranquilidade... Não durmo bem, não tenho paz e só penso no crime que cometi quando abortei e na traição que te fiz... Você quase morreu por minha causa. Perdoe-me, por favor.

— Se for como conta — disse Alexandre —, você tem culpa sim, mas não toda ela.

Com lágrimas correndo na face, Sandra pediu:

— Precisava ter paz na minha consciência e eu acreditei que só a teria no dia em que te esclarecesse tudo. Me perdoe, Alex, por favor!

Aflita, Raquel apertou a mão do marido como se pedisse uma resposta positiva. Alexandre, pela primeira vez, conseguiu encarar Sandra com piedade por seu estado e condição moral, entendendo que ela sofria por tudo, pois a consciência parecia pesar imensamente.

— Não tenho pelo que te perdoar. Tudo já passou — disse ele brandamente.

— Não, não passou... — tornou chorando copiosamente. — Para mim não passou. Vivo enfrentando o arrependimento por tudo o que te fiz. Me vejo aqui doente e me lembro do tempo em que ficou acamado por minha causa, você não merecia... Você me perdoa por tudo?

— Se é importante que ouça dessa forma... Sim. Eu te perdoo sim.

Sandra ergueu os braços e, com um leve e discreto empurrãozinho de Raquel, Alexandre se levantou, aproximou-se da cama onde ela estava e a abraçou.

Comovido, ele voltou para seu lugar e disse:

— Não desista de viver, Sandra. Você ainda pode fazer muita coisa.

— Estou sem chances, Alex. Se eu puder...

— Você encontrará um doador — disse Raquel com suave sorriso no rosto.

A enferma a olhou e falou:

— Se você não encontrou, desejo que encontre a felicidade verdadeira, Raquel. Você tem um homem maravilhoso a seu lado e sei que também é digna dele. Quero que sejam muito felizes. Eu soube que perdeu um bebê e... Não fique triste, ele virá novamente para completá-los.

— Obrigada pelas palavras de conforto — sorriu. — Eu acredito nisso também. — Nesse instante, Raquel se levantou, aproximou-se dela e lhe deu um forte abraço.

Após conversarem mais um pouco, o casal se retirou voltando para casa.

O caminho de volta era iluminado por uma lua radiante. Eles andavam bem devagar e nada foi dito. Com o braço no ombro da esposa, o rapaz não confessou seus pensamentos.

Apesar de triste por escutar toda aquela história, Alexandre sentia-se tranquilo, com a consciência leve por tê-la ouvido e esclarecido a situação, mas, principalmente, por tê-la perdoado.

Começou a pensar que precisou experimentar toda aquela situação ou talvez não tivesse mudado sua vida, seu jeito, seu comportamento materialista e orgulhoso. Acreditou que se aproximou de Sandra por sua beleza física, por seu dinamismo. O que sofreu por sua causa foi mais pela decepção da traição do que por sentimentos verdadeiros.

Após ter de encarar a ex-noiva teve a certeza de que o único sentimento que restou nele, por ela, foi o de piedade. Realmente lhe perdoou, reconhecendo a fraqueza humana que ela teve.

Olhando para a esposa, passou a valorizá-la ainda mais pelo caráter íntegro, moral elevada, por sua delicadeza, meiguice, paciência e tantos outros valores.

Como Raquel era nobre. Como se sentia feliz, realizado e completo por estar com ela. Quando chegaram, dona Virgínia, que estava inquieta, ficou ansiosa enquanto ouvia.

Ao se ver a sós com o filho, admitiu:

— A Raquel me surpreende a cada dia.

— Ela é maravilhosa, mãe. Tornou-se uma pessoa madura e incrível.

— É uma filha para mim, Alex. Sei que vieram morar aqui por experiência, mas... Gostaria tanto que ficassem.

Ele sorriu e nada disse.

♡

Alguns dias haviam se passado depois desse ocorrido. Raquel procurou pelo marido e, com jeitinho, perguntou:

— Sabe, eu liguei para dona Otávia e ela me contou que a Sandra fica indo e voltando do hospital. Seu estado não está nada bom. — Alexandre não disse nada e ela continuou: — Estive pensando... Você se incomodaria se eu fosse visitá-la algumas vezes?

— Olha, Raquel... — fechou o sorriso. Ficou pensativo, depois disse — Estou com pena da Sandra, perdoei o que me fez e não tenho mágoa nenhuma dela, ao contrário, estou compadecido com seu estado. Desejo que tenha uma chance para continuar. Mas não sei o que pode passar pela cabeça dela. Desculpe-me a sinceridade, mas não posso confiar na Sandra ou na mãe... Você é minha esposa e... — Após pequena pausa, ele a abraçou e disse: — Tenho medo. Não sei o que pode pensar ou fazer... Ela não tem nada a perder.

— Não acredita que ela merece um voto de confiança?

Alexandre ficou calado. Não sabia o que responder. Respirando fundo, admitiu:

— Raquel, eu preferiria que você não fosse lá. Mas, se quiser, não vou brigar por isso. Você é livre para fazer tudo.

Ela não disse nada e se contentou.

♡

Meses depois...

Algumas vezes em que procurava a esposa, o marido ficava sabendo que ela estava na casa da Sandra.

— Não estou gostando disso, mãe — reclamava ao chegar e não encontrar Raquel. — Eu não me incomodaria se ela estivesse na casa de outra pessoa, mas... Não bastasse... Agora, quase todo dia, chego e... Cadê a Raquel? Tá na casa da Sandra. Acho que vou falar com ela.

— Calma, Alexandre! — disse dona Virgínia, defendendo a nora. — Também não é assim. Ela não vai lá todo dia não. — Um momento e a mulher completou: — Ela deve se sentir só. Precisar de uma amiga...

— Sentindo-se só?! — retrucou o filho. — Ora, mãe... Desde quando comecei a trabalhar com o pai, ela reclamou que não trabalhava. Então, resolveu ir junto assumindo o serviço na recepção da empresa. Das sete ao meio-dia a Raquel está lá. Quando o pai vem almoçar, ela vem junto e fica em casa. Afinal, quer cuidar da Bruna, acompanhar as lições de casa, fazer outras coisas... Aí, quando chego, cadê a Raquel? Está na casa da Sandra. Só volta à noitinha e quando temos de ir ao centro. E você vem me dizer que ela está só?

— Não é assim não, Alexandre! — revidou a mãe veemente. — Desde quando você e seu pai se meteram com esse novo negócio, você não vem dando a atenção necessária para sua esposa. Até eu estou saturada de ouvir vocês dois só conversarem de negócios aqui dentro de casa. Outro dia, reparei que a Raquel chegou perto e nem parecia que estava ali, você continuou como se não a visse.

— O que é isso, mãe?! Eu adoro a Raquel!

— Pode adorar, amar e fazer tudo por ela, mas percebi que, nos últimos tempos, você está diferente, Alexandre!

— Como diferente? Você mesma vive me chamando de grudento! Fala que eu não a largo! Disse, outro dia, que ela trabalha na empresa porque eu quero tê-la junto de mim, pensa que eu não estou sabendo? — Ele não segurou o sorriso, mas escondeu o rosto, pois sabia que sua mãe o chamava pelo nome inteiro só quando estava nervosa, por fim, para provocá-la, falou: — Se quiser defender a Raquel só porque eu disse que vou falar com ela, não precisa ficar inventando coisa.

— Eu não estou inventando coisa. Alexandre! Alexandre! — Mais calma ela pediu: — Não diga nada desse jeito... Faça o seguinte: com jeitinho, peça para ela estar em casa um pouco mais cedo. Faça um programa para saírem... Vão passear no *shopping*, pegar um cinema... Entendeu? Não precisa brigar. Arrume um motivo para ela estar aqui.

Ele sorriu e confessou:

— Sabe, mãe... Não gosto de pensar que a Raquel está em companhia da Sandra. Às vezes, eu sinto uma coisa...

— Você perdoou à Sandra?

— Perdoei sim. Mas não sei se posso confiar a ponto de a Raquel ir lá e ficar horas com ela sozinha. Você entende? Fico preocupado, acho que ela pode se desequilibrar pelo desespero com a doença, tentar fazer algo. Não é paranoia, é pensar em coisas absurdas, mas possíveis. Tem tanta gente ruim neste mundo.

— Eu também não confio não. Sabe, filho...

A chegada de Bruna, que correu e atirou-se nos braços do pai, interrompeu o assunto. Ao levantá-la no alto, ele a fazia rir. Quando o telefone tocou, tiveram de interromper a brincadeira. Ele a ajeitou no braço e mesmo assim, a filha protestou:

— Ah! Papai!

— Só um minutinho. Deixa o papai atender, a vovó está com as mãos molhadas.

Era dona Otávia.

— Alexandre?! — perguntou a mulher assustada.

— Eu!

— Aqui é a Otávia, filho. Vem depressa pra cá. A Raquel está passando mal.

Após desligar, Alexandre estava pálido.

— O que foi, Alex? — quis saber sua mãe.

Ele entregou a filha para a avó e não conseguiu responder. O senhor Claudionor, que acabava de entrar, ficou atento e ouviu o pedido do filho:

— Pai, vem comigo. A Raquel passou mal lá na casa da dona Otávia.

Às pressas, eles foram até a casa da mulher. Ela os recebeu em desespero. Raquel encontrava-se sentada em um sofá e dona Otávia falou assustada:

— Ela começou a passar mal, ficou pálida, aí, enquanto eu ligava pra você...

Alexandre a pegou no colo sem dizer nada. A esposa achava-se fraca e sem ânimo. Ele a levou para o carro seguido de seu pai.

Raquel foi socorrida em um hospital e liberada pouco tempo depois, sem graves consequências. Seu mal-estar era resultado de Aline, que nasceu alguns meses depois do ocorrido.

Essa bênção de Deus oferecia a todos muita alegria e união, mostrando que nunca estamos longe daqueles que amamos.

Alexandre não cabia em si, tamanha era sua felicidade e como dizia: ele tinha, agora, mais um motivo para viver.

Schellida.

Obra baseada em caso real.

Os nomes e lugares foram trocados
para preservarem as famílias.

A primeira edição deste livro foi em 2001, por uma editora que não existe mais.

Em 2006, o livro foi relançado pela Lúmen Editorial.

No mesmo ano, na cidade de São Paulo, na Bienal Internacional do Livro, a médium Eliana Machado Coelho realizava sessão de autógrafos, quando foi procurada por um casal, que esperou até o último autógrafo, da imensa fila, para conversar com ela.

A mulher, muito emocionada, aparentando pouco mais de trinta anos, tremia ao se aproximar da mesa no estande. Já sentada, ela se apresentou como Raquel. Trazendo entre as mãos um livro antigo da querida autora espiritual Schellida, afirmou que aquela era a sua história, a história da sua vida. Tinha ao seu lado o marido, um homem muito sorridente, animado, feliz. Mostrava-se carinhoso com a esposa e apoiando-a sempre. Bem falante também.

O casal conversou muito com a médium. Disse que se tratava da história da vida deles e de seus parentes. Foi nesse momento que Eliana descobriu que a trama do livro *Um Motivo para Viver* era verdadeira, com exceção de alguns nomes e lugares trocados, propositadamente, pela autora espiritual. Para a surpresa da médium, Raquel e o marido trouxeram provas, documentos com datas, atestados, diversas fotos... Tudo comprovava tratar-se de Raquel e Alexandre.

Não pediram nada. Não quiseram nada, somente conhecer Eliana e agradecer. Estavam felizes e emocionados por saberem que a vida deles foi usada, pela espiritualidade, para servir de lição ao mundo.

Tiraram fotos e, depois de muita emoção regada a lágrimas de Raquel e de Eliana, o casal se foi.

A médium afirma que Raquel é tão linda quanto doce e Alexandre tão simpático quanto Schellida os descreveu no livro. A esposa superou e curou todas as feridas da alma.

Raquel, Alexandre e as filhas moraram com dona Virgínia e o senhor Claudionor até Aline completar dois anos e Bruna sete. O casal se mudou para a fazenda a fim de, junto com os irmãos de Raquel, aumentar os negócios da família com a ampliação do Hotel Fazenda. Os sogros ficaram tristes, mas compreenderam a necessidade da decisão.

O senhor Boleslau desencarnou, mas teve a oportunidade de conviver com a neta e as bisnetas por cerca de dois anos. Com isso, notaram mudanças no senhor, algo como arrependimento e gratidão por ter sido desculpado, pois ele passou a sorrir. Dona Teresa propôs-se a tratamentos médicos, psicológicos e começou a ver sua vida com outros olhos. Decidiu aceitar assistência espiritual, dedicando-se a estudar e pôr em prática os conceitos da Doutrina Espírita, agindo com humildade e amor. Aprendeu sobre perdão incondicional com a filha e começou a dissolver mágoas, rancores e ódios. Parou de fazer provocações. Passou a ser mais respeitosa e gentil. Fez enfrentamentos e renunciou ao vício da reclamação. Recuperou-se da depressão. Assumiu atividades e trabalhos no empreendimento dos filhos e junto com a filha, aceitou tarefas na área assistencial da casa espírita que frequentam. Ela e Raquel se dão muito bem.

Após algum tempo, dona Virgínia e o senhor Claudionor também foram morar na fazenda. Uma casa foi construída para eles ao lado da casa do filho.

Sandra desencarnou na fila do transplante. Ela não conseguiu doador.

Alice recebeu auxílio do ex-marido até o dia em que faleceu, vítima de DST — Doença Sexualmente Transmissível. — Os filhos não quiseram ver a mãe em vida.

Marcos se casou novamente e teve mais dois filhos.

Raquel, quando veio a São Paulo conversar com a médium, estava grávida de Daniel, mas ainda não sabia. O menino nasceu meses depois.

Sabe-se ainda que, na adolescência, Aline ganhou um celular...

O amor é uma escolha

PSICOGRAFIA
ELIANA MACHADO COELHO
ROMANCE DO ESPÍRITO **SCHELLIDA**

Romance | Formato: 15,5x22,5cm | Páginas: 848

Em O Amor É uma Escolha, mais uma vez, o espírito Schellida, pela psicografia de Eliana Machado Coelho, passa-nos ensinamentos sobre a necessidade que temos de sermos amados, dependência emocional, pessoas que não amam, transtorno de personalidade narcisista, egoístas com dificuldade para amar.
Mostra também que o respeito a si, manter um posicionamento e saber dizer não são também formas de amar.

www.boanova.net

www.facebook.com/boanovaed

www.instagram.com/boanovaed

www.youtube.com/boanovaeditora

LÚMEN EDITORIAL

Entre em contato com nossos consultores e confira as condições
Catanduva-SP 17 3531.4444 | boanova@boanova.net | www.boanova.net

O BRILHO DA VERDADE

Psicografia de
Eliana Machado Coelho
Romance do espírito
Schellida

Pode o amor incondicional sobreviver às fronteiras da existência e ir mais além?

Romance | Formato: 15,5x22,5cm
Páginas: 288

LÚMEN EDITORIAL

Entre em contato com nossos consultores e confira as condições
Catanduva-SP 17 3531.4444 | boanova@boanova.net | www.boanova.net

Eliana Machado Coelho & Schellida

...em romances que encantam, instruem, e emocionam...
e que podem mudar sua vida!

LÚMEN EDITORIAL

Mais forte do que nunca
Eliana Machado Coelho/Schellida
Romance | 16x23 cm | 440 páginas

Abner, arquiteto bem resolvido, 35 anos, bonito e forte, decide assumir a sua homossexualidade e a sua relação com Davi, seu companheiro. Mas ele não esperava que fosse encontrar contrariedades dentro de sua própria casa, principalmente por parte deseu pai, senhor Salvador, que o agride verbal e fisicamente. Os problemas familiares não param por aí. As duas irmãs de Abner enfrentarão inúmeros desafios. Rúbia, a mais nova, engravida de um homem casado e é expulsa de casa. Simone, até então bem casada, descobre nos primeiros meses de gestação que seu bebê é portador de Síndrome de Patau: o marido Samuel, despreparado e fraco, se afasta e arruma uma amante. Em meio a tantos acontecimentos, surge Janaína, mãe de Davi e Cristiano, que sempre orientou seus filhos na Doutrina Espírita. As duas famílias passam a ter amizade, Janaína orienta Rúbia e Simone, enquanto Cristiano começa a fazer o senhor Salvador raciocinar e vencer seu preconceito contra a homossexualidade.

Entre em contato com nossos consultores e confira as condições
Catanduva-SP 17 3531.4444 | boanova@boanova.net | www.boanova.net

CONHEÇA O INSTITUTO BENEFICENTE BOA NOVA

SOCIEDADE ESPÍRITA BOA NOVA

Fundada em 1980, é hoje uma referência no estudo do espiritismo. Aqui, oradores e expositores de todo o Brasil realizam seminários, eventos, workshops e cursos. Além disso, toda semana são realizadas reuniões públicas.

CRECHE BOA NOVA

Criada em 1986, a Creche Boa Nova atende mais de 130 crianças entre 4 meses e 5 anos e 11 meses de idade.

BERÇÁRIO ESTRELA DE BELÉM

Mais de 40 crianças de 4 meses a 1 ano e 11 meses são atendidas no berçário mantido pelo Instituto Boa Nova.

CAMPANHAS SOLIDÁRIAS

O projeto Boa Semente atende mais de 50 famílias carentes da cidade, entregando cestas básicas e marmitas.

DISTRIBUIDORA E EDITORA

Líder no segmento espírita, a distribuidora disponibiliza mais de 7 mil títulos, e a editora Boa Nova tem os seguintes selos editoriais:

boa nova editora | petit editora | LUMEN EDITORIAL | NOVA VISÃO EDITORA | editora otimismo | BUTTERFLY | EDICEL

Levamos o livro espírita cada vez mais longe!

boanova editora

LÚMEN EDITORIAL

Av. Porto Ferreira, 1031 | Parque Iracema
CEP 15809-020 | Catanduva-SP

www.lumeneditorial.com.br
www.boanova.net

atendimento@lumeneditorial.com.br
boanova@boanova.net

17 3531.4444

17 99257.5523

Siga-nos em nossas redes sociais.

@boanovaed

boanovaeditora

CURTA, COMENTE, COMPARTILHE E SALVE.
utilize #boanovaeditora

Conheça outros livros da médium

Acesse nossa loja

Fale pelo whatsapp